U0450702

青春劫

尹宴 ★ 著

作家出版社

第 一 部

翩翩少年

第一章

  我是小镇上长得最乖的男孩子。

  街坊里几个喜欢评头论足的少妇，一旦见了我，就这样悄悄说。

  我家街对面有个杂货摊，她们总爱聚在那里闲聊。嘴里嗑着瓜子，眼神脉脉地注视着我家大门，晶莹的目光清澈得像溪水，源源不断向我家流淌。粉红润泽的唇抿着，葱白似的拇指和食指的指尖捏粒瓜子，其余三根指头跷起来，孔雀开屏一样，指尖往唇上一点，红唇咧开一条细缝，瓜子被嗑在银亮亮的牙间，只听轻微一声脆响，两片沾着香唾的瓜子壳便被喷到地上，地上密密麻麻铺了一层苍蝇似的黑壳。

  也有一不小心，瓜子壳喷到摊主张跛子后颈窝或腮帮上的，他便反手抹下来，放到眼底看看，顺手撒在地上，然后把沾有唾沫星子的手指凑近鼻子闻闻，扭头朝她们咧嘴一笑了事。

  只要我一出家门，她们捏着瓜子的手，或停在嘴边，或搁在膝上，呆呆望着我，往往我会牵着她们的视线，消失在街头巷尾。

  张跛子时常对我讲："几个少婆娘都夸你生得干净，长得漂亮，都想你这根嫩枝条抽呢。"起初，我不明白他话里的意思，只定定看他。多看几次他脸上那阴阳怪气的表情，似乎有点醒悟，知道了是少妇们喜欢自己，不在意他，他眼红，说怪话呢。张跛子是镇上的老光棍，他年轻时沾没沾过女人只有他自己清楚，一次我便反问他道："你像我这么大的时候，你那根嫩枝条抽了多少女人？"他惊讶地望着我，想不到平时腼腆文静的乖少年，竟敢如此反诘他，便吞吞吐吐，无话可说，脸上生出一丝不快。

  这一年，我十四岁，正当小学毕业升初中。

  排行老五的我，自小瘦弱，家里惜我身体，直到八岁才发蒙读书。六年小学读下来，十四岁的我却变成一个大眼睛、挺鼻梁、白净漂亮的翩翩少年。临毕业那学期，学校有个女老师，她婚后多年不育，盼子心切，执意要抱养我当她的儿子，但父母不允。女老师没抱养成，又难以割舍，就时常偷偷把我带到她的寝室，抚摸我的头和脸，还给我吃玻璃纸包的那种非常精美的水果糖，直到小学毕业离开学校。

在汇龙镇上，我家是有一定名望的。祖上专营轧花业，公私合营前，家里置有十一部轧花机，这在小镇算是大工业了，家里不说锦衣玉食，也算衣食无忧。公私合营后，虽然我父母成了合营店拿工资的职员，但每年还领一些定息，也比别人家多了一笔补贴。尤其是从我父亲开始，看重诗书传家，倾力供儿女读书，到五十年代末，家里先后出了两个大学生，一南一北，老大就读于广州，老二就读于北京，算得上祖坟青烟缭绕，风水旺盛。家里的三男四女，个个生得干净体面。男孩清秀聪慧，女孩漂亮娴静，在镇上一枝独秀。难怪人们都说，一镇的风水，被伊家占尽。

进入八月，初中发榜的日子将近，我盼望这一天早日到来。

发榜这天中午，母亲和两个姐姐便拥着我来到堂屋，三姐为我抒展衣裳，四姐端来一盆清水让我净手。金黄色的铜盆触到凳面，发出轻微而好听的金属器皿声，随着响声，清亮的水在盆里泛起微澜。母亲将我的双手浸在水里，十根嫩白的手指像小鱼在波浪里游动。她一边仔细为我搓洗，一边自语道："洗净了不许沾染秽物，免得敬香辱没祖宗，辱没斯文。"然后带我到神龛前，教我用那双洁净的手，将一炷燃香高举过头，随她们对着祖先和孔夫子的牌位作揖磕头。我有些不情愿地说："妈，考前已经拜过孔夫子了，今天作揖没有用，菩萨显灵也来不及了，况且菩萨不一定管得了我升学的事。"母亲被我的话吓一跳，忙说："乖儿子，不准乱说，菩萨是得罪不起的，他会保佑你考上中学。"说完依然跪在那里，瘦弱的身子弓着，薄得像纸片，嘴里还念念有词。看到母亲如此虔诚，我怕惹得母亲不高兴，还未等她敬完香，便由三姐牵着我的手，悄悄跑出家门。

门前的大柳树上，蝉扯着嗓子叫得柳叶都在颤抖，我抬头望去，阳光刺得眼睛只能眯条细缝，就在我忍痛想睁开眼时，一只麻雀从树上坠落下来，翅膀扇了两下，便不动了。三姐捡起来捧在手心，她说麻雀一定是中暑了，正想拍醒它，上街的万屠户路过，一手抓过去，摊在掌心，说："完了，死了，死了。"他看着我，问道："鸟落在你面前的？"我点头。他却摇摇头，"唉"了一声，说："你娃儿完了！"说完就走。三姐撵上他问："什么完了？"他说："考学！"三姐怔怔地望着我，她似乎也意识到这是不祥征兆，吓得脸色都变了。我的心境也猛地暗淡下来:"落鸟",即"落了"。心想,落榜是一定的了,变数在鬼使神差那一瞬间发生,也是有可能的。自信心遭到动摇,我的心倏然飞快跳动,眼睛不由自主地四处张望。

杂货摊边的少妇在不住争吵,半条命的老婆撕住万屠户的老婆尤木鱼不放,说是你莫去卖乖,人家能不能考上初中,收到没收到录取通知书,关你屁事。尤木鱼却不依不饶,急得直跺脚,扯着嗓子喊,伊家五兄弟的事,我就要管,不管心里不舒服,张家老四都得到录取通知书了,我偏要去过问一下五兄弟收到没有。听了他们的争吵,我的心都快炸裂了。尤木鱼还没走到我跟前,我就抢先凑近她问:"你再说一遍,谁收到录取通知书了?"她说:"好像是张家老四,真是这样,你也别急,听说邮递员才走到中街,隔你家还有一段路,就叫他小妹拖回去了,说是他老婆把儿子生到田坎上了,让他赶紧回家料理,通知书肯定还在他邮袋里装着呢。"我说:"但愿如此。"见尤木鱼窃笑着走了,我便让三姐去张同学家打听实情,自己对直去了邮电所。

邮递员果然不在,我进到后院文书办公室,问王文书:"邮递员呢?"王文书望了我半天,说:"你家大学生暑假都在家呀,你等哪个的信?"我说:"我的。"王文书说:"哦,知道了。你娃考初中的录取通知书,对不对?不过,信已经送完,邮递员才抽去抗旱去了。你也不要急,我们知道你的,你不会失望的,等下一拨信吧。"说完,他使劲摇动电话机摇把。在文书办公室靠里边的木连椅上,趴了一个穿着很有派头的男人,屁股翘得老高,公社的妇女主任,一个漂亮的女人,正在他屁股槽里飞针走线。她一边缝一边说:"裤缝绽线也绽得太巧了,哪里不绽,偏偏绽在关键部位。哎,羊县长,你干起活来还真用劲呀。"被叫作羊县长的男人伸了伸右腿,擦得锃亮的皮鞋不小心蹬在了她裆里,女人便"咯咯"笑起来。他感觉她缝好了,当她俯下身去咬线头,一个憋了好久的响屁终于放出来,她猛然抬身,大气没敢出一口,只把鼻子捂得紧紧的。此时,王文书正拿起话筒:"喂!喂!喂!总机,给我接县委办,新来的羊县长在我们这里指挥抗旱,急着找刘书记汇报工作。"听着文书叫喊抗旱,我的心也干涸得龟裂了似的,有些隐隐作痛。

往回走又碰到尤木鱼,她见我从上街回来,不好意思地笑笑,说:"找着邮差没?骗你的,我也是为你好,不是怕你怄气嘛。"我明白她是善意的,也随之"嗯"了一声。走开时她有些难为情地看了我几眼,脸上漾着淡淡的笑容。

回到家,三姐正在说她打听到的事。她说:"见到五弟同学的母亲,那个伯母一口咬定她儿子也没收到录取通知书,她说,成绩好的都没收到,成绩差的倒收到了,怎么会呢?"二哥说:"看来真的还没发录取通知。"三姐说:"不,从张出来，碰见他家小妹，她却说，她哥上午接到的录取通知书，分到县二中，九月二号就开学了。"我急切地问："两个谁说的是实话？为什么要哄我们呢？"三姐说："他家小妹说的是真话，她妈给她们打了招呼，说伊家出了两个大学生，自家这么多儿女，才考了个初中生，有什么资格在人家面前张狂。"大家都"啊"了一声，看来我落榜是真的了。三姐和四姐悲伤得落下眼泪，我虽然没哭，心里也痛苦不堪，更多的却是委屈和羞辱。

母亲沉默着，父亲跷起二郎腿，蓝布长衫盖在二郎腿上，抱着铜壶烟袋，一口接一口地咂得水烟丝"嘶嘶"地响。透过缭绕的烟雾，看得见他的脸色是凝重的。只有二哥拍着我的肩膀鼓励道："好好复习，明年再考吧。"大哥也低声附和："明年，只有明年了。"全家人都沉默了。虽然坐在天井边，可是今天，阳光没了，一切都陷入黑暗中。

临到家人都要散去时，忍不住的父亲终于板着脸说话了。他用质问的口气对我说："你不是自认为考得很好吗？语文算术做得全对吗？你这么好，怎么考不上？莫非判卷的老师打瞌睡去了？！你撒谎，完全是撒谎！从不骗人的人都说起谎话来了。"虽然我一直自信考试成绩十分优秀，但父亲的严厉训斥，还是迫使我此时在战战兢兢中，把两门课的答题过程又回忆了一遍，再次确定无疑之后，我争辩道："我没说谎，我说不来谎，我就是全对，两门课都应得一百分。"大哥说："别争了，没考好也有关系，不是还有明年嘛。"我恨他一眼，见二哥也在拽他的衣袖。我对他老大的尊严嗤之以鼻，因为他升高中曾复考过一次。当然，也许他是以他的切身经历在真诚劝慰我，我不必错恨于他。父亲似乎觉得事已至此，懒得再训斥和争论，又只好把气出在母亲和两个姐姐身上。他说："都是你们三个把他惯坏了，街上那些妇人把他夸坏了，考不上中学，我就送他去学和尚，看你们哪个还敢围着他转。"四姐对父亲的莫名之火很不理解，她说："五弟在学校的成绩是出了名的优秀，肯定考得也好，不知问题出在哪里，不能怪他本人。"父亲接过话说："那难道是别人错了？认了吧，我也不再责怪你们了，都是我的错，是我太相信他了，我的疏忽铸成大错。"听了父亲的话，我的眼泪如溃堤之水，一下从眼眶涌了出来。

父亲从我八岁发蒙那年起，就时常以"书中自有黄金屋，书中自有千钟粟，书中自有颜如玉"的古训来教诲我激励我，让我明白只有读好书才能出人头地，书读不好，必是人下之人。两个兄长受到如此训谕，都考上了大学。现在看来，我还未扬帆就折了桅杆，让父亲枉费了心机，不但他痛心，家人们也都痛心。

落榜的消息像风一样，飞快传遍街巷的角角落落。一经钻入有些人的胸怀，它就成了春风，那个暖洋洋的感觉，简直让他们拍手称快。半条命的老婆就扭着屁股满街唱："天公地道呀，书都叫伊家的儿女读完了，我们的子孙还去当长工啦！天公地道呀！"她跩到张跛子摊子前，张跛子击掌附和道："背时了，倒灶了，祖坟的龙脉断尿了，老天开眼啦！"一唱一和完了，两人都哈哈大笑一通，高兴得眼泪都流进嘴角里了。我听见这些话心里像蚂蚁在啃，又痛又糟。进出家门时，我察觉对过那些个少妇和摊主张跛子在悄声细语咬耳朵，便羞红了脸将脚步迈得更快。我家有道后门，从那里出去便是长满芭茅和节节草的河岸，还有一条小路绕到上街去。为了躲避那些让我心烦的目光，落榜后我就很少从正门出入。

傍晚，蝉还在大门前的柳树上不遗余力地嘶叫，我烦躁得想爬上树去掐住它们的喉咙，但哪来那股勇气迈出前门一步，只好容忍了它，就当它是累得快要死了发出的哀鸣。我郁郁寡欢地从后门溜到河岸，只想落个清净。一个人待在河边最好，什么都不要有，连鱼也最好都沉入水底，不要浮出水面吸氧。鸟儿也不要从头顶飞过，它们都别让我看见。可是，我却看见一头黄牛在大口地啃草，还是公的，肚子下面放肆地射尿，尿骚味随风飘来，呛得我背过身去。见一只翠鸟叼条小鱼掠过河面，又擦着我的发梢飞去，银色小鱼还在鸟嘴里徒然挣扎，这些势利的家伙仿佛无视我的存在，都在胡乱地干着自己想干的事情。我捡块卵石正要冲翠鸟掷去，翠鸟却转瞬没了踪影，便顺势掷向黄牛，石头在牛角上弹起来，落进草丛，牛依然平静地吃着青草。我无可奈何地摇摇头，靠在柳树上，看着被太阳晒得萎靡不振波澜不兴的河水出神。

少妇尤木鱼就在这时把我堵在柳树下，热辣辣的目光逼视着我，大声问："兄弟，掷石头打我的牛呀？你也恨它？你恨它没由头，我恨它是我得放养它割草喂它，它还时常亮鞭羞辱我，我恨死它了！"我说："我不恨它，我恨我自己。"她说："恨自己？哪去找这么好个乖兄弟，爱都爱不过来，还恨呢！你们几姊妹都生得干干净净，又数你生得格外让人心疼。"她边说边靠近我，左手里的牵牛绳一荡一荡的，牛在身边呼哧呼哧啃青草。她用右手摸摸我的左脸蛋，说："多光滑呀，像才剥壳的煮鸡蛋。"我往右转转脸，她把牵牛绳换到右手，又用左手摸摸我的右脸蛋，说："多光滑呀，像才剥壳的煮鸡蛋。"我往左侧侧脸，心里既恼又不好意思，欲走开，她却抓起我的手，贴在她的脸上，摩挲着说："你试试，我的脸树皮一样。"其实，我感觉她的脸蛋非常细腻润泽。论长相，她是我们全街最漂亮的少妇。我第一次见到她，头脑里就立刻闪现出许多能够恰如其分地描写女人美貌的优美词汇。接着，她放下满满的一背篓青草，抹去脸上的汗水，解开满襟衣服的门襟纽扣，露出两肩让我看。嫩豆腐似的皮肉上，勒下两条深深的红痕。她的脸和裸着的颈十分鲜嫩,双乳像两汪清水在胸衣里浪,我觉得她很让人心疼,心疼得不忍对她有一丝丝伤害。她说:"你看我水灵灵一个小女子,一天侍候两个长甩子的畜生,真是小姐身子丫鬟命,一朵鲜花插在牛粪上,我才真恨呀!"我入神地盯着她看,她没有回避我的目光。我"唉"了一声,心情又回到落榜的凄凉里。她更靠近一步问:"可惜你中学没考上。"那神情哀哀的,随之从缝在衣襟上的荷包里掏出一只麻雀,捧到我面前,说:"你的事,我男人讲给我听的,他说麻雀好端端的落在你面前,不吉祥,你肯定考不上学了。"我说:"你们都同情我?"她说:"我同情,他不同情。他还高兴,回家就让我用芭蕉叶把麻雀包了敷上泥烧给他吃,他说下酒是份壮阳菜。我才不呢,我要把麻雀埋在河堤柳树下,柳树上歇的喜鹊多,过两晚上,叫它也变成一只喜鹊,要是有一天,菩萨开眼了,保佑你考上中学,让它给你报喜。"她一边说一边跪在草地上用镰刀在柳树根下挑个洞,拣两片树叶把麻雀裹了放进洞里,又从荷包里拈一撮花瓣撒在上面,掩好土,扯把青草盖住。

  尤木鱼的率真和善良还真的感染了我,给了我落榜后暂时的欢愉。她与我家对面成天聚在杂货摊边说三道四的那些小女人不同,她以前就是我认识的小女人中唯一不遭我讨厌的那一个。她活着好像就是为了服侍她的男人和侍弄那头拉车的黄牛。我零零碎碎听说过她的一些遭遇,都是我一本正经地做着作业,假装两耳不闻窗外事,从大人嘴里悄悄偷听来的。她长得小巧玲珑,非常可人,十五岁嫁给上街的万屠户。万屠户十二岁就杀猪,先给私人杀,后在公家的食品站杀,杀了十几年猪,到了三十岁,还没有哪个姑娘敢嫁给他。两年前,家乡大旱,尤家母女讨饭讨到肉铺,万屠户见姑娘长得漂亮,悄悄给她两块熟猪血,母女才转身,母亲抬手还未把一坨猪血喂进嘴里,便倒地死了。一个收肠衣的人当场做媒,给了尤姑娘做一身花布新衣和掩埋母亲的钱,促成他俩成了亲。条件是收肠衣的每天收小肠,万屠户必须让半斤秤。就这样,一个善良单纯的小姑娘,成了两块猪血的牺牲品,成天和一个满身血腥味、坐在饭桌上拿筷子的手背还锈满猪血的杀猪匠生活在一起,还时常挨打受骂。更可恶的是,他睡她,时常揪她掐她,他才心满意足,不这样,就不让她睡觉。街坊们都说她是木鱼,屠户是花和尚,活该天天遭他敲,"尤木鱼"的名字便由此得来。这样的生活本该是惶恐和痛苦的,可她却活得非常快乐。她说别人一个月才沾一回油腥,她呢,经常有猪脑髓、猪血、猪鞭等猪身上那些公家不在乎的玩意儿吃。有时,屠户还在怀里揣块肉回来,管他的,日子一天一天过吧。后来,食品站把她男人开了,让他到运输队拉架子车,搭条黄牛搞货运去了。从此,她就成天放牛割草,她说,那条拉车的公牛命苦，她也命苦，都是那鬼屠户手脚不干净害的。尤木鱼就是这样一个原本就和杂货摊前的那几个小媳妇迥然不同的女人。

　　尤木鱼把荷包里剩余的花瓣放在手心里研，研着研着便有红色的汁沁出来。她考我："这是什么花？"我说："指甲花。"她惊喜道："你怎么晓得的？"我说："我姐她们都用它染过指甲，还从城里买过染指甲的油，名叫蔻丹。""蔻丹，这个名字不好听，叫'扣肉'好听。""开口闭口就是肉，屠户的老婆还馋肉？""兄弟，肉是越吃越香，没吃过肉的人，是不晓得它的香味的。"尤木鱼说完"嗤嗤"地笑，眼睛含情脉脉地望着我。我觉得奇怪，问："你笑什么？莫名其妙。"又道，"谁没吃过肉？一月一次，虽然吃不够，总还有一点嘛。"尤木鱼听了，更是哈哈大笑起来，说："你不懂，你不懂，帮我染指甲吧。"我木讷地看着她说："你妖精，说话怎么鬼头鬼脑的。"她说："等你长大了就晓得了。"我问："你是不是在说男人和女人的下流话？"尤木鱼意识到她的怪话已经对我起到了点化的作用，再不敢把话说得更透彻，便收住笑脸，让我把研茸的指甲花点在她十个指甲盖上。悬着手腕点，怎么点也点不好。她急了，一把将我的左手拉过去，托住她的手心。她"啊"了一声："好爽快啊！"我脸上有些害羞，心里却也爽爽的，联想到她的丑话和她的姣美，我确实有了比吃肉还要舒服的感觉。这时她直念叨："老天爷，你把这个乖兄弟送给我吧，让他跟我放牛，粘蜻蜓，捉螃蟹，还有……还有下河洗澡。"她朝我喊道，"真的，我还会游水呢，狗刨骚，能游好几丈远，不信我下河游给你看。"她已经是个少妇，却仍像小姑娘那么天真烂漫，说着就往河里跑。我忙喊道："指甲花，你染的指甲花。"她说："不管了，洗脱了明天再染。"她又反身跑回来，扯住我的裤腰一齐向河里冲，身子柔得像一条蛇，女人甜腻的体味裹住了我，我害怕眼前这个乖巧的女人了，不知如何才能挣脱她，我想到了那个一脸横肉的万屠户，便喊："屠户来啦！"她的手立刻松开，像被开水烫了一下，她朝身后的草地看去，什么也没有，便生气地说："我才不怕他呢。"我问："街上的人都说，屠户白天在杀行捶猪，晚上在家捶你，有这事吗？"她扑哧笑了，说："我才不管呢，他打，我就跑，躲在河边芭茅林里，他怕坏人糟蹋我，再晚也要把我找回家。"我说："你别乱跑，你男人野，惹急了他会把你当猪杀了的。"她听了竟然开怀大笑，说："乖兄弟还怜悯我，心才好呢。"说得我一脸羞涩，忙遮掩道："该回家了，我还要看书，我必须上学，不能像你，活一辈子只知道放牛割草。你好可惜，你为什么不读书呢？让屠户拉车供你读书嘛。"她突然悲伤起来："我不会读书，我只想跟你玩，你不和我玩算了。我知道你还想读书，你看不起我，等你不读书了，看得起我了，我再找你玩。"我静静片刻，扪心自问：从此真的无学可上了吗？心里便生起淡淡的哀愁。

我离开河堤，她也拉着那头公牛走了，我们是朝着相反的方向走的。没走多远，仿佛听到她的呼喊，我回头望去，她呆立在路边，清亮的眸子里，透着几丝依恋。没敢多停留，我仍默默前行，走出好远，我再回头时，在堤坎尽头，依然停顿着一长一短两个黑点，由于在一条线上，真像留在大地上的一个感叹号。

一天，有个街坊在中街碰到我父亲，她说："你家老五还没接到录取通知书？怕是冇希望了。哎，我兄弟在区上，听他说区上的民办中学马上就招生，让老五去考，莫让他成天跟尤木鱼疯。"父亲回家就把我叫到跟前，他对我说："近来我反复想过了，我过去对你的教育和要求，可能已经不合时势。今天已不是你两个兄长读中学那个年代，时代不同了，人要活在当下，不要去想去做那些不切合现实的事情。你还是去考民办中学，不等明年复考公办中学了，发蒙已经晚了一年多，耽误不起了，迟一年不如早一年。况且民办中学门槛低，去考的都会录取，先委屈三年，升高中再争取考个公办学校。还有，你要远离尤木鱼，那是个没家教的野女子。"思前想后，我没答应父亲，我尤其反感父亲在我面前说民办中学门槛低的话，好像我真的没有本事只能低就似的。随后，父亲把想法告诉大哥二哥，两位兄长觉得父亲说的也对，岁月不等人，宜早不宜迟，况且发蒙太晚，已无宜早可言了。听说民办学校毕业的初中生，照样能够考公办高中，今天的缺失，今后还是有时机弥补的。既然父亲和兄长的意见已经一致，尤其是父亲那句"人要活在当下"的话，让我有些上心，我虽然还不甚痛快，也就无话可说，便勉强点头答应了。

民办中学招生考试这天，我提前来到设考场的完小门口，躲在石狮子屁股后面偷偷观察，看落榜同学里还有谁来参加民办中学考试。等了许久，只见到乡下的两个同学进了校门，本街的文同学没有来。我早就听他说过，考不上初中，他就去父亲的面馆跑堂，看来他真的当生意人去了。听到第一道考试铃响，我才快快地走进教室。

考完试一出来，就碰到半条命的老婆，她手提一个竹食盒，盖子不严缭出烟子，飘着蒸笼肉的香味。见了我她惊诧道："五兄弟，又考试呀？民办学校都看得上呀！"我不晓得如何回答好，只得说："我只想读书，不管哪个办的，有老师教就行。"她说："嘴巴还真会说，我问你，不和屠户家那个小妖精疯啦？人家说你们前天在河边疯了一下午，她是狐狸精转世，会勾魂的，你不怕把魂给你勾跑了？"我说："狐狸精只有神话故事里有，人世间哪有，真有，我也不怕。"她说："哎，不怕好，你都怕了，狐狸精还去找哪个？天生的乖乖崽，全街就数你一个，爱死人了。来，冯姐奖励你一块肉吃。"说着她就把竹笼盖揭开，正欲伸手拈肉，又把手缩回去，在衣襟上擦擦，然后把竹盒递到我面前："知道你家的人爱干净，还是你自己拈吧！"她的兄弟以前是卖小吃的，专做蒸笼肉和葱花猪血汤。食品定量供应之后就歇业了。她见我没动，又说："我弟弟专门做给我那死鬼补身子的，半条命了，反正补不起来，给他吃还不如给你吃。"本来母亲就不准我们兄弟姊妹在外张嘴乱吃，她一提半条命，那个痨病腔腔的形象就更让我恶心，便自己把嘴捂起来，支支吾吾："不吃，不吃。"正推辞间，忽听一声铃铛响，随着响声，一只瘦骨嶙峋的手伸下来，把食盒夺走了。我头一偏，见半条命屁股歪在"洋马儿"上，双脚勾着趿板鞋，左脚点地，右脚踩在脚踏上，一副寡骨脸没有一点血色，眼珠鼓得溜圆快要掉出来了。他骂道："鬼婆娘，人都饿得快落气了都不见你影子，怪不得遇到公子哥了，小鸡鸡都没喂大也能缠半天。"骂完，点地的脚一蹬，右手握把，左手高举食盒，得意扬扬吹着口哨跑了，气得半条命的老婆"呸"地一口痰喷过去。"吐痢呀！吐痢呀！冯姐，你吐哪个？"说着尤木鱼撞过来，半条命的老婆说："还敢吐哪个，我那个死鬼嘛！""又欺负你了？"两人笑嘻嘻地对视着。"你以为他舍不得欺负我？没那么好的事。""你晚上把他喂饱点嘛。""再喂，再喂就喂到阴曹地府去了。"半条命的老婆伸手抓住尤木鱼的丰乳，尤木鱼尖叫起来："哎呀！学生哥还在面前，你丑不丑啊。"我正要转身走，半条命的老婆一手把我揽过去，勒在她的腰间，而不是怀里，拍着我的脸说："你都没考上中学，还是学生哥呀？不是了，你跟尤木鱼疯，不跟我们疯？我给你爸说了，不让这个小妖精纠缠你。"我说："我还要读书，我还要上中学上大学，就是学生哥。你见哪个缠我？鬼才缠我。"她把我搂得更紧，她身上的雪花膏很香，感觉到了她肉乎乎的腰肢。她脆生生地说："还嘴硬，嘴硬我挤死你。"这时尤木鱼喊："你看，他老子来了。"她撇嘴道："不怕他，善人一个。"但她还是很快放开了我，和尤木鱼说说笑笑地走了。

这天，尤木鱼站在我家门前张望，也不知她在想什么。正望得出神，忽听半条命叫她。她转过头，半条命笑嘻嘻道："你望伊老五呀？心疼他呀！"尤木鱼没恼，说道："你看，伊家天井里在冒紫气，那是仙气，伊家要出第三个笔杆子了，伊老五这回最终会上公办学校。不信打个赌。"半条命问："赌啥？"她说："我不得输！"他说："你要是输了呢？"她急了："我说了，我不得输！"他说："你输了就和我做一夜夫妻。"她说："你做梦，你下流。呸！"嘴朝向半条命，一口唾液却吐在自己脚边。她又道："我真的不得输，要是你输了呢？你输了我不让你女人陪屠户睡一夜，只叫屠户抱着你女人哧溜一下，就一根烟的工夫。"半条命见自己说不过她，便用尖酸话损她："街上的人都说你缠伊家老五，原来真的是老母牛想吃嫩草！"她说："想吃又怎样？我也不老呀，他十四，我十六，一样嫩，不合适？"她把身子一拧，头猛地一摆，辫子甩起，辫梢掸过他的脸，随之小巧的圆屁股一扭，把他弄得晕晕乎乎的。这时她说："人家不像你那样下流，请都请不挨身，小君子一个呢。不跟你说了，满嘴臭屁，难闻！"说完摇摆着腰肢走了。

  暴晒了一天的街市尘埃落定，人们都在自家的门前泼上井水，压住浮尘，不让它随着过往的脚步又飘扬起来。夜饭一吃，各家就把竹凉床竹凉椅放在水印未干的街边上，舒舒展展地躺上去歇凉。我家的人歇凉，父亲立有规矩，女的必须睡在门庭里面的凉床上，不得越出大门门槛一步，凉床还要挂上蚊帐。男的可以睡在街边，但不能裸胸露背。父亲说别家的门前如何显山露水，如何花枝招展，那是别家的事，我们既不能效仿，也不能窥视。父亲在门前燃起锯末驱赶蚊子。锯末用苦蒿水泡过，缭绕的不只是青烟，还有蚊子闻之丧胆的苦辛味，蚊子们不敢靠近，只好在周围的柳梢间盘旋。

  我想到桥上去，那里河风悠悠，可以看见静无声息的河水，可以看见远坡的剪影，还可以瞭望澄碧浩渺的天宇，让清新的气息鼓满胸怀，淘净可恨的忧思。落榜后父亲不许我晚上出去，我便假装忍受不住熏蚊烟的气味，对父亲说我好想呕吐。父亲说："以往为何不这样？"我不语。二哥插话说："小弟这两天心情不好，可能是忧思过度。"父亲没再开腔。

  石桥两边躺满了歇凉的人，中间仅留几尺宽的通道，让夜行的人来往。桥头长着一棵黄桷树，历经百年沧桑，硕大的树身筋骨嶙峋，树根暴露在地面，像龙爪一样撑在四周的土石之间，显得十分霸气。靠河的一边，长进水里的树根上，爬着几个顽皮的小孩在戏水，河面泛起阵阵欢笑声。

  我静静地坐在桥头石栏上，仰望满天繁星，羡慕它们自由自在眨着眼睛。我想起了郭沫若的诗《天上的街市》，便轻声念了出来："远远的街灯明了／好像闪着无数的明星／天上的明星现了／好像点着无数的街灯。"诗的意境，把我带进了浩瀚的宇宙，我随风而飘，带着仲夏夜之梦，飘进了天上的街市。那里的街道一尘不染，那里的房舍晶莹剔透，那里的女人冰清玉洁，那里没有忧愁没有烦恼，少年都上着自己想上的学校，人们都做着自己想做的事情……

  正飘然着，尤木鱼牵着黄牛，腋下夹床草席来到我面前。她一见我就叽叽喳喳道："哎呀！我在河边歇凉睡着了，梦见河堤柳树下埋的麻雀变成了喜鹊，在树上跳来跳去喳喳叫唤，五兄弟肯定上得成中学了。"我说："我已经报考民办中学，就算如你梦见那样，你许的愿要实现了，我也只能是个民办中学的学生，不能跟公办学校的学生比，但还是谢谢你的好意！"她争辩道："梦里的喜鹊最后朝北飞走了，县城就在北边，你会去县里的公办中学读书的。"我说："就算你说的是真话，那毕竟是梦，实现不了的。"见我高兴不起来，她知道我有一肚子的痛苦，她不由得心情也黯淡起来，便道出了她的忧虑："你不管考上哪种学校，你走了，哪个跟我玩呀！我不爱跟别人玩，也不敢跟别人玩，他们都是大流氓加小流氓，总想占我便宜。只有兄弟你，斯斯文文，羞羞答答，叫人心疼，叫人爱都爱不过来！"我急忙说："你大声嚷什么呀，我是男人，你是女人，也不是随便爱的。"尤木鱼说："人小鬼大，还以为你什么都不懂呢，原来懂得还不少。"俩人正说着话，黄牛却不知羞耻地"哗"的一声射出尿来，还不停抖着黄缎似的皮毛。这时，桥上歇凉的人堆里，便有人吼出话来："骚牤牛见到骚母牛，骚得尿长流。"尤木鱼一听这阴阳怪气的话语，就晓得是张跛子这个老不死的在指桑骂槐，就高声还嘴道："小牤牛该骚，老东西骚不动了，好眼红哟！好造孽哟！"尤木鱼还不示弱，又道："有的人该积点口德了，要不下一辈子还要又跛又瞎又聋又傻。"指桑骂槐的张跛子彻底沉默了，整座桥上的人都沉默了，刚才还谈兴正浓的纳凉地，一下鸦雀无声。大家都表情各异地望着这个唯愿伊家老五考上公办中学的漂亮少妇，如何教训那个丑陋的老无赖张跛子的。

  我感到压抑得透不过气来，短暂的月朗风清般的爽快心情消失了，一种莫名的忧思又像无孔不入的风，钻进我的心头，心有了一丝疼痛。我想到了回家，便谁也没再理睬，下了桥栏就径直走了。

  不久，我便收到区民办中学的录取通知书，通知书是蜡版刻出来油印的那种，上面盖着学校的公章。虽然考上了，但我怎么也高兴不起来，在自家的天井边闷闷地坐了好半天。

第二章

万木色彩渐近苍黄,学校也开学了。

母亲为我准备了一堆行李,她从中拿出一张席子,对我说:"马上秋凉了,草席正合适,入冬再换褥子床单,省一点是一点。"然后又补一句:"这是你大哥二哥读中学用过的,沾点灵气,今后也像他们那样考上大学。"我深望母亲一眼,她内心的甜美溢于言表,小儿子终于读中学了,她期待着家里出第三个大学生。整理行李时,我取出一件衣服,对母亲说:"中学生不兴穿长衫,就不拿它了。"母亲接过去,反复看了几遍,笑着对我说:"这件衣裳你两个哥哥都穿过。读书人不穿长衫,终归不像读书人。穿短襟不是拿笔杆的,那是拿锄把的。"我说:"妈,过时了。"母亲再没说什么,用手摸摸我的头,满意地离去。

大学也开学了,两位兄长分别回广州和北京的学校去了。

四姐送我去区上的民办中学报到,临走她拿家里的粮本取了些粮票,还对父亲说:"先拿一个月粮票,后边再把粮户关系转到学校去。"父亲没说话,只默默地目送我们离家而去,目光有几分忧郁,不像目送两个哥哥离家时那样明朗。

走出街口,柳枝飘拂下的家的屋脊已看不见了。四姐对我说:"你走了,妈在用手帕擦眼泪,你看见了吗?"我点点头,两行热泪忽地顺着脸颊流下来。

学校设在区公所所在镇的一座古庙里,民办中学利用庙舍将就一下,也是情理之中的事情。四姐办好报名手续,送我到寝室,把床铺得整整齐齐,然后就回去了。

报到之后便没事了,本想翻翻新课本,浅尝初中知识是个什么味道,可是管报到的老师说,课本要两三周后才能来。有同学问,上课怎么办?老师回答,上课自己做好笔记就行了。同学们不悦地相互望了一眼,好像在说,民办中学嘛,不足为怪。

我信步在校园游览了一圈。教室是两排老式平房，课桌和凳子摆得非常整齐。与小学不同，黑板是嵌在墙上的，而不是用木架支撑，斜搁在那里，望得人脖酸眼花。寝室显然是原先供奉菩萨的殿堂，墙上还有泥菩萨没了残留的痕迹。满地点点滴滴的灰浆印子，像是菩萨们不舍离去洒下的泪痕。我的床头正顶着墙上一个硕大的阴影，看来是弥勒佛打坐的位置，我睡在床上，瘦小的身躯恰好包容在他那能容天下难容之事的宽大胸怀里。与大菩萨依偎而眠，是我始料不及的快事，菩萨那永不泯灭的微笑，将会时时融解我今后的诸多忧愁。

寝室外面是寺庙常见的古柏和桂树，都有历经沧桑之感。柏枝如岩石般坚毅，柏叶翠绿鲜活，疏密有致。桂树正孕蕊而立，再过些时候，桂花扑鼻的馨香会阵阵袭人，让学子们记不清自己是来求学的呢，还是已削发为僧了。

素手上课，一晃就过去了两周，就在第三周的星期一，四姐突然来到学校，把我从教室里叫出来，交给我一封信道："五弟，你仔细看看。"我展开信，原来是县招生办的录取通知书。通知书是铅印的，红字头，盖的是鲜红的县招办的公章，我被录取到玉马中学，那是所县属的公办中学。我欣喜若狂，忙问四姐什么时候走，四姐告诉我马上走。她拿着录取通知书找到班主任，班主任说他做不了主，便带我们到校长那里。

校长很严肃，斜视一眼四姐手中的录取通知书，伸手接过去验证了好半天，才抱怨道："县招办的人睡醒了，都开学两周了还在发录取通知书，儿戏，简直是儿戏！"校长停顿一下，并不看我和四姐："不走不行？"我未语，斜视着校长，对他的轻慢心生不悦。四姐急了，她说："那是所公办学校！"校长骤然变脸，恨了四姐一眼，很不以为然地说："不就是上个初中嘛，什么公办不公办的。"说完不再理我们。我见四姐的脸倏地红了，眼眶也有些湿润。

在去总务室的路上，我问四姐："校长并没同意，我们走了好吗？"四姐说："这件事并不需要他同意，告诉一声，是尊重他。"过了一阵，四姐又后悔说："我不该当面说那是所公办学校，他是民办学校校长，说了他脸上无光，难怪人家不高兴。"

总务室只退了一半学费，书费已预付给新华书店，无法退还。我和四姐望着总务老师，沉默了好一阵，见总务老师不再解释什么，我们只好走了。

离开寝室，我对着墙上弥勒佛的身影默祷：别了，大菩萨，请多多保佑我吧！

听说都开学两周了，我竟然还接到县招生办的录取通知书，要去上公办中学，全街的人便风传尤木鱼这个疯婆子是个妖精，通神通仙，能叫喜鹊传信，能让梦话成真。尤木鱼也更加得意扬扬，那两天都扭着屁股，从东街跶到西街，又从上街跑到下街，见人就说她要半条命把老婆送到她家去，叫她男人弄一下。别人笑她这样的丑事也干得出来，谁家的女人都恨男人偷嘴，她却好，自己主动请上门去。但她说，谁叫半条命跟她打赌呢！赌输了就得兑现，要不是今后别人还真把她当疯子看了。半条命的老婆气得把半条命追得上气不接下气地满街跑，最后把状告到万屠户那里，尤木鱼被屠户用麻绳套住脖子，拴猪一样牵着打得满屋跑，尤木鱼只好告饶，这才了却了此事。

一转眼，我就成了被公办中学录取的学生。父亲要亲自送我去玉马中学，母亲又重新收拾东西，装了整整一竹箱。除了很少的几件衣服，其余的都是我喜欢的文学书籍。书箱很重，被褥和洗漱用具又太轻，挑子失衡不好担，父亲叫取出些书来，我坚持不让，强词夺理说没有一本书是多余的，父亲只得在轻的一头加了一块石头，担子压在他肩上，腰一下就有些弯曲了。看着父亲不堪重负的样子，我既后悔又难受，父亲惜子负重的形象，深深铭刻在我心里，永生难忘。粮户关系也一道迁去，与上次相比，真是隆重了好多。我感叹道，公办中学毕竟是公办中学呀，就是不一样啊！

我春风得意地走在前面，父亲挑着行李跟随其后。父亲边走边叮嘱，从我们镇到玉马中学，有五十里之遥，走一回就要记住路，自己走千万不能走错，就像人这一辈子，路走对了是福，路走错了是祸。

出街口，过石桥，父亲放下挑子，到邓家饼子铺去买饼子。他说，路途远，预备点干粮路上充饥。父亲刚一离开，我就听到有人叫："兄弟！兄弟！"转身却见尤木鱼在黄桷树下向我招手，背上挎了割牛草的背篓。她低声说："过来，别让你老子看见。"我有点不乐意地蹭过去，她把我拉到树背后，问："你猜我前天去哪里了？"我摇头不语。"去区上的民办中学找你。"我十分惊讶："你找我？找我做什么？"她笑起来："找你就是想见你，想见你就是想你！"她不容我说话，又道："屠户上区里拉货，我跟他说想去区上耍，屠户答应了。其实，我是想及时告诉你公办中学的录取通知真的来了，好让你早点高兴，想不到人家说你已经不在那里读书了，我心里直后悔去迟了。不过我也太笨了，我再操心，能操心过你家里的人？还赌赢了，还白挨了顿打，还白跑了趟路。"我明白她的心思，却故意问："我的事你这么上心，为什么？你又不是我姐姐。"她说："我本来就不是你姐姐嘛，我才不给你当姐姐呢！给你当姐姐有什么好？一点也不好！我要当就当比姐姐还要好的那种女人。"我说："比姐姐还要好的女人，那是什么女人？我不懂。我是读书人，只对读书有兴趣，女人的话题不谈了。这阵父亲就送我去公办中学报到呢。"她一下变了脸，恨我一眼，装作气呼呼地说："我看你还能读一辈子书，读死在外不回来!"见她生气,我的脸忽然红了,扭头便走。父亲问我上哪去了,我说上厕所。父亲戏言懒牛懒马屎尿多。走了,还看见她站在树下呆呆地目送我。

我们要翻越无数青草坡,还要过两条河流。坡上长满马桑和黄精,还有总也长不大的柏树。马桑在夏天开出红花,花不艳也不娇,是那种很寻常的小花。黄精在秋天结籽,透出一股暗香,据说入药有长力气提精神的功效。在地坎上和坡道旁,柏树苍绿逼人,像永不动摇的旗帜向路人指明前进的方向。

玉马中学是所老学校,从它校舍的建筑格局和色调,还有那依坡傍水、环境优美的校园,以及那熙来攘往手不释卷的学哥学姐来看,一望便知是个充满书香气息的读书的好地方。

我和父亲一进校园,便招来许多男生女生注目。他们不只是惊讶我的帅气,更觉奇怪的是都第三周了,怎么才睡醒了似的跑来报到。我望着那些举手投足斯文稳重、谈吐口齿清爽利索、立领的学生装洗得蓝中泛白的男生和挺着胸脯青春漂亮的女生,我无比欣喜地暗叹:我有这么多我喜欢的同窗,真是睡着了也会笑醒啊!正胡思乱想,父亲低声招呼道:"别东张西望,孔子说非礼勿视,不仅不乱看,更不能乱想,记住啊。"父亲一眼就洞穿了我的内心似的。"还有,"他又说,"你走路怎么跟在别人屁股后头,他如矢气,你闻臭遭罪不说,前面若是女学生,更有猥亵之嫌。遇到这样的事,要不错开,要不上前,切实记住。"我在心里嘀咕:这叫礼教?封建!迂腐!

父亲把我安顿好了便要回去。他把身上仅剩的一块多钱掏给我,说:"才离家,吃不饱买点零食帮衬,正长身体,不要亏了自己。"见我迟疑未接,又说:"不许拿去买书,学校有图书馆,早些办个借书证。"父亲知道我这个毛病,有了钱便去买书,怕因此亏待身体。他没吃午饭,就带了来时路上充饥剩余的一个饼子。西斜的太阳给父亲瘦高的身子投下一抹长影,疾行的脚步,因咀嚼饼子而不停翕动的腮帮,让快速前移的影子更加轻飘。

秋阳的暖色浸润着树林和校舍,到处一片橘黄。同学们都上课去了,我站在音美教研室门口,等候我的班主任。我把衣领的风纪扣扣好,又抻抻衣襟和两只袖子。这时,班主任来了,屁股后面跟着一个女生。女生个高而漂亮,脸上挂着甜甜的笑。她进去抱了一摞作业本就出来,她朝我看了一眼,那甜甜的笑靥溶得更深了。班主任让我进去,我站在她面前挺胸昂头,装出很抖擞的样子。她没有像一般人那样上下打量我,而是用那双亮晶晶的美丽的大眼睛对视着我,那种对视不但专注,而且持久,脸上也露出莫名的惊喜。我最终埋下头,是不是害羞了,自己也说不清楚。我趁机把她从头到脚打量了一遍,这是一个成熟了但又比校园里这些初中生大不了多少的女孩子。她身材的曲线非常优美，坐姿也很文雅，双腿紧闭，微微向左倾斜，格子呢短裙刚好盖到膝盖，雪白而修长的小腿没有晃悠，穿着带襻的白帆布鞋的脚稳稳地踩在地面。即便是坐着，也给人一种青春勃发又昂扬向上的感觉。她让我依然抬起头来，我没看别处，还是对视她。她说："你在看我？""不，是你在看我。"我十分肯定地回答。她笑了："对，是我在看你。你……你这对眼睛太美了！"然后竖起右手食指，牵引我的目光上下左右移动。班主任的这个举动让我感到十分奇怪，我怀疑自己是不是错进了医院，站在了眼科医生面前。我见她从抽屉里拿出铅笔和纸，右手捉笔，左手食指把我的目光引到右上角定住。我听到铅笔在纸上发出急匆匆的沙沙声，还有那一句接一句的"不许动"！我太想动了，我最喜欢她雪白的指头在眼前晃来晃去，眼的清亮，唇的红润，牙的齐整，也深深吸引着我。我想动而又不敢动，不敢动是怕她画不好自己的眼睛让她着急。我只知道女街坊们称赞自己清纯漂亮，她们对漂亮只是一个笼统的概念，只是对五官排列的粗浅认识，到底可爱在哪里，她们是无法一语道破的。直到今日，我面前这位姑娘才让我明白，原来真正打动女人的却是自己的这双眼睛。她在第一次碰面就抓住自己的一双眼睛，肯定它长得比别人的都生动，她画它只是喜欢它，还是有别的意图？我疑惑不解。她画完终于说话了："我是陈老师，你们六五级一班的班主任。"她还是没说出画眼睛的意图，只微笑着露出一口齐整雪白的牙齿。这样的形象，只在电影里见过。我想，她一定是从小就生长在一个美丽的城市的一个很有教养的家庭。她接着说："你是我们班最后报到的一个学生，学号是四十八号，听说你走了很远的路，累吗？如果不累，我就送你去上课。"我回答一声"好"，便跟她去了教室。

走在去教室的路上，我心里有如羽毛拂过的感觉，我这个在小镇长大的男孩子，还是第一次看到这种装束这种气质的女人。而且，她又是这么温和，这么体贴入微。她让我彻底懂得了世界上还存在着与尤木鱼截然不同的另一种女人。她有我认为的高贵、典雅、娴静和含蓄，与尤木鱼的热情、奔放、粗鲁和率直比较，我更喜欢甚至是景仰眼前这个女人。

她把我介绍给大家，所有同学的目光齐刷刷地射过来，正盯得我要低下头时，我看见刚才那个抱作业本的漂亮女生带头鼓起掌来，我顺势给大家鞠了一躬。陈老师亲切地拍拍我的肩膀，让我坐到最后一排的最末一个座位上。

睡在县属公办中学这张床上的第一个晚上，我就给自己立下誓言：苦读三年考上高中，再拼命三年考上大学，成为伊家第三名大学生。如不践行誓言，怕苦怕累，贪玩好耍，荒疏学业，升学无望，自愿削发为僧。

无意间，我想起自己升学的事有些蹊跷。既然能录到公办中学，就应该像张同学那样，一开初就录进县二中，为何不但迟录，而且还分到乡下中学呢？我不甘命运开的这个玩笑，虽然县二中和此校同为公办学校，但是两校的师资力量和两地的学习环境还是大有区别的。我不是备取生，我怀疑补录的后面隐藏着什么秘密，于是提笔给在北京的二哥写了一封信，把质疑和苦闷倾吐了一番。

这天早自习，陈老师走进教室便把我叫上讲台，当着同学们的面，将一枚红底白字的校徽别在我胸前。我看了一眼大家，几乎所有的学友都同时把自己胸前的校徽用手正了正，我很是自豪，听说这种殊荣只有公办学校的学生才配享受，民办学校的学生是不佩戴校徽的。

陈老师名叫陈佩缇，这是我从值周老师的公告牌上知道的。"缇"是橘红色，这个不俗的名字，给我带来的温馨和雅致情怀，让我自此之后再没忘起。研究陈老师的名字引发了我对老师起名的好奇，我探询着将几门主课老师的名字排列出来，试图从起名弄清他们家庭的文化氛围和本人受教育程度。炊事班的万师傅，一建校就从城里下来了，他有城里人的圆滑，和学校每个老师都混得很熟。他是个烟鬼，嗜烟如命，我花八分钱买包"经济"牌纸烟笼络他，还真把我想要的情况，弄得一清二楚。

万师傅告诉我，教语文的丁昂之西南联大毕业，以前在县一中教高中，由于个性太强，经常犯上，加之父亲曾是伪政府的一个不大不小的官员，就被贬到乡下中学来了。教数学的代由之和教生物的罗涪光都是大学毕业生，罗老师的祖父还是清末举人。物理老师毕富贵是个中专生，家在城郊蔬菜队。化学老师王有财，高中毕业回农村劳动了两年，是一年前才来校教书，名为"代课老师"。政治李老师有个怪名字，叫李追，原来是区上的团干。据说身怀六甲的母亲在追赶被抓壮丁的父亲时，把他生在大路上，母亲便给他取了这个名字，以纪念一去不复还的父亲。最后，万师傅还对我说，虽然陈老师这学期中师毕业才分来学校，对她的背景一无所知，但她在师范上学时，国画和独唱比赛双双获过头等奖，这在县城教育界却是尽人皆知的。我为有这样一个才女当班主任，感到很是欣慰。

对这样泾渭分明的师资背景，我心中喜忧参半。我对理、化悟性本身就差，初二就要开课，再没有好老师释疑解惑，那自己肯定就输惨了。语文虽好，也只是若干门课程的几分之一，一枝独秀不是春，万紫千红才春满园。加之学校未开设外语课，这样的缺失怎么弥补？如此状况，要想与城里的中学齐头并进，是决不可能的。我在心里凄楚地告诉自己，要想三年后考进县城的高中，决非易事，必呕心沥血倾其精力，必披星戴月抠紧时间，否则，那只是痴人说梦。

星期五作文课，教语文的丁老师一上堂，即眉飞色舞地点评上周作文。丁老师堂下庄而不谐，寡言少语，十分沉静。一上讲台，就激情四射，解读范文手舞足蹈，绘声绘色，吸引众目注视，课堂泛起一片唏嘘之声。范文还未读完，同学们的目光就一齐投向一个男生。他有一张圆润的脸，尽管年少，但看上去慈眉善目，透出阴柔之气，很像戏台上的宫廷太监。同桌告诉我，他叫牛光宇，前两周的范文都是他的，这次肯定依然如此。其实，当丁老师念出第一句，我灿烂的笑容和扬头左顾右盼的形象，就已经显示出我的自鸣得意。正当大家羡慕的目光不停地在牛光宇脸上闪射时，范文念完了。丁老师笑眯眯地说："请伊诗岚同学站起来。"他亲切的目光终于落在最后一排的四十八号座位上。"啊！新来的。"同学们惊奇得无异于桃花开在冬天里，都张大嘴巴望着我。"这篇范文是才来的伊诗岚同学写的，请坐下。"丁老师话音刚落，一些同学蜂拥而至，抢过我的作文本争相传阅。我看到袁小圆，也就是进校那天见到的、跟在陈老师屁股后面抱作业本的那个女生，一直默默望着我。

下课之后，牛光宇在一棵洋槐树下追上我，他自我介绍道："我叫牛光宇。"近了，更觉得他挂戏台上的太监相，细皮嫩肉，圆脸蛋上每个细胞都溢满笑，有长者般的慈祥。"宇，宇宙的宇，就是光耀宇宙的意思。"他解释说。我很欣赏他的形象，一直盯着他，一言未发。他接着说："我连续两周的作文都是范文，心想，六五级一班再不会有人超过我，没想到你这个备取生竟然后来者居上。"我并未生气，更正道："错了，我连备取生都不是。""你不是备取生，怎么过了两周了才跑到我们学校来？"见他一脸的疑惑，我便回答道："这个嘛，我也不清楚，你问我，我还不知道该问谁。"他一时语塞，有几分尴尬，便自嘲地笑了笑，说："不问了，不问了，你的作文……"他没有说下去，伸出手要与我握，我还有些不习惯，勉强应了。握住他的手，我说："祝愿你牛气得光耀宇宙。"

第二天晚自习，同桌悄悄对我说："你知道吗？你这周出范文，有人不服气。""谁呀？"同桌朝牛光宇的位置努努嘴说："牛不服气，他说一个备取生，值得骄傲吗？"我说："他不服气有他的道理，他出过范文，他写的作文肯定也有过人之处。"同桌说："还有一个人也不服气。"我"嗯"了一声。他说："就是卢夫恭。"我问："卢夫恭是谁？"同桌回答："就是坐横三竖二交叉处的那个女生。"他又补充道："跟你一样，城镇学生，大方泼辣，不像女生，倒像个男生。"我说："不服输的人都是有本事的人，尊重。"他说："你大度，佩服！"我俩都笑了。

连续三周，我的作文都成了范文，丁老师不再亲自朗读，而是每次指定一个同学朗读，然后他再点评。前一周的作文题是《我的父亲》，父亲是我最亲最亲的人，他给了我生命，让我来到这个世界上，他是任何人不可取代的。但不是每一个人的父亲都可以写，都可以用优美的文字去颂扬。我的父亲就不能写，在我还未出生时，历史就把父亲打入了另册，成了只可歧视、不可尊重的戴罪之人。于是，我写了《我的叔父》，邻镇一个酿酒作坊的掌作师，一个长相略逊父亲一筹的半无产阶级男人。生活困难时期，他为了让乡下的妻子儿女活下去，时常从单位食堂把口粮取出来，夜里摸黑将粮送回家，让妻子儿女吃，自己每餐只喝作坊里的甑脚水，再嚼一把炒豆子。这样苦苦熬了两年多，还未熬到三年困难时期的尽头，便得浮肿病离开了人世。临走，望着活下来了的家人，还自豪地说自己死而无憾。我眼泪伴着沉重的笔头，竟然写了十多页，三千余字，是我自认为写得最好的一篇作文。眼泪饱含着对父爱情怀的崇敬，也饱含着对叔父的怀念。这篇作文，是丁老师指定袁小圆朗读的。我写的文字，第一次从一个漂亮女生嘴里，饱含情感地念出来，我特别有一种成就感和幸福感。我听到有同学小声议论，说我为什么不写自己的父亲，而是去写叔父。读到最后，袁小圆竟然轻声哭泣起来，有几个同学受到感染，稚嫩的脸蛋上也坠落下泪珠。袁小圆读完作文，扭头向坐在最后一排的我深深望了一眼，我还是第一次从异性眼睛里看到这种让我心跳的目光。

正当我的作文连获好评，更有袁小圆的一眼深情，而让我沉湎于自鸣得意相忘形骸之中时，余班长讨伐我来了。

余班长是农民的儿子，个子和年龄都数全班第一，最懂人世间的男女之事。有一次他碰见我看《青春之歌》，便问我喜欢哪一章，我回答他我是喜欢一本书，而不是哪章哪节。他对我说，他最喜欢看林道静挽留江华过夜，江华要走，林道静抱住他不放那个情节。我对他有些鄙夷，他就给我讲，他的家乡偏僻，夜里照的油灯，煤油又是定量供应。男人和女人收工摸黑吃饭，吃完就上床睡觉，一挨上就干那事。家里房子小，墙是竹笆的，不但不隔音，还烂了许多窟窿都懒得修补，爸妈干那事的叫声清清楚楚，干那事的动作明明白白，儿女虽小，都多多少少朦朦胧胧有过耳闻目睹。他的眼睛湿了，又说，乡里没戏看，没电影看，成天面朝黄土背朝天，坡看厌了，天看厌了，就互相看。看别人的女人，看别人的男人。别人的女人都比自家的漂亮，别人的男人都比自己的牛气。越看越忧愁，越看越怄气，何以消气，何以解忧，唯有晚上男人趴在女人的肚子上。所以，他知事早。除了知道干活，除了知道为大人操心，也知道许多男女之事。

在班上，他和我的座位只隔了一个人，袁小圆看我这一眼，清晰地进入他的眼帘，深深地刺痛了他的心。他对我说，从进校那一刻起，他的眼睛就很少离开过袁小圆，她的任何一个细微的举动都躲不过他的眼睛。他发誓要勤奋读书，袁小圆的成绩很好，他要和她暗暗竞赛，双双考上高中，然后双双考上大学。否则，他家是农村的，书读不出来，喜欢袁小圆就成了一句空话。他认为我的作文写得那么好，女生最喜欢有才的男生。因此，袁小圆看我那一眼，是一个不祥的信号。虽然我对袁的那一眼很满足，但毕竟我们都还只是一些未曾涉世的小屁孩。即便偶然萌生男女之间的怀春和钟情，也就稍纵即逝。他这样做，既是多虑又是多情，我还是问他道："那一眼能说明什么问题？""我也不知道，但我想，她以后，可能在乎你，不在乎我这个班长了。"他沉默了，我很理解这个比我还大两岁的学长，没再说什么，也沉默着走了。

正在我春风得意的时候，我做了入校以来第一件大事，就是郑重其事地向团组织交了第一份"入团申请书"。我在入团申请里写道：我是一个从小就知道进步的好学生，小学一年级便加入了少先队，所以，初中一年级我一定要加入共青团，请团组织考验我，我定能经受住组织的考验。在入团申请的后面，我附上一页纸，上书《中国少年先锋队队歌》：我们是共产主义接班人，继承革命先辈的光荣传统，爱祖国，爱人民……

这天下午课外活动，教政治的李老师把我叫到办公室，我满以为他是代表学校团组织跟我谈话，我按捺不住内心的激动，满面笑容望着他。他戴副小镜片眼镜，脸儿白得一点瑕疵都没有。他是全校最沉得住气、最冷面、最不苟言笑的第一人。他的脸上任何时候都凝固着冷漠，像刀刻上去的，很少改变。他时常在校园漫步，几乎不跟任何人打招呼，埋着头，脚步稳重，像在不间断地思考，每一个脚印，就像烙下的一个问号，永久地留在了路上，别人走过那里，都要费很多心思去猜想。他面对我，像一个批评家，伶牙俐齿直指我的作文《我的叔父》文不对题。他说："这篇作文的意思就是让我们歌颂劳动人民，你其实很懂。你写了什么，你还是写了你的家族，还惹得满堂流泪。"他换了一种口气："我知道他不是剥削阶级，但他是地主的亲兄弟，和地主血脉相通。你知道全班的同学说什么吗？你知道牛光宇说什么吗？说你攻击社会主义，没有饿死人，你编造饿死人了，还用父爱作掩护。还有，我知道你在要求进步，要进步，首要一条，就是要和你的剥削阶级家庭划清界限，要培养劳动人民感情，要站在劳动人民一边。"我被当头浇了一盆凉水，心经从我的身体分离出来，人像从高空往深渊倏然坠落，重重地冲入了冰窟之底。我做梦也没想到，一篇作文，一篇普普通通的作文，一篇凝聚着善良、父爱和怀念的作文，一篇被漂亮女生动情朗读过的作文，不但遭同学嫉妒，而且竟被眼前这个戴眼镜的政治老师说得如此凶险可怕，我还会为它得意吗？躁动吗？眼泪不知何时流出，直到嘴里咸咸的才感觉出来。

李老师叫我写份检讨，先交给班主任看，但最终要在他那里过得了关才算了事。次日，我把检讨交给陈老师，便匆匆去找丁老师。他听完事情的全过程，说："够狠的。你别管，我去和他理论。"下午刚好有节政治课，李老师浮皮潦草讲了一阵就让做作业。他把我带到陈老师办公室，当面问她："检讨你看过了？"陈老师回答："看过了。""这么肤浅就送我？"陈老师很平静地说："他还是个学生，只是说了些实话。"李老师道："但他身上更带有阶级的烙印。"这时丁老师一脚跨进来，他大声说道："那三年的天灾人祸，上层都明确表态了，责任也有人承担，学生写篇作文就有罪啦？"李老师争辩道："上面可以说，他就不行。"丁老师愤怒了："你这是典型的'只许州官放火，不许百姓点灯'嘛！"李老师依然冷着脸说："我们当家做主人，这是我们自己的事情，不是任何一个别人都可以评说的。"丁老师急了："我的学生不是国家的主人？是别人？真是狗屁不通。"说完拂袖而去。李老师望着他的背影，尴尬的面容渐渐变得冷酷了。

他们走了，陈老师和我呆立了许久。我正准备离开，陈老师忽然问道："你迟了两周才接到录取通知书，知道为什么吗？"我说："不知道，我们一家人都觉得奇怪。我同班同学都录到县二中，不知为什么我却被录到乡下中学，而且还迟了两周。"陈老师说："昨天老校长专门找我，把你的情况给我说了，你本来录到县二中，还进了'冒尖班'，可是在临开学时，却被别人顶替了，这时录取工作已经结束，只好把你搁下，等到开学后，哪所公办中学有缺额，就补录到那所学校。我们学校恰好有一个正取的没来，所以就把你补录来了。"停顿一下，她又说："老校长问到了你的学习，他很爱才，他让我要把你当尖子生来培养，其他科目的老师他也打了招呼。我告诉你的意思是你要认真配合，好好表现，勤奋学习，为学校争光，为你本人为你家庭争气。"明白了我的升学遭遇，我的眼泪都快流出来了。我非常愤怒，愤怒之余，我为我如此卑微的命运感到委屈。我向陈老师点点头说："我会努力的。""还有……北京来信……那是，那是你什么人？"她犹犹豫豫地问道。我回答："我二哥，明年大学就毕业了。"她的脸略为红了一下，说："家里有这么好的榜样，我相信你会成功的。"陈老师把我送出来，拍拍我的肩头："许多事情，忍一忍就过去了，如果一味地计较，会给自己带来很多苦恼。好，不说了，想来玩就过来吧。"

我把听来的升学遭遇，写信告诉了二哥，这是我第二次为此事给他去信。头次我信中提到的疑惑，他一直未来信说明他的看法。不久，二哥回信说，他通过县招办的同学核实，我的遭遇是真实的。并告知，临到开学时，还能顶替别人进

"冒尖班"的，不会是一般人物的子弟。具体是谁，肯定不能告诉我。还说，第一封信里的猜疑没有根据，那是我想上县城中学的急切心理在作祟，不予支持，决不让我养成无端猜疑人和事的不良思维习惯。他鼓励我说，无论哪所中学，读书在自己，外因也要通过内因才起作用。这个哲学问题，虽然不能完全打消我对县二中的向往，但是，我用一个最浅显的道理安慰了自己：只要辛勤耕耘，必定会有收获。

第三章

学校生活很清苦。三年困难时期才过去，饥荒的日子还没走远，大家心灵里的阴影还没淡漠。饿怕了的同学们不但要学好功课，生活上也要自己照顾自己，他们要学做母亲的样子，料理好自己的一日三餐。

家在农村的同学，每周六下午必须回家。周日上午在队上劳动挣工分，下午准备自己一周的口粮。谷子挑到磨坊碾成米，红苕提井水洗干净，一切准备妥当，到太阳偏西，男生挑着担子，女生背着背篓，三三两两直奔学校而来。因路途远近不同，或慢慢悠悠，或疾步快行，都必须在晚自习前赶到学校，晚餐没有着落，只好饥肠辘辘熬到第二天早晨。

而像我们这样吃商品粮的学生，只需荷包里揣着钱，没吃的了拿上粮本去粮店买就行了。但要想让饭进到嘴里，那都得劳其筋骨。

学生每人一个餐罐，质地或陶或瓷，形状或大或小。每餐都要自己把米或苕洗净装罐，按班次送到厨房门前的木桶里。炊事员再把罐子一层一层码在地甑里蒸。开饭时炊事员又将罐子从地甑里取出，装进木桶，再把木桶依次摆在食堂的通道上，然后大家轰然而至，在蒸汽熏灼中寻找自己的罐子。遇到就餐饭还未蒸熟，同学们便趴在厨房的窗子上，眼巴巴地望着久不冒大汽的地甑流口水，这种事情男生居多。急得炊事员一边使劲添煤，一边骂："狗日的甑子患冷病，狗日的甑子打摆子！"窗外的同学听见了，更用筷子敲得窗框震天响。每到这时，那个叫李启人的炊哥，冷不防舀瓢凉水泼过去，同学们便逃之夭夭。

开饭时的食堂，真是一道风景线。我们都如地狱里放出的饿鬼，无数张嘴飞快地吧嗒，无数副铜齿铁牙铿锵有力地咀嚼，筷子勺子碰击餐罐的有序的响声，听起来像一支雄壮的奏鸣曲，回味起来却像瞎子阿炳拉的《二泉映月》，那么辛酸，那么凄凉。没人说话，没人东张西望。如教政治的李老师批评的那样，我们每个人都做到了聚精会神地吃饭，却做不到都聚精会神地听课，真是一群饿死投胎的孩子啊！就这样，一日三餐，周而复始，我们重复着同样的动作。

周五晚餐时，总务老师通知吃商品粮的同学饭后到总务室开会。那是一处洋槐掩映下的平房，叶片对称的槐枝在窗前摇曳，别有一番情趣。但一进屋，一股难闻的鸡屎味一缕一缕钻进鼻孔。原来屋角竹笼里，养着一公一母两只花鸡。公鸡高傲地伸着脖子，雄赳赳地偏着头望着我们这些男生女生。母鸡脸蛋绯红，一身好看的羽毛，显得十分温顺，不停地在笼底啄食。总务老师蓄着络腮胡子，面黑冷峻，眼窝很深，眉骨遮住了阳光，瞳仁黑幽幽地深邃，始终对准几个女生。因为进屋时，男生女生很自然地分坐两边。他说："接粮站通知，从下月起，每月三十斤口粮要搭三分之一的杂粮。四季度主要是红薯，不是薯干就是鲜薯。"他停了一下，又自鸣得意地望着女生笑笑，"我给你们争取的鲜薯，搭米一起蒸，薯干怎么吃？"女生道了声谢谢，男生没人开腔，可能是厌烦他那不规矩的眼神。正在这时，鸡笼里的母鸡发出声嘶力竭的尖叫。大家的目光一齐投过去，公鸡踩在母鸡背上，嘴死死啄住母鸡冠子不放。公鸡的横蛮，母鸡的温顺，如此鲜明地震撼着我们。只听"啪"的一声，总务老师拍案而起，一脚踢在鸡笼上，训斥道："穷欢乐，简直是穷欢乐！老子饿你三天，看你还风流不风流！"他把目光落在了女生身上，袁小圆和几个女生的脸腾地红了。卢夫恭却站起来，走到鸡笼前，照例一脚："你们呀，你们呀，有其父必有其子！"话音一落，项均平带头狂笑起来，笑完问道："谁是父？"他望了总务老师一眼。卢夫恭道："属鸡的嘛。喂，这里哪个属鸡？"我们几个男生回答："不属鸡。"大家一齐看着总务老师，他尴尬一笑，说："我，我属老虎的。"项均平喊道："你还真的吃鸡呀！"我们又一起开怀大笑，哄笑声中，总务老师把我们赶出了门。

班上选语文课代表，丁老师和陈老师研究后，推荐了三名语文成绩好的学生。除了我，还有牛光宇、李文居。丁老师把名单交给余班长，让他组织民主选举。余班长把我们三人的名字列在黑板上，排列顺序恰好和丁老师名单上的相反，李文居列第一，牛光宇列第二，我在最后。他宣布办法时规定，每个人只能举一次手，多举作废。举手表决结果，我和牛光宇都是十八票，李文居十一票，总数差一票，是项均平谁也没投。余班长对选举结果很不满意，他向大家宣布："先民主，后集中。三人的票数都未过半，德育也要作为参考。最后决定权在班委会。""不，还有丁老师、陈老师。"李文居补充说。因为她是班委会的，有权参言。我觉得奇怪，余班长明显倾向选她，而两位老师则不然，特别是丁老师，一向看重我的语文水平，她为什么反而把老师抬出来？后来我问她，她说："不知为什么，我心里只想你当语文课代表，其他人我都不愿意。"

　　语文课代表还是我当上了，这个决定是丁老师在课堂上宣布的。这天，讲茅盾的《白杨礼赞》，丁老师一上讲台，就高声说道："伊诗岚同学担任语文课代表，是当之无愧的。我相信，只要大家像他那样练好作文，不久的将来，在座的同学中，出两个能写出像《白杨礼赞》这样的好文章的大作家，也未可料也。同学们，努力吧！"丁老师话音一落，只见许多同学扭头看我，袁小圆的眼睛最有神韵。

　　牛光宇没当上语文课代表，便迁怒于丁老师。一天，我和他去粮店买粮，一路上说着话往回走。我对他的慈眉善目又一脸风云的太监相，总有一种厌恶的感觉。但他老缠住我，我又有些不忍心离开他，是不是他身上有因袭的城里人的气质与我投合，我实在难以肯定。他一路走，一路喊着好累人。我说："你好秀气，才背十几斤米就叫苦不迭，那些农村同学就不活人了？"他说："不可同日而语，没办法，这就是命。"我说："未见得，他们背景好，今后的命运比我们好，至少要比我好。"他说："你也别悲观，投错了娘胎怪不得你。"我笑了一下，说："我不悲观，我不怨天尤人，我会自强的。"他又说："听说人家袁小圆邀你一起买粮，你都不敢答应。怕什么，如果是我，求之不得。你胆子太小，顾虑太多。"我说："我也想去，又怕同学议论，所以还是放弃了。我自己认为，离女生远一点好。"他说："你看老师们……"我一把挡住他："你不要把老师扯进来，学生是不可以和老师相提并论的，老师就是老师，尊师爱师是我们的本分。"我反驳道。

　　我们经过学校操场时，篮球赛正酣畅淋漓，球场上一片欢呼雀跃。围观的女生尤其疯狂，清亮的眸子光焰四射，支撑着球员的奔跑和跳跃。掌声此起彼伏，把球赛一浪一浪推向高潮。我们凑到跟前，正碰见余班长在场上横冲直撞。他那健壮的身材，油黑油黑的闪闪发光。突然，他纵身跃篮，一个标准又迅猛的动作，准确地把球"装"了进去。顿时，球场上翻江倒海般地骚动起来，同学们都疯了痴了似的鼓掌。余班长略一停顿，得意地向女生阵地张望，一口牙雪白发亮。牛光宇立刻把粮往地上一搁，手舞足蹈地喊出一句："丁老师的热水瓶——进球！丁老师的热水瓶——进球！"余班长循声望去，同牛光宇闪电般对视一眼，他像明白了什么，也振臂高呼："丁老师的热水瓶——进球！丁老师的热水瓶——进球！"霎时，全场男生都跳着笑着喊着这同一个口号，女生却低下了头，有的开始离开球场。

　　我茫然了，场上也有人茫然。进球与丁老师的热水瓶有什么关系？丁老师的热水瓶又怎么成了进球的歇后语？牛光宇对丁老师有气，也不该在公共场合如此胡闹。随即我问牛光宇缘由何在，他没有正面回答我，只是得意地笑了笑说："明早起床,你盯一趟丁老师的梢就知道了。"

　　第二天清早,我起床去厕所,路过老师宿舍,我有意放慢脚步。很快,丁老师手提热水瓶从宿舍出来,急匆匆去厕所。我跟在后面,心想,他上完厕所,会顺便去厨房打开水,很多老师都这样,不以为怪。我跟进厕所,见丁老师踏上小便池台阶,扭头左右看了看,然后很快将热水瓶一倾,茶色的尿液便汩汩不断流入池中。我这才恍然大悟,原来,丁老师的热水瓶果真与进"球"有关。我几乎失声笑出来,牛光宇有这等文采,我与之相比,真是自愧弗如啊!

　　我见到牛光宇便问他灵感哪来的,他说:"丁老师没让我当语文课代表,心里一直不舒服,看到他把热水瓶当夜壶,总觉得像在讽刺当今社会。你想,现在好多农民家庭还用不起热水瓶,而他却把热水瓶当夜壶,他的用意不是昭然若揭吗?"我笑一下:"没那么严重吧。""但是,"他又说,"丁老师这个人也有值得称颂的地方,他学问大,很有傲骨,漠视一切。他对学校那些看不顺眼的事,敢于仗义执言。有时还借嬉笑怒骂,攻击那些所谓的正人君子干的无耻之事。"他停了一下,又重复开头的话道:"但我还是认为,他用热水瓶当夜壶,是在挖苦当今社会。"我认为他是牵强附会,十分可笑,便对他说:"你也别乱扣帽子,我看热水瓶代替夜壶,既卫生又美观,有什么不好?试想,用个鸭儿式的土陶尿罐,张个喇叭嘴,让丁老师每天早上提来提去的,既不雅观,又一路臭气熏天,肯定谁见谁嫌,尤其是女师生。因此,我倡议,那些有条件的家长,至今还用土尿罐的,一律换成热水瓶。还建议学校给丁老师颁发明奖。"他说:"你真会幽默,幽默得他的做法不但无错,反倒完美无缺了。"我说:"丁老师年龄大,有如我们的父亲,你们那样嘲讽他,是侮辱斯文。我为丁老师鸣不平,你们编,我也编得出来的。"我想起了雨天总戴斗笠的余班长,也可以出条歇后语。便对牛光宇说:"同样以球为题,编条歇后语,你猜出来,认为成立,我们就扯平了。""你说。"牛光宇扬起粉团似的太监脸望着我。我出题:"余班长戴斗笠——"便没了下文。他手摸脑袋,边思考,边轻声念道:"余班长戴斗笠——,余班长戴斗笠——我想起来了!我想起来了!我灵感来了!"他突然吼道。我问:"想起什么?""扣球!"他果然欣喜若狂地高声喊起来,"余班长戴斗笠——扣球!扣球啦!"待他冷静下来,又连说:"不敢不敢。"我问:"有什么不敢呢?讥讽老师都敢,同学反倒不敢了。"他"哼"了一声,说:"你是真聪明,假糊涂。此球非彼球,彼球是真球,此球是人头。丁老师的热水瓶——进尿,那是有一说一,并未歪曲事实。而余班长戴斗笠——扣球,那是比喻不当,有意辱骂人家,这成了立场问题。"我禁不住大笑起来,我一笑,他也忍不住笑了。我说:"这可是从你嘴里吼出来的,是你创造的,明天排球赛你带头呼喊,我俩就扯平了。"他迭声说道:"不敢不敢。"但第二天,我出题、他作答的这句歇后语,还是不胫而走。排球场上,只要有球员跃身而起,飞扬拳头时,全场便呼声雷动:"余班长戴斗笠——扣球!余班长戴斗笠——扣球!"

此后,如果学校有篮球赛,只要丁老师不在场,啦啦队就会喊"丁老师的热水瓶——进尿!"以此鼓舞士气。如果有排球赛,不管余班长在不在场,啦啦队都会喊:"余班长戴斗笠——扣球!"此举大涨了球队的士气。

过了一段时间,下雨天再见不到余班长戴斗笠了,而是撑一把油布伞,伞面破旧,竹伞把裂条大缝,不小心就夹伤手掌。而丁老师晨起如厕,则依然手提热水瓶,我行我素地行进在宿舍与厕所间的石径上。

一天,我看见政治李老师从陈老师的宿舍出来,不久,陈老师来到寝室外叫我,袁小圆站在她身旁。她对我说:"李老师又抓你典型了。'余班长戴斗笠'的歇后语,牛光宇说是你发明的,李老师定性为攻击辱骂劳动人民。"我说:"帽子还不小呢,我无所谓。"她告诉我,明天政治课,要讨论我的问题。她对袁小圆说:"明天讨论你一定支持伊诗岚,明明是玩笑,是幽默,充其量是哗众取宠,你们就这样统一口径,懂了吗?你再发动几个同学。"我抢先说:"李文居可以。""还有项均平。"袁小圆补充道。陈老师说:"反正人越多越好。注意隐蔽一点,别让他们察觉出来。"

可是,第二天的政治课却变成劳动课,李老师也在学校消失了,我才如释重负。

星期天我照例没回家,还是准备像以往的周日那样,把一周学过的几门主课再温习一遍,重点难点问题,重新手过三次,彻底弄透,融会贯通。如父亲所教:做学问,不但要知其一,还要知其二;不但要知其然,还要知其所以然。

没想到陈老师也未回县城过礼拜,她推着自行车在寝室外面的桂花树下叫我。我随手拿了本文学杂志,跟她出了校园。她说:"我们去河堤写生,你猜,我还约了谁?"我略为一想便回答道:"袁小圆。"陈老师笑了:"你为什么认为是她?""不晓得。"我看见站在校门口等我们的袁小圆了,又道:"可能是心里希望有她。"袁小圆坐在自行车前面的横杠上,我坐在后面的车架上,陈老师点在地上的左脚抬起,右脚一蹬,我们便沿着校园前的沙石路朝河堤骑去。

一到河岸,陈老师便说要借我的眼睛,她说我的眼睛太独特太漂亮了。我和袁小圆都惊诧地望着她,袁小圆说:"陈老师,眼睛怎能借呀!"我也说:"我的眼睛是长来看书的,再好看再难看都只能自己用。"她打开一幅画,铺在草地上,这幅画很像我在《人民画报》上看见过的戴爱莲的"长绸舞"剧照，便说："戴爱莲的长绸舞剧照，临摹的，对不对？"她很高兴地说："你说对了，正是临摹的那幅剧照，是暑假里画的，一直挂在寝室里，天天看，总觉得有什么地方不如意，人活不起来，神韵特别淡，但又总琢磨不透问题出在哪里。"她像在回忆什么，顿了顿又说："第一次见到你，我一惊，眼睛！对，你的一双眼睛提醒了我，问题就出在眼睛上，多少时间想不透彻的问题，在见到你的那一刹那便明白了。每当我特别安静的时候，我就微闭双目极力回忆你眼睛的线条，你眼睛的神韵，静止的，动态的，反复观察，反复揣摩，终于把我需要的那双眼睛捕捉到了，今天，就可以一次成功。"我说："你已经画过了，那是进校第一天，在你的办公室。"她笑了，说："那是预习。当时一惊，灵感来得快，去得也快，原因是感情上没有一点铺垫，可现在不同了，我们师生相处了一段时间，不再陌生。"袁小圆说："要画好一双眼睛这么难。"说完，她有点羞涩地看我一眼。

陈老师右手握笔，扬起左手，那双女人最温馨时的最妩媚之眼死死地盯着我，我也死死地盯着她，她的眼神中有我，我的眼神中有她，直到我心尖颤抖，心生害怕，只想逃离，她才让我的眼睛盯住她食指指尖。她的手指牵着我的目光，上下左右缓缓移动，最终定在一个位置不动了。我的眼睛无法看到她画得多专注，但我能感觉到她是用心灵在画。我看着她的食指，及至手掌，如凝脂般白皙光滑圆润。我想象着，再往下是手腕，只露出短短的一截在袖筒外，真有欲出还休的感觉。过了腋窝向右拐，鲜红的毛衣覆盖着的是她那饱满、纯真而又炽热的胸怀，真像朝霞映在雪山上，雪山里蕴藏着一颗牵挂着我们四十八个学子冷暖与忧乐的心……"伊诗岚，眼神，眼神散啦。"猛然听到陈老师惊呼，我的脸唰地红了，我为我的走神而羞愧，赶紧屏气凝神专注地配合她。

点睛成功了，陈老师满意地收好画具。她在地上铺条素花布单，我们一起坐在上面，又从藤包里取出水果糖，分给我俩。秋阳的嫩黄和玫瑰红交融在陈老师脸上，把她渲染得美丽绝伦。她看着我俩，久久不语，脸上的表情慢慢凝重起来。一滴眼泪落在陈老师面前的布单上，我们同时看见她眼眶盈满泪水。袁小圆问："陈老师，你怎么了？"她这才微微抬头，泪眼婆娑地看着我俩："伊诗岚同学好像我的弟弟。""你有一个弟弟，同我一样大吗？"她点点头，接着说："他不在我身边，想见真难啊！""很远吗？"袁小圆问。陈老师眼睛泛红，凝重的美饱含着伤感："是的，坐火车也要几天几夜，那里遍地黄沙，连鸟都不愿飞进去。他，还有我父母，都正饱受着风霜雨雪。"我问："怎么会去那么遥远的地方？"陈老师没有回答我的问题，再次热泪长流，心里的悲痛不言而喻。

想着考学的坎坷，我也陷入了悲伤之中，无语地望着同样沉默的河岸。

秋末了，河堤一片金黄。草籽熟透又开始脱落，它们掉入湿润的泥土中，默默睡上一冬，到春天，它们又会长出绿茸茸的小草，小草到了初夏疯长，入秋又结籽，至秋末，籽粒又落入泥土，来年春天再发，就这样一岁一枯荣，真是无忧无虑的小草，自由自在的小草，生生不息的小草。有时，人，还真不如一苗小草。陈老师问："想什么呢？"我把此时的心情告诉她。她说："可能是我的悲观情绪影响了你。"陈老师手指堤岸，叫我们向远处看。河水边上是一丛丛高高扬起的芭茅，花絮正旺，映红了东去的河水。我们看见了，芭茅花真艳丽，艳丽得使我们的精神为之一振。陈老师问我们："芦花像什么？"还未等我们回答，她又说："像火焰，像旗帜，我们要有火焰在胸中燃烧，我们要有旗帜在心中飘扬。"我们兴奋地呼叫起来："这是诗呀，陈老师是诗人啦。"

从河畔回学校，陈老师推着车，她居中，我和袁小圆一左一右，三人并肩而行。走在校门前的林荫道上，陈老师停住脚步，支好车，右手按着我的头，左手放在袁小圆的肩上，对我俩说："天天和你们相处，我就像天天和我弟弟、和我家人相处。"看得出，她说这些话时，心情比刚才说到她弟弟时好一些，多了些愉悦，少了些忧愁。这时，我听到一声牛吼，吼声似曾在哪里听到过。随即一头黄牛撒开蹄子朝我们奔来，吓得我们三人惊恐地躲闪一边。不远处一个女人开怀大笑，笑声爽朗放纵，明显包含着戏弄和嘲笑。她跑过来还在笑，笑得腰都直不起来。待她止住笑，便毫不含糊地对陈老师和袁小圆说："他是我兄弟。"她用手指着我。尤木鱼的这一举动，让我目瞪口呆。她又对着我问："两个漂亮妹妹是你同学吧？"我说："一个老师，一个同学。"同时，告诉陈老师和袁小圆，尤木鱼不是我姐姐，是街坊。尤木鱼笑嘻嘻地对她俩说："是姐姐，他不好意思承认，我是个赶牛车的嘛！不信，我俩长得都乖，挂相呢，你们好好看看，是不是？"陈老师点头道："嗯，还真像！"尤木鱼扬起头，很是得意："给你们学校拉煤，才卸完货。我挣了钱，还带有粮票，是来叫兄弟一起进面馆的。""好事！快去吧，伊诗岚。"陈老师说完要走，袁小圆也附和道："听姐姐的话，早去早回。""哪个姐姐？听哪个姐姐的话？跟哪个姐姐去？我不明白。"我朝袁小圆问。"都是姐姐，都该听。"袁小圆回答。我急得跺脚："她真的不是我姐姐，真的是街坊！"只听陈老师回头说了一句："是什么不要紧，只要她关心你。"尤木鱼一手拉着我，一手拉着牛鼻绳，朝街上走。牛顺着她，我却和她拉锯。牛停下来尿尿，我趁机挣脱她的手跑了。尤木鱼在我身后喊道："你是个没良心的，你们老师漂亮，我也漂亮，教书匠，车夫，都是十指不沾泥的街上妹，她有多好？我有多糟？跟着她屁股转，哼！"

第四章

当李老师消失近四周,重新出现在学校时,已是玉马中学的副校长了。

官虽不大,但在这数万平方米的领地上,却位居一人之下,几百人之上,也甚是沾沾自喜。他约见陈老师说事谈心的次数越来越多,一次竟将自己在县党校学习的奖品——一支铱金钢笔硬要送给陈老师。那支钢笔上还系了根红丝带,不知是他自己系上去的,还是发奖品时就带上的。他送钢笔恰好被我看见。那天晚饭后,他立在陈老师宿舍门口,先探头朝窗子里偷窥,窗帘是拉上的,接着从裤包里掏出个小圆镜照,用手掌将偏分的头发,左一下右一下,再右一下左一下,捋了两遍,然后举手叩门。陈老师打开门,见他要往里挤,便一步跨出来,接下来就见李校长将钢笔直往陈老师手里塞,陈老师不要,他就抓住她的手不放,陈老师拼命挣脱,他情急智生,左手扯住陈老师列宁装胸口的衣袋,右手忙把钢笔往里插,陈老师的脸瞬间红透了,急得左顾右盼,手脚无措。我见她快要推却不了,就快步走过去,喊了一声:"陈老师!"便也没了下文。李校长见我,冷冷地看了两眼,收起钢笔转身就走。陈老师涨红的脸还没褪色,她看着我只如释重负地说了一句:"好紧张呀,好险呀,一支铱金笔,幸亏你来了……"她为什么说了这样一句话,我有些不明白。在那时,一支铱金笔是个什么分量,我心中没数。慢慢地,学校里有人传说,陈老师在追李校长,还收了李校长一支昂贵的铱金笔。但我看到的,却是李校长在追求陈老师,快追得她无路可逃。

这周劳动课,是给学校试验地的油菜施肥。明明该陈老师带队,李校长偏偏要出面协助。他给我们说,他是劳动人民出身,跟好逸恶劳的资产阶级不同,不劳动浑身不自在。劳动之前,他把我叫到一边,让陈老师也在场,他对我说:"你的事情还没了结,不是我不追究,哦,不,不是学校不追究了,而是没时间。"陈老师忙问:"他有什么事要了结?"李校长一本正经:"编歇后语侮辱劳动人民啊,陈老师，你忘得好快。"陈老师淡然一笑，说："我看是同学之间闹着玩的，怎能帽儿满天飞，如果都这样，谁还敢开玩笑，本来读书就累人，大家再成天板着个面孔，像借钱不还似的，学校成了死水一潭，还有什么意思！""你呀，你呀，觉悟成问题。一副大小姐脾气，一脸的天下太平，你，危险。"我见李校长脸都气白了，忙说："李校长，你想追究我什么？余班长和我很友好，我是和牛光宇比创作灵感，余班长是理解的，不是对劳动人民不尊重。"李校长眨了眨眼，极其认真地说："真是这样，那好，就看你今天表现如何，也是对你申请入团的考验。表现突出，说明你热爱劳动，热爱劳动，也就说明你热爱劳动人民，那就不再追究，你的事便算了结了，你也经受起了组织的第一次考验。"临离开，陈老师自语了一句"我从来也没认为天下太平"，我望她一眼，见她眼睛有些湿润。

　　李校长把余班长叫过去耳语一番，余班长便给我们分工编组。我和余班长编在一起，是最末一组，负责浇粪。李校长专门出粪，其余同学则是两人一桶，把粪从学校厕所出粪口，抬到一里之外的地里，由我和余班长逐窝逐窝地浇。项均平本应和袁小圆一组，但陈老师把袁小圆要去了，项均平只好找了没人要的矮小的徐小林。徐小林不怕吃亏，让项均平走前，自己在后闻臭。

　　头一个把粪抬出来的是徐小林和项均平，项均平捏着鼻子，嘴里"好臭！好臭！"地叫个不停。徐小林却若无其事弓着身子大步向前拱。桶里的尿水波浪荡漾，几节金色的大便像浪尖上的小船颠簸着，白色的蛆在波浪上沉浮，像海鸥凌波穿行。阵阵恶臭呛得人不敢张嘴。没人躲避，只能忍着，脸上还必须带点笑容。陈老师和袁小圆刚把尿桶放在出粪口，李校长一愣，说："你们不用干这个，给你们一个更艰巨的任务，监督浇灌，要求逐窝逐窝地灌，一瓢一窝，不准投机取巧。"袁小圆说："我们背着手看，不成了资产阶级？""只要经得起臭大粪的考验，就不是资产阶级。"李校长说完，望着两个女性甜甜地笑了。

　　粪越来越干，舀粪不但费劲，速度也慢了下来，地坎上的粪桶排了一长串。李校长便到地里督战，他对余班长说："哎呀，你们组落到最后啦，粪干了木勺就不灵便了，怎么办，有更好的办法吗？有，肯定有。"说完，他又朝大家问道："抬粪的同学，你们愿意磨这个洋工吗？"大家齐吼："不愿意，浇粪的加油。"我见余班长和李校长对视了一下，随即丢弃粪勺，双手伸进粪桶，一捧一窝地浇起来，仿佛那不是在抓人屎，而是在捞挂面。我的头嗡地一炸，胃像被谁捏在手里，恶心直冲喉咙，马上就要呕吐出来。我又听到李校长的声音："余班长不愧是劳动人民出身。"我斜了他一眼，他跷起的大拇指还没放下来，同时，我也看到无数双眼睛盯着我，陈老师怨恨的目光却射在并不知晓的李校长身上。很快，余班长捧完一桶粪，而我用的粪勺陷进桶里，半天都舀不起来，好像有块磁铁把粪勺吸住了。我无暇抬头，再次斜视了李校长一眼，他紧紧盯住我，他在等待我的表现，而且是等待我的突出表现。他的目光好像在说：敢不敢抓大粪，这是劳动人民和剥削阶级的分界线，也是有无劳动人民的思想感情的分界线。你口口声声说要有劳动人民的感情，你连大粪都不敢抓，你劳动人民的感情在哪里？你还背负着侮辱劳动人民的罪名呢！我告诉自己：豁出去吧，大粪虽臭，却能洗去我思想上的污浊，就算以"毒"攻"毒"吧！

当我双手插入大粪，我的手顷刻间没了知觉，我的大脑一片空白，我的鼻子里没了臭气。我有的只是肚子里翻江倒海的感觉。我屏住气息，鼓励自己忍住，再忍住，还忍住，我要让自己自豪起来，便伸直腰，用袖子擦擦额头，顺便长长地出了口气，无比骄傲地把大家环视了一下。就在我将要把一桶大粪捧完，我看见捧在手里的干屎坨里，两条红润的还未变色的蛔虫，露头露尾地显现在我眼前。终于，我"哇"的一下吐了，不仅吐尽全部午餐，还把黄胆都吐出来了。就是这样，我还得担心大家的反应，关注他们脸上的表情如何。我察觉一人一种表情，每一个人的表情都显露出他们心里在想什么，最刺痛我心的是李校长嘴角边隐忍着的一丝冷笑，最让我脸红的是陈老师一脸淡淡的愠色，最让我宽慰的是袁小圆用牙齿死死咬住下唇。最终，我用目光寻找到了余班长，即便我呕吐得一塌糊涂，余班长不但没停止，反而干得更欢。

我在心里告诉自己，我不能就此作罢，就是把心呕出来，大脑还能指挥双手，决不能输给余班长。再到粪桶边，虽臭气已经不能刺激我，但各种形状的大便一映入眼帘，又刺激得我干呕起来，实在没有勇气和力量支撑我再把手伸向粪桶。李文居过来挡住我说："你没种过庄稼，这种干粪不下雨禾苗吃不到肥料，你一顿午饭白吐了。"说完，她叫了两个组到河边抬水兑粪，兑稀了还用粪勺浇灌。她把我扶到地边的草坪上，让我坐下休息。我的屁股一挨地，见余班长仍用手抓粪，便又奔向粪桶。可能是草坪的新鲜空气和明净的旷野，清新了我的嗅觉和视觉，当我重新见到大粪时，我的鼻子和眼睛，比之前还要敏感，难受得五脏六腑直往嗓门冲撞，这时，我只得自动放弃。我仿佛感觉到大家对我的鄙夷和不齿，我怨恨自己缺乏劳动锻炼，怨恨生长在那个除了读书还是读书的家庭。我暗自流下了眼泪，无脸去见正干得热火朝天的同学，只好隔着芭茅林偷偷地看着他们，我的自豪不再，我好悲哀！

这时，牛光宇面带得意之色跑来，捡起地上的粪勺，舀了一截大便，在众人面前展示一圈，卖弄道："以大便为题，我给大家吟诗一首：金色的大便啊／你从粮食中来／又回到粮食中去／这是香与臭的轮回／这是美与丑的转换／啊／我愿做一截大便／虽然我很臭很丑／但是我曾经是芳香的是美好的！"顿时，哄笑声此起彼伏，有的同学还吼了起来：好诗！好诗！他以糟蹋自己来博得大家的喝彩，他营造的活泼轻松的气氛，也使我刚才的难堪局面不复存在。大家笑得如此开心，仿佛证明了这不是一场繁重而痛苦的体力劳动，倒像一次愉快的食堂加餐。传来李校长的声音："在我们的同学里面，还是不缺乏革命的乐观主义。革命的乐观主义好啊，它太浪漫了，它鼓舞了士气，让消极的、悲哀的假干净见鬼去吧！"李校长话里含着影射，让我的脸唰地红透了。

劳动结束，余班长从河边洗手过来，李校长唰地伸出手，紧紧和他握在了一起。他一面让陈老师拿来画夹立刻把这场握手速写下来，一面说："我握的不是一般的手，我握的是真正的劳动人民的手。这是双光荣的手、勤劳的手，是世界上最干净最高贵的手。"说到这里，握着的手高高举起，像扇大拱门，项均平忽地从拱门里钻出来，指点着两只手俏皮地说："这两只世界上最芬芳的手，将载入史册，最终进入历史博物馆。"李校长训了他一句："怕臭的小资产阶级走远些！"接着又对大家说："等画完了，大家都来握握这双手。"我见所有的男生都去握了那双世界上最值钱的手，而袁小圆和卢夫恭两个女生却默默地走开了。当陈老师收拾好画架要走时，李校长向她伸出手说："你握住我的手，就等于握住了余班长那双最干净的手。"陈老师不屑地笑笑，只用四个指头碰了碰他的手心。

等大家都走得没有踪影，我一个人才从茅草小路溜回学校，我突然觉得，我好孤独，我好渺小。

本校这次最著名握手的速写，端端正正贴在黑板报上，标题是：握住光荣的手。不知陈老师如何把他们画得那么惟妙惟肖的，李校长眉宇间的英气，余班长笑容里的自豪，是那么逼真，大家一看，便知道谁握住了谁的手。画报下面附有文字说明，但只字没提我的壮举。谁又晓得，那两天，我就像街坊里的孕妇害喜一样，端上餐罐就干呕。一次从食堂出来，走在我前面的袁小圆和卢夫恭边走边议论。卢夫恭问："抓了屎的手能洗干净吗？""大粪还能长在手上？洗净了总觉没洗净，那是心理作用。""想起就恶心，李校长还让握手，真要逼我握，握了我立刻就把这只手剁下摆了，我一辈子也不会干这种蠢事，可是，伊诗岚真倒霉，怎么遇到余傻瓜这么个乡巴佬。""你难道看不出来，伊诗岚他是被逼的，有人想出他的丑，这是个阴谋，他付出这么大的代价，不但没落好，在那些所谓的劳动人民看来，他反而丢了人。不行，我们要鸣不平，走，我们要和他握手，握给大家看。""那么臭，你还真要握呀？"迎面碰到余班长往食堂送晚餐罐，他扬起右手掌对两个女生说："你们还欠我一次握手，这是李校长定的，怕脏就是资产阶级。"卢夫恭一撇嘴，说："你还真想握呀？花心不死！想打破男女界限？谁个跟你握手！男人找个借口就想挨女人的手，那才是腐朽堕落的资产阶级。"我没忍住笑出声来，袁小圆察觉我在身后，她转过身来，一把握住我的右手，惊得我差点把左手里的餐罐掉到地上。她握住很快又松开，说："这不是握了，这同样是抓过大粪的手。而且他抓大粪比你抓大粪，更能突出李校长政治思想教育的作用，他的手更是一双光荣的手、英雄的手。"余班长碰了一鼻子灰，气得一甩脸走了，围观的同学都使劲鼓掌。

这天晚自习，陈老师把我叫出去，悄声对我说："你不是作文写得很好吗？写过诗吗？你为何不给那幅画配首诗？"我说："太失脸面了，彻底输给余班长，已经够悲惨了，我不想再提这件事情，也不想再做与这事有关的事情。如果再写诗歌颂，那我的脸面都丢完了。"陈老师说："我不这样看，你只记住了你难堪的结尾，而忘记了你豪迈的开头。你毕竟用手捧过大粪，一个城镇的学生，能做到这一点，已经很不简单了，当场也有一些同学很赞赏你的行为，认为就是农村学生，也不是人人都能这样。"我说："对，我已经听到有同学说，这是个圈套，我当时就吓了一跳。是呀，这违反常规嘛，就是那些老农，又有几个用手抓大粪？我当时为什么就没想到这点，硬伸头往圈里钻？"陈老师劝道："我们不跟人家斗心眼，装一回傻子。歌颂不怕脏的劳动人民的崇高品德，你也有份，虽然画的是他，但也有会看的、会想的。"第二天一早，我写了首诗，贴在那幅握手速写画侧边，算是诗配画。诗是这样写的：握住的／不只是／一双光荣的手／一双勤劳的手／那更是／一双富饶的手／一双智慧的手／春天／紧握的手心／会开出灿烂的油菜花／会抽出清香的麦穗／秋天／紧握的手心／会收获丰硕的果实／会收获劳动人民的思想感情。诗的后面，我落上了自己的名字。围观的同学很多，看了我的诗赞不绝口。一个女生说："楚楚，这个才子伊诗岚我怎么不认识啦？"被叫作楚楚的漂亮女生说："吃商品粮的，我们在一个粮本上。你忘记啦，这学期第一次买粮，你把他看了很久，还爱怜地说，啊！这么乖个小男生，背三十斤米，压碎了吧——就是他。"那个女生说："是呀！长得真好看，我还是第一次看到那么乖的小美男。"楚楚赶紧阻止道："嚷什么，羞不羞？让同学听到会耻笑的。"她扭头左右望一眼，我站在她身后，她没看见。那个女生还嘴道："我知道，你不乱嚷，只记在心上。"楚楚说："你还嚷，还嚷，真是羞死人了。"说完红着脸埋头走了。那个女生嘟囔道："你害羞？心里惦记得这么清楚干什么？"

看着两个女生先后离去，我心里有一种莫名其妙的舒适感。特别是那个叫楚楚的女生，是六五级二班的。她肤色白皙，深眼窝，大眼睛，身材高挑，略显丰腴，洋气得独树一帜，迥异于其他女同学。印象最深的是那次作文比赛，我第一名，她的一篇《难忘的亲情》获第二名。站在领奖台上，她羞涩地把我望了很久，那个眼神，叫我难忘。

一时间，这幅诗配画，被同学们疯传为罕见的杰作。陈老师的画才，我的诗才，在校园尽人皆知。诗画背后，余班长的光荣之举，英雄之举，不久便被大家淡忘了。

谁也不曾料到，我们的诗配画，在后来还会产生更加让人震惊的轰动效应。

大约过了一周，这天午餐刚开始，我见教导主任将一张报纸贴在了食堂墙上的光荣栏里。有同学过去一看，便朝我吼起来："伊诗岚的诗上报了，快看呀！我们学校出诗人了。"大家拥在贴报前，伸着头，像雏鸟盼食。我挤不进去，但在人堆外面，就已经看清，诗配画登在了地区日报的文艺副刊上。项均平跑过来，捏住我的右手，大声说："这只手天生不是抓大粪的，它是写诗的手，是摇笔杆子的手，难道它就不光荣、不勤劳吗？""它也抓过大粪，我认为是文武双全的手，是又红又专的手。"卢夫恭站在远处喊道，她身旁是袁小圆。好多男同学围拢来，都争着要握一下我的右手，吼着说要沾点文墨、沾点灵气。平时同学们哪有握手的习惯，今天还真有些别出心裁。只有牛光宇没有拢边，抱住餐罐，有一口没一口地喝着水，最后朝我笑笑，便离开了食堂。

我把晚餐罐送到食堂前的木桶里，顺道去光荣栏看我写的那首诗。我自己的诗变成铅字，确实令我兴奋不已，走起路来特别轻巧，有脚底生风的感觉。刚才人多，只浮皮潦草地望了一眼，这时想独自好好欣赏一番。可是，到跟前一看，贴报没了。地上没见，也未被风卷到檐外的树枝上。正疑惑着，我一眼望见余班长，他坐在食堂侧边的石阶上，手里正好捏着一张报纸，脸上凄楚不堪。我过去在他旁边坐下，我问："为什么把报纸揭了？上面登的诗画都是赞美你的，为你唱赞歌嘛！"他语气沉缓地说："没用，现在大家只赞扬你的诗写得好，陈老师的画画得好，谁还记得起我？我，狗屁不如，不嫌我脏就算不错。唉！都怪十八子。"他责怪的"十八子"是指李校长，我问："为什么？"他不回答，站起来丢下报纸便走了。

我们共同的作品上了报纸，我急于想知道陈老师的反应。找到她时她正在教室里，两手拈着报纸往墙壁张望，这张崭新的报纸，正是登有诗配画的地区日报副刊。我一手接过来，端端正正贴在教室后墙的学习专栏的方框里。她审视一番，满意地点点头。接着，她把我带到寝室，给了两颗水果糖作为奖赏。

可是不久，整个事件，又朝着相反的方向急转直下。

那天，在同样的地点，贴着一篇剪报。文章的标题是《阶级属性使然》，文章用红墨水加了框，下面注明此文登载在地区日报某日评论员专栏。内容表述了两个不同阶级出身的青年学生，在劳动课时，面对浇粪所表现出的不同行为，不同思想感情，不同心理和生理反应。文章最后评论说，这充分说明，劳动人民勤劳朴实，不怕苦，不怕累，不怕脏。而剥削阶级怕苦，怕累，怕脏，满脑子享乐主义，满肚子坐享其成，这是阶级属性使然。剥削阶级家庭出身的青年，应当向劳动人民学习，在劳动锻炼中，来一次脱胎换骨的大蜕变。

围观的同学离开一批，又拥来一批，议论之声不绝于耳，议论的锋芒都指向我。有的同学还借题发挥，怒斥城镇学生每早拼命刷牙，饭后拼命漱口，就像吃了屎一样，没有一点劳动人民的思想感情。特别是其他年级的学生，对当时的情节不知晓，文章很快煽起一些人对我的嫉妒和愤慨情绪，继而扩大到整个城镇学生身上。

此时，我不在校园，我抱着书本又到河边朗诵诗文浪漫去了。惊骇得项均平直朝河岸奔跑，他要急于把这一头等新闻告诉我，让我不要一天优哉游哉的，现在有的人要兴风作浪，还得警醒一点。其实，我并不是一个没忧患意识的人，我对眼前和今后的许多事情都惶恐着，都在用心地谨小慎微地去摸索。我有时的浪漫、爽朗和豪情，是"哪个少年不钟情"的本性使然，一旦冷静下来，我的思绪又会回到凝重和沉思中去。见到我，项均平把《阶级属性使然》这篇文章引起的轰动，同学们如何义愤填膺，如此这般添油加醋地描绘了一番，捶胸顿足地要我去和那些口头革命派辩论。我却说："整个抓粪事件背后站着李校长，我不去辩，辩也枉然。"项均平说："那不是该你、该我们这些城镇学生背时倒霉？"我笑笑，再未说什么。

这天下午政治课，李校长穿着崭新的蓝制服走进课堂，泰然自若的神情后面，隐藏着一丝不易察觉的冷霜。他本身就白，加之党校学习在城里待了一个月，被自来水漂得愈加白皙，真真切切一个白面书生。他连教科书都不瞟一眼，就滔滔不绝地说开了。他讲的有些话十分经典，是大家从来都没听说过的。而且，也许同学们今后一辈子也不会听到比这更经典的语句。他说："在党校学习，知道了一个划时代的论断，那就是：社会主义阶段还存在阶级斗争，阶级斗争无处不在。剥削阶级人还在、心不死，他们每时每刻都想复辟资本主义。"李校长突然不演说了，他目光犀利，几乎把教室里的每一个人扫视了一遍，然后将教棍拍在讲桌上，情真意切地道："剥削阶级的思想行为，对年轻一代所产生的影响，在我们同学当中也有表现。"他一字一顿、有板有眼地发挥着,"有的同学受着成长环境因素影响,缺乏劳动人民的思想感情,他们轻视农村同学,不愿和大家打成一片,甚至还有辱骂我们班干部的行为。"他眼里有愤怒的火焰在镜片后燃烧,切齿之恨从他两个嘴角啐啐地喷发出来:"这样的同学,我们要时刻警惕,绝不能让他们成为剥削阶级的代言人、传声筒!"他一点都不像是在讲课,一点都不像是在装模做样,他的痛恨是真实的,真实得让我感觉到自己像一叶小舟,颠簸在大海之中,随时都有倾覆的危险。

一时间,大家都在猜测,李校长的矛头指向谁?阶级斗争真的会在自己身边发生吗?自己身边真的有剥削阶级的传声筒、代言人?原本对政治斗争懵懵懂懂的少男少女,这时,也不得不深思起这样的问题来。

我前桌两个同学的行为让我走了神,他们在赌三只小米粒大的虫虫。一个问:"猜猜,啥虫?""蛀虫,木窗虫眼里爬出来的。"一个回答。"不对,为啥是蓝色?"被问的同学看了李校长一眼,他穿着蓝色中山装,便回答道:"我知道了,它穿的蓝衣服。"问话的同学笑了。也就在此时,李校长走过来,问:"开啥小会,站起来说!"两人站立把头勾下,一个说:"他让我猜小虫虫是啥东西。"李校长凑拢看,三只蓝色小虫在课桌上爬行,便厉声问:"你说,是啥东西?!"出难题的同学回答:"虱子。"李校长一怔:"哪来的?""自己身上捉的。""为啥蓝色?""因为它穿蓝衣服,哦,不,蓝墨水点的。"李校长不语,回到讲台。沉默一阵,教室里很静。突然,他动情地说:"小寄生虫!同学们,时至今日,你们身上还养得有寄生虫,掐死它!"只听"嘣""嘣""嘣"三声脆响,我看到课桌和同学拇指指甲盖上,绽开一朵朵微小的血花。其实,这并不稀奇,多数同学衣服缝子里都藏着虱子,想捉几只,本是易事。李校长又说:"虱子是寄生虫,剥削阶级就像虱子一样,人还在,心不死,躲在阴暗角落吸我们的血。这不是危言耸听,是真的,是现实,牢记啊!"

有同学站起来,抖身子,嚷道:"抖掉它!抖掉它!让剥削阶级离开身子见鬼去吧!"项均平喊一声:"让蓝皮虱子滚蛋吧!"李校长瞪他一眼。这时,下课铃响起。

第二天下午课外活动时,李校长把我叫到他办公室,他高昂着头,尽管有镜片过滤,他看我的目光依然那么锐利,锥子一般,刺得我不敢久视。隔了好一阵,他用了一个让我意想不到的词语,作为我们之间的第一句对话。他说:"言为心声,心里怎么恨,嘴里就怎么骂。"他停顿下来,埋头用小指挖鼻孔,然后拇指和食指捏住鼻翼,旁若无人地擤那空洞无物、什么也未喷出的鼻子。我心里警觉

39

起来，但沉默不语。虽然帽子扣得很大，我还是有些不以为然。他似乎察觉了我的不在乎，便说："难道你真想把余班长，把根红苗正的余班长的那颗高贵的头颅——应该是高贵的吧，至少比有的人高贵嘛——与男性生殖器混为一谈？这是对他天大的侮辱，是愤恨的爆发，你愤恨他？"我急了，忙辩解："不！不是的。不是言为心声，是戏谑，是打趣，是心口不一，我只是图一时的乐趣，纯粹是脱口而出。李校长，我怎么会愤恨他呢，我没有理由愤恨他。只是谐音，是排球的'球'，不是男性生殖器，即便是这样，我也错了，我认错。""好！好！"李校长有些不耐烦了，"至于你指的是什么球，我先不下结论，这个问题……"正说到这里，有人进来叫他，说是老校长有事请他过去。他用伸得笔直的食指和中指推了推眼镜，起身欲走。我叫了一声："李校长！"他扭过头来看着我不语。我说："李校长，确实不是言为心声，我心里确实不恨任何人，更何况他是我们的班长。这真是一句戏言。我错了，你让我写一百份检讨我都愿意，就是不要说我愤恨余班长。"李校长根本不理睬我的恳求，不！近乎是哀求。他边走边说："你的问题过后再说，前面还有，一个接一个，累积在那里的，须专门找时间了结。白专！我看语文课代表就别当了。"我的心彻底凉了，许多理想和期望，正在一个一个地、毫不留情地在心里破灭。我不知道我是怎样离开李校长的办公室的，又是怎样走到食堂，找到我装饭的陶罐，味同嚼蜡地吃完了这顿晚餐的。

晚自习前，我立在了音美教研室门前。我也不知道为什么，不知不觉地就走到这里来了。看着埋头专注办公的陈老师，我心里一怔，猛然间，我意识到自己的自私和糊涂。为了消除闯下的祸端，竟然想让陈老师去乞求一个自己不喜欢的男人！我羞愧得埋头就跑。

下了晚自习，牛光宇专门拉住我说，他已经去李校长那里当面承认，侮辱余班长的歇后语是他创造的，与其余人无关。而李校长却反问他：难道你牛光宇顶了包，那个"扣球"的"球"，就不是男性生殖器，而真的成了"排球"的"球"了，就不处理了？否也！照样处理你！牛光宇又辩解道，是人都骂人，农民伯伯言必卵呀屎呀，这还是文明的，更有不堪入耳的，你不会没听过，谁处理他们？李校长驳斥道：你不是农民，你是学生，你不在田野里，你在校园里。更何况伊诗岚的骂与农民伯伯的骂有着本质的区别。牛光宇不好再辩驳，鼻子哼一声，气昂昂走了。听他说完，我反倒觉得他不是在主动揽过，而是在激李校长的将，在加深他对我的怨恨。我冷冷地盯他一眼，自顾离去。

回寝室的路上，遇见陈老师，她对我说："为你歇后语惹的事，我已经找过李校长，他说了如下一段话。他说，其实，歇后语的事，说轻亦轻，说重亦重，很像天上的一朵云，风吹过，它就散了；一遇冷空气，它就成了雨，落下来，就会打湿衣衫。这话，他是说给我听的，意思是事情能大能小，就看我在他面前如何表现。"我听了，顿时惊了一跳，说："你别找他，我不愿意你找他！"陈老师说："不管李校长怎么说，你不必担忧，我会慢慢疏通，你就一心一意读书。"从李校长的话里，我意识到他不可能无代价地买陈老师的面子。他觉得，我的事，他不能随便给面子，他不甘心陈老师视我为弟，他要陈老师把我这个在她心目中设立的弟弟驱赶出去。他想扫清她外围环境的障碍，一把将陈老师拽入爱河，让她从此不再分心。因此，我说："算了，陈老师，你不要找他了，我不怕！""你不怕，你凭什么不怕？"陈老师的话把我问住了，是啊，我凭什么不怕？不怕什么？不怕处分？不怕升不了学？实际上，我内心深处，是非常害怕的。但即便这样，我仍然还是很不情愿陈老师去李校长面前为我求情。因为，我很清楚，其实，陈老师心里也是非常矛盾和痛苦的。

外面传得很凶，说伊诗岚仗着能耍几下笔杆子，巧妙地用丑陋的语言、恶毒的用心，把班干部骂了个痛快淋漓。我走在校园，不再得意地扬头东张西望，用自己这双所谓慧眼去观察生活，而是低头踽踽独行。

这天课外活动，操场上篮球排球打得正酣，几乎吸引了全校的学生观战。自歇后语事件后，本来就不爱沾球场边的我，更是抱本书离得远远的。我坐在洋槐树下，想看书却有些看不进去，心绪很乱。到处看不见陈老师的身影，也不见李校长和其他老师在操场活动，莫不是在举行什么会议，会不会在研究对我的处分，我害怕得心里都在发颤。无意之间，我朝校长办公室方向看过去，那里的草坪里停了一辆军绿色帆布篷吉普车，这在校园里还是第一次。是不是学校里发生了什么事？我既稀罕又迷惑还担忧。正在难以猜测时，一行人向操场这边走来。

和老校长并肩而行的是一位体态微胖的中年男人，他神情庄重步子稳健，有军人气质。老校长笑着边走边说，他点头不语，不断左顾右盼。他俩后面几步之遥，跟着一群老师，其中还掺杂着几个陌生人。操场上突然安静下来，连球场那边也已经了无声息。大家围成一圈，远远注视着老校长和他身旁的那个不速之客。不速之客久久凝视远方，少顷，他和老校长耳语，老校长又找到陈老师耳语。陈老师巡视人群，目光落在我身上并很快走过来。她把我带到不速之客面前，说："这就是伊诗岚同学。"不速之客"哦"了一声，下巴微点。他和我对视一眼，从我手里拿过书，先看封面，再翻书瓤，然后合好书交到我手里，拍拍我的肩。只在这时，他微笑了一下，像电光那么一闪，又戛然而止。他最先和我握手。他的手温润绵软，而且很大，把我的手全包住了。然后再与老校长握，最后用目光寻找着什么。目光最终落到陈老师身上，见她站得较远，只好朝她扬了扬手，我见陈老师也微微张开雪白的手掌轻摇两下，作了回应。司机把小车开过来停在他身边，不速之客再未和其他人握手告别，就悄无声息地钻进了小汽车。如此神秘的一幕，让我的心久久难以平静。

就在不速之客上车抬腿，脚上那锃亮的皮鞋一闪之际，这个微胖的中年男人，立即从我记忆里钻出来。他不就是那个在我们镇上的公社文书办公室看到的，撅起屁股叫妇女主任补裤线，一脚蹬在女主任的髂裆里，被文书称作新来的羊县长吗？就是那一脚，他让我记住了皮鞋原来是可以擦得如此之亮的，哪像我们街上的半条命，脚上的皮鞋总是灰扑扑的。

羊县长专门找我见我，第一个和我握手，唯一的微笑给了我，连老校长们都望尘莫及，这是个谜，这个谜，从小汽车离开扬起烟尘那一刻起，就在我心里滋生，我等待解它的时刻。

不久，学校就隐隐约约有人传言，说我是一个有点背景的人，连县长都那么亲近我。卢夫恭见了我说："别翘尾巴哟！"我回答她："尾巴在你脚下踩着，你不松脚，无论如何也翘不起来。"她瘪嘴笑笑："喊！"

牛光宇对我说，李校长和几个老师专门探讨过那天县长的行动。县长亲近我，不包含什么目的，不是有意的、专门的，而是我的手不释卷和翩翩少年的美好形象打动了县长。事后李副校长还问过老校长，县长给他耳语的什么悄悄话，老校长笑而未答，只说县长到区里检查工作，顺便来学校转转。

一时间学校风平浪静，就像暴风雨之后，一切骚动和喧嚣都消失得无踪无影，校园又恢复以往的平和，到处洋溢着琅琅书声，还有那稚气未脱的少男少女如花似朵的脸庞上的灿烂笑容。越是这样，我的心越惶恐不安，我似乎感到平静之下有暗流涌动。

这天晚上，熄灯铃响过，陈老师来查寝室，她走到我床边，伏下身，悄声道："晚自习时，李校长给我说了，你的事，过去了就让它过去，不必纠缠不休。安心睡觉，做个好梦吧！"一阵清香在我鼻尖弥漫，随即又让她的身影带走。我心里生出一丝宽慰，也有一种莫名的酸楚。是什么原因使那样尖锐的问题烟消云散的？是陈老师几番好话的渗透削弱了李校长的意志？他可能这样轻易地给陈老师的面子吗？不是，应该是那位不速之客的无声力量。其余的，都是李校长借机在陈老师面前卖乖而已。

当晚，我就把这个情况写信告诉二哥。我没有电筒，不能躲在被窝里写，我只好溜出去，趴在办公室的窗台上，借着路灯的微弱光线完成。

第五章

学校要创办校园文学刊物,陈老师告诉我,是老校长倡议的。他发现学校文学风气很浓,一年级新生当中,有几个学生作文写得不错,特别优秀的,丁老师都选送给他看了。给他印象最深的,就数我、牛光宇和李文居,还被他戏称为娃娃秀才。他还提议,编辑部就搁在一年级,我们在校时间长,人稳定,有利于刊物的巩固和发展。具体如何落实,老校长指名道姓把此事交给了丁昂之和陈佩缇。丁老师很爽快,顺口就把此事推给陈老师,他说,事情很简单,就让三个娃娃秀才组成编辑部,谁当什么,陈老师自己一拍脑袋定了即可。

这天,陈老师把我叫到一边,问我:"你想在里边做什么?"我说:"我想当主编。"她说:"你也别当主编,就当个编委,编编小说和诗歌稿件,再画画插图也没问题,为什么非要去争当那个主编呢?"我问:"争当?谁还想当主编?牛光宇?"陈老师未语。我急于想把我当主编的理由说出来,我说:"主编怎么样,直接决定刊物的水平,还有办刊的方向,我怕别人搞不好。"陈老师笑了,指着自己胸脯说:"你没理解我的意思,就办刊物这件事来说,你多做点具体事情,少管些事务性工作,自己还可以多写稿子。再说,他俩不管谁当主编,都会尊重你的。"我一下灵性了,没再说什么。

校刊文学编辑部我没盼几天就宣告成立。李文居任主编,不设副主编,我和牛光宇都是编辑。听说是余班长到处力荐李文居当主编的,说她根正苗红,办刊不会偏离方向。牛光宇却不愿意了,指住余班长的鼻子问,办刊要的是文学水平,还是其他?事情扯到丁老师那里,丁老师只一句话:"是金子,搁在哪里都会发光。如此而已,岂有他哉。牛光宇同学,你说呢?"牛光宇嘟着嘴,头一埋,不说话。

为了给校刊取个好刊名,李文居主编让我去找丁老师赐一个。丁老师戏谑道:

"不就一个小小的校园文学园地，你们自己命个刊名就是了，杀鸡焉用牛刀？"编辑部三个人苦思冥想一整天，可谓搜索枯肠，绞尽脑汁。最后，三人从各自拟定的一单刊名里，自选一个，让陈老师审定。我的《晨曦》，牛光宇的《希望》，李文居的《春蕾》。陈老师看后略微思考，指着李文居的《春蕾》说："就它吧，今天的花蕾，明天的百花齐放。"编辑部采纳了陈老师的意见，校刊文学的名字就定为《春蕾》。

《春蕾》创刊号临近出刊，刊名决定由陈老师题写，创刊号寄语我执笔，牛光宇刻蜡纸。我的绘画好，还负责插图和装帧设计。找教务室要蜡纸、纸张，借钢板铁笔，主编李文居说由她自己去办。征集的稿子都看完了。诗歌和散文最好，小说的故事情节还算动人，人物刻画也生动形象。我的刊头寄语写了五百字，词藻华丽，意向明确，很对中学生胃口，很有鼓动性和感召力。我号召文学爱好者，把《春蕾》当作倾吐自己情感和歌颂新时代的园地，同时预言，它很可能就是培养作家的摇篮。稿子初步组好，交李文居主编审定，她却对我说："稿子的事情你当家，你看没问题就行。出刊有困难，我出面。"我说："那就立即组版刻印。"就在这时，楚楚拿着一摞稿纸，说她写了一篇东西，看能不能用。李文居问她是什么内容，她木着脸没回答。李文居笑了，接过稿子递给我，说："归你编的，如果能用，排下一期。"

我独自静静地看完稿子，它感动了我。这篇取名《姑娘和女儿》的小说，名字矛盾得怪异得难以想象。但这个故事，看过之后，就刻在我心间，再未遗忘过。故事发生时间比较久远，它跨越了新旧两个时代。

一座小城，美丽而平静。一座教堂，耸立在城隅的一处小山岗上。一条狭窄的青石路，从城里延伸出来，顺山岗蜿蜒而上，连接着教堂的石阶。每个礼拜天早晨，晨曦初露，一个年轻漂亮而又沉默无语的女孩，从城里出来，沿石径爬上山岗，静静地走进教堂。这一天，她要做好两件事：先打水把教堂里的所有桌、凳擦拭得一尘不染。廊柱上面的灰尘和蜘蛛网也要掸得干干净净。然后，再把神甫一周的换洗衣服抱到江边，用流水漂洗得干干净净。当太阳西斜，被教堂挡住看不见时，她还要把将干未干的衣、裤，用装着木炭火的铁熨斗熨烫得平平整整，再按神甫指定的窗口，用木衣架，把熨烫好的衣服，一件一件晾起来。一切收拾妥当，看见神甫朝她微微一笑时，她绷紧的神经终于松弛下来。这时，她才想起，自己已经变成一个脏人，便进入教堂那个温煦的小沐浴房。那是一间木板房。墙是木板的，顶是木板的，地面铺的同样是木板。地面木板很窄，实际是木条，纵横架了两层，木条之间留有细缝渗水。头顶上架了一个木水桶，靠底部装有一个水龙头。把烧好的热水从木梯上提上去，装上大半桶。之后，姑娘站在打开的水龙头下，闭上眼睛，让柔柔的温水从头顶慢慢流下，浸透身体每一个部位，舒舒服服地洗出个出水芙蓉似的美人儿。最后，清爽着身子，走出教堂，踏着暮色，沿石径回到城里的家。姑娘的日子就这样波澜不惊地过下去。

  1947年夏天，教堂里来了一个年轻的外国人，有着神甫的脸型和肤色。他来的第一个礼拜天，神甫告诉姑娘，年轻人叫迈克，是他的侄儿。迈克的眼窝很深，目光流露出来，让姑娘十分害怕，一点也不敢正眼看他。几个礼拜过去了，直到有一个礼拜天，她的活干得特别称心，在沐浴房洗澡洗得太忘情了，仰头长长舒了一口气，也正是在此刻，她从木板缝里，看见了那对可怕的深眼窝蓝眼睛。她赶紧双手护胸，躲在他看不见的那个角落，心想，他偷看应该不是第一次。姑娘蜷缩在角落哭了，哭泣中，她听见了脚步声，且越来越近。最后，那对深眼窝蓝眼睛，出现在她的裸体跟前。她仿佛觉得整个沐浴房崩溃了，头脑里突然轰的一声巨响，教堂已经变成一座废墟……

  1948年5月，姑娘生下一个女儿，她半年没敢出门。神甫派人给她送去钱和一些物品，善良的女邻居帮她操持一些家务，她才得以度过这囚禁似的日子。后来，姑娘为了避开那些鄙夷的目光，搬到距县城五十里的一个小镇上居住。平静的日子过了一段时间，一天，小镇上来了一个外国人，走进了姑娘的家。她定睛一看，是迈克。迈克屈身抱起女儿，姑娘想阻止，已经来不及了。当女儿的脸与迈克的脸挨在一起时，姑娘才惊奇地发现，女儿的雪肤、高鼻梁和深眼窝与迈克是那样的相似。迈克放下女儿，同时放下一点点钱，忧伤地说："我要走了，明天，我就要离开你们这个国家。"迈克走出庭院，还回望了一眼。

  新中国的一切，都让姑娘感觉十分新鲜。女儿一天天长大，日子过得很有滋味。她给小镇上的那些公务人员包月洗衣。每个礼拜一，到他们的寝室去抱回脏衣服，洗好，用米汤浆过，晾干，再用教堂里学到的方法，熨平，叠好，一沓一沓地送到主人的手里。就这样，含辛茹苦挣钱来养家。女儿上小学，读书很努力，成绩特别优秀，同学和老师都很疑惑：她的长相和个性都有异于大家，像有西方人的血统，真是太奇怪了。女儿也有奇怪的问题问母亲：别家都是有了爸爸和妈妈，才有了女儿，可是，我怎么只有妈妈，没有爸爸？姑娘回答女儿：没有爸爸，只有妈妈，也会有女儿。如果一个男人不转眼地看妈妈，看久了，妈妈就有了女儿。从此以后，女儿在学校，在小镇，都不许男孩盯着她看。渐渐地，小镇没人找她洗衣了，只靠打零工挣钱，日子过得紧紧巴巴了。再后来，粮食定量减少，杂粮居多，精华都给女儿吃，自己吃的是糟粕。终于有一天，姑娘病了，病得很沉重。她把女儿和自己的妹妹叫到跟前，断断续续说："孩子，记住，千万要管好自己的身子。女人的光身子，千万不要被男人看到，男人看见女人的光身子，女人就会怀孕生娃娃，你千万要记住妈妈的话！妹妹，我走了，你也要时常这样教育我的女儿。"看着浮肿得连眼睛都睁不开的妈妈，女儿哭了，小姨也哭了。

母亲走后，小女孩就跟小姨一起生活。

文章感动得我都哭了，被外国人迈克看过裸身子的姑娘，生下的小女孩，有着高鼻梁，深眼窝，白肤色。这个小孩，是不是今天的楚楚？她是目光受孕的产物？

我斟酌再三，觉得小说不合时势，还有些荒诞，决定不予采用。但文中姑娘与女儿艰难度日相依为命的情节，让我想起作文竞赛，楚楚名列第二的那篇《难忘的亲情》，与文何等相似，母女俩在小镇生活的细微描写，时至今日仍让我难以释怀。因此，我决定将楚楚写的《难忘的亲情》放下一期《春蕾》登载，作为对她的补偿。

初冬晴朗的晚上，天蓝星稀，一轮皓月正含在檀木坡尖，清辉直洒大地，洁净透明的空气令人神清气爽。

这是一个周六之夜，该回家的师生都回家去了，校园里，只有稀疏的那么几洞窗户亮着橘色的灯光。牛光宇有事回家了，只好由我抱着钢板蜡纸，去请陈老师题写刊名。敲开寝室门，陈老师让我进去。我重新打量了这间屋子，头顶没安天花板，连竹席顶棚都没有，从瓦缝漏进的月光隐约可见。如遇刮风，肯定会有沙尘纷纷扬扬飘下来。我这是第二次到这里，但每次看到的都是窗明几净。陈老师从我手里接过钢板，放在桌上，然后给我倒杯水。我把杯子推给她，说："我不渴，你喝吧，你们一天才打一次开水，肯定不够喝。"陈老师朝我微微一笑。

我把钢板放端正，铺上蜡纸，铁笔压在蜡纸上，请陈老师刻写刊名。陈老师望着钢板沉思片刻，问我："这周图画课教的美术字是什么体？"我回答说："仿宋。"她说："是啊，就用仿宋，你会刻好的。"听说让我自己刻写，心里有些紧张，害怕刻失败了，便说："蜡纸没有多余的，刻坏了怎么办？""你放松自己，像上图画课一样，用平常心态去对待，一定会做好的。"她一面鼓励我，一面把我按在写字桌前的凳子上。我手握铁笔，犹豫不定，久久不能下笔。陈老师在我背后弯下腰来，随着一阵清香慢慢逼近，我背上像触及到什么，有了一种特别的感觉。这种感觉既虚幻又真切，既像闪电掠过天空一样快速，又像春雨润物般深刻绵长。她把住我的手，说："跟我手走。"一笔一画，她教我写完了"春"字，说："下面的字你脱手刻。"她松开手，我差点没有抓住铁笔，脸倏地红了。她摸摸我的头，说:"好弟弟,刻吧!"我手中的笔有如贯注了神韵,"蕾"字很流畅地刻出来了,刻得又清楚又好看。封面其他的装帧,也由我刻好。她的目光告诉我,她非常赏识我的才能。

陈老师没有让我马上走,她从皮箱里拿出两样东西。一个精致的粉红色小方盒,一本相册。相册是我在家里见过的那种,纸页是黑色的,相片用银色相角嵌在上面。但粉色小方盒我还是第一次见到,亮晶晶的,像玻璃又不是玻璃,没有玻璃透明,但比玻璃温润。我正不知所以,陈老师说:"这叫有机玻璃盒,稀罕得很,大城市才有卖的,我们县城都还没有。"我在手掌里旋转着观赏着,里面发出窸窸窣窣的响声,似乎还装有东西。陈老师拿过去轻轻打开,一股香甜味扑鼻而来。原来装的是玻璃纸包的水果糖。她拈起一颗,生怕我不会吃,亲手慢慢剥开,喂进我嘴里,说:"荔枝味的。""荔枝味?"我惊异地望着她。我从书上知道,荔枝生在遥远的南国,这是我有生以来第一次吃到它,虽然仅仅只是一种味道,但我却有了许多想象,仿佛她剥好的不是一颗水果糖,而是一枚鲜嫩无比的荔枝果,正缓缓地递到我的唇边,而此时的她,玲珑剔透,百媚生辉,心里就有了异于姐弟的情感滋生。顿时,我满嘴津液涌动,竟然贪婪地把一颗水果糖囫囵吞下,差点噎得我背过气去。"想什么呢?"她问。我不好意思地笑笑,这才接过她递来的相册。翻开封面,首页便是全家合影。虽然它仅仅只是一帧照片,但它上面的人物形象,马上让我明白了什么叫小家碧玉,什么叫书香门第。当我指着一个长得非常像我的少年,看得不转眼时,她慢慢将我搂进怀里,喃喃道:"好弟弟,我的好弟弟!"这是今晚她第二次这样呼唤弟弟?她继续自语道:"你想姐姐吗?啊!天远地遥,思念如何才能到达?我知道,整天伴随你的是苍凉的地,无尽的风,还有阵阵狼嚎,它们让你孤独,让你恐惧,让你变老,让你慢慢死去……姐姐无法拯救你,这是姐姐的无能和悲哀!"我想轻轻离开,但又不舍离开。她搂得那么紧,急促的心跳清晰地触及我的耳膜,凄怆的自语撼得我心在战栗。有滚烫的泪珠落在我的脸颊,一滴,两滴……我抬起头,她模糊了,因为我眼里也噙满泪花。她用她那灼热的灿若花瓣的唇吻我的额头,我痛惜地叫了一声:"姐!"然后我们紧紧抱在一起失声痛哭。

陈老师把我送回寝室,看着我躺下,盖好被子,才离开。她眼边泪痕未干,悲伤还没过去。空荡荡的屋子马上使我陷入寂寞和孤独,眼前尽是她泪痕斑斑的面容。我知道,她喜欢我,像喜欢她弟弟一样。她的悲伤,是因我而起,由我勾起了她对弟弟的思念。但我无论怎样好,也代替不了亲弟弟的那种情感,那种慰藉……

昏昏沉沉之中，我听到猫叫。这只奇怪的野猫，从哪里来？又不是春天猫疯狂叫春的日子，它为什么偏偏在此时，在这空寂的校园出现？平添的阴森恐怖，惊得我竖起耳朵辨别它躲藏的方位。我越屏气静听，它叫得越欢，十几声后，叫声停在窗子下，"咪喵！——咪喵！——"降成了低八度，悠悠飘入窗户。我想，今晚躲是躲不过去了，还不如看个究竟，趁早把它赶跑。便自己给自己壮胆道："不就是只猫嘛！"没敢开灯，悄悄摸到窗边，正要窥视外面，突然一个人影冒起来，吓得我差点魂飞魄散，紧跟着又响起轻微的敲门声。我用喉音问："哪个？"她说："你想要哪个？"窗户糊的是雪白的道林纸，我看见纸上映出一个鼻子一张嘴，贴得紧紧的。我说："你是哪个？"她说："女鬼。"声音熟悉，只是一时想不起是谁，紧张的心情稍稍松弛了些，也戏谑道："女鬼，你找错了门，我这是男寝室，女寝室在西边。"她说："兄弟，没有错，女鬼找的就是你。"随着话音，窗纸被舌头舔破，一张嘴戳进来，舌头还没来得及收回去。一声"兄弟"，我知道她是尤木鱼，原来是她在装猫叫。嘴不见了，代替的像只眼睛，里面比外面黑，她是看不见的。我朝破洞吹口气，那只眼睛不见了。我向外看，那只眼睛又出现了，我又马上把嘴凑上去吹气，一条润润的温温的舌头触到我噘起的嘴唇。我从头到脚麻了一下，赶紧退回来，她在外面却边笑边说："兄弟，上当了吧，捡了个大便宜，值得！嘴也亲了，还不让我进去。"我说："不算数，你用计谋，又不是我情愿亲。天黑了，我不让你进来。"她说："我找你有事。"我忽然记起，问："你怎么找来的？"她说："你自己和一个女人带的路。"我说："女人？她在哪里？"她说："才走了。"我说："她不是女人，她是我的老师，她还是一个少女，你才是女人。"她说："叫得好腻人呀！嗲得好肉麻呀！鸡皮疙瘩都落满一地。说不得呀？说不得我偏说，她要做你姐，还是要做你妹？"我说："都不做，她就是我的老师。"她说："兄弟，我跟在你们后面，躲在树背后，眼睁睁见你们进了屋，没敢张一声。她走了，我不好直接闯进去，怕吓着你，她走远了，我才变猫叫，慢慢唤醒你，你知道是我了，还不让我进去，好有良心呀！我给你带的吃的都凉了，快开门。"她的话越说越柔软，我只好开灯开门，把她让进来，本想问："你又给街上送货？"但狠了狠心，又把话咽回去了。她一面从布袋里掏出纸包，一面说："拉的百货，供销社的，他们灶上今晚正好吃回锅肉，主任见我一个女人拉车，太累了，就匀一份给我，我舍不得吃，知道你读书辛苦，就给你包来了。"她打开包，外面是层草纸，里面是张荷叶，回锅肉片热热的，还带一股淡淡的荷叶的清香。荷叶包肉，已经超过了肉本身的香味。她又说："一出门我就想好了，货拉到了，交割完，把运费一结，就给你切一斤烧腊肉。路过藕塘，我专门掐了张荷叶，包肉不浸油还保香。"她说完，得意地望着我。她一定在想，她考虑得如此周到，做得如此细致，肯定会感动得我鼻涕眼泪长淌。殊不知我却不愿领情，说："星期六学校加餐，才吃了肉，我不馋，你的肉你吃，快包上，快！"她脸上依然笑着，慢言细语道："你吃那点供应肉，还不够卡牙缝。好，我的肉你不吃，看不起人算了，我还看不出你那点小心眼，怕我赖在你这里不走？怕孤男寡女我把你吃了？怕你那个陈老师看见？给你说，旅店的客房写好了的，晚上还有热水烫脚，比你这冷冰冰的地方安逸多了，我走。"她收拾起纸包，走了两步又回过头来问："真的不吃？我拿走了心里不后悔？真的？"我摇摇头。她出了寝室，我把门关好。睡在床上，眼前依然是陈老师哭着思念弟弟的情景。我觉得，她对弟弟的思念是虚空的是无奈的，而对我的关心和爱护反而是实在的熨帖的。这时，窗外又有猫叫声，我猜想，这一回应该是真的。我不怯它，也无心理它。过了一阵，有石头穿过树梢再落到地上的响声，猫叫声戛然而止。此时此地，不会有贼人光顾，能和我开这种玩笑的同学也已回家。我立刻想到了尤木鱼，心里没有了惧怕，打开门，既无人踪，也无猫影，窗台上又见到那个纸包。一切都了然于心，我把纸包捧在手里，心中有阵阵热浪涌过。正待我转身进门，一个身影从远处的桂花树后钻出来跑了，那么活泼敏捷，望一眼便知道是尤木鱼。

　　我一口气把一份回锅肉全吃了，这一晚，我睡得很安然。

第六章

《春蕾》第一期出刊，油印了一百册被一抢而光。学校因此文学热潮一浪盖过一浪。我虽然不是主编，但许多同学都知道，整个刊物，从优秀作品，到编排版面、封面设计和插图，都是我的才华的结晶。因此，靠近我的同学多了。特别是女生中的文学爱好者，争着给我送稿子。就是那些写作还没入门、平常一听说上作文课就头昏脑涨的女生，也捋起袖子追着潮流，写些记叙文之类的东西给我送来。袁小圆偏重数理化，但课余经常绕道编辑部，装作路过的样子，偏头注视我，从第一洞窗子至第二洞窗子，眼睛都不肯眨。

在同学们都想靠近我的时候，牛光宇却有意疏远我。同为编辑，他一反常态，做事浮皮潦草，有散文稿他粗略看一下，就随手往我面前一扔了事。我明白这是为什么，赶紧调整自己的心态与方略。我有意把那些漂亮女生的稿子推给他，虽然在指导改稿时，那些漂亮脸蛋对他那张非男非女的太监脸有些冷漠，但牛光宇还是激情澎湃、高谈阔论地抛出一套又一套修改方案。他又开始不断约我聊天和饭后散步。

初冬的夜黢黑阴冷，我蜷曲在被窝里，睁着双眼未能入睡。室外路灯橘黄色的光亮映照在窗子上，并无一丝暖意，只透出千疮百孔的窗纸被修补后的累累斑痕。学校很穷，除了教室的窗子装的是玻璃，师生寝室的窗户全都糊的道林纸。据总务老师说，这已经很奢侈、很进步了。往年寝室的窗户，冬天，各自糊上旧报纸遮挡风寒，大白天室内也只有一扇门的光线。随着春末天气渐热，为了让风进来，裱在窗格上的报纸被同学们捅成一个个窟窿。夏秋时节，蚊虫来去自由，如入无人之境。更可恶的是，饥饿难耐的耗子，经常从窗户破纸而入，进来打劫，偷吃我们的口粮饮食，制造一起起疑案悬案。今年立冬第一天，陈老师就带着袁小圆等几个女生，把我们班男生女生寝室破损的窗纸粘好。陈老师还在每扇窗户纸上画一只猫，活灵活现地蹲守在那里，是不是真的能避鼠，我们不知道，但明白那是陈老师对我们的关心和爱护，反正大家心里比原先踏实了许多。

这天中午，我回寝室取餐具到食堂就餐，发现菜碗里的冷肉被人偷吃了。肉是前两天的，加餐舍不得一下吃光，留了几片肥的准备今天中午吃，不想不翼而飞。同学们都围拢来，传看我的菜碗，七嘴八舌指责偷肉吃的人。项均平数了一下碗里的油坑，一共有三个，他说："三片肉，偷吃了这么多，贼偷你的才偷对了，他晓得你不骂人。"

走在去食堂的路上，我后悔不该把事情嚷出去，发现了应该默不作声，容忍别人多吃三片肉，却可以少一场风波，让自己和他人多几分安宁。

果然，班上好些人对偷吃冷肉事件很感兴趣，都在发挥自己的聪明才智，纷纷猜测偷嘴的人是谁。张三怀疑李四，李四怀疑王五，一个班闹得沸沸扬扬。说的人和听的人都不停地吞口水，稚嫩的喉结飞快地上下移动，这是吃肉的感觉在大家心头泛起，引起了无穷的回味。

在我的冷肉被偷吃的第二天下午，身材矮小的徐小林在课堂上举了两次手，屁颠颠地去上厕所。这个同学家里困难，人显得畏畏缩缩，平时很不起眼，难得有人记起他的存在。可就因为我的三片肥肉不翼而飞，就因为他课堂上去了两次厕所，大家的目光齐刷刷地集中到了他身上。

课间，我正在校园槐树林看书，徐小林来到我跟前。他只齐我肩膀高，头低着，垂着眼皮，很像犯了错误的学生站在老师面前的样子。他喏喏着说："我想跟你说说话。"我说："同班这么久，我们单独说话还是头一次吧！"他点点头。他接着说："你待人真诚，比别人都真诚，还不欺负弱小同学。"我说："我也是弱者。"他说："你不是弱者，你吃的商品粮，父母都拿工资，几十万个人里面才有一个享受这种待遇，你是强者。"他苦笑一下，又说，"还有，你的真诚还表现在你的作文里。你写的作文就这样，实在，从不乱编。老师念你的范文，每次我都认真听。《我的父亲》那篇作文，写的你的叔父，一个烤酒作坊的掌作师，写得很实际，很感人，那么好个爱子如命的叔父，可惜饿死了。我也没写我父亲，写的我的姨父，我出身也不好，不敢写父亲，尽管他很爱我，但他是人民的敌人。"他一口气说了这么多，他沉默了。这时，我才注意到，他那一身没洗出颜色来的衣服，不但补丁摞补丁，且针脚稀而不直。钉扣子的线颜色也不一致，白的白，蓝的蓝。整个穿着，只有遮身的作用，服饰的感觉荡然无存。他见我目不转睛看着他，又埋下头说："虽然都出身不好，但你比我好，我生在农村，你就不同，城镇的人比农村的人高贵。我活得太苦了，我们一家人的命都太苦了。在我们那里，大家都歧视我家,只有我们干的,没有我们说的,没有我们吃的,我母亲顾了儿女,自己时常饿晕倒在地里……我想通过努力读书来改变我的命运,离开农村,离开那些冰冷甚至凶狠的目光,可是现在看来……我晓得,你看了许多小说,可你看的那些小说我不喜欢,我最喜欢看历史小说,像写太平天国农民运动的那些书,总想看它们,看别的书,觉得无味道。"他眼眶有些红,湿润也在慢慢浸开。我说:"看那种东西太累了,满是仇恨,有些残忍。"他说:"我就喜欢,不平则鸣,你太文了。但你比我好,好多了。"他又重复这句话。我说:"你不要太悲观,要振作,多想好的事情。还是要把书读好,知识总有用得着的时候,太阳总会照到身上的,多想好的事情吧!"他说:"什么是好的事情?我记得起的每一件事情,都是不好的。"我说:"你夜里好像爱说梦话,有几次在梦里喊打呀杀呀,把寝室的同学都惊醒了。"他说:"都说我夜里爱说梦话,听老一辈人说,这种人命不好。"我说:"不是命不好,是你心里太苦了,心里老纠缠着那些痛苦悲伤的事情,把你压得喘不过气来,你放轻松些,就不会这样。"他说:"怎么放松?你没体验,你当然能轻松。我在学校还好一点,一回到队上,一进那个家门,就觉得,我这一辈子恐怕活不出来。"他的眼泪终于流出来了。我想拍拍他的肩膀,宽慰几句。但手落在他肩上,还是没拍出来,只说了一句:"会好的,慢慢熬吧,总会好的。"

那天晚饭后碰到项均平,他对我说:"你碗里的肉,肯定是徐小林偷吃的。乡里人擦屁股都用树枝树叶,那天课堂上,他跑了几趟厕所,下课后我去察看了,折断的枝条还冒白浆呢。"他兴致盎然地重复道:"他绝对拉肚子了,你碗里的冷肉绝对是他偷吃的。"我阻止道:"你太无聊了吧,就此打住!"不断有同学从我们身边经过,我怕被别人听个只言片语,就误传偷肉吃的就是徐小林,这是对一个人的名誉不负责任。说完我便离开槐树林。项均平没有走,他在我背后嘀咕道:"徐小林他就是一个贼,长得就贼头贼脑的。为你好你还为他遮掩,假正经。"他身边很快围了一群同学,议论之声响起,可能他又在同学中重复刚才在我面前发表的那一通高见。

六五级一班出了偷肉贼,而且就是个子矮小、獐头鼠目的徐小林。这个事情已经在师生当中传遍。陈老师找我了解情况,我告诉她,有同学从表面现象分析这样猜测,但没有证据说明徐小林是偷嘴贼,随便给同学披上贼皮,那是要害死人的。

第二天早自习,陈老师当着全班同学的面,郑重其事地宣布:伊诗岚碗里的冷肉,是老鼠偷吃的,碗里凝固的猪油上还有鼠脚印,窗纸的破洞口也有油渍。从此刻起,谁乱说,我处分谁。整个课堂泛起一片自问声:"真的?"下课后同学们跑回寝室查看，破损的窗纸上，果然有油浸过的痕迹。老鼠穿过的破洞，恰巧在陈老师画的猫的屁股后头，有同学戏谑地惊叹道："陈老师画的猫真凶，老鼠都不敢从它眼皮下过，老鼠也太聪明了。"不知陈老师什么时候像个舞台美工，去布置的那个场景。我再次领略了陈老师的细致与智慧，她如此巧妙地平息了一场风波。

　　这是个星期三，陈老师用煤油炉煮了一锅籴汤猪肝，她让我和徐小林到她寝室加餐。理由是我这个月的供应肉少吃了三块，有如一部机器十个轴有三个没有上润滑油，开动起来整体会不灵活。而徐小林不管是否偷嘴，他确实家里太穷，营养严重缺乏，身体太虚弱，补一点是一点。我问陈老师："哪里弄来的猪肝？"她说："找李校长通过区医院开了一张假证明，证明我贫血，特供半斤猪肝。"我说："你为了我们，不惜背个贫血病人的名声，我吃不下去，你和徐小林吃吧。"她说："吃不下去也要吃，这是任务。你别为我操心，快去叫人。"

　　正是课余时间，我找遍教室和校园的每个角落，不见徐小林的影子。跑到寝室一看，不禁大吃一惊，他床上的破被子没了，床头的木箱也不见了，凌乱的铺草上，整整齐齐放着几本所谓的"豆芽科"教材，但历史书不在其中。面上的书里夹张纸条，露了半截在外面。我抽出来一看，心里顿时凄楚不已。纸条是留给大家的，上面写道："陈老师和同学们：伊诗岚碗里的冷肉真是我偷吃的，一共三块。加餐那天我肉没吃够，晚上做梦还在吃肉，第二天就特别眼馋，忍不住就偷吃了。这是我唯一一次偷别人的东西，想起来好后悔，我没脸再在学校读书了。其实我很想读书，可父亲时常在我面前说，书读多读少，最终都是修理地球，我想通了。我对不起伊诗岚，那几本副科的书就送给他，他没有，就算作我给他的赔偿。主科的和历史书我留下，劳动之余看，可以填补我内心的空虚。我对不起伊诗岚，对不起全班的荣誉，我好后悔。真的，有生以来，我就做了这么一件不道德的事情，今后不会再做，就是饿死，我这辈子不会再偷，请相信我。"落款是"徐小林"。这时，我才明白，从来不找我说话的徐小林，那天为什么和我聊了那么多。他的悲哀在我心灵里激起了涟漪，我和他的命运没有本质上的区别，我们同样是家庭出身不好的学生，略有不同的是我生在城镇，他生在农村，现在我比他优越。但世事变幻无穷，命运时常都有可能改变我们的人生，我害怕今后我的人生会和他殊途同归。想到这些，我都有些不寒而栗。

　　我把纸条交给陈老师，她还未看完眼泪就流出来了。站在一旁的袁小圆说，是她看着徐小林挑着行李，哭着离开学校的。她本想劝阻，但追了几步，自己也没忍住心酸，一下蹲在地上，再无那份力量。

余汤猪肝舀了三份，只有两个碗，还有一份装在搪瓷盅里。汤很香，猪肝也很诱人，但我吃进嘴里，都没有心情往下吞。我心里在想，此时，徐小林正饿着肚子，行走在茅草丛深的田野小道上，他可能这一生都再不会坐进课堂，等待他的是和父辈同样的命运，在那片贫穷的土地上默默地繁衍生息，蚁虫般地默默地生，默默地死。陈老师见我呆而不语，问："还想徐小林的事？"我说："想他，也想我自己。徐小林退学，偷吃蒙羞只是个由头，其实还有内在的根本原因。他家庭出身不好，觉得前途渺茫，没有了希望，没有了理想，原先他想读书改变命运，现在也变得很不现实了，他的希望彻底破灭。因此，尽管他想读书，但最终还是放弃了读书。"袁小圆说："看来，徐小林退学对你触动很大，不过，你不要走进那个阴影，你本来就远远超过他。在班上，可以不记得徐小林，但没有人敢不记得你伊诗岚。"陈老师笑了，看得出来，她很支持袁小圆的说法。她说："好了，不要再说这个话题了。"

　　二哥来信了，他差不多每月都要给我来一封信，每次在信里都鼓励我勤奋读书。他特地告诉我，只有成绩特别突出，才有希望考上高中、考上大学。他还说了一句在我们这里两年后才很流行的话：有成分论，但不唯成分论，重在本人表现；出身不能选择，但道路是可以选择的。我看了很是振奋，心想，他在首都，比我们站得高看得远，也比我们知道得多，怎能叫我不仰视呢？我从二哥的信里分析出一个道理：国家既然提出不唯成分论，那么，在每年招生时，国家会考虑招哪怕千分之一、万分之一的剥削阶级家庭出身的学生，以体现政策。我就要抱定信念，我就是这个体现政策的千分之一，乃至万分之一的学生。

　　这个时期，我的人生也正处在巅峰之上。我在校刊上发表的文章轰动全校，连初二初三的大哥哥大姐姐都赞不绝口，仰慕不已。加之画作被陈老师送县文化馆参展，获得一等奖，使我的才气更是熠熠生辉。有同学悄悄给我取了个绰号叫"白专才子"。由于我太明白他的用意，故在飘飘然之余，还有一丝清醒地意识到那其中也有一种警示和鞭策。但我不想声张，知道的同学第一次叫我，就不理他。因此，终究没叫出名来，未惹祸端。

　　在初中三年的学习生涯中，争做"千分之一乃至万分之一"这个信念一直在强有力地支撑着我。若干年后，我才知道，其实，在我读初二那个时期，上面已经明确规定，剥削阶级家庭出身的学生，一律打入"不予录取"的另册，可我呢，还蒙在鼓里，为了那个信念，却还在拼命挣表现，争做优等生，这真是我的人生悲剧啊！

第七章

不久，校园文学刊物《春蕾》，面临停刊的尴尬。

这天，主编李文居急匆匆找到我，她说学校总务室不给出刊的纸张了。原因是学校太穷，连各年级几次单元测验都因为没钱买纸制卷而取消，哪还有钱去"不务正业"。新一期的稿件都审定好了，只等刻版付印，却半途出现如此燃眉之事。李文居急得眼泪都快出来了，赶忙找来牛光宇一道商量。最后决定由各班的文学爱好者号召同学捐助，纸不拘大小，只要没字就行。

事情并不是我们想象的那么顺利，绝大多数同学无纸可捐，他们连自己用过的本子都必须拿回家传给弟妹反过来用，哪还有一字未写的白纸捐给我们呢？这个办法就这样夭折了。一时间全校传闻，都说《春蕾》夭折了，更有幸灾乐祸者，干脆说学校不让办了。那些投稿的文学爱好者，纷纷找我们询问情况，当得知个中原因时，也只能无助地摇摇头，无不痛哉惜哉。

这个周末，是我入校以来过得最郁闷的一个周末。我一个人抱本书，坐在寝室里，心不在焉地看着。目光时而游走于字里行间，时而又眺望窗外的秃树林，心里沉沉的，如死水一潭，一点微澜也没有。

星期天一早就起床，去食堂草草地做点吃的，把肚子敷衍了一顿。天气十分阴冷，寒气逼得人抖抖索索。校园里寂静得出奇，树不摇鸟不鸣，老校工的咳嗽声传得很远很远，穿过树林时，树上立刻飘下两片枯叶，落地擦出"哧"的一声破瓷般的尖啸，猛然一下刺得人心惊肉跳。

我从床头拿出一个布袋，打开竹箱，把书籍都拿出来，用手掌把箱底的米扫在一起，装了半布袋，余下一些拢到竹箱一角，再把书放回去。九点钟，我提着米袋出了校门。

街上行人稀少，一条公狗陪伴着母狗，扬着头，四蹄踩着节拍似的欢快前行，尾巴高扬，旗帜似的迎风招展。它不停地将头架在母狗的脖子上亲热缠绵，如此旁若无人自由自在的交颈相拥，甜蜜而张狂，让过往的行人难堪不已。西街尾上，耸立着一株黄桷树，树冠硕大无比，树叶阔而厚实，黑苍苍地绿。消失多年才恢复不久的自由市场就在树下的小街上。我在人丛中找个位置，放下布袋，小心拉开口子，雪白的米粒便呈现出来。挨着我有卖胡豆的，卖黄豆的，卖鸡蛋的。最诱人的是鸡蛋，白壳的，黄壳的，鲜亮可人。还有带着血迹的，据母亲说那是仔鸡蛋，小母鸡第一次生下的蛋，我叫它"处女蛋"。看着看着，我就眼馋了，努力从遥远的记忆中搜索鸡蛋的味道——久违啦！

正神往鸡蛋，有人要买我的米。一个年纪轻轻的女人，脸上红扑扑地润泽，穿着光鲜，周身活泛，透出尤木鱼般的少妇的韵致，也不乏那番亲切。她问价时并没有勾下身子验米，而是一双水汪汪的圆眼睛盯着我连眨也不眨，那微微开启的双唇间透出一种气息，直熏得我心都快跳出胸腔，脸上有了火焰燃烧的感觉。我不敢留恋，忙说："二块四一斤。"少妇没有还价，认了我的一口价。旁边卖豆子的老人帮我称了斤头，他说四斤一两不少。少妇付了十元钱，她让四毛钱不用找了。"你是中学生？玉马中学哪个年级的？"她问，我告诉了她，她点点头。少妇离开后，老人拉住我的衣袖，悄声说道："口袋里只有三斤米。我看出女人喜欢你，对你大方，就多报一斤。"我懂他的意思，抽出一张一元的票子给他，他摇摇头。我在身上又找出一斤粮票，连钱一齐给他，他收了。

从人丛中出来，一个人碰碰我的右肘，转身一看，我呆住了。此人一身不入流的别样衣装，最惹眼的是上身质地优良的人字呢短大衣，虽然成色较旧，但其款式在小镇上是绝无仅有的。不俗的气质被粗糙的肤色欺压着，但还是有一些从眼神里跑了出来，让我有了与众不同的感觉。他说："小兄弟，还有米吗？我无钱买，但我可以用东西换。"他的眼睛一直看着我，没有左右游离。我问："你用什么东西换？你知道我喜欢什么东西？"他说："知道。一本好书。"我十分惊奇，他真的是一个异人，从未谋面，却能看透我的心思。就在我还处于疑惑中时，他又道："因为你是玉马中学的学生，好多次路过你们学校，都见你坐在一棵树下的石凳上看书。"原来如此。我不无惋惜地说："太不凑巧了，你来迟一步。过两天吧，过两天我专门拿两斤米来与你换书。"他笑一笑说："我这几天特别想喝粥，也许过几天就不那么想喝了。"出乎我们的习惯，他把稀饭说成粥，但我听起来一点也不别扭，倒是整句话让我费思量。为什么他这几天很想喝粥，之后就不一定想喝了呢？看着他离去时失望的样子，我心里有几丝难过。真的，后来我去过几次市场，再未见到他的人影。

我将九元钱揣进衣袋。周围卖东西的那些农民，差不多都是老妪老头，穿戴破破烂烂，一脸茫然地东张西望。见买主没有和我杀价，一个漂亮小子和一个漂亮女人很快做成买卖，都有些羡慕地望着我离去。

我很快离开自由市场，转身进入区供销社，用卖米的钱买了几令白纸。

星期天的傍晚，学校又从死寂中活过来。我在操场边碰到刚返校的袁小圆，她一身热气腾腾，嫩白的脸透出苹果红，略带路途风尘。她见到我，立即躲到树后向我招手。我走过去，她飞快地从镶荷叶边的手提袋里摸出两个橘子。橘子鲜亮饱满，拿在她手上散发出浓郁的清香。我连假意推辞都省略了，急忙接过橘子，一边衣袋装一个。不知为什么，我俩的脸同时红了。临走，我告诉她，见到李文居让她马上来教室找我，然后各自匆匆而去。

回到教室不久，李文居就来了，袁小圆也随她一道进来。我指着课桌上的一摞白纸说："给老师请假，不上晚自习，马上油印，争取星期三出刊。"她高兴得揽住袁小圆的肩膀直喊："好啊！好啊！"我顺手从右边的衣袋拿个橘子给她，说："主编大人，你亲自加班，犒劳你的。"橘子易手的那一刻，袁小圆狠狠地瞪了我一眼。李文居闻着橘子，在手心里转着看着，她说："橘香味好浓啊！我舍不得吃它。"随即闻着亲着橘子借油印机去了。

袁小圆满脸埋怨地站在那里，不时拿眼睛瞟我，好一阵，才自言自语道："我家院子里唯一的一棵橘树，今年第一次结果，才成熟八个，家里留四个，我带走四个。我爸要给街坊两个我妈都不愿意。你，一点不珍惜。"明白了橘子来源，听她叙述的语调又那么轻柔婉约，我还真有些懊悔。便说："果然珍贵。想不到你家还有一棵属于自己的橘树，还是头一年挂果，还只结了八个。真是若干个想不到。我还以为是街上买的呢。"我辩解似的话语反倒让她更加难受，她说："难道买的就不该珍惜？不管怎么来的，它总是我送给你的呀！"我不知道该说什么好，尴尬之中就来了个小把戏，急忙将另一个橘子拿出来，学着李文居的样子，又是闻，又是亲，还新添了一个小动作，用双手的拇指和食指，圈成一个心形，将红橘嵌在心中间，举在她面前。袁小圆被我逗得粲然一笑，说："还不快去，人家等着你呢！"我说："你也一道去看看。"她说："我不是编辑，我去算什么？不好意思去，快打自习铃了，你走吧。"我抱上纸离开教室。

当我抱着纸出现在编辑室门口，李文居高兴地打出一个"请"的手势，纸一放到桌子上，她才猛然醒悟似的说："我还没有来得及问你，哪来的纸？"我说："你猜。"她说："是不是星期天不回家，从学校办公室偷的？不！你绝对做不出这种事。"我回答："你先别问，等刊物出了，有空我再告诉你。"我不能现在告诉她真相，她对米很敏感，要是知道了我去卖米，她会很难过。我曾听她说过，米在农村是最稀罕的细粮，一家人数着吃，只有七老八十的老人和刚断奶的孩子才能吃上一点点。

　　这一次，我买的纸是一等品，加之有前两期的油印经验，我们印得既快又好。到下晚自习，已经印好三百多页。这时，卢夫恭一头钻进来，惊叫道："哎呀！三只花猫，咪吆！咪吆！"我们这才相互望望，看着脸上的油墨，禁不住都笑了。卢夫恭围着专心分拣纸张的李文居，十分亲昵在她身上摸摸索索，挠得李文居嘿嘿直笑。接着，她又在编辑室四处搜寻，像在找什么东西。牛光宇问："魂丢在这里了，找魂呀？""不找魂，找情，找爱情！"卢夫恭道。"黄色小说看多了。"李文居说。卢夫恭说："我偏科，喜欢数学，恰好语文是弱项，你们编辑部的人都是才男才女，最爱看爱情小说，也最懂得爱情。"牛光宇说："你两个也别争了，懂得爱情没有错，向往爱情同样不是错。只是爱情离我们还有点远，我们黄瓜才起蒂蒂，耐心等着吧！"听到她们争论，特别是卢夫恭反驳李文居的话，我似乎明白了卢夫恭跑到编辑室来的意图，是不是她已经知道袁小圆送橘子给我，我又送给了李文居的事情？果然，当卢夫恭在抽屉里找到橘子，就大声叫道："你这不懂事的东西，你这不识相的东西，我打死你！"她骂着橘子，拍打着橘子，转身飞快离开编辑室。我晓得她在指桑骂槐，转弯抹角责怪我把橘子给了李文居。牛光宇不知就里，想截住她没来得及，直喊："贼！贼！"我和李文居对视一眼，什么话也没说，只顾埋头干事。牛光宇附在我耳朵边说："全班的女生就数卢夫恭骚。"他装出说悄悄话的样子，却有意把音量提得很高，我看到李文居听得脸都红了，他要的就是这种效果。

　　原来，袁小圆见我把她送的橘子给了李文居，心里不高兴，一直闷闷不乐。这情形被眼尖的卢夫恭一眼看出来，就追着问她为什么脸上阴云密布，袁小圆只好勉强把自己送橘不讨好的事告诉了她，卢夫恭一听，便妒火中烧，就急不可待地自告奋勇去把那个可悲的橘子，从那个农村姑娘手中夺回来，还给了袁小圆，算是物归原主。

　　我这个人情商很低，遇情生性反应迟钝，不能在最快的时间明白一个随意的馈赠，竟包含着如此浓厚的感情色彩，所以就把这样一件内涵深刻的郑重之事，当作平常之举忽略了，真是辜负了袁小圆的一片心意。

　　第二天中午，我正在淘米装罐，李文居送来两根红苕，很生气地责怪我："你把米卖了，怎么吃得饱，你们定量并不高。"我感到惊奇，便问："谁在乱说？"她吼起来："什么叫乱说？余班长说的，还有假？你说没有，那纸哪来的？"我没好再争辩。因为我的名气，我卖米可能被住在街上的别班的同学看见，就当奇闻告诉了余班长。

这期《春蕾》，从内容、版面设计到纸张都比以前的更完美，发送出去同学们争相阅读，抢不到手的跳着闹着要求增加印数。他们哪里知道，我们已经倾其所有，再多印就无可奈何了。面对同学们求书若渴的激烈场景，我感到自豪和欣慰。

就在我沉浸在自我陶醉之中时，这天下午第二节课课间活动回教室，我的课桌上摞了十多本这期《春蕾》。我莫名其妙地巡视周围，大家都埋头做各自的事情，并不见有什么异样情况发生。正在我不明究竟时，见项均平斜我一眼，随即指了指黑板。我一看，原来如此。黑板上一行大字：坚决抵制散发着资本主义臭气的第三期《春蕾》。但我还是不明白，第三期《春蕾》怎么就散发资本主义臭气呢？见我脑筋还未开窍，牛光宇来到我身边，一把将刊物抱过去，附耳对我说："余班长煽动的，他指责这期《春蕾》是你投机倒把卖米办的。"我一听，猛然惊醒了。把国家供应给我的八分钱一斤的米，拿到自由市场卖两块多，这真的是不折不扣的投机倒把啊！冷汗倏然从背心沁出来，我在心里责备自己，人家能想到的，我怎么就想不到呢？我的思想觉悟的确不及余班长的千分之一呀！不知什么时候，李文居已经把黑板上的标语擦了。她高声对全班喊："还有退书的吗？"她直接把这本校刊小册子叫书。没有人应答。

下课以后，牛光宇站在二、三年级教室门口，高声号召一声，大家蜂拥而至，十余本书一抢而光。目睹此情，罩在我心里的投机倒把的阴影顿时荡然无存，取而代之的是"青山挡不住，毕竟东流去"的自豪感。

过后我听说，我们班有两个女生，把书退了十分后悔，留念里面我的一篇小说和他人的两首诗，俩人半夜凑在路灯下你一句我一句拼诗，但总也凑不齐。第二天，她们鼓动项均平，让他当晚潜入初三一班教室偷了两本。两个女生的回报是帮项均平洗件衣服，还有一条裤子。事后，项均平沾沾自喜道："君子偷书不算偷，有两个女生亲手给我洗裤子，太有幸福感了！哪个女生给你们洗过衣服？没有吧！没有吧！"

下午课外活动，我避开校园的喧嚣声，一个人躲在编辑室看稿。房子很小很小，不足两张席宽。灯光十分幽暗。据家在电站附近的同学说，现在是枯水季节，电站无力把萤火虫似的电灯点得太亮。字迹的潦草，灯光的微弱，稿子看得非常吃力。这时，卢夫恭敲门进来，笑而不语地站在桌子当头，手搁在桌沿上，轻轻地摩挲着。她的手指纤细嫩白，指节几乎没有一点皱纹，指甲修剪成长短适度的半月形，正好盖住圆润的指尖。她始终凝视着我，沉静得让我有点难堪，我还从未见她这样含蓄稳重过。是夜色太浓？是屋子太静？是孤男寡女独处一隅？我实在忍耐不住，问道："怎么不言不语？还含娇带羞的，难得地妩媚，往日的泼辣直率到哪去了？"她说："我到这里来寻找的就是这种感觉，这样才有味道，这个味道，才是你伊诗岚喜欢的味道，你慢慢品味吧！"她弧度很大地拧转身，屁股甩起来，一浪一浪的很有风韵，有如狐狸还是没藏住尾巴一样，那股疯劲还是流露了出来。她从我身后绕过去，看贴在墙上的这期《春蕾》的版面设计，随后又翻看我修改过的几篇稿子。

  她背向我，蓬勃发育的身子影映在墙上，酷似一个漂亮的花瓶。看着这个由卢夫恭肉身投影而成的花瓶，想起正好在一组诗的旁边，有片空缺需要补白。我要将她刻在蜡纸上，再添几枝梅花插在瓶里，作为一幅插图补在那里，再好不过了。正目不转睛盯着她的背影思索着，她突然扭过头来，吼道："伊诗岚，你在干什么？"我慌忙说："你看，你看，你的身影就像一个立在墙边的花瓶。头颅是瓶口，脖子是瓶颈，胸脯是瓶肚，细腰和腿是瓶身。活灵活现的一个青花瓷大花瓶。"她怒了，呵斥道："你……你把我说成一个花瓶，一件摆设。我是摆设吗？告诉你，我今天来，是郑重其事找你提意见的。"我惊奇道："什么意思？"她说："我总觉得你们选用的有些稿子，有股酸馊味，有股陈腐味，很像沤烂了的老盐菜，一点新鲜气味都没有。"我脸一沉："简直是奇谈怪论！"我望着她，很不明白她怎么扯出这样的话题来。她见我如此惊讶，又道："陈老师从城里来，她说，这个小镇太封闭，这所学校太封闭，清新的风吹不进来，落后的思想意识还影响着学生的言行。她认为，应尽快破除陈规陋习，树立新时代的新风尚。我觉得陈老师说得很对，马上就想到了你们办的文学校刊，应该多采用一些弘扬陈老师新观念的文章，作为导向，以促进学校开一代新风。"她搬出陈老师的新思想新观念，一下将我惊醒了。我像从黑夜走进了黎明，眼前顿时一亮。陈老师也曾经在我面前提出过此类问题，但由于我的愚钝，把这么敏感的问题毫不在意地忽略了。我乘势而上，说："那……你尽快写一篇文章，号召一下，开个头炮。"她粲然一笑，从衣袋里摸出一沓稿子交给我。我戏谑道："原来你是来者不善，早有预谋呀！"她说："你才知道！"

  卢夫恭的文章，用犀利的笔触，历数了学校的封闭沉闷，和落后的思想观念所带来的种种不良表现。例如：不进行远大理想教育；不开展校际间交流；不搞知识竞赛和文体活动；不提倡文明卫生的生活习惯；男女界限分明，男生女生不往来；穿着时尚新颖整洁干净是耻辱，穿着陈旧落伍破烂肮脏是光荣；勤奋学习成绩优秀是想逃避农村；说普通话是本地骡子变马叫；擦雪花膏蛤蜊油是香风毒雾；戴眼镜是假装斯文鬼闹派；农村学生与城镇学生交往是巴结寄生虫等等。所有这些，都和陈老师所倡导的崭新思想、崭新观念、崭新风尚格格不入。她在文章里最后呼吁，应立即掀起争做新时代青年先锋的活动热潮。

  我们原以为，卢夫恭的文章一登载，会像掷下一枚重磅炸弹，校园里肯定要天翻地覆轰动一番。可是，我们错了，一切都是那么平静，那么依然故我，像什么事情都没发生。这坚冰封河，不见一丝波涛的情形，让我心寒。这样默默过了几天，先是看到陈老师穿了一双崭新的棕色皮鞋，小辫没了，蓬松的头发用花手绢在头顶扎了个马尾巴，走起路来左右晃荡，更增添几分天真烂漫，青春和幸福也在她身上悄悄流淌。再就是见到丁老师披着银灰色的呢大衣穿梭在校园，让我感觉到眼前的世界突然变得不真实起来。那些有条件改变自身形象的学生，不管男生女生，不管哪个年级，都着意穿戴得整齐干净些，打扮得漂亮些，不再为了迎合懒惰邋遢学生而故意一身陈旧的衣衫，还两三个星期不换洗。原来，坚冰之下有暗流涌动。等着吧，等到春天冰河消融、波涛滚滚的时候你再看吧。

  一天早晨，我起床洗漱，发现用了一半的牙膏不见了，洗脸毛巾也被裁去半截。口盅下面压了一张借条，上书"皆因爱清洁，讲卫生，还要麻子打哈欠——全民总动员。本人一介穷书生，无钱买洗漱用品，特借牙膏半管，毛巾半条，有时奉还"。落款是"一穷学生"。没有了牙膏，我只好含了几口冷水漱口，又学着有些同学的样子，捧两捧水浇在脸上，然后撩起半截毛巾擦干，算是做完了晨起的第一道功课。

  我的生活费本来就很紧张，分分毫毫都要精打细算。牙膏没了，毛巾变成巴掌大，无钱添置。不刷牙，总觉得嘴里太脏，口水都不敢下咽；十指抹脸，实在虐待我这张漂亮的脸蛋。我想把此事报告陈老师，又怕惊起风波，让这个借牙膏的学友难堪，我最终还是保持了沉默。

  我的牙膏不翼而飞，并没有因我的沉默而掩盖下去，女生寝室的卢夫恭有了和我同样的遭遇。她立刻报告陈老师，怒不可遏的陈老师红着脸说这是全班的耻辱，必须雪耻。还未等她大动干戈，李校长便约见她。他见到陈老师，脸上露出难得的笑容，他说："好事嘛！你们不是倡导文明、卫生、新潮的生活方式吗？有的借一点出来给没有的，为什么不可以呢？谁都喜欢均贫富嘛！"陈老师一听，气得话哽在喉咙一个字也说不出来，还大言不惭地谈什么雪班耻哟，此事便不了了之。

  没有喧腾多久的新气象，在寒假来临之前，就烟消云散了。毕竟，小气候影响不了大环境，师生们又还原到自然状态，我行我素地过着自己先前的日子。

寒假前夕，校园文学刊物《春蕾》正式宣布停刊。丁老师对我说，停刊也好，靠你卖米也维持不了这个刊物。我怕主编李文居心里难受，想找她聊一聊，以便安慰她。路上碰见陈老师，她很伤感地望了我好一阵，才对我说："李文居退学了，她不让我告诉任何人，只想悄悄离开大家，离开校园。"她走时，只有陈老师一个人送她，她们俩是流着热泪告别的，心里笼罩着一种诀别的凄凉。

李文居的父亲在劳动中摔伤致残，家里失去主劳力，她是老大，必须回家挣工分，和母亲一道，养活全家老小。李文居走后，我眼前时常浮现出她瘦小的身影、善良的笑容、清亮而忧郁的目光，还有时常闪耀在学校光荣榜上的那熠熠生辉的名字。

放寒假那天，蔚蓝的天空挂着太阳，照得大地暖洋洋的，校园里一片欢歌笑语。这天陈老师心情很好，她在班上对我们说："郭沫若在他的著名诗篇《女神》里呼唤道：女神哟！／你去，去寻那与我的振动数相同的人；／你去，去寻那与我的燃烧点相等的人。／你去，去在我可爱的青年的兄弟姊妹胸中，／把他们的心弦拨动，／把他们的智光点燃吧！"她张开双臂喊出了这动情的诗篇。我眼睁睁地看着她舒展的身肢是那样优美，仿佛她已挣脱了冬天的冗装，轻扬起来，身子闪烁着如雪的光芒，不断地上升上升，升到了我看不见的地方。

最后，她吼道：我听见了，雪莱啊，你在呼唤，你在呐喊：冬天来了，春天还会远吗？

也就是在1962年冬天，我初中第一学期放寒假的这一天，我记住了雪莱的这句诗：冬天来了，春天还会远吗？

第八章

　　寒假里我最想了却的四个心愿是：大年三十夜，到被煤气灯照得雪亮的国营食店去端属于我父母的那两份炒肉片；看三本我感兴趣的好小说；在没有陈老师的日子里，坐在冬天温暖的阳光下，望着远方去默念她；每遇冷清的时候，书看倦了，忽见尤木鱼跑到我面前，对我说，"好想跟你玩"，于是，她牵着我的手，就把我拽走了。

　　这些积攒在肚子里的心愿，时时相争着往外拱。

　　天阴沉沉的，明媚的阳光不知哪里去了。即便是赶场天，街景也依然萧条。行人畏畏缩缩，双手抄在袖筒里，埋头顺街边行走，慢得能踩死蚂蚁。柳树蒙上一层灰土，见不到一点生气，一眼望去，很像一个个满脸沧桑的垂暮老人，弯腰拄棍凝视远方，在期盼什么似的。

　　唯独腰栅子的国药店，门前围满了人，店员唐驼子眉飞色舞地在宣传科学避孕法。半条命鼓起两个溜圆的眼珠子盯着他，嘴里不停地"嘿！嘿！嘿！"瞎起哄。唐驼子右手的拇指尖上顶个米色小胶盘，左手拇指戴个透明的橡皮套。他举起右手说："女人用的子宫帽。"举起左手喊："男人戴的阴茎套。"然后他两手一并，庄重吼道："子宫帽帽盖子宫，阴茎套套装虫虫，两个冤家不聚头，天天黑夜任你弄。"人群里有小孩子喊："听不懂！"半条命说："听不懂回去问你妈。"说完哈哈大笑，下面也有人跟着笑。唐驼子不笑，仍然很庄重，一边叫着免费送，一边往人手里散发，好些人躲避着退出圈子。一个打扮摩登的年轻女子，伸手接了一副，飞快塞进衣袋，红着脸看我一眼，埋头走了。望见她扭动的腰肢和丰腴的屁股，我想起她就是西街的那个小寡妇。

　　我感觉到古老的小镇，终于吹进一缕清新的风。

　　临近年关，肉票、油票、酒票，各类票证陆续发下来，街市似乎也随之活泛了。行人走在街心，手前后甩着，头也逐渐昂起来，睁大眼睛去看那些好久不见的肉铺，张开鼻孔去闻那些快要遗忘了的酒香。就连吐口痰，也随意而洒脱，试图把它喷得远远的，显出很有底气的样子。

　　大年三十夜充满神秘感，讳言忌行和谨言慎行的地方很多，我就像进入雷区和白色恐怖的地带，丝毫不敢乱说乱动。看着供桌上摆放得有模有样的几荤几素的菜品，斟满酒的精巧的陶瓷杯子，斜搁在盘子边沿的崭新的筷子，神龛上的香钵里红艳艳的蜡烛摇曳着金色的火苗，地上瓦盆里闪动着烧过的灰蝴蝶似的纸钱。我仿佛看见先人的微笑，他们一年的期待，我们一年的守候，都凝聚成这满屋的虔诚和恭敬。我曾听父亲说过，我爷爷滴酒不沾，是个"书虫"，他的最大嗜好是看四大名著，临终时嘴里还在念"贾不假，白玉为堂金作马"。我又曾听我婆婆说过，我爷爷的父亲太爷爷却是嗜酒如命，教他读书如教牛爬树，最终被逼无奈，一怒将"四书""五经"一页一页用油炸了下酒。于是，我悄然将供桌右边的酒杯撤去，换上一本线装的《红楼梦》，爷爷与我心有灵犀，"书虫"后继有人，他也死而无憾。然后从婆婆开始，按照辈分和排行，逐个向着"天地君亲师"的牌位磕头作揖，他们作揖许的什么愿，我也懒得去猜。我的许愿却有点急功近利，我请先人们降福于我，如愿实现寒假里的四个心愿，还望新的一年学业有成。祭祀完毕，我们几个小的就寝。即将入睡时，母亲悄悄把我从床上摇醒，叫我跟她到厨房去。我穿好衣服，发现床头的木柜上，放着我新年初一穿的新棉袄，鼓鼓囊囊的荷包里，装满炒花生、炒胡豆和水果糖，还有父亲发的压岁钱。每年大年三十守完夜，等我们睡了，母亲都会这样做。连我们三兄弟佩戴的校徽，母亲都擦得亮晶晶的，端端正正地别在棉衣上，待到初一早晨起来给我们一个惊喜。这样的大年之夜，年年期盼，年年如此。

　　进了厨房，母亲交给我一个蓝花细瓷碗说："国营食店给每个成员供应一份炒肉片，每份五角钱，去把我和你爸的端回来。"随即塞给我一块钱。我还未迈出厨房门槛，她又叫住我，重新换了一个碗，还是蓝花细瓷碗，不同的是它是一个补好的破碗，补碗匠钉上的棱形铜补丁还黄灿灿的。她还叮嘱我端肉时要睁大眼睛，挑选两份最肥的。

　　我家住在下街，而国营食店在上街，几乎要穿过通街。我父母都是国营食店的成员，所谓成员，即该店的正式职工。食店有一条不成文的规矩，每逢国庆、春节这样的大节日，都要给每个成员供应一份炒肉片。这是稀罕之物，是特供，不抵肉票，价钱一律五角，而且都是在天黑以后开始动作，才能避开那些不是食店成员的好吃鬼和好事者。

食店大堂的正门是紧闭的，只开旁边的耳门，这是作为内部消息通知的。耳门还由一位副经理把守，验明身份才许入内。我心里掠过一丝不快，嘀咕道，本来就是走的旁门歪道，却搞得如此一本正经。

大堂已经站满了人，大人小孩都有。许多比我还小的学生，兴奋得又蹦又跳，还把桌子拍得啪啪响，声音尖锐得空气都快点燃了。我看见在城里读初中读高中的几个男生女生也来了，他们胸前戴的都是县城中学的校徽，特别刺眼。我转过身，默默将自己这枚虽是公办但沾着乡村气息的校徽摘在了荷包里，然后回过身偷窥他们的表情。其实，他们的目光都越过许多障碍，定在了烟雾缭绕的厨房里，面色痴痴的、木木的，似乎没有一个细胞是绽放开了的。

后堂挂着两盏煤气灯，雪白的灯光把厨房照得纤尘毕见。厨师杨麻子抄把大锅铲，右肩搭条污黑的毛巾，胸前的帆布围腰油光放亮。他手中的那把锅铲被他抡出优美的弧线，薄薄的肉片在锅里翩翩起舞，圆润的油珠炸得像花儿盛开。杨麻子的头被热雾笼罩，但还是看得清龇牙咧嘴的脸上麻子窝里洇满了汗水。

炒肉片的灶头周围，站了好些人。能进到后堂灶房去的，都是街上有头有脸的人物，像食店经理、会计、街代会的、公社的。他们把厨房围得水泄不通，还在里面晃来晃去，害得杨麻子厨师只能在这些人缝中穿梭着拿作料，有怨气也不敢发着。而大堂里的人，只好隔着半截窗子朝里望，个个脖子伸得像鹅颈，恨不得直接把嘴递进锅里去啃两口。我们这些小家伙，就只有找大人的空隙跐起脚尖往里看，让目光去盯住锅里嗞嗞作响已经开始喷出香气的肉片。好多好多双眼睛啊，都不放过那半锅从猪身上剽窃下来的红是红白是白的肉片，不知是猪可怜，还是我们可怜。

杨麻子放一次作料，用手飞快地拈一片肉尝味道，于是，大家就"哦呀"一声。他尝了三次味道，吃了三块肉，我们也"哦呀"了三声。我看见尤木鱼的男人万屠户嘴角吊起一串口水，直落到胸前夹袄一块补丁上，他却浑然不知。我的目光在他周围搜索一遍，不见尤木鱼。当杨麻子在起锅前放第四次作料、尝第四次味道时，我周围有人抱怨："杨麻子明明是在借机揩油嘛！"不知谁用手碰了万屠户一下，万屠户便吼起来了："麻龟儿，尝都叫你尝完屎了！你会不会炒肉！"杨麻子听了，手里的大锅铲一撇，使劲用那条污黑的毛巾擦额头，顺便恨了万屠夫一眼，不紧不慢说："你会你来。"大家急了，直呼："快哟！快哟！"半条命骂开了："万屠户，你这龟儿子多嘴多舌，害怕吃亏，反而吃亏，你不怕杨厨子少给你两片肉。"万屠户一听，扭转头，一点不留情面地骂道："方烂药，你这个吃婆娘饭的，还有脸提那两片肉，你回去闻一闻，臭！"方烂药即半条命，在不好惹的万屠户面前，他自认倒霉，只好沉默不语。我心里一阵窃喜，半条命在我们街上是个无事生非的闲人，更是个"烂人"，什么事都想挤进去起哄败兴，放点"烂药"，让事情不可收拾，我们家就吃过他不少亏。他老婆是店里成员，人长得漂亮，和街上好几个有权势的男人都有一腿。所以，万屠户骂得再丑，他也只好笑装在脸上，恨憋在心里。又有人嚷道："天干三年饿不死伙头军，他不尝你尝呀！"万屠户一点也不觉得理亏，并不示弱，吼道："离了王屠户，还吃连毛猪？杨麻子！你甩锅铲把我大拇指都吓到一边去了！你滚，我来就我来！"哄堂大笑中，万屠户便要往里冲，众人拦住他，里面的人也劝好了杨麻子。大家心里都明白，万屠户是虚张声势，而杨麻子也是故意拿架子，让心急的人埋怨万屠户，他心里清楚，他的掌勺权，此时谁也夺不去。里外一劝，是给他们台阶下。

随着一声吆喝，一大盆肉片端出来了，热气腾腾，香死啦！更多人的嘴巴，情不自禁张开了，嘴角的涎水，此起彼伏，滴答滴答直流。我望了一眼，因为个子比大人矮了一截，仿佛是站在雨天的屋檐下，眼前一片雨帘。我听见一个人在说，那声音好像理发店的许剃头："锅里还有，没铲完。"有人拍了他一把，说："你厚道，不懂。里面那些还没离开厨房的人，抽着纸烟端着膀子是干什么的？都卖给店里的成员吃了，人家守了一夜，吃空气啊！"许剃头唯唯诺诺，直点头称是："明白了，明白了。"

大家把几张桌子拼在一起，从厨房抱了几摞盘子出来，摆开。经理亲自操作，边摆，杨麻子边舀肉，一勺一盘。勺子落盘轻触盘底，微有响声，既悦耳又舒心。薄如兔耳，透着明亮，刚才还在锅里舒展着身姿舞蹈着的肉片，这时卷如灯盏窝，汪满红油，却像含羞绽放又沾满露水的月季花瓣。我要是有相机，就把它拍下来，肉片吃进肚子，照片让它永恒，需要时还可解馋。只两支烟的工夫，几十个盘子都装上了炒肉片。大铝盆里还剩了一些，经理手持名册核准了人数，把眼前几十个盘子扫视一番，看是否均匀。然后，他手指哪个盘子，杨麻子就把铁勺在盆里咣当一下，也不知舀上没舀上，也不知舀上一片或两片，就往经理指的盘子里一伸，就这样，直到把盆里的剩肉添完。

这时，满堂的人终于松了口气。经理扬了扬名册说："现在按册子叫名字，叫谁家，谁家把碗递给杨师傅，由他倒盘，自己一律不准伸手，否则，取消资格！"他吸口烟，烟灰飘飘洒洒落到他跟前的盘子里，"月季花瓣"染上烟尘。他又问道："大家说，端盘的顺序按横排或是按竖排？"有人喊横排，也有人喊竖排。经理说："喊横排的人多，那就按横排，从左至右依次倒，是肥是瘦，全凭运气。"

一个一个都端着肉走了，桌上的盘子还剩一半。我一直在心里默念：快到了吧，快到了吧。我见半条命和万屠户已经端上肉了，却没离开的意思，依然伸长脖子鼓起眼睛盯着。一股温热的气息冲过来，我的耳根痒痒的，尤木鱼紧靠着我的后背问："小兄弟，还没轮到？"我扭过头，她的下巴已搁在我的肩上，还咧嘴一笑，我觉得我们的嘴唇只差毫厘就挨上了。我的身子向前倾了倾说："快了。"她的下巴滑落下去，身体随之扑上来，手在底下揽住我的小肚，胸压紧我的背，感觉她的两个乳房在激烈地鼓荡着。就在此时，我听见喊我父母的名字。我递过碗，杨厨师倒进两份肉片，叮嘱一声："接稳当哟，小屁儿。"

　　接过碗，正要凑近鼻子闻香味，一只瘦骨嶙峋的手伸过来，我不用看就知道是半条命，他趁我不备，右手夺走我的肉碗，左手把他的肉碗塞进我怀里，钻出人堆就跑。我心里又急又怕，忙喊："方哥！方哥！你怎么抢我的肉！"他一边吼道："不是抢，是换，你的肉比我的肥！"一边朝大门奔去。我听到许剃头轻声骂了一句："太不要脸了，抢肉吃，一份换人家两份，丧八辈子德。"万屠户见势不对，紧跟着追过去。撵到大门口，半条命才发觉正门是关着的，又折身向耳门跑。哪知尤木鱼提前堵在那里，他倒回来时，和万屠户碰了个满怀，屠户趁机右手一把抓住他的头发，左手去夺肉碗。他往地上一蹲，挣脱万屠户的手，从大家的胯下钻进桌子底下不出来。经理见状朝桌子下训斥道："按什么顺序你们自己定的，是肥是瘦自己认了，给老子捣什么乱！"半条命说："我说的竖排，我没说横排，不听我的我就不依。"经理未再理睬他，仍然宣读名字。我想，我人小敌不过半条命，尽管他瘦得一把骨头，但他毕竟是大人。我就守在耳门口，如果他出来我便扑上去，就是又咬又踢，我也要把自己的肉碗夺回来。许多人都在谴责半条命，说哪里都好耍赖皮，哪里都好放烂药，唯独这大年三十端炒肉片来不得呀！我见尤木鱼两口子堵住桌子叫半条命出来，半条命在里面声嘶力竭乱叫："龟儿子杀猪匠多管闲事，奴才！走狗！走狗啊！"我一听这话，半条命扯上我的家庭背景，就明白他是有意欺负我，我心里一阵悲凉。可是，万屠户毫不在乎这些，他拨开人群吼道："方烂药，癞皮狗！老子两百斤的肥猪都收拾得了，还把你这个烟灰把把没奈何了。大家闪开！免得血溅到身上。"说完便往桌子下钻。半条命见势不妙，直喊："你来！你来！你敢钻进来，我就敢把桌子拱翻，要大家都吃尿不成。"桌子上还有十多盘肉，周围的人一听方烂药的话，几个人急忙拖住万屠户，七嘴八舌呼道："不敢乱来！不敢乱来！老子们几个月没沾油荤了，哪个叫我吃不成肉，我就叫哪个过不成年。"那些已经端上肉在看热闹的人也跟着起哄：拱翻，拱翻，不拱就是狗变的。万屠户听了一勾腰钻进去，要扯半条命的一只脚没扯住，半条命一起身，只见桌子被拱起来，他就地转了两圈，上面的盘子有的被甩出去，盘子碎了，肉片滚一地。没有甩出去的，也被抢了个精光。经理已经不见踪影，厨房里的人也不知都到哪里去了，只有两盏煤气灯还在咝咝燃烧。那些没有端到肉的人一看快到嘴里的肉却飞了，成了遍地狼藉，气得齐声哭了，扭住半条命和万屠户两人就打起来，喊天叫地的嚎声直划破了大年三十的夜空。打着打着，却见半条命一手护头，一手拈地上的肉片往嘴里塞。几个按住他捶的人也顿时醒悟，两脚踢开半条命，争着在地上找肉吃。有个人嘴里还骂声不绝："狗日的我们打累了，他却把肉吃饱了，这龟儿就是会下烂药。"不嫌脏的都在满地找肉吃，嫌恶心把他们看得猪狗不如的人，都愤然而去，食店大堂渐渐平静下来。眼前发生的情景，让我看了既憎恨又心酸。心想，这肉不吃也罢，候着，盼着，吃了堵在喉咙，咽不下吐不出，实在难受啊！

尤木鱼追上我的时候，我正站在下街的街心仰望天幕。天黑沉沉的，是那么深不可测，那么遥不可及；又是那么逼近，那么紧紧把我包裹在其间。捧着的肉碗还有些温热，试了几次，拈起的肉片又被重新放回碗里，吞咽口水的同时，祖母那翘首以盼的眼神在我面前晃动，终于没忍心偷吃一点肉片。为了奖励自己清白，就凑近肉碗深深吸进一口香味，心里还不停自责：愧对祖母，愧对祖母。空气里弥漫着浓郁的焚香味，跳动的纸钱燃烧的火光从门缝漏出来，扁扁地软软地落在街心，照不清行人的路。

也就在我四顾茫然的时候，尤木鱼出现在我面前，她说："兄弟，看天啦，漆黑，有什么看头，不会掉肉片的，你跟我来，我给你分些肉片。他们打架，我抢到两盘肉，有一盘是专为你抢的，你是学生，读书费脑筋，肉补脑，你吃了肉，脑筋就够用，人会变得比现在还聪明。你家两份肉变成一份，拿回去一人吃不到一片，把馋虫逗起来了，还会肚子痛。"黑夜中她的脸更是熠熠生辉，还有那种水灵和灿烂，把墨一样的夜色都化开了。我想推辞，又有许多舍不得，沉默了好一阵，才言不由衷地说："你还是端回去吧，在食店万哥和你已经帮忙了。你们也好久没吃肉，肠子都生锈了。"她笑了一下，听出来这是大人时常爱说的那句话。我又说："你身体需要肉，万哥也需要。"她说："不想让他吃，吃好了他光欺负我，一点也不爱惜我。走，河堤边去，半条命就在后面，让他碰见我分肉给你他又会生事。"到了河堤，她把我拉到一丛芭茅下，芭茅枯了，叶子一碰就响。她给我碗里倒了好些肉，有半碗之多。她只剩个碗底。接着，又从她碗里不断拈肉往我嘴里喂，叫我嚼一嚼，吞下去，再喂一片。我一下觉得，她好像我的姐姐我的母亲，很温馨，已经不是我平时见到的那个想接触又怕接触的屠户女人尤木鱼了。便说："你也吃，都让我吃，我不忍心。"她说："我吃不来。"我问："什么叫吃不来？"

她说:"笨!自己喂,自己吃,不香。"我心里有一丝明白,也有了一丝战栗。她硬拉住我右手,按进她碗里,逼着我拈一片肉喂进她嘴里。她咀嚼得有滋有味,眼睛直愣愣地盯住我不放,我瞬间慌了神,吓得拔腿就跑。她一把扯住我衣襟,把我重新拉到她前面,命令我一片接一片地继续给她喂肉。碗里肉吃完了,她把碗舔净,然后和我的肉碗,一齐放在堤坎上。她说:"给你看一样好东西。"我想不出她身上还藏着什么好东西,她决不可能摸出一本我喜欢的小说。朦胧之中,眼前一片白。我看见她慢慢掀开棉袄胸襟,像慢慢打开一本书的封面,而露出了扉页。我终于这么直观地看见我从未看到过的女人身上的第一片净土。我惊讶!我恐惧!我颤抖!好像我看见的是一本封杀千百年的禁书,不该翻看,我却看了,我在心里说我会被治罪的,我也会疯掉的。我脚下的河堤在摇晃,我的身子和芭茅的枯叶在一同簌簌颤抖。我听见她问我:"你冷?"我说:"书,书,我想要我的书。我怕,我怕。"她说:"乖兄弟,它不是书,它比书好得多。别怕!别怕!你已经抓住它了,你抖圆了,要是真冷我就把你抱紧点。"她箍住我,狠狠把我抵在堤坡上,我的脸被埋在这软绵绵温润润的书页里,几乎喘不过气来。我的鼻子从土腥味、腐草味、肉片味里,辨析出一种我从未闻过的味道,它唤醒了我身上所有的神经,它让我灵与肉飞扬起来,这个味道就是女人的味道。它与经常浸润我心田的书页的油墨香味,有异曲同工之妙,它可以使我的肉体和灵魂同时沉醉。我曾被母亲的怀抱温暖过,她不是这个味道。这是一种我有生以来第一次寻找到的独有的气味。它的陌生让我害怕,它的陌生又让我不舍离弃。突然,一种声音打扰了我们,美好的感觉再长久也是短暂的。我俩的头同时循声朝一个方向转过去,离我们不远的芭茅林里,发出恐怖的动静,很像两条野狗在猛烈撕咬。尤木鱼附耳轻声说道:"口音好熟。"她停一下,"女的是半条命的婆娘,男的是食店经理。"我说:"他们在分肉?一吵架经理就不见了,原来他们偷肉。""先偷肉,再偷人。"尤木鱼恨恨地低声吐出一句话。平日里,我时常听到那些女人骂架会指着对方的鼻子,咬牙切齿说"你这个娼妇偷人偷疯了"。我始终不明白,人为什么要偷人,怎么偷,偷来做什么?此时我才晓得,想吃肉就偷人,偷人要在背静处,最好在黑暗的地方,还要痛骂,还要厮打,还要嚎叫。听,男的骂:"丑婆娘,你要饿死我呀!老子成天给你使眼色,你装起看不见,就是不跟我走,今晚眼睛这么尖。"女的说:"骚狗,摇不摇尾巴,那是我的事,敢不敢爬背那是你的事。你天天都使眼色,有本事你天天都给我送肉吃呀!"男的:"送肉!送肉!就跟你送肉!够不够?够不够?"女的:"哎!哎!轻点,轻点。"男的:"扇你,扇你,扇死你这个势利眼!"传出"啪啪"的响声,特别清脆。我问:"他扇女人的耳光?"

尤木鱼："不，屁股。"我问："你看见了？"尤木鱼："不用看，屠户也这样过。"又听，女的："势利眼就势利眼，哪一天你不当经理了，你使眼色？你使卵子色也没用，我图你什么呀！"又传出"啪啪"声，依然那么清脆。接着芭茅林窸窸窣窣响了一阵，好像男人和女人扭打在一起。突然，男的长啸："妈呀！"女的："死了！"紧跟着尤木鱼说："完了。"我问："什么完了？"她不语，拉着我起身就跑。我喊："肉碗。"碗里哪里还有肉。她说："耗子偷吃了，可恶！"又对我说声"你趴下"，她便朝已经寂静无声的男人和女人厮打的地方摸索过去。很快，她抱了一个纸包过来，我们就跑。跑到街边，她才把纸包交与我说："不准说东西是我给的，就说捡的。"我接过纸包，她甜甜地在我脸蛋上亲了一口。她走了，夜色里，我看到她模糊的背影是飘逸的，飘呀，飘呀，好不真实。

纸包里是一块熟肉，很大，足以抵十份炒肉片。回家正要把大门关上，我从门缝里看见街上跑过一个人影，紧跟着一个石子飞向他，接着一个女人边追边骂："蔫狗，我看你还跑飞起来了，你怕飞不过我的石头。糟蹋了老娘你还把肉藏起来不给我，你太欺负人了。打死你这个蔫狗！打死你这个蔫狗！"一个石子接一个石子地飞向那个男人，突然，一块石头从街心飞溅过来，"砰"的一声砸在我家门板上，我惊了一下，猛地把门合拢。也就是在这个时候，我晓得了尤木鱼给我的这块熟肉是从哪里来的。

我把纸包里的熟肉交给母亲，她的神色一下紧张起来，手都有些发抖，问我："哪来的？儿子，不敢乱来哟！"我只好把刚才食堂里发生的那场战争告诉她，不过细节有点变化，把河边得肉的情节说成是我家的两份炒肉片在店里的打斗中被人抢了，经理补块熟肉让我拿回家自己炒。母亲松了口气，将肉在手里掂一掂自语道："值得。"瞒过母亲，转身却碰见父亲立在身后。他盯住我看，说："你脸色不对呀，不正常呀！哎哎，眼睛看我。"我的脸顷刻间像燃起一团火焰，烧得难受，河边发生的事已经回到我脑海里。我觉得我无法对付父亲。他接连追问："你有事瞒我，是不是？什么事，说出来。"我想把对母亲说的话再复述一遍，又觉得凭父亲的社会经验，他会识破那一定是我编的谎言。有父亲犀利目光的逼视，容不得我重新编谎，但如果照实说出去，还不知我要遭遇什么样的严厉训斥。正在我吓得心都快跳出来之际，父亲再一次逼问："怎么不说话？说，肉是从哪里得来的？经理笨呀，肉不送别人，偏送我们？他自找气怄！"听了父亲的话，我头脑里的谎话全都溜走，回到脑海里的河边的际遇越来越清晰，一遍一遍被放大，大到我终于忍不住，于是将发生在河岸的事告诉了父亲。不过，伏在尤木鱼酥胸上犹如伏在书本上读书的那个细节被我省略了。父亲疑惑着，觉得情理上说不过去，他问："她分肉给你为什么非要去河边？为躲避半条命追赶，拐进随便哪条小巷即可，到河边作甚？河边是个什么地方？野地，黑夜里的野地，不干好事的人才去那里！"我记起当时尤木鱼拉我去我也是如此疑惑着的，但我的疑惑是少不更事的疑惑，与父亲这时的疑惑有着根本区别。于是，我顺口答道："当时我也不知道为什么去那里。"父亲惊奇，马上反问："当时？那过后发生了什么？"哎呀！我在心里暗骂自己笨蛋，父亲抠字眼抠得如此精当，简直令儿子叹服。我只好佯装生气道："没有当时，也没有后来，就是不知道为什么去河边。"父亲见我不耐烦的样子，便说："我也不纠缠那些事了，谅你也干不出出格的事来。肉，退回去，不该自己的东西不能伸手去接，贪图别人的利益那是没志气没家教。还有，做人要清白，要知廉耻。如果你懂得这些道理，肉是哪里来的，就连夜送回哪里去。"听到父亲做人要清白要知廉耻的训诫，我觉得他对我去河边仍心存猜疑，并未释怀，他不相信那是一件单纯的事。

母亲责怪父亲做事过头，她从我手里把肉拿去切了一截下来，说是我们家的本分总要留够吧，不占便宜也不该吃亏呀。

父亲出的难题让我陡生他只顾家规不顾儿子感受的怨气。这沉沉黑夜，我捧着肉该退回哪里？半条命的老婆和经理的追打才刚刚过去，不知会了结在什么地方。尤木鱼可能早已进入梦乡。思来想去我内心最愿去的地方还是尤木鱼那里。摸到她家门前，鸡笼里的鸡骚动了一下，我急忙把肉从破损的窗洞扔进去，包肉的报纸落地发出"嚓"的声响，随即屋里有人喊"有贼"，我抬腿便跑，是男声是女声我都未听清楚。

躺在床上，头脑里纠缠着的不再是食店里为炒肉片发生的那场战争，也不再是父亲对我的训诫，而是在这沉寂的夜晚，在那神秘的河堤上，我和尤木鱼，那个女人和那个男人，我们之间，他们之间，究竟发生了什么？

第九章

春节在嘈杂无序的喧嚣中两三天就过去了,很像疯子注射了一支镇静剂,街市忽地平静如初,淡而无味的平常日子又浮现出来。

我憋了几天的书瘾这时实在憋不住了,像头猛兽一下从胸腔冲出来,张牙舞爪四下乱碰,狂得就要见谁咬谁。家里每个角落都翻遍,再也找不出一本我没看过的书,差一点从老鼠洞里掏书看。我这害了"书痨"一样的怪毛病,得了许多雅号。街上的女人都叫我"书癫子",男人叫我"书疯子",只有周端人叫我"书痴",因此我很敬重他。

走在街上,眼睛到处搜寻,从街坊洞开的大门里望进去,希望每家屋里都藏着看也看不完的书。但我晓得,想象是徒劳的,那里面有的只是三条腿的瘸板凳,搭在床沿补丁摞补丁的脏衣服,还有一张张菱黄的毫无生气的脸,要想见到一张纸片都难。我相信烟鬼酒鬼的烟瘾酒瘾憋不住了,定会像我此时书瘾发作一样难受。身边有行人经过,我仿佛看见她抱本书边走边看,就情不自禁弯下腰把头伸到她的胸口下面去找封面上的书名。然而,往上看到的只是她的突胸和尖尖的下巴。我恍兮惚兮问道:"书,你看的书呢?明明看到你抱着一本书一边走一边看。"没有回答,随之而来的是耳朵被她揪住,还恶狠狠地唾我一口说:"呸!连你也敢来作贱老娘,要看脱了给你看?呸!痴心妄想,我胸口上的这两坨肉你可能一辈子都看不成,莫假装书呀书的!"耳朵揪痛了我才清醒,站在我面前的女人,是目中无人高傲自大却目不识丁的半条命老婆,而不是我所希望碰见的边走边识文断字的小家碧玉。她手掌里确实托着东西,但不是书,原来是一沓叠得方方正正的白底剔红花的花布。别的女人扯的布是夹在腋下,埋头匆匆而行,而她向来是捧在手掌心,双手托在胸前,扬着头,一副得意扬扬相。她余怒未消又接着骂道:"你这个书癫子,看你人小,老娘今天饶了你。"第一次听她把我饶了,骂我书癫子，我很得意很欣慰。只要与书有关，任凭别人怎样侮辱我，我不难过不沮丧，有的只是欣喜若狂。她骂完摇摇摆摆走了。她向前冲的丰胸和撅起来的翘屁股，怎么看前后都能搁一本三十二开的书。

可是，计划要看的三本好书还没踪影，到哪里去淘呢？小镇没有书店，完全小学的图书室也因寒假而关闭。我厚着脸皮跑了几户读书人家，仍然求书无果。我在街上碰撞来碰撞去，绕了两个来回，街坊们都用奇怪的眼神看我，有的还咧嘴偷笑。我想，害书瘾的形象是不是很难看？到处有人大呼小叫，好像是催家人回去吃午饭。我肚皮虽已贴上背心，但有饥感无食欲，有的依然是书瘾。心里抱怨自己书都找不到，还吃什么饭呢？抱怨别人一天就只晓得吃，吃，吃。正抱怨得起劲，就见一街坊捧碗稀饭坐在门口，喝得津津有味。我忽地一阵眩晕，"扑哧"一声仆在地上，只觉得满头大汗淋漓，汗滴从脸上流过，像无数蚂蚁在爬。我不晓得我怎么了，心里呼唤着谁来拯救我。四周地皮震动，人声嘈杂，好像有人认出了我，惊叫赶快带口信给我父亲。我用力睁开眼睛，塞满眼睛的却是许多只脚，和脚上穿着的肮脏布鞋。离我最近的一个男人擤过鼻涕，正抬起左脚，把拇指和食指上未甩净的鼻涕擦在布鞋的后跟上。我稍稍抬起眼皮向上看，那是一双惨白惨白的手。在我们街上，只有剃头铺的许剃头才有那么一双漂白了的手。看到他白净的双手的同时，我也看到捏在他左手里的那本书。书！头皮像被锥子猛刺一下，思维异常清醒异常活跃起来，我一个箭步蹿起来，嘴里喊着："书！书！"扑过去就要夺。"咦！醒啦，还想抢书？原来还真是个书癫子啦。"果然是许剃头，他把书藏到了身后。他的旁边站着半条命，他的身后是尤木鱼，我见她在悄悄靠近许剃头。半条命说："羊儿疯遇到书癫子，干一仗，看疯子凶，还是癫子凶。"许剃头是"羊儿疯"，一年要患好几次。他说："烂药，你挑逗我，我不在意，你挑逗读书人就不对了。读书人是君子，他是小君子，君子是动口不动手的，你想我们打起来你好看热闹，你想错了。就凭你的德行，想成为我这样的疯子，他那样的癫子，你几辈子也修炼不成这样的正果。"他话语刚落，背后的书就被尤木鱼抢在手上。她递给我，一看，是线装本《西厢记》。许剃头也不争夺，显得很谦和，他说："繁体字，你读不通，还是说的男欢女爱，你看不得，一个嫩崽儿，看了会成花痴，书痴加花痴，痴到家了，今后在街上，你见书撵书，见女人撵女人，那就读不成大学了。"我说："是书我就看，看书都会把人看疯，这样的书我更要看。"我见尤木鱼脸上露出欣喜，许剃头的话正合了她的意，她说："借给他看，他这人迟钝得很，再好的女人在他眼里就是干木头一截，还花痴呢，花个狗屁！"许剃头听她这一说，也只好答应："书可以借，真看疯了那不是我的事，你回去立个字据，就说看《西厢记》发生的后果责任自负，拿上字据下午到我剃头铺取书。"他伸手拿回书，转身走了。尤木鱼想拦没拦住，她怕我心里难受，安慰我道："算了，'羊儿疯'明明不想借。我跟你说，"她有点神秘地悄声道，"热天我看见周端人家的后院里晒了一院子书，到那里去借。"我说："他不会借，他爱书如子，书就是他的儿女，他能借出来吗？我还是下午找许剃头。"她说："也行，过两天我去周端人家帮你偷几本书。"她的爽快性格，让人觉得十分可爱。

过了两天，尤木鱼真的给我拿来三本书。一本《儒林外史》，一本《聊斋志异》，还有一本《男女性库》。前两本的扉页上端端正正地盖着周端人的印章，名字是篆书，我都认得。后一本没盖章，同样在扉页上只用毛笔写了"周记"两字。两本古典小说我家有，在小学六年级就看过了，看得十分专心，繁体字也让我啃得出奇地艰难。这样的书父亲只许大哥二哥看，那是假期我从家里偷出来，躲在外边悄悄看完的。也就从那时起，我能顺畅读通古书上的那些繁体字。《男女性库》不是小说，好像是日本人写的关于男人女人的什么事。

尤木鱼找到我时，我正在油坊重看《聊斋志异》。油坊的地甑边很暖和，除了暑期在我家屋后竹林看书，寒假我都会躲在油坊看，这个地方是我最惬意的阅览室。油坊正榨花生油，浓郁的香味包裹着我，使人难得地陶醉。尤木鱼蹙着鼻子闻个不够，眼睛也滴溜溜四处转，看样子惊奇和喜欢得要命。她说："你真找了个好地方，书把脑壳喂饱了，花生把肚皮喂饱了，都没饿着呀！"她进来后就不断吞口水，那个馋相令人生怜。又问："这么多好吃的东西，他们不撵你走？"她手指点了几个地方。的确，那些正在加工的原料，不论是炒的、碾的、蒸的，都离不开花生和芝麻，要想解馋，那不就是信手拈来的事？她看我的眼神里充满疑惑，她是不相信油匠们会像容忍一只老鼠似的容忍我成天待在这里。我只好对她说："开始的时候，他们也不允许我进来，我就守在门口，趁他们忙碌不在意就悄悄溜进去，躲在甑子背人的那一边看书。等他们发现我，我已满面泪水，哭得伤心至极。原来，是我的哭声把他们引来的。他们奇怪得很，书还能把人看哭？就让我讲书里的故事，我讲了，那是聊斋里的女鬼。他们听了，没流泪，流的是挂在两只嘴角的涎水。他们相信了书里的故事真的能把人的心偷走，我看书，心在书里，不在花生上，他们放心了，答应我想去就去，不过每次去了都要讲一个好听的故事。"

一个年轻打油匠正在做油饼，整个人浸在烟雾腾腾里。他只穿条短裤，随着热气时聚时散，胸口和手臂上那油光放亮的饱满肌肉，直晃得人心跳。油匠做好油饼，擦着汗走过来，停在我们面前，问我："哪来这么漂亮的小妹崽，她跟你做酒酒呀？还没开苞吧？"我不懂"开苞"是什么意思，但见尤木鱼脸已红透，我想这一定是句丑话，便急忙还击他："不准说怪话，要懂得尊重女人！她是来给我送书的。"尤木鱼胸一挺，两只乳房夌起来，她说："什么小妹崽！我已经嫁人了，男人也是匠人，杀猪匠！"她把"杀"字说得很重，拖得很长，是在警告打油匠。打油匠未语，回转身将做好的油饼上到榨槽里，塞紧铁头木键，往手心吐口唾沫，把榨杆舞起来，对准凸出的铁头木键飞奔过去，嘴里吼着："哎——嘿哟！"只听一声巨响，杆端的大铁锤毫厘不差地击中木键的铁头，整个油坊都被震得晃动起来，巨大的木榨"嚓嚓嚓"直叫，就像顷刻之间便要迸裂，随之无数条金黄的油线流进木榨肚子下的油缸里。打油匠得意地拍拍上百斤的榨锤，乜斜着眼睛看着尤木鱼，他在炫耀自己的强悍。尤木鱼却不屑地一撇嘴："怕你个屁，打油匠劲大，杀猪匠胆子大，劲大不如胆子大！"一句话，仿佛让油匠尝到了尤木鱼的厉害，油匠没敢再挑逗，埋头舞着榨锤，来回跑着趟子，把油榨撞得地动山摇。尤木鱼避开打油匠的视线，悄悄潜到碾子边，从碾槽里抓了把花生米，靠在我身边大模大样地嚼着吃。她一边吃一边问我："你晓得这三本书我是怎么弄来的吗？"我说："弄周端人的书，无异于与虎谋皮。"她一怔，说："你说得明白些，我不懂。"我说："书上的话，意思是跟老虎商量要它的皮衫子。"她说："没这么危险。我去周端人的酒店，他正躺在椅子上，裹着毯子，脚烤在烘笼上，睡着了。侧边的方凳上除了茶杯，还摆着三本书，这本薄的打开的，放在上面。我悄悄从椅子后边绕过去，把上面的书合上，一齐抱走。"我说："他肯定会发现，他没睡着，是看书看累了，闭目养神。"她很惊讶："你真会猜呀！等我轻脚轻手就要走过他身边，这个老鬼连眼睛都不睁，脚一伸，把我绊了一下，一声吆喝：站住！同时伸出长手臂来揽我怀里的书。刚把手搭在我胸脯上，你猜出什么事了？"我说："他老婆回来了。"她说："不对，几个酒鬼和他老婆在后院打牌呢。是他把烘笼蹬翻了，火炭撒一地，烫得他双脚直跳，我才趁机跑出来了。"我说："烫得好，烫的就是吝啬鬼！"但说完，我又觉得对老者不恭敬不公平，爱读书的人，谁又不是惜书如命呢？由于我自家已经有了《儒林外史》和《聊斋志异》，于是便给她说："两本厚书你给他送回去，我不需要。"她说："我不管，看你引火揩屁股，我都不管，那是你的事。叫我再送回去，那不是自找苦吃嘛！"

这时，打油匠突然停下手里活，径直走到尤木鱼面前，命令似的说："小妹崽，到跟前来！"尤木鱼一愣，但还是有如男子汉似的豪爽地上前两步，瞪着双眼直视油匠。油匠又说："抬头！张嘴！"尤木鱼问："我为什么要抬头张嘴？"我急了，也问他："你想干什么呀？"他说："想干什么？她张开嘴你就知道了。"她一听,愤怒了,吼道:"你要耍流氓,我男人杀了你!"她这一吼,我发现了粘在她牙上的花生渣,心里一下明白了油匠想干什么。我只得央求道:"她是我带来的,有错也是我的错,你不要收拾她。以后,我一次给你们讲两个故事,就算替她将功折罪吧。"油匠不依,他说:"说得好听,你是你,她是她。她偷嘴就罚她给我做半天工。你走!从今以后,我们也不听你讲的那些看不见摸不着的女鬼女妖了,也不准你再踏进油坊一步。"我听油匠要借故扣留尤木鱼,心里惊恐不已,他不愿放女人走,是不是想干什么丑事?他嫌我讲的故事看不见摸不着,难道他想在尤木鱼身上看见什么摸着什么?我赶忙告诫他说:"她是看得见摸得着,但万屠户愿意吗?我去把他喊来,你亲自问他。"油匠还未开口,尤木鱼却吼道:"你笨呀!不准叫他。他来是杀油匠还是捶我呀?"我说:"那你心甘情愿留下来遭人欺负?牛和屠户哪个侍候?"她回答说:"不回去,我愿意为他们赶骡子碾料。饿了吃花生,渴了喝香油,困了睡骡圈,哪去找这么安逸的差事,一辈子不让我出油坊门才好呢!"我说:"一辈子不出油坊门?还想把你当成公家人一样养起来,你还不是笨人嘛!"她哧哧地笑个不停。

我不担心尤木鱼出力做活,我担心渴望女人的油匠会找由头欺负她。尤木鱼虽然性烈刚强,敢怒敢恨,但她毕竟是个女人,难以敌过练就一身力气的打油匠,万一被粗野的油匠强暴,那我的良心会遭受无尽的自我谴责。我预感到,她在油坊多待一分钟,就多一分危险。我急了,情急之中,我想到了周端人。

抱上周端人的三本书,我到了他家。酒店柜台上蹲着两个紫色酒坛,旁边放有三排酒盅。玻璃柜里堆满卤兔头、卤猪耳、卤鸭掌,溢出缕缕香味。店里很清净,白天很少有闲人来喝酒,生意都在傍晚时分。那时,街上那几个游手好闲之徒,加之桥对面乡坝里的四五位酒鬼,便三三两两、前前后后蹀入酒店,不喝个稀泥烂醉绝不罢休。

我从未见过周端人正襟危坐的样子,偎在躺椅里看书是他惯常的形象。冬天,脚蹬烘笼,怀里抱书;夏天,右手摇扇,左手执书。亚麻布白褂子的左边口袋里挂一只怀表,右胳膊腕上还箍串佛珠。唯有春秋最是爽快,右腿架在左腿上,一边看书一边晃腿,勾在脚尖的趿板鞋一荡一荡的,很是自在。

一进门,我见他两个眼球往上一轮,视线越过老花镜射过来。只一瞬,他又把目光飞快收回书上。大约看了还不到十个字,他再次轮了我一眼,一怔,马上摘下眼镜,慌忙将书掖在身下的毯子里,头仰靠下去,若无其事地闭上眼睛。这一幕,让我见证了他确实爱书如子,他是唯恐我来缠他的书看。走近他,我恭恭敬敬喊了一声:"周伯伯!给你道歉来了。"他的眼皮慢慢启开一条缝,挤出薄薄的一层微光瞄我一下，又闭上眼说："你又没惹我，道什么歉？"我说："尤木鱼把你的书抱走了，等于把你的儿子抱走了，我给你抱回来了，对不起！"他说："我就晓得她是为你偷书，有福气呀！"我尽量避讳的"偷"字，还是从他嘴里说出来了。他接着说："你把书给我还回来，你爱书，但爱之有道，有点像我小的时候，不同的是，那时，没有女子为我偷书。"我说："她很后悔，本来要亲自送回来，当面给你赔罪的，可是，她来不成了。"他一惊："又偷什么啦，被人放了脚筋？"我回答："不是，在油坊她吃了一把花生，被油匠扣住了。"他"啊"了一声，停顿几秒，又忽地感慨道："吃了一把花生？那是偷吃，偷吃公家的东西，把柄在人家手里，就由人家摆布啰！"他摇着头，"油匠野蛮，野蛮啦！"我假装问："油匠要对尤木鱼撒野？"他没理我，一面自言自语说："美人，美人儿啊！"一面起身到墙边取下手杖，随即用手杖指着我："去，把书给我抱到书房，还告诉我夫人，我出去办事，前堂她听着点。"我听父亲多次说到，全街只有他把婆娘叫"夫人"，而且叫得亲切真诚，不是故意做派给人看的。他夫人在后堂打牌。我照他的吩咐办完出来，他已摇头晃脑走了好远。

　　神秘兮兮的老头，不知要去哪里，去办什么事，是不是和尤木鱼有关？我一路尾随，一路猜测。尤木鱼偷书，他已恨之入骨，他会帮她吗？他帮得了她吗？想起刚才他嘴里念着"美人儿，美人儿"，还有全街无人不知的他十分珍爱漂亮的夫人烧腊西施，我由此意识到，老头有怜香惜玉之心。果然，他已拐入去油坊的小路。

　　油坊门前吵吵嚷嚷，吼声一片。刚才离开时还门可罗雀，此刻却这样热闹，我有些惊奇。周端人远远站定，手杖挂在左手腕，从怀里摸出本书对我说："我在这里看书，你去探个究竟，弄明白了是怎么回事，然后过来告诉我。"这时太阳从云层里拱出来了，暖暖的阳光照在一大群人身上。激愤的人堆里，起哄得最卖劲的是几个国营食店的成员，三十晚上，半条命打飞的那几盘炒肉片，就是他们的。大家水一样往前涌，争着抢着看戏似的。油匠手握木杠横在门口，不停把人群朝外推。我突然从人缝里看见拉碾子的是半条命而不是骡子，套绳勒进肩膀里，蹬起腿，头都快点着地了，碾子却吱呀吱呀慢悠悠地往前移。没想到方烂药也有今天，就故意问其中一个街坊："人比骡子劲大？"他回答说："只剩半条命了，哪来的劲呀，是他做了烂事，三十晚上把食店的盘子打了十几个，公家惩罚他到油坊碾一槽菜籽。"我又故意拐着弯问："是肉打了，还是盘子打了？"街坊回答说："都打了，盘子碎了，肉撒一地。盘子是公家的，肉是私人的，只有公家为公家出气的，私人的事，是闲事。"另一街坊插嘴道："经理说，盘子摔烂了，补都没法补，这是犯罪，就该惩罚。"

看到半条命要死不活地拉着碾子，饿极了的丧家犬一样收紧的瘦弱躯干，哈一口气就可以化掉的样子，我心里暖洋洋的。我得意得早把周端人忘到一边。这时，他走到我身边，让我替他拿着手杖，双手反抄在身后，套在袖筒里。他抬头远视，镜片里透出倨傲的目光。这是他闲暇时转悠的惯常做派。他昂头挺胸，一下杵在油匠面前。油匠一见是周端人，慌忙放下木杠，满脸堆笑道："周老先生今天有空到油坊来？难得的贵客呀！"周端人阴笑一声："真是贵客？你不烦我？今天我是来管闲事的。"油匠把他让进房里。周端人回头向我招手，我几步跟进去。油匠狠狠盯我两眼，随即又面带冷笑地收回目光。他陪着周端人边往里走边说："正说哪天去先生酒馆喝两壶呢！哎，狗日的上头催任务就像催命一样，等忙过这一阵再说。想起那烧酒，那卤兔头，那卤鸭脚板，真是周身来劲，想女人也没这么想过，哎！真香啦，多帮我弄几张酒票哟！"周端人只听他啰唆，闷着没有开腔，他的目光四处搜寻，却不见尤木鱼的影子，周端人侧脸看我，我轻微地摆了摆头。油匠装作没看见，他得意地指着碾子对周端人说："镇上的人一犯罪就弄来油坊惩罚，别人不也把我们都看成罪人了吗？你看方烂药，就剩半条命了，还要咬铜吃铁，惹是生非，几下折磨死了，搁着个妖艳女人哪个享受啊？""哪个享受？有头有脸的候着呢，没有你的戏唱。"一直端着架子的周端人，板起脸说。我无意中发现，起先还搭在围席上的几件脏衣裳，这时却不见了。我有些明白了，抬眼望着瘦高个的周端人，随手扯了扯自己的衣领。他会意地一笑，跟着我走出后门。后门外有口水井，尤木鱼果然在井边洗衣裳，她的手本来就白，皂角水一漂，更是嫩白嫩白的令人愈加疼爱。衣服都快清洗完了，她抬头朝我微微一笑，从盆里抓起一件衣服说："这件牛皮厚得很，过来帮我拧一把。"清悠悠的水挤出来，哗哗落到木盆里，漂起一个个小水泡。她捧起来，送到我面前让我吹，我还没吹，泡破灭了，她再捧起，再破灭，自己便哈哈大笑起来，逗得我们都笑了。周端人说："看来你甘愿受罚，我算是白跑一趟。"她一口接过去："没白跑，还有花生吃呢。"她从地上拿起一个长纸盒，翻开盖，一头是花生，一头是花生壳。周端人对油匠说："原来公家的东西，只能由你把持支配权，小蛀虫。"他手捻几根虾米胡，声调轻飘飘的，"你也别假公济私了，赶快给我把尤木鱼放了，我是专为此事来的。"油匠连声说："放，放，放。"然后对尤木鱼一挥手："没事了，你走吧，衣服我自己晾！这都是看在周老先生的面子上，你自己知趣点。"我悄声问尤木鱼："屠户没来找你？"她听了说："这两个货都不是好东西，一个有了不顾惜，一个没有打起歪主意想占有。还是五兄弟好，尤姐遭罪知道去搬救兵。"她轻轻拍拍我的脸蛋，"叫尤姐，叫尤姐！"我没好叫，她嘟起嘴，假装生气，抱上纸盒就跑。油匠高声喊道："哎，你还没向周老先生道谢呢。"尤木鱼也大声叫道："巴结呀，拍马屁呀，想喝人家的酒吧？我给你尿一壶，你喝吧！还是热的呢。"油匠叹道："放出笼子就咬人，一条疯母狗。"我调侃道："看来一盒花生是喂不家的。"周端人对油匠说："你小看这个女人了。"油匠摆摆头："不谈她了。说到酒，哎，周老先生，高粱酒来了给我带个信，红苕酒真难喝呀，本来就不如尤木鱼那泡热尿。"周端人笑了笑没开腔。顺便从后门离开，是情理之中的事情。周端人却说："我从前门来，就必须从前门走，君子不行小人之事。"穿过碾房，周端人停住步，望着还在拉碾子的半条命默不作声。临离开，他手指半条命，抿嘴一笑，这一次笑得很真诚，一点不虚伪。他对着我道："那样的女人，这样的男人，绝配呀！"

我和周端人一道回到他家，他把那本日本人写的《男女性库》送给我。他说："我老了，用不着这本书了，你拿回去仔细读读，成人了找妻室就照书上说的办，会找个好女人的。"他把书塞在我手里，又说："全街就数半条命的女人最淫，按这书上说的，她鼻与唇间有一条暗红线，这是淫妇的标记。"他喉结咕噜一声，"尤木鱼疯，但不淫；狂，但不乱。按书上的说法，她是一个好女人的长相，就看屠户有无福气享用一辈子。"离开周端人家，我把书紧紧揾在胸前，有了如获至宝的感觉。心想，有了这本书，今后就可以找个称心如意的妻子过日子了。

寒假将要过去，一天，我忽然接到一封县城来信，信封上的来信地址虽然陌生，但那秀丽的字体，一看便晓得是出自陈老师之手。我心里一阵惊奇，一阵窃喜，但窃喜多于惊奇。我顾不得看信的内容，就猜想这个老师姐姐肯定是思念弟弟了，便迫不及待地把思念变成一串串文字寄给我。但当我展开信纸，里面寥寥几行文字，让我顿时怅然若失。信里，她用漫不经心的语气告诉我，让我帮助她寻找两个年轻人，她说，这两个人的名字她不知道，只晓得是1956年入学的高中生，家住我们这个小镇上。我的目光定在信笺上，很想掘地三尺也要找出这两个高中生，以了却她的心愿。可是，既无准确地址，更不知晓姓名，该从哪里下手去找寻呢？最终，我把街上那一年考取县一中的三个高中生的名字都写信告诉了她，其中包括我的二哥。陈老师为什么要找那两个1956年入学的高中生，1956年，或这之后，她身边究竟发生了什么事情？两个那时的高中生，现在都快大学毕业了，难道她与他们曾经有过什么际遇？我觉得事情特别蹊跷。

我没把此事告诉二哥，怕他寻根究底地盘问，连我自己都不明究竟的事情，我如何回答得清楚。我不能让他也像我这样，带着苦苦思索离家去学校，连走路上厕所都在想破解这个谜底。

第十章

　　初春天气，校园里冬季贴在泥土上的衰草，此时已经腐烂，遍地是嫩生生的鹅黄色草芽，清新得惹人心醉。校园四周的铁篱笆，抽出青悠悠的枝条，使绿色的围墙又高了一截。铁篱笆之外就是田野，农民一边耕作，一边曲不成调地吼着歌谣：二月里来桃花天，男人走路女人牵……这春意盎然的大自然，真的让人心旷神怡，让人呼吸流畅，让人肢体舒展，啊，何等地惬意！我抱本书，身子斜靠槐树，闭上眼睛尽情地享受着自我陶醉着。恍惚之中，我觉得鼻孔痒痒的，等我轻轻睁开眼睛，我的胸口上放着一把野花。黄灿灿的，蓝莹莹的，星星一样耀眼，是那种开在草地上的最寻常的黄野菊和蓝野菊。牛光宇从树后绕过来。"怎么是你？"我诧异地问。"你以为是袁小圆或卢夫恭，对吧？"牛光宇戏谑道。我赶忙说："那倒没有如此奢望。"他说："她们就在那边呢，让你过去。"我说："真的在那边，我也不会过去，除非有老师在一起。"正说着，陈老师隔着树林向我挥手。我俩一起去到陈老师那里。陈老师指着我手里的花束说："我采的蓝星星，她俩采的黄星星。"她指了指袁小圆和卢夫恭，"我们都说，把花送给你，但你必须用一句诗来回赠我们。"我心起涟漪，脱口而出："你们把春天送给我，我用秋天回赠你们。"大家疯狂鼓掌。只有牛光宇不太开心，上牙咬住下唇，将一根细树枝折成一截一截的，然后扔在地上。我听到卢夫恭悄悄对袁小圆说："看，他不高兴了，再去采一把花，送给他吧。"袁小圆说："我还要学手风琴，你去采，采来我们一起送给他。"我知道牛光宇嫉妒了，难怪一开始他就不愿告诉我，那束花本来就是她们为我采的。

　　陈老师开始教袁小圆拉手风琴。袁小圆昂首挺胸，有些难为情的样子，不时低头自视胸脯，觉得挺得太过，就含含胸。一曲《真是乐死人》，袁小圆仅用十分钟便学会了，那欢快的曲子，亲切而略带俏皮的歌词，也感染了我们，陈老师教我们手牵手跳一曲圆舞曲。她伸出右手勾住我的左手，伸出左手勾住牛光宇的右手。我见牛光宇不停向袁小圆招手，想叫她到他左边和他手拉手。可袁小圆没理他，像没看见似的，仍然摇头晃脑拉着手风琴。其他几个同学一下围过来，大家手拉手一起跳起了圆舞曲。这时，袁小圆突然停止练琴，插到我身旁，捏住我的手腕就起舞，辫子在她胸前跳跃。我俩臂挽臂肩并肩的姿势，把所有人的目光都吸引过来。陈老师领唱的歌声一浪高过一浪。卢夫恭扬着一大把野花跑过来，头一埋，从手臂下钻进圈子，顺时针跳着，当她跳到牛光宇面前，稍微一鞠躬，献上花。牛光宇一手执花，一手拉着她的手，俩人在中央欢快地蹦着。牛光宇不时得意地望望我，他心里一定像吃了一块冰糖那样甜蜜爽快。

有两个初三的女生路过，高个的穿着双排扣的列宁装，矮个的着满襟的中式上衣。她们一边羡慕地看着我们，一边窃窃私语。穿列宁装的说："一年级新来的陈老师人长得洋气，性格也开朗大方，十足的现代派，不像我们班的那些老学究，古板得很，一副老气横秋相。"着中式装的说："人家跟你一样，本来就是城里人嘛，见多识广，胆子也大，洋派的事都敢干，换了别人，谁敢组织男生女生手牵手一起疯啊！乡巴佬老师敢这样干的，还没生出来。""哎，哎，拉住陈老师右手的那个美少年，是不是他们班的那个才子？"这次是着中式装的先开腔。"你不认得？就是他，叫伊诗岚呀，听说陈老师最喜欢他。""真羡慕，这么好的老师，这么好的同学，我重读个一年级多好啦，又可以和他们在一起，又可以迟两年回去当农民，可惜，没那个命呀！马上就毕业了，农村已经在向我招手啦，唉！"她叹息一声。着列宁装的一拍大腿："走，走，都看得忘记自己是干什么的了，离升学考试只一步之遥了，我们还跟着别人乐不可支，赶快回教室看书吧。"

我们请陈老师亲自演奏一首歌曲，她笑着答应了，操起手风琴就让我们点歌。卢夫恭第一个说出《铁道游击队之歌》，拉完之后，牛光宇接着点了《梁祝》。陈老师笑一笑，说："这首曲子，下一次我用小提琴拉给你们听。"然后她指名让我点歌，我不假思索地喊出了《莫斯科郊外的晚上》。歌名一出，袁小圆立刻雀跃起来："好啊！好啊！我最喜欢听这首歌。"陈老师应允地点点下巴，一边拉，一边轻声唱。卢夫恭恨了袁小圆一眼，又朝我撇了撇嘴，凑近我说："你俩都喜欢这支歌，这叫臭味相投！"她把牛光宇叫过来："你点的歌陈老师没拉，他点的就拉，不公平。"牛光宇说："袁小圆还拼命摇旗呐喊，我们一会儿给陈老师提意见。"可是，还没等他俩提意见，陈老师拉着拉着，眼泪就跟随着琴声和歌声噙在了眼角。卢夫恭好像心里有些愧疚，忙对牛光宇说："意见我们就不提了吧，你看陈老师怎么流泪了？"牛光宇说："大概是琴声勾起了什么伤心事。"袁小圆朝大家摆手，示意我们静静地听。我一直盯着陈老师的面部表情，当她的眼里刚有泪花闪烁的那一瞬，我就惊诧无比，立刻想到，是不是一支异域的爱情歌曲，引发了这个情窦初开的少女的何种记忆？当她的泪水快要滚落时，她轻扬头，泪水终究没从脸颊流下，而顺眼角抛到别处去了。

琴声一停，掌声疯狂响起。当一切都静下来，陈老师慢慢松弛了身姿，平静才回到脸上。不过，她没有再说一句话，只是默默带领我们离开树林回到教室。

晚饭后的课外活动，我信步走在校园的僻静处，心里反复琢磨歌曲《莫斯科郊外的晚上》。细细咀嚼其中的词曲，想从中找出让陈老师流泪的那个词语，那个音节。

陈老师出现在我面前，让我和她一道朝树下走去。沉默几分钟后，她轻言细语地开始述说一个家庭失散的故事。她说："我出生和成长在县城一个温馨美满的家庭，那时，我也相信，世间任何一个家庭，都像我的家庭一样幸福，父母和孩子们都无忧无虑地生活着。但是，有一天，这样的感觉没有了，这样的生活一去不复还，家，破碎得没有了踪影。"她的声音更微弱，头低下来，看不见她眸子里的光泽，"我的父亲是县一中的高中语文老师，作为父亲的他，在家，待妻子如兄长，待子女如挚友；在学校，是学生的良师益友，兢兢业业，为同学答疑解惑。母亲是小学教师，美丽娴雅，温和可亲，许多同学背后都称她为'老师妈妈'，一家人温馨甜美地生活在一起。在父亲的中学和母亲的小学，我家被大家誉为'幸福快乐第一家'，倾慕的目光常常包围了我们这个家。"回忆中，她脸上开始泛起明朗的笑容，"那时，每到周末的晚上，倘若风清气爽，树影婆娑，一家人便要去涪江之滨，依偎在江岸，向着波光粼粼的江水，轻声唱起那个年代的流行歌曲《莫斯科郊外的晚上》。那是一种饱含着雄浑的男低音，温柔的女低音，稚嫩清纯的童声的别具一格的合声唱；也是饱含着父爱母爱其乐融融的安谧幸福生活的自然流露。就是这支歌，伴随我们一家度过多少个美好、明媚、浪漫的周末的傍晚。也是这支歌，让父亲萌发了一个希望，他鼓励我和弟弟发奋学习，做品学皆优的好学生，争取有那么一天，被国家选派去莫斯科留学。我们点头答应：一定努力奋斗！从那一刻起，希望和誓言，像一粒种子一样扎根在我心里。"她停止述说，我们只默默走路。后面的故事，牵动着我的心，我用渴求的目光看了她一眼。爬上一个慢坡，我们坐下来，她接着说："当历史行进到1957年的那个喧嚣的春天，父亲的学校开展'整风反右'，不关心政治的父亲在沉默中度过课余的分分秒秒。唯独走上语文课的课堂，他才焕发出一个成熟教师的蓬勃生机。可是，后来的右派名单上，父亲的名字却赫然在目。罪名是：在课堂上叫嚣共产党搞'一言堂'，许一家之言，行一手遮天，成一团漆黑；校领导对业务一窍不通，还一意孤行；党员干部真是一蟹不如一蟹；整个学校一败涂地！这个沉重如山的罪名，几乎将我父亲压得粉身碎骨。他，大病一场，离死亡只差毫厘。他自己和母亲都不知道，如此罪名是谁罗织出来的，既富文采，又很具杀伤力，安在一个语文老师身上恰如其分。不久，父亲发配新疆戈壁滩的农场劳动。次年，父亲疯了，母亲为了照顾他，带着弟弟也去了新疆。因为奶奶年老，我就留了下来，一边在城里上学，一边陪伴她。母亲离家前夜，父亲原来所在学校的一个男生来找她，说他是父亲的学生，1956年入学的，家住几十里外的汇龙镇。他是专门来告诉母亲，父亲是被他的同班同学陷害，这个同学与他住在同一座小镇上，他不愿说出自己和那位同乡的名字，请母亲体谅。起因是那个同学写的作文，回回错别字连篇，父亲多次提醒，总无改进，一次就狠狠批评了他。于是，他那位同学便积怨在心。一次课堂上，父亲讲到'一'字头的成语，就一口气在黑板上写下了一家之言、一手遮天、一窍不通、一意孤行、一团漆黑、一败涂地、一蟹不如一蟹、一丝不苟和一鸣惊人近十个这样的成语。信手拈来，举例说明，本无歧义，'反右'时，那位同学却把'一'字头的成语串在一起，编造成父亲的反党言论，还怂恿几个同样挨过父亲批评的同学在上面签字，伪装成联名控告，置父亲于绝境。再后来，我奶奶去世，我独自一人落在县城，去年师校毕业，便分配到这所中学。一个温馨的家，就这样散了、没了。在涪江边歌唱《莫斯科郊外的晚上》的幸福时刻，就成了永久的记忆。"说完，我以为她会哭泣，看她时却是一脸的悲愤。现在我终于明白，她为什么要找那两个1956年入学且生活在我们那个小镇上的高中生。她为什么在小树林演奏《莫斯科郊外的晚上》会流泪。

  我们往回走。在夜色笼罩下，在树影婆娑里，在星光朦胧中，我想到，一个被誉为最美好的家庭，一个沉浸于幸福之中的家庭，却还是解体了，还是破灭了，这是一个十分悲惨的结局。我又想到了尤木鱼，以及她那个家庭，一个男人、一个女人和一头黄牛，折磨着，丑陋着，破败着，可是，像我们镇上许多家庭那样，却存在下来了，毫无顾忌地存在下来了。走到陈老师寝室门口，她挥手向我告别，就在她快要跨进门槛时，我喊了一声："陈老师！"她面带疑惑和羞涩地再挥手："快回寝室睡觉。"我说："我一定要在我们镇上找到那个陷害你父亲的高中生……"她回过头望我好一阵，然后说："我给你写信寻找他们的事情已经过去了，现在我不想再提它，都忘记了吧，过好没有烦恼和没有仇恨的日子。"门，被轻轻关上。我在心里念道：过好没有烦恼和没有仇恨的日子。

第十一章

春天的气息日渐浓烈,语文教研组的老师春情萌动、诗兴大发,想组织一到三年级的语文尖子生去踏青,开个赛诗会,借春之绚丽以展示文人墨客之风采。生物组的老师也想去,说是寻花捕蝶采集标本正当时候。音美组的老师争着要去的原因是,写生唱歌颂扬春天机不可失。数学和理化组的老师想去却说不出理由,便煽动政教组的老师说,文人们一出校门,小资情调就直往外冒,还是看着点好,免得走板跑调,给学校惹是生非。李副校长根本用不着谁煽动,他对老校长说,政治统率一切,我们在前,文人在后,请老校长放心,绝对出不了问题。最后,老校长决定全校师生一齐出动,同游"国育林",午餐野炊,以班组合,校医随行。史地组的老师听了老校长的决定,直呼:"公道!公道!"李校长专门把陈老师叫到身边,郑重其事地叮嘱她,准备几首革命歌曲,从学校出发,一路歌声嘹亮地唱到春游目的地——国育林。

"国育林"在一个叫清水湾的地方,面积有九平方公里,属混交林,各色树木花草都有。树是千姿百态,神形赏心悦目;花是姹紫嫣红,芬芳沁人心脾。一条小溪从林间穿过,潺潺流水在白色或青色的卵石中蜿蜒流淌,撞击出琴弦般的声音,剔透着水晶般的波光。溪畔的青草里开满蓝色、黄色、白色和紫色的小花,蝴蝶和蜻蜓在花丛中张狂得忘乎所以。陈老师一触此情此景,便再也挪不动脚步,顺势在溪边一块青石上坐下来,静静地凝视着远去的小溪,陶醉得整个天地间只有她一个人似的。看着她背衬大自然恩赐的绝好景色,她瞬间在我心灵里融为一串串诗句,我即刻挥笔倾泻成一篇诗稿。

有两条路径从北至南穿过溪水伸向丛林深处,溪面卵石为桥。路不是泥路,是那种绵绵细沙,上面长满了茸茸小草,没有荆棘丛,平平顺顺地静谧地躺在林间。她不知在期盼中躺了多少年,好像专门等候莘莘学子从她身上走过,对她进行洗礼，真是一片处女地啊，终日劳顿挣扎的人们可能从来就没记起过她。

大家在林间和溪水边吐尽了课堂上的困顿之气，吸够了大自然的花草香，好不心旷神怡啊！

先是朗诵诗，丁老师当然当仁不让。一走进大自然，他就好像走进了世外桃源，谁都与他无关，谁都不在他的话下，"老子天下第一"的狂傲劲凸显出来，平时的老成持重被抛到了九霄云外，就像被捆绑了好久的斗兽，终于挣断了绳索，眼前尽是他的领地。他昂起那颗硕大的头颅，健壮的身躯往草坪中央一站，挥出右手，宽厚白皙的手掌在空中绕出波浪状，就像我才看见的一棵大树和它一侧的枝丫豪迈地伸向蓝天，枝叶还在迎风招展一样。当大家正沉醉在他的气势中时，他一引颈便口吐华章："天上飘着些微云／地上吹着些微风／啊／微风吹动了我头发／教我如何不想她／月光恋爱着海洋／海洋恋爱着月光／啊／这般蜜一样的银夜／教我如何不想她／水面落花慢慢流／水底鱼儿慢慢游／啊／燕子你说些什么话／教我如何不想她／枯树在冷风里摇／野火在暮色中烧／啊／西天还有些儿残霞／教我如何不想她"。余音愈来愈轻，愈来愈柔，可是他的手还在空中绕啊绕啊，真有余韵无穷决不停歇的意思。这时，李校长像被毒蝎蜇了一下，惊惶地来到他跟前，说："大文人，教你如何不想她？她是谁呢？恋人？摩登女郎？还微风呀，微云呀，恋爱呀，月光呀，落花呀，真是又资又酸，资得可恨，酸得可憎。"他面朝大家，"谁来一首健康的，革命的！"丁老师终于从自我陶醉中睁开眼睛，他面向我们而不是单对李校长："什么恋人女郎！什么又资又酸！真是孤陋寡闻啊，真是可悲可叹啊！"他突然提高声音，"同学们！这是著名文学家、语言学家、教育家、新文化运动的主力之一的刘半农先生的诗呀！是他在英国留学时写的，以对一年四季景物的描写，表现他真挚而复杂的内心情感，寄托着他对家乡和祖国的热爱和思念呀！歌词里的她，就是我们伟大的祖国！"我高声插话道："丁老师，我特别喜欢'啊！微风吹动了我头发，教我如何不想她'这一句。为什么刘半农先生不说'微风吹动我衣衫'，而是头发呢？因为发、肤受之父母，这充分抒发了诗人对祖国母亲的无比思念与诚挚的热爱之情。"丁老师高兴得手舞足蹈，高声说道："伊诗岚真是点睛之笔呀！对啊，有人无知，我们不能无知，大家跟我一起来朗诵一遍吧。"向往的亲切的思念的合声响起，像惊蛰之后的第一声春雷，欢快地从天边滚滚而来：天上飘着些微云，地上吹着些微风。啊！微风吹动了我头发，教我如何不想她……突然，朗诵变成歌唱，陈老师亮起了歌喉，有如天籁之音缓缓从云端飘来，真的感觉得到淡淡的少许的云儿一片一片地在头顶飘呀飘呀，轻轻的少许的风一缕一缕地在脸庞吹呀吹呀，一绺头发在额前随风拂起又随风落下，此景如此美妙，此情如此真诚，真的让人难以释怀啊。我是第一次听到这么动情的歌曲，也是第一次发觉陈老师胸中珍藏着有如宝藏一样的不为我知的优美歌曲。她真诚而纵情地放歌，让我看着她像又长了几岁，感觉她的情感不再空虚，她的心胸还有些博大呢。

　　李校长拍了几下手掌，把所有人的注意力都吸引过去，待大家安静下来，他说："你们疯够了，该来点严肃的了，余班长，把你的杰作亮出来。"余班长穿着布鞋迈着方步，提了提右肩缝有补丁的蓝布衫领子，走到李校长跟前，拿出预先准备好的诗稿，用他那刚刚变过声的男低音庄重地朗诵："我们新中国的少年／生长在这个伟大的时代／火红的太阳天天升起／它在指引我们向前／接过英雄的旗帜／继承先烈的遗愿／树立远大的理想／高唱凯歌迎接美好的明天。"朗诵的话音一落，李校长闪电般地快速鼓起掌来，几百人应声而起，掌声以排山倒海的气势，惊飞满林啼鸟，撼动遍地香花，也吓得蝴蝶和蜻蜓狂飞乱舞，转瞬就没了踪影。李校长对丁老师说："如何？数风流人物，还看今朝。你们吹微风，我们奏凯歌；你们只能吹动头发，我们能把世界镇得万籁无声。"丁老师嘿嘿一笑："都成哑巴了，谁来高唱凯歌迎接美好的明天呀？"他指着我说："伊诗岚，你来一首，让你的才气冒几个泡泡就足矣。""来呀，来呀，冒几泡！冒几泡！"项均平和我们城镇的几个同学站在一起，大家齐声附和用劲把我往外推。我略微推辞了一下，即迈步站了出去，在心里告诉自己要尽量表现得豪迈一点。清过嗓子，我开始吟诵："云啊，擦亮我的思维／风啊，吹开我的心扉／让思维插上美丽的翅膀／让心扉面对整个宇宙。"吟到这里，我说，"第一首借用刘诗延伸了一下，下面一首，才是我自己的创意。标题是《小溪、少女与男孩》：小溪边有一块卵石／上面坐着个美丽的少女／溪水絮语着向前奔跑／少女凝视溪水沉思／小溪说／大海是我的终点／纵有千山和万壑／我也会百折不挠奔流不息／少女说／去年春天／我也是一条欢快的小溪／美丽得如同水晶镶砌／可是我却死在了冬季里／溪畔徜徉着一个男孩／脸上没有一点忧戚／闪亮的大眼睛盯着她／目光久久地一刻也未游离／男孩说／你没死／你只是沉寂在大地的怀抱里／只要你屏住呼吸／潇潇春雨已涸湿远山／冬天很快就将过去／溪水会清纯得像处女的情怀／重新奔腾在鸟语花香的林间。"在大家的瞠目结舌中，我吟完自己的诗，接下来是出奇的安静。"没了？"陈老师问。我笑着点头，但心里很忐忑，不知道会得到什么样的评价。"我们还没听够呢。"陈老师又说，她的话一出口，我悬空的心稍稍踏实一点，她喜欢我的诗我很欣慰。之所以说心稍稍踏实，因为我还不得不暗暗观察李校长和余班长他们的表情。不需要他们赞许，只需要他们沉默，他们默不作声了，我的诗才能喧腾，我的那帮崇拜者才能欢呼雀跃。果然，全场的肃静只持续了那么十几秒，蜂拥而至的同学便海潮般围拢来，簇拥着我，把我推来推去，呼喊着："好诗！好诗！"项均平则折根树枝，在余班长和他的支持者面前挥舞着狂奔，声嘶力竭地吼着："诗人啊——诗人啊——"像在猛烈发泄什么，他奔跑了几个来回，脚踢得草叶纷飞。突然，脚被石头绊了一下，他重重仆倒，整个人埋在草丛中。余班长那边立刻喊声四起："张狂者，必败！张狂者，必败！"正在那一帮人幸灾乐祸达到顶峰时，如死了一样的项均平忽地一跃而起，一朵鲜花咬在他嘴里，像自然绽放的那么美丽。他摇头晃脑，得意地向我们展示他的狂浪。牛光宇悄声对陈老师说："看我的。"他跑过去拉着项均平跳上一块大石头，右手高扬，脱口吟道："花儿花儿真鲜艳，只因开在嘴唇边；花儿花儿好芬芳，只因唾沫来滋养。"吟到这里，只见项均平脖子一伸，将花吃了下去。牛光宇一怔，接着念道："花儿花儿我爱你，一口吞进肚子里。可气！可气！项均平原来是个花花公子。"两人一唱一和，惹得我们哈哈大笑。丁老师说："诗言志，吟者都有才气，但还是以伊诗岚的诗为最，寓意深刻。'只要你屏住呼吸／潇潇春雨已泗湿远山／冬天很快就将过去／溪水会清纯得像处女的情怀／重新奔腾在鸟语花香的林间。'"他意味深长地随口吟唱。李校长很不高兴，朝我们呼喊："大家注意，对有些诗，要批判性地吸收，要有鉴别地去认识，我给你们打打预防针。下面各班分组自由活动，每个班指定两名同学，沿溪边用石块垒灶，捡些干柴，十一点煮饭，一点准时开饭。"余班长对大自然早已熟视无睹，对吃饭最感兴趣，他主动要求做饭，还点袁小圆当他的助手。袁小圆看他一眼，一脸的不情愿。项均平却一跃而起，迫不及待地要做他的帮手。项均平从来就没把脖子洗干净过，双手除了手心无垢，其余部位都是黑乎乎的。余班长便指着他的脖子说："你叫大家说，你做的饭大家吃得下去吗？"项均平嘟哝着低头不语，气得一屁股差点坐在溪流里。袁小圆只好闷闷不乐地跟在余班长屁股后边，迟疑地迈着步子。

  为了调节袁小圆的情绪，我有意拉住牛光宇尾随其后，并重新提起丁老师吟诗的那个话题，我深有感触地说："丁老师曾经是西南联大的学生，吟诵刘诗情真意切、感同身受，那是自然而然的流露。他们都有同样的爱国情怀，很值得我们敬仰。听了《教我如何不想她》之后，我一直在想，身在异国他乡求学的刘半农，当时思念祖国的那种心情，要是能让我体验一下该有多好啊！如果有那么一天，今生仅此一次也足矣！我会死而无憾矣！"牛光宇见我自作多情得不成样子，接话道："不要说你没有那么一天，就是有那么一天，你心里也燃不起刘半农那样的爱国烈焰，你充其量能冒几缕青烟。"我说："你就这么小瞧我？在新时代，我家已经出了两个大学生，这足以说明我们弟兄的爱国热情万丈之高。"豪言壮语之后，突然想到近两年我的遭遇，情绪顿时低落，小声道，"你说的也许是对的，你代表的是时代的声音。"这时，袁小圆有意落后两步，与我们并行。她参与其中说："那时的中国满目疮痍，漂泊在外的学子，还有爱国的仁人志士，对祖国不只是有深深的怀念之情，更多的是忧国忧民，担心国家的前途命运，因此出现了许多报效祖国的感人故事。"她的话又给我注入了一剂兴奋剂，我说："爱国是自我行为，我们爱国爱得更直接，祖国就在眼前，我们就在祖国怀抱。爱得轰轰烈烈是爱，爱得'春雨润物细无声'也是爱。"牛光宇好像看出了我情绪的变化，不无歉意地说："爱国不分先后，我们学好本领，一样可以报效国家。同学们，努力奋斗吧，胜利属于我们这一代！"袁小圆说："胜利属于我们这一代！"我也学舌似的："是的，胜利属于我们这一代。"之所以不带感叹语气，是因为我心里没有底气。

　　李校长引导语文和生物组的老师，缓缓行进在古树参天的森林里。林间的路有的延伸在荆棘与乱石丛中，走起来既富有诗意又令人生畏。有的路蜿蜒于绵软的沙石滩，踩上去心生坦然和舒畅。李校长邀陈老师与他同行，他专挑难行的路走，随时准备着避险时拉她一把，这个美差他唯恐被其余人抢去。我看了心里好不舒服，却又无可奈何，只得告诉自己跟紧一点，在他眼前晃来晃去，也好让他的心里难得痛快。像有默契和感应似的，陈老师也在不停扭头用目光到处搜寻我，我们的目光碰到一起，我很轻易地就读懂了对方目光的含义，她急切需要我打破他们的二人行格局。我就和身边的几个同学，不断从他俩之间来回穿梭，踢石子，采野花，遇水打水仗，水溅起来，陈老师趁机躲到丁老师他们身后去了。李校长看出其中的奥秘他也不便发作，只好附和着眼前的欢快场景说："其实，我不只是对政治感兴趣，我情感也十分丰富，喜欢的事情也很多，什么文学呀音乐呀等等，我一听音乐也会陶醉也会激动。"丁老师调侃道："陈老师唱你陶醉，我唱你就不是陶醉而是逃跑。"说完仰头大笑。陈老师也笑了，还笑得痛快淋漓。李校长不悦地斜了丁老师一眼，佯装不介意的样子说："西南联大的老夫子，你成天之乎者也亦焉哉还差不多，能唱出不跑调的歌吗？"随即扭起屁股来了一段："一、二、三、二、一，老太婆，你的鸡，被我捉，呱！呱！呱！"他自称表演的是国民党溃兵掠夺民财的幽默小品。他的天真烂漫逗得我们大笑不已，陈老师更是笑得手捂肚子弯下了腰。想不到平时在学校成天板着脸训人的政治家，一进入大自然，返祖似的显得如此单纯。丁老师对此也感慨万千，赞赏大自然魅力无穷，也赞赏大自然魔力无限，可以扫荡一切污泥浊水，可以还原人的本来面目。正在大家欢乐无比时，卢夫恭挡住道路让我们停下来，她手指一对恋蝶对生物老师喊道："罗老师，你看，蝴蝶也助人为乐呢，花蝴蝶背只白蝴蝶，飞得多自在呀！"一个采标本的同学挥网要捕，被罗老师一把拉住，她对卢夫恭郑重其事说："准确地说，那两只蝴蝶正在交配，蝴蝶繁殖力极强，它们的生命只有一个星期。"其余几个女同学早已双颊红红地低头不语，卢夫恭却有些不在乎，问道："植物叫授粉，动物是授……授精，对吧？"她把头转向我，好像专门在向我提问，我头一低，迈过她那莫名其妙的目光。她又将头朝向罗老师："那么蝴蝶叫什么呢？"罗老师一时语塞，一边思忖一边回答："蝴蝶为昆虫纲，鳞翅目，是卵生，应该是受精卵吧。"李校长说："看来自然科学确实复杂，罗老师不太肯定是吧？"然后转向卢夫恭，"罗老师不敢肯定，待回去查证了再答复你。"我察觉卢夫恭已经看出罗老师不是不能肯定回答，而是羞于在众多的老师和学生面前，高谈阔论什么生物界类同人的私密那样的问题。"不，答案应该是肯定的，就是受精卵。蝴蝶是尾交，为体外受精，蝴蝶的卵成圆形或椭圆形，一端有细孔，是精子进入的通道。"卢夫恭话音一落，同学们就疯狂鼓掌。待掌声停止，她得意地大声吼道："科学不存在羞涩和丑陋。"丁老师说："哎呀！你是个超乎寻常的勇敢的学生，了不起！"他跷起大拇指。陈老师说："卢夫恭经常直言不讳，爱来点睛之笔，很多时候语出惊人，也能做些出乎预料的事情。不过，于女生来说，有点调皮。"丁老师说："调皮点好，调皮不迂。调皮的学生大多思维和行动都比较敏锐，也显得灵气。"说话间，卢夫恭已经采摘了一大把野花，走到每一个老师面前献上一朵，然后深深鞠一躬，嘴里说道："老师辛苦了！"她手里最后剩下两朵，红得特别艳丽，我说不出花的名字。她走向我，拣一枝花朵大一点的递给我。"是月季吧？"我觉得有些突然，脸倏然红了，为掩饰自己的窘态问了她一句。她什么也没回答，扭头跑了。罗老师把住我的肩膀，悄悄耳语："不，是玫瑰，它象征爱情。"我像发现了花枝上爬满了蛆虫，随手就把叫作玫瑰且象征爱情的花枝扔出好远，还偷偷望了李校长一眼，见他正和陈老师谈论什么，才稍稍安心。

不料花扔出去正好落在牛光宇脚边，他俯身拾起，闻了闻，深深地吸口气，然后急匆匆地追上卢夫恭，把玫瑰朝她眼前一晃，说："伊诗岚扔的，我捡起来了，就算你送给我的。我把它夹在《青春之歌》的书页里，花干了，香味留在里面，我就把它当成你送我的玫瑰花书签。""小资情调！"卢夫恭叫了一声，显然生气了。"花又不是我采的，也不是我送的，你又采又送，同学里还只送给伊诗岚，什么意思？你才是小资产阶级情调。"牛光宇还击道。卢夫恭口气软下来，说："我是觉得好看才采的，送人也没想别的。可你为什么要把它夹在书里，还要夹在《青春之歌》写爱情的那一章里，你不是小资情调是什么？"

牛光宇被驳得无言以对，卢夫恭的巧辩掩饰了自己行为的真实性，却让我对她更多了一分敬而远之的感觉。

两棵大树之间，秦老师夫妇正在搭帐篷。帐篷不大，是军用帆布制作的那种。秦老师两口子很年轻，是从北方过来的，学校没有多余的宿舍，他们的小家让老校长搔首挠耳好一阵。恰巧有一男一女两个单身代课老师，各占了一间寝室，最后只好把夫妻两个暂时分开，分别安插在代课老师的寝室里，气得秦老师怒吼道："你要让我秦家绝后呀，校长大人！"作为好好先生的老校长只好赔着笑脸说："实属无奈，实属无奈，暂时的，暂时的。"过后不久，这对从城市来的年轻老师，便买了一顶帐篷，有时间了，夫妻俩就背上它到野外去浪漫。

一阵凉气漫过来，一座大石仓横在我们面前。它与别的石仓不同，很高很阔，显得很古老，石壁上开凿的痕迹已快被岁月磨失，上面的苔藓一层摞一层。说话的回音空旷而幽远，让我有了遁世的悠闲之感。而"鼓足干劲，力争上游，多快好省建设社会主义""三面红旗万岁"这些闪耀着时代光芒的标语，却深深地镌刻进了这人迹罕至的森林之中的岩石上，又让我有了身在现实的紧迫感。

行至石仓出口处，李校长站住了，眼睛盯着一处石壁，上面有一抹黄泥，像掩盖着什么。他掰开一看，茫然了，岩石上刻有两行英文字母。代数当中涉及的我认识，不涉及的我都不认识。李校长笑问大家："两行英文谁能翻译？"同来的老师没有学英语的，乡镇中学也不知什么原因，从来就未开外语课。一堆老师傻傻地望着也变成了"睁眼瞎"。李校长默想一阵，自语道："这会不会是潜伏敌特的联络信号？"他立即向陈老师布置道："照猫画虎把它抄写下来，我带回去慢慢研究。"随后又对我说："陈老师临摹完了，你抠把稀泥仍将它抹杀了。"他先在抄写前面冠以"照猫画虎"，后又把"抄写"说成"临摹"，显然是在暗示陈老师，他藐视她的英语常识，最好千万别抄走了样。专注两行英文的陈老师并未理睬他，胸有成竹地从画夹里拿出纸和软铅，一眨眼工夫就把岩上的英文拓下来。李校长接过拓片说："你比我想象的要聪明许多，这样做出来我就放心了。如果手抄，抄错一个字母，也许意思就截然相反，有可能把敌特接头暗语变成无所谓的废话，岂不铸成大错，贻害无穷。"陈老师说："没那么危险，只有笨特务才钻到这鬼都不下蛋的地方来。""搞政治的就爱风声鹤唳草木皆兵，真是游兴大减，雅趣全无。"丁老师一句话说得大家无心纠缠，纷纷散去。

我反复摩挲两行英文，不舍覆盖。学校不开英语课，与城里中学相比，我们就少了一门知识，此事一直让我愤愤不平，怨恨主张者的人心不公。我在心里反复猜测，是谁在这荒山野岭刻下两句英语，而不用中文，他要表达什么？在这穷乡僻壤难道还埋没着如此人才？他是怀才不遇，或是为才所累？知识和学问本应该给他带来幸福与快乐，是不是恰恰相反，给他带来的是灾难与痛苦？我苦思不得其解，也只好抠一团泥巴草草将它掩盖了。

大家快快不乐地回到溪边，各班的野炊已经飘香。吃饭的时候，牛光宇发现项均平不在了，四处张望，见他混迹在二年级的学友中。他看到牛光宇向他招手，便端着碗过来，手里捏了馒头，碗里却飘出奇异的香味。"鱼汤？"余班长抢先发问。项均平扬着头，不屑地说："我在河里捉了三条鱼，几只螃蟹，你不要我，鱼逮在手里，别的年级争着要。这汤真鲜呀，连舌头都要吞进去。"牛光宇的涎水流到下巴上，赶忙用手背抹去。他伸手要抢项均平的汤碗，项均平却一转身递给我说："人才难得，先给才子喝几口。"我不习惯吃别人吃过的东西，便文诌诌地回敬道："免礼！免礼！"牛光宇见势把碗抓过去喝了一口，就再不想还给他。项均平说："要喝就喝快点，我再去舀一碗，我才不客气呢，河里的鱼不是哪个都能逮住的。"

这时，医务室的刘老师背着药箱，在逐班询问有无挂伤的同学。我拉住他说："刘老师，我泻肚子，请你给我两粒治肚子的药。"刘老师给我开药，李校长瞟我一眼，又自顾不暇地飞快转回头，继续与身边的陈老师交谈。我接过药便向树林深处走去。

我重新回到大石仓，用右手食指，仔细而轻微地抠去抹在两句英语石刻上的泥土，唯恐把字母扳缺一点。清理干净，指尖竟鬼使神差般随着刻出的凹槽，一笔一画往下描。描一个字母又一个字母，描完一遍，又来一遍。我在用心体味它的神秘，用心体味它的情趣，一种依恋慢慢从心中浸出来。我暗暗立下誓言，一定要寻找到刻写英文的人，死乞白赖也要拜他为师。我不再忍心用泥覆盖，让它受甘露滋润、濡日月精华吧。待到精通英语那时，我一定再游此地，把它翻译出来，刻上译文，让能看见它的人都明白雕刻者的意思。

饭后休息，教生物的罗老师和校医刘老师在谈论生理卫生课。李校长在和陈老师轻言细语聊天，他们在草地相向而坐，我坐在他们身后，只能看见四个老师的背影。我抱本书看，看了两页，注意力和感觉就不在书上了，他们的话，不断地交错着进入我的耳朵。罗老师："生理卫生怎么讲，我很为难。本来是门科学知识，但有的同学，头脑里还残留着落后的封建意识，有强烈的抵触情绪。"刘老师："对于男人女人的人体结构和生理功能，小青年都还蒙昧无知，讲破比不讲破好。"于是，书中画的男性生殖器与女性生殖器立刻浮现眼前。我感慨人的伟大，崇敬人的神奇。小小的像蝌蚪一样的精子，无耻地游进卵子里，就可以让人类生生不息！而且，这是任何力量都阻挡不了、颠扑不破的。记得，上生理卫生课，涉及性和生殖器问题，罗老师都是一翻而过，全部免讲。李校长："爱情是什么？你能回答这个问题吗？"陈老师："我只有理论认识。我个人认为，爱情就是一个男人和一个女人，心理和生理上的有机结合。"李校长笑了，在座的老师都笑了。李校长闷了半天："你还把我蒙住了，觉得不太对，可又找不出反驳的理由。"有同学喊："按这个定义，低等动物也存在爱情！"又一个同学的声音："字典里说，爱情就是男女相爱的感情。所以，异性间只要产生感情，那就是爱情。"牛光宇叹一口气道："唉！真不该拿婚姻来约束爱情。"李校长吭吭地清理了一下嗓子，说："世界上只有马克思和燕妮的爱情，才是最革命最经典的爱情。"这像一句总结的语言，场面一下安静下来。

这时，袁小圆急匆匆跑来找刘老师。她对校医刘老师喊道："快，快，有老师病了。"刘老师闻听，拔腿就跑。袁小圆将刘老师带到秦老师的帐篷前，说："你听。"可帐篷里静悄悄的。刘老师正要招呼迟疑着的袁小圆离去，突然帐篷内传出"啊"的一声长啸，袁小圆迈腿就要扑进帐篷，被刘老师一把拉住，飞快逃离。袁小圆挣脱刘老师的手，竟气极而泣，涕泪俱下，说："你是医生还见死不救！刚才秦老师呻吟得很厉害，这阵又痛得大叫一声呢！"刘老师不知说什么好，只能劝慰道："他们不要紧的，一会儿就好，一会儿就好。"

罗老师见刘老师很快回来，便问："不要紧吧？"刘老师再也忍不住了，开怀大笑一阵。两人耳语过后，罗老师就低下头，把笑脸藏在怀里。李校长见他俩表情诡异，有些明白了，嘴里直囔："太不检点！太不检点！"罗老师说："能怪他们两口子吗？人家从城市来这里，连宿舍都没一间。"陈老师似乎听出点什么，红着脸起身走开了。罗老师看到身边没姑娘，又说："其实，在野外的帐篷里做，比在学校的陋室里，浪漫得多！"刘老师说："秦老师连陋室也没有，买顶帐篷，不就是为了有张自由自在的床嘛！"李校长愤愤道："星期天他背上帐篷怎么闹，我管不着，可今天是集体活动，当着这么多男生女生的面呀！怎么可以像野狗野猫一样！"

几个老师沉默在怜悯中，只有李校长这个正人君子还在抱怨不止愤慨不止。

继续前行，我们将从森林的另一端走出去，踏上回校的路。越往深处，树木越密树荫越浓，路越难行走。渐渐地阳光被层层叠叠的树冠挡在了天空无法落下，绿色沉重得凝固了一般，草木的气息使人窒息。路变模糊了，逐渐伸进草丛中，齐胸的地方蓬勃的刺蔓交错，像一座座摇摆不定的拱门。有的人弓腰从下面钻过去，有的人双手撑开藤蔓挺胸前冲，衣服和手脸牵动带刺的藤条起起伏伏，真有乘风破浪的豪壮感。刘老师半开玩笑半认真地说："什么挂掉都不可惜，只要别把眼珠挂掉。"项均平急忙抢话，唯恐插不上嘴："什么挂掉都不重要，男生千万别把小弟弟挂掉。"有几个同学笑出声来，但女生们都低下了头，老师们都黑着脸，笑的人脸一下僵住了，只顾走自己的路。我向后望，后面跟的人稀少得多了。我估计他们都各自寻找到捷径、宽敞路，或者回头路，去到集结的地方。

　　下午四时，春游结束集合返校。李校长是领队，陈老师是领唱。她指挥我们纵情高歌一曲《歌唱祖国》，在"五星红旗迎风飘扬……"的嘹亮歌声中，队伍出发了。

第十二章

就在秦老师两口子周日总是背上帐篷，到野外去做夫妻间的那点事，被传得沸沸扬扬尽人皆知的时候，一天我看见老校长抓住秦老师的手，把一串钥匙放在他手心里说："我的寝室腾出来了，你们两口子搬进去住吧。"秦老师推辞道："校长，我们这样挺好的，不敢影响您老的休息。"老校长说："我的床安在办公室，宿办合一，还少走许多路。一个人，怎么都好将就，可你们，都三十几的人了，还无后呢，不用推辞，我是校长，就算是学校的决定吧。"老校长的体贴入微，感动得两口子泪流满面。我看见秦老师将钥匙揣进上衣贴胸口的小口袋，一直把老校长目送至好远。我也十分感慨，秦老师两口子，能遇这样的好校长，真是三生有幸呀！

星期三上午政治课，李校长走进教师，把我叫上讲台，让我面向同学双手举起一张纸片。这张纸片，正是陈老师从石仓岩上拓的那张英文拓片，不同的是英文下面注有一行译文：如果冬天来了，春天还会远吗？李校长说："那两行英文翻译过来就是这句诗，它是英国诗人雪莱的一首叫作《西风歌》的诗的最后一句。"同学一听惊呆了，都"哦呀"一声张大嘴巴望着李校长。他接着说："你们不要惊奇，我们这乡镇上没有这么大学问的人，是县一中的英语教师翻译的，是他们的功劳。其实，我并不遗憾不懂它，资本主义国家的诗人，能写出什么好东西！你们不知道，正是我们身边的敌人，利用它反党反人民。"大家又"哦呀"一声，不同的是嘴巴由椭圆张大成溜圆。项均平忽地站起来，用无可辩驳的口气说："李校长，冬天过去了，本来紧接着就是春天嘛。""是的。"李校长脸一沉，"那我问你，是冬天温暖还是春天温暖？"项均平十分干脆地答道："春天，肯定是春天！"李校长得意地一笑："同学们！你们好幼稚啊，敌人是借这句诗，把我们今天的美好生活比喻成寒冬，把他们向往的资本主义比作温暖的春天，他们盼望复辟资本主义啊，其险恶用心不是昭然若揭吗？"他眼眶微红，眼角噙着一星泪珠，这是情绪十分激动的征象，"可喜的是，刻反诗的敌人已经被公安机关抓住，他是个大右派，还是个地主的儿子。"我心里一惊，不由自主地埋下头，埋头之前瞟了李校长一眼，他也正在看我。"这个崽儿解放初期在中国一个驻外大使馆当英文翻译，"他继续说，"后来被贬回省城一所中学当老师，五七年被打成右派，遣送回老家当农民。去年冬天一直称病在家不出工，队长追到家里赶他下地，谁知他偷偷溜到石仓刻了这句英文诗。公安局说他配合蒋介石反攻大陆，要定他反革命罪，他跑到石仓触壁而亡，这是敌人罪有应得。"有同学鼓掌，也有同学沉默。我夹在里面，心里在想，这毕竟是个人才呀，死得可惜。

  我想了解雪莱，于是就找到丁老师要借雪莱的诗集，他告诉我，手边没有雪莱的诗选，但雪莱的诗他读过很多，基本上都是在中学时代读的，有的诗至今还记忆犹新。于是，他摇头晃脑朗诵起来："希望，奔腾在年轻的心里，／经不起岁月的折磨！／爱情的玫瑰长着密密的刺，／它欣欣吐苞的处所，／总是春寒料峭。／少年说：'这些紫花儿属于我。'／但花儿才怒放就枯槁。"他很自豪地告诉我："这一首叫《爱情的玫瑰》，还有呢，"他接着朗诵，但没再摇头晃脑，而是一脸凝重，"高声地哀号着，狂暴的风，／唱不成悲歌，因为过于伤痛；／不停地刮着，猛烈的风，／当阴云整夜敲着丧钟；伤心的暴雨，徒然地恸哭，／高伸着秃枝的树丛，凄凉的海洋，深深的洞窟，——／你们都号啕吧，为了人间的罪恶！"他重复着最后一句："你们都号啕吧，为了人间的罪恶！"久久仰望天空，他似乎沉湎于一种沉重的回忆。本来就浮动于我们周围的春天的气息，好像已经悄悄退去，取而代之的是幻觉，是冬天凌厉的风在猛烈地冲撞着我们，心在疯狂地寒战；是夏季炽烈的火焰在愤怒燃烧我们，肉体像雪一样在消融。他要涅槃。他的情绪感染了我，我也要涅槃。他一把将我揽入怀中，竟然失声痛哭。我叫了一声："丁老师！"也禁不住眼泪纵横。他拭去眼泪，也让我擦干泪水。他说："雪莱是一位抒情诗人，他的政治抒情诗我十分喜欢。他的思想有着朴素的辩证法的因素，他认为，除了变，一切都不能长久。他后期的作品很多是鼓动人民起来反抗和斗争的。我一读他的诗，就有一种要从旧的羁绊中解脱出来而进入新的思想境界的冲动。"我隐隐感觉有一种叛逆、抗争和等待在潜移默化着我，在感染着我。我的脑海里立刻跳出来一句很时兴的话：思想倾向有问题！我有些害怕被教唆，师长的温暖怀抱没有了，信任和敬仰淡去了，但我还是让他拉着我的手，慢慢走向人影幢幢、灯影幢幢的远处的校园。从此时起，雪莱朴素的辩证思想"除了变，一切都不能长久"深深地铭刻在我心里，一直指引着我去面对人生的坎坷。

这些天，我一直都为那个刻英文的右派惋惜，他的死在我心里留下一道裂痕。一句诗，一句出自外国人之手的诗，他搬过来，只有他自己懂得他心里在发泄什么。一个人心里的愤懑，能有多大的罪恶？他本不该死，忍受灾难与失去生命，他为什么不选择前者？他的人性的懦弱使我想起丁老师骨子里的强悍，他们都很有知识，一个看不到希望，让自己走向黑暗；一个企盼着明天，艰难地在路上跋涉。想着我和他们一样，都不是时代的宠儿，甚至只能算是一个活在当下最底层的人，我的心就呐喊不止。

一天，我又对同桌说，一想到碰死在石仓那个右派，心里就痛惜不已。同桌却说："没有必要痛惜。我们痛惜他，谁痛惜我们？我们班四十多个同学，毕业了绝大多数都要回去修理地球。也许，我一辈子都走不出我家屋后那道坡坎。他还好，在国外混过几年。"同桌的话不无道理，也说得我心境黯然。但我还是觉得少了一些同情，毕竟有一肚子英文啊！同桌看出我心里还惦念着他，便看看四周，附耳悄声道："右派姓祝。其实，祝右派触壁未死，只是挨够了斗争。"我十分惊诧："真的？你怎么晓得？"同桌回答："他和我舅舅住一个队，听舅舅说，队长不让把祝右派没有死的事往外传，觉得将一个在国外干大事的人都贬回了农村，也差不多了，再整，就太不近人情了。之后，队长让他学篾匠，做个轻巧活。"我说："队长善良。"同桌说："是个厚道人，只会种庄稼。他们队就在学校对面的坡底下那条沟里。"我朝学校大门方向望了一眼，仿佛已经看到对面坡下那条沟里有座破败不堪的小小茅草屋，祝右派就住在那里面。

晚上躺在床上，脑海里又出现石壁上的两行英语，还有同桌的话。这个能在驻外使馆当英语翻译的右派并未死，只是撞昏死过去，后来又活过来了。他的家就在学校对面的坡底下，离我们学校并不远。同桌的一番话又勾起了我学习英语的欲望。想起两个兄长一去县城上中学就学了外语，假期在家每天清晨都要起来背单词，一个是俄语，一个是英语，怪异的语言飘荡在晨雾里，听得我有如身临一个奇妙世界。思忖再三，我决定偷偷去祝右派那里学英语，满足一下我心里不断膨胀的求知欲望。

第一次去是个周六的下午。我找到队上，给一个放牛的老人敬了一根烟，他激动得手不停地颤抖，问我是不是有什么事需要他帮忙，需要就只管说。还说，小同学还专门买烟给他吃，他两眼墨黑还受我这个知书达理的学生敬烟，实在经受不起啊。我好感动，农民的淳朴厚道让我含泪和哽咽，停了好一阵，我才问起祝右派的事。老人苦着脸，一口气说出："可怜！可怜呀！"他没有给我多讲这个人的事，他说落难之人，叫人掉眼泪的事太多。他不知道右派过去在国外的事、在省城的事，他只给我说了祝右派在乡下的一次遭遇。

他说，这个地主的儿子叫祝一尔，是个单身汉。"反右"那年，才被贬回老家当农民。还未来得及结婚，就被打成右派，从此，女人远离了他。老人说，被遣返农村的第二年，队上有个智障女，成天鼻流洒涕，快三十了没男人娶。院子里的陈婆婆起了好心，给她母亲说，嫁给祝右派算了，总可以生儿防老。智障女的母亲听了气得直跺脚，骂得陈婆婆老脸无处搁："你成心害我一大家人呀！祝右派生的儿女再精灵，来到人世上也是受气包。我女子再没人要，嫁狗嫁猫也不嫁给阶级敌人，我看你是闲慌了。滚！"老人对我说，于是，队上便流传一句话：只要大家觉悟高，不出三代人，地主阶级就自然绝种了。

临走，老人指向一条小路对我说，顺着这条路往前走，你听到竹林里有人唱洋文歌，祝右派就在那里。

果然，刚一看见葱郁的竹林，耳朵便听到歌声。曲调很熟悉，就是听不清他唱的什么歌词。进入林子，一个担粪桶的高个子男人卸下担子，满脸愤慨地吼道："你狗日的反了！跟你说过多少次了，中国人都没当伸展，还装假洋鬼子乱尿吼，斗争你！"被训斥的人自然就是祝右派，正在剔一根竹子。他阴笑一声，回敬道："哼，想偷懒吧！真有觉悟，别搁起担子骂，挑起担子骂，骂一个小时、骂半天我都乐意听，狡猾！"说完，拖上竹子就走。后面的男子一边高喊"反了！反了"，一边稳稳地坐在了扁担上不再动，嘴还不断嘀咕着，真的偷起懒来。我捡颗石子，悄悄临近粪桶，瞄准投进去，"叮咚"一声，粪水溅起来，溅在他脸上身上。男子抹一把脸，正想发作，一看是个陌生的白面小伙朝他傻笑，只好瞪我一眼，挑起粪担走了。不远处传来笑声，原来祝右派没走远，一直盯着这边看。

尾随祝右派进了他的院子。他头也未回甩过一句话来："小兄弟聪明，是找我的吧？说，找我什么事？"有了这句话，陌生感顿时烟消云散。我不懂得寒暄，也不会绕弯子，便直言道："知道你的故事，想拜你为师，跟你学习英语。"他问："有用？"我说："也许明天，或许后天……"他说："真的聪明，总有用得着的那一天。"

祝一尔的家从外表看简陋不堪，跟其他农家并无两样。屋内虽然很暗，却有另一番景象。到处堆着书，墙边的靠桌上，多余的座椅上，书摆得好高。床上只留一席之地，其余地方高高低低码满书籍。遍屋是书却不零乱，因为码得整齐，也收拾得干净。一触此情此景，我顿时欣喜若狂，不经主人许可，便浏览起来。可惜多数是英文书，我不识它，它不识我。偶尔翻到几本中文小说，真有几分爱不释手。不经意间，我看见屋角的木柜里挂的那件格子呢大衣，再仔细偷偷审视一番正往屋子里走来的祝一尔，猛然记起米市上要以书换米的那个人，不正是眼前的他吗？便说："嗬！这正是去年冬天，你在米市上穿的那件大衣呀！"他狡猾地一笑，依旧做他的事。他好像在找一本书，翻来覆去地十分小心。我问："换书的事你已经记不得了？"他说："其实，你一钻进竹林，我就把你这个卖米的书迷认出来了，我是想考你的眼力才不想点破。"我说："怪只怪岁月太残忍，它把你当时眼神里仅存的那一点高贵气质都差不多磨蚀完了，是这件罕见的大衣提醒我，才让我回忆起你来的。"他说："对呀！时间就是一位了不起的雕塑家，它无时无刻不在改变着世界的形象，改变着世界上每一个人的形象。"我说："时间已经过去许久了，有一个问题始终没从我脑海里消失，那就是你为什么当时特别想喝稀粥？"他说："那时，我在石仓刻写的雪莱的英文诗已经暴露，我知道他们很快就会抓我、关我，我只想赶紧上街体面地最后亮一次相，也特别想喝一次自己熬的粥，因为我有近半年没见过一粒米了，人真是一种奇怪的动物啊！"他感叹中带着几分凄凉，这凄凉感染了我。于是，我的涉世不深又让我干了件蠢事，在他心情不佳的时候，我又毫不顾忌地向他求证："方才在村口，放牛老人讲的陈婆婆为你提亲反遭辱骂，这件心酸的事情是真的吗？"他说："一点不假！"我说："那个陈婆婆也未预先问你愿不愿意？"他说："按老人家的想法我已经是饥不择食了，只要是个母的，一定不会拒绝。"他爽朗地笑了。我也想笑，但心里酸楚，笑不出来。

偷学英语的第一课，就是熟记字母。祝老师把二十六个字母的大写、小写都列出来，教我会读会写，牢记于心。除了数学课本里已经学会的那几个，其余的字母，我在第一节课悉数装进了脑海。

之后，祝老师把我偷学英语的时间，改在了周六晚上。他说，白天有无数双眼睛盯着，他没有常人的方便和自由。这样的事情只得等到晚上偷偷做。

周六下午，是一周当中最愉快的时光。好心情始于午餐之后，同学们背起行囊，从各个寝室门口，像春天小溪里的桃花水一样，欢快地流淌着奔涌出校门。一周的离别，家人对儿女的牵挂，儿女对家人的思念，都洒满一条条通往田野、通往村庄的小路。还有翠竹下的瓦屋，瓦屋前的池塘，池塘边假寐的小花狗，想起来都是那么亲切。说是行囊，其实就是背粮的竹篓，只有很少一些女生，手提镶着荷叶边的花布口袋，点缀其中，张扬着摩登与时尚。

每逢周六，只要我不回家，我都要站在校园东边那棵洋槐树下，眼巴巴看着陈老师走出校门，直到她那清晰的身影，逐渐变成远处一个模糊的圆点。此时，同学走完了，老师也走完了，老校工嘶哑的咳嗽声又穿过树林传过来。到处没有一个人影，我的心顿时空落落的，形单影只的孤独感袭上心头。

暮色初露，我提了三斤米便踏上偷学英语之路。米是从牙缝里攒下来的，送给祝老师算是交的学费。像我这样的少年郎敢走夜路的绝无仅有，我的胆量不是从爹妈肚子里带来的，是不得不走逼出来的。第一学期我像所有的同学一样，每周都要回家。独自一人孤零零往返于学校与家之间，稚嫩的脚板单程要丈量完五十里路，每一次最后那几里路都要摸黑前行。第一回走夜路，吓得心脏像老鼠一样在胸腔乱碰，哭着喊着跌跌撞撞一路拼命飞奔，到家时已是大汗淋漓、神志恍惚。母亲心疼得第二天不让我返校，父亲却说母亲是妇人之仁，心太软会让儿子成不了大器。星期日回校父亲与我同行，他有意晚走一个小时，陪我走十里夜路练我的胆子。为了节省旅费，他把我送到学校还要连夜返回，五十里夜路足以让他走个通宵。父亲却不以为然地对我说，年轻的时候他喜欢看戏，常常跑十几里路到另一个场镇去看夜戏，他的胆子就是那时练出来的。他给我壮胆最经典的一句话就是"人死如灯灭"，人死了不可能变成鬼，鬼是胆小的人想象出来的，鬼在人心里不在别处，只要心中无鬼就会泰然处之。之后我走夜路就有了白日行路的感觉，认为不同之处就是太阳走了星星来了，天空还是白日的天空，大地还是白日的大地，我照走无妨。一次路过坟地，黑沉沉之中，我亲眼看见从一座垮塌的墓道里跑出半尺高的小老头，摇着铃子从我面前经过。我心生好奇暗自思忖：谁家的侏儒无家可归栖于墓穴？我快步上前抬腿欲踢又马上止住，心想不能误伤无辜。正在此时，一只野兔"嗖"的一声从我脚背射过去，一块白绸挂在我的鞋尖，上面系有两个小铜铃，原来墓里的葬品缠在兔头上被带了出来，这真是一场奇遇。我没舍得把铜铃扔掉，一路摇着往家走。

今天走的虽然是条陌生的夜路，但无鬼的信念和不怕鬼的心态依然让我走得很坦然。正在爬坡我听到身后有急促的脚步声，我还未回头观察，一个人影与我擦肩而过，我只目睹了他肩着背篓的背影。负重上坡却无一声喘息，而且他朝着一片无路的斜坡穿插过去。我拨开荆棘丛跟着他，当跟进一片柏树林时，我却步了。也就在这时，树林里飞来几块石头，我掉头便跑，一足踩虚跌进深坑，我忍痛爬出来，摸一摸周身，除了擦伤别无大碍。到了祝老师家，他听完我的述说，也很奇怪，说那是他们队的地盘，树林周边并无一户人家，迂到荒坡里去的绝对不会是人，定然是鬼！我说你呀，应该是个无神论者，从中国跑到外国，你见过鬼吗？说了一阵笑话，又上了两个钟头的课，九点多就往学校赶。他执意不收我的米，我说去年冬天在市场你就说过以书易米，现在终于有机会了。他自嘲说："古时孔子受学生'束脩'，我就效仿一回吧。"我说："仅此几捧白米而已，哪敢跟一块干腊肉比拟。"他把我送到出"鬼"的那个坡边，让我与他一同穿进去刺探一下。我俩走过柏树林，前面便是田坝，随之有鸭群骚动的嘎嘎声，从一个竹棚冲出两个人来，高喊一声："谁？"祝一尔搀扶着我就跑。上了大路，他释然道："放鸭子的，鸭儿篷，果真无鬼！"我俩路口辞别，他回家，我回学校。

再一个周六到了，午餐后我仍站在东隅那棵洋槐树下。可是今天，同学走完了，老师也走完了，老校工嘶哑的咳嗽声照样穿过树林传过来，仍未等到陈老师的出现。我假装路过她的寝室，看见房门的吊扣孤单地垂在那里，她没走？她不回县城里的家？我以极快的速度回寝室拿本书，坐在她对面的桂花树下，一边看书，一边盯着那扇未锁的房门。突然，听到道林纸的破碎声，在临门框的一个窗格中，陈老师一只灵巧白皙的手，穿过窗户纸，用一把铁锁将自己反锁在屋里。

我很奇怪，也很担忧，每周必回的她，今天为何不回家，而把自己反锁在寝室里。我试着几次想走过去，但最终还是不知所措地放弃了。卷起书，我沿着两排教师寝室，一间一间地数过去，眼睛专门去寻找哪些房门上挂了锁，我也不晓得自己为什么要这么做，老是有一种莫名的担忧在心里涌动。所有的门都锁着，只有第二排的十七室和二十室没上锁，里面各自住着一个男老师和一个女老师，都是单身族，他们是去年秋天晚于陈老师派遣来的代课老师。但自从戴老师两口子调来之后，学校无房，只好对应性别把两口子棒打鸳鸯分别安插进去。一对无性生活的男女和一对有性生活的男女拼凑在一起，其中的尴尬就自不待言了。直到前段时间，老校长把自己的寝室让给秦老师两口子，两位单身男女又才有了各自的寝室，此时可能正在屋里啃书本，其清苦就不言而喻了。

随着太阳落坡，我吃了校工代替炊事员给留校且报伙的师生下的清水挂面，心头就惦记起反锁在寝室的陈老师。人可安好？晚餐何在？碗一搁，我便来到她房门口。里面传出轻微的啜泣声，虽然轻微，给我心灵的震撼却很猛烈。我急忙敲门，并小声叫了两遍。时间一分一秒过去，挨时间真是一件痛苦的事情。终于，还是那只手，还是从那个窗格里伸出来，不同的是她摸索着把钥匙插进锁孔，打开门，然后让我进去。

她坐在临窗的课桌前，右手搁于桌面上，手边放着收拾停当的提包；左手搁在左腿上，指间捏条花手绢。眼睛虽不红肿，但仍残留着没有拭尽的泪痕。我问："陈老师不回家？"她不语。我又问："陈老师不吃饭？"她还不回答，只是不转眼地对视着。看着看着，泪珠从她的眼帘扑簌簌滚出来，她哭着说："我东西都收拾好了，才想起县城的家没了。"这时的她，一脸的悲伤和无助，没有了昨日的超脱、天真和浪漫，也没有了昨日的情调、情怀和情态。我问："为什么？你的家、你的屋呢？"她未理我，而是给自己倒一杯水，拿出一包饼干，分予我一块，自己便就着水默默咀嚼起来，开始了她迟来的晚餐。由于长久的沉默，我正考虑是走还是留，她却无端地说了一句："老师也有她自己的秘密，你哪来那么多问题！"一句话拉开了我与她的距离，重新回到学生的位置上。我假咳一声，以掩饰自己的尴尬，轻脚轻手离开她的寝室。走出几步，回头一望，门依然开着，那块我未吃的饼干依然搁在桌角。

"老师也有她自己的秘密，你哪来那么多问题！"我从这句话里，读出了她心中的忧愁和烦恼，也读出了一种责备。人的脸皮有厚有薄，我是属于薄的那一类。我边走边反省了自己的得意忘形。我算她的什么人呢，有什么资格刨根问底，探询人家不愿说出的秘密？走着走着，迎着暮色，我踏上了偷学英语的那条小路。

祝老师的房门半掩着，推门进去，什么都看不见，什么都没有。我退出来，将门关好。沿院边小路出去，走了不长一段路，一座茅屋的轮廓显现出来，一洞"牛肋巴"窗户透出暗淡的灯光，一个人影伏在窗户上，一种哀求的声音响起："开开门吧！求求你，开门吧，开门吧！"哀求的人是祝一尔老师。他在哀求谁？又在哀求什么？我不愿惊动他，静静地站着偷听。屋里悄无声息，可以看到土墙的窗台上那盏油灯，如豆的灯火在微弱地闪烁，很有随时都可能油尽灯灭的担忧。哀求声再次响起："我求求你，别让我再等了，被路过的人看见不好，开开门吧！我愿意把我最珍贵的手表送给你，瑞士名表，你是有知识的人，应该知道它昂贵的价值。""我不稀罕它，你走吧！"屋里终于有人答话，声音清脆，吐字清晰，与一般农妇有别。祝老师回答："我喜欢你，我是好人，你应该清楚。开门吧，求你了。"屋里的女人再无声息，接着灯也灭了。我立刻有了面对荒原的感觉，阴森和恐怖袭来。原来，黑夜里的光亮，哪怕它再微弱、再暗淡，但它毕竟是光，它可以把黑暗撕开一条口子，让人看到一丝希望。可惋惜的是，祝老师面前的灯光灭了，希望也没了。

沮丧的祝老师看见了我，他拍拍我的肩，径自往家走，我默默跟在他身后。想着他平时形单影只，欲找个女人来打破这种尴尬的生存境地，可能是他潦倒后的唯一期望。这时，草房里传来孩子的哭声，哭声有些让人撕心裂肺。他猛然转身有奔回去的冲动，但脚抬起来还未迈出去，却又止住步，只是向着不远的草房默视片刻，又反身朝自己的家走去。

上完课临走时，他对我说起那个女人的事。原来，女人是个单亲母亲，两个月前才被在城里工作的男人抛弃，带着两个年幼的儿子，挣不到工分，缺吃少穿，那可怜样子，还不如支书家的那一条母狗。说到动情处，他直长叹短吁。他感叹女人还是个初中生，择偶时心气很高，非城里人不嫁，结果却落得被穿皮鞋的一脚踢回田坝的如此悲剧结局。他说他笃信世间的一句贤文：万般皆是命，半点不由人。命中注定的事，本人是无法改变的。我痛苦地感觉到，他在悲怜那个不理睬他的女人，更在悲怜他自己。

　　一阵大风，把厚重的云层卷向天边，深蓝的天空和星月罩在了我的头顶。想着先前的黑暗，我感叹大自然真是变幻无穷呀！路过河边，河水很静，没有一丝波纹。一钩半月沉在水底，令人遐想联翩。我想到世事的变幻，日月的永恒；也想到人生无常，天地无情。有家可以失去，有亲人可以失散；昨天还在天堂，今天就站到地狱门口。谁也不知道自己的人生长河流向哪方。

　　学校的校门其实无门，两根砖柱连着两边的铁篱笆，就是天然围墙，中间一条三米宽的石子路直通校园深处。所以不论何时，不论何人，都可以进出自如。此时，路灯昏黄的光晕融化在月色之中，校园素净单纯得如同一个少女。

第十三章

　　星期天学校只开两餐饭。九点早饭一过,陈老师让我和她去野外写生。我们爬上小镇后边的山坡,到处洋溢着仲春的气息,这里可以俯瞰整个街道,她很快地把它速写下来。两排平行的乌黑的屋脊,夹着如带的石板街延伸出去,连着一座石桥,对岸桥头有两棵硕大的黄桷树,两头黄牛拴在树根上。小街在她笔下变得古朴而苍凉,它使我想起了我家乡那条街那条河,河边上的竹林,竹林掩映下的我家。她指着画对我说:"从今天起,这条小街就是我的城,那几平方米的寝室就是我的家我的屋。这里,再不会听到城市的喧嚣,再也感觉不到家的味道。最可怕的是假日,那是无尽的寂寞和孤独。"停了一阵,她又说,"昨天,我说的那句话,太重。对不起!"我知道她指的是哪句话。我说:"我还是要问,你的家、你的屋呢?"这时,她告诉我,她家的房子紧邻县政府的围墙,为了清理环境,凡是县政府周边的非劳动人民住户,一概撵走,永不回迁,她家自然就在驱赶之列。由于她在乡下工作,县房管所不再为她在城里安排住房,因此她失去了有着美好记忆的曾经非常温馨的家。她很无助地叹口气,摇摇头,眼泪都快滚出来。她说:"人生真是个很奇妙的过程,上小学那时,都是天真活泼的小女孩,谁也想不到十二年后,什么都变了,什么都不一样了。人可以主宰命运,人可以书写自己的历史。上初中的时候看到许多书里这样说,我也坚信它,所以就拼命学习,后来考上师校,真的改变了命运,与许多同学比,我是幸运的。可是,后来发生的一些变故,家庭的,个人的,使我迷惘,我看不清前面的路了。因此,我才真正体会到,人生是坎坷的,人生不是一帆风顺的,今后的出路在哪里,谁也不知道。"现实的残酷动摇了陈老师的信念,也让我对人生对未来增添更多的担忧。当我们都沉默不语时,她猜测我定然也在思考自己的今天和明天,心情也同样沉重,她说:"你与我不同,你有一个完整的家庭,有父爱有母爱,有兄弟姐妹围绕着你。

在学校你是优秀的，不应该悲观，不要灰心丧气，你只要尽力了，不论是什么结果，你都不会后悔。"看得出，她说这段话是鼓足了相当的勇气的。一进入人生的讨论，我的心情既复杂又沉重，许多问题纠缠在一起，很难理出头绪。但无论怎样，在眼前，我都要坚守一个信念：我一定要去争做那千分之一万分之一的凤毛麟角的佼佼者，通过读书走出去，走得比别人更远。只有这样，自己才有美好的明天。信念是远在京城站得比我高的二哥给的，我坚信，它是真实的，它是国家对一个群体许下的诺言。"你在思考？"陈老师说，"看你郑重其事的样子，是不是在考虑一个问题，是不是在卸一个沉重的包袱？哎，放轻松些，过星期天呀，想些愉快的事情。比如，我正在构思一幅美好的图画，你能猜到是什么吗？"我说："有人在县城给你修一座漂亮的房子，你父母你弟弟都回来了，你爸你妈住楼下，你和你弟弟住楼上。你妈每个周六的傍晚，都在大门口等候你回家。"看见她眼睛红了，又才明白触及她最痛心的事。她说："那是梦里都难遇见的好事，不可能，永远都不可能了。但猜中一个'房'字，你还是很聪明，怎么猜到的？"我说："你才失去家，肯定希望有座房。"她说："你看对面马路后边那面光滑的石壁，如果在上面凿一个窟窿，安扇木门，便成为我的居室，多简单多方便。"我说："石窟再凿高些，从门口修二十级台阶下来。住在里面像住在楼房里，可以鸟瞰全镇。"她很有兴致地接着说："再往左右各凿一个洞，左边的为寝室，右边的为厨房，用竹筒把坡上的泉水引到厨房，就是自来水。洞里冬暖夏凉，冷天不用烤火，热天不用扇扇，真是神仙过的日子。"我们你一句我一句地说着，拼凑着美好的情景。不知什么时候她的眼泪都出来了，这是无奈的泪，也是悲凉的泪。看着她这个样子，我想，人一受挫折，理想就不崇高了，意志也会薄弱。我本想安慰她几句，但她似乎察觉我已窥探到她的心情，反倒劝我说："不要受我的情绪的影响，你要自始至终保持旺盛的学习精神，做到永不衰退。好了，我们回校吧。"

　　还是一个周六的傍晚，我急匆匆赶到祝老师的房前，屋里却没有一点响动。正四处张望，听见竹林边有脚步声，我急忙把抱在怀里的米袋，塞进屋侧的柴火堆里。那个我第一次遇见还敬过他烟的老者，牵着牛出现在房前的小路上。他见到我，别无二话，直接把我招呼到跟前，悄声对我说："莫打扰祝右派，办好事去了呢。我知道你找他做啥，你走吧。"我望了望他，不好深问，有些迟疑地扭转头，最后看一眼房门，真有点舍不得离去。走出几步远，老者撵过来，依然是小声道："只给你一个人说。这一回，祝右派灵性了，他把那块最值钱的手表，拿进城换了一麻袋米，他用这袋米，才把小寡妇的门哄开，才去不久，正热和着呢。

你走吧，改天再来。"祝老师最终找到了打开寡妇房门的"钥匙"。虽然课没上成，但我很欣慰。

后来，偷学英语发展到三个人，牛光宇和项均平也兴致浓厚地加入进来。几乎一到周六，太阳刚一下山，暮色初露，我们就高兴得手舞足蹈，纠集着打闹着，往祝老师家里赶。路上，项均平经常调笑说，我们一行是筷子夹骨头——三根光棍，走夜路一点情调也没有，不如再拉两个女生进来，反正干的都是偷鸡摸狗的事情，干脆来个居心叵测、浑水摸鱼。我虽然不把此话当真，但还是警告他们，安心学就老老实实跟着走，想捣乱就趁早尽快回去睡大觉。就这样，偷学英语坚持了不到两个月，终被队上的人发现告到学校。李副校长把我们狠狠训斥一顿，还要严肃处理我们。老校长知道后一笑了之，说道："学校不开外语课这是学校的责任，学生求知欲强何错之有？他们偷学英语，已使你我汗颜，我们还有什么脸面处分学生！"虽然我们幸免遭殃，祝一尔却被大队斗争了两个晚上。我知道后心里难受了好几天，发誓要把祝老师牢记心间，一日为师，终身为父嘛。

偷学英语事件对李校长触动很大，没有处分我们他于心不甘，在校务会上，他给这种行为列了两条罪状：一是以伊诗岚为代表的"白专"思潮抬头，且成泛滥之势；二是以祝一尔为代表的资产阶级、剥削阶级在和我们争夺下一代，要把青少年拉到他们那边去，无产阶级必须抢夺回来。由他提议，校务会讨论决定，立即掀起一个学习劳动模范的热潮，要让劳模的先进事迹和不朽精神占领学校阵地，决不让资产阶级和剥削阶级有可乘之机。

劳模报告会放在周六上午。劳模五十多岁，人长得白净，好像风吹日晒对他的皮肤没有伤害，穿戴也不俗，极不像个农民。他坐在舞台上，面前横张课桌，上面有一个杯子，没有打开的笔记本，胸前别着两支闪亮的钢笔。讲着讲着他就站起来了，手把着腰，唾沫乱飞，激情飞扬："我一个人管了上百亩桑园，十多年没有给队上丢一张桑叶，也没损坏一棵桑树。怎么管的？你们猜都猜不出来。"他喝一口水，脱去外衣，随手搭在右肩上，但刚一抖身子，衣服掉在地上，他捡起来只好放在桌子的一端。他接着说："刚派我到桑园那时，春天的桑叶长得漂亮得很，绿光闪闪的，好爱人。蚕宝宝一出世，糟了！邻队的妇女都来偷桑叶，一钻进桑园，那阵势呀，她们就像一拨一拨的老母蚕，树上的桑叶眨眼间就稀疏了。我呀，撵了东边，西边又拥来一拨；撵了西边，东边又拥来一伙。没办法，骂也骂不走，打又打不得。一急，鬼点子就出来了。"他喝口水，笑眯了的眼睛透着得意的神色，他说："我急中生智，把衣服裤子全脱光，赤条条的，直追得那帮女人夹紧屁股蹚着大腿拼命逃，一个个脸羞得像下蛋鸡母一样绯红，这样撵过两回，再不见偷桑叶的女人了。"他问台下的师生:"你们知道她们逃走的时候为什么要夹紧屁股蹭着大腿吗?"他自问自答道,"怕尿裤裆!"台下男生一片哄笑,女生们却羞得早已埋下了头。听到笑声,得意的他解开衬衣的第一颗扣子,他说:"桑园的南边紧挨马路,遇到汽车把桑树枝挂断了——你们不知道,拖斗车最容易碰断桑枝。我就拦住汽车,躺在车轮前不起来,非要司机赔偿不可,还要留下单位、姓名,吓得司机过桑园再不敢粗心大意了。所以,我管桑园管出了名,为发展蚕桑事业做了大贡献,成了著名劳模,到处参观作报告,上海、北京都去过。"台下"哇"地惊呼一声。他笑盈盈解开第二颗衬衣扣子。他继续报告:"大地方上茅房用马桶,马桶,你们听说过吗?没有吧!我在上海和平饭店上茅房,那就是马桶。屙完了正要起身,唰的一声,一股热水冲出来,打得屁股痒痒的,马桶里还有稀里哗啦的水声,吓得我提起裤子就跑,楼道里碰到服务员,问,老大爷遇到什么麻烦啦?我急忙说,快,快,耗子钻进马桶里了。我听到身后的服务员肚皮快笑破了,手擂得墙壁咚咚响。"台下的男生女生还有老师都开心地大笑起来,笑声里带着一半羡慕一半讥讽。

报告结束,同学们激动地齐喊:"向劳模学习!向劳模致敬!"项均平突然站起来,挥着拳头喊:"像劳模一样裸奔!"台下一阵狂笑,这一次,我没看见女生们因害羞而勾头,而是一个个脸上都含着拘谨的笑容。李校长差点气疯了,冲过去提着项均平的衣领把他揪了出去,不松手地一直拽到办公室。之后,学校要每个同学写心得体会。我问牛光宇:"能学习他吗?""难道你怀疑劳模的先进事迹?""他那样是侮辱妇女。""他对妇女动手了?动口了?他那是智慧。这是个很有名气的劳模,事迹典型得很,到处作报告。你别太实在,学一学吧。"我突然冒出一句:"怪不得他那么白,好像没晒过太阳,原来整天躲在桑园里。"牛小骠说:"应该是这样。"

晚上遇见项均平,他气哼哼地一把拉住我说:"把老子鼻子都气歪了,喊个口号也要千篇一律,他本来就裸奔,我又没污蔑他,是他自己说的,李眼镜却狠狠训了我一顿,还罚我送劳模回家,说是赔罪。"我问:"送劳模回家?怎么送?"他回答:"劳模是骑马来的,让我给他牵马,到他家有二十里路,往返四十里,累死我了,这个鬼眼镜!"我说:"他是劳模,你还是个孩子,应该你骑马,他牵马才对。"他怨恨地说:"屎!假劳模。我不熟路,有时走错几步路,他还骂我不如猪,想把他的马累死。后来我实在走不动了,求他让我也骑上去,他又骂我傻球,成心想压死马呀。"项均平由愤而悲,眼泪都出来了,又说,"马是奖励他的,年轻公马,雄壮得很。正下坡尿了一大泡,我在前,马在后,就是说我在低处,马在高处，溅我一身尿，臊臭得很，畜生也仗势欺人！"他说完撩起衣服让我闻。我说："你嘴贱，自找苦吃。"他又嘿嘿笑了："当时图个痛快，逗大家乐呢，你没看见连怕羞的女生都偷着笑呢。"他停顿一下，眼睛左右看看，神秘地用手势示意我靠近些，我不习惯鬼头鬼脑耳语，没睬他。他还是忍不住悄声道："还有更爆料的，想不想听？"我装作无所谓的样子，他急了："告诉你，劳模还乱搞女人呢！"我一惊，问："道听途说吧？"他说："是道听途说，但是，是在劳模院子边，听他邻居说的。"故事还未讲出口，他倒笑出声来，"嘿嘿，接着劳模裸奔的故事讲起。偷桑叶那群女人里，有个富农的女人，小个头，清秀，斯文，人很漂亮。每次队长派这些女人去偷桑叶，别人手脚麻利，和劳模周旋着很快摘满一背篼桑叶逃跑，可是，她却往往只能偷到半篼，时常被队长骂得狗血喷头。后来，劳模裸奔，羞得女人们无处躲藏，一张桑叶也偷不到了，她却背着满满一背篼桑叶回去邀功请赏。原来，劳模脱光衣服裸体追赶那些女人时，她却悄无声息地潜到棚子，把劳模的衣服藏起来，远远窥视窝棚。劳模把女人撵出桑园，回来找不到衣服，只好先裸着身子钻进窝棚的被窝里藏起来。富农女人趁机在边缘地带不慌不忙采摘桑叶，摘够了，临走又悄悄把衣服扔在窝棚边。一次，她的诡计被劳模识破，在她故技重演时，劳模撵走偷桑叶女人回到窝棚假睡，却在被窝里竖起耳朵听。当他听见远处有细微的采桑声后，便迂回过去，在神不知鬼不觉中，他赤身裸体把富农女人按倒，飞快扯去她的裤子，痛快淋漓地把这个小斯文美人干了一顿。自那以后，富农女人不再偷偷摸摸摘桑叶，每次按劳模约定的时间，采满满一背篼桑叶回去。项均平讲完故事戏言道："劳模的胜利，充分证明一个颠扑不破的真理，当今社会，不是剥削阶级占领劳动人民阵地，确实是劳动人民占领了剥削阶级阵地。"我忙制止说："此事不要乱传，到我为止，你也不要乱发感慨。也有可能，是邻居嫉妒劳模，编这故事污蔑他的。"项均平得意地嘿嘿一笑了之。

之后很长一段时间，我稍有空闲，就会想起那个守护桑园的劳模，想的次数多了，慢慢就把他琢磨透彻了。他的"裸撵"看似粗野，甚至下流不堪，有伤风化，但当严格的规章制度在那些散漫的女人面前显得苍白无力的时候，他看准了女人的软肋，他很聪明，用最简单的办法，就轻易解决了最棘手最复杂的问题。他使我懂得了一个很浅显然而又很深刻的道理，那就是解决问题的方法要灵活，不要拘泥于固定模式，不要被框框束缚，什么钥匙开什么锁。最终制胜，还要找准对方的突破口，往往对方的突破口就在它的薄弱环节。我的现在和今后都会面临形形色色的问题，将怎样去攻破它，劳模的聪慧将会永远启迪我。我想，我要这样来学习劳模，才能学到他的精髓而不是表皮。

天气渐渐热了，教室长闭不开的窗户全部打开，复杂的气味和窒息的沉闷一扫而光。心中的压抑让清风带走而心胸变得十分开朗。寝室窗格上冬天糊的道林纸都被同学撕光，风进去了，光也进去了，屋里每一个角落都显得明亮。偶尔可以看见谁的光屁股忽地一闪，那是午睡的男生调皮的身影。虽然学校早有禁令，任何年级都不许学生裸睡。可是，总有吝惜衣裤的人在违反。他们说，家里的布票都变成盐钱、灯油钱，能穿着衣服上课，已经尽力了，根本没有多余的衣裤磨床铺。项均平是城镇学生，本来穿得起内衣内裤，但他爱学农村的同学，光屁股睡觉。开始是好奇，尝试着睡，后来慢慢成了习惯，再要穿上，他说像是鱼钻进网里，缠得难受，无法安眠。

这段时间，正是李副校长猛追陈老师，追得她无处可逃的时候。因为棉衣棉裤脱去好些天了，大家都穿夹衣或毛衣。爱美的陈老师穿的是双排扣的列宁装外套，里面红色毛衣的高领衬托着雪白的脖子，冬天的臃肿不见了，身体的曲线立即显现出来，特别是胸脯和屁股更惹眼。立刻的新鲜，立刻的心颤，让李副校长有了像才发现新大陆似的怦然心动，因此就变本加厉地猛追起来。他找各种借口接触陈老师，陈老师又找各种借口回避他。不要说我看不惯，连项均平都愤愤不平。

一天，项均平来找我，袁小圆正在我这里取粮本，见了项均平，她的脸倏地绯红，拿上粮本匆匆走了。项均平好生奇怪，问我："她脸红什么？"我反问："你说呢？""我不明白，反正我又没有给她递过纸条，我从来都离她很远，可能为你脸红吧。"我辩解道："她看见你才脸红的，开始脸一直都是白白的。"项均平茫然地望我，还像在很认真地回忆什么："我没在她面前做过让她脸红的事情呀！"我说："你真不明白？"他回答："不明白，一点都不明白。"我说："昨天政治课，李校长当着全班同学的面批评裸睡现象，特别点了你的名，说你穿得起裤头还裸睡，是心里下流。所以，女生一见你就想到裸睡，想到裸睡就想到你心里下流，她们为你感到羞耻。""胡说！我怎么不知道？"他气得捶胸。我提醒他："那堂课你装病没上，反正你厌烦政治课。"他说："好呀，背后攻击人。我总有办法也让这个政治家光屁股睡觉，而且要让全校人都知道。"我说："你没这么大的本事。""有没有这本事你慢慢看吧！"他气呼呼地走了。

我们的校园没有修筑围墙，周边只栽了一圈铁篱笆。坡下教室、办公室和操场的铁篱笆栽得早，长得茂密，连狗都钻不进。坡上东边的学生寝室是古庙，庙墙仍在。西边是新修的教师宿舍，两排平房，才栽的铁篱笆生长不好，稀稀疏疏，有的地方已被踩成便道。

中午天气炎热，午眠使得整个校园寂静无声。这天，为了迎战期中考试，我躲在校园后边的坡上复习功课。竟然发现项均平也舍去午间裸睡，蹲在教师宿舍房当头的树荫下，对一牧童轻声喊："小弟弟，过来，过来。"牧童跳下牛背，上身的衣褂敞开，露出瘪瘪的肚子，光着屁股，朝项均平跑来，小鸡鸡一晃一晃的。"你看，花裤头，想穿吗？"项均平指着宿舍前铁丝上晾的裤头问。"不敢。"牧童摇头，急忙弯腰双手按住髂裆，夹紧腿憨笑。"敢！我奖你二两粮票一角钱，可以买几个包子了。""够不着。"牧童说。"你看好啊。"项均平站起来，用力把铁丝往下拽，然后猛一松手，像放箭一样，铁丝把裤头弹落地上。牧童跑过去捡起来，从项均平手里一把抢过粮票和钱，从便道窜出去，穿好花裤头，爬上牛背，用缰绳抽打牛屁股，便一颠一颠走了。看到这里，我急了，不愿儿童学坏，以免纯洁的心灵遭到玷污。加之他惹的是李校长而不是别人。我奔下坡拦住牧童的去路，强迫他脱下裤头放回原处去。牧童怒视不依，左手提裤腰，右手高举缰绳，嚷道："你让不让？不让，就叫牛顶死你！"随即一扬手，缰绳重重抽在牛身上，牛朝我冲过来，我一闪身，牛蹦出去跑了。

下午，路过操场，听见几个老师在议论，李校长丢了内裤，本身只有两条，没换洗的了，跟他们借布票去扯布做，可最缺布票的往往就是这些拿工资的人。有老师教他，粮票换布票，在街角找手揣在袖筒子里的老婆子，最易做到。他说："投机倒把？坏人才做，我不能，你教不坏我。"他恨那老师一眼。老师不悦，冷言道："狗咬吕洞宾——不识好人心，就该露卵尻子！"

第二天，初三的大同学也在传李校长可能也要光屁股睡觉的笑话。一个大个子男生说："就剩一条裤头啦，他这个人体旺夜夜绘地图，今晚肯定就该裸睡了。"我和牛光宇听了这话，有些懵懂，一道去问地理老师："你每天晚上叫李校长绘地图，他不烦呀？我们可以帮你绘嘛。"地理老师看着我俩，开始有些莫名其妙，随即便大笑起来，说："你们也想绘地图啊？——快了，去吧，迟早有你们绘的。"我们一脸迷茫地转身就走，却碰上了校医刘老师，他说："男孩子夜里绘地图就是遗精，生理现象，十多岁就开始了。"牛光宇一脸坏笑："哦，原来遗精就叫绘地图。"他问我："绘过吗？"我摇头，脸即刻发烧，估计红了。他说："我绘了一次，就在跳圆舞曲和女生拉手的那个晚上，小弟弟激动得不得了，我骂了它一顿，扇了它两耳光，还是绘了。"我说："没体验，你成熟快，遗传基因好。"他说："遗传基因再好，人再骚，也是一夫一妻制，有何用。"我说："公道。"他不语，我俩只默默走路。

又过了两天，李校长唯一的一条内裤晾在宿舍里也被人偷了。小偷是用树棍从打开的窗扇挑走的，树棍还遗留在窗子下。勘查现场的老校长在铁篱笆外的便道上发现了牛蹄印，其他无任何可疑线索。

之后，每当项均平见了我就手捂住嘴偷偷笑。

周五下午，学校召开时事报告会，由李校长作《在又红又专的道路上奋勇前进》的演讲。他端坐主席台上，全体师生在下面的操场席地而坐，几百张脸都仰视着他。他时而站着讲，有力地挥动手臂，袖子劈在空中，带动风呼呼作响；时而坐着讲，两腿在桌下不住晃动，像被水浪来回冲撞。望着望着，听着听着，女生们都齐刷刷红了脸，急忙低下头。脸红透了，像坡岭上橘林里的秋橘。这时，以项均平为首的几个男生都哗然大笑，直笑得摇头晃脑、十分开心的样子。李校长不明所以地吼道："安静！安静！不准笑，有什么好笑的！要严肃，要严肃！"老校长偏头顺着大家的视线望过去，惊得一抖，一阵风似的跑上主席台，附耳对李校长说了些什么。只听李校长嚷道："我不用上厕所，真的不用上厕所。"老校长只好宣布休息十分钟，硬将李校长拉离现场。

我悄声问牛光宇："你看到什么了？"牛光宇又悄声问项均平："你们看到什么了？"项均平大声回答，几乎全场的人都能听到："李校长下面的门没关，小弟弟在门口探头探脑的！"他们又放肆大笑，笑得人仰马翻，有一种"你也有今天"的幸灾乐祸的宣泄。两次我都想笑，但极力憋住，又憋回去了，最后实在憋不住了，才笑出声来。

李校长这次裤裆走光，其实比一个人裸睡更丢丑，所有的女性见了他都会红脸，都会绕着走。陈老师碰见他更是头埋得低低的装作看不见，他也不好启齿主动打招呼。他为此羞愧，为此消沉了好长一段时间，似乎这个耻辱是女同胞们抽在他脸上的耳光。他恨！他恨死偷他裤头的那个贼！他也感觉奇怪，那么多晾晒的衣服，怎么唯独要偷他的内裤，他有了虫子钻心的痛恨，也有掘地三尺也要找到小偷出口恶气的冲动。

一天，李校长拽着一个衣衫褴褛、只有屁股上挎着的大裤头洗得横纱竖线清爽剔透的小男孩，似笑非笑地走上讲台。今天他没有开场白，一上堂就转入正题，直逼小孩指认教唆他偷老师裤头的学生。小孩的大眼睛扑闪扑闪的，漆黑透亮的眼珠滴溜溜转，如鹰一样在教室上空盘旋，搜寻他的猎物。我偷看了项均平一眼，他缩着脖子，头勾得很低，像在躲避鹰眼和利爪。我很替他担心，小孩肯定出卖他。那天小孩本无偷窃的意愿，是他唆使小孩干的，并引导小孩专偷李校长的裤头，意在雪李校长当众嘲笑他裸睡之恨。报复得倒是痛快淋漓，可后果堪忧啊。他让李校长丢了足以羞死先人的大丑，李校长能饶恕他这犹如俎上之肉的项均平吗？正思虑着，小孩却来到我跟前，拽着我的衣袖不松手。头低着，两只眼睛朝上翻，怯怯地窥视着从讲台上走下来的李校长。做梦也想不到会是这样的结果。我在头脑里飞快地搜寻着那天事情发生时的每一个情节，很显然，我和项均平的行为彻底地被小孩弄颠倒了。阴谋！小小孩却耍了一个大阴谋。我阻止小孩的不良行为，好心却换来恶报，小孩在有意诬陷我。我想辩解，一时又想不起怎么辩解才不至于越描越黑。我盯住项均平，项均平却偏不看我。我想，只有他主动说出事情的真相，才能洗清我的冤屈，除此之外再无更好的办法。既然他无勇气承认，甚至连怜悯之心都没有，我也只好听天由命，呆若木鸡似的杵在座位上。我感觉到李校长一边拍着我的肩膀一边说："这就对了，教唆犯是你，也只有是你才符合情理，要是别人，从立场上就讲不通了。我一点都不觉得奇怪，奇怪什么呢？谁愿维护我的形象？他们，她们。"他指点我周围的男生女生，然后问我："你愿吗？你不会的。"他将小孩带回讲台，很亲切地抚摩着那颗小脑袋说："你没有错，我们是一个战壕里的战友，裤头，我情愿送给你。"他弯腰把小孩溜到胯上的大裤头提至肚脐，又将扣错的扣子重新对齐扣好。看着他用有意装出的对小孩的亲昵感，来反衬对我的冷漠和蔑视，我几近气极而泣。更可恨的是我成了教唆犯，而且只有我一个人才有这个资格，他那听似轻描淡写的口吻却如千钧重锤砸向了我，我无法躲闪，我也不想躲闪，让我承受一切，让我粉身碎骨，也让我为项均平、为维护李校长的形象牺牲一回吧！

等待严厉的训斥，等待一场挟着雷鸣电闪的风暴。

我成了教唆犯，大家都会另眼看我。我的心孤独地痛苦着，孤独地恐惧着。他沉默了好一阵，大家跟着沉默了好一阵。其实，沉默比爆发还可怕。沉默够了，他却没有爆发，他叫响我的名字，特别冷静地对我说："今天，我不批评你，过后，也不处分你。只是，你代表学生，给这个贫困的小孩，捐一条内裤，而且！立刻！就捐！"他说话时的反常断句，怪异的停顿，让教室里变得冷飕飕的，人立刻就被包围在沉重庄严的气氛中，服从感立刻占据我的心理。

李校长把几个女生叫上讲台，面朝黑板站立一排。然后叫我站到教室后边的一个角落，再让几个男生背向我将我围起来。我就在女生的背向下，男生的包围圈里，把内裤脱下，重新穿好长裤，并很仔细地绑牢裤带，仔细地检查裤裆有无破损，一切妥当之后，把内裤递给余班长，才从为我打开包围圈的同学们的同情的眼神里走回座位。一落座，我就趴在课桌上痛哭起来。

之后，教室里是如何结束这一切的，是如何归于平静的，我一点都不知晓。

就在快放暑假之前的一个时间里，我在校门口碰见偷裤头的那个小孩，他和一个可能是他父亲的大人走在一起。他们从校门经过,都光着上身,只穿了裤头。父亲穿的是李校长的,小孩穿的是我的。小孩看见我,略为停顿了一下,躲在父亲一侧,就跟上父亲走了。走出去一段路程,他曾两次回头望我。

第十四章

六月下旬，男生女生都脱去外套只穿单衣，多数是那种布扣襻的对襟衬衣，手工缝制的。纯粹穿新式衬衣的很少，除了老师，也就是我们几个城镇的学生。男生们喜欢敞开上边的两颗纽扣，让胸口露出来，那里大多黑黑的，如贴了张狗皮膏药，这要到河里洗几次澡，才见"庐山真面目"。而女生永远都把满襟衣裳的扣襻扣至下巴，即便背上被汗水洇湿一片，也不解一颗扣子，让高领将脖子捂得紧紧的，要想见到她们如雪的肌肤，简直是痴心妄想。卢夫恭却是例外，她早早穿上了阴丹士林短袖衬衣，袖口开到膀子了，微风一吹，刚长出的几根腋毛在迎风飘舞。更奇特的是她是全校唯一穿裙子的女生，过膝的艳丽的花布短裙，把两条腿衬托得特别鲜嫩，嫩得像才出泥的藕梢，在一群蓝、黑裤腿中十分张扬。无论她停留在哪里，总有三五成堆的男生若无其事待在稍远处闲聊，个个的目光都在往她那边瞟，女生们更是恨得眼睛盯出了血。

卢夫恭的一条裙装，惊艳了一座校园，让所有的姑娘望尘莫及。

这天生物课，生物老师让项均平抓只青蛙作教具。他把青蛙装入玻璃缸，放满水，端在手里慢慢前行。不远处，他看见卢夫恭立在树荫下看书。他在旁边的石凳坐定，玻璃缸搁在地上，装作歇气的样子。少顷，青蛙从水里跳到地上，直往树荫下逃窜，正好停在卢夫恭脚边。项均平蹑手蹑脚摸到跟前，趴在地上，屁股撅上天了，头皮几乎贴在地面，仰起脸，眼睛朝上翻，视线一直沿卢夫恭腿杆往上移。好一阵，他才伸手去抓青蛙，嘴里还嘟囔道："你跑，你跑得了吗？生物老师还等着用你呢。"这时卢夫恭才察觉项均平伏在自己脚边。她笑道："拜倒在我石榴裙下的不应该是你！"项均平并未起身，抬头仰视她说："哪……哪里呀！是青蛙也喜欢凉快地方。生物老师叫抓的，上课用。"见项均平咧着一嘴黄牙坏笑，她猛然醒悟，训斥道："想看便宜吧！里面还有短裤呢！不像你光屁股睡觉，全校师生都知道，羞死了，要是我，就一头扎进醋碟淹死算了。""非也，非也。息怒，息怒。"泼辣的卢夫恭训得项均平连连道歉，不得不低下头抱着玻璃缸跑了。卢夫恭只淡淡说了句："可怜虫，井底蛙，连个穿裙子的女儿身都没见过。"随即便装出无所谓的样子走了。过后，项均平在几个男生面前，把他偷看到的卢夫恭裙装里的风景，添油加醋地渲染了一番，害得几个青春少男痴呆呆地沉默了好一阵。

陈老师画的戴爱莲的《长绸舞》在全省画展中获一等奖，老师和同学都说，那幅画之所以获奖，是因为嵌上了我的一双眼睛。

这天，老校长把我叫到他的办公室。这是个单间，里面陈设简陋，一架床，一张办公桌，两把椅子，一个书架，没有一件多余的东西。他把自己的寝室让给教数学的秦老师两口子，这件事一直铭刻在我心里，难以忘怀。我进去之后，他先将一把椅子搬到我身边，然后他坐下，也示意我落座。他面色既庄重又慈祥，在没有任何铺垫之下直言道："几天前，发生在你们课堂上的事，我听说了，我代表学校向你道歉！这样侮辱学生的事情，在我校前所未有，作为校长，我是有责任的。"他语气逐渐加重，但又马上低沉下来，"人一生会遇到许多不平之事，希望你要有一副开阔的胸襟，去容纳它们，决不沉沦。你要看到自身的潜力，珍惜自身的潜力，发挥自身的潜力。你，"他迟疑了一下，"会成功的。"他站起来。我也立即起身，向他鞠了一躬，离开老校长办公室。走在路上，我想，长者的正直和厚道，使我加深了对人性向善的认识。

午眠起床，我捧了几捧冷水浇脸。男生寝室找不出一面镜子，路过老师办公室，我从窗玻璃里照了照，光亮的额头粘了几绺湿发，更是增添了几分潇洒，心中不免有些得意，轻快地来了个一百八十度大转身。转过身来，不料卢夫恭站在面前，两眼直视着我。我将要继续前行时，她拦住我说："趴在地上偷看我隐私的怎么不是你这双贼眼，而是项均平呢，你就耍不来一回流氓？"看着她愤愤然扭头要走的牛气样子，我一时竟不知如何还击她，正懵懂着，她又甩过来一句话："你这双眼睛就那么美，勾人的魂魄竟勾到省城去了，还勾了个一等奖呢，哼！"她走开，又见楚楚立在她背后。我好久没见楚楚，这么近距离四目相对，更是从未有过。很快就要期末考试了，学习特别紧张，大家都埋头啃书本，尤其是这些细心的女生，更是不敢有丝毫懈怠。她怀里抱着几本书，面上的那本，我一看就知道是《物理》课本。我正想祝愿她期末考个好成绩，可她却扭头急匆匆走了。

夏日的河水变得比春天宽阔，原来还长在岸边的芭茅，这时已摇曳在水中，给河面晃落一片片阴凉。西斜的太阳在水里折射起刺眼的光芒，面前的景物被光芒分割得支离破碎，一点也不清晰，远处有一群人游泳我们都毫不知情。牛光宇叫嚷我们四人必须脱光衣服才许下水,裸泳更能使我们心情舒畅,柔滑的河水抚过大腿抚过生殖器,足以让心尖颤抖。余班长犹豫一下,还是保留了一条内裤。我曾经听项均平提起过,说他之所以能当班长,就是因为他嘴上有短髭,裆里长着长长的阴毛。我更是耻于裸泳,便戏言一句:"老天在上,不敢对其不恭也!"也借口留住裆里这块遮羞布。

我不会游泳,只能眼巴巴地看着他们像鱼一样在水里翻腾。尤其是余班长,仰泳、蛙泳穿插表演,黝黑光亮的身躯,搅得水浪如绸似锦般柔韧缠绵时卷时舒。他出神入化的戏水看得我眼花缭乱,怦然心动。于是求他让我趴在他背上将我带到河对岸去。那里,项均平和牛光宇的水仗打得正酣。他说水深危险,不能带我。没管他的拒绝,我私自扑上去,当两具稚嫩而又青春勃发的身体重叠在一起游出不远,我刚体会到浮在水面的那种飘然之感,便从他背上滑落,他却浑然不觉地向远处游去。沉浮在恐怖的河水里,我拼命往上窜企图凫出水面,却有一股力量往下坠,要将我拖入万劫不复的深渊。我呼喊,水却呛得我嗓子发不出一丝声音。我的心开始哭泣,如果这样了却一生,我痛惜我那些还未实现的理想,高中、大学,美好的未来……渐渐地,我感觉得到的一切都变得那么微弱:力气,声音,光亮,思维。就在我的意识将要丧失殆尽的时候,我的手触到了我的下体,我用仅存的微弱的思维告诉自己:你是男人,你应该作垂死挣扎。我猛然蹬脚,又蹬,再蹬,眼前突然一亮,头冒出水面,也就在此时,我觉得有一种力量在撞击我。一下,两下,三下……我不下沉了,我漂浮了,我感觉得到的力气、声音、光亮、思维,又由弱到强地回到我的身体。一种,两种,我听到有至少两种以上的好听的声音在说话。"呀!河那边还有两个光屁股呢,羞死啦,不敢过去!""就是,就是!太丑陋了。""不行,不行,伊诗岚快呛死啦,几把将他推上岸,然后我们就跑。""你们这些人呀,真是口是心非,就如男生一样,嘴上说要跟女生划清男女界限,实际呢,偷着看。我穿裙子,项均平耍起花招来偷看。"听着这些话,我的感觉和欲望复苏得出乎意料地快,仿佛溺水的恐惧转瞬即逝,男人的本色却根深蒂固。在我的意识越来越清醒、思维越来越敏捷的时候,我清晰地听到卢夫恭又说道:"袁小圆,你托好,我开始推呀!"我感觉到有只手碰到我的下体,不经意间头脑轰然膨胀。我试着睁了一下眼睛,真的,一边是卢夫恭,一边是袁小圆,芭茅林里还躲着楚楚。她俩正托住我的身体往岸边推进。她们身上的泳装,惊得我心都快颤飞了。绵绵的暖暖的两只手熨帖住我的腰眼,我得意忘形,我疯狂,我的男人本色开始肆虐,它可能已经顶起那片遮羞布破水而出。濒临绝境却男性本色难以泯灭,此情只能发生在血气方刚的少年身上,一阵刻骨铭心的颤抖之后我又沉寂下去。"不好，"卢夫恭悄声说，"我们走吧！他那里怕有蝌蚪游出来。"她俩把我推上了岸。一阵水声过去，一切又恢复平静。

等余班长他们三人玩兴过去，发现河上没了我的踪影，再反身游回来找到我，我已穿好衣服，坐在河岸，痴痴地望着河水发呆。项均平踢我一脚，问："想什么呢？做白日梦啦？"看着满身的水珠在他身上汇集起来，从小肚子流到阴茎的顶端往下滴，耳边又响起卢夫恭的话：不好，他那里怕有蝌蚪游出来。我抬头问他们："那东西在水里真的能活？真的能游动？它不死呀……"他们一齐注意起我来，莫名其妙地不约而同地问道："你说什么呀？你在水里看到什么了？"女生藏于芭茅林里他们都没有察觉，我不会告诉他们，我决定把刚才这里发生的一切埋藏在心底，今天、明天、后天，永远都不告诉任何人。我无所谓地懒散地站起来说："没什么，我们回校吧，快开晚饭了。"

卢夫恭不喜欢过死水一潭的日子，如果周围真的沉寂下来了，她会觉得浑身瘙痒，不找点什么事情就会死去。这种感觉啊，在她身上从来就没消停过。她已经两个晚上挤在袁小圆的上铺，窃窃私语大半夜，讨论我的那个东西是不是已经游进她们三人的身体，尤其是楚楚的身体。袁小圆说不可能，我们女生谁也没见过那个传说中的东西，它是什么呀，还会在水里游动？而她却像亲眼看见一样，硬说夏天水温高，我的那个东西不会死，会欢快地顺水流下去，还会像鱼儿寻找洞穴一样，找到她们身体的那个入口。两个晚上的反复讨论甚至是争论，这个生理问题一直纠缠得她们不得安宁。楚楚站在流水的下端，离得不远，在卢夫恭的渲染和煽惑之下，她有了一种由肤浅到深入、由似是而非到确定无疑的认识，生性胆小怕事的她缄默不语了。已经诚惶诚恐的她，就铁定认为，自己的身子真的摊上事了。这两个晚上，她都是在昏昏沉沉、恍恍惚惚中熬过的。

当然，绝大多数女生都腼腆，特别是对女人的生理问题都是讳莫如深的，她们只沉默无语，把听来的那些事埋在心底，用心情用时间去摩挲它，让它褪色，让它变薄，让它在心底最终消失。她们即便路遇楚楚，也只是微微抬起眼皮对视她一下，眼光中含有几分同情。当然，也有不甘寂寞的，把这事告诉了陈老师，她不是别人，正是此事的始作俑者卢夫恭。陈老师听了叹息一声，只说了一句话："女孩子要懂得科学知识。"她不好说透，因为，她也还只是个年龄稍大一点的女孩子。

放暑假这天，我准备先去看望教过我英语的祝老师，然后再回家。我没有去祝老师的小院，知道他大白天不可能赋闲在家，只想到他劳动的田地里远远望他一眼。地里是慵懒的人群，没精打采地扬起锄头，又有气无力地落下锄头，还有人拄着锄把望着天空一动不动地戳在那里。没有祝一尔的影子。我问坐在地坎上慢悠悠吃水烟的老农，他反问道："祝右派？找他？找他有啥好事？"一连三个问号使我有点胆怯，没等我回答，他又道："上山打石头去了，石仓里去找，他还能干这种轻省活！"

瞭望天边叠嶂的山峦，石仓在哪里？有不知名的鸟飞过，声嘶力竭地叫唤，好像走到了生命的尽头。我只好绕过祝老师的小院，将米袋藏在麦草堆里，他抱麦草做饭终会发现。我朝着那扇木门道了声再见，便离开了小院，小院是那样整洁而寂静。

返回学校，我要做的第二件事便是去向陈老师告别。她城里的家没了，学校就是家，说准确点，那几平方米的寝室就是她的家。有学生雀跃，它是一排寝室；一旦学生离去，它就像一座庙宇一样。死一样的沉寂中，一个年纪轻轻的姑娘，一个漫长的暑假，她将如何度过？真是难以想象。

校门口碰到卢夫恭，她扬起手对我喊道："喂！伊诗岚，别了，假期见！"我感到莫名其妙，放假该分手了，何谓"假期见"呢？

一棵香樟树下，陈老师站在那里暗暗垂泪。她面向校门，一群一群的学生从她目光尽头消失。虽然清一色的蓝布衣裤，但那鲜活纯朴的脸庞像阳光一样一闪一闪离去，她的心黯然了，当校园归于平静，眼泪终于流出来。老校长过来，对她说："城里的家没有了，假期仍待在学校，开始会很不习惯。你可以到周边的那些小镇去走走，去写生，让暑假过得有趣味一些。另外，我给炊事班说过，让他们把厨房的钥匙给你。注意安全。"老校长离开时，陈老师说了声"谢谢"，我的心感到一阵温暖。我迟疑了一下，告诉自己还是不过去为好，走过去，告辞之后再离开，她看着我的背影渐行渐远，反而会勾起她对弟弟的思念，她将更加难受，长久地难受。

走出很远，我回望一眼，那棵香樟树下，依然直立着陈老师的身影。在宽阔沉寂的校园的包围之中，若在别人，一眼望过去，很容易就会忽略了她的存在。

第十五章

漫长的暑假一开始，父亲便耳提面命：功课第一，闲书第二，玩耍第三。每天早晨，东方一泛白，父亲就催促我起床早读。

屋后竹林是早读的最佳场地。用竹叶芯尖的露水把眼睛擦清亮——这是祖母教给我们的养眼秘诀——读书声就琅琅响起。晨雾带着清凉和甘醇在竹林间飘移，它荡涤了空气中的浑浊，我的头脑被洗刷得异常清醒，看书几乎过目不忘。酷热难当的那些天，一睁眼蝉就在头顶聒噪，我抱着书昂首而视，嘲笑蝉的浮躁、浅薄与絮叨，自诩要做山中大鸟，十年不鸣，一鸣惊人；十年不飞，一飞冲天。父亲指责我狂妄自大，不知天高地厚。但我心里明白，他只是口头那样说说而已，心里却期许着唯愿如此。

暑期的晨读，有时想起来，是那样舒畅而富有情趣。

中街的腰栅子，有间剃头铺，铺面不大，只有两张木椅，两面镜子。其中，靠里面的镜子裂了条口子，一照人，人就被劈成两半，就门口的那面，照人人不走样。因此，剃头的人，坐门口的多，坐里面的少。师傅姓许，人都称他"许剃头"。许剃头五十来岁，面色苍白，高个，精瘦，虾米背。据说年轻时一表人才，可能是长年累月弓腰驼背剃头的缘故，人就变形不受看了。

许剃头头剃得好，全镇第一。无论头长得如何古怪，到他手里，一律剃出个青皮放亮的颏瓜瓜。他最精妙的手艺是烫卷发，据说是可以盖过县城里的大理发店。镇上没通电，烫发他用的是铁火夹，夹子下嘴壳成槽状，上嘴壳成棍状，头发夹在烧红的嘴头里，吱吱直响，青烟缭绕。头发烫老烫嫩，波浪卷大卷小，全凭他手上的感觉。镇上嫁到城里的那些七大姑八大姨回娘家都试过他的手艺，说他火夹烫发这一手艺修炼到家了，连城里那些电烫高手都望尘莫及。

当然，小镇人留的头型也就惯常的那么几种。年老的几乎都推光头，只有为数不多的几个公职人员理背头，年轻人喜欢顶个"茶壶盖子"，衬得头面眉目清爽，耳郭突出。唯一留二八开分头的就是半条命，烫几道拐，抹菜油，看着锃亮，闻着奇臭。女同胞里，青少年一律梳起麻花辫。青年辫子粗长，少年辫子细小，营养不良的居多，黄且干焦。烫发的女人，毕竟只是街上有头有脸的摩登姐儿，点缀全镇的风景片，直逗得嫩皮青又看又想，想坏脑子的都有，街上人称"心疯癫"。

这天我去许剃头铺子剃头，刚到门口，许剃头便笑嘻嘻地招呼我："五老弟，休暑假啦？"我回答："嗯，休暑假了。"在我们这里，剃头铺就是第二茶馆，人脉很旺。尤其是夏天，腰栅子风大凉快，铺子里和门外柳树下都围满了人。有的瞪着眼睛，看许剃头剃头烫发。人们生活贫乏，见什么都稀奇，看得太专注，连涎水流出来挂在嘴角都没察觉。也有聊天的，聊的都是街头巷尾的那些趣事，其中不乏男盗女娼。这些坊间传闻，真真假假，实情加演绎，直逗得听的人废寝忘食。里面还夹杂着做小生意的，多是卖饴糖、花生之类香嘴之物，那是给聊天打赌的人准备的赌品。

进门见许剃头正在给一个婴儿剃胎毛。胎毛难剃，技艺一般的人不敢接手。婴儿坐在母亲怀抱里，眼睛闭着，乳头噙在粉嘴里，似睡非睡，似吃非吃。母亲背门而坐，把那些偷看的不规矩的目光挡在她的背后。许剃头一副怪模样，眯着眼，嘴巴紧闭，翘如猪唇，一本正经的样子。剃刀雪亮的刀刃在孩子头上翻飞，寒光闪烁，我被吓得胆战心惊，他却随便得没当回事。门口有调皮好事的人调侃道："哎！你眼睛眯成一条缝，就以为你不偷看白奶奶？错，眯眯眼才聚光，看得更清楚，伪君子哟。"许剃头转头望了那人一眼，剃头刀并未停下。"唉！闲卵无聊。"他叹了口气，搁下剃刀，从抽屉取出一副圆片的水晶石墨镜戴上。那人又道："不就是变个颜色，假装挡一下，还可以睁大眼睛放心看，看得更带色彩，还以为别人不会察觉。"突然，婴儿的母亲吼道："他该看，我愿意！哪个不是咬着娘的奶头长大的。闲得不自在了，怪物！"被指责为"怪物"的人羞得无言可答，只好悄悄钻到柳树下听评书的人堆里去了，脑壳夹在裤裆里，再无话说。

胎毛剃完，母亲付过钱，抱着孩子离去。只是迈出铺门时，早已拔出奶头，掩好衣襟。那些想趁机瞄一眼的人，只能"咕嘟"一声，吞下一口唾沫而已。见母子已走，又有好事者窜进铺子，诡秘兮兮道："许剃头，那小东西剃头好像没给钱吧？这么大方呀，莫不是你的种呢！"许剃头一副不屑理睬的样子，从钱匣里取出一张分票，拍在那人脸上，轻声吼道："滚，拿去买只鸭脚板吃。"好事者也不客气，嬉皮着脸，从面颊上抠下票子便走。

听说我要剃头，许剃头一连说了两声："请坐！请坐！"又急忙拿围单把椅子掸净。待我坐进椅子，他把围单给我扎好，一边清洁剃刀，一边自语道："你都上中学了，你看看，我都不晓得。还是你家老太爷自己说出来的。天天上街下街都有人来剃头，都没人谈起，唉！"他叹口气，接着说，"这人呀，就是愿人穷，恨人富。是呀，这些小心眼人就怕伊家出第三个大学士，唉！唉！人啦，太没尿名堂了！"说完，转身对背后拉风扇的儿子喊："滚一边去！"瘦弱不堪的儿子满头汗水淋漓，狠狠瞪了父亲一眼。许剃头笑容可掬地对我说："你该鼓风扬帆啦，你把这大吊扇一拉，我给你许个愿，你会顺风而起，扶摇直上九重天，前途无量啊！"由于没电，剃头铺装了个土吊扇，两米长，一米宽的木框绷上白帆布，上边两个铁环钉在房梁上，下边接条丫字形的拉绳，人一拉一松，满屋生风，很是凉爽。我拉起来还很费劲。许剃头高兴得合拢双手，剃刀夹在手中，闭上眼，口里念念有词，真的许起愿来了。许完愿，他大声说："快拉呀，越快越灵验。"由于好奇，我真的拉得飞快，大家呼声起来："好凉快呀！好凉快呀！"不一阵，我就拉累了，手一松，大吊扇荡悠几下就停下来。许剃头问我："你能猜到我许的愿吗？"我喘着气，只摇了摇头。他说："我许愿说，菩萨保佑，伊家有大鸟，十年不鸣，一鸣惊人；十年不飞，一飞冲天。借我的扇，鼓他的风，冲天啦！冲天啦！"许剃头越说越得意，"你十年寒窗苦读，肯定能考上大学，出人头地。"我听了许剃头许的愿，高兴得又一气给他拉了一百下。

我重新坐进椅子，要许剃头给我剃光头，他略微一想，说："你都进中学堂了，还是推个学生头吧。你看你两个哥哥，小分头好漂亮。"他用刷子把沾在手推剪子齿口上的别人的头发清理干净，然后"吱溜"一声转动椅子——镇上三家剃头铺子里，只有他的椅子才能转动。待椅子转过一圈，他一把扯住，我还在飞升的感觉中，他已用双手的两根中指撑住我的头，左右端详，他在构思一个适合我的头型。

我的头刚推了一半，门口的大柳树下来了两个人。一个是怀抱道筒说评书的江大爷，一般人都直呼他"江评书"。他晚上在周端人的酒馆里说，热天中午就把台子摆在许剃头铺子门口的柳树下。另一个人是半条命，镇上闲人里的无赖。他成天骑辆县城里淘来的"洋马儿"，在石板街上跑上跑下，惹是生非。江评书把台子摆好，慢慢品着茶，与人东扯一句西扯一句聚场子。半条命直往剃头铺里挤，见是我在推头，便忙打招呼："五兄弟，放暑假了？现在是秀才了，不得了呀！了不得呀！"我明白此人是个怪物，不敢小视，也学着他的腔调回应："放假了，放假了。"他笑着右手捏着我的肩头，左手架开许剃头，趁我走神的那一瞬，他一把将我扯下椅子，自己一屁股坐上去，跷起二郎腿转了两圈，然后嬉皮笑脸对我道："五兄弟，我忙，你不忙，让我先整，整完了还陪婆娘办事呢。我说陪就陪吧，还整什么头，她说不整光鲜丢她的面子。你听听，也有道理呀，是不是？"随后指着许剃头，"许剃头，火夹子烧上，快点！"许剃头恨了他一眼："几根癞毛烫这么勤，你不怕烫光尿了！""烫光尿了？哼！我数好了的，少了一根，我就要你猫儿抓糍粑——脱不了爪爪。"许剃头已经把火夹子插到炉子里，听他这么说，又抽出来，道："你这么一说，我还真的不敢烫了，另请高明吧！"半条命眼睛一瞪，头一扬，几缕头发飞起来，一步过去夺过火夹子重新插入炉火里说："烫！烫！叫你烫七道拐，不准烫五道弯，这汇龙场上还没规矩了。"这时，万屠户扯起嗓子喊："许剃头，半条命的婆娘在家急得挖髂裆，赶紧给他烫嘛！他要陪婆娘去拜客。"许剃头道："拜客？喊！拜哪个行道的客？剃头也有个先后次序，滚下去，给学生哥剃了再说。"听到这里，我想起大年三十夜，半条命的老婆和食店经理在河岸的那一场缠绵，明白许剃头话中有话，我怕他再扯出伤害半条命的话引火烧身，就说："他是忙人，我让他了，先给他整。"半条命得意起来："你这个老家伙就是没有五兄弟灵性，唱了半天反调，还得先给我整吧！我是吃素的呀，他敢不让我吗？"万屠户凑近半条命耳语道："莫气他，莫气他，羊儿疯发了，小心把你耳朵烫掉尿了。""你骂我没耳朵？成啥了？成尿了？！"万屠户哈哈一笑，说："我没有那样说，你也莫往那方面拐，他要真犯羊儿疯，你也干瞪眼。"半条命不屑地说："我又不是没见过他犯羊儿疯。"

我只好顶着个阴阳头，看许剃头给半条命烫卷发。

火夹子烧得红红的，夹住半条命的几根癞毛，一缕一缕地卷，吱吱直冒青烟，一股股焦臭味立即弥漫了剃头铺。半条命高声叫道："万屠户，快拉吊扇！"万屠户立即把吊扇拉得"噗嗒""噗嗒"直响，随着吊扇上下翻飞，许剃头慢悠悠地抬头望着吊扇一荡一荡，他的头也跟着吊扇摆动的频率来回晃动。忽地，他眼珠子一翻，人"咚"的一声就倒地了。火夹子从许剃头松开的手里往下坠落，半条命眼疾手快，一把在空中接住，谁知捏到了嘴头，烫得顺手甩了出去，但手心已经烫了两个大泡。火夹子恰好落到刚进门的街代表脚背上，脚背瞬间烧出一条红伤，街代表一把抓住半条命扇了两个耳光。半条命连声道歉，点头哈腰赔不是。街代表是来推头的，大家急着让座，街代表示意不用谦让，说这阵人多，改天再来。周端人从隔壁商店取了牙膏要为街代表抹伤，街代表说："不必了。"然后"哼"了一声，也不知是针对谁的，随即愤然离去。半条命趁机将手伸到周端人跟前，两个血泡红而透亮，周端人已经把牙膏装回盒子，睬都不睬他一眼，依旧把牙膏还回隔壁的商店。

许剃头倒地后口吐白沫，变羊儿叫唤，手脚抽搐，眼睛直翻白仁。看过半条命挨街代表耳光的热闹之后，大家又将地上的许剃头围起来。江评书见状直朝大家摆手，示意不要嘈杂。因为许剃头犯羊儿疯大家见得多了，只要安静下来，抽风一会儿就过去。果然，不到一支烟的时光，许剃头自己爬起来拍净身上的尘土，像什么事也没发生一样，到处找火夹子，他儿子忙从地上捡起来插进火炉。

许剃头拧一把热帕子，对着镜子把脸擦了擦，重新将半条命按在椅子上。他从炉子里抽出火夹子，在炉子边沿来回擦拭几下，嘬起嘴反复吹，又拿到离脸颊一寸远的地方停片刻，断定火夹子温度适当了，才钳住一绺头发正式动作起来。许剃头握夹把的指头像弹钢琴一样跳动，非常灵巧。操纵在手的火夹子开合得当，快慢有序，轻重有度，很有节奏感。头上青烟串串，嗤嗤有声，那手势直绕得人眼花缭乱，我读到最好的文章时，感受也不过如此。一会儿红红的嘴头就变黑了，烟也没了，声也息了，一绺绺、一层层薄如蝉翼的头发变得卷曲了，花子大小十分匀称，如轻风下的波浪。再薄薄地打一层蓖麻油，满头曲里拐弯，油光放亮，洋气完了。这一切都是在双方默默无语中进行完的。半条命得意地拧着头在镜子里反复照，照够了抬腿就往外走。许剃头一把拉住他衣袖，说："钱，还没给钱。"半条命两个眼珠子一愣："钱？你还要钱？你扯羊儿疯把我三魂吓掉两魂还要钱！你不给我倒找算是便宜了你，你还好意思向我要钱。"他想衣袖一拂开溜，我挺身挡在门槛外，手一伸，拦住他的去路。他怔怔盯住我，好一阵才说："五兄弟，你是不是觉得我进剃头铺恭维了你两句你就长脸了？告诉你，那是假心假意的，我真心对你就是一个'恨'字！"说着他就呼的一个耳光过来，我头一偏，耳光扇在椅背上，掌心的燎泡破了，腥臭难闻的血点溅到我脸上。接着第二个耳光甩出来，中途变成了拳头，就在我的头正要复位撞上冲来的拳头时，一双手从我肩上伸过来，抱住半条命的拳头往后一揉，瘦弱无力的半条命如干柴倒地，连响声都很轻微。他一边在地上打滚，一边哎哟哎哟叫个不停。我常听人说无赖滚街，但一直疑惑万人踏千人踩的街道污浊满地，怎么能滚得下身？眼前的这一幕真让我长了见识，半条命滚街滚得哀嚎声声毫无顾忌，滚得四肢舒展酣畅淋漓，滚得毛发满身痰液沾衣，看了让人恶心也让人耻笑，感叹无赖就是无赖，是与常人不一般的。这样的事情万屠户见得多了，他既不怕耍赖，也不嫌恶心，上去将半条命按住搜遍全身，从衣服上一块没封口的补丁里掏出一张票子，淡绿色，上面绘有一艘轮船。他对许剃头说："五分钱，够不够？"许剃头没说够，也没说不够，接过钱丢进钱匣，继续用煤油清洗手推剪，准备接着为我推头。半条命一边爬起身，一边骂道："万屠户，我日你屋里先人，处处跟老子作对。伊老五，你小心，老子奈何不了万屠户，还奈何不了你才怪呢。"他一把推开许剃头，从钱匣里抓起自己的那五分钱就走，嘴里还嚷道："老子的私房钱，攒了半年才这点，还想抢走，做梦！"他钻出剃头铺，骑上洋马儿，从石板街上叮叮当当跑了。

我谢万屠户"挡拳"之恩，他朝我身后一指："我耍横可以，眼明手快算不上，挡拳的是这位姑娘。"转头一看，却是卢夫恭。我惊诧不已，说："原来如此。放暑假那天碰面你说假期见，我以为是说着玩的，你还真的到我们镇上来了。谢谢你让我免遭一拳之苦。"她一脸怪笑，看不出笑容后边藏着什么心思。她说："你别误会，我到汇龙场不是来看你的，而是看他，"她手指许剃头，"我的姑父——许剃头许先生。"一句不顾及我脸面的话，让我尴尬不已。对面前这个咄咄逼人伶牙俐齿的漂亮女生，在学校的时候，我就既欲近之，又欲远之，最终不得已而求其次，只好跟她若即若离。许剃头接话道："看我的？谁知道你是来看哪个！"许剃头话音还未落，只见尤木鱼气喘吁吁地推着半条命的"洋马儿"站在门外朝我喊："五兄弟！快跟我走，半条命向你家大门板泼了一钵粪，臭死人了。"我一听赶紧往外跑。卢夫恭要与我一道去，尤木鱼却拦住她说："你把'洋马儿'推到哪个背静处藏起来，我跟五兄弟去完全可以了，你一个姑娘家，丑话听多了不好，半条命骂丑话耍流氓在行得很。"

往家里跑的路上，看见半条命正疯狂地到处乱窜找他的"洋马儿"，嘴里还声嘶力竭地叫骂些不堪入耳的丑话。我家门前，父母在悄无声息地冲洗门板。两个哥哥不见踪影，可能到"完小"打篮球去了。

尤木鱼不找半条命，却跑到他家去闹他的婆娘。她办事跟我比，有她的独到之处，她毕竟家境不好，从小时候起就经受到人世间的磨炼，知道怎样去对付身边那些乱七八糟的事情。她悄声对我说："半条命的婆娘好面子，半条命没羞没耻，世上没有他怕的，只怕婆娘。我们找他婆娘麻烦，她就会找半条命的麻烦，这就叫'蜂子蜇牛，牛打田坎'。"我劝告道："算了，这些人我们家惹不起，息事宁人算了。"她听不懂后半句话，问："你说急死人算了？话说浅一点，说深了我听不懂。"我说："让着他就是了。"她说："你莫怕，跟在我后边，看我怎样收拾他。"说完她举拳在打开的门扇上擂了几下喊："妖精婆娘快出来！管管你家半条命，他惹是生非。"

好一阵，半条命的老婆才抖着白府绸裤子，摇头摆尾地从里间出来。尤木鱼见状嘀咕道："搞得这么摩登真的要去拜客？"随即从门方上撕下一节楹联纸，揉成一团，在街沿上的木盆里，用水浸得红艳艳的，很敏捷地搁在门口的竹方凳中央，接着叫嚷："连男人都管不住，还在食店当干部，有本事先管好自己的男人！"半条命的婆娘手里扇子摇圆了，一步跨出门槛："尤木鱼，你欠敲！我男人又惹哪个龟儿了？"尤木鱼还击道："你才是龟儿！他给伊家大门上泼大粪。""啧！我还以为捅了天大个娄子呢，那算个什么？泼了就泼了，泼少了。"说完一屁股坐到竹凳上，跷个二郎腿只顾摇扇。这一坐，我差一点就笑出声来，赶紧将嘴捂住。尤木鱼仍然绷着脸说："不跟你这个摩登婆娘说了，穿得好妖艳，是去拜你的野老公吧？"她转身偷偷朝我一笑，带着我便跑到街对面去了。半条命的婆娘在身后还嘴道："拜野老公就拜野老公，哪像你，一天诓个小崽儿，还兄弟长兄弟短的，起心不良。哼！"此话显然被尤木鱼听见，她故意抓起我的手晃了晃，我急忙挣脱把手藏在背后。她又嘟着嘴在我脸侧做亲吻状，我侧过脸用后脑勺对着她。因为我明白，尽管她是闹着玩的，但我们街的婆娘们捕风捉影添油加醋的本事那是空前绝后的。我的如此扭捏，逗得尤木鱼哈哈大笑，半条命的婆娘看了不服气地撇起嘴"啧啧"了两声。

半条命从上街下来，跳着、骂着、吼着洋马儿不见了。他老婆一见他那个疯狂劲，忽地站起来，冲上去掉转扇子头就是几下，吼道："等你龟儿陪老娘去拜客，你一个鬼头就烫半天，安心误老娘的大事？"半条命顿时懵懂了，他摸着头说："洋马儿不见了，遭人偷了，你还打我，你是不是我女人？"当她空出手来要扇半条命耳光的时候，半条命突然捧腹大笑起来，跳着蹦着说："屁股上的血都收拾不干净，你还有脸打我！还有脸去拜客！"他婆娘这才扭转腰身，扯过裤裆一看，顿时哇的一声哭了。

见此情景，笑得不亦乐乎的要算尤木鱼，她觉得为我们家出了口恶气，比帮谁的忙都高兴。我也有些欣慰，但也就是那么一瞬间。更长久地纠结在我心里的是招惹恶人后的一种担忧。我心里的纠结不为尤木鱼所体验，我心情的变化不为尤木鱼所洞察。她是一个有别于其他女人的女人，永远都是那么快乐无忧，永远都是那么泼辣无忌。她对我说："妖精婆娘的裤子就算废了！我们走，不管她，有人给她买新的。"我想起除夕夜发生在河边芭茅林里的故事，便问："谁这么舍得？"她回答说："她舍得，有人就舍得！"我说："听不懂。"她笑起来，说："也有你听不懂的话？我以为只有你文诌诌的把我考住呢！听不懂就不要问。我不明白你是真不懂，还是假不懂。"她摸着我的头，"我帮你把仇报了，气该顺了吧？"我说："没有气，不跟他们怄气。"她说："你回剃头铺把头推好，那里还有一个女学生等你呢。我走呀，还要回去侍候那两爷子。"她摇肝摆肺一浪一浪地走了。我知道，她说的是回去侍候她的男人和那头黄牛。她每次说到回家，我都有些同情她。但对于她,我的同情永远都是多余的。偶然记起书上的一句话:快活着并痛苦着。而她呢,永远都是快活着并快活着。

  回到剃头铺,从椅子上下来的人令我眼前一亮,且惊诧不已,怎么会是卢夫恭呢?她大大方方,摇摇摆摆,有意将满头的卷发扬起来,头一低,又瀑布一样落下去,妖艳至极,我在心里喊道:敢把头烫成这样,怎么得了,这个模样就是一个典型的小资产阶级,学校决不会允许她跨进校门一步。我只看她一眼,就产生了再不敢看第二眼的恐惧感。她说:"害怕啦?胆小鬼!这叫新潮,你感觉如何,很好看吧?就是专门烫给你看的!不敢承认?算了,哼,白烫!真是心无灵犀点不通!"我就不明白,卢夫恭为什么这么张狂、这么风流,家里也不管一管?年纪不大,对男女之情似乎往往在意。她喜欢出其不意地在我面前搞个新花样,时不时弄得我很尴尬。这种女孩子,怎么躲都躲不开呢?她见我不但不赞许,而且还又厌恶又害怕,就说:"你不爱看就算了,过几天我就走了,走之前把头发拉直就是了,反正又不花钱。"说完她没有再理睬我,而是继续去美化自己。她很熟练地从油盒里用几根指头蘸些头油,然后抹在左掌心,双手研了研,对着镜子抹在头上。立即,满头的黑发变成了玻璃丝,乌亮乌亮的直放光明。许剃头忙说:"好了,好了,蚂蚁上去都要拄拐棍。"

  头型靓丽了,卢夫恭忘不了从钱匣子里拈出两分纸币,在许剃头眼前晃了晃,嗲声嗲气地说:"姑父!剥削你啦,买糖油糕吃。"

  当我再次坐上木椅,许剃头边给我推头边说:"你家的人讲究修身养性,都有一副好脾气。你推个头让了两个人,换了别人,早吵翻天了。今天,我奖励你,叫你安逸一次。"推完头,他把学生装的领扣解开,衣领向后拉了拉,顺手拿过剃刀在当磨刀石用的帆布带上来回擦拭。我早听大人说过,许剃头有门绝活,就是剃刀"酥麻筋",传说刀刃所到之处,无不销魂夺魄,让人快活地死一回。我虽然不太知道快活而死的滋味,但许剃头刚才说的"安逸一次"是什么样子,我还是想象得出的。只见他手一闪,我就觉得刀刃落到后颈窝,慢慢由发际跳跃式地下行至脊梁,然后剃刀猛然一旋,让刀尖贴着后颈的经络轻轻往上刮。一股凉悠悠、清爽爽的感觉立即弥漫全身。筋麻了,肉酥了,裆间热乎乎的,似有小虫子在爬。我斜了卢夫恭一眼,觉得自己的脸红到脖子,下面的虫子爬得更厉害。我立刻叫道:"别!别!我不行了。"卢夫恭见状一把推开许剃头呵斥道:"姑父!搞啥呢?"我跳下椅子,跑出剃头铺,脸上火辣辣的,弯着腰,夹紧的腿仍然没有分开。卢夫恭追出来问我:"我姑父用绝技了?整安逸了?看你这样子要落气了似的。"她瞪我一眼,"没出息的样子!"我在心里反驳道:"宁可这样的没出息,也不要你那样的有出息，不知羞耻！"然后爽爽快快地自顾走了。

　　回到家，正是做晚饭时间，灶房里不见母亲瘦小的身影，却是不常进厨房的三姐四姐在忙碌。四姐告诉我，母亲被食店叫走了，让她加班绞面条。她还说，本不该母亲加班，都是我惹的祸，半条命的婆娘煽动经理罚我母亲，理由是教子无方，子过母还。我听了心里很难过，也很愤恨，真如半条命所说，他奈何不了别人，还奈何不了我家？我很不明白，怎么君子总搞不过小人？！

第十六章

我家的两个大学生每天都要午睡,他们也逼着我睡。我很不乐意,心想,你们都上大学了,可以高枕无忧,可我呢,才是个初中生,还有两道门槛需要跨越,若是不把书读好,肚子里不多装点墨水,岂不被挡在大学门外。因此,好多时候,我躺在床上假寐,听到他们微微的鼾声响起,便夹本书偷偷跑出去,躲在河边柳树下静静看书。

出门就碰到半条命,他骑着自行车,一身抖抖索索,头发七零八落,像受了旱灾的庄稼地,整个形象不雅不说,一副德行更是让人恨之入骨。看到他这种活法,我更加明白人为什么要多读书读好书。

半条命见我,忙招呼道:"老弟,莫见笑,那天许剃头发羊儿疯,差点把我脸烫了,我当然不给他烫头钱,我方某人其实从来不耍赖。"他哈哈一笑,骑车过去了。我看到他头上顶着几道拐的卷发依然凌乱地闪亮着,散发出一股生菜油味道。脚上趿板鞋的鞋帮上因时常擤鼻涕擦手,也变得油光放亮。裤子特别怪异,是装日本尿素的尼龙口袋缝的,为当下乡里和小集镇很流行的一种一步一抖的时尚装。穷了又想穿抖抖裤,就花几毛钱从供销社买条日本人装尿素肥料的尼龙口袋,缝条裤子,既薄又抖。口袋正反两面的"日本""尿素"和"××株式会社"的字样依然存在,远看如黑白相间的花料子裤,近看其实不然。

看着半条命骑的自行车在石板街一颠一颠的,尼龙口袋缝就的抖抖裤也十分飘逸,在清一色的蓝布衣裤群里,反而自得其乐地成了小镇的一道风景线。

河边柳树下尤其凉爽,我看书也看得十分入迷,就是掉进河里还以为进入了书中情景。我觉得平静的河面忽然波光闪耀,抬眼望去,不远的码口上,来了几个女人洗衣服。她们边洗衣服边闲聊,其中声音最嫩的要数尤木鱼。一个女人说:"来的路上,我差点遭半条命的'洋马儿'撞倒了,该死的有意在街道拐来拐去,张狂得很呢。"另一个女人接嘴道："再狂还不是个靠女人吃饭的软耳根子货。女人年轻、漂亮、风骚，人见人爱。哎，人家命好嘛！找到个能干婆娘。"头一个女人道："嚇！谁稀罕。两个男人养着呢，听说除了食店经理，还有一个年轻的呢。"一直未说话的尤木鱼插话道："哪个叫半条命那个鬼儿子是个埋了半截没死的东西呢，活人的劲都没有了，还有劲侍候婆娘？年轻女人嘛，还不能有一个舒心的男人陪着？不能守活寡呀！"头一个女人答道："戴顶绿帽儿，骑着洋马儿，满街疯跑，自不知丑。今天真要是把老娘的腿杆撞断了，老娘就残废了，该死的东西！"第二个女人道："哎呀！看不出你这个婆娘还会说顺口溜呢，戴顶绿帽儿，骑着洋马儿，后面呢？后面再来几句。"头一个女人道："不会，不会，笑死人了，随口说的，哪有那个口才呢。哎，听说伊家老五文墨好会编词，何不找他给半条命编几段。"我听了心里一震，女人们怎么扯上我了呢？我再会舞文弄墨，男女之间那些肮脏事，我才不写呢，那会玷污文字，玷污我的斯文。两个大女人一嘀咕，就把叫我编词的事交给尤木鱼。尤木鱼想推辞，但又有些不舍，就说："五兄弟脸皮薄，编这种词太丑了，他不一定答应。要不，我试试看。"谁知，她偶然抬头看见了我，就扯起嗓子喊："柳树下那不是五兄弟！快过来，快过来，两个大婶让你编词骂半条命那个娼妇婆娘呢！"我听了起身便跑。她继续朝我背影叫喊："别跑！还有事呢，我还准备洗完衣服去找你。你的陈老师来了，我在街上碰见的，快回去吧！编词的事，过后再说。"我的陈老师？我一惊，更不愿意停顿一下，跑得飞起来了。

我刚进大门，就见端端正正坐在天井边的陈老师，我好生奇怪，忙上前问道："陈老师，你怎么来了？""不会说话，你们的老师一路问来好辛苦的，你还这样问。"我妈嗔怪我嘴笨。陈老师笑了，说："是很突然，我也不知道怎么就来了，不欢迎？""岂敢，岂敢，学生这厢有礼，拜见陈老师！"我由于高兴而调皮了一下，怪动作把母亲和陈老师都逗笑了。我问母亲："大哥他们呢？"母亲说："他们那一大群人闹够了就出去了，是不是到别人家玩去了。"

母亲善良慈祥，像天下所有做母亲的那样都心疼儿女，看见陈老师实在可爱，一搭话她便问起陈老师的家常事。陈老师把她家的遭遇告诉了母亲，母亲的眼眶慢慢噙上了泪珠。陈老师伸手抚住母亲的手背，她克制住伤感说："第一个无家可归的假期，待在学校还很不习惯，学校只有一个守门的校工，死一样寂静，太可怕了，所以只好出来转一转。首先，我就想到了伊诗岚的家，也就是你们家。"母亲的泪水终于流出来了，她用别在衣襟的手帕擦净，说："你就把这里当你的家吧，老五的两个姐姐跟你差不多大，就当是姊妹。你母亲要是知道你的处境，还不知怎样心痛呢，人心都是肉长的，那些人怎么这么狠。"

中午，三姐从商店下班回来，母亲悄悄把她叫到睡房，让她把被套和床单都换了。我知道，是换洗过的带着肥皂香味的那种。母亲还说："叫老四晚上跟婆婆挤一挤，陈老师就和你睡一起。"三姐说："我和生人睡不习惯。""她是老五的老师，怎么说是生人呢？"母亲有些不高兴，又补充说，"老五的老师，就是你们兄弟姐妹的老师，是要好好敬重的。"

午餐少有地热闹。假期学生都回来齐了，每顿饭十人进餐，大方桌坐满总还有两个人要到一边去吃，往往都是二哥自告奋勇端上方凳，让我和他到天井边去吃，那里特别明亮。今天加上陈老师，还有兄长们的唐同学和黎同学，有十三人之众。父亲专门加了张方桌在天井边，我们都拥在周围，为谁坐上方而相互谦让。我看得出，会拉小提琴的唐大学生，很想和陈老师坐对面。而陈老师装作不明白，总往二哥对面坐，并让我坐她旁边。四姐悄悄扯我衣襟，示意我把这个位置让给三姐，别叫三姐和黎大学生坐一方，她从不愿和陌生男人坐一起。正相持不下，父亲见状便专门招呼说："老大和老三过来坐，其余的都坐下快动筷子，菜都凉了。"大哥和三姐坐到父母那桌去了，我和四姐坐在桌子一角的两边，我问四姐："为什么父亲专门点名大哥和三姐过去？"四姐瞟了周围一眼，在我耳边说："吃相的问题，坐相的问题。有客人，吃相、坐相不雅，不礼貌。"我明白了，我家大人特别讲究坐姿和吃相。忌讳吃饭坐姿不雅，半个屁股吊在板凳外边；也忌讳吃相不雅，咀嚼时两片嘴唇吧唧吧唧地响。如果这样，显然是对在座的客人不尊重。

吃完饭，二哥特批我今天可以不睡午觉，去陪陈老师玩。实际上，大家吃过饭都不舍离去，全留在天井边谈天说地。唐大学生的目光基本上就没有从陈老师身上移开过，而陈老师却和二哥总也聊不够似的，没有抛一丝余光给唐大学生，他小坐了一会儿，便到一边拉琴去了。《梁祝》的旋律慢慢将所有的人吸引过去了，但唯独作为教音乐的陈老师，却无动于衷，这叫我十分费解。是她觉得离专业水平太远，还是觉得有卖弄之嫌？总之，我认为陈老师对琴声不应该如此冷漠。唐大学生并不知道陈老师是教音乐的，他反而像有抱琵琶进磨坊之委屈，但又像有不甘心失败的怨恨，他越拉越起劲。到最后，他的头颅和琴弓的动作优美得让我陶醉不醒。

这时，陈老师慢慢起身，让我一同进屋，从她行李中取出画夹，要给二哥画像。唐大学生也不拉琴了，抢先说："哎！女画家呢，先给我来一张怎么样？"陈老师说："你继续拉琴，等你状态出来了再画，那样效果更好。"唐大学生欣喜地竖起拇指："不一般，说得很有水平！"可搭上琴弓又自言自语道，"什么样子，才叫状态出来了？"

二哥的肖像画好，陈老师又对照着端详一阵，修改了几笔。当二哥伸手要接过自己的肖像时，陈老师却对着二哥嫣然一笑，顺手把画小心地装进她的行李包里。然后，陈老师做着给我画肖像的架势，不动声色地将唐大学生画在了纸上。她几笔勾勒出唐大学生拉琴的姿势，但眼睛却画得十分传神，它斜视于琴之外，像在偷窥什么。他确实在偷窥，目光从琴上穿过来，定到陈老师脸上，太贪婪，猎艳的企图锋芒毕露。这样的眼神让我很有些担心和不安，我想去阻止，去捣乱，不让这种局面继续存在下去。但他是二哥的同学，又是大学生，我要怎样做才能既达到目的又不伤人家的面子呢？我因找不到适当的方法而着急。可是，看到陈老师仍兴趣盎然地画她的画，我又怀疑是不是自己太敏感了，或者是陈老师本来就喜欢接受大学生的挑衅，我却不善解人意地去破坏他们的和谐与默契，岂不是自作多情？

凑巧，门前传来牛昂头长吽的声音，接着就看见尤木鱼牵着她家那头拉车的黄牛，站在我家的大门口，不停向我摇手。黄牛又是一声长吽，琴声被淹没其中，整个厅堂被粗犷的牛吼震得摇摇欲坠。平时牛在宽阔的田地里或者河岸上，并不显得有多高大。但当它突然站立在狭窄的街沿上和只供人出入的门庭前，就凶相逼人，公牛尤其这样。这时的唐大学生抓住了自我表现的机会，他要用幽默取悦于陈老师。一个箭步，他冲到公牛跟前，琴弓搭上琴弦便猛拉起来，俏皮地把"抱琵琶进磨坊——对牛弹琴"的歇后语演示给大家看。大家被他逗笑了，陈老师也微微咧嘴一笑。谁知，公牛像明白自己受了侮辱似的，怒目圆睁，昂首扬蹄，然后扑过来，两只锋利的角直刺唐大学生。幸好尤木鱼拼命拽住牛鼻绳，才有惊无险，使公牛的进攻变成虚晃一枪。但大家还是早被吓得抱头逃窜，厅堂的东西被碰得乱七八糟。唐大学生摔了个四脚朝天，小提琴摞出好远，琴弦崩断声使他痛心地惨叫一声，本想幽默一番的唐大学生却以狼狈不堪而告终。尤木鱼笑得险些岔了气，笑够了她才说："你那琴声拉得男不男女不女的，惊着它了。你拉嗲一点，它是公牛，喜欢洋女子。"说完她放浪地看着陈老师。我知道她在嫉恨陈老师，因此影射她，就急忙跑过去，低声却狠劲地说道："不许侮辱人，不嫌羞耻。"我推着揉着，把她撵走了。

收拾完残局，大哥领着唐大学生，二哥领着黎大学生，两个张姓女高中生尾随着他们，都郁郁寡欢地各自离去。我看看陈老师，陈老师看看我，然后我们一齐看着已走在街心的唐大学生的背影，都会心地一笑。远远地传来公牛吽吽的叫声，我听着很亲切，也很悦耳。我想，陈老师闻听牛吼，一定在琢磨那个早已相识的牵牛的少妇，她怎么会那么乖巧又那么尖酸呢？

一天，陈老师和我走在街上，她指着远处一个骑自行车的问："唯——辆自行车？"我说："对，那人名叫半条命，又叫方烂药，无业游民，成天骑着自行车玩。街背后修了条石子马路，因为隔座石桥，栅子口又有十来步石梯，马路没修进街道，他只能从下街骑到上街，又从上街骑到下街。""也很有趣味。"陈老师非常欣赏，她觉得田园风光里增添了新鲜气息，使小街这幅画面不再呆板，变得活泛起来。我说："街上的人不叫它自行车，叫它洋马儿。"陈老师一听轻声笑了："嘻嘻！洋马儿。他骑的那辆倒是外国人造的，可现在我们国家自己能造凤凰、永久这些牌子的自行车，就不能再叫自行车为洋马儿了。"我说："他从县城淘来的，只它一辆，叫习惯了，大家都这么叫。"陈老师问："街上的人叫肥皂、煤油、火柴还叫洋碱、洋油、洋火？"我点头回答："是的，都这样叫，连一颗铁钉都叫洋钉。"陈老师说："叫习惯了？不对，你已经是中学生，要带头革除陈规旧习，不管是名称或者是生活习惯，都要体现新时代的新气象。特别是过去外国人强加在我们头上、有辱国格人格的东西，更不能容忍它继续存在。在小镇，你应成为一个新派人物，一面新时代的旗帜。"我爽快地回答："好，我是旗帜，你是旗手。"她说："你思维够敏捷的呀！"我得意地笑了笑。

这时，半条命的自行车响着铃铛跑过去，一群孩子从巷子里追出来，跟着车子跑。我教给他们的顺口溜已经好几天，知道他们即将要干什么。果然，一串童音响起："骑的脚踏车，跑的石板街；穿的趿板鞋，抽的'落地牌'。"反反复复喊，孩子越聚越多，喊声越来越大，响彻整个街市。陈老师问："落地牌是什么烟？"我说："半条命装穷酸，专门捡地上别人丢掉的烟蒂抽，所以烟蒂的品名就被戏称为'落地牌'。"陈老师若有所思地"哦"了一声，说："叫得很形象，寓意也深刻，说的是烟，实际上刻画了抽烟的人，别人一听，就知道抽这种烟的人是个什么角色。嗯，编打油诗的人水平真高。"我在心里得意道：你才知道呀！可面子上一点都不显山露水。

孩子们追着喊着，半条命突然停下车，回头骂道："叫你妈的冤呀，给老子滚！"孩子们见半条命穿的正好是日本尿素口袋缝的裤子，又拼命叫喊起来："买根口袋布，缝条抖抖裤；前面是日本，后面是尿素。"半条命气得抡起自行车要驱散孩子们，孩子们反而把他团团围住，不歇声地喊叫，闹得半条命哭笑不得。

孩子们紧追不舍，喊声一片，一直追到腰栅子许剃头的剃头铺子前。许剃头见势跳出来站在门口也跟着喊："买根口袋布，缝条抖抖裤；前面是日本，后面是尿素。扯鸡巴揩勾子——日本人！"喊完哈哈哈地笑得前倾后仰。半条命猛然刹车，定定地看着许剃头，片刻之后，突然高声吼叫："许剃头扯羊儿疯啦！快跑呀！"随着吼声，孩子们吓得"妈呀！妈呀"地乱窜，一眨眼就没踪影了。许剃头立即止住笑，朝半条命跑走的方向狠狠吐了口唾沫。

  陈老师用她的粮票和钱买了三十斤粮食，粗、细粮各占一半。粗粮是苕干，细粮是糙米，这是她一个月的口粮。我们把粮食抬到家门口，被迎面走来的卢夫恭看见，她十分惊奇道："陈老师！你什么时候来的，我怎么不晓得呀？"陈老师抚着卢夫恭的肩："哟！烫的卷发呢，真漂亮。"同样奇怪道，"你家不在这个镇嘛！"卢夫恭还未解释，我就接过去说："她来她姑父家玩，头式是她姑父烫的。"卢夫恭捏一捏粮袋，说："你家买粮，还剥削老师的劳力呀！"我如实回答："陈老师非要交口粮，这是她给买的。"卢夫恭说："哟！哟！哟！上你家玩还要交口粮呢，管不起饭呀？陈老师上我姑父家，我姑父决不叫你交一颗粮食，一日三餐让你吃个肚儿圆。"我说："你自己还是个食客，夸什么大话。"卢夫恭不服气，拽住陈老师的手，就要去她姑父家。陈老师忙说："去谁家都得交粮，都是按人定量。还是住伊诗岚家方便些，你毕竟是走亲戚，再搭上一个，不好吧。"卢夫恭说："哟，我还差点忘了，"她手指着我，"姑父叫你去，还说一定要去。也邀请陈老师一道去玩吧。"我问："有事？"她摇头："不知道。"

  回家放下米，我和陈老师都跟随卢夫恭去她姑父的剃头铺。刚进门，许剃头就说："老五呀，今天一定要好好奖赏你。"他见我身后站着陌生女孩，马上就不自然起来，怯生生说："她的头我烫不了。谁呀？大地面来的吧！那秀发哪经得住我这火夹子。"卢夫恭说："姑父，这是我们陈老师，到这儿玩的。""啊，啊！"许剃头连声应道，"怠慢，怠慢！见笑，见笑！"然后用围布使劲掸过椅子，才给陈老师让座。陈老师嫣然一笑，并没坐下，抬头不转眼地盯着吊扇看，只不过笑容有些轻微的变化，融入了一丝好奇。许剃头凑近我耳朵说："我实在该奖赏你，听说羞辱半条命的顺口溜是你编的？好，好！编得确实好。今天再让你安逸一回。"我没点头，也没摇头，却毫不犹豫地拒绝他的奖赏。我说："不能再安逸，跟前又是女老师，又是女同学，别让我丢丑。"他说："不舒麻筋也可以，我还必须奖赏你，有本好书，你拿去看。"听说有好书看，我抑制着内心的激动，连说两声："好！好！"但又问道："莫非又是另一版本的《西厢记》？"他说："哪里，哪里，取出来你便知道了。"在靠里面的墙角有个木梯，他爬上最高一梯，从房檩上摸索出一个纸包。仰望他那衰弱单薄的身躯，我担心他一旦抽羊儿疯就会像纸片一样飘下来。他奋不顾身为我奉献自己珍藏的书籍，我不由得又多仰视了他几眼。背对着两个女孩，他在我面前把纸包打开，拿出一册书狠劲拍了拍，尘埃飞扬中我看到一部线装的《金瓶梅》。我狂喜，我差点要呼喊出来。西门庆和潘金莲那些苟且之事，夏夜在桥上乘凉时大人都说疯了，我的耳朵都听出了茧子，可是梦寐以求的原著，一直没见着影子，此时得到，能不欣喜若狂吗？正在得意忘形时，卢夫恭趁机从许剃头身后窜出来，一把将书夺走。许剃头慌了神，直呼："鬼丫头，你别乱来，把书给我，给我！"卢夫恭哪里还认得他这个姑父，拉起陈老师就跑。在女人面前，别的事我可以容忍，羞于与她们发生战争。然而，这是一本书，一本不是哪儿都能见到、谁人都能读到的几乎打入另册的禁书啊！螳螂捕蝉，岂容黄雀在后？我一时怒气冲天，追上去一把抓住卢夫恭的衣领，当街将其按倒在地，哪管她是神圣不可侵犯的女儿身，从她怀中抢回了《金瓶梅》。卢夫恭爬起来手指我骂道："疯子，十足的书疯子！平时在本姑娘面前装正人君子，今天竟敢在老娘怀中夺书，伪君子！小流氓！"她又冲许剃头喊："许剃头！告诉你，你私藏《金瓶梅》，你不是好人，我立即就告诉姑妈去。你学西门庆，你根本就不爱我姑妈。"我看到陈老师一边拍去卢夫恭衣服上的尘土，一边劝慰她，其中有一句话我听得特别真切，陈老师说："女孩子要独善其身，不管也罢。你知道他嗜书如命，就让着他点吧。"我明白陈老师在袒护我。女孩子要独善其身，男孩子就可以放纵自己呀？显然也是不可以的。

我抱着《金瓶梅》去到河岸，找了一处阴凉地方埋头就看。卢夫恭回姑妈家搬兵嚷着要收拾许剃头。陈老师劝不住自己这个女弟子直接回了我家。许剃头见侄女不肯善罢甘休，转身把抽屉里的剃头钱囊括进腰包，门也不关，离开剃头铺去了上街游荡。

打开书，仔细浏览目录，不断有"风月""风情""偷奸""淫声""蝶蜂情""夜戏娇姿"等字眼跳进我眼帘。瞬间，我记起大年三十夜河岸芭茅林里，食店经理与半条命的老婆弄出的奇怪动静，那场景是不是很龌龊，可以用目录中跳进我眼帘的这些字眼来描绘？愈想愈有些心跳，此书还要不要看下去？纳凉夜大人神采飞扬地讲述《金瓶梅》的一幕幕情景历历在目，大人们的陶醉和痴迷，更是让此书蒙上一层神秘面纱，越神秘的东西越能激发我的好奇心。因为好奇，就应该看到底。然而，我怕稚嫩的心太脆弱，扛不住侵害，扛不住腐蚀，我怕它把我引向歧途，甚至是万劫不复的深渊。为了一帆风顺地登上大学殿堂，还是不看为佳，还我一个清白干净的世界。

我合上书，漫步朝前走，让目光巡视河岸，眺望远方。一丛一丛芭茅扬着鲜亮的紫红花絮，轻舞着凉爽的河风。狗尾巴草没过膝盖，挠着腿肚，舒心的痒立刻弥漫全身。到处是蓝的黄的不知名的小花，像星星撒落在天幕上。风一阵一阵刮过，绿草一浪一浪奔向远方。本来碧绿澄澈的河水，只因微波荡漾而失去它的本色。远水如带，远山苍茫。我的头脑如河风般清爽，我的心胸如群山般高远。大自然诱惑着我，大自然陶冶着我。我呼唤：风啊！吹拂净我身上的尘埃吧！水啊！荡涤尽我胸中的污秽吧！让我做一个清朗的光明磊落的人！

　　正忘情于太阳西斜的夏日河岸，忽然听见尤木鱼熟悉的吟唱声越空而过。"幺妹河边洗衣裳，手里拿根捶衣棒，眼睛望着少年郎，一棒捶到手背上，痛得幺妹直喊娘。哎哟！哎哟！我的娘！你棒打河里小鸳鸯，苦了我胸前小沙囊。"我驻足四望，只见她那小巧的身影，飘也似的在草地上奔跑。转了几圈，她忽然停在我身后，"哇"的一声吼。转身细看，尤木鱼站立眼前：头戴柳条圈，罩住的是一张眉清目秀、笑眯嘻嘻、稚气未脱的小粉脸。我们坐在草地上。牛在不远处埋头啃草，悠然地荡着尾巴。堤边的柳树下，靠着满满一背篓青草。草已割够，尤木鱼该歇息、该狂浪了。她问我看的什么书，要我讲个故事给她听。我问她唱的什么调，她说是外婆教唱的《棒打小鸳鸯》，心里不高兴就唱，唱了就高兴，后来心里高兴也唱，唱了就急得在河岸疯跑。我想她刚才是高兴才唱，因为她在河岸疯跑嘛。我这阵不想讲故事，只愿意坐在河岸，头脑里不着边际地遐想。我静静地坐着，眼睛看着她和她身边摇晃的狗尾巴草。她悄悄地坐着，眼睛看着爬上草尖的一只蚂蚁。她捉住那只黑炭似的蚂蚁，放在自己圆润的大腿上。芳草从她腿杆边缘，从她屁股周围，从她叉开的裤裆里刺出来，直立立的。蚂蚁从腿杆爬到草叶，又从草尖坠落腿杆。蚂蚁的腰细若游丝，似有似无。头上两只触角在白皮肤上看得清清楚楚。它东张西望朝腿杆内侧的纵深处爬下去，快进短裤裤管它停下来，转动着头向里边张望。是不是望而生畏了？犹豫之后它还是勇敢地爬了进去。她明知蚂蚁蜇人，但没有阻止它。

　　突然，尤木鱼弹跳起来，大喊："蚂蚁咬我的肉肉！"她跳着抖着裤子，还把短裤褪到脚弯，双手捂裆，叫我给她在屁股沟里捉蚂蚁。其实在将要看见她的光屁股那一瞬间，我已经逃离。她自己捉住了那只黑蚂蚁，追上我，当着我的面把它掐死了。她说："谁想占我便宜，我就叫谁完蛋。"我听了马上接过话题说："对！欺负女人就该遭殃！"她说："你又不是女娃生什么气呀！我猜是你那个老师姐姐有人欺负吧？长得那么水灵，想她的人多呢。"说完瞟了我一眼。没想到她这么鬼，很快就洞悉到我的心思。我说："谁敢？谁敢呢！"她说："你争什么，老师又不是你亲姐姐，还谁敢，谁敢呢。她给你什么好处了？给你拉手了，还是给你亲嘴了？"我说："她能给我知识，给我做人的道理。我不需要拉女人的手，不需要亲女人的嘴。"她说："知识是什么？道理又是什么？能当饭吃？能当衣穿？她就是会识文断字，打扮得比我洋气，还有什么比我好？洋盘货，骚！"我说："你粗鲁！你怎么骂起我的老师来了。你这好那好，哪一点比我老师好？"她大笑："你傻。你是真傻？真不懂？"她一把拉住我的手，"傻兄弟，我在你这么大，都嫁万屠户了，你还什么都不懂。连我挨打，心里都在想，五兄弟又长高了吧！你说我是不是比她好？""你乱说！"我挣脱手，很不高兴的样子。她急忙辩解道："跟你闹着玩，小气鬼。"我察觉自己太认真了，也变了个脸色很随和道："不和你闲扯了，该看书啦。"可刚才放在草地上的书不翼而飞，到处找不到。我指着她说："你藏我的书了。"她一本正经道："一字不识，偷你书有什么用？"我说："没说你偷。除开你，没有第二个人，我的书会跑到哪里去？"她疯了："你还是说我偷了！我就偷，我偷你的书，还偷你这个人！偷！偷！偷！"她趁势把我按在草丛里，骑在我背上，赌咒发誓道，"要是我偷你的书，一会儿就被我家的黄牛顶死！"我说："你家的牛不会顶你，要顶也只会顶我。"我央求道，"尤姐！快把书给我吧，我想看书，瘾来了，求求你！"她突然笑了："好兄弟，终于叫姐了。你这样子好可怜呀，可怜巴巴呀！我有个主意，我们藏猫猫吧，你找到了我，也就找到了你的书。""找到你就找到书？"我自问道，立刻记起那晚河堤上，她解开棉袄衣襟，看见袒露的酥胸，我直呼书的情景。我说："我要真正的书。"她说："是真书，不是那晚我说的比书还好的东西。你不要尽做美梦。"她离开我身子，顺手在屁股上拍了一巴掌。我的脸倏然发烧，随即把衣襟捞起来蒙住脸说："你躲吧。"心想，半人高的茅草地，你能藏到哪里去。她喊着："一、二、三，睁眼！"等我放下衣襟，睁眼一看，没人影了。

我在河岸寻找。蝴蝶纷飞，蚂蚱和绿色的小青蛙乱蹦，碰到脸上痒痒的。突然，传来雨水打在芭茅叶上的那种沙沙声，一只斑鸠掠过草尖凌空飞起，我扑上去追了几十步没追上。待我站稳，眼前竟然横着那头黄牛，尤木鱼也眨眼间从牛身后冒出来。她脸色绯红，洇满气愤和羞涩。她一边捆好裤带，一边愤怒地骂道："该死的东西，你竟敢欺负老娘！"随即左手拽住牛鼻绳，右手操起镰刀，用刀背朝牛屁股猛打，嘴里依旧愤愤然："你这个没良心的，你敢欺负老娘，你也跟万屠户一样坏，我打死你！我打死你！"牛痛得吽吽大叫，在河岸蹦得老高，围着她转圈子。

夏日炎热的中午，河岸十分寂静，牛的哀号传得很远。待在离河岸不远的家里的万屠户听到牛叫，提起鞭子冲上河岸，指着尤木鱼的鼻子骂道："疯婆娘，你皮子肇痒啦，你敢打它！""就是肇痒！就是肇痒！"她见有我在场，毫不畏惧地朝万屠户吼，"老骚牛，我尿尿它闻骚闻到屁股上来了，还亮鞭呢，跟你一样的丑恶。"万屠户一听，顿时怒发冲冠："你这个臭婆娘，骚母狗，你用白屁股逗我的牛儿子，人家喜欢你，你还打它。我打死你！打死你！"立刻，鞭子雨点般抽在尤木鱼头上身上。万屠户从尤木鱼手上夺过牛鼻绳，当他猛然看见牛屁股上有几条细细的伤痕冒着血珠，更是怒火中烧，又朝抱头抽泣的尤木鱼猛抽。尤木鱼一个趔趄倒在草地上，单衫的衣角被鞭梢卷起来，她痛得在草地上打滚。鞭子最终抽开了她的衣衫，敞开的胸怀里，两个微微上翘的乳房暴露无遗，也在痛苦地颤抖。鞭子下去，雪白的胸上背上一道道红痕。"别打了！"我冲过去大吼一声，河岸立即静下来。他才发现我似的，即刻怒容消失，假装惊奇道："哟！伊家五兄弟呀，你在河边找凉快？"我道："你怎么打得这么狠，她是你老婆！她是人，她不是畜生！"他还嘴道："她打我的牛儿子，我就打她！""它冲着我亮鞭，它做丑动作。"尤木鱼见我帮腔，又得意起来。万屠户叫道："谁叫你是个母的，打死你！"我反问他道："难道你老婆还不如你的牛？"他有些委屈地说："哎呀呀！五兄弟，我还指望我的牛给我拉车挣钱呢！"又问我，"你晓得买一头黄牛要多少钱吗？"我十分气愤地指着尤木鱼说："她是人！是人！"又指着牛说，"它是畜生！是畜生！"万屠户却无比得意地说："打死她，在乡里找个女人上街做老婆，一分钱不花。买头牛要我挣死挣活一年的血汗钱啦，我还靠它给我挣钱呢。"我说："乡里女人就该那么贱？"他嚯嚯地笑着说："你问她贱不贱，她就是我用几块猪血换来的。贱吧？"我无言以对。

打够人的万屠户似乎不想再与我争论，他嬉皮笑脸拉上牛就走。可是，牛卧在草地上，眼睛斜视着依然躺在草丛里的尤木鱼，若无其事地磨牙反刍，根本就没想理睬他。失却面子的万屠户，只好亲手抽了牛两鞭子，牛才很不情愿地跟他走了。他一边走，嘴里还一边嘀咕："哪个叫你用白屁股逗它，你不逗它，它会亮鞭？"

尤木鱼爬起来时，已经把衣服扣好，捋得整整齐齐。她朝我淡淡一笑说："它还闻我尿尿，我还打它，打死它。"我知道她想掩饰自己在粗野男人面前的无奈，也让我再一次看见了她凡事都不上心的纯真性格。我问她："在你男人心里，你还没有他那头黄牛值钱？他爱牛胜过爱你？"她说："他需要我了，待我比牛贵重，不要我时就不把我当人看待，下贱得不如他的牛。"说着，她的眼泪竟然滚出来了，她继续道，"哪有什么爱，他晓得什么是爱？怎样去爱？……他对什么都是只有感觉，没有感情。有时候连感觉都没有。我有病了，我怄气了，他看见我就像看见一截木头，他从我身边走过去，连眼皮都懒得抬一下。他说，他杀了二十几年猪，睁眼闭眼都是血血血，死死死……其余什么都不知道。"

她拉开裤腰掏出书交给我，眼角的泪痕还未干。她说："还是读书好，还是读书人好。你好好读书，尤姐不耽搁你了。"说完，背起满满一背篼青草走了。我感到奇怪，她刚才尿尿和挨打身子都露出来，没有见到我的书掖在她裤腰上，这时不知是从哪里拿出来了。牵扯到她的肉体部位，本不便问，但我还是忍不住问了。我喊："书藏在哪里的？"她回头说："不告诉你，自己去想。"我问自己：怎么去想？

第十七章

一个恬静凉爽的夜晚。深蓝色的天，如梦的青草坡，童话般的河流……我们像百鸟入林，叽叽喳喳，三五成群，散落在慢坡上。我们当中，最小的是初中生，其后依次是高中生、师范生、大学生。男生多，女生少。但女生一个比一个漂亮，却也一个比一个羞涩。她们三三两两，依偎一起，像唯恐被别人打扰。虽然这样，她们的靓脸盘，黑辫子，雪白的长袖衬衣和洗得泛白的蓝布裤子包裹下的优美身段，往往是男生们目光停留的地方。只有卢夫恭穿着阴丹士林蓝短袖衬衣，下面是长及膝盖的花裙子。她倚在陈老师左边，右肘支在陈老师肩上，掌心托着下巴，右脚越过左脚，屈着膝，脚尖点地，一副怡然自得的样子。而陈老师身着色彩素净的布拉吉，脚上的鞋为淡蓝色带襻的浅口布鞋。尽管托着卢夫恭，但身姿端正，亭亭玉立，给人从容、淡定、恬适的印象，透出一种与众不同、别具一格的高雅气质。她的如此美貌，使她今晚陷入双重包围圈，即男生惊艳目光的包围圈、女生嫉妒目光的包围圈，让她成为这个浪漫夜晚的核心人物。

唐大学生和黎大学生也来了。黎大学生与两个哥哥站在一起，而唐大学生背靠柏树，站姿为稍息状，手里的小提琴很随意地立在两腿之间，眼睛滴溜溜地四处瞟着。

看见陈老师与我站在一起，街上还未见过她的女学生朝二哥喊："哎，怎么不介绍，那位天仙是谁呀？"二哥在街上年轻人里数一数二的帅，她们直接把矛头指向了二哥，既带有挑逗性，又是想试探二哥是不是真的有了女朋友。可是二哥只能据实回答道："五弟的老师。""也是我的老师。"卢夫恭挺身而出，拍起胸脯说。因为她常来镇上看姑父，和镇里的许多姑娘混熟了。女生不信，对我喊："老五，除了是老师，还是什么？"我回答："除了老师，还是老师。""对，除了是美术老师，还是音乐老师。"卢夫恭一口抢过去，自认为回答得很巧妙很精彩，我却在心里暗暗叫苦，怨她不该道出真相。果然，女生喊叫："好啊！我们正愁无人高歌一曲呢，那就请你们的音乐老师来一首吧！"几个大学生一听振奋起来，也附和道："好啊！好啊！请音乐老师唱几首歌，别辜负这么美好的夜色。"其余的年轻人立即响应，跳起来高呼："唱一支！唱一支！"陈老师脸上堆满灿烂的笑容，很有些自豪，卢夫恭和她耳语几句，便站到女中学生面前提出条件："唱，可以，我们唱一支歌，你们本街的女生也得来一支，否则，我们不唱。"女生们对卢夫恭说："没问题，你们先唱，唱完我们接上。""要爱情的。"不知谁喊了一句。陈老师与卢夫恭耳语之后，挽起卢夫恭的手，展开歌喉，唱起了苏联歌曲《红莓花儿开》：田野小河边／红莓花儿开／有一位少年真使我心爱／可是我不能对他表白／满怀的心腹话儿／没法讲出来……旋律和歌词深深地打动了每一个人的心，也唤起了年轻人的遐想。大家都在捕捉陈老师的目光，她的目光落在谁身上，谁就是那位让她心动的少年。但陈老师的目光始终注视远方，在这夏夜的星空下，在这大自然的怀抱中，她满腹心里话，向谁欲吐还休？

唐大学生拉着小提琴借伴奏之机，围着陈老师转圈。圈子越转越小，光膀子几乎要挨到她们的身体。我忽然觉得有人扯我的衣角，接着看到半条命钻到我跟前问道："唱的什么歌？"我说："苏联歌曲。"他一听，疯子一样奔到陈老师面前，急迫地叫嚷道："不能唱！不能唱！苏联已不是老大哥了，变修了，变修了，你们反动！反动！"剔骨脸、突眼球、一副骷髅相的半条命，着实把陈老师吓了一跳，她止住唱，退避一旁。卢夫恭不但没退，反而上前一步，指着半条命的鼻尖问："这个歌不准唱？谁说的？谁的命令？拿出来看！"半条命惊愕得一时无言以对，但他马上手戳天空道："上……上面说的，上面的命令。"卢夫恭反诘道："上面是谁？你爹？你娘？上面说的，还下面说的呢，你爹说的吧！"没想到她的一句责问，让半条命产生歧义，钻了空子，成为他要流氓的口实。他不再退却，气势汹汹地逼近卢夫恭吼叫："你爹你娘才在下面！"他开始解自己的裤带，"我就叫下面说给你听，说给一个黄花姑娘听。"我见卢夫恭已经退到陈老师身边，陈老师用身体挡住她。半条命这个流氓无赖的丑恶行径只差毫厘就要暴露在她们面前，我灵机一动，从地上抓起一把沙土，对准他的眼睛撒去。没想到我的阻止却弄巧成拙，让丑剧提前上演。半条命只顾两手护眼，没有带子束缚的裤子一眨眼垮到脚背，丑陋不堪的下身露出来。四周的青年都怒吼起来，唐大学生气愤至极，跑过去飞起右拳朝半条命砸去，半条命将要倒地之时将唐大学生拿在左手的小提琴抢跑，大家一齐朝半条命扬沙土掷石块。半条命像脱套的兔子，提起裤子，弓着瘦弱的脊背拼命逃离。唐大学生飞腾着健硕的身子在后紧追不舍。

正在我们被半条命的闹剧搞得哭笑不得的时候，一曲歌声响起，让在场的所有人惊愕不已。这是一支陌生的歌曲，整个歌曲的意境，与今晚的情景十分贴切："好久没到这方来哟嗨哟／这方的姑娘长成材哟嗨哟／青山绿水依然在／凉风悠悠哟／吹过来／好久没到这方来哟嗨哟／这方的小伙长成材哟嗨哟／青山绿水依然在／两情依依哟／牵手来。"唱歌的是尤木鱼。今晚，她打扮得特别漂亮。衣服虽然是满襟的，但天蓝色碎花底子绲白边，十分鲜亮。头发扎了两条小辫，辫梢束着粉红的蝴蝶结，顶上的头发抿过油，熨帖晶亮，没有一根乱发。她的眼睛很大，像两汪将溢而又始终溢不出来的清泉。嘴唇稚嫩得如凌晨才开的月季花瓣，露珠还没来得及从上面滚下来。她唱歌的时候一直甜美自然地微笑着，我还从来没有见到她这么真实地美丽过。我已经从头脑里摒弃对她过去的一切记忆，她已不是少妇，而是一个清清爽爽的姑娘，一个才从原始的田野里走过来的没沾染一点尘埃的姑娘。在我的心灵里，她与陈老师比较，我对她的爱带点恨，而对陈老师的爱则带点怨。恨前者美得有些凌厉，怨后者美得有些婉娓。

尤木鱼的歌声刚落，人群后方又有人对唱起来："好久没到这方来哟嗨哟／这方的小伙长成材哟嗨哟／青山绿水依然在／两情依依哟／牵手来。"大家的目光四处搜寻，没见到唱歌的人。终于，有人指着坡顶上的黄果树惊奇地喊道："许剃头！是许剃头在唱。"果然，许剃头向大家挥手，站在树杈上不下来，接着又长长地吼了一句："两情依依哟／牵手来。"年轻人一起涌在树下齐声高歌："两情依依哟／牵手来。"

歌声在夜空中幽婉地缓缓地落下去，落下去，落在草地上没有一丝回声。沉寂一阵之后，突然爆发起一串欢呼声，大家直呼尤木鱼再唱两支山野情歌。尤木鱼没理睬大家，摇头摆尾十分得意地来到陈老师身边，围着陈老师转了一圈，说："本街的唱完了，该你们唱了。"还没容陈老师还话，卢夫恭抢先说："我们不唱了，唱支歌还扣帽子，真是没见过世面。"陈老师说："唱，怎么不唱？会唱的歌很多，看她有多少帽子扣。"木鱼本来就是冲着陈老师来的，想以气势压倒这个外来的姑娘，便说："你们已经说不唱了，说出去的话，泼出的水，收不回去，不让你们唱！"然后她问我："你还听不听我唱？"她想让陈老师知道她很在意我，我回答："不想听，俗！"她斜视一眼陈老师，拽着我右手把我拉到人群中间说："妹们、弟们，五兄弟不想听，我就不唱了！"男青年不乐意了，又吼："唱一支！唱一支《棒打小鸳鸯》。"她拍拍我的肩膀，对大家说："对不起，五兄弟不想听，我就是不唱了，我真的不唱了。"她打着我的旗号故作卖弄，意在挑起陈老师的嫉妒，我就不高兴了，随即挣脱她的手，往一边去。她丢下我，一边走一边又把刚才说的话重复了一遍。男生女生们见她不愿再唱，都无比惋惜地"啊"了一声。又有谁喊了一声："还是请陈老师唱一支《莫斯科郊外的晚上》吧！"她走几步扭过头来，指了一下陈老师对大家说："还是请城里来的洋小姐唱'摸鸡窝脚崴了的晚上'（莫斯科郊外的晚上）吧。"大家一听哗啦啦开怀大笑，她为自己成功的幽默乐得翻了一个筋斗，衣襟垮到脖子的那一瞬，雪白的肚子照亮了年轻人的眼睛。我想笑没敢笑出来，陈老师闭着嘴一直未笑，但当她看了我一眼之后，还是淡淡地笑了一下。卢夫恭冒出一句话："真是个疯婆子！"陈老师看了她一眼，说："不，她不疯。"然后问我，"你说呢，伊诗岚，她疯吗？"陈老师真的有了妒意。我没回答，只抿嘴一笑。

这时，山坡下的土路上，传来自行车的铃铛声，这是街上半条命唯一的那辆自行车。铃声拼命地响，唐大学生骑着车子艰难地跑，尽情地颠。坐在后座上的半条命，模仿起唐大学生的姿势，曲不成调地拉得小提琴格格响。两个追打着离开的人，这时又一团和气地回来了。我在心里恨道：土赖皮遇到洋赖皮，真是一丘之貉。

尤木鱼喜不自胜，认为唱歌赢得了那伙学生的喝彩，长了脸面，又拉扯着我斗嘴逗趣出尽风头，更有成功挑战陈老师的杰出表现，在我面前极力彰显胜利者的自豪感。为了表明我与陈老师的师生之谊不可分割的立场，就在她沾沾自喜得意忘形时，我从半条命手里要过小提琴，交给陈老师。她立刻明白了我的意思，稍作思考，就摆好开拉的架势。少顷，琴弦流淌出有如天籁之音的《梁祝》的旋律，如烟之袅，如水之漫，霎时倾倒在场的所有人。大家贪婪地伸直脖子，竖起耳朵，唯恐听漏一个音符，大有"此曲只应天上有，人间能得几回闻"的舒心和珍视。优美的旋律弥漫了山坡。又如无数涓涓细流，汇集成汹涌澎湃的巨浪，荡涤着夜的孤寂和夜的沉闷。

沉睡百年的油坊坡，今晚终于醒过来一次。但我们一旦离去，它又会闭上眼睛。都走了。油坊坡一个人影也没有，真像醒过来一次，又闭上眼睛，沉睡下去了。

又一个晴朗的日子。为了排解陈老师的忧愁，我提议去野外锁蜻蜓和捉蝴蝶。大学生们都打篮球去了，我们只好另辟蹊径寻求快乐。锁蜻蜓是用一根稻草，把节折断，抽出一段草芯，撕开做成一个套环，然后就用它去悄悄锁住蜻蜓的尾巴。蝴蝶贪恋花蕊，只要悄悄跟踪它，在它忘情采粉时，伸手便可捉住它。

一到河岸，顿觉天高地阔，胸襟无比远大，不说有气吞山河的气势，但不乏扬帆远航的壮志。"生活着多美好啊！"陈老师抒发着内心的情感。投入了大自然的怀抱，大自然给了她勇气和力量，我看到一个被激活了的妙龄女子的优美身姿，她身上的每一个细胞都焕发出逼人的生命活力。她追着蝴蝶跑，我追着她的身影跑，我敞开胸怀去吸纳她的气息。我要一步不离地陪她多锁几只蜻蜓，多捉几只蝴蝶。

　　白蝴蝶和花蝴蝶结伴飞舞，飞得轻松、淡定，翅膀扇动的节奏总是那么不快不慢的。就在它们落在花蕊上的时候，一只灵巧的纤纤玉手捏住了白蝴蝶的翅膀；还有一只笨拙的手也伸向花蝴蝶，可它飞了。再追一程，终于逮住了它。我们把它俩碰在一起，嘴对嘴吻了一下，当拿开时，它们的脚还扣得紧紧的。我和陈老师对视一下，都笑了。陈老师说："都放生吧，它们本来就生活得无忧无虑的，人类不要打扰它们，大自然有了它们才会五彩缤纷。""其实，我很羡慕它们活得这么自由自在。"当我们同时松开手，它俩都翩翩而去。锁住一只蜻蜓，我一松手，它拖着稻草飞走了。陈老师看见蜻蜓飞得那么吃力，几乎要被稻草坠下地来。她跑过去，轻轻捉住草茎，将草芯微微向前一送，套环张开，蜻蜓被放走了。她仰头目送了好一程，脸带微笑，她放飞了一个心愿，显得十分开心。

　　离开河岸时，我们捉到一只黑蝴蝶，体形很大，张开的翅膀像风帆，触角也长长的，比其他蝴蝶丑陋，陈老师说是第一次见到，很稀罕，决定带回去做标本。我说："那么多漂亮的蝴蝶都被我们放了，唯独把它带回去。是不是当漂亮泛滥成灾的时候，丑陋就会显得弥足珍贵？"她说："我没想那么多，只是觉得从来没有见过，因此决定把它做成标本。"我"哦"了一声，心里责怪自己有些卖弄得不合时宜。

　　我在书架上找一沓歌单，记得上面别了一颗大头针，想用它把蝴蝶钉在纸板上做成一幅标本。无意之中将一本相册翻落在地，陈老师捡起相册问我："可以看吗？"我说："随便看，主要是两个哥哥的相片。"相册是精装本，封面和册页都是黑色，照片也是黑白照片，每张都用四个银白相角固定在册页上。我急忙找来毛巾将相册的灰尘擦净，再双手捧给陈老师，让她逐页翻看。正在此时，二哥从外面回来，我见他站在陈老师身旁默默望了一阵。他站的位置，可以清楚地看到陈老师一个漂亮的侧坐身影：一条优美的线条，从光洁的额头开始，流过端直的鼻梁，润泽的微微闭合的嘴唇，圆润的下巴，凝脂般的脖子，悄悄隆起的前胸，溜平的腹部，然后水平向右延伸出去，真是好看的女孩。我赶快站到陈老师的另一侧，害怕二哥发觉我的窥探，同时感到懂事的大男孩的可怜。相册里的照片，不管是单人或是合影，只要不是重复的，陈老师都要让二哥无一遗漏地介绍清楚，他们每一个人的昨天和今天。陈老师的手指停在一张合影照上，照片里十几个学生穿着印有"遂宁中学"字样的背心，簇拥着一个戴眼镜的中年男子。他们个个精神抖擞，意气风发，真有一点"世界就是他们的"那种傲慢气概。"这是高一下学期，全校篮球赛我们班获得冠军的合影纪念照。"二哥说，"中间戴眼镜的是我们的班主任陈元书老师，他同时也教我们语文。"照片右下角一行手写的时间是1956年10月，难怪照片有些发黄，时间都已经过去七八年了。凝视照片，陈老师既没多问，又没把手指移开，仍定定地停在原来的地方。我看见照片左边第一个大个子学生，脚踏篮球，手把二哥肩膀。二哥介绍到此人时说："这是下街王家的儿子王正才，在长沙读的大学。"她看见这张照片后没有再理我们。我觉得她面对照片沉默得有些奇怪，就抬脸看她，才发现她眼里似乎有些许泪光。陈老师情绪的突然变化，让二哥很是难堪，他只好自我解嘲似的笑笑离开。

陈老师没继续往下看，她把相册递给我，说是要去邮电所寄信。就在这一刻，一颗泪珠滴到相片上，泪滴洇湿的恰好是二哥他们的班主任陈元书老师那张清癯的脸庞。

第二天早晨起床，奇怪的事情发生了：陈老师已经不辞而别。她什么时候走的，怎么走的，连同床而眠的姐姐也毫无察觉。桌上有张她留的字条，是写给我父亲、母亲的，她称呼为伯父伯母，里面说了些感激的话，她最后写道，她今后会想念我们家的每一个人。

陈老师不辞而别的原因，我知道。那张摄于1956年10月球队夺冠的合影照片，痛苦地嵌进了她心灵深处，照片里那个陈姓班主任，那个戴眼镜的清瘦的男人，应该就是她父亲。父亲的坠落，照片上那个脚踏篮球、生于斯长于斯的青年街坊，就是罪魁祸首。因此，今天的汇龙场，成了她的伤心地。

老师远去，我知道已经无法追赶，但我还是带着深深的歉意和自责，沿着陈老师离去的路径往前走，想象她一路是怀着怎样的心情，迈着怎样的步伐，离开这座她预想中的希望之镇，结果却是悲伤之镇。大路伸进田野，在一片苍茫中蜿蜒，陈老师就是在这蜿蜒之中踽踽独行的。路旁草丛上的晶莹露珠已经坠落得残缺不全，低处的被她踢落并濡湿了她的白色帆布球鞋，高处的被她裙裾带走。这条路是她第一次走过，或许，这条路也是她最后一次走过。我必须记住，这条承载过千万人的悲伤与欢乐的路，也曾经承载过一个被我崇敬和深爱的女人的眼泪。

开学的前两天，母亲交给我一个破碗，让我拿去修补。碗是青花瓷的，大号汤碗。招待陈老师那天，母亲因过于惊艳陈老师的美貌而激动，端汤时失手将碗打了。当时母亲说，怕陈老师看见让她觉得不吉利，就把破碗藏起来，直到今天才叫我拿去补。补碗匠是个小老头，戴顶黑瓜皮帽，下巴上蓄几根虾米胡，深陷的黑菩提籽似的小眼睛闪着锐利的光。他接过两块差不多大小的青花瓷碗片，分别摊在两个巴掌里。他个子小，巴掌却很大，好像生就的补碗匠。只见他两掌轻微一合，眨眼之间，破碗重圆，裂缝丝丝紧扣，看不出一点痕迹。碗在他眼底晃了晃，他便随口说道："一边碗帮四颗钉子，两边八颗钉子，碗底三颗钉子，一共十一颗钉子，铁钉每颗一分钱，铜钉每颗一分五，你补铁钉还是铜钉？如补铁钉，一共一角一分；如补铜钉，一共一角七分。"我在头脑里快速算了一账说："补铜钉，给你一角六分，干不干？"他抬眼望我，说："本该一角六分五，四舍五入，不就是一角七分？"我说："那不公道，对半不入，过半才入，也就是说，零点五厘不入，零点六厘才入。""嘿！你娃还敢改动天下的规矩？补，还是不补？"他把碗搁在裆间的皮围腰里，碗又一分为二，然后两眼聚足了光看着我。我知道上街还有一个补碗匠，只不过多跑几步路，便伸手拿碗。他挡开我的手，冷脸道："哎，哎，哎！一角六就一角六，带钱没有？"我点点头，便在他对面的小板凳上坐定。补碗匠画好十一颗补丁的位置，就开始用金刚钻钻眼。边钻他边唱，情绪与刚才判若两人。他唱道："一钻呀情郎去当志愿军／战壕里活捉三个美国兵／二钻呀幺妹去赶场／半篮鸡蛋换了身花衣裳／三钻呀月牙照亮青草坡／手摸奶子妹想兵哥哥／四钻呀郎呀变了心／英雄进城娶了个女学生／五钻呀幺妹悔断肠／枉有一身花衣裳／六钻呀有气没地方出／摔碗摔碟吱啦啦哭／七钻呀破瓷片片一小筐／干脆嫁个补碗匠／八钻呀金刚钻儿熄了火／幺妹一扭屁股不要我。"待补碗匠拖腔拖调把"八钻"歌唱完，两瓣碗片上的二十二个眼子也钻好了，他拈一撮菱形铜补钉，一颗一颗往上敲。十一颗补钉都敲稳抠紧了，他又用黄泥浆把里外拼缝走一遍，再噘起皱巴巴的嘴唇沿缝反复吹，吹完，扯起衣襟擦净泥浆，他将补好的碗给我。我交与他两角钱，找我的四分钱还没递到我手里，就从身后窜出一个人来，一把夺过钱说："莫找了，刚好顶我的账。"原来是半条命要补一个兰花盘子，这个盘子和年三十夜国营食店装炒肉片的盘子一模一样。补碗匠抬头用眼神征求我的意见，我一挥手说："给他吧！"补碗匠冷眼对他说："你这是剥削人家。"半条命有些不屑，说："喊，剥削就剥削，还不是跟他老子学的。"这时补碗匠才仔细把我全身上下打量一遍，嘴里嘟哝一句："伊家的娃儿？"我走出一截路，又听他嘟哝一句："难怪与众不同。"

第 二 部

毕 业 生

第十八章

　　我是夏天出生的人，初二下学期跨进校门那一刻，我已是十六岁的青年了。进入青年时代的感觉大不相同，对人对事陡增几分自信和亲切，少了许多无知和羞涩。还有一件事只能偷偷想、悄悄说，就是裤裆里不再风平浪静，更可恨的是干净光滑的三角地竟长出些许绒毛。还时常好奇地猜想其余男生是否也都发生如此变异，总爱在小解时偏头去偷看别人的裤裆，以至一次气得一个六六级的男生从我身边提着裤子就跑开了。

　　生理的变化既可喜又可忧，为了学习和前途，我告诫自己：跨入十六岁的门槛，要时常设想，裆里挂的就是一把肉质"尿壶"，除了小解，如果还有其余功能，一律封存，不能有丝毫的松懈和轻举妄动，让约束力时时在身在心，永不离弃。

　　开学第一天，晚饭后我去陈老师寝室找她，见门虚掩，我随手推开，她正在整理屋子。除了半屋书籍，其余塞满角角落落的物件，都带着我不曾见过的华丽。也许，城里的家没了，她只把家里最精华的东西搬来了。她没像往常那样立即招呼我进去，而是望了我一阵，才说："以后，就是门虚掩着，也要像进办公室一样，先喊'报告'，我允许过后再进来。"她一边说，一边把我让进去，她说话的表情和语气，使我突然有了一种莫名其妙的陌生感。她是不是也在提醒我，十六岁的大男孩，不再享有随便进出女老师寝室的自由了。其实不是这样，她之所以冷漠这个秘密，还是在后来才揭开。"还有，"她埋头整理书架上的书籍，"初二，我继续任你们的班主任。"我惊喜道："好啊！"她望我一眼，脸色很平静。我拿出一沓粮票，递给她说："母亲讲，你交了一个月的口粮，还有二十多天，怎么就突然走了呢？这二十斤粮票给你退回来，还有一块多钱。母亲还说，都是定量，你回校这二十天吃什么呀，可能都饿瘦了。真的，陈老师，你怎么就突然走了呢？

是不是谁惹你生气了？"她接过粮票和钱，说："你惹我生气了！还没见你一口气说这么多话，真像个老太婆。"她脸上终于绽开一丝笑容，但一眨眼又消失了。她将粮票放在书桌上，那里摆着一个相框，以往没有，像是才摆上去，嵌的应该是全家照。相片上坐在中间那个戴眼镜的男人，就是她的父亲，一脸笑容有如灿烂的阳光。母亲交与我的使命完成了，见陈老师不再同我说什么，转身要走，她却叫住我，脸上显示出欲言又止的神色，我微微一笑，她终于说道："拉你的差，帮老师整理书籍。"这正是我求之不得的事情。记得过去进她寝室，只是在挨床头的书桌上能见几本书，最多也就一周增添两本，还从来没见过如此多的书籍。我在书架前惊讶着、爱抚着，再无马上离开的意思。我一边浏览书脊上的名字并默记在心，一边归类按她示意的位置插进书架里。其中有一本书，书的装帧和纸张很粗糙很陈旧，书名叫《少年维特之烦恼》，歌德著，郭沫若翻译。单凭我已有的知识，知道作者和译者都是很有名的大作家，虽然还不晓得书中的内容，便断定这是一本好书。她让我将此书放在书架最下层的最边上。我放好之后，她想了想，又亲手把这本书抽出来，然后书脊朝里重新插进去，自然也就看不见书名了。这奇怪的举动，更增加了我对此书的好奇心。正在我对这本书发生奇思妙想的时候，她对我说："我书架上的书，还有床头藤箱里的，都是我父亲的藏书。他走时还反复叮嘱我，在他离家之后，要为他好好收藏，如果哪一天他能回来，他要逐一清点，一本也不能少。"我问："他怎么晓得一本都没少呢？"陈老师笑了："怎么，想看书？这些书可是谁也不借。我父亲记忆惊人，多少本，每一本的名字，全装在他脑袋里。"我心里只装着《少年维特之烦恼》，不再想听她述说关于她父亲的书一本也不能少的啰唆。之后急匆匆整理完书籍，我赶快离她而去。

  我找到丁老师时，他正在寝室擦拭一部留声机。我也没顾及礼貌不礼貌的问题，开门见山就问《少年维特之烦恼》写的什么内容。丁老师一听，"嘀"了一声："你怎么问起这本书？让我丈二和尚摸不着头脑。天底下哪里还能找得到它呢？你要问它的内容？一言以蔽之，是德国杰出诗人歌德所作的书信体小说，一部震撼人心的爱情悲剧，连拿破仑征战途中怀里都揣着这本书呢。我阅读它还是在初中一年级，那时还不知屁臭，看了也就看了，只是激动几天而已。你想看？哪里有？"我狡猾了一下："有一篇文章里提到它，不详，想知道得多一点。"他将擦净的留声机装入一个木箱，扬起大手："嘀！痴人说梦，你踏遍玉马中学每一个角落，掘地三尺，也找不出半本《少年维特之烦恼》，不要自寻烦恼，你还是多看一点手边找得见的书吧。"

  不管怎么说，于这本书，虽然丁老师只是只言片语，但这只言片语如针似锥，更进一步砭醒我的欲望之神，还是让我感受到《少年维特之烦恼》那摄人魂魄的诱惑。特别是外国皇帝打仗都没忘记将其带在身上，这个情节，更激发起我的渴求和期盼，得到它，已经刻不容缓。

回寝室的路上，我一直都在苦思冥想，如何将这本书从陈老师的书架上"借"出来。第二天晚餐之后的课外活动，绝大多数同学都在操场各找其乐。我抱本书躲在一棵桂花树下，从这里可以清楚地望见陈老师的寝室。装模作样看了一阵书，见陈老师终于打开门，出来后反手把门掩上，然后朝厕所方向走去。机会来了，周围无一人影，我挺了挺胸就朝那里踱去。我从未做过贼，也从未私闯民宅。但为了一本书，就当一回贼吧。"君子偷书，小人偷猪"，更何况我看了还要还呢。

轻车熟路，很快，我从书架底层把书"借"到手。我将《少年维特之烦恼》和手里原来的那本书重在一起，夹在腋下，又挺了挺胸，假装君子风度，却战战兢兢迈出陈老师的房门。走出一定距离，我怕好书者讨看——就像我一样，凡见带书的，总要拦住拿过来看看书名，翻翻内容，便将书揣进怀中。

我一口气跑进操场外的槐树林，把书从怀里掏出来一看，书名《少年维特之烦恼》，1922年出版，歌德著，郭沫若翻译。我一阵狂喜，关于郭沫若的故事，两个哥哥从大学校园带回来许多版本，我听了非常崇敬他，相信经他的手翻译出来的文学作品，肯定非同凡响，同为川人，应该很对我的口味。

我的目光投射在书页上，就再也不愿离开；我的灵魂融洽在故事里，就再也不忍分离。只觉得周围的一切化掉了，我也化掉了，我变成一滴滴晶莹的水珠，沁入了字里行间，和书里的人物融洽在一起了。球场那边传来阵阵呼叫声，我必须躲避他们，不忍心维特、夏绿蒂和我被别人惊扰。我赶紧带着书，不，是书载着我，奔向树林纵深处，一直奔到校园后面檀木坡上的大石仓里。啊！这里好清静呀，我的维特，我们终于可以一起去看望夏绿蒂了。

直到暮色四合，石仓里暗下来，书上的字模糊得看不清楚，我才不无惋惜地合上书。天黑了，维特该休息了，我也该休息了。初秋的夜，本该星光闪烁，却乌云悬空。起风了，山坡草木摇曳，四处阴森恐怖。风刮过石仓，像无数阴魂野鬼奔突呼号。我不相信有鬼，我弯腰捡起一块石头，用力掷向石仓仓底，撞击出的巨大声响，回旋着迅速冲向夜空。一口气，我跑完连接石仓和校园的那条小路。

第二天清晨，下了入秋后的第一场雨，天地间湿漉漉的，心里也多了几分凉意。早自习，陈老师一走进教室，余班长和几个坐在后面的同学就在窃窃私语，议论陈老师上我家玩，还和我的哥哥在荒山野岭唱情歌，无不添油加醋、借题发挥。这很有可能是心里藏不住话的卢夫恭在作祟，我听了虽然气愤，但堪忧的却是李校长那里，他怎能容忍自己巴心巴肝、日思夜想、整个校园唯一一个值得他追求的漂亮女孩，跑到一个有漂亮男孩的家庭去同吃同住呢？他会把事情想象得很可怕，甚至很龌龊。他会因嫉恨而迁怒于我，因为迁怒，会用鸡蛋里面挑骨头的方式来刁难我。我横一横心，这样的刁难又不是第一次，我不在乎它就是了。

午餐一完，我就跑到街上买了一本软皮笔记本，那种比精装便宜得多的本子。等到中秋节晚上这个明月夜，我趴在校园里僻静处的一个石凳上，熬了近乎一个通宵，一本《少年维特之烦恼》，就一字不差地搬进我的笔记本。从这个时候起，维特和夏绿蒂，以及他们的弟妹们，由他们从二十年代开始居住的旧屋子，迁居到我给他们准备的崭新的房子里，也住进了我的心里。

新学期才开头，我原本纯真的心就被痛苦熬煎着。这已是1964年秋天，身边的政治气氛越来越浓厚，李校长镜片后面渗透出来的冷若冰霜的目光，和那时不时从他嘴里冒出的"运动""阶级"这样的字眼，时常让我不寒而栗，战战兢兢，行事如履薄冰，遇事如临深渊。但是，即便我心如汤煮，文学丰富了我的情感世界，我的浪漫，我自认为的非凡的想象力，又终将使我反忧为乐，转瞬之间，就把痛苦和烦恼抛到九霄云外。所以，暗淡的心境之后，一朵霞光从我眼前掠过，有如"缇"字那一抹橘红！

裙摆特别美丽，一闪一闪地，它上面的花朵像在随风绽放，一下鲜活起来。当步履停顿，它定格在远处时，犹如一幅小小油画，镶嵌在秋色斑斓的校园里。一个人正追着这幅画走，她的眼睛，始终没有张望别处。直到跟累了，盯累了，她才抬起头来，轻轻叫一声："陈老师。"陈老师回过头站定，裙摆清晰得瑰丽得让相跟者瞠目结舌。看着惊呆的学生，她十分诧异："是楚楚！"被唤着楚楚的女生，深深的眼窝里漾满羡慕，随口流露道："真漂亮，从前面看更漂亮！"陈老师说："天气凉了，穿完就压箱底，你喜欢它？走，去我寝室你穿给我看看。"后来，楚楚对她的同学说，那天在陈老师寝室试穿了那条裙子，是她有生以来第一次穿裙子，多么好看的裙子，那种感觉，一辈子忘不了。还说，她记住了裙子的样式和花色，今生，一定要穿上一条和它一模一样的花裙子。

就在离国庆还有十二天时，学校突然接到上级通知，要求组织排练文艺节目，要搞新中国成立十五周年国庆晚会。李校长受命之后愁得焦头烂额，学校除了一架教音乐用的脚踏风琴外，再找不出第二件乐器，总不能开个"清唱"专场敷衍了事吧。他正准备派陈老师去县城的中学借，老校长找他说有几件事情，必须马上交代，恰巧其中的一件事，就是老校长知道了要搞国庆晚会，便自愿捐献二百元钱置办乐器。还有的事，校园里传闻的版本和陈老师给我说的基本一致，那就是老校长的退休通知马上就要来了，同时到来的还有李副校长升正校长的任命文件。只是校园里传播这一下一上的话语和气氛是杂乱的、无序的，感受不出情感或惋惜或欣喜谁重谁轻。但陈老师告诉我这些消息时的神情是黯淡之中还带点沮丧，她可能对以后的命运有些担忧，我的心情何尝不是如此？春风不再浩荡，北风必将凛冽。也许我对李校长执政的前景太为悲观，对过去学校的和谐又过于留恋，学校好像就要变天似的。我责怪自己自信心怎么如此低下。老校长是玉马中学的第二任校长，他正直善良，办事公道，爱护每一位学生，是我们这些幼苗成长的厚实而松软的土壤。他就要卸任，要离开这里，离开他熟悉的每一寸土地，每一株草木，每一缕书与墨的馨香。其实，这对于一个老人来说，也会有一种难以割舍的眷恋。

老校长将自己的几百册书籍捐给学校，他亲自带领同学们将书一摞一摞搬进图书室，码上书架，排列得整整齐齐，离去时还深情地默视一阵。被、褥等一应生活用品也都分别送给那些生活窘迫的学生。他对我们戏谑道，自己要净身离校。大家散去之后，他把我带进他办公室，送给我五本书。书用报纸包得很规整，抱在怀里沉甸甸的，很有分量。他叮嘱道："这几本书是我专门留给你的，抽空把它们读完，能多看几遍更好。"我只默默点头，感动得什么话也说不出来。他深情的目光一直定在我脸上，他说："一个国家要富强，需要一大批人才。人才是知识造就，知识不认阶级，只要你肯学习，它就跟你。你一定要记住，今后不管升不升得了学，不管发生什么情况，千万不能丢掉书本、丢掉知识。没有知识，不学习知识，人生就不完美，人就失去活着的意义。"我由衷地点了点头。他又说："也许，我见不到你成才的那一天，但我相信你会有那么一天，我会祝愿你那一天早日到来。那一天到来了，你一定要回到我工作和生活了十年的这所学校来看一看，代替我触摸不断长高的树，生生不息的草；触摸每一道门，每一张课桌；走过每一条小径，每一阶石梯……"泪水从他的眼角流下来，打湿了胸襟。我的心有一种疼痛在蔓延，不知是因为自己，或是因为老校长，一点也理不清楚。我哽咽着回答他说："我会遵照老校长的谆谆教导去做。"

老校长离校那天，老师和同学簇拥着他，从他简陋的宿办合一的房间出来，一级一级台阶，一步一步石径，相跟着一直送到校门外一里路远。老校长左手抱一把油纸伞，右手提一口藤条箱，步履稳健地走出一段路，折转身，放下藤箱，扬起右臂，默默地向我们挥手告别。送行的人都呜咽着，陈老师的下唇咬出血痕。李校长也未例外，隐忍了许久也没忍住，泪珠一串串直往下掉。

我没有落泪。老校长温和的笑容和谆谆嘱托，一刻也没离开我的脑海，还有那五本沉甸甸的书。因为此时，我好像一步一步登上五级阶梯，看得非常高远，别人已经看不见他的身影了，而于我，他那熠熠生辉的宽展厚实的肩背，和那颗硕大的头颅，还始终在我的视线里昂扬着。

　　国庆晚会的节目已经拟定，合唱或者舞蹈，每个班任选一个，各班自行排练，只由陈老师稍作辅导。另外还有两部歌舞剧《白毛女》和《逛新城》，一部话剧《夺印》，但每部剧只选其中最精彩的一个片段。除《逛新城》是歌颂解放后拉萨的新面貌外，其余两部剧反映的都是阶级斗争。《白毛女》说的是旧社会把人变成鬼，新社会把鬼变成人；《夺印》是在"千万不要忘记阶级斗争"的大背景下，揭示阶级敌人无时无刻不在腐蚀拉拢我们的基层干部。三部剧的导演全由陈老师担当，演员实行全校海选，方法是自我推荐，陈老师初选，最后由李校长审查拍板。

　　角色名单一公布，还真有许多跃跃欲试的勇敢者。一天之中，正面人物都报齐了，每个角色都有五六个同学竞争。唯独《白毛女》里的黄世仁、《夺印》里的地主婆是两个空缺，没人想报，担忧演坏人会被视为思想落后，大家唯恐避之不及。文艺是我的弱项，唱歌跑调，演剧走样。但为了展示自己积极向上、事事不甘落后的优等生形象，我还是报了两个角色，一个是《逛新城》里的阿爸，另一个是《夺印》里的何书记。

　　这几天的课间休息，有的同学就在各显其能地装扮戏里的角色。牛光宇扮演《夺印》里的何书记，上衣左胸口袋上别的钢笔，本来只有一支，硬是把陈老师的英雄笔从胸襟上取下来插进自己口袋里，由原来的一支变成两支，以装点书记的门面。然后，左手叉腰，右臂高扬，围着刚好依偎在一起看热闹的袁小圆和卢夫恭转圈子。突然，六六级一个男生喊道："喂！圈子里的女同学，谁是地主婆？快喊何书记，吃汤圆！快喊。"我见袁小圆的脸一下红透了，把头埋了下去，而卢夫恭却头一甩，说："喊就喊，大家听啊。"她朝我望了一眼，仿佛在告诉我，她心甘情愿当个地主婆。她的嗓音清脆，传得很远："何书记——吃汤圆——"边喊还边尾随着牛光宇屁股紧追不舍。见此场景，有同学齐呼："就他俩！《夺印》就他俩演最合适！"项均平不甘示弱，用口水贴两张白纸条在上嘴唇当八字胡，一把扯住卢夫恭的衣袖而没敢抓手，一边拽着一边唱："女儿哟！哦！快快走，哦！看看拉萨新面貌……"正当我们笑得人仰马翻的时候，上课铃响了，一切归于平静。

　　星期六，演员名单公布。公布名单时我不在现场，在教室温课，是陈老师让袁小圆来告诉我的，我没选上，任何角色都没有我的份。太出乎我的预料，我的心彻底凉透。报名时曾想，即便不让我演阶级兄弟，让我演阶级敌人在他们看来应该是最恰当不过的了。结果，连"敌人"都不让我演，这是为什么？我百思不得其解。她还把所有的演员名单都告诉了我。李校长演阿爸，陈老师演女儿；余班长演杨白劳，袁小圆演喜儿，项均平演黄世仁；牛光宇演何书记，卢夫恭演地主婆。袁小圆一脸忧愁地对我说，她极不想演，也不会演戏，但她刚想推辞，就见李校长的笑脸瞬间板了下来，便大气都没敢出一口，悄悄转身走了。袁小圆天生文静端庄，活脱脱一个小家碧玉，怎能上台做"戏"呢？看着袁小圆泛红的眼眶，本想劝慰几句，但话哽在喉咙吐不出来。其实，我心里更难受，虽然被拒之门外的只是文艺表演，但我敏锐地意识到，打击与歧视于我已如影随形，再也无法离弃。我依稀感到，前方的路，长满荆棘，让我望而生畏，虽经披荆斩棘，奋勇抗争，最终穿越过去，却被挂得衣不蔽体、满身伤痕。

对这样的结果我很不服气，要求进步得到的不应该是当头一瓢冷水。当晚，我直接找到李校长，恳求他哪怕让我为国庆演个小角色，让我的心紧贴祖国母亲的温暖怀抱，希望他满足一下我这个小小的愿望。当时他正坐在办公桌前埋头写东西，听完我由衷的请求，他仍书写不停，连头也不抬，我感觉到了他的轻慢与冷淡。又过了一阵，他终于抬头看我一眼，只字未说又侧过脸盯着桌面，写了好几行字才说："你争演角色的精神可嘉，而且都是正面人物，想培养无产阶级感情，无可非议。"他对着桌面讲出这句话便闭嘴不语，我垂手而立期待后面的话。"然而，"他的一个然而，把我然而得心惊肉跳，"你也主动得有些不假思索。"什么叫"不假思索"？是肯定还是否定？是赞赏还是挖苦？我在心里飞快地分辨着。只听到他又说："让你演劳动人民，怕你演不出真情实感；让你演地主阶级，又怕你演出真情实感，两难。所以，决定你什么都不演最好！"完了，真心实意还是被贴上阶级的标签，热爱祖国却被拒之门外。我的心，既痛苦，又愤怒。我深深地自责着，我怎么就这么自不知趣？这么无自知之明？我羞愧难当，恨不得一口气跑进校园的铁篱笆，让尖刺扎得我体无完肤，将自己一顿自虐。正难受着，他搁下笔，站起身，手搭在了我的肩膀上："不过，"听见他话锋一转，似乎看到新的希望在眼前闪烁，"还是有一件光荣的任务交给你，你的岗位仍在舞台上。"我抬眼望他，虽然灯光如豆，我还是看清楚了他变得柔和起来的目光："当剧务，专拉幕布。"这样的结果令我始料未及，上了舞台，还不如不上舞台在台下当观众体面。在我们街上，每逢春节演戏，拉幕布的活都是专门留给打更匠老唐干的。报幕一完，老唐跑步把幕布拉开，一幕剧演完，老唐又跑步把幕布拉上。如遇前边节目演完，后边的节奏稍慢，台下立刻就骚动起来，打口哨，掷石子，还有人大喊："龟儿打更匠，拉幕布！龟儿打更将，快拉幕布！"其实，什么时候拉开幕布，与打更匠何干呢？只是他好欺负而已。李校长让我充当舞台上的如此角色，尽显他的敏锐与智慧。我没有争辩的理由，只好答应他。

怀着被侮辱的沮丧心情往回走，路过桂树林我看见牛光宇与卢夫恭在排练《夺印》。那是一块僻静地，透过纷繁的树枝，暗淡光影里，我看见"地主婆"一手端碗，一手拉着"何书记"的手不放，嘴里不歇声地喊着"何书记吃汤圆"。"地主婆"要将何书记往身边拽，"何书记"要往开里奔。拉锯战持续了几个回合，最终，"书记"和"敌人"还是拥在了一起。此情此景，先是让我有些心惊肉跳，周身战栗，害怕被再有一双眼睛看见，忍不住叫喊出来，丑闻顷刻之间就会让他们天塌地陷。我气昂昂地穿过那几处排练现场，陈老师向我打招呼也没理睬她。刚在教室坐定，陈老师赶来把我叫出教室。我们相对而立，她右脚迈前一步，做稍息状，我双脚并拢，两手下垂紧贴裤缝，头埋得很低，眼睛看着脚尖。"别这样站着，放松点，稍息吧。"陈老师说着把手搭在我肩上。本学期过去一个多月，她还是第一次对我这么亲切。我并未按她说的做，依然受罚似的杵在那里。"还生我的气呀！我也想叫你演，你的形象太像正面人物了，可是，"她说着声音有些哽，"决定权在他那里，他要刷下你，我也挡不住呀！""那你给我争取了吗？你是导演，他上九个人，你上一个人还不行？不行就不导！"我没了平时的温顺，声音就像梗着脖子说出来的那样生硬。她说："我争得过他吗？不行就不导，那是赌气！他是领导，他是权力的象征，赌气能赌过权力吗？不能，绝对不能。"平时，在老师和家长面前都是服从的多、违背的少，都习惯成自然了，很少去思考这是为什么。今天偶尔执拗一次，才在陈老师这里学懂了一个道理：原来，人，必须服从于权力。或者说，甚至要屈从于权力，是人就不能随心所欲。我的不谙世事着实冤枉了陈老师，便心怀歉意道："对不起，陈老师。其实，我并不是生你的气，是生李校长的气。他说我没有劳动人民的真情实感，只有地主阶级的真情实感，因此不敢让我演剧。他冤枉了我，我想，国庆是祖国的生日，我也想演好一个角色，给祖国的生日献上一份礼物。"她说："热爱祖国，表达的方式很多，你们是学生，把知识学好，将来为国家建设出力，让新中国富强起来，这是最高的爱国行为。"她的话给了我一些宽慰，我想到，对于别人，让我做什么，不让我做什么，这是不可选择的，但常怀一颗爱国之心，这却是自己可以选择和自我可以决定的事情。于是，我对陈老师说："拉幕布虽然是跑腿的事情，但我一定把这个腿跑好。"她问："你知道谁报幕吗？"我说："不知道。"她说："我报幕。当一个节目演完，你拉上幕布，我走到幕布前，报下一个节目，报完幕，我退到幕后，向你点头示意，你就缓缓将幕布拉开。"我一下明白，就抢着说："我把幕布拉上，你报幕，报完幕，你向我微笑示意，我把幕布拉开，就这样一个节目接一个节目地演下去？""是呀，其实，最能给观众制造悬念和期待的，却是那张红绒大幕布的一开一合，而操纵它的，却是你和我。所以，你要好好配合我，不要小看我们的职责。"此时，我很开心。原来，他们演出效果的好与坏，其主动权，也有一部分掌握在我与陈老师手里。与陈老师配搭，又是在几百双眼睛之下，我心里的甜蜜，会溢满胸怀。

秋天将要过去，虽然早晚已经有了丝丝凉爽，但正午的太阳依然热力四射。我走过女生寝室门前，眼睛不由自主四处张望。条石地面上，一字摆开几盆清汪汪的水。盆是搪瓷盆，红、黄、白、蓝一应俱全，水静静地反射着太阳光的缤纷色彩，绚丽得眼睛都睁不开。尽管刺眼，我还是待在那里想了好一阵。我的愚蠢使平淡的事情也变得让我如此好奇，我怎么拓展想象的空间，也弄不明白女生们这样做是为什么。只好心里揣着问号怏怏不乐走开，我的头上和后背已经有了毛毛汗。

晚餐一过，安静的校园渐渐喧腾起来。许多时候，只要天气晴朗，我和牛光宇便要出校园散步。有时我们到河堤上，有时去登校园后面的檀木坡。今天我提出去爬坡，理由很简单，坡上的石仓很凉爽，很想对着峭立的石壁吼几声，听那动听的颤颤回音。如果秋去冬来，石仓就不再是凉爽宜人，而是寒风凛冽，就留不住人了。牛光宇却辩解道："河岸的芭茅花开得正艳，花絮粉嫩粉嫩的，像少女的脸蛋一般，再不去观赏，很快就变得灰白而干枯，像老太婆无一点血色的褶皱面，你是愿看少女的胭脂脸，还是愿看老女人的死灰脸？"我说："你怎么什么问题都爱跟女人扯在一起。"牛光宇反而得意起来，说："不错，谁像你那样，一提女人先是脸红，再一阵脸就白了，是胆子小了点，或者是本身心里就有鬼？"我说："我们都还小，女人的话题，那不是我们的话题，我们只要把书读好就对了。"牛光宇还不甘心，他神秘地对我说："有本医书上说，男子十三岁性醒，就可以造人，原话太深奥，我没记住，反正意思是这样。按医学的观点，我们已经不小了。"我急忙说："书上可以这样说，但生活当中可以这样做吗？男生啊，何时何地也不能去想女人的事；女生啊，何时何地也不能去想男人的事。"他说："做校园里的和尚和尼姑。"我说："对，要清心寡欲。"

太阳照耀下的清河，显得异常安谧，河水缓缓流淌，微波轻漾。平坦而蜿蜒的河岸，像镶嵌在水面上的两条碧绿缎带，一丛丛芭茅，散漫地点缀其中。芭茅如箭的叶子泛着绿光，如炬的花絮在秋风里摇曳，花絮上部的粉红和下部的紫红无痕地融洽在一起，斑斓的光点无尽地扑入我的眼帘。沉醉在美丽的河岸，我像忘情于另一个世界。

我们意气风发，侃侃而谈。谈小说，谈诗歌，谈理想，谈人生。我说我想成为一个作家，他说他也想当作家，但更想当女子中学的校长。我好生奇怪，问他为什么有这种近乎天方夜谭似的想法。他告诉我，他特别喜欢和清纯漂亮的女孩子在一起。他说，女孩子对他有一种天生的吸引力，他在萎靡的时候，一旦见到女孩子，精神就为之一振。他的太监脸泅出柔和的女孩子般的笑容。他说："我跟你说说我家的事，你不能外传。"我点头应允。他说："我爷爷解放前就是女子中学校长，是个美男子。我有过三个奶奶，三个奶奶都很漂亮。我爸爸是个小学教师，他找的老婆，也就是我妈，长得很丑，爷爷不同意。但我爸我妈却好得要命，我爸打死都不听爷爷的话，最后两人还是结了婚。再后来我爷爷奶奶死了，我爸很伤心，就经常看爷爷和奶奶年轻时的照片。看得多了，对比着奶奶想，我爸便觉得我妈确实太丑了。久而久之，他和学校一个美女老师好了，他俩做那事的时候，被美女老师的妹妹碰见，我爸当场给美女老师的妹妹跪下，鼻涕眼泪地哭诉自己和丑妻的憋屈生活，她妹妹饶恕了我爸。谁知过了半年，我爸竟然和美女老师的妹妹相好了，他俩偷情时，又被美女老师发觉。美女老师什么话也没说，自己悄无声息调离了镇中心小学。后来呢，听我妈说，美女老师俩姐妹就暗地里一直跟我爸好。""再后来呢？"我问。他不无伤感地说："我爸的风流韵事被学校察觉，但总又抓不到把柄，无可奈何之下，只好莫名其妙地给我爸定了个罪名，说他时常宣扬一夫多妻制，崇拜封建没落阶级的腐朽生活，思想极其不健康，便降一级工资，从镇中心小学发配到边远的乡村学校。"牛光宇说到父亲的最终遭遇时，悲伤陡生，泪水竟流了出来。但马上，他破涕为笑，又得意地对我说："我爸实际上连我妈也跟了三个女人。可我呢，估计永辈子也不可能了。"我说："你别做梦了！古人说得好，食色性也，人的本性就这样。但做得好，做不好，全靠自己约束自己。人不克制自己的欲望，那是要走许多弯路、吃很多亏的。"他惊异不已："你怎么既不羡慕我爸，又不同情我爸？"我不知如何说好，就含糊了一下："我们谁也不懂得那样的生活。"

我俩都没再说什么，只默默地走路。芭茅叶风动的沙沙声，显得特别撩耳。

一条石径横在面前，这是校园后门通向河岸的小路。我提出该回校了，牛光宇不依，还要往前走。他说，晚风送爽，多么舒畅啊。的确，芭茅和狗尾草在风力之下，披着夕阳玫瑰色的余晖，波涛似的奔跑着一浪一浪向前追逐。草尖扫在身上，像旁人在轻轻挠着痒痒。忽然，牛光宇一把按住我的头，悄声说："快趴下。"我不知道发生了什么事，挣脱他的手昂起头，人也从赏玩风景之中惊醒过来。百步以外的芭茅丛中，耸立着两个竹席围子，里面隐约有窃窃私语和撩水声。

我恍然大悟，原来女寝室门前搪瓷盆里晒的是洗澡水，有女生此时正在天幕之下、席围之中沐浴呢。我还未想象出这是一种怎样的浪漫，心跳就骤然加剧。我反身便跑，牛光宇却一把抱紧我，用那女人般软绵绵的手捂住我的嘴巴，将我按在了草丛里，轻声说："不要乱动，万一被人发现，还以为是我们有意偷看，那就跳进黄河也洗不清了。"我着急地问："那怎么办？快说呀！"他说："要像狗偷袭人一样，趴在地上，但不是朝前蹿，而是匍匐着从草丛里倒退到路边去。"我俩都迅速潜入草蓬，牛光宇看见有三只小鸟从头顶飞去，掠过席围上空。他痛苦得眼泪都出来了，嘴里禁不住喃喃自语："鸟儿啊，你看见了什么？你真幸运呀！我怎么还不如一只小鸟，我快变成一只小鸟吧，哪怕从席围边上飞过，哪怕只看见那么一点点，哪怕我飞累了——飞累了？飞累了我就悄悄落在席围上，直到被她们发现，直到被她们赶走，啊！啊！啊！"我觉得心脏一阵阵要跳出胸口，又一阵阵已经停顿。正在这时，一阵大风刮过，席围呼啦啦被风卷倒，几个活生生的肉体豁然突显在我们的视线里，女孩子们清脆的尖叫声仿佛激起河面一层水花。银亮柔软的胴体随绿草的起伏而时隐时现，就像穿梭在清波中的几条金枪鱼。我看到牛光宇满脸涨红，脖子上的血管爆发着张力，我们都有些控制不住自己。牛光宇燥得几次都想冲出去，被我狠狠按住不松手。我的胸口紧紧贴在草地上，草叶扎进我的嘴巴，我死死咬住不松口，嚼出了满口的清香。我还是忍不住偷偷看了两眼，明朗朗地看见了那个作文竞赛二等奖获得者楚楚，还有袁小圆，她俩的面孔正朝这边张望。我的头脑轰然一声，几团凝脂一样的肌肤立即融在了深绿的草色里。我的眼前一片模糊，身子慢慢往下沉，又像沉没于落英缤纷之中，又像沉没于漆黑的深渊。我有被人猛击一掌的感觉，脱口而出："快跑！学校知道书就读不成了。"起身欲跑，牛光宇却使劲拽住我，用祈求的眼光望着我："再等一等，再等一等。"他已语不成句，拉着我的手有些颤抖，等他再依恋不舍抬眼望去的时候，竹席又重新围起来了。

我们不敢原路返回，只好偷偷钻芭茅林绕道逃离。那么长段路，我们什么话也没说。他心里是何滋味我无从知晓，但我心里五味杂陈，更多的是做"贼"之后的惊恐不已，总觉得有几双愤怒的眼睛始终盯着我。最丢丑的是我怀疑自己已被楚楚和袁小圆看见，我今后该如何面对她们？

晚自习时我把头始终埋在书本里，没看任何人一眼。就寝熄灯后，我躺在床上，心里总有一种犯罪的感觉。我长这么大从没有看到过女人的裸体，就是热天，女生们都不穿短袖短裤，对襟衣服一直扣到下巴，立领捂至发际，除了一张脸一双手不得已露在外面外，其余部位都在三百六十五天的包裹中。即使在家里，我的母亲和姐妹们也是如此,热天她们洗澡擦身子都是在男孩睡着之后进行。可是今天,我看到最漂亮的女生,那在衣裤的严密封锁下,珍藏了十几年的美丽胴体。一种原始的冲动隐隐拱出我的身体,我身体的各个部位都在膨胀。我必须将一本书喂在嘴里,紧咬牙关,抑制住身体的怪异的骚动。我告诫自己,不能有丝毫非分之想,更不能有半点非分之行。我必须拼尽全力,去扼杀肉与灵深处那蠢蠢欲动的邪念,把对异性的感触神经掐断,把对异性的意念磨灭,不让它们轻易萌发和再生,我是何等地痛苦啊!

不知不觉中,我已站在了寝室外面的洋槐树下。心已不再狂跳,它感觉到了校园的静谧。在这静谧之下,覆盖着多少拳拳学子之心啊!读书吧,读书是比读女人更美好的一种享受啊!我深情地感慨道。我一边踱步,一边平缓地呼吸着带有夜晚的植物芬芳的空气,让它荡涤我五脏六腑的浊气!我顿时有一种赎罪的轻松感,有一种被洗礼的婴儿般纯洁的安宁和清新。

前面的树林里,隐约有一个跳跃着的身影,同时发出一种沉闷而熟悉的声音:"你怪!你怪!我让你怪!"仔细辨别,怎么会是牛光宇呢?这么晚了,他在发什么疯。细看之中,我见他用带刺的洋槐枝条抽打自己。他只穿着内裤,一下一下抽打裤裆和屁股。我立刻明白了什么,顿生怜悯之心,他在用他独特的方式鞭笞他的欲望。

第二天,我和袁小圆打了个照面,没有发现她的异常表情,我忐忑不安的心才算平静下来。倒是牛光宇,见了我总面带诡谲的笑容。一次在背静处,他对我说,他昨晚把不听话的小弟弟鞭打了一顿,我会意地笑了。我想,我不必真的去鞭笞肉体,我的出身和家教,就是一条无形的鞭子,时时高悬于我的头颅之上。

晚餐一结束,嘴里还嚼着最后一口饭,我便急忙回寝室往陶罐里装次日早餐的米。路过医务室,见门口围满人。我踮起脚往里看,白衣白帽的刘医生在给一个女生打盐水。女生长得高挑白皙,高挺的鼻子,深深的眼窝,透着小家碧玉的美。躺在那里微闭双眼,两片月季花瓣似的嘴唇,不停地一张一合,发出蚊蝇样细微的呓语。我一看就知道是楚楚。项均平从里面挤出来,他手里也抱着陶罐,不同的是里面已经装好米,准备往食堂送。他把我拉到旁边,鬼头鬼脑地说:"六五级二班的楚楚,说是受了惊吓,发高烧,不知哪个男生吓到她了。刘医生撵我们走,说别听她满口谵语。哎,什么叫谵语?""胡话。"我解释道,又问,"她胡说些什么?"项均平半闭眼睛模仿道:"他偷看,他看到我了!他偷看,他看到我了!"我一惊,声音都有点发颤:"她说谁偷看?她看到谁了?在哪里?"项均平摇头。我想从人堆里找到牛光宇,但没有他的影子。

这一夜，我几近失眠。我们因作文优秀而熟悉，她也是我们集体户的，同吃商品粮。全校数她长得精致漂亮，但缺少乖巧灵动。她的美始终是孤独、拘谨和羞涩的，就像一枝绝美的花，却长在墙根边，无法在阳光里灿烂，容易被人忽略。由她，我想到了别的女子，如卢夫恭、李文居、袁小圆。卢夫恭对什么都不在乎，她能用极度的热情甚至泼辣去拥抱她认为可爱的东西。李文居说过，每一个人都是纯朴善良的，即便不是这样，也完全可以用真心去改变。袁小圆的贤良聪慧，在我郁闷时看她一眼，也会得到些许安慰，她的感染力是经久不息的。最终最持久地浮现在我眼前的，是少妇尤木鱼。她那放纵的大笑，坦率的谈吐，勇敢的行为，温柔的裸露，像一道道美丽的风景，不但非常好看，让人留恋，而且还催人欲快步走近她。一个多么疯狂的女人！又是一个多么纯粹多么柔美的女人，如果我已不是学生，如果我没背负沉重的精神枷锁，我是不想在她面前躲躲闪闪的。忽然之间，我有些思念她，为以往对她的冷淡和疏远感到自责。

而下午的河岸散步，这纯属偶遇巧合的事件，怎么就偏偏碰上了楚楚这样的人呢！如果真的被她发现，她的性格，决定了她心理世界的狭窄和脆弱，一遇这超乎寻常的刺激，她肯定会因惊吓而精神崩溃，她会毫不留情地指认我们，那我们就彻底完了，谁也洗不清我们的冤屈。但愿她什么也没看清，但愿她对一切都会保持沉默。

听说，从医务室回寝室的当晚，楚楚在睡梦里一直说着同一句话："我看见他了，他偷看！"第二天上课，她听得很专注，下课也沉默不语，没有说那句惹是生非的话。她们班的女同学说，虽然她过去也不爱说话，但现在跟那时对比，她看人的眼神变了，是死的，是暗淡无光的，呆滞中还洇了一层淡淡的怨恨，有些怕人。奇怪的是，每当楚楚见了我们班的男生，便自言自语起来："我看见他了，他偷看！"一时间，学校就传言，女生们在河岸洗澡，六五级一班的男生用竹竿捅倒围席偷看。一直以来对身边的事情非常敏感的李校长，知道此事便立即着手调查。

这天上政治课，李校长安排单元复习，之后就把陈老师叫到音乐教室。他拿出一份纸单说："那天河岸洗澡，两个席围子，每个三人，这是六个洗澡女生的名单，主要是六五级一班的，她们这一向排节目流了几身汗，才想到了洗澡。由我俩逐一询问，落实偷看的问题。"陈老师说："你的课都不上啦？有这么要紧？"他说："非常要紧！利用政治课查，才有威慑力。"陈老师问："威慑谁？让这六个女生主动检举？"李校长说："不，做给你们班上男生看的。"陈老师问："谁干的，好早点自首？"李校长说："对，这就是政治的力量。"陈老师问："如果真有人捅倒围席偷看，这是什么性质的问题，是犯罪吗？"李校长咬牙切齿地说："流氓罪!"陈老师没有再追问下去,她到教室去喊第一个接受询问的女生。

询问结束,六个女生,楚楚除了仍然还是那句"我看见他了,他偷看",没有多余的一个字,其余五个女生都说:"什么都没看见,竹席是风吹倒的。"而李校长回到教室却对大家说:"洗澡的女生都提供了线索,你们当中偷看者的嘴脸很快就会暴露无遗,敢做敢当,还是自己站出来吧!"关于竹席是怎么倒的,他没吐露一个字。

我想站出来。但每当我找到牛光宇,还未等我开口,他就说:"我知道你害怕了,但人家查的是捅倒席子偷看的,可我们是偶然碰见风把席子吹倒,不是一回事。"我就沉默不语了。

过了两天,见没有人去主动承认,李校长又单独召集六个洗澡女生,诈称偷看的男生已经认账,为了弄准确事情真相,要求她们各写一份书面材料对证。五个女生谁也没动笔,都沉着脸,俯视着自己面前那张白纸。只有楚楚写了一句话:我看见他了,他偷看。

李校长在无可奈何之下,只好把此事作为一件流氓案报告了公安部门。

终于,在一个细雨淅沥的上午,我们正在上课,听到教室外面响过一串很急很重的脚步声,是快步踏在雨地上、水花四溅的那种声音。转头一看,两个公安匆匆而过,黄色的制服一闪就消失在校长室门口。此后老师讲了些什么,我一个字也没听进去,只有一个念头在头脑里盘桓:六个女生洗澡,不管你是有意偷看或者偶然碰见,不管你是看到或者未看到,只要查到你头上,你是无论如何都说不清楚的,结果都是一样,定性流氓罪。

这些天,项均平像捡了宝贝一样欢喜若狂,到处扯起嗓子说六个女生都是各班的花朵,饱个眼福遭处分也值得,恨得那几个女生碰见他就翻白眼。公安第二次来河岸出现场,他好奇悄悄跟去,见公安拨开芭茅和半人高的狗尾巴草在寻找什么,之后又在丈量践踏出来的草窝到女生洗澡处的那一段距离。年轻公安从草丛里用指尖拈起一件东西,抖着给另一个老公安看:"这是什么?"老公安说:"没用!"丢下那没用的东西,他们离开了河岸。项均平轻脚轻手穿过去把那东西捡起来,原来是条粉红色的橡皮带子,有四指宽。他往腰里一缠,自语道:"不像皮带,但比皮带还好呢。"然后揣入荷包便走。爬上河堤,他感觉面前有两个人影,抬头一看是公安的四只眼睛逼视着他,问:"叫什么名字?你跟踪?""我叫项均平。跟不来踪。"回答完见公安没有再说什么转身走了,他也从另一条路回了学校。

周五下午第一节是图画课,老师让学生自己命题作画。同学们画的花呀、鸟呀、耕地的牛呀、演喜儿的女生呀,各尽所爱,五花八门。下课后项均平对牛光宇说:"我还搞了一幅创作。"随即将一张画给他看,牛光宇又把我拉过去一同欣赏。画上是一个而不是两个男人,趴在草棵里偷看女人洗澡,女人只画了三个,长长的头发、尖尖的乳房、圆圆的屁股,线条笨拙而清晰,有刺激性。牛光宇说:"偷看楚楚她们洗澡的是不是你?"项均平乐了,说:"这样的桃花运轮不到我。"牛光宇说:"那你画得如此逼真,就像亲眼所见似的。莫哄我和伊诗岚,是你就赶快去投案自首。"说完朝我挤眉弄眼,暗示我随声附和。我不喜欢讹诈,哪怕以玩笑的方式,故沉默未语。牛光宇见我没凑这个热闹,恨我一眼,趁项均平不注意,夺过画便跑。项均平喊:"你搞什么鬼呀?""帮你交卷!""我的图画作业课堂里交了。""你这幅作品肯定画得更有水平。""你害我呀!"项均平追了几步没追上,便站住大声吼:"我知道你去宠奸,我不怕,我怕个屎呀!"他见我一直站在原地没动,就对我说:"狗日的街坊,一阵装大哥,一阵装小人,街油子。"我说:"他不过闹一闹而已。"他走近几步,悄声道:"我都觉得画得太下流了,弄不好要惹祸的。"我说:"你尽快去陈老师那里把画要回来。"

谁知牛光宇还未跑拢陈老师办公室,脚下绊了一下,一个踉跄,人未摔倒,手里的画却飞了出去。李校长正走在他的身后,伸手从空中抓住那张画,一看,大惊失色喝道:"牛光宇,你给我站住!"牛光宇还未等他再叫,便说:"李校长,不是我的。"李校长余怒未消:"不是你的是谁的?"牛光宇记起画没落款,就说:"我在操场捡的,正想交给班主任。"李校长笑了:"捡的?再捡一张试试。"这时卢夫恭跑过来,伸头朝画上瞟了一眼,漫不经心道:"嘀,水平还真高呢,见过女人吗?画得还真像。"李校长反问道:"你不觉得下流?"卢夫恭说:"女人本身就这样子,画画而已。不过,我们当学生的想这些有点早了。"她见李校长还在满脸不悦地望着她,便道:"可能是项均平画的,刚才在操场还和牛光宇追着喊着他不怕,怕个叉!"李校长一怔:"怕个叉?"卢夫恭说:"是个丑字。"李校长说:"哦,我知道了,他还够狂的呢。"牛光宇看见项均平已经走到李校长背后,便给他使眼色,告知画在李校长手里。项均平没睬他,偷脚狗一样轻步窜上去,出手就要夺画。李校长像后颈窝长了眼睛,忽地将背着的手收回怀里,同时车转身,项均平贼兮兮的样子把他逗笑了。他说:"哟!动作好敏捷。想毁证据?给你!"项均平嬉皮笑脸道:"我什么都没做,我走呀,我走呀。"项均平一走,牛光宇也离开了。剩下李校长和卢夫恭,他问:"捅倒竹席偷看你们洗澡的是项均平?"卢夫恭说:"席子是风吹倒的,当时手忙脚乱扶席子,哪有眼睛去观察四周有没有人偷看。鸟倒飞过去几只,看就看吧,天要让我丢丑没办法。"李校长说:"你倒会想!可楚楚都吓成神经病了!"卢夫恭说:"她胆小,她说,光身子被男人看见,会怀孕的,就一辈子嫁不出去,她是吓破胆了。"李校长说:"你们几个女生多安慰安慰她。"卢夫恭叹口气道:"唉!变女人真造孽!"

  一周之后,学校张贴布告,称"经公安人员侦查和分析认定,项均平偷看女生河岸洗澡事实成立。因主观恶意性轻微,未造成严重的不良后果,决定给予校纪处分,记大过一次"。此告一出,犹如一颗炸弹在校园爆炸,把全校师生震得目瞪口呆,摸不着东西南北。项均平当场气倒在布告下,翻了翻白眼,蹬了几下腿,就不动了。过一阵,见无人扶他劝慰他,只好跃身起来,一边叫喊:"冤枉啊!我不活啦!"一边解了裤带要上吊。裤带才解下,还未在桂花树上套好环,裤子却唰地掉到脚腕。白屁股一闪,又急忙提起裤子要跳河。跑了一段路,回头见无人追堵,就一屁股坐在地上,这次真的昂昂地哭起来。我在树上为他取裤带,这裤带很不寻常,是橡胶皮的,一拉还有弹性,肯定吊不死人。我问:"这是裤带?不像呀,从没见过。"他说:"河边捡的,公安说没用,我才要的。"围观的一个男生脱口而出:"我知道,这东西叫月经带,女生用的。"一句话把大家说呆了,都傻傻地望着他。他又说:"我姐洗了经常藏在内裤里一同晒,有次我偷偷扯出来问她是什么,她揪住我耳朵说,它叫'越带越(月)经带',别乱动,男孩子摸了要霉人的。"虽然我们还是有些糊里糊涂,但隐约知道了是女人用的还有点丑的稀罕物,于是都争着要看。项均平听了一把抢过去,很快系在腰上,爬起来谁也没理就走了。同学们怪怪地相互望望,不知谁说了一句:"项均平的洋相一个接一个,好精彩呀!"

  这一阵,我脑子里很乱。想起项均平痛哭流涕、寻死觅活的样子,我的心肝如蚁虫在咬。要是一直沉默下去,那就是人性缺失、人格低下;要是毅然决然站出来,那就是做人厚道、行事磊落。一边是心的痛彻和心的愧疚,一边是心的愉悦和心的坦然。怎样去选择,我想问苍天,我想问大地,可是谁能回答我?项均平啊!项均平!我该怎样对你说,我痛苦得要大声悲呼!

  为什么该项均平遭殃?路过李校长办公室,里面很吵,我便停住脚步,随手打开抱在手里的书,别人都相信我手不释卷,我却竖起耳朵听室内的对话。陈老师说:"项均平是调皮了点,但他不至于拿根竹竿去捅女生洗澡的席围。"李校长说:"你以为他做不出来?但有意捅倒这点,公安经过实地丈量,倒伏芭茅的地方离竹围席还有一定距离,说天下找不出这么长的竹竿,给否定了。要不,那是流氓罪,他娃会坐牢房的!"听到有丁老师的声音,好在仗义执言的丁老师在场,我心里一阵窃喜。他说:"那公安和校方仅凭项均平跟踪公安勘查现场,画了一张女生河岸洗澡图,就断定事情是他干的?子虚乌有!"李校长说:"难道要他冲进席围，被女生当场抓住才不是子虚乌有？"丁老师说："不是非要抓住，但也没看到啊，谁看到项均平在偷看？六个女生有哪个出来作证了？"李校长说："楚楚。"丁老师问："她说项均平了？不甚了了，岂敢凭空捏造！"李校长说："楚楚一直说她看见有人偷看，项均平的那两个行为正好对应得上，这是公安判断的，不是我在乱安。"丁老师愤然道："真是欲加之罪，何患无辞！"李校长质问："你是说公安冤枉他了？"丁老师说："冤不冤，天知，地知，你知，我知。"停顿一下，丁老师的语气缓和些了，他说："就算项均平偷看，天不吹风，竹席不倒，他想看也看不到呀。再者，席子倒了那顷刻之间，他是睁大眼睛看了呢，还是惊慌得羞涩得闭上了眼睛没有看，你们说得清楚吗？""老丁，你这是胡搅蛮缠！"李校长动怒了。陈老师在劝解："丁老师，我们走吧。快上课了，你还有我们班的语文课呢。"丁老师走了两步说："作为你，要是碰上，求之不得，可能会看进眼睛里抠都抠不出来，但作为项均平这样的娃娃，我看未必也。"丁老师说完已经走出办公室，李校长还在里面气得捶胸顿足。

　　受到记过处分的项均平，找到李校长讨价还价，说道："既然我是有过之身，国庆节就不配演剧了，如果非要我演，就必须取消我的记过处分。"李校长回答他说："错也。黄世仁这个大恶霸，不但盘剥压榨穷人的血和汗，还想糟蹋喜儿姑娘，是个十足的大流氓，你现在演他，比过去演他，更有真情实感。你呀，今天反而成了最恰当的人选，别客气，非你莫属了！"说得项均平哑口无言，气得他欲哭无泪。

　　记过处分对项均平来说，只像大冬天泼了一瓢冷水，颤抖几下，还没等鸡皮疙瘩消退，刺骨的感觉便过去了。他越是像什么事情都没发生，我看到心里越是难受。我想到一个消除心堵的办法，虽然想法肤浅，不会让问题得到根本逆转，但可以让心稍安一点。我找到牛光宇，让他约项均平上街，我请他俩到面馆吃面。面馆很清静，桌凳满是污渍，牛光宇顺手将墙上的半截标语扯下，垫在凳子上才落座。一个老太婆服务员摇过来，挥舞着手朝牛光宇嚷道："哎！学生哥，字纸坐在屁股下，这是糟蹋孔夫子，要瞎眼睛哟！"说着端起膀子，只撞了一下，就把牛光宇碰离座位，将半截标语收走了。她摇回厨房，一把将标语投进灶膛里，嘴里念道："孔圣人，他还是个娃娃，就原谅他一回吧。我把你的文墨送回来啦！"看着从灶眼飞出黑蝴蝶似的纸灰，我记起祖母也曾有过这样的教诲。

　　臊子面好香，馋得我们连舌头都差点吞进去，二两粮票八分钱一碗，都说值到命里去了。走到路上，看到项均平眉开眼笑，犹豫再三，我仍禁不住悄声对牛光宇说："他对记过越无所谓，我心里越不是滋味，我们还是找学校把事情说清楚吧。"他说:"你要想明白,我摔一跤不会有多痛,可是你,就爬不起来了,有可能一辈子都毁了。"他的话让我打了两个寒战,可我还是坚持说:"那就太对不起他了。"我用下巴,朝项均平点了点。走着走着,项均平竟然快活得吟了一首五言绝句:"记过算什么,犹如风吹过。吃碗臊子面,照样乐呵呵。"吟完,他说,"陈老师专门找我谈过,她说好好表现,争取将功补过。哎,本来就是冤枉事,补个屁的过!"我和牛光宇相互看了看,都把头埋下了。

六五级一班的楚楚,现在的神态,仍然像受过刺激的当初一样。只是她嘴里常自语的那句话,从项均平记过后,有了一字之差的变化。这个细微的改变,可能谁也没发现,但第一次从她嘴里说出来,我就察觉了。她把"我看见他了,他偷看",变成了:"我看见他了,他们偷看"。多这一字,我明白,她在暗示我,也在暗示大家,她确实在河岸看清了偷看者是我和牛光宇两个人,项均平背了黑锅。

但她为什么又不把真相说出来呢?道出真相会不会是迟早的事情?我再次找到牛光宇,把楚楚改口后我的担忧告诉他。他说:"她一个神经病,说出来也没有人相信,你太敏感太胆小了,今后干不了大事!"不是我心理素质太差,是我的家庭背景不容我揣着问题还十分沉稳。因此,我还是提醒牛光宇,往后走路尽量避开楚楚,眼不见,心不烦,时间会让她淡忘这件事情。

"十一"这天,陈老师寝室门口,木窗缝里插面小五星红旗,纸做的那种,也鲜艳夺目,只是不飘扬。生物老师和校医门口也插了。我家小镇每年"十一"这天,五星红旗每户必插,红、黄绸布裁制,红的旗,黄的五角星,会迎风飘扬。

晚餐之后演出就开始了。早演的原因是水电站的一台机子坏了,只剩另一台发电,电站随时都可能停止供电。饭厅的一头是舞台,两个大灯泡吊在那里,泛出的却是昏黄的光。台下大敞厅里晃动着黑压压的人头。李校长致辞简短。我在幕布后看他就像看"皮影",他情绪激昂,指天戳地的影像我还没看够,他的讲话就结束了。第一个节目是六六级的小弟妹们的大合唱《歌唱祖国》。陈老师报幕时我就站在幕布的一侧,她说话时的甜美气息我都能感受得到。报完幕当她退到与我同在一条线上时,便向我颔首微笑,示意演出开始,我就触电一般,飞快拉开幕布,有如魔术师的大手一挥,内幕的神秘就大白于观众眼前。我一下觉得自己并不渺小并不猥琐,原来也很高大也很自豪。

戏一开演,我就守在那束收拢的幕布边。我不看戏,眼睛只盯住舞台对面角落里的陈老师。李校长黏在那里无话找话说,嘴皮翻得很快,手也不停比画,满脸笑容像鲜花盛开。看见李校长既开心又得意,我恨不得立即拉上幕布,把陈老师催到台前报幕,哪管它一幕剧是否演完。面对夸夸其谈的李校长,陈老师有些心不在焉,一开始她就只是硬撑着勉强附和。她最牵挂的还是我,从一上到舞台,不管在哪个方位,她敏锐的目光很快就能捕捉到我,我要的就是这种特意而丰沛的师生情愫。

《夺印》上场了。牛光宇的粉脸,看着太嫩,怎么也扮不像一个成熟的基层党委书记形象。卢夫恭的阴毒狡猾演得太过,使人觉得张狂得有些明火执仗。"地主婆"始终牵着"何书记"的手转圈子。"何书记吃汤圆"的叫喊如阴鬼叫魂一样怕人。演着演着,敌、我竟在台上眉目传情,飞快地兜圈子,像两团火在台上旋转和燃烧,惹得台下的观众群情沸腾。正当高潮迭起,突然,同学们从大厅的各个廊柱间一拨一拨溜走,等到《夺印》闭幕,台下只端端正正地坐着一个观众。李校长这才如梦初醒般冲到台前,朝台下那个观众喊:"吴校长,学生啦?还演不演?"被称作吴校长的观众响亮地回答:"演!一个观众也要把节目演完。"听着那位陌生的吴校长斩钉截铁的回答,我急忙拉开幕布,当我听见李校长一声"乱了套了!一切都乱了套了",才意识到还未报幕呢。陈老师轻盈而敏捷地几步迈到台前,报出下一个节目的名字。我看见台下的吴校长直朝我微笑。

晚会还是草草地提早结束,因为毕竟台上的人比台下的人多,演员是没有心情演下去的。《逛新城》本来作为压轴戏搁在最后一幕,这样一来,就失去崭露头角的机会。从李校长的脸色看,他心里肯定很不是滋味。当他见到陈老师一脸"演不演无所谓"的样子,就越发难受和生气。我朝陈老师微微一笑,就悄无声息地离开舞台。剩下李校长、陈老师和那最后的唯一的观众吴校长,他们在追查提前散场的原因。

校园里很清静,几乎看不见同学的身影。当我路过老师们那排寝室时,丁老师站在他门前的光影里向我招手。一走进他的寝室就觉得很舒适。窗帘是墨绿色的条绒布,厚实柔软,灯光照在上面沉静而不喧嚣。屋顶吊着一支日光灯,而不像别的老师用的是灯泡。床头的书桌上还有一盏台灯,弥漫着橘黄色的微弱的光焰,温暖的光焰浸润于从头顶洒下的冷色调的白光里,渲染出一片淡淡的云烟,使小小的居室变得神秘而又温馨。奇怪的是屋里没有书架,书桌上靠床头一端,整齐地码着两摞书,全是精装本,每摞六本,一共十二本。枕边还有一本书,夹有书签,也是精装的。靠墙边陈老师安书桌的位置,他放了一张课桌,挨墙的一条腿断了一截,下面垫着十来本平装书籍。桌面铺有一张花格子塑料桌布,桌上放着一台留声机,喇叭擦得铮亮,发着黄铜的光亮。我站着,丁老师也站在留声机前,他对我说:"一支歌唱几年,一部电影演几年,一年出三两本新书,文艺界已经噤若寒蝉,我们的精神食粮比大米还稀缺,业余生活太单调。你知道今晚同学们都去哪里了吗？"见我摇头，他说，"区上放《南征北战》，都看电影去了，真是百看不厌，校园生活枯燥至极。"我说："李校长正在追查不看演出，中途偷跑了的学生。""革命题材的电影，又不是演《天仙配》，他追查谁？"丁老师说罢摇动手柄给留声机上紧发条，然后将一张唱片放在旋转的底盘上，唱针一挨上，一种我闻所未闻的歌声响起来。丁老师开门探头朝外张望一圈，马上将门关好，回身立于屋中，双手做环抱状，脚踏着旋律，就在脚下这块狭窄的地方旋转起来："河边／只有我们两个／星星在笑／风儿在讥／轻轻吹起我的衣角／我们走着／迷失了方向／仅在岸堤河边里／彷徨／世界离去了我们／还是我们把她遗忘……"他眼睛微闭，面带笑容，好像陶醉在一种甜蜜的回味里。女低音舒缓地从唱片上流淌下来，甜甜的，柔柔的，绵绵的，黏黏的，像一条无形的鞭子抽得丁老师如陀螺一样缠绵和旋转。转着转着，肥硕的屁股竟然也扭动起来，我十分惊诧。是魔怔？是舞蹈？像丁老师这样有见识有学识的人，眼前的怪异行为我是难以猜透的。我猛然想起一部电影来，里面的国民党要员搂着女人跳舞的动作与之极其相像，只是他双臂环绕的不知是个什么虚幻之物，不会是想象中的美女吧？难道丁老师过去曾有过这样的经历，他还在追忆和怀念她们？他真的是一个资产阶级知识分子？一曲终了，他长叹一声，停止舞步。当他给留声机再次上好发条，重新换了一张唱片后，响起的歌声又是一番韵味。他不跳了，只静静听。歌的曲调很美妙，但我不喜欢这个女人的歌喉。我想，要是换了陈老师唱出来，可能会余音绕梁三日不绝。丁老师见我已经开始品味歌曲，便说："我有一套老上海的唱片，前一首歌，是陈歌辛词曲、姚莉唱的《苏州河边》。还有吴莺音唱的《我有一段情》，你想不想听？她们都是三四十年代上海滩的红歌星。你们这一代人，井底之蛙，笼中之鸟，没见过世面，我不给你听，你可能这一辈子都无缘饱此耳福。"我说："想听，又怕听。""怕什么？怕欲加之罪，何患无辞？"丁老师问。"我父亲常给我说，要活在当下，要跟着社会走，不要叛逆。"我说完，盯住他的脸看，他脸上明显掠过一丝冷笑。他说："几首缠绵悱恻的歌曲就可以打败一个人，至少可以说这个人没意志、没个性，甚至是没信仰。有些人危言耸听，说吃好点，穿好点，生活舒适一点，就会变坏，就会变色，就会变天。地球西边很多人都在这样活人，但，他们没有灭亡。"他沉默了。背景是如梦如幻的音乐。我也沉默了，我在细细品味他的这段话。它就像隔着一层雾，让人似明白非明白；它就像水中月镜中花，看着美丽，但要触到它，决非可能。如梦如幻的音乐不停流淌，漩涡一样把我包围，我还是越来越感觉到心身的绵软无力。我有些思念陈老师教唱的那些激越昂扬的音乐，它催人奋进，勇往直前，像阳光，像春风，引领我们朝前奔跑……丁老师见我缄默无语，他拿过一张唱片放在我眼前，圆心两边印有很多从未听说的歌名，其中就有《我有一段情》，还有《夜上海》。他说："想听就找我。"就在我犹豫于想听、怕听，点头、摇头之时，突然停电了，屋子一片漆黑。门外响起脚步声。丁老师一把提起唱针，关闭了留声机。丁老师嘀咕了一句："电影散场了。"

走出丁老师的寝室，见到看完电影陆续回来的同学，一个个像是从战场凯旋的英雄，是那样的英姿勃发。而我呢，却沉湎于温柔之乡，犹如一个逃兵。有那么一瞬，我怀疑自己的世界观是不是出现了偏差。

正当我离开舞台去了丁老师寝室的时候，李校长把新来的吴副校长和陈老师叫到一起，追查学生倾巢逃离的原因，当他们得知是区上放电影把学生吸引过去的，且是革命题材的影片，也无可奈何，区公所他哪里得罪得起；学生几个月才能碰上一次看电影的机会，比吃肉还难求，更不忍心责怪他们，就只好作罢。

第十九章

　　吴副校长上午才来报到，一身黄军装，一床军用铺盖卷，一个网兜里套的是脸盆等一些生活用品，上面都打的有部队番号。行李往办公室的角落一扔，就上班了。此时，李校长才记起还没安顿好吴校长。学校没有空余的教师寝室，这一点，李校长心里很清楚。因此，他对吴校长说："你先等一等，容我想想办法。"他沿着老师寝室前的走廊来回踱了两圈，到了丁老师寝室门口，他驻足侧耳听了好一阵。走到一间上了锁的寝室门前，他伸手拽了拽锁，立刻落下许多灰尘。他回自己寝室拿了把钳子出来，对正准备离开的陈老师说："你拿好吴校长的行李跟我来。"陈老师还未走进办公室，吴校长已经提着行李出来了。李校长把那间寝室的门锁撬开，尘封的房间里，一架书，一张床，上面盖着报纸。还有一张课桌，桌上有两瓶蓝墨水，其中一瓶插有一支蘸水笔。他对吴校长说："这个老师去城里教师进修学校进修去了，先让你这个人民功臣在这里委屈一阵子，你的寝室，我尽快想办法。"然后他转头对陈老师说："你帮吴校长收拾收拾。"李校长离开时，手抄在背后，埋着头，步伐沉稳。

　　陈老师帮吴校长收拾好屋子，刚往自己寝室走，就停电了。

　　李校长在路上堵住她，堵在墙的拐角处，旁边还有一棵大树，很阴森。他说："那位吴校长，你认识了。"她说："认识了，怎么？"他说："中印边界反击战下来的，上一年半速成师范，先成老师，再成副校长。"她说："保家卫国，功臣，应该。"他说："吴头上有两道光环，不是平头百姓。"她问："光环？头顶？没看见。"他说："就是金字招牌，看得见的。一道光环是战斗英雄，头里还有小弹片；二道光环是副校长，我的助手。"她"哦"一声，没说话。他又说："是功臣，又是校领导，得单独一间寝室。"他死死盯住她。她说："是得单独一间，当官的嘛。本来就是单独住呀，才安排停当。"他淡淡一笑："吴校长单独了，王老师进修回来住哪里？总不能插在你们两个单身女老师哪一个的寝室里吧？"她恍然大悟："原来如此，你是要把另外两只羊赶到一个圈里，腾出一个圈来呀！"他称赞说："你毕竟很聪明。"她没开腔。他一直和颜悦色，此时也这样。他说："不腾房也可以，可是，我是校长，矛盾就拿在我手上了。"她说："当官的嘛，有事就得担当。"他说："担当了，谁记我的好。"他靠近她，她退一步，脸色变冷："共产党，阶级姐妹，都记你的好。"这一次，他进两步，手搭在她肩上："说得太笼统，具体到你身上就最好。"她肩膀一耸，他的手滑落下去，但另一只手，顺便捏了捏她圆润的胳膊。他说："你记我好，我就会让你好。"她问："好到啥样子？"他回答："你好到啥样子，我就好到啥样子。还可以更好，就看你的了。"她说："我好到鄙视你！"他一惊，嘴张了张，但没话。"鄙视你的人格，鄙视你的权力！"话很重，但他没被激怒，语气仍然平缓："你鄙视我，和我们这个阶级，是你立场有问题。你为啥不爱我，和我们这个阶级？如果我俩结合起来，你就有了质的超越，凡事都会是另一种景象、另一种结果。"她冷静下来，但贴着裤缝的手在抖："我不想思考这样的问题，我也不能思考这样的问题。"她转身要走，动作比较优雅，离失态还有一定距离。他眼神凛洌，像从寒冬穿透过来，直刺她的胸怀。他伸开双臂拦她。她向左去，他就到左边阻拦；她向右去，他就到右边阻拦。他说："今晚，你没有一个态度，我就不让你离开。"她说："你没有理由逼我表态。"他神情十分自负地说："我是领导，这就是理由，也只需这一个理由。"她说："我说过了，我鄙视权力，你怎么敢肯定一个人的头脑和情感会受别人领导？"他不语，沉默之后，他突然说："其实，我是想说，我对你已经很有感情，我非常非常喜欢你，如果有一天见不到你，我心里就感到十分空虚，就坐立不安，痛苦难熬。"他不再强攻，而是软缠。他又说："你若不信，我可以跪誓。"她疑惑："跪誓？"在她还未明白过来时，他已经单腿跪下，右手牵住了她的衣角。我惊愕不已，想冲过去，却又迈不出步伐。陈老师急忙一边向后退，一边往回拽衣服，嘴里连声叫道："别，别，别！"当两手相触时，她犹豫一下。他一把捉住她的几根手指，深情地表白道："我发誓：今生今世我只爱你一个人，如若变心，天打雷劈！发誓人，李追。"他竟流下了眼泪……陈老师往回抽手，仍然不从。李校长紧握不丢，仍然不弃。正在此时，一道手电筒的强光扫过，照亮了树林，照亮了石径，也照亮了树林里石径上这令人惊诧的一幕。随后传来丁老师的喊声："没有电的夜晚，人就变成鬼了！"手电光再次扫过时，只有树和路在夜色里沉寂。

　　"十一"虽然已经过去，但那个夜晚发生的有的事情，却让我想忘也忘不了。李校长求爱的尴尬场景，被丁老师斥之为无电之夜的"人鬼情"，足以使李校长愤怒难当，尽快想办法挽回面子，就是他眼下要做的急迫之事。而恰巧丁老师和我偷听旧唱片，偏偏有人报告了李校长，丁老师的小辫子被他抓住，借此先发制人就是件很容易的事了。丁老师如果有事，我作为偷听黄色歌曲的参与者，也脱不了干系。

果然，次日上午，李校长把我叫到他办公室，直截了当地要我将听到的黄色歌曲的歌名和歌词交代出来。而且还叫陈老师在场，介绍歌曲的时代背景，和对现代青年可能产生的危害。我看一眼陈老师，她坐在那里，不是含胸，而是挺起腰，很有气势。于是，我也准备宁折不弯，无论怎样，决不能出卖丁老师。我执笔写了如下的话："由于留声机和唱片都很陈旧，唱者的口音又和四川方言差距较大，根本听不清歌词内容，唯一的感觉就是曲调舒缓，歌声悠扬，让人如在阳光下行走。"在我书写时，李校长的目光就跟着笔尖走，刚一搁笔，他呵斥道："胡写！黄色歌曲听得人骨头都酥了，还曲调舒缓，歌声悠扬，如在阳光下行走呢，糜烂的东西就是糜烂的东西，你反动！你狡辩！"我见陈老师看过我的"交代"一笑说："其实，二三十年代也有进步歌曲，不能一概否定嘛。"我说："一个懵懂少年，像你说的那些糜烂东西，我知道什么呢？"李校长说："丁老师对你进行的就是资产阶级启蒙教育，你本来就站在悬崖边，一启蒙，你就掉下去了，危险呀！"我明白，他说我本来就站在悬崖边，是指我家庭背景不好，这是我的软肋，任何人点它，我都既疼痛又无话可说。李校长对陈老师说："我没时间闲扯，让伊诗岚配合你，到丁老师那里查清楚歌名和歌词内容。"正在此时，李校长要走出去，丁老师却满脸怒容走进来说："不用找我，听说你要查留声机和唱片，我已经抱到教务室。东西砸烂也好，充公也好，随你的便，只是不要再为难我的学生，还有陈老师。"李校长说："我是一校之长，不想为难任何人，避免师生受资产阶级思想腐蚀，是我的责任。也好，既然你把留声机和唱片交出来，我们一道去看看，究竟它是什么货色。"丁老师道："我已经说过，东西放在教务室了，任你处置，我还有课，恕不奉陪。"丁老师迈出门槛时，满脸涨红，呼吸急促，我是第一次见到他如此恼怒，吓得心脏怦怦直跳。他的脚在门槛上挂了一下，身子猛然一个趔趄，陈老师一把扶住，把他搀下石梯。

我听说丁老师把留声机摔了，那是早上第二节课下课后的事情，他从初三一班的课堂下来，对直去了教务室，举起机子摔在地上，憋了一节课的气，谁也没拦住。我有些惋惜，惋惜留声机，惋惜他为什么未能控制住自己的情绪。但这是他的性格，他宁可亲手毁灭心爱之物，也不容许别人沾染一指头。我搁下碗，便要去看个究竟。

我赶到教务室门前，地上满是风波后的遗迹：留声机崩裂的碎片，胶木唱片破成几块，被踩扁的喇叭。一张纸夹在喇叭口，项均平捡起来看，上书"资产阶级传声筒"。余班长忙说："丁老师自己摔烂的，确实太难听，劳动人民不会喜欢那样的歌。""妄加评论。"有女生出语不凡，我转头一看，是楚楚，她看见我，拨开人群走了。丁老师气惨了，一屁股坐在地上，一直没起来。我和一个同学费了很大的劲才把他搀回寝室。

下午课外活动，我去探望丁老师。轻轻推开门，看见他躺在床上，只露出头，没丝毫反应，估计睡着了。见桌上有个竹壳热水瓶，掂起一摇，空的。从食堂打回一瓶开水，给他放置好，掩门出来，碰见项均平。他怀里抱着拼好的留声机，还有那个变形的喇叭。他说："我给丁老师捡回来，管它能不能用，物归原主吧。"我接过来，把机子放进屋里，重新关好门，和项均平一道离开。

路上遇到陈老师，我抖擞一下精神，整理一遍思绪，抬眼望过去。她迎面走来，对我说："望什么呢？跟我去看丁老师。"我说："丁老师睡着了，我才从他寝室出来。"她说："没事吧？哦，那就不去打扰了。"她刚转身要走，又回头说道："明天下午课外活动，你再找一个同学，一起来帮我搬寝室。"我一怔问："真要把你们两个女老师撑到一间寝室？"她点点头。我对着陈老师的背影，跷起大拇指："宁折不弯！"

次日上午第一节课是语文，走进教室的不是丁老师，而是吴校长。他身着一套泛白的黄军装，腰身挺直，长条脸饱满白净，剃过络腮胡子的下巴显出火焰蓝，更加衬托出他刚强的军人形象。他口齿清楚地说道："同学们，我曾经是军人，我要的是铁的纪律，上课是这样，所有的正规场合都是这样。先说这点要求，现在讲课。"一节课，四十多个学生，昂首挺胸，一个坐姿，风平浪静，鸦雀无声。下课走出教室，几个同学不约而同喊道："好紧张，好累呀！"我也紧张，但不是因课堂纪律约束所致，而是惦记丁老师为什么没来上课。惴惴不安地上着后面的课，但就在第二节课的课间活动，我看见医务室的刘老师，领着一个穿白大褂的男子直奔教师寝室而去。我预感丁老师情况不妙，悄悄尾随而去。李校长正焦急等候在丁老师寝室门口，他们一到，三人进屋就把门关闭了，我贴耳偷听，没有说话声，只有偶尔发出器件触碰桌子的声音。

下午，陈老师告诉我，丁老师"脑中风"，我问："这是什么病？"她说："脑血管堵塞，偏瘫，不能走路，不能说话。"说时流下滴滴眼泪。我说："不会的，他这样的人，病魔见了也要绕道走。"她说："可是，这回病魔真的找上门来了，病来如山倒，丁老师完全变成另外一个人，好可怕，好可怜。"陈老师表现出极度伤痛的样子。我头脑里铮铮直响，我崇拜的偶像转瞬之间便轰然倒塌。他满腹学问、一身正气，他课堂里娓娓道来眉飞色舞的神态，难道瞬间就灰飞烟灭了吗？我的心，好痛啊！恨不得捶胸顿足，大哭一场。陈老师抹去泪水，自语道："我怎么失态了。"她对我说："听说明天要送丁老师回城治病，可能短期内回不了校，吴校长才来，你是语文课代表，要多操点心。"我点头应答："是。"又说，"晚饭后，我和牛光宇来给你搬家。"她说："暂时不搬了，吴校长亲自与我说，他过后想一想办法再定。"

丁老师瘫痪的消息，和着众多痛惜，传遍校园每一个角落。

晚餐的饭厅比往常安静，项均平抱着搪瓷饭盅靠近我，他直截了当告诉我，丁老师是被李校长气瘫的。他说："我大伯，就是和邻居吵架，当场气倒，成了瘫子，在床上躺了两年，就呜呼哀哉了。"我愤慨地说："我为丁老师抱屈，为丁老师鸣不平。"他说："你为他鸣不平？还没告诉你，你在丁老师那里听靡靡之音，你同样犯了错误，听说要处分你。"我一直以为，我被卷入偷听黄色歌曲的事件同学们都不知晓，原来已经满城风雨。但我装腔作势道："我听靡靡之音？谁讲的？造谣中伤嘛！"他说："余班长告的密。"我说："他看见了？！"他说："你跟我使什么劲？你从丁老师寝室出来，他上厕所看见了。"沉默，我再无话可说，真正感到无奈和委屈的原来是自己。

我被勒令写检讨，后面还带个尾巴——视其深刻程度，来决定是否给予记过处分。深刻与否还不是眼镜说了算，他要处分我，再深刻也是肤浅，任何努力都是徒劳，想起来我心生恐惧。陈老师私下对我说，我和丁老师的行为，可能被李校长认定为政治立场问题，如果是这样，其错误，在一所学校，就大于一切。

检讨交上去，深不深刻这个尾巴，一直压得我喘不过气来。

丁老师要送回城里去医病，我一直牵挂这件事，人坐在课堂，心已出去，眼睛还不断向外张望。第二节课是几何，上课不久，校医刘老师把我叫出教室，带至总务室，在那里，我意外地见到尤木鱼，她正在结算运费。我问："送煤？"她点点头，满脸红晕，额头和发际汗津津的，有一种说不出的美丽。她说："才卸完货。"她把我拉到一边，悄声说："你们学校有个老师病重，戴眼镜的校长让我拉回县城。"我说："对呀，教我们语文的丁老师病重，叫你送？"她问："这个丁老师对你好不好？对你好，我就拉，对你不好，我就不拉，让你来见我，就问这事。开始眼镜不准叫，我说不见你就不拉，眼镜急了，只好派老师叫你。"我急忙说："丁老师是个顶好的老师，特别是对我，像父亲一样。"她说："我拉，肯定拉，稳稳当当把他送到县城。"尤木鱼显得很爽快，立即着手，把车板打扫得干干净净，将麻袋一张一张铺上去，还把接头的地方按得平平整整。我抱来丁老师床上的褥子，垫在麻袋上。李校长和刘老师架着丁老师，要往车边搀。可是，丁老师很不情愿地反抗着，病残的躯体直向下坠，两人累得气喘吁吁也没把他拖出寝室门槛。刘老师问他为什么不回城治病，他嘴里支吾着含混不清的谁都听不懂的语言，李校长吼道："再叫几个学生，抬也要把他抬上架子车。"尤木鱼见状劝阻大家不要急躁，她凑近丁老师问："你不愿走，是不是这里还有你放不下心的事情？是，点头；不是，摇头。"丁老师点一点头，抬起未残的右手，做书写状。刘老师让我找来纸笔。我打开一本笔记本，撑在他眼前，将笔递到他手里。丁老师用了他平时数倍的力量和时间，写下一行字，我看了，眼眶瞬间热了，顺手把本子交给刘老师，站立一边。刘老师念道："即便我有罪，也不能株连我的学生。如果要处理伊诗岚，我哪里都不去，就死在学校里。丁昂之亲笔。"李校长听完，沉默了好一阵，然后叫我替换他架住丁老师。他伸手夺过刘老师手里的本子，边写边念："伊诗岚免于处分。李追。"写完念完，反身将本子扔在丁老师的铺上，吼一句"上车"，便扬长而去。我看到丁老师痛楚的脸上闪电似的掠过一丝笑容，但我心里，却怎么也高兴不起来。

我们把丁老师扶上架子车，慢慢放平，盖好被子。我把他的热水瓶和搪瓷盅，吊在架子车的前帮上。尤木鱼安慰我说："我看出来了，他对你有恩。一路上我会仔细照顾他，你对别人不放心，对我还不放心？回去好好念书。"她又将盖在丁老师身上的被子掖了一遍，把自己未穿的袄子也给他掖在脚头，动作细致轻柔。

架子车颠颠簸簸出了校门，丁老师挥起右手，我也缓缓扬起右手，停在头顶，一边在心中诅咒病魔残忍，嘴里一边轻轻呼唤健康早日降临丁老师头上。尤木鱼回头看我一眼，我的泪水终于奔涌而出，泪光中，我看到远去的架子车正行进在痛苦的旅程上。当我回转身，陈老师和袁小圆含泪呆立在我身后，她们身后，还有一群神色凝重的送别的师生。

虽然逃过处分，但还是没有消除"留声机"事件罩在我心头的阴影。丁老师离校不到一周，他寝室门框上钉了一块"小资情调俱乐部"的牌子。屋子里展示着粗略拼凑起来的留声机和唱片。留声机的喇叭口依然贴一张"资产阶级传声筒"的纸条，粘唱片的白纸板上列出许多首像《夜上海》《苏州河边》《我有一段情》这样的旧上海歌名。墙壁上贴着"前言"："此为反面教材基地，白专教师和白专学生曾在这里享受极富资产阶级情调的旧歌曲，传授颓废堕落的'柳摆舞'。我们应引以为戒，对其进行严厉批判和奋勇还击，争做一名无产阶级红色接班人。"虽然没有点出丁老师和我的名字，但闻讯赶来参观的师生，对"前言"所指，心里还是明白如镜。于是，他们又一次开始回避我、冷淡我，过去那些对我有几分崇拜的男生女生，现在擦肩而过，也视而不见。更让我苦恼的是，陈老师竟然也不理睬我，无论在课堂，或是在校园相遇，目光瞟都不瞟我一下。我看她，她早已转脸，唯恐避之不及。根据以往的经验，若是别人惹她不开心，再痛苦，再忧虑，见了我，目光都会勇敢地迎上来，还会一下变得有些欣慰。看来，这一次，绝对是我把她伤害了。什么事？搜肠刮肚我也想不起来。

一阵铃声响起，该上晚自习了。放在往常，我会疾步径直走进教室，可是今天不是这样，绕了好几个圈子，几乎把校园所有的路都走遍，我也不知道为什么会这样。学校的饭厅是一座长条形敞房，东头是舞台，西头是一小间库房，里面存放劳动课用的工具，中间安有三十张饭桌。路经饭厅，吴校长正指挥三年级的几个男生清理库房，锄、铲、粪桶都搬到厕所那边去了。窗台上站着陈老师，她在擦洗窗户，看着很卖力，屁股撅过头了。她站得那么高，怎么会看不见我？我心里很生气，看来她是装作看不见，对我什么都不上心、什么都不在乎了，她真的不认我这个弟弟了。我怏怏地从李校长寝室前面走过，门"吱溜"一声打开，卢夫恭扭着腰肢从里面出来，一脸的得意与甜蜜，门又被轻轻关上。她却好像没有看见我，谁也好像没有看见我，在以后，可能谁也不屑再看我一眼了。我眼前一黑，好怕呀！

进入教室，灯光很暗。我抖擞起精神做作业，但眼前总晃动着陈老师卖力擦窗户的影子，晃动着卢夫恭扭动的腰肢。我在心里愤然问自己：今天的女人都怎么了？后来才知道，吴副校长自告奋勇要住饭厅西头的小房间，不用逼迫陈老师腾寝室了。

一天，吴校长把我头学期的两本作文调去看，看完后他很惊讶，晚餐一过就约我一道散步。我们一边走，一边聊。他问："你看过多少文学作品？"我回答："中外名著都看过一些。外国的看得最多的是苏联小说。"他说："比如？"我说："比如《安娜·卡列尼娜》《战争与和平》《复活》《毁灭》《静静的顿河》《青年近卫军》。"他略为沉思了一下，问："《钢铁是怎样炼成的》呢？还有高尔基的作品？"我说："没看，还看过一些英国、法国作家的作品。"他说："奥斯特洛夫斯基的《钢铁是怎样炼成的》一定要看，作为进步青年，是必读书。"我说："好，先把其他书搁一搁，明天就去图书室借。"他话锋一转，盯着我说："听说丁老师很有才学，也喜欢你，你们交流的知识面是不是很广泛？"我说："我未涉猎的那些文学范围，他间或给我讲一点，不是经常的。"他问："你们常接触？"我说："他叫，我才去，不好主动打扰他，我敬畏他。"他说："国庆晚上，你和丁老师看见了什么?"问题很突然,我迟疑了一下,不知如何回答。他望我一眼,没等我回答,又说:"人要守得住嘴巴,有人那晚跪地向陈老师求婚,事情被张扬出去了,陈很生气。现在是自由恋爱时代,男女之间可能出现不同的求爱方式,特别一点,摩登一点,我认为没必要大惊小怪。现在令你惊奇的事情,等你到了我这个年龄,就会觉得是正常的了。"近期陈老师突然不理睬我,直到听了吴校长的这番话,我才明白,原来,陈老师以为是我没能管住自己的嘴巴,把当晚看到的情节传播出去了。其实,自从校园里有了国庆夜李、陈之恋的传闻,我既生气,又奇怪,是谁把那个情景说出去的?我当时是很愤怒,正因为义愤才恨而不齿。丁老师虽然喜欢伸张正义、抨击邪恶,但他知廉知耻,诸如男女情事,还是十分避讳,懒得去管。难道除了我俩之外,还有第三双眼睛藏在暗处窥探,将其出卖?现在吴校长特意在我面前提及,我怎么给他解释?我怕越描越黑,只好默不作声,还深深地将头埋下。吴校长见状,便说:"不过事情已经过去,也不要老闷在心里自我责备,你若有什么想法,不妨找陈老师聊一聊。"我点头应允。走了几步,突然想起陈老师书架上就有一本《钢铁是怎样炼成的》,为何不以借书的名义找机会向陈老师表明心迹?

我随吴校长走到饭厅,我们挥手告辞。

本来下午课外活动,若在往常,陈老师不是出去写生,就是邀约几个女生唱歌或闲聊。今天,她却独处寝室,坐在桌前,手里拿本书,却搁于膝盖上,眼睛望着窗外,没有阅读。我进去,她没有丝毫反应,还不如一股风,风吹进去,她可能会眨一眨眼睛。更不如一缕阳光,一缕阳光照射进去,她会伸个懒腰,嘴里快乐地"啊"一声。对她的视而不见,我很伤感,立在她身侧,走也不是,留也不是,十分尴尬。但我还是厚起脸皮赖着没走,拿眼睛偷偷循着书架里的书脊,寻找那本《钢铁是怎样炼成的》。"全校都知道李校长跪着向我求婚,还是在黑夜。"她终于说话了,我转过头,看见泪水已经从那双好看的大眼睛里滚出来,顺脸颊往下流,犹如晨露从花瓣上坠落。我的心一下颤抖起来,隐隐生疼。这种感觉曾经有过,是在姐姐伤心落泪时,但痛没有刺得这么深。她慢慢将视线从窗外移回来,她看着我。泪未再流,泪痕尚在。她说:"我知道你怨恨他,但不能因为这个而伤及我呀!有个成语叫'投鼠忌器',意思是投物打老鼠时,又担心会伤及旁边的器皿,我就是那易碎的器皿呀。你只管报复他,难道你一点都不顾惜我?"我委屈,我沮丧,我哽咽着泪流满面。我本想沉稳,我本想担当,本想把不作任何解释当成最明智的选择。但在陈老师身上,我不愿这样做,不能让她对我产生半点恶感,不能让无端飘来的乌云遮住我给她的灿烂阳光。于是,我一边从书架抽出《钢铁是怎样炼成的》,一边走到她对面说:"不要以为只有我和丁老师看见了你们,谁能保证没有第三双眼睛就在你们背后?丁老师是爱护你的,我是你弟弟,我是尊重你的,我们都不会做出使你难堪的事情,也不愿意让任何人伤害你。尤其是我,我心中的姐弟情,比泰山还重,比大海还深。如果你不相信,你就用心地恨吧!"因为怨气,语言异常生硬。她察觉出来,似乎也明白了什么,她站起来,用手摸着我头,好一阵才说:"书,你拿去好好看吧,奥斯特洛夫斯基有一种精神,也许你用得着。至于我和李校长的传闻,无论是怎样声张出去的,我都不该迁怒于你。"正在此时,项均平叫一声"报告"随即闯进来。陈老师问他有什么事,他说等我走了他才说。我一听,很快跨出陈老师的寝室门。走出很远,听见陈老师朝我喊道:"对不起——伊诗岚同学!"我知道了,这一段时间,我替项均平背了黑锅。

第二十章

深秋的天气，一日凉似一日，校园里的各色菊花已经开始凋零，一种清冷、孤独便弥漫开来。春华秋实，对于许多人来说，秋天是收获的季节，应该是期待、拥有和充实才对，而于我却截然相反，这是我心里暗淡的缘故。近几天，我和陈老师的误会才解除、才过去，心情刚刚好起来，一件已经不复存在的事件又重新被李校长捡起来，随即，沮丧和惶恐同时降临在我头上。

一天，校园里来了两个陌生人。一个女人，四十多岁，身体瘦弱，面无一丝血色，肌肉僵滞。齐颈的剪发，清爽而明亮，熨帖地盖在头上，把脸遮成狭长的一条。着一身原本是蓝色而被洗成灰白的小翻领女装。脚上带襻的布鞋，也是灰白色。从头到脚，水漂过的一样明丽。在她身后，站着个男人，怀抱扁担绳索，绳索挽成一团，挂在扁担上。他勾着头，眼睛死死盯住脚底那双新草鞋。女人要找李校长，她既不去校长办公室，又不坐在身旁的石凳上，而是立在那里一动不动地等候着。李校长径直来到她面前问："找我？"她说："你是李追李校长？"李校长没正面回答，只点点头。她说："我是丁昂之的妻子，丁昂之彻底瘫痪了，医生说，他不可能再工作，我来搬他的东西。"她苍白的脸上有几分男人般的刚毅。李校长只轻微咧嘴一笑。她的眼睛一直看着李校长。她又说："我已履行相关手续，县文教局说，丁昂之病退的批文很快就会下到你们学校。"李校长没说一个字，差人把她带往丁老师的寝室，他就离开了。

丁师母进校门，我们正在旁边的操场上体育课，她去丁老师寝室，我偷空也跟了去。寝室不大，除去几捆书，其余的生活用品也不多。挑夫很快收拾停当，正好捆了一担。担子挑出来，扁担闪悠悠的，挑夫敏捷地把担子挑到寝室前的空地上等候丁师母。丁师母室内室外看了一遍。挂在门口的"小资情调俱乐部"的牌子碰歪了，她重新挂正。室内墙上贴的"前言"被扁担蹭落一只角，她仔细粘好，还认真读了一遍。她又用鸡毛掸子将桌上的展品掸去灰尘，除去已经破烂不堪的留声机，还有几本书。她拿起一本，是《金瓶梅词话》，翻翻放下，再拿起一本，是《红楼梦》，她没翻就随手放下。她是不是心里在想，这些淫书作为反面教材，最恰当不过了？最后，她把屋子打扫干净，关门挂上锁，步下石梯，她前脚走，挑夫在后面跟。才走几步，她看见我追着他们看，立即反身回到门口，"咔嚓"一声碰上锁，然后双手拢了拢脸颊两边的头发走了。

丁老师永远回不了学校了，我为此伤感了好一阵。可是，更伤感的事情还在后头。就在丁师母走后第二天，那是个周五，李校长主持校务会，决定了两项事。一是我参与"小资情调俱乐部"的活动，处分还是必须的。二是陈老师的寝室要腾，吴校长不能住工具间，这事须由学校主要领导说了算。吴校长在会上提出反对意见，他说："丁老师走那天，你当面答应他不处分伊诗岚，现在怎么能出尔反尔？"李校长说："当时是为丁老师好，以免活活气死他，答应他，那是个策略。处分一个人，是为了挽救他，该处分而不处分，那是放纵，是害人，他今后会犯更大的错误。"吴校长说："他是学生，真正为他好，应以教育为主，动辄处分，弄不好要毁掉一个人。如果丁老师在，你还处分他吗？"李校长坚决地说："我说了，那是策略，就是丁老师在，适当时候，也会处分伊诗岚。我这个人，原则性很强，比如你的住房，我定过，就不会更改，明天就把房调配好，陈佩缇搬出，你搬进。如果她不愿和另一个女老师合住，她就到那个'小资情调俱乐部'搭身铺，要单住就住那里，有小资情调嘛！"吴校长满脸涨红，气愤地丢下一句话便走了："权术！"

当天下午吃过晚饭，我们班被吴校长召集到操场，他亲自指挥我们列队练操。有趣的是，边练还边唱一支雄壮的歌曲："我是一个兵，来自老百姓，打倒日本侵略者，消灭蒋匪军……我是一个兵，为国为人民，革命战争考验了我，意志更坚定……"越唱，越是觉得周身劲头倍增，有了天不怕地不怕的气概。操练几圈，后来索性站成队列立定唱。接着，又唱了一支《真是乐死人》。球场上聚集了黑压压的人群，情不自禁跟进来高歌的同学各个年级都有。一座学校转瞬间俨然一座军营。陈老师对吴校长说："好长时间没这样开心过，真正是乐死人啊！"吴校长"啪"的一声立正，向陈老师行了一个标准的军礼："报告首长，我们打了一个大胜仗！"全场的人都笑了，欢呼声四起，真有凯旋的恢弘气势。

李校长说，吴校长球场练兵是在向他示威。还说，自己意志坚如磐石，即便兵临城下，也不投降！搬，统统按他的决定搬！

很快，陈老师搬进另一个女老师的寝室，吴校长搬进陈老师的寝室，一切都按李校长的意图处理妥当。一天，李校长把陈老师叫到他办公室，客气地让她坐下，还倒了一杯开水轻轻放在她面前。陈老师微微往远处推了推杯子说："我不渴，还是省一点吧，你难得自己打开水。"李校长说："还生我气？我不介意。今天叫你来，是告诉你，学校准备处分伊诗岚，想听听你的意见。"陈老师说："我在学校无一官半职，为什么要听我的意见？""因为你是班主任，他是你班的学生。""就是说，我还应负教育管理不严和失察的连带责任？"陈老师说。"严格说，是应该的，但就不追究你的责任了，听黄色歌曲和跳'柳摆舞'不是发生在丁老师寝室吗？他该罪加一等，可惜，因祸得福，他逃脱了。"李校长似乎有点惋惜，他冷笑一声又说："呵呵，你还没回答我的问题呢。"陈老师说："不该我回答这个问题，硬要我说，我的意见就是没造成不良影响，不能处分他。"李校长笑了："你是说，他们还未来得及扩散，没有第三者中毒？"陈老师点点头。"好！这也是一种意见，我记下了。"李校长合上笔记本，"你可以走了。"

当陈老师把这个消息告诉我时，我紧张得心狂跳不已。这个夜晚，我深陷恐怖的噩梦之中：掉下万丈悬崖，巨石从头顶飞过，被魔鬼追赶，噩梦一个接一个，吓出一身又一身冷汗，清早醒来，内衣湿透，头发贴在额头，差一点就像落汤鸡。牛光宇见我，讥笑道："昨晚绘地图了？肯定还绘江河澎湃，不亦乐乎。周三加餐白加了，油水全跑光。"我一听，鼻子一酸，两行泪水流出来。我头一埋，他未察觉，我自顾洗漱去了。

忧心忡忡度过一周，是剐是杀毫无信息。到了周日，我心一横：担心和忧愁太折磨人，什么也别想，听天由命吧！

一天下午课外活动，我在教室看了几页小说出来，见楚楚站在走廊尽头，对视着我，有径直冲过来的迹象。她们二班的教室就在我身后，我们教室隔壁。走廊里很清静，没有多余的人，我急忙转身朝后走，想绕到教室的另一边去。但她还是从反向截住我，脸板得平平的，不动声色，手直指我鼻子说："你……你们，就是你们。偷看。"我面对她突如其来的举动惊恐得不知所措，什么也不好说，什么也不敢说，木讷着只想几步超过去。我往前走，她往后退，指我的手臂始终没有放下来，有决不放过我的意思。正在我难堪不已尴尬不已的时候，远处传来脚步声，她立刻埋下头从我身边走过去，像什么事情也没发生。虽然她已离去，刚才的情境也没谁看见，但我悬着的心久久放不下来，可以肯定，河岸洗澡她看清我们是确定无疑的了。她为什么不愤慨、不揭发，她在等待什么？这种猫逮住老鼠不吃逗着玩的游戏，最终会把我逼疯的。

教代数的秦老师，他的课堂最安静，我们都唯恐听漏一个问题，没有人敢打晃眼。牛光宇时常说，靠课堂知识吃不饱，不论哪门课，只要第一节新课老师稍稍点拨，后面的内容都能融会贯通。再去用功听讲，他说，那简直是浪费时光。秦老师不信，学生们极度缺乏营养滋润的大脑，已经锈迹斑斑，多好的天分，也会打几成折扣，也是有限度的。他暗地观察，牛光宇上课，头始终勾着，近到眼前，桌面和桌柜，没有课外的东西。他继续讲，他继续勾头，再去，再扑空。其他科的老师，也有相同发现。李校长得知，细细回忆他上的所有政治课，没有此事。自忖：政治课，他不敢乱来，聪明。一日，上代数课，李校长悄悄至教室窥探，见牛光宇确实老勾着头。一步跨入，桌上桌柜搜尽，无意外收获。出教室走了几步，略微思考，一拍脑袋，又反身回来，伸手从桌柜底下摸出一本厚书。再接再厉，"哧啦"一声，扯出一条布兜，布兜绷在桌柜底板下，书就插在那里面。书很厚，包皮上手书《红岩》，撕开，里面却是《西厢记》。李校长气极，奋力将书拌在课桌上，桌子颤抖几下。李校长揪住牛光宇衣领，书和主人，一起被拧出教室。他大声吼道："你这是打着红旗反红旗！"

我被叫到李校长办公室。牛光宇勾着头，但不再是偷看黄色小说，是垂头丧气，扪心思过。有眼泪流下来，砸在洋灰地面，比雨点还大。李校长令我用美术字写一张条幅：打着红旗反红旗！七字一感叹号，与没收牛光宇穿着《红岩》外衣的《西厢记》贴在一起，陈列到"小资情调俱乐部"，放于《金瓶梅词话》一侧，和淫书并列。抱上《西厢记》，见李校长又转身训斥牛光宇，便偷空翻阅几页，瞬间触动了我的神经，书里即刻传出崔莺莺的味道，张生的味道，也有牛光宇的味道，我不住吞咽口水，嫩喉结悄悄滑动，《西厢记》的无数章节在胸中激荡。余班长突然一声"报告"，我受惊吓，"啪"地合上书，匆匆往外走。

余班长以班委会的名义给学校上书，历数我和牛光宇这样的城镇学生，四体不勤，五谷不分，缺乏劳动锻炼，放松思想改造，追求极端的资产阶级腐朽没落的生活情趣，影响极坏，建议学校严肃处理。

过了一周，教务办和"小资情调俱乐部"门前，分别贴出"通告"。内容是："伊诗岚放松思想改造，参与小资情调俱乐部活动，听靡靡之音，学跳'柳摆舞'；牛光宇受资产阶级思想毒害，上课偷看《西厢记》，伪装红色书籍，打着红旗反红旗。经校务会研究决定，分别给予伊诗岚和牛光宇各记大过处分一次。希望全体师生引以为戒，切勿效仿。特此通告！"

加上项均平之前的记大过处分，现在我们三个城镇男生，背了处分，插了黑旗，一齐沉寂下来。一时间，三个"罪人"成为校园里师生们的谈资，贬责之声，犹如巨石，压得我喘不过气来。主持公道的丁老师走了，爱护我的陈老师日子过得也不顺畅，我绝望了，真想一头撞死在校园的墙头，叫肝胆涂地，以雪冤屈！没有几天，项均平宣告退学，临走他对我说，有过之人，冷眼难看，书无读头，回去帮他父亲看守合营店的铺子，再过两年找个女人过日子算了。我立刻想到头脑灵活、生性聪明、对数学偏爱有加的他，却因记过处分，长时间遭同学歧视，压力太大，在前途无望中退学。我连连摇头，叹息实在太可惜啦！他还告诉我，牛光宇也要走，准备转学，接收的学校他父亲都联系好了。听到这些，我心里撕裂般疼痛，头脑里轰然一声，像燃烧成了一个空壳，木木的，什么思想、智慧、记忆都没有了，嘴里直喊："逃跑了！都逃跑了！扔下我都逃跑了！"留下我一人，孤独、痛苦、卑怯、憋屈、忧郁，都快疯了！我像小偷一样，羞于见人，躲着大家的视线，潜入图书室，一气借了十本书，又像小偷一样潜回寝室，钻进蚊帐，我用一个本子的纸，一页一页，把帐子向外的三方贴满，自己潜伏进去，开始了无度的忘形的最黑暗的阅读。我知道，"书痴"的毛病又犯了。

　　课堂无我人影，第一天没人在意，以为我因事请假。第二天吴校长上语文课，朗读我的一首诗，受处分前写的，准备用在墙报上。他朗读道："并不遥远的远方，生长着一片森林，重叠起伏的树冠，有如大海的波浪。我是一只无名的小鸟，穿行在林间，犹如鱼儿追逐着优美的浪花，带着梦想去远航。并不遥远的远方，生长着一片森林，青翠挺拔的树木，那是建造广厦的栋梁。我是一粒种子，随风飘落森林一角，萌芽在湿润的土壤，迎着树缝的阳光悄悄成长。"朗诵完叫我名字，才发觉座位空着。他伫立良久，说："这首诗，写的是一个人对明天的向往，但愿，小鸟能够高飞，小树能够成材。这首诗，我一个字也未改动。"

　　陈老师掀开蚊帐，我正面墙读书，没有理她。床头还有几根没吃完的生红苕被她看见，里面夹杂苕蒂。我听见她在悄声数，数完她对着我的背影说："六个苕蒂，也就是说，两天吃了六根红苕，一餐一根。还有九根，这么说，你还准备旷三天课？"我没出声，闷着。她又说："有委屈，有怨恨，就不上课？你这是被彻底打败，自我认输！"我一惊，我被彻底打败了吗？我自我认输了吗？是呀，不上课便不是学生，还没被彻底打败吗？没有人剥夺我上课的权利，这不是自我认输吗？心里顿生几分羞愧，慢慢起身，却见陈老师一脸泪珠。瞬时，心因羞愧而刺痛，立即跳下床铺，垂头呆立不语。她见我察觉到她的失态，便掏出手绢别过脸拭泪。此时，余班长来了，明明平时进寝室没有敲门的习惯，他却连敲四下。门是敲开的，估计他眼尖，一到门口就瞄见屋里的陈老师，进来还故作惊奇说："陈老师也在？"陈老师点头应了。他直接对她说道："陈老师，李校长让伊诗岚明天去上课，再不去，他说就是抗拒处分。"本来是他代表李校长直接向我宣布，但见陈老师在场，碍于陈老师面子，就把趾高气扬地对我宣布，变成和颜悦色地向陈老师转达，这就是一个聪明人的随机应变。陈老师说："抗拒？用词不当。他正在给我说明天去上课的事，明天上呢，你去吧。"余班长乜斜陈老师一眼，又对我投以一个得意的微笑才离开。我自言道："本来就是抗拒处分，不公道，就要抗拒，我再老实，也不能甘受这样的冤枉。"她说："我不赞同'人在屋檐下，不得不低头'这样的话，可是，现实是残酷的，有的事，你不低头，一定是过不去的，我体会太深刻了。"我说："其他任何事情，我是不会屈服的，但为了上学，为了读书，我屈服。不过，这本书还有三章没看，我下午必须抓紧时间把它看完。期限不是明天嘛。"她说："不许再吃生红薯，马上把晚饭准备好送到食堂去。"我说："没时间准备晚餐了，吃熟的还是从明早起吧，一切从明天开始！"她说："争分夺秒，你也太迷书了。"陈老师走出寝室，我就听到李校长和她说话。"他不上课，躲在寝室做什么？"李校长问。陈老师说："睡觉。不是受了处分吗？情绪低落生闷气。"李校长说："我看是不服气。这个学生平时看起来文质彬彬，想不到还很厉害，敢跟我叫板，用罢课威胁我，嘁！"陈老师说："你也不要嘁，他哪敢抗拒你，明天就去上课。"说话声渐远，听清他最后一句是："他再罢一天课试试！"我一脚踢开被子，嚷道："试试就试试，怕你把我生吞活剥了？"其实，我很害怕，知道他已走远，才放胆一怒，这"精神胜利法"也掩饰不住内心的可怜和悲哀。

罢课后头一次坐进课堂，我的视线掠过牛光宇和项均平的空座，孤独与悲凉猛然袭上心来。这样的触景生情，在之后好长一段时间里，上午的头一节课，我都会遭遇到。

六五级一班，一次走了两个尖子生，一个语文，一个数学。其在年级的往日优势已经削弱，陈老师有些忧心忡忡。一次她对我说："牛光宇转学，项均平退学，你再像过街老鼠一样凡事躲躲闪闪，不愿上台面，今后我的工作还怎么做？"我对她说："记过处分对我伤害太重，它可能就此了结我的读书生涯，我心里很悲痛。过去的体面不复存在，做人的姿态来了个一百八十度大转弯，变成班上卑微的末等公民。这段时间老在想，期待实现的梦想如果破灭，人生的轨迹如果发生逆转，人生的前景黯淡无光，我就会像我的那些老街坊一样，生在小街，活在小街，死在小街，比一只蹲在墙角的狗，成天望着路人好不了多少。你说我像过街老鼠，一点也没冤枉我，走在校园里，我时时都在想，如果遇见老鼠洞，真想一头钻进去不再出来。"其实我早已泪流满面，却麻木得一点也没感觉到。我没有心思拭去泪水，又说："过去的日子总是阳光明媚，见不到一点阴暗角落。我沐浴在你的阳光里，沐浴在老校长的阳光里，沐浴在袁小圆、牛光宇、项均平的阳光里，沐浴在好多好多同学的阳光里，我灿烂无比。后来，阳光一天比一天暗淡，我心里的温暖一天比一天减少，直到终究步入灰暗人生的今天，我彻底寒心了。现在，谁也温暖不了我，包括你，还有袁小圆。既然谁也温暖不了，我要活得任性一些，活得放荡一些。我这条激流，不再流到一口别人为我修好的池塘里，而是要让它冲出一条自由的河床。"她说："你想要的自由河床在哪里？学校没有，社会没有，到处都不会有。你还不是一个破罐子，没到破罐子破摔的时候。"我说："只要我背着处分，大家都完美无缺，我就是一个破罐子，破到底，没用了！我谁也不顾了，我要放任自流，如果上不了学，我真想犯罪呀！"她说："你别歇斯底里。人做到底层，也不可成为阶下囚。那你为什么还拼命看书？钻在蚊帐里两天不出来地拼命看书，不吃不喝，真有点卧薪尝胆的味道。"我说："再给你歇斯底里一次，人在，书必读；肉身不在，灵魂在，书必读。"她说："你别说了，什么肉身、灵魂，瘆人，吓死我了。"又说，"只希望你回到原来的高度。"我说："回不去了，别人已经成为高山。再说，就是回得去，过去的光环已经变成现在的紧箍儿，不但不耀眼了，反而是谁个看我不顺眼，都可以念我的紧箍咒。"她说："不可消沉，不可自暴自弃，明年夏天就毕业了，不管什么情况，把书好好念下去吧，善始善终，扎扎实实学好知识。"我说："你的处境也不好，在别人的虎视眈眈之下，你越安慰我，我却越害怕越担忧你会发生什么事情。"她说："我毕竟是老师，人民教师呀，高尚的职业，别人不会把我怎样的。"我看到她自豪地然而又是苦涩地笑了一下，察觉自己的话触到了她的隐痛，正想换个话题，让她和我自己都振作起来，却见她朝我身后努努嘴，说："有人来了。"我问："谁？"她说："好像是你的女街坊。"我转过身，尤木鱼已经走到跟前。

尤木鱼眼神飘忽，一把将我拉到一边，却又自顾从肩后捋过头发，编起辫子来，眼睛斜视着我不说话。好一阵，她才问道："你猜，我要告诉你什么？"我说："你又给学校拉煤了？"她嘟起嘴，似娇，又似羞，最后瞪我一眼说："就晓得拉煤，那以后我给别的单位拉，不给你们学校拉了，不让你见到我，免得一见到我就只晓得拉煤，拉煤！"她说话一脸娇媚，嗲得非常可爱，我心里还真的颤了一下，但嘴里却说："见不到就不见，"顿了一下，又说，"除非你和我不再是街坊了。""这就对了，你就是个乖兄弟。"她一掌拍在我肩上，快乐得如淘气的小孩子。我回头不见陈老师，她已经走了。她嘀咕一句："老师姐姐走了，还不去追？"我问："你到底要告诉我什么？"她说："我说了，你不要难过。"我心里一惊，莫非家里有什么事？便催促道："快说。"她说："屠户坐牢了。"本来我心里就很惊慌，听她这么一说，我十分痛楚地问道："为什么？万哥是好人，他坐牢，你应该难过才对。"她说:"再没人打我了。街上的人都说他是好人,都有些难过,我才让你不要难过的。"她又说:"给我和屠户保媒的那个收肠衣的农民,每次少报半斤账,占公家便宜,'四清'工作队来了,那个人坦白交代了,给他和我男人一共算了三百多块钱,政府说屠户和收肠衣的一同贪污,各判了四年。"直到这时,她眼里才噙上了泪花。我说:"万大哥不在,你一个人又管牛,又拉车,太累太苦了。"她说:"不苦不累,快乐着呢!"她不好意思地笑笑,眼眶还是红的,又重复道,"再没人打我了,现在好了,我解放了。"她把我带到架子车边,从一个布口袋里掏出一本书,一封点心,然后告诉我,点心是买给我补身体的,书是在校园边的林子里捡的,知道我爱书,就捡来了。都是稀罕物,我痛快收下,对她咧嘴一笑,算是致谢。车尾放着个麻袋,黄牛在安静地吃着里面的草料。寸长的谷草拌的麸皮,牛吃得很香,自愧无牛之饥不择食的吃苦精神,我不禁摇头一叹。她见我看牛吃草料看得发呆,就说:"别看它是吃草的,心眼比人好,从它跟了我以后,我才知道。过去冤枉它了,只觉得风里雨里割草喂它,每天清晨屠户还挺在床上,就吼我起来牵它到河边饮水,晚上也要摸黑饮一次,烦死我了,怪牛给我带来苦运,就经常偷着打它、欺负它,现在想起来真后悔,在心里赌咒发誓不再亏待它。"我说:"动物也是有感情的,而且特别真诚,牛和狗做得最好。"她冷笑着斜我一眼说:"就是,有的人你把心掏出来摆在他面前,他还装起看不见,真不如我的牛。"我脸一红,埋下头。她说:"你别脸红,我没说你,说的别人。"随即从车架底下取出一个"乌龟"壶交给我说:"去你们厨房灌一壶凉水我路上喝。"我把书和点心封放下,小跑着朝食堂去。快到食堂碰见陈老师,问我慌慌张张有什么事,我告诉了她。她拿过水壶回寝室倒了满满一壶开水,叫我别烫着了,赶快给尤木鱼送去。我把一壶开水挂在她车子上,说:"一满壶开水,陈老师给的。"她听了朝校园方向望去,半天没眨眼,眼眶有些泛红。

她架好车,要走了,叫我也赶快回教室看书。她让我把书揣在裤兜里,又亲手将点心封塞在我左腋下,让我夹紧,然后说:"你们陈老师不高兴我来找你,女人都心眼小。可她毕竟是个好人,跟她好好念书。点心掖好,别让人看见,一个人偷着吃。"我心里忍了几下没忍住,呜咽着难受得迈不动步,耳里充满架子车轮碾过石子马路的沉闷的呻吟……不知为什么,心里却生出一种莫名的力量。

打开尤姐捡来的那本书,是在晚饭后的课外活动时,我躲藏在一棵香樟树下。这是一本巴金著的爱情三部曲《雾》《雨》《电》合订本。翻开封面,扉页上却抄有一首徐志摩的诗《再别康桥》,钢笔字工整漂亮,跟书里一样同为繁体字。我在末尾的书页里发现夹有一张纸条,上书:"兄:原来天下还有这样的书!我已经很懂得你，看过它，更懂你。妹。"抽开纸条，封底的空白处，注有这样几行字："这本书，为同村一老者临终所赠书籍之一。老者独身，从大地方来，不知为何，晚景凄凉，没能善终。一九六〇年九月于老屋牛肋巴窗下。"还没从兄与妹的迷雾里走出来，又进入客死异乡的老人和牛肋巴窗下注释者间有何相干的疑惑。兄与妹缠绵，谁是兄？妹在哪？思考再三，我在心里告诉自己：兄，就是书的持有者，也是那位坐在牛肋巴窗子下写注脚的人；妹，毫无疑问，便是字条书写者，也是借书的人。书，肯定是从她手里丢失的。这两个人，必定就在我们校园之内，不在老师间，便在学生间。既以兄妹相称，更大可能是在师生之间。我依稀觉得，纸条上的字迹，很像我们班的一同学写的，如果真是她的字条，那么，毫无疑问，"哥"也就在我们身边。

第二天，头节语文课，吴校长走进教室，例行的"起立"礼之后，同学们一坐定，他就宣布："同学们，从今天开始，我就是你们班的班主任。虽然陈老师不带这个班了，但你们朝夕相处两年多，请永远记住她。"我听后，心里难过得差点哭出来。我强忍住不让感情表露在脸上，便低下了头。即便在课堂上，我也在头脑里飞快地回忆和陈老师相处的分分秒秒。从我报到遇见的第一眼，到之后那许多刻骨铭心的情节和场景，无一遗漏地清晰地闪现出来。直到下课铃响，我抬起头来，正碰上吴校长和我对视的目光，停留了那么几秒钟，他才浓眉紧蹙，脸色凝重地离开教室。

第三节上音乐课，预备铃一响，卢夫恭匆忙与一男生凑在教室角落耳语，脸上的表情显得冷漠和傲慢。按照惯例，首先要抽两名同学复习前一堂课教唱的歌，陈老师点了我和袁小圆的名，我俩站在脚踏风琴旁，面朝大家，在她的伴奏下，我们唱道："五星红旗迎风飘扬／胜利歌声多么响亮／歌唱我们亲爱的祖国／从今走向繁荣富强……"歌声一落，陈老师高声说道："好！"接着就教新歌《社员都是向阳花》。她先念歌词，再试唱一遍，然后教唱："公社是根长青藤／社员都是藤上的瓜／瓜儿连着藤／藤儿牵着瓜／藤儿越肥瓜越甜／藤儿越壮瓜越大——"就在此时，坐在前排和卢夫恭窃窃私语过的那个同学，蹙着鼻子转着头嗅个不停。嗅着嗅着，就手指陈老师断断续续语不成句说："你……你身上散……散发香风闷人，香风毒雾闷死人。"随即卢夫恭起身带头嚷起来，一面用手扇鼻子，一面说："雪花膏气味太重！雪花膏气味太重！"有同学跟着起哄。陈老师急忙拿教棍敲敲讲台，镇静地说："同学们，集中精力上课吧！"余班长走上讲台，对陈老师说："我们都是公社社员的儿子，成天闻到的都是劳动的汗香味，也就是说，闻惯了汗香味、泥土香味，雪花膏，一股狐臊味，臭死人，一闻，就晕！"余班长气势逼人,失却学生的身份,没有了学生的模样,使陈老师既尴尬又无奈。我急忙给袁小圆使眼色,袁小圆身手敏捷地从卢夫恭的课桌柜里摸出一只贝壳,递到她眼前说:"这是什么?"卢夫恭很冷静地回答:"蚌壳油。它不是香脂,是治皮肤皲裂用的。"袁小圆打开那盒蚌壳油,送到余班长鼻子下:"你闻闻,到底是香脂还是蚌壳油?"我也挤过去,嗅一嗅,身子立刻一倾,做晕倒状:"好香呀!熏死我了。"余班长一把推开蚌壳油,怒视卢夫恭:"臭味相投,一丘之貉!"她辩解道:"这确实不是资产阶级用的香脂,确实是劳动人民用的蚌壳油。"袁小圆将盒子巡了一周,大家"哟呀"一声,喊道:"香死我啦!晕呀!晕呀!"我趁机说:"李校长说《西厢记》包《红岩》书皮,是打着红旗反红旗,你也一样,蚌壳油盒子装香脂,是扯着劳动人民旗号反劳动人民。"有人鼓掌,我和袁小圆相视一笑。余班长和卢夫恭此时都悻悻地回到自己的座位上。就在我们为雪花膏争论不休的空隙里,陈老师已经将《社员都是向阳花》的词和曲抄在黑板上。随着教棍往黑板上一点,响声起,大家的目光一齐投向歌谱。此时的陈老师兴致很高,她教一句,我们跟着唱一句:"公社是根长青藤/社员都是藤上的瓜……"仿佛,歌声飘起时,我们都真切感到了劳动者的汗香和小资产阶级的雪花膏的幽香融合在一起,也随之飘升,弥漫开来。

  下午我去语文教组取作业本,见每张办公桌上都放着几盒蚌壳油,还看到了"百雀羚",一种气味清醇的香脂。我猜测,音乐课堂上的雪花膏事件,已经在全校掀起轩然大波,正荡涤着每个角落的香风毒雾,那些身上揣有润肤品的同学,纷纷忍痛割爱,将东西主动送到老师的办公桌上。出办公室,和我擦肩而过的一个别班的女生,也将一个小圆铁盒搁在进门口的桌子上。我望了一眼,盒盖标有"万金油"字样,我心里一惊:这也算香脂?

  晚饭后,我抱了《钢铁是怎样炼成的》去树林里看,抬头望见吴校长立于草坡凝思远眺,势头仍不失军人风范。我想,这种气质的造就,除了更多地得益于军队的锤炼,可能与他读过《钢铁是怎样炼成的》也有一定的关系。因此,我在心里告诉自己:社会经历和书本知识,可以成就一个人的一生。正走着,思考着,一缕轻微的却是很清晰的声音传来,有个女生在朗诵诗歌:"轻轻的我走了/正如我轻轻的来/我轻轻的招手/作别西天的云彩/那河畔的金柳/是夕阳中的新娘/波光里的艳影/在我的心头荡漾……"我在心里惊呼道:再别康桥!再别康桥呀!谁吟的呀?仔细辨别声音,更透过树林缝隙,我看见卢夫恭一边吟诵,一边漫步林间小径,其浪漫与悠闲毫不逊色于我,为我所倾慕——因为这种情趣,今天已离我而去。此刻,我记起那本拾来的书,扉页上那首让我惊奇与稀罕的手抄的《再别康桥》，难道，她，真是字条末尾落款的那个"妹"？谁又是"哥"呢？吟诵还在继续："但我不能放歌／悄悄是别离的笙箫／夏虫也为我沉默／沉默是今晚的康桥……悄悄的我走了／正如我悄悄的来／我挥一挥衣袖／不带走一片云彩。"此时，我才看见李校长就在她身旁，神态自若背着手傍肩而行。他们轻声的对话时断时续传过来。"书找到没有？"他问。"没，怎么，你要追查我的责任？"她反问道。"丢了就丢了吧，捡到的人敢拿出来看，我没收回来就是了，还可以给他定条罪名。"他说。卢夫恭嘀咕一句什么，我没听清楚。他们走远了，什么都听不见了。我想起陈老师给吴校长擦窗子那个傍晚，我亲眼看见卢夫恭从李校长寝室走出来那悠然自得的样子。怪不得卢夫恭和牛光宇夜泳没受处分；怪不得李校长对陈老师越来越狠毒，原来他已经舍"陈"追"卢"。我捡起一块石头向远处掷去，石头带着尖厉的风声穿透片片树叶斜刺下去，随即旷野里传出"哎哟"一声嚎叫。

我跑出树林，心就差一点跳出心房。但我还是发狠对自己说：一个处分与两个处分是一样，我不怕犯错误了！我没感觉到身后有人，却被人一把拽住，扭头见是吴校长，他问："见识到军人的敏捷没有？"我惊魂未定地望着他，只顾点头，什么话也说不出来。他又问："你跑什么？"我镇静下来，指向树林说："刚才树林里有动静，吓的。"他说："是吗？"拔腿就冲进去，估计上了战场就是这个样子。树林里"唰唰"地响过一阵，他奔跑回来说："没什么，只是有人受了点轻伤。"我问："谁？怎么伤的？"他望着远山，若有所思地摇摇头，什么也未说，随即引颈抒发道："山／你的阔大的巉岩／像是绝海的惊涛／忽地飞来／凌空不动／在沉默的承受／日月与云霞拥戴的光豪／更有万千星斗／错落在你的胸怀／诉说隐奥／蕴藏在岩石的核心与崔嵬的天外！"我听完感叹道："没读过，好豪迈，好有气魄啊！你写的？"他笑了："不，是徐志摩的诗《泰山》。"我惊喜道："你也喜欢徐志摩的诗？"他说："这首诗，还是在上'速成师范'时，我在学校图书馆的一本书上看到的，觉得很好，就抄下来，时不时读它，就记熟了。"我说："你上师范那所学校，图书馆一定很大，藏书一定非常之多，无论什么珍贵书籍都能借到。"他说："速成师范学习很紧张，除了把本身的课程弄透彻外，没有多少闲暇时间进图书馆。"他从我手里拿过《钢铁是怎样炼成的》，翻了翻问："快看完了？"我说："我看书特别狠，书一上手，就挤时间一口气看完，要不老牵挂着。"我们边走边谈，略微沉思后，他说："这本书我读得很匆忙，理解也肤浅，只记得主人公保尔英勇坚强，百折不挠，那钢铁般的意志，无私奉献的精神，深深打动了我。希望你能仔细读一读，对你今后的成长很有帮助。"我说："战争造就了无数英雄，可惜，我没生在那种年代，如果遇到那个年代，我也会像保尔一样，做一个钢铁般的革命战士。"停了一刻,又道,"很羡慕你,上过战场,听说也受过伤,一身的英雄气概,走到哪里都是值得敬佩的人。"他说:"和平时期也是一种成长环境,国家建设需要知识,需要人才。你们这一代人,将是实现第四个、第五个、第六个,甚至更多个'五年计划'的生力军,希望你们把书读好,多出几个工程师、农艺师、科学家、文学家,当然还有军事家,把祖国建设得更加繁荣富强。"走到一片草地,我们坐下来。他交叉着腿,肘撑在膝上,掌托着两腮,像在思考什么;我伸直腿,反手抱着后脑勺,眼睛望着远方。他突然换了一个姿势,上身朝后倾斜,双手撑在草地上,他说:"据我观察,背上处分后你很消沉,是不是觉得前途暗淡?"我不语,眼睛依然看着远方。他又说:"你要振作起来,勇敢面对现实。悲观是意志不坚强的表现,消沉没有出路。"他靠近我,殷切地问道:"小学毕业的,你们班上有多少个同学?"我回答:"四十个。"他问:"考取初中的有多少?"我回答:"十一个。"他说:"二十九个同学还是少年儿童就回乡当农民了,他们也许再也不可能回到学校。因此,学好知识、造就人才的重任,他们都托付给你们十一个同学了。所以,不管遇到什么困难、什么挫折,都要坚强面对,毫不退缩。努力学习吧,还有高中、还有大学在向你们招手。"他沉默了,过一阵,他说:"我家里那些侄儿侄女,比你大的、比你小的,像你这么大的,坐不到课堂上,都在队上劳动,开始了漫长的农民生涯,与他们比,生活对你还是很公平的。"听了他的宽慰,我只有沉默无语。但又心有不甘地想反驳他:"与他们比,为何不与城里的中学生比?往后看,为什么不往前看?"可这话只在我心里嘀咕,没敢说出来。往回走的路上,他把外套脱了搭在手腕里,上身只穿着衬衣,然后,他对我说:"给你讲一个故事。"像回到讲台,他显得有些激动,"这个故事就发生在我身边,很真实。"他的右手搭在了我的肩上,我感觉到兄弟般的体贴和温暖。他说:"我的一个战友,个子比我高五寸,年龄比我小两岁,人长得十分精神,是我们排唯一的高中生,我们像亲兄弟一样,有他,我时常引以为自豪。我俩一起参加过三次激烈的战斗,每一次,都是以敌败我胜而告终,他获得过两次二等功,我获得过两次三等功,我和他更是成了生死之交。一天上午,我们又接到参战的命令,一个个兴奋得摩拳擦掌。可是,就在此时,我这个战友突然接到上级通知:立即撤离战斗队,二十四小时内离开部队,退伍还乡。我们一个班的人都惊奇不已,这是为什么?但谁也不知道答案。战斗部署已经到位,战斗即将打响,撤走一兵一卒,都可能关系到战斗的胜负。战友紧紧地抱着枪,蹲守在战壕里,面色刚毅,两眼却噙满泪珠。排长长久地望着我,他的心里和我一样,心潮起伏,实在难舍一个优秀的战士临阵离队。我见排长一拍胸脯,毅然说道:'照原部署执行,不是还有二十个小时嘛,有问题,我承担责任。'班长插话说:'前半句是立即撤离战斗队。'排长吼道:'我只听到后半句,前半句没听到!不准再多嘴!'战斗打响,我和战友按部署穿插到敌人的弹药库后面,任务是五分钟内必须炸毁它。我让他迂回到库前把敌人引开,我抱上炸药包从库侧的一个凹口进去,将炸药包点燃之后跑开。他却不容争辩地对我说,他去执行爆炸任务,让我去牵引敌人。他悄声告诉我,他一个星期前就已经知道,他家被定为'漏划富农',因为邻乡的他家过去仅有的一个长工,知道他参军后,一直在上告。既然家庭已从劳动人民的队列里清理出去,富农的儿子,也必须从革命队伍里清除出去。他不让我把这个情况告诉其他战友,他们会鄙视他。他说,在他们家乡,剥削阶级子女的生存是很凄惨的,如果活着回去过那种受人歧视和欺凌的日子,自己宁肯英勇地战死在战场!我听了差点流出眼泪,为了战斗的胜利,我俩都要英勇而坚强,让同仇敌忾充满胸膛。他一把推开我,抱上炸药包冲了出去。一片火光冲天,光焰中他没有了一丝踪影,弹片纷飞里,我也失去了知觉。"他停步面对我:"你哭了?"我感叹道:"多好的战士啊!后来呢,还有后来吗?大家知道他这么牺牲的,哭了没有?"吴校长说:"本来没有后来,因为给他申报烈士,却有了后来。"他擦拭一下眼睛,面带愠色道:"我头部受重伤,在医院昏迷了九天九夜,在我清醒的第一天,班长告诉我,排里牺牲三个战士,只有我那亲密的战友没能评为烈士。排长询问原因,团里没作任何答复,还训斥不准许任何人再追问,这是纪律。只有我心里清楚,富农的儿子不能成为烈士,富农分子更不能成为烈属。但是,这个原因,我不能对任何人说出来。还有,排长因为违背军令,未及时撤下那个战友,虽然打了大胜仗,还是被提前转业到地方。这就是那个后来,很痛心的。"听完这个故事,我心里很沉重。我知道,他是想用这个故事告诉我,我所受的委屈和不公,与他的战友比是微不足道的,不必耿耿于怀,应尽快忘记它,重新振作起来。但我心里总有一种伤痕不能愈合,战争是无情的,我却感觉到身边还有比战争更无情的东西存在,虽然见不到它的硝烟。我问:"如果他没死,如果那场战斗你们暂时没有胜利,他会不会成为罪人?"他没直接回答我的问题,沉默好一阵,他说:"自从他牺牲以后,一直盘旋在我脑海里的思绪是,如果他家没有那场变故,如果他没牺牲,他一定会是我们连最有出息的战士,他会当将军的。"我们头脑里装着各自的假设,装着这些永远找不到答案的问题,迈着各自的步伐,向前走去。

第二十一章

　　进入初三已经一个多月，班上的学习气氛顿时紧张起来。吴校长借着契机，主持召开了以"苦战毕业这一年"为标题的主题班会，要求每一位同学制订本学期学习目标和每一周的学习计划。还明确由陈老师具体抓计划的落实。看着有同学一脸惊讶，他解释说，他虽然是班主任，但还有校务工作在身，委托陈老师协助他做好班上的工作，大家仍然要听信于她，不准有半点含糊。一时间，音、美、体三门课，就被我们讥讽为"豆芽科"，被同学们当了下饭菜，再无人重视。我订的学习计划被陈老师发现，她想向全班公布作为典范。我只答应就如何利用课余时间这个问题可以交流，至于学习方法的其他精髓部分，必须保密不能对外公开。我将课余时间狠抓学习编了几句顺口溜："课外活动不放松，路上厕上继续攻；熄灯铃后用心记，清早神清一点通；更有十五明月夜，半宿书声东方红。"陈老师见了如获至宝，立即公之于众，班上一片哗然，几乎人人效仿，个个紧跟。下午课外活动，校园里到处是或走或坐独自温习功课的学生。晚上被窝里闪动着一双双晶莹的大眼睛小眼睛，嘴里发出喋喋不休的细微的絮语。更有甚者，有的借路灯苦读至三更鸡鸣，有的每逢农历十五、十六明月高照，趁着月光半夜起床开夜车至东方拂晓。诸多景象蔚为壮观，有老师将其美誉为"书香时光"。

　　陈老师要我与她乘胜挺进，再一道办一份《学习简报》，鼓励先进，激励后进，以期达到全班齐头并进，共同冲刺中考。不久第一期《学习简报》出来，首页登载了我那六句顺口溜，加了个标题叫"争分夺秒向前冲"。陈老师的插图是全班学生坐上喷气式飞机，扯面大红旗上书"向高中进军"。真的像号角吹响，目标在前，大家冲锋不止；农村的同学更是意气风发，毫无懈怠。余班长还在简报上向所有农村同学发出倡议：树立远大抱负，发奋读书，进军城市，争取早日脱去草鞋穿皮鞋！我看到了他真实的内心世界，他以他的勇敢和直率，直白地告诉这些公社社员的儿女们，考上高中、考上大学，是穿草鞋还是穿皮鞋的分界线。读书可以改变命运，大家应殊死一搏。正在"苦战毕业这一年"的活动搞得风生水起时，李校长召开紧急会议，美其名曰"纠偏刹车校务会"。他再一次列举了过去批判过的诸如看黄色书籍，听黄色歌曲，跳"柳摆舞"，搽"雪花膏"，刮香风毒雾，着剥削阶级少爷小姐装束等非无产阶级生活方式。紧接着十分气愤地怒斥发生在眼前的一心追求读高中上大学，崇拜"万般皆下品，唯有读书高"的残余封建思想的问题。他严肃地归结道：凡此种种，从根本上偏离了无产阶级的教育方针。然而，有的教师甚至是学校领导，不但视而不见，而且公开在课堂为之摇旗呐喊，助长这些人的气焰，因此，必须纠偏刹车。校务会议决定：立即开展"查资产阶级、剥削阶级腐朽堕落的思想行为；查鼓吹白专道路和极力倡导唯升学论的言论和行为"的"双查"活动。活动要求：抓典型，掐病苗；树先进，立标杆。每个年级，每个班，每个人，尤其是初三毕业班的学生，都要深挖灵魂深处的肮脏思想：头脑里想什么，嘴上说什么。都要深究生活中的堕落行为：身上穿什么，嘴里吃什么。还要掐除少数"四体不勤，五谷不分"，死啃书本，一心向往升学，不问政治的"白专"苗子。"双查"风声日紧，全校师生谨言慎行。特别是老师们，过去相遇免不了寒暄几句，过从甚密的还拍拍肩膀，开开玩笑。现在迎面而过，扭头别面，形同路人，最好的也就是相视微微一笑，点头示意。傍晚的河堤草木萧疏，也没了老师结伴而行的踪影；入夜的校园昏暗沉静，开夜车的同学销声匿迹。

一日，我看见袁小圆和卢夫恭在飞快地追逐楚楚。楚楚一边跑，嘴里一边吼道："不好了，不好了！糟了，糟了！"跑出好远，才被她俩按住带回寝室。之后，断断续续听见身边有女生议论楚楚的事。说她时常焦躁不安，白天躲在僻静处絮絮叨叨，夜间经常从梦里惊醒，眼泪涟涟。即便安静下来，人也比过去更加木讷，目光呆滞得堪比死鱼眼睛。我不明白，腼腆、木讷，后来变得有些痴呆的楚楚，难道有什么问题撞上了"双查"的枪口？

女生们守护自己的隐私，就像守护自己的生命。虽然天天处在一起，但每个人都生活在严密的自我禁锢中，心里的事，都凝固成铁板一块，绝不外泄。楚楚心里，一定有不为人知的秘密。

我躺在床上，手里举着已经停办的《学习简报》，叹息曾经的学习热潮不再汹涌澎湃，要想落实学习计划已经变得无比艰难，远大理想在许多同学的头脑里消失得无影无踪。远处球场的喧嚣声随风飘来，同学们高喊"脱去草鞋穿皮鞋"的铮铮誓言，已被疯狂的课余玩耍所淹没。我不能追随这样的大流，甘愿冒着被抓典型和将成为被掐除的"白专"苗子的危险，卖米买支手电筒，将"开夜车"的阵地，从校园的路灯下转移到被窝里。又对照"双查"的内容，把自己的言行和穿戴仔细梳理一遍，判别哪些现象属于"典型"或者"病苗"，会被抓住或者掐除。经过苦思冥想和再三甄别，觉得会被抓住的"典型"应该是那双时不时穿在脚上、代表少爷形象而又不能隐匿的一公一母的猪皮皮鞋，我决定把它弃之荒野，让它再也不可能回到我的脚上。我这双瘦削的少爷脚，永远只配穿带襻的布鞋。我把一只四十码的猪皮皮鞋和一只三十九码的牛皮皮鞋底子对底子用报纸包好，鞋带是抽下来了的，挽成蝴蝶结，放入衣袋。然后将鞋夹在腋下朝石仓走去。

  天色暗淡昏沉，校园后通往石仓的路上无一个人影，几只鸟在草丛和落叶里跳跃，发出令我毛骨悚然的响声。两只不知名的大鸟在交配，它们飞快地扑打着翅膀的同时，也不忘痛快淋漓地尖叫，肆无忌惮的样子驱赶走了我心中的恐惧，也叫我好生羡慕。石仓底有个人影，面前摊开一堆鲜花一样的东西。一根火柴被划燃，似乎要让鲜花灿烂地燃烧。当火柴触到它时，火苗蹿起来，原来点燃的是几件漂亮的花衣裳。比闪烁的光焰更美丽的是一张被照亮的脸，正对着火焰痛心抽泣，嘤嘤的哭声传进我耳里，让我也有了想流泪的感觉，不知不觉中，我随口念道："别了，美丽的衣衫！别了，迷人的风采！"那个人影跌跌撞撞冲我走来。"陈老师！"我差点失声叫出来，一闪身敏捷地躲于树后。我看清了她左侧脸上的泪水，还有那衣着平庸素净的背影，直到她消失在小路的尽头。下到石仓半腰间，再看仓底，一块大石前又有一个人影，火苗被她扑灭。让我惊奇不已的是，这人竟然是楚楚！她从火堆里拎起一条裙子，漂亮的裙摆烧缺一个角，但依然是那么光彩夺目。我记起它就是陈老师最喜爱，被楚楚追着撵着看得不舍离去的那条花背带裙。她在身上比试着，先撩起左边的裙摆，放下，又撩起右边的裙摆，我还是第一次看到她脸上的笑容如此灿烂。她对着裙子轻声絮语："我腐朽了，我堕落了，河岸的遭遇，今天终于报应，女儿身没了，人格没了。'双查'来了，我撞在枪口上，要抓我典型呀，抓呀，抓呀！"她在擦泪，"我说过今生一定要做一条与你一样的裙子来穿，来不及缝了，就只有你了，有那么个意思就行了，来不及了，要抓我的典型了。"唠叨完，她折好裙子，将它揣在裤腰上，用衣襟盖得严严实实。她背后有条小路盘旋至石仓外，她应该是从那里下来的，她又从那里走了。两个女人都在我眼前消失，我头脑里很乱，理不清一个女人将美丽埋葬，一个女人又将美丽拎起，这到底是怎么回事？楚楚虽然咕噜了一大堆话，但我实在是弄不透彻，只好作罢，不去想它。我下到仓底，灰烬还冒着缕缕青烟，用树棍一拨，一卷卷花布残片带着火星散开。我将它们一片片捡起，装入衣袋里，棉绸还带着未燃尽的余温和煳焦味。我把自己这双代表腐朽的资产阶级生活方式的皮鞋丢在火堆里,再压上一块石头,心里便有了告别堕落、告别昨天的感觉。其实,细细体味,真正烙在心底的意愿,却是我和陈老师一同把对美好生活的向往和追求,以凤凰涅槃的形式,埋藏在了大自然的怀抱,期望它有生根发芽再生的时候。我匆匆爬出石仓,天色已晚,夜幕降临大地。

灰烬里拣来的陈老师的衣服残片一共九片,七种花色。我把其中的四片夹在《少年维特之烦恼》的手抄本里,作为永久保存。其余五片,准备交给陈老师留作纪念。我预想,五片花布呈现在陈老师眼底,她会无比惊奇。其实不然,当我把花布片呈现在她眼前时,她比我预想的要镇静得多,只瞟一眼,便说:"交'小资情调俱乐部'陈列,就说陈老师穿的花衣花裙都没了,未烧尽的残片可以作证。"我说:"不是这个意思,我捡回来的本意是留为纪念,曾经风光了一阵,不在了,你不想?想了就看它。我的皮鞋带也抽下来,洗净,藏箱子,一样的用处。"她蹙眉,说:"留作纪念?只会勾起伤心。舍不得的东西,美丽的东西,把它毁灭了,心痛!既然你捡了,就反其意而用之,作为反面教材展出,李校长的'双查'便出战果了。"我点一下头,未语。她突然问:"你怎么得到的?"我说:"我去石仓了,毁鞋。"她说:"我去石仓听见过身后的脚步声,原来是你跟踪。"我说:"你听到的脚步声不是我,另有其人。"她问:"谁?"我说:"只看见背影,且离得很远。"不愿告诉她楚楚拎走了她最得意的裙子。东西交到余班长手上,他问:"什么意思?"我说:"陈老师把腐朽没落的资产阶级穿戴,付之一炬了,这是物证,陈老师说让你验收。"叫他验收的话是我添加的,有点发泄不满情绪的意思。他笑笑:"好,'双查'见成效了,放'小资情调俱乐部'陈列。新三年,旧三年,缝缝补补又三年,这才是劳动人民情怀。一天穿得花枝招展,刺眼睛,烧得好,让资产阶级见鬼去吧!"我也附和道:"让资产阶级见鬼去吧!呜呼哀哉!"我们一齐笑了。

从"小资情调俱乐部"参观出来,几个女生边走边议论。编双辫、梢子上扎着红头绳的同学说:"陈老师那么多花衣服都烧了,真是可惜!还叫全校师生参观,接受教育呢,都是些好东西,开眼界还差不多,哼!"另一个剪着齐耳短发的同学说:"你没看见?生物老师那对带盖描金的陶瓷化妆盒,道林纸一样薄,通体透明,太漂亮了,注明是她外公从旧上海买回来的,她妈妈的陪嫁,她妈妈又送给她的。"双辫子手舞足蹈起来:"听我说,听我说,那对精美的盒子,一个装胭脂,一个装香粉,怪不得生物老师成天都是香喷喷的。"卢夫恭不高兴了,嘴快撇到耳根,批评道:"你们怎么一概是羡慕的口气,一点痛恨的意思都没有,受的什么教育呀！大家应该保持劳动人民本色，和那些东西格格不入才对。白看！"她今天穿身蓝布衣裳，裤子的双膝都缝有补丁。袁小圆一直埋头走路，默默不语，她可能在惋惜陈老师那条裙子。曾经听陈老师说过，袁小圆发誓在毕业之前，一定要买块布料照她裙子的样式做一条。现在打算落空，心里正难受着呢。走到操场边，几个女生刚要分手，卢夫恭看见我尾随在后，一把揪住袖子说："你怎么像个特务，悄无声息地跟在屁股后面偷听。"还没等我回答，又突然转身问那几个女生，"那个跟伊诗岚一样，很会写作文的女才子楚楚怎么没见参观陈列馆？"留剪发的说："你真关心她？她这一段时间要不蔫得很，要不就高度紧张，很担心她是不是遇到什么事了。"本来快散开的女生又聚拢来。卢夫恭问："还有什么异常？"编双辫的说："太可怕了，有两次，深夜楚楚喊梦话要去找她妈，把我惊醒，接着她就伤心地哭了。据我知，她妈早几年就死了。"这时袁小圆说话了，她说："楚楚跟她小姨一起生活，她妈去世得早。"剪发的说："特别是'双查'开始后，她几乎成为另一个人，除了上课，其余时间都呆兮兮地躲避我们，难道她心怀什么鬼胎？"双辫摇摇头："不知道。"卢夫恭说："反正都注意她点，这个小假洋鬼子不知心怀什么鬼胎。"岂止她们如此，楚楚的一言一行，更是直接牵动着我的心。据我暗中观察，各种迹象表明，河岸洗澡走光事件，从一开始，楚楚就看清了我和牛光宇是偷窥者，而且她可能是洗澡女生当中唯一一个看见我俩的人。之后我与她的相遇中，她不断有怪异的动作，如梦呓的语言指向我，别人感觉不出来，我却心明如镜，因此我就时常活在战战兢兢当中。尤其在今天，牛光宇和项均平都走了，就余下我这个唯一的偷窥者，何其恐惧，何其孤单，总担忧有一天她会揭发出来。然而，担忧的事情始终没有发生，我便始终活在犹如猫逗老鼠的境遇里。我疑惑，到底这是为什么？这个问号，一直挂在我心里。

参观完"小资情调俱乐部"，学校立即召开了"双查"总结会，用时一节课。李校长最后高声宣布：白专典型伊诗岚，小资病苗陈佩缇，"双查"先进卢夫恭，树立标杆余期贵。并告诫大家，全校师生要批判性地对待只专不红和一身资产阶级习气的人，要向先进和标杆学习。末了，他发出警告：有那么一个女生，不知心怀什么鬼胎，不与同学打成一片，独来独往，行为诡异，如有什么问题，应主动找学校说清楚。我知道，他指的是楚楚。

散会已到午餐时间，同学们却首先拥进厕所，一个个被尿憋得边走边解裤带，这样的会让人高度紧张，无论尿泡大小，都被胀得满满的。每每遇到厕所拥挤不堪的场面，我都会谦让一旁，先人后己，最末一个尿净轻轻松松走出来。

我们班又回到过去的样子，课余时间，除了少数有远大理想而从不放松学业的人外，其余同学，个个玩得天昏地暗。吴校长看了既着急又心痛，他们都是农村孩子，父母沐风雨顶烈日供其上学，企盼书读出头了能有个更好的前程。吴校长不想放任自流，他决心要将这些学生引导到苦学成才的路子上来。之后两天，吴校长请七门主课老师各出一百道题目，他把这些题目放在寝室里而不是办公室。数学老师问："你这是做什么？"他说："不做什么。"又说，"他反'白专'道路做什么，我出题就是做什么。他有七算，我有八算，他有长箩绳，我有翘扁担。"数学老师笑了："唱反调？对抗？我知道，我知道！"他开始敞口大笑，笑到弯下了腰，再直起身跷个大拇指又说，"也只有你敢顶，别人来当这个班主任他做不到。小陈老师更做不到，想顶，也愿顶，但她肩膀太嫩，脚跟又不稳，所以顶他非你莫属。"吴校长笑一笑，未语。

周六下午，喧腾的校园终于沉静下来，如以往周末一样，依然是孤独袭来，依然是像蜗牛般蜷缩在壳里，吸附在书页上。今天，还有两个生命在不同的两个角落呼吸着。吴校长和陈老师，没家可归，也只好像蜗牛一样，委屈在壳里。他们各自坚守着寂寞的青春，坚守着各自的规矩和方圆。这时，寝室门外的石径上传来脚步声，杂沓的声音，至少是两个人、四只脚，步调不一地踢跶着。吴校长的呼喊从窗洞里钻进来，我开门出去，他与陈老师站在我面前，都面带微笑，亲切得如同和煦的阳光，令我心里一亮。我们三人一同去田野，采摘一种俗称"酢浆草"的植物。我问陈老师有何用处，陈老师还未回答，吴校长却扬起手里一个布包说："为这个。"我伸手去捏，他敏捷地藏于身后，"暂时保密。"

田里到处是劳动的人群，清一色的蓝布衣裳，如果不是偶尔有人左顾右盼扬起辫子，我还以为全是一群沉默不语的男人。我们从田间路过，三身洁净的衣裳扇起肥皂的香味，立刻被羡慕的眼光包围。吴校长轻声说了一句："走快。"我们便快步穿过田地，去到远处的慢坡上。

酢浆草几寸长，叶嫩而茎脆，浆呈淡黄色。吴校长从布包掏出十二颗子弹壳，每人四颗，教我们用酢浆草狠劲擦，擦出铜的本色，明光闪烁，堪比黄金耀眼。弹壳是吴校长当年从战地捡回来的，有一颗弹壳，就有一颗射向敌人的子弹。我想象着那正义的子弹是如何呼啸着射进敌人胸膛的。我们擦亮了十二颗弹壳，它们竟然如此精美，我有些喜欢了，便说："送我两颗吧。"吴校长神秘地望着我："你想得到它？可以，但不是现在。能不能得到，决定权在你自己手里。"我不解他的意思，看了陈老师一眼。陈老师说："弹壳太稀罕，男孩子都喜欢。记得那一年教场坝枪毙一个反革命，我和弟弟去看热闹。枪声响过，我弟和一群男孩子奔跑到枪手脚边寻找弹壳，一个大个子男孩捡到了，一群孩子去追抢。大个男孩没处躲,他果敢地站在了正在咕咕冒血的尸首边,一脚踏上去,右手叉腰,气势昂扬的样子。猛追的孩子都望而却步,只好眼睁睁看着他把弹壳揣走了。我弟还暗自流过眼泪。"吴校长说:"大男孩是块当兵的好材料。"我说:"一般男孩子都缺少那样的机智和勇敢,比如我。"三人相互看了一眼,无语。弹壳并列在草地上,像一枚大师雕刻出的荡漾起十二道金色波浪的艺术品。陈老师拈起一颗弹壳问:"我从未见过真实的完整的子弹,不知是什么样子?"吴校长先伸出食指,端详一番,似觉不恰当,又伸出小指,又端详一番,还是觉得不对,便手拍住脑袋,脸上隐隐掠过一丝怪笑,说:"你伸出手来。"陈老师惊诧道:"这个问题跟我的手有什么关系?"随即将右手伸到他面前。吴校长想笑,但忍住了,一把捏住她的手掌。雪白、圆润、尖溜溜的五个指头在他眼底放着异彩。他掰开五个手指,捋过小指,"太短";捋过无名指、中指,"有点长";他捉住食指,"就是它,长短和粗细,还有弹头的尖度都很恰当。"他把她其余三个指头压下去,拇指和食指构成手枪形状,他双手握住她的"手枪",说:"这枪里有子弹,很有杀伤力的子弹,它对准了我。"她说:"不,它不是子弹,是我的指头。""是子弹,绝对是一颗独具杀伤力的子弹!"他坚定地说。他一把拽过食指顶住自己的额头,一阵心颤的感觉漫过大脑。突然,他吼叫一声:"嘭!我中弹啦!"便仰头倒下去,还闭上了眼睛。我看见他脸上充满得意的笑容。她的"手枪"还定格在原来的状态,她的嘴角有些难为情地咧着,心里也不知在琢磨什么。就在此时,田地里突然传来咒骂声。吴校长说,骂人的可能是生产队长,他痛恨那些干活偷懒的人。语言虽然粗野,但用意却是把庄稼种好,没有人不服气,都只好乖乖地受着。陈老师好像觉得,那骂声的指向并非那么单一,是不是还弦外有音。因此,她对吴校长说:"地里的农民老往这边看,我们赶紧走吧,不要影响人家干农活。"吴校长点点头说:"这就是农村,这就是农民。"

走远了,叫骂声依旧。一路上,我纠结着想,这些社员都是劳动人民,他们的生存状况尚且如此,如果我和陈老师这样的人,将来有一天被贬下乡村,其结果更是不堪设想。

回到寝室,尤木鱼坐在门口,怀里抱只瓦罐。我问:"又给学校拉煤?"她说:"先叫一声尤姐!"我犹豫了一下,轻声道:"尤姐。"她说:"给区供销社送货,专门过来给你送吃的。你们李校长不让我给学校拉煤了,肯定是你得罪了他,牵连到我。是不是他想搞你那个老师姐姐,你拼命护,从中捣乱?"我嘴里说:"胡说!"心里却直呼她聪明,又对她的直率多了一分敬意。她捧起瓦罐说:"不怪你,不愁没货拉。给,这是犒劳你的。"我问:"什么吃的?"她说:"你猜。"瓦罐很重，晃一晃有水的声响，便说："肯定是什么炖汤。"她揭开盖子，一股鸡汤的浓香扑鼻而来。我惊喜得"哦呀"一声，道："你把家里的鸡杀啦？"她怪笑一声说："不是我的鸡，别人的鸡。"我愣愣地望着她，一脸疑惑。她说："你不信？不信就跟你说实话。昨天一只花公鸡，想干我家那只小母鸡，直接就撵进家里来了，我恨死了，关上门就逮住把它杀了。怪就怪在我帮了小母鸡，它反倒不高兴了，见我杀了那个强奸犯，扑上来就啄了我两口，还流血了，不信你看。"她伸出手，果然有伤。又说，"看来是我错怪了花公鸡，不是它追着要强奸我家小母鸡，而是小骚屄嫌在外面干害羞，专门逗引它进屋的，花公鸡真是个冤死鬼。"我听了，觉得很有情趣，就笑出声来。她又说："炖好鸡汤，你和我一人一半。我那一半，昨天就吃了，这一半今天才给你送来。"我说："吃不得。"顺手把罐子往她怀里推。她瞪我一眼，接过瓦罐说："告诉你，这不叫偷，就当它是个强奸犯，欺负我家小母鸡，找上门来挨刀，该杀，不犯罪。"说完，去到街沿拐角，找了两块石头，把罐子支在角落里，然后问道："你到底吃不吃？撂块肉拽狗，还把狗吓跑。"肚子没油水，哪经得起鸡汤的诱惑，狗就狗，吃！我见她在寻找干柴，便也在树下与草丛里捡些干树枝。火苗舔着罐底，一缕缕青烟飘过屋檐，我左右看看，担心有人碰见。几把干柴燃过后，罐里有了"吱吱"的响声。她说："倒是比我煾在怀里热得快。五兄弟，你信不信，香得连舌头都要吞进肚皮里去。"她故作馋相逗我，我也调侃道："干脆你喝光吃尽，把罐子留下，不用洗，叫我闻几天香气足矣。"正说着，"噌"的一声，罐子裂了，鸡汤渗出，滴在柴火里，激起火星飞溅。她一把箍住瓦罐，连声道："快！快拿碗来。"当她将破罐放在搪瓷碗里，松开双手时，一只手心两个燎泡。鸡汤漏掉许多，有的洒落在脚边的落叶上，是梧桐叶，枯叶四边卷起，形似碗，鸡汤流不出去。尤姐不顾伤痛，轻轻拾起叶子，啜尽里面的汤汁，一连寻到了五张那样的梧桐叶。她把抛洒在树叶上的鸡汤舔净之后，手在裤子上抹一抹，笑着对我说："其实不脏，梧桐叶都是才从树上落下来的。"她见我沉默不语，又说："就是不干净，洒掉也可惜了，一年当中，只有过年才能吃一次鸡肉，喝一次鸡汤。"我家也是一样，记得每到过年吃鸡肉，几个小的都要争吃鸡爪。母亲则不允，告诫道："读书写字的不能吃鸡爪，吃了它，写出来的字就会像鸡刨烂了一样难看。"随即拈块鸡翅在我碗里，还说："吃翅膀可以远走高飞，比你两个哥哥飞得还高还远。"正心驰神往，尤姐把汤碗端给我说："趁热快吃，吃了还有话给你说。"我说："什么话，听了再吃。"她说："吃了再听。"我说："边说边吃边听。"她说："我屙尿啊！"她佯装着急忙往墙角走。我忙喊："厕所，厕所！"并手指厕所方向。等她如厕回来，鸡汤与肉吃完了，只剩一只鸡爪

197

与两颗白色肉球与她。她拿起鸡爪边啃边告诉我,她男人万屠户从监狱给她寄了一封信来。话毕眼圈即刻微微泛红。我应一声"哦",又问:"在监狱里还能往外写信?"她说:"不知道能不能写,反正信寄到我手里了。我家屠户在信上说,他对不起我,没有给我生一男半女,还时常打我。"泪珠终于滚下来了。我问:"你们家是男人生孩子?"她说:"笨!男人下种,女人这块地里才能长苗。他是说他没有给我地里下种。"我说:"不懂。"她说:"太笨!你们几姊妹就是你爸爸在你妈的地里下了种,才长出来的。"我"哦"了一声,问:"那万哥为什么没有给你地里下种?"她说:"他下不了种子。"我问:"为什么?你的地太硬了?"她"喊"了一声,说:"你听好,他下种的工具本来就不行。"我问:"别人都行,他为什么本来就不行?"她说:"工具遭猪踢坏了。"我还问:"你们下种撞见猪了?"她突然笑起来,说:"你爸爸在你妈地里下种才撞见了猪!"笑够了她又说,"你万哥在屠宰场杀猪遭猪蹬了裆,把工具踢坏了,那时我还是个小妹崽,还不知道万家门朝东还是门朝西呢。"我说:"不问了,太乱,听不明白。比喻不像比喻,拟人不像拟人。我只看到书上说人是精子和卵子结合长成的,其余的什么都不是。"她听了抢着说:"对!对!对!你万哥就是卵子遭猪踢坏了。"我的脸瞬间红了,阻挡道:"别说了。"她说:"十几岁的少年郎,害什么羞。你万哥信上还有话呢。"我望着她,见她脸儿又粉又嫩,就问:"还有什么话?"她接着说:"他说他坐班房坐不到刑满那一天,叫我不要等,找个男人改嫁算了。还说,找个脾气好的,不打老婆的。"她脸上的泪滴一颗赶一颗地往下流,她说话一直望着我,痛彻她心扉的悲伤让我怜悯不已,我不知道该怎样劝慰她。突然,她问我:"如果真的等不到屠户出来,你说,我该嫁给我们街上谁呀?"我反问:"谁呀?"她说:"谁也不嫁,就等……"她咽住了。我说:"还是等万哥出来?"她急了:"你万哥不是说了嘛,他坐班房坐不到刑满那一天!"我随口"哦"了一声。她斜我一眼:"唉!"我说:"你唉什么?"她说:"没唉什么,反正我谁也不嫁,就等……"我没吭气,她再"唉"一声。我说:"你又唉什么?"她说:"书癫子!"她恨我一眼,伸长白颈项,嫩脸蛋扑过来,粉嘴嘟起,往我脸上猛啄,我头一偏,温柔的两片唇吸紧我的耳轮,我一把推开她,喊道:"丑!你丑!"她说:"我走呀,回栈房去呀,牛还等我饮水呢。"她把碗往窗台上一放,指着碗里那两个白肉球说:"留给你吃的。"我说:"我不爱吃鸡腰子,爱吃先前就吃了。"她说:"不是腰子,是你们男人裆里那个东西。"我没吭气,心想,她说的是不是睾丸?不好意思往明白里问,便扭头朝校门外走。她看一眼寝室门,跟在我身后,又"唉"了一声。我说:"怎么还在唉!"她追着我叹息:"唉!"随即自己扇了自己一耳光。

送到校门外，我停住脚，她还掉得有十几步远。到跟前她说："你是送我呀还是撵我走？"我一愣。她又说："我走前，你随后，才叫送；你走前，我在后，这叫撵。"我再一愣，说："不对呀，颠倒了，只有撵人的人才走后面！"这回她一愣，呆呆地看着我无话说。走出一段路，她突然返回来，指着我鼻子说："不对呀！你走前，是急忙把我往外引，等于往外拽一样，烦我呀！牛不走，就是我在前面死命拽走的呀！你这明明白白是在叫我赶快滚蛋，比撵还心狠！"我笑了，在心里说，眼前这个女人，看似随随便便、少不更事，其实从来就没糊涂过。

不久，吴校长在我们班搞了一次摸底考试，被他美其名曰"战前操练"。考试成绩名列前十名的为"尖兵"，会获得特殊奖品。这天晚自习，前十名的名单排出来，赫然出现在黑板上。我居第一，余班长屈居第五，成天神出鬼没的楚楚，考了第九名。奖品在昏黄幽暗的灯影里泛着微光，同学们伸长脖子向讲台张望，十二个铮亮的弹壳整齐地排列在上面，许多男生瞬间目瞪口呆，惊奇得张大嘴巴，涎水从嘴角流出来。有几个人同时叹道："唉，这次没考好太可惜了。"我和第二名都奖励了两个弹壳，其余八人每人一个。穿过桌间行道，有同学扑上来抢弹壳，我一把塞进衣服口袋。楚楚用右手的拇指和食指掐着那颗弹壳，由讲台走回座位，屁股才挨凳子，又起身从教室后门走出去，再从前门绕到讲台，轻轻把弹壳放在讲桌上，自言自语道："我知道一个人怎么死，用不着它，用不着它……"她仍从教室外走回座位。就在她刚转身时，第一排的一个男生，一把将弹壳从讲台抓在了手里。吴校长一直不转眼地看着举止怪异的楚楚，好像在仔细咀嚼她话里那个坚硬的核。一些男生对她不着边际的话语也感到诧异，用眼光传递相互的疑惑。而我的心里，却很清晰地掠过一丝惊悸，似有不祥的征兆飘过脑海。

背地里，我把一颗弹壳送给袁小圆，让她珍藏，想叫她共享我的这一荣光。但她拒绝了，原本爽朗的脸立刻庄重起来。她说："我不喜欢弹壳是因为它连接着杀戮，对于生活，我更喜欢和平与安宁。"她很珍爱今天这来之不易、于她来说已经习惯了的祥和宁静的幸福生活，还有这美好的学生时代的青春岁月。我羡慕她根正苗红的家庭背景，也羡慕她是个前途无忧的时代宠儿。

第二十二章

　　跟跟跄跄摸进寝室，熄灯铃恰巧响了。陷入黑暗，我记不起自己从哪里回到寝室。不会是教室，决不是教室，好像眼前是河流和一片荒野，还有一个漂亮女孩，与我争辩着什么，然后漂入水中，一个漩涡，女孩就没了。河岸，坟地一样寂静，弥漫着恐怖。平时十分灵便的脚，那阵却难得迈开，像绳缠紧，费了很大的劲才逃离。心狂跳不已，头脑里一片空白，如被鬼追，然后就如风中沙砾，顺风狂飞。

　　恍惚中，下铺那些蜷缩在被窝里的同学都瞪着眼睛。黑暗中，我却看见一个个瞪着的眼眶里如泉眼一样往外冒水，且水越冒越大，无数细流汇集起来，满屋波涛汹涌。我吓得拼命向上铺爬，一脚踩空，我觉得自己像从高处往深渊坠落，飘呀飘呀，飘了许久终于落地，却跌进河流里，水立即漫上来，到了胸口，到了脖子，到了唇边。我大喊："救命啦！我快淹死了！"昏昏沉沉中，我被抬到床上，一个声音从很远的地方传来："我的一盆水被他踩翻，完全扣在他身上，伊诗岚好像病了，快送医务室。"我感觉自己在飘移，身子下面是古阿拉伯的飞毯。飘过一个地方，地面闹哄哄的，无数人在呼喊：楚楚不见了，楚楚找不见了，快找找楚楚！有个声音像李校长的，他喊得最凶。我飘落在安静的森林，隐隐约约中，我听到陈老师的声音："嘴里含着体温表，别咬牙。"周身像火在燃烧，头像被铁圈箍紧，好像将要爆裂。屁股被锐器刺穿，头上落满雪花，好凉啊！伸手一摸，原来身上盖着冷冰冰的被子，还捏住一只软绵绵的手。渐渐地进入一处绿地，周围有斑斓的树林，好滋润，好清爽，我呼吸顺畅起来，在绿地上奔跑。突然，撞倒一个人，她抬起头，我惊呼："楚楚！"她望着我，恐惧地往后退缩，歇斯底里地喊叫："你是谁？我不认识你，身上的衣服啦？你光着身子让我看见，我会怀孕的，我会去死！"我喊："你从河里上来啦，你不会死的，真的不会死的。"她朝前面奔跑，我拔腿就追。突然，面前一条河，她没有半点犹豫就跳进去了，我未收住脚，一头栽进去……

凌晨，从噩梦里醒来，晨曦经窗户的道林纸过滤，落在窗台上，惨白惨白的，像河水漫进来，我惊呼一声："楚……"立刻缩回被窝。满屋的鼾声骤停，听到有同学喊："出……出操啦！"

次日，从河里打捞上楚楚的尸体。公安验尸，清理遗物，在她枕头下找到一封遗书，遗书原封原样被公安带走。整个过程，两个公安没说一句话。以上细节是陈老师告诉我的。因为次日我已清醒，挣扎着要去课堂，可从床上爬起几次，又摔回去几次。我浑身无力，站不起，坐不住。只好请陈老师把书本抱到寝室来，自己慢慢啃。

然而，我哪来心思看书，楚楚的遗书带走了，我的心也被带走了。

第三天，掩埋楚楚。她身着没干透的陈老师的花裙子，脚蹬带襻的白皮鞋，安详地紧闭双眼，入棺缓缓沉入墓穴。她，永远告别了蓝天。一直没有父亲，母亲早不在人世，唯一的亲人小姨被告知，但没来。同学们都哭，袁小圆和卢夫恭嗓音都哭哑了。陈老师来看我，眼睛红肿如鲜桃。她对我说："楚楚曾经说过，她这一辈子，一定要缝制一条跟我的裙子一模一样的花裙子来穿，可是，她还是没能穿上自己的花裙子就走了。"说完，眼泪又禁不住一滴一滴往下掉。我心如刀割，噙着泪花问："楚楚葬在什么地方？"陈老师哽咽了好一阵才说出来："学校后面檀木坡的石仓旁边，没有墓碑，在一棵檀树下。"她用拇指替我抹去两个眼角的泪水。

第三天下午两点，学校开始审查我。李校长挂帅，余班长助阵。问我：楚楚失踪那天傍晚，你几点回寝室？为什么鞋袜是湿的？在医务室，昏睡中你为什么喊楚楚的名字？每天只准上午上课，下午去一斗室单独说清问题。课余时间，不准我跨出校门半步。我不能回答这样的问题，楚楚的死与我没有关系，他们只是猜疑和捕风捉影，李校长那样逼我就范，反而把我对楚楚的同情和痛惜，变成对李校长他们这种行为的愤恨，激励我更加坚强起来。我干脆抱上课本进斗室，工整而正确地做好作业，一直以沉默对待他们的煞费苦心。

其实，我并不在乎学校的审查，我担忧的是楚楚那封遗书，它有如千斤巨石，压在我心上，让我不得喘息。因为，楚楚就死在我的面前！她死的时间，死的地点，死的形式，以及死时的那个状态，我认为，她似乎是在提醒我，她希望她成为我的掘墓人，我成为她的追随者。要达到这个目的，只能让遗书站出来指证我的罪责。牛光宇走后，唯独我成天晃动在她眼前，她对偷窥者的怨、恨、怒，每当我俩相遇时，她都毫不吝啬地挂在脸上。每当这样的时刻，我都惶恐不已，我觉得，她是在提醒我，只要她愿意，她随时都可以让真正的偷窥者的丑恶嘴脸大白于天下。现在，她自食了被偷窥的苦果，决心告别这个世界，她不应该把一直深藏心底的这个秘密带到另一个世界，她应该吐露出来，在遗书中告诉世人，真正的偷窥者是一个叫伊诗岚的人，以将我置于死地。如果真是这样，我问自己，需不需要做好自杀的准备？我想起了吴校长的战友，那个宁肯战死疆场也不愿回老家去过那种屈辱日子的漏划富农的儿子。我到图书室查过许多资料，寻找没有痛苦的死亡方式。我在一本书里看到，一个医生被打成右派，妻儿离他而去，他悲愤地吞了半瓶安眠药，便永远睡过去了。我告诉自己，医生选择的死法，绝对是没有痛苦的。我把目标定在医务室。有意把小手指关节磨去一块皮，天天去那里要碘酒擦，想寻机偷到安眠药。一次刚从医务室出来，就碰见陈老师，她问："你天天去医务室？在找一种药？"我只好把伤给她看。她又问："你查过没有痛苦的自杀的方式？"我心里一惊，但未露声色，辩解道："还不至于此吧！"她说："那天在图书室我就坐在你后面，那页书你足足看了半小时，我记住页码，你前面还书，后面我就立即去要过来看，翻到那一页，看了内容我惊呆了，原来你想自杀，想学医生那样没有痛苦地去死！太没出息，太叫我失望了！"我呆立无语，她劝慰道："珍惜生命吧，它不只是你一个人的。你绝望，我也会悲痛！"说完便气愤地离去。

  一周以后，两个公安进了学校。我一口气跑到陈老师寝室门口，惊叫一声"陈老师！"陈老师不慌不忙对我说："我知道了，公安来校。"又亲切地问道："我说的话，你认真想过没有？"我回答："想过好几遍，我懂你的意思，你要我不可万念俱灰，要坚强，要忍！要忍！绝望是懦弱者的表现。"她说："既然懂得，你就坚强地去面对吧！"我等候公安叫我，午饭吃得比以往都饱，可谁也没叫我。公安走了，公安走后，李校长解除了对我的审查。

  我能轻松过关，所有的谜底同样在那封遗书里，还有法医的结论里。

  楚楚遗书的内容是从女同学堆里传出来的：河岸洗澡围席被风吹倒，我赤身裸体被男同学偷看。母亲临去世时曾对我说过，千万不能叫男人看见自己的光身子，她自己就是因为被男人看见裸体，才有了我。我违背了她的嘱咐，我在河岸洗澡被男人偷看了，我失去贞操，已有两月没来月经，我怀孕了。"双查"的威慑力还在我心里发酵，我无颜面对同学，无颜面对老师。这是我的错，忘记了母亲的教诲，没有守住自己的贞操，只有以死谢罪，跟随母亲而去。我的死，无须殃及别人。

  陈老师告诉我：公安刑侦之后得出结论：楚楚为处女，系自杀，溺水而亡。

她还给我解释什么叫"处女"。其实，从我看过的许多小说里，一些情节让我朦朦胧胧领悟过一点处女的含义。

　　楚楚在遗书中仍然没有指证河岸洗澡的真正偷窥者，没有告诉大家，她为什么做出如此矛盾的选择：不忍心揭露我，却又要当面死给我看。还特意说明，她的死与别人无关。难道我与楚楚，是前世今生修就的阴阳情缘？想起楚楚这么长时间以来的种种奇怪表现，以至那晚她死时的惊骇场景，觉得她除了怨恨我而外，更多的是对我的容忍、宽恕和保护。此前，我所有的猜疑和内心的恐慌，都是对她爱护我的美好心灵的亵渎，我内心的歉疚，我灵魂的不安，将是永远的。

　　这周生理卫生课，李校长安排生物老师补讲过去放弃未上的课程，内容是男女生殖器及性的粗浅认识，并且由校医主讲"处女为什么会闭经"。这是一堂十分庄严的授课，规定整个过程不准任何人发笑，包括微笑。女生物老师按照课本里的图与文字，极其难为情地浮皮潦草地讲解完男女生殖器的构造，还有授精怀孕的科学知识。没有展开，没有像讲其他课文那样旁征博引。但从同学们面面相觑的眼神里透露出来，大家似乎还是懂得了处女是不会怀孕的这个浅显的道理。那么，楚楚既然是处女，怎么又出现了怀孕才有的闭经的生理现象？同学都木呆呆地望着讲台，眼睛里好像在不断释放出这个问号。接着，校医刘老师从医学角度分析处女不来月经的病理原因，我做的课堂笔记如下：有一种妇科疾病名为"溢乳一闭经综合征"，闭经综合征的发生，除了怀孕外，还可见于其他许多原因，例如，间脑疾病、脑垂体病变、原发性甲状腺功能减退症，以及正在服用抗胆碱制剂利血平和氯丙嗪等抗精神病药物，均可以引起溢乳一闭经综合征。上述这些药物抑制了下丘脑，使其不能释放对垂体催乳激素有抑制作用的抑制因子，使催乳激素大量分泌，从而出现泌乳。与此同时，催乳激素又可抑制垂体促进性腺激素的分泌，使卵巢功能低下，从而发生闭经。所以，少女光着身子被男人看见，还有梦里遭男鬼附身，都会怀孕的说法是反科学的，是愚昧落后的表现。刘老师讲毕，教室里出现长时间静默。我看见袁小圆在用手帕擦眼睛，许多同学双肘伏桌，枕着脑袋沉思。我想，大家此刻的心情跟我一样，都在为楚楚冤死而惋惜，都在为科学知识贫乏而惋惜，都会幡然醒悟：人的愚昧无知是一件多么可怕的事情。最后，李校长来到教室，他说："楚楚的死，归根结底一句话，是自身愚蠢，是十足的科盲，加上受到封建礼教所提倡的贞节观的毒害造成的，这是一个悲剧，值得同学们警示呀！"这时，卢夫恭起立振臂高呼："做新时代的新青年，决不做封建残余思想的殉葬品！"瞬间，几十只拳头伸出来，几十种声音汇集在一起："做新时代的新青年，决不做封建残余思想的殉葬品！"李校长笑眯眯地点头称是：

"很好，很好。下课。"

整理楚楚遗物时，发现了那份投给《春蕾》未采用的稿子《姑娘和女儿》。陈老师拿上它找到我，问我见过没有，是不是退稿，如果见过，为什么不把稿子给她看，因为这不是一篇内容很一般的稿件，它很可能是在讲述一个人的真实遭遇。我说："我只当楚楚编了一个凄美的故事，很有文学性，但觉得不合时宜，也不对一些人的口味，怕这些人揪辫子，因此不敢采用，就原稿退回了。"陈老师叹息一声，沉默了好一阵才说："楚楚的悲剧本来可以避免。"我问："为什么？"她没告诉我，眼眶里却噙满了泪花。临走，她把楚楚的稿子交给我说："这个星期天，我们一道去她墓前焚稿。"

这天晚饭后，吴校长叫我陪他散步。由于天黑得早了，我们只走到操场外的小土丘，便席地而坐。聊了一阵最近阅读的文学作品，话题就很自然地引入校园文学。他说，他很想恢复《春蕾》，把它作为培育各年级作文尖子的园地，至于经费，眼前先从他的退伍费里拿，以后就靠勤工俭学来维持。他还说，在我们年级，除了欣赏我写的作文，楚楚的作文，他也很喜欢，都是不错的文学苗子。但可惜楚楚没了。我从衣袋里掏出一沓稿子给他，说："你看看这个。"他看得很仔细，看完，见落款是楚楚，便凝视远方，那张刚毅的脸庞上，似乎有火焰在燃烧。我说："这是当年楚楚投给《春蕾》的稿子。"他问："采用没有？"我说："敢用吗？"他"哦"了一声。眼神仍未飘移。突然，他自语道："楚楚本不该死，是性启蒙教育被封锁害了她！"我惊讶地望着他："你说，你快说，为什么楚楚本不该死？"他和陈老师的说法何等相似，陈老师不愿说明的问题，我祈盼他能告诉我。吴校长指着稿子说："故事里的姑娘在木屋洗澡，被神甫的侄儿偷看，后来怀孕。而真实的情况应该是：神甫的侄儿看见姑娘美丽的胴体，控制不住性欲，把姑娘在木屋强奸了，后来姑娘怀孕了。那沉重的脚步声，就是神甫侄儿看见姑娘光身子不能自持，去侵害她的具体行为。楚楚缺乏性启蒙知识，就听不明白她母亲话里的真正含义。楚楚的妈妈为什么没有讲透？是她羞于讲透，也不能讲透，因为那时，性启蒙教育被认为是丑恶的流氓言论，更是被禁锢住的。她以为，女孩只要做到封闭好自己的身体，不要把裸体让男人看见，尽量避免挑起男人的冲动，就不会被侵害。所以她对女儿千叮咛万嘱咐，不能叫男人看见自己的光身子，只要做到这一步就万事大吉。"我说："也就是说，她如果告诉女儿，怀孕是性行为造成的，那么，楚楚即便暴露裸体，即便不来月经，她也不会怀疑自己已经怀孕，而会去考虑另外的原因。她也因此不会因害羞害怕而自杀。怪不得学校给我们补上被省略的那几节生理卫生课。"吴校长说："小时候，我在农村当放牛郎时，在野山坡听过许多男女之事。还亲眼看见一个大哥哥，那时才十五六岁，偷看十三岁的小姑娘光着屁股在池塘里洗澡，没能控制住欲望，就急匆匆地跑去把她强奸了，姑娘怀孕了，两个人只好结婚，成了一对小夫妻。"我叹息一声："原来女人的光身子，对于男人真是一个危险的信号，悲哀呀！"

以往就寝，躺进被窝，黑暗里不断眨着眼睛，头脑中回放一天的功课，这是入睡的前奏，少顷，眼睛闭上，鼾声微起，每晚相同。可是，自从楚楚没了，入睡的前奏就延长了许多。尤其是今晚，吴校长说的那些话，堵在心里气息很不顺畅，老想着做女人那么艰难，女人真是可怜呀！渐渐地，那个傍晚，我和楚楚遭遇后所发生的一切，又像潮水一样从四周漫过来。

晚秋的颜色是斑驳陆离的，晚秋的氛围是凄厉冷漠的。就在这样的景致中，一场痛彻心扉、凄惨缠绵的毁灭，在我和楚楚之间悄无声息地展开。

这天，吃罢晚饭，我猛然记起秋之将尽，陈老师寝室桌上的花瓶里，还空空如也。倘若往年，芭茅花正艳，艳如光焰的时候，同学们都争相采摘芭茅花絮给她送去插在花瓶里。她说，之所以喜欢它，是它有着其他任何花卉不可比拟的昂扬向上的气质。唯独今秋，同学们把她淡忘，她的这番情趣，也被众多烦恼折磨得烟消云散。我自作主张，决定去河堤，为她寻找几枝尚未开败的花絮回来，但愿此举不是自作多情。

河堤上的丛丛芭茅在透明的阳光里摇曳，花絮不再似光焰般艳丽，它们已褪成灰白色，像飘浮在堤岸上的云朵。正在我四顾茫然、为残花败絮惋惜的时候，一处靠水边晚熟的矮小芭茅林里，几抹如少女稚嫩脸蛋的嫣红，借着夕阳的余晖晃得我睁不开眼。我轻轻折下，一共五枝。枝秆嫩脆，花絮滋润而光亮，微微透出草木的清香。坐在堤边，晃动手里的芭茅花，看水里的倒影，那少女般的嫣红更是妩媚动人。投进一颗石子，嫣红被涟漪撕裂、扭曲、淡化，直至在河水里消失。我一惊，叹息一声，急忙捏紧花束，放在鼻下尽情闻那草木的清香。

一个女孩的身影在几棵稀疏的柳树间时隐时现，当她第一次闪现的那一瞬，我就看见了她。她神情呆滞，步履迟缓，走到离我最近的一棵柳树后，仅探出头来，两条小辫垂着，望着我默不作声。河堤上很清静，没人放牛，也无鸟飞虫鸣，只有对岸的坡地里，黄昏的天幕上，镶嵌着一个劳作者的剪影。她那样凝视我一阵，慢慢从柳树后走出来。"楚楚。"我招呼道，她未搭理，在离我几步远的一块石头上坐下来，一直木讷无语。坐在我面前的楚楚，除了她那副洋娃娃的漂亮脸蛋我还认得，身上的装束一点也不熟悉，甚至觉得除了陌生还有几分怪异。裙子是陈老师的，她从石仓的火堆里抢救出来，是还没来得及烧尽的资产阶级货色，上面的一处烧痕仍在。深秋的凉意正浓，这时穿它，真是不合适宜。脚上带襻的皮鞋，只见她每学期开学的头一周穿过，其余时候大概都珍藏起来了，这时却破例穿上。见我打量她，便把脚往里收了收，皮鞋被裙摆盖住。她说："你终于来河堤了，这样的时刻，我已经等了整整一个星期。"我问："你等我上河堤等了一个星期？为什么？"她说："反正这几天我就专心等你上河堤来，至于为什么，过一阵你就知道了。"她面无一丝笑容，冰雕一般，瞪我的目光似凌锥，刺得我寒战阵阵。我尽量让自己镇静下来，试探道："有什么事，你现在就敞开说吧。"她说："好。你还记得几个月前，发生在这河岸上的那件丑事吗？"我猛一怔，但随即又平静地点一点头回答："记得。"她那对高眉骨下的深眼窝里，冷漠犀利的目光中又多了些怨恨："我就知道，你不可能忘记，你一辈子也不会忘记！"我和牛光宇河岸偷窥洗澡的事，一直以来，她都没有在我跟前戳穿，没有在他人面前揭穿，我的心就这样一天天悬着，如果她现在要面对面讲出来，我心里反倒轻松了，便道："第二只靴子终于要落地了。"她没睬我，接着说："我们几个女生在这里洗澡，我的光身子遭人偷窥，偷窥者是谁？你应该比我更清楚。可是，项均平却成了替罪羊。"她仍未捅破最后一层窗户纸。我没接话，想听她如何继续往下说。她说："你还记得我投给《春蕾》那篇稿子吗？"我说："记得，我没用，另选了一篇你写母亲的作文。"她说："你不敢用，我也知道，那篇文章是毒草，用了你就会遭批判。"我说："是有些可惜，故事打动了我，至今都还记得，可以一字不漏地讲述出来。那个姑娘，我可能一辈子都忘不了。"她说："那个故事是我母亲讲给我听的，我是第一个知道这个故事的人，你是第二个。"我问："其中有一个情节我至今都不明白，那个姑娘，被偷窥后，后来怎么就有了个女儿？"她犹豫一下，说："还不明白？她一丝不挂，不是被偷看了光身子吗？"我惊异不已，望着她："女人被偷看裸体，就有了女儿？难怪女人们都把自己用衣服裹得紧紧的。"她说："妈妈不单给我讲了那个故事，并且她临终时又叮嘱我，女人，千万不能让男人看见自己的光身子，千万千万，你要记住。这句话，从听到那一刻起，就在我心里根深蒂固。可是，妈妈的话空说了，我到底没守住自己的光身子，还是被人偷看了。"她接着说，"至于故事里，为什么女人的光身子暴露在男人的眼皮底下，就会有那样的结果，这个问题，上初中以前，我从未想过。即使在进入玉马中学以后，它仍然没有闯进我的心灵。"停顿一下，她说："可就在河堤洗澡，被人偷窥的那一刻，那目光如锋利之刃，闪电般刺进我心里。我心里一阵恐惧，但恐惧过去之后，心里却溢满从未有过的滚热的感觉。我在想，每每这个时候，男人的目光是不是有一种神奇的力量，它会霸占女人的身体，霸占女人的一切。"我心想，我的目光有那么厉害吗？不过，那一刻，我的目光确实那么疯狂地闪烁过，那么发癫地燃烧过，那也只是我少年时代的第一次。"我恨你！"一声斩钉截铁般的呵斥，让我重新注视她。她说："也就自裸体被偷窥起，我的心再也没平静过，一种担忧横亘在心里怎么也放不下去！"她突然停顿，眼眶湿润了，随之泪珠落下，一副楚楚可怜的模样，"该来的，总归会来的，谁也挡不住。我，已有两个月等不来它了，我，怀孕了。"她的脸明朗起来，一扫先前的冷峭与阴霾，她又道，"一个时期，我索性思考起自己为什么只有妈妈、没有爸爸的问题来，随着思考的深入，我有些怀疑妈妈讲的教堂里的故事，真的发生在别的姑娘身上吗？偶然一次，听小姨无意中泄露，妈妈曾在教堂里做过工，那个故事，难道就是发生在妈妈自己身上的故事吗？如果是，那么，我就是那个神甫侄儿的罪恶目光，霸占我妈妈的光身子所致？也就是说，妈妈的悲剧是神甫的侄儿造成的，而妈妈的悲剧又再次在我身上重演，谁又是我的悲剧制造者？"她不再说，足足看了我几分钟，然后站起来，她说："就是你！讲清楚了，我该走了！"语调很异样，在她转身前行的那一瞬，我看见她眼里有泪光。我突然想起，按照惯例，人若刻意收拾打扮，必定有不寻常之举。她会去干什么呢？她专心等到了我上河堤这一刻，就是为了说这么一大摊话？我注视着她一步一步踏着将衰的茅草独行，脚步不见沉重，反显轻盈。在一处码头，她缓缓地转过身，面向我，凝视我，然后，仍然缓缓地倒退着走进河水。我的心瞬间炸裂，恐惧和疼痛塞满胸腔。我拔腿飞奔过去，右脚已经踏进水里，只听她一声呵斥："站住！"随即右手强硬地直接指向我。我吓得语不成句，喊："你……你疯啦！"她却平静地说："我恨你，又不忍心恨你，最终选择凄婉地爱上你。我没疯，对死，我很清醒，我很认真。"我的左脚也踏进了河里。她立刻向我摆手："你不会水，不但救不了我，你也会死。"我眼泪一下涌出来，呜咽着说："你为什么想死，你为什么想死，我一点都不明白，你快告诉我！你快回来，快回来！"她依然很平静地说："你千万别过来，这样，我会死得快一点，痛苦就会少一点，耻辱就会更少一点。"我说："这个世界上，该死的不是你，而是别人。"我想不出用什么话劝她，留住她，急死我了。我猛然想起对面坡上那个劳作的剪影，便要呼喊。但一抬头，剪影没了，暗淡的天幕上，只有一抹红云。等我再回头，河面一个漩涡过后，便出奇地平静，像一张惨白的鬼脸。我惊慌地边跑边喊救命，但怎么也喊不声来，浑身没有一丝力气，瘫软得腿脚打颤，一头仆倒在堤坎上，意识瞬间离我脑袋而去，一切都在迷迷糊糊中进行。怎样恐惧地爬沟过坎，怎样痛楚地摸回寝室，怎样被同学送到医务室，都梦幻一般地不那么真实。

醒来,我把这个发生在眼前的最真实的悲剧,郑重地铭刻在心间。

几天后,我的头开始昏沉发烫,浑身上下没有一丝力气。一段时间以来,内心的忧郁、苦闷、惶恐,加之拼命学习耗费精力,我的体质直线下降,有几近崩溃、死亡将至的毁灭感。下午第一节是几何课,老师画在黑板上的圆形和三角形,在我眼里都成了狰狞的怪兽,而且争先恐后向我扑来。我大叫一声便坠入黑暗的深谷。苏醒过来已是次日早晨,我还躺在医务室的木条椅上,身下垫的我自己的被子,身上盖的花被子散发出淡淡的肥皂香味,很陌生,我好奇地撩起来看,校医说:"被子是陈老师给你盖好的。"陈老师就坐在我身边,微笑着说:"终于醒来了,渴吗?"我轻轻点头,她倒了半杯开水,扶我靠在椅背上,把杯子喂在我唇边。我难为情地伸手托住杯底,触到她的手时感觉她的手在微微颤抖。我说:"我自己来吧。"她松开手转过身去,就在这时,我看见一滴泪水从她眼角落下。她背向我站立了好一阵,重新坐下,两眼均已湿润,看得出她心里十分难受。我喝尽杯里的水,掀开被子说:"我该去上课了。"她拦住我说:"别、别,你不能去上课。"我无比惊诧地望着她:"为什么?陈老师!"她和校医对视一眼:"鉴于你身体太虚弱,学校决定……决定你回家休养十天。"我急切地而坚定说:"不!我能坚持,我不会浪费如此宝贵的时间,哪怕是一分钟!"立起身来,才迈开步,腿一闪,又一屁股坐回去。陈老师扶我躺下,掖好被子,探着腰,手挨了挨我的额头。恍恍惚惚中,我望见陈老师的脸越来越大,鼻子大得像一座山,就要凌空向我压来,眼睛大得如两潭清泉,冒出的水花洒满我的脸,浸湿我的身子,最后,我被压在那座大山之下,奔泻的泉水将我淹没。

有人拍打我的脸颊,睁开眼睛,尤木鱼靠在我身边,我躺在她的架子车上。我都清醒了,她还打。她说:"兄弟,你昏死一场,是我把你打醒的,看你双眼紧闭,急得我还想掐你人中呢。"我问:"你把我按在你的架子车上干什么?我是人,又不是货物,你要把我送到哪里去?尤姐,我是不会离开学校的。"她说:"你可怜得像头病猪,学校让我拉你回家。放心,我不挣你的钱,白拉。"这时,我记起陈老师宣布的学校让我病休十天的决定,便没再争执,只是说:"你等等我,我必须带些书。"她说:"还要等你老师姐姐,你老师姐姐说给你拿好吃的东西去了。哟,那不是她来了。"陈老师果真抱了一个布袋来,她告诉我,里面有吃的,还有一摞书。书除了数、理、化课本,其余的都是文学类的,书籍是从我床头的书堆里选的。她把所有的东西装在一个布口袋里,绑在车子上,轻声说道:"你早日养好身体,我尽量争取等到你回来的那一天。"我一怔,问:"这句话是什么意思?"她说:"你也不用紧张,没什么要紧的事。"她对尤木鱼说:"可以走了。"望着她一脸悲戚,我痛苦地喊了一声:"陈老师!"她俯下身说:"你好好养病,我等你回来。"我说:"你是我的老师,虽然我管不了你的事,但牵挂是免不了的,一天见到你,与一天见不到你,心情是不一样的。明年七月我就毕业了,这学期还有不到两个月时间,除去寒假,到毕业拢共相处的时间也不会多长了,我们一定要相伴走到我毕业离校的那一天。"霎时,泪水涌出她的眼眶,她掏出手绢,稍微转身擦拭泪水。我喉咙咕噜一声,做了一次痛苦的吞咽,双眼即刻泪花转动。这时,突然一声鞭响,只听尤木鱼喊道:"走不走?哪有那么多猫尿流不完。"我说:"别人的痛苦,你装作看不见,还说这种伤人的话。"她说:"兄弟,自己都病秧子一个,还操空心?"我一听非常生气,但又极力克制自己,怕惹出她更多更难听的牢骚话,只默默地艰难地撑起身子,欲溜下架子车。陈老师见状,马上按住我。我挣扎着说:"我不走了,尤姐!你走吧!"她说:"你不走了?你要病死在这个鬼地方?读书死,死读书,还真是个书癫子!"她走到陈老师跟前,用赶牛的鞭子轻拍陈老师的屁股,嬉皮笑脸望着她:"老师姐姐,别难过了,你赶快走吧,你离开,他也就跟我走了。"陈老师并不介意,反而顺着她的意思道:"我不会耽误你们的,我就走。"她绕着陈老师转圈,眯缝着眼使劲看,眼神最终定在脸上,说:"瘦了,脸儿窄了,小了,没以前漂亮。自己折磨自己吧,做女人难呀!"对于眼前这个女人,陈老师前后接触过几回,似乎已经摸清她的野性脾气,知道即便自己还嘴,也是占不了上风的,所以干脆默不作声。她仔细检查过我身上的被子,重新给我掖了一遍,然后转身离去。陈老师走了,看着远去的身影,想着这也许是我们在玉马中学的最后离别,也许是我们这一生的最后一面,我黯然泪下。

第二十三章

一边走，尤姐一边絮叨。她说："想来想去，我和五兄弟就是有缘分，这一趟送煤本来轮不到我，是因为运输队的余秃子，在路上捡到一张这月的肉票，他馋得天不亮就去排队割肉，就把这趟差事让给我了。谁晓得煤才拉到总务室门口，就见你那个老师姐姐和一个穿旧军装的高个子来找总务老师，安排他雇两个抬滑竿的送病重的伊诗岚回家。我一听，就急了，一口就把这个差事揽下了，卸完煤，结了账，我就跑来了，要不是我，这阵你还躺在学校等死呢。再说，现在到哪去雇滑竿，就是找到了，劳动人民，谁还愿意抬你这个地主崽儿？也只有我还抬举你，我这个姐姐好吗？"她背向我前行，话随风传来，到我耳里时轻时重。我道："不好！在学校等死，比起在路上等死、在家里等死强一百倍，死在学校还可以做个有书读的上等鬼，死在其他地方就不一样了，离开书香都是下等鬼。"歇口气，又道："还有，以后不准再叫我地主崽儿，我就是一个新中国的青少年。"她说："我对你再好，你都不领情，没良心，不说了。"她沉默了。我面朝青天，躺在车板上，车子颠簸在石子铺就的马路上，身子左右摇晃，时而还被轻轻弹起，又瞬间落下，只感觉骨架在慢慢松散。天空白云朵朵，悬浮着，游走着，没一朵舍得落下来吻在脸上安慰我一句。鸟儿飞来飞去，任高任远，自由而散漫，快乐而无忧，啁啾声声，似在嘲笑我等望尘莫及。一座村庄正从我面前退去，人声嘈杂，还有哀号绕耳。车子又前行几十步停住，正好面对院落门口。院坝中央的柳树上，吊着一个男人，绳子一头捆住他的手腕，一头缠在树枝上。男人上身一丝不挂，裤子被帆布皮带松松地绾在腰间。几个少年正手执柳条轮番抽打，还用树枝朝男人裤裆里戳。尤姐来到我身边，靠在车帮上。她说："一个大男人不学好，什么不能干，去当偷鸡贼。"我说："不对，不是斗贼，是斗干部。"正说着，一个高个男子过去伸手扇了一耳光，嘴里呵斥道："你这个'四不清'的家伙，捆的皮带肯定也是贪污的,没收了!"他随手抽下自己的草绳腰带,扎在男人的胯上,然后解下帆布皮带,系在自己腰间,站在旁边得意地摇头晃脑。一个穿花衣的女人,手持树枝跑过去,一边用力抽打干部的下身,一边数落道:"叫你搞强迫命令!叫你仗势欺人!叫你这根鸡巴成天乱戳!"数落完一把攥住干部的裤裆往下拽,痛得干部呼天叫地地嚎,人群里一片哄堂大笑。我见状想起身去阻止,尤姐挡住我,自己大大咧咧走过去,吼道:"不能打了!'四不清'是个什么东西,我不晓得,我就知道即便是斗地主,那也不是个个都这样。出口气就够了,往死里整呀!"说完,她跳起身,一把抓牢树枝梢头,使劲朝下吊。"咔嚓"一声,树枝断裂,干部掉在地上。她给他解开绳子,轻声道:"快跑。"干部爬起身摇晃了一下,抓紧草绳腰带发疯似的狂奔。尤姐回到车首,挥鞭赶起牛车就跑。身后传来"跑啰!跑啰"的吼叫声。

疾行了一段路,车子便晃晃悠悠慢下来,我摸出书打开看,才看一页,尤姐又开始絮絮叨叨:"运动就是整人,整人就是运动,今天你整我,明天我整你。一个村,搞'四清',干部都是'四不清'。早晨插红旗,晚上变白旗。眨个眼睛人变鬼,打个哈欠鬼变人。斗天斗地斗地主,无人斗,干部凑。奈何不了天,奈何不了地,奈何得了地主让他滚到农村去。"我心里猛地颤了几颤,说:"你这是念的什么经?没看出来你的学问真大呀!"她说:"你十个尤姐也编不出来,是周端人编的顺口溜,我记下了。现在我们街上大人小孩都会唱,比你编的半条命的顺口溜还吃香呢!"停了一下,她接着说,"以前我妈给我说起过,她最喜欢看斗地主,她说,村里一有什么风吹草动,就把地主拉出来斗。一开斗争大会,男女老少高兴得跟过节一样,为什么?一斗就是半天,大家都不用下地干活了。"一听,就知道她是在炫耀自己的出身好,气得我心里又糟又乱,看不成书,我只好把书塞在腰下,默不作声,头又昏昏沉沉的。走到一条河边,车子停下。我扭头斜一眼,见她拉着黄牛去饮水。牛饮声听得很清楚,要饮好长时间。芭茅林里窸窸窣窣响,可能是尤姐丢下牛鼻绳去小解了。过一阵,她牵着牛回来,套好车,转到我面前问:"你听到什么响声没有?"我答:"牛喝水的声音很大。"她说:"还有呢?"我摇头,装作不知。她说:"我在芭茅林解小手了。"我见她话才出口,脸就红了。她问:"你尿胀了没有?"我说:"不见厕所,我尿不出来。"她说:"假斯文,憋死你。"我说:"尤姐,从现在起,不再扯闲话了。你一心一意赶车,我专心专意睡觉,互不干扰。"其实,此时我除了浑身无劲外,头脑却十分清醒,随之书瘾上来,想要好好看几页书,只有让她把嘴闭住。她说:"让我闭紧嘴巴,闭得住吗?试试看。"车轮又开始在石子路上跳跃式滚动,车身叽咕叽咕的摩擦声响起。我在心里说：可以开始了，便悄悄从身下抽出书，轻轻打开，翻到先前看的地方接着看。

　　这是一条县乡公路，是那个火红的年代修建的。不是为了跑汽车，是时代的象征。三米宽，不是拐弯，就是爬坡，路面坑坑洼洼，石子狰狞。没有汽车驰过，也不见尘土飞扬。人都在田地劳作，路面冷落，行人稀少。走了许久，只遇见一位邮递员骑车而过，绿车绿衣绿裤子，树影一样飘走，留下一串丁零当啷的铃声，除此之外，一路清静，别无干扰。有生以来第一次乘车，乘的还是牛拉车。躺着，还能行路，行路，还能看书，忽思索出一句名言，翻版道：行十里路，破半卷书。这实在是别有一番趣味，让我忘记了自己是有病之躯。手持的是钱钟书的《围城》，此书是老校长送我的六本书里的其中一本。正看到一行人途经南城，在此住旅馆的情节。孙小姐不愿和寡妇同室，而寡妇也无意与她做伴，却和自己的男仆开了一个房间。掌事的李梅亭直嘀咕"男女有别，尊卑有分"，过后听着寡妇和用人打嘴仗，心中作酸得如绞汁的青梅……以至后来引出众人一大串口角，闹得不可开交。看到这里，心里顿萌"情趣"二字。醒悟：没有男女，哪来情趣？随之笑出声来。尤姐闻笑，问道："书里哪个女人有这样大的本事，把个病秧子都逗得偷着笑？"我回答："不是书中的女人有本事，是钱钟书呢。"她道："甜香酥呢？有哪。"她立刻停下车，从陈老师给的布袋里取出一个纸包，说："我从你老师姐姐手里接过布袋那时，就闻到口袋里有甜香酥的味道。你饿了吗？饿了就拿出来吃。"虽然闹得有些哭笑不得，但不见则已，一见还真的肚子里的馋虫就跑出来了。我最先给她拈了一个，说："肯定你也嘴馋了。"她不好意思地笑了一下，接了。车在行进中，我一边吃，仍然一边操着书看。吃得正香，看得正酣，一位老伯相跟到面前，随车而行。老伯风尘仆仆，看样子是个旅途中的行者。他背负一个蓝色布囊，上缀两块黑色补丁。衣着单薄灰暗，粗白布缝制的袜子外套一双布条编就的草鞋。手拄一根齐肩高的斑竹棍，棍的两端翠绿，中间握成杏黄。异样的是，一副铜腿溜圆镜片的茶色平光眼镜架在鼻梁上，就平添几分与众不同的神韵。他瞄了几眼我手里的书，再瞄了几眼纸包里的香酥点心，然后咧嘴一笑，说："看少年如此勤学苦读，一定学识不浅，我考你一题如何？"听了他的话我有些意外，再次漫不经心打量他一番，心里揣摩老伯能考我什么呢？此时，猛地想起，人不可貌相，民间大有英才怪才，加之老伯本身还有一点不同寻常的神韵，对其是不可小瞧的。我慢慢站立起来，应道："老伯，你考。"还没等老伯开口，尤姐伸手取下他的眼镜，把他从上到下、从左到右看了又看，然后再重新把眼镜给老伯戴上，说："快考。"老伯对尤姐的不恭举动泰然处之。他说："有约在先，如若考住你了，你赏我两个点心，不，包里那四个点心全部输与我。如若考不住你，考不住你……"老伯一时语塞。看来，从一开始起，他就没有考不住我的想法。他说："如若考不住你，我身无分文，两袖清风，没什么可输的物件，就算我自讨没趣，走自己的路吧！"我说："老伯，无论结果怎样，对于我来说，都是学习知识。你出题吧。"他说："说得好，有素养。我出题，你听着。"他朝远处一株柳树瞄了一眼，树下有几个小孩在嬉戏，他随即说道："一对小傻瓜，树下比胯胯，男夈女不夈，急得挖髂髂。第一考，四句顺口溜，落点落在哪两个字上？"我回答："夈髂。就是把髂裆张开。"他说："正确。第二考，写出这两字。"我心里窃喜，因为恰巧我对本地诸如此类方言的冷僻字词有过研究，查了多种字典，能找到的都找到了，并且能认会写知其含义，其中就包括"夈"和"髂"两字。我拾起一节树棍，正准备下笔，却想起老伯盯住点心的那种眼神，很不忍心让他败在我手里。正犹豫不决，但见老伯嬉笑着看一眼尤姐，再看一眼我，似有胜券在握的倨傲。为了尤姐，也为了我自己，我毅然在地上写出"夈髂"二字。老伯低头看了片刻，取下眼镜又弯腰反复看过，然后微微点头，就要将眼镜架上鼻梁时，两行泪水流下来。老伯令人生怜，我心如刀割，后悔自己为何没有谦让老人家，便立刻用鞋底将两字抹去，赶紧伸出双手把四个点心捧到老伯手里。老伯连声说："后生可畏，后生可畏！我受之有愧，受之有愧呀！"说着，腾出右手，从衣袋里摸出一张纸条给我看。我轻声念道：

证　明

　　兹有我大队社员王庭珠，男，现年六十三岁，家庭成分贫农，个人成分旧知识分子（旧社会教私塾八年）。因我地遭受严重旱灾，夏粮歉收，生活困难。经本人申请，大队支部研究决定，特同意该同志外出走村串户，寻求一日三餐之生活资助。

　　特此证明。

××县××公社第三大队　党支部
1964 年 10 月 2 日

看完证明，我在心里喊叫：这不是公派乞丐吗！但脱口而出的却是："老伯，你是我的老师呀！"他一边小心翼翼将"证明"装入衣袋，一边摇头说："愧疚，愧疚，太无颜面，太无颜面了。"他匆忙把点心装进布囊，接着说道，"少年，我得赶路，告辞，告辞，后会有期，后会有期！"说完拔腿就走。老伯才离开，尤姐从衣袋里翻出三斤本省粮票，撑过去送与老伯。她返回时嘴里直念："可怜，可怜！"

老伯虽已离去，但他的身影，他的神色，还有那句"太无颜面"的话，已进入我内心深处，让我难受了一路。

路边一座小房，墙两端写有"男""女"二字。尤姐停住车说："尿得出来的地方到了。"解手出来，站在马路上一望，觉得此路甚是陌生，好像从来没有走过。我看了一眼尤姐，问道："你把我拉到哪里来了？"她似笑非笑，拽住我要往车上按，说："去县城，快了。"难怪，回家的路途上，我熟记了的那些沟啊、岭啊，树木啊，房屋啊，以及房屋墙上的标语，一样不见。我急了，忙说："学校让你送我回家养病，你自作主张拉我去县城干什么？"她说："我也想打利索屁，把你往家里一送，我就交差了，可家，家呢，家在哪里呀？"我说："你怎么糊涂了，家在我们镇上。"尤姐把我拉到身边，双手按住我的肩，看看我，别过脸去，说："好兄弟，原本，来之初，这件事不打算瞒你，可是，当我看见你病恹恹的样子，我就不忍心告诉你了……你的家，你的家早不在镇上了。"我心里一阵慌乱，忙问："那我的家……我的家呢？"她说："一个月前，被赶到农村去了。"我一怔，但马上，我愤怒了，高声吼道："为什么？为什么？！"尤姐平静地说："不为什么，只为你家成分高。"一提到阶级成分，我沉默了。如蹦得老高的皮球，猛地扎了一个眼，一下蔫了。她想宽我心："不是你一家，街上三家成分高的都下放农村了。"我由愤怒跌进悲哀：命运，走到了转折点，这是谁也改变不了的现实。重新躺在车上，我说："尤姐，再把周端人写的词唱一遍。"她说："不唱了，不唱了，再唱，就成了幸灾乐祸。"眼泪流出来，流过被女人们倾慕的我这张脸面，进到嘴里，咸咸的，涩涩的，慢慢地，就苦苦的……这恐怕就是我今后人生的味道。车在行进，车在摇晃，我的身子筛糠一样难受。蓝天越来越高，越来越远……闭上眼，我头脑里全是些锥心的画面：年近九旬的婆婆移动着小脚，摇晃在田埂上割猪草；从未农耕过的父母茫然地望着结有冰凌的水田流泪；不习惯赤脚的小妹，一手拎着鞋一手提起裤腿蹚过小河走进竹林深处的民办小学……陌生的生活如此狰狞，恐惧和凄凉淹没了这个家。一心一意要过的祥和、平静、安稳的日子，总是那样脆弱，说没有就没有了。记得，在街上，家人小心着，谦恭着，唯唯诺诺着，时刻仰视他人，祈望那些居高临下的脸是晴朗的，不要阴云密布。心里一直忧着，悬着。琢磨着，平安日子，掐着过，算着过。可是，风，还是刮来了；雨，还是打来了，转瞬间，街上那座屋，那个家，风雨飘摇中，散架了，消失了。也许，永远地没有了。

车轴"吱溜"声里夹杂着轻微的啜泣，随风钻进耳里。我撑起身子仔细分辨，确认是尤姐在抽噎，便问："怎么了？"她说："没怎么。想起来，好可怜，心里难过呀！"她的同情，叫我心里很不是滋味，我好想诅咒，可诅咒谁呢？谁有错让你诅咒？我想不明白。

牛车上了一条大马路，快进城了。四周的景致不再萧条清冷，而是很有一些喧嚣。我没见过城市，哪怕是最小的城市。城市在我心中就是我家镇上那条永远见不到汽车的丁字街。但我十分向往城市，因为两个兄长对他们读书的城市的描绘在我心里根深蒂固，"进城"的誓言埋藏心底，不时激励我为之奋斗。因此，第一次见到实实在在的城市，而不是心中的概念，很是兴奋。这种兴奋，暂时驱散因家庭的遭遇而笼罩于我心里的悲愤和阴霾。

牛车进入街市，我精神为之一振，挣扎着从架子车上爬起来，强撑着虚弱的身子，伴随在尤姐的左侧。她惊异道："城里的姑娘是良药？这么快就治好了你的病？你，花痴呀？"我说："第一次见到城市，我不能躺着进来，要昂首挺胸走在大街上。"我有意扩了扩胸。从县一中这所重点中学的校门里，走出来两列学生，像两道阳光一样明媚灿烂。我本该与他们一样幸运，可是，我却遭遇到权力这个魔杖的伤害。尤姐指着一群穿蓝工装的青年男女道："哎，给你说呀，城里的男人就是爷爷筛子下面的石头，个个匀称；城里的女人就是奶奶箩儿下的白面，粉粉的，泡泡的。你老师姐姐那派头，十足的城里人，尤姐这个乡巴佬，只配给她提鞋。"说完，她瞟我一眼。我说："别自卑，你离城里人也就一步之差。你搁下牛车，换身装束，白衬衣抄在背带裤里，外面套件开襟红毛衣，比那里、那里，"我用下巴朝左右点，"那些女人洋气得多，跩不完地跩，她们都是你的下饭菜。"她问："真的？"我觉得她今天特别有气质，快盖过陈老师，就说："真的。"她把车停住，在街边的烧腊店切了一大包烧腊肉，说："晚上吃肉犒劳你。"我说："反了，你累，该犒劳你。"她说："我高兴，偏这样说。"

尤姐把我带到一家大众旅店，进门跟一个瘦猴子服务员打了一声招呼，就牵着牛径直去了后院。瘦女人一直盯住我，包括和尤姐拴好牛出来，再次经过她面前，她都没眨一下眼。我在一家县级医院看的中医，抓了三服药，还取了一盒丸药，账全是尤姐结的。医生诊断我的病，起因是忧思太重，劳倦过度，惊悸怔忡，伤神耗血，心脾血虚，宜以"归脾汤"滋养心脾，佐以"天王补心丸"益智安神。并嘱咐："心静少思，调理几日便可。人小操大心，不可以的。"

住的旅店实际上等于骡马店，大通铺紧挨牲口棚，棚里拴的骡和马，是邻县运输社拉大胶轮车的。唯一的一头黄牛，是尤姐的，它只能拉架子车。夜里牲口的排泄声、反刍声不绝于耳。尿臊味、草料味呛得我快要窒息。尤姐却若无其事，她说，中药吃在饭前，先熬药。药罐青烟缭绕，弥漫着阵阵草木清香。炭火在暮光里灿若红霞，照在尤姐脸上，让我想起在我家房后的河边，第一眼见到她时的那种红透了的羞涩。瘦猴女人走过来问："他是你兄弟？"尤姐"嗯"了一声。"小冤家一个！"她随手在我脸上拧了一把。尤姐瞪她一眼，急忙用手在身后的水缸里蘸了水，擦净我脸上她手指留下的污秽，还说："只这一次，不许有第二次！""哟，心疼啦！是不是你弟谁知道呢。"她脸色骤变，阴冷得可怕。尤姐寸步不让，说："是谁，不是你操的心，狗咬耗子多管闲事。"她朝尤姐撇撇嘴，弯腰把装炭的铁皮盒提到值班室门口，坐在屋里死眉恨眼地瞅着尤姐。炉眼里没炭添，尤姐给我使眼色，我去把炭盒重新提回来。她看见时，只瞟了我一眼，并未阻拦。

喝了药，尤姐熬了半锅稀饭，我们就势坐在炉灶边，下着烧腊肉吃，香得我极富节奏地咂着嘴巴，愉快地品着其中的滋味，有如品读一篇美文。收拾停当，尤姐去柜上登记。过了好一阵，她跑回来对我说："你没证明，柜上不登铺位，磨了好久不进油盐，肯定是瘦猴婆娘多了嘴。"我说："走，我找柜上去。"柜上负责登记的也是个女人，不过要比瘦猴服务员年轻漂亮得多，蓝上衣左侧有波涛涌动的那个地方，别着一枚我想佩戴却总无资格佩戴的团徽。我靠在柜台边，团员抬头看我一眼，又埋头做事。我说："你好！"她只朝我淡淡一笑。尤姐对她说："我弟弟，多懂礼貌。"她又扭头朝尤姐淡淡一笑。我指着自己胸前的校徽又说："请你看看，这就是我的证明。"她拧头左右瞄瞄，终于开口道："玉马中学的校徽，我知道了。"这时她很认真地盯住我，"但是，谁敢保证这个校徽不是你捡来的呢？"团员竟然藐视我，我急了，说："你怀疑我不是中学生，凭什么？"她说："不凭什么，我只知道今天既不是星期天，又不是节假日，你真是一个中学生，来这里住什么店？"我一时无语。尤姐一口把话接过去道："我弟真是中学生，不信，他出道题肯定考住你。"团员头一扬："嘀，这么厉害，你出！"尤姐说："有话在先，你答不对，他就住店；你答得对，他就在屋外睡街沿。"她说："好呀！好歹我也是个高中生。"我知道尤姐的意图，便说："你注意，我出题了：一对小傻瓜，旅店比胯胯，男爹女不爹，急得挖髂髂。请你写出'爹髂'两个字。"她掩嘴偷笑，说："听起来好像有点下流，不过，下流在哪里，我还说不准。"她想了想问，"还真有'爹''髂'这两个字？"她摇头，"不会。"我从柜台拿起纸笔给她楷书写下"爹髂"两字。她说："没见过，中国文字太深奥了。"然后悄声说，"小老弟，告诉你，前次公安在店里抓住一对通奸犯，审讯时我在场，因为我是证人。那男的交代说，是女的先用手去戳他髂裆。做记录的公安死活写不来髂裆的'髂'字，悄悄问我，我直摇头，他只得打个叉代替。今天你把我教会了，下次抓住通奸犯，他再问，难不住我了。"尤姐把钱拍在柜台上："不假吧！登铺位。"团员拿出住宿登记簿说："我问，你回答，不许说假话。"当问到家庭成分时，正想如实告诉，我忍住了，看着尤姐，尤姐很快回答："城市贫民，跟我一样，亲姐弟嘛。"她惊异地盯住尤姐："你们不一个姓呀！"尤姐说："同父异母。"她说："那正该一个姓呀！"尤姐笑了，急忙改口："哄你的，同母异父哟！"她对着我说："你姐要是不老实，出了问题我找你们学校。"尤姐说："要我兄弟干坏事？教都教不会。"团员说："这么好？"尤姐说："不信？不信跟你打个赌，如果你教会他干坏事，我把拉车的黄牛输给你。"团员说："别……别，我拉头牛回去无用，杀肉吃那是犯罪，屠宰耕牛要坐班房。我信你一回，看起来小老弟也不像个坏人。"说完团员在男铺房给我登了一个铺位，同时像瘦猴女人一样，在我脸蛋上拧了一把，喊道："乖乖弟！"这次，尤姐没用湿手擦我的脸蛋，反倒是朝柜台里的团员笑了笑。

离开柜台，我心里忐忑不安，隐瞒出身是犯罪，要是查出来，麻烦就大了。趁着尤姐给牛喂料的机会，我到柜台前找到登记的团员，她问："还有事？"我点头，不好直说，取下别在上衣口袋里的钢笔，在手掌心写下"家庭出身工商业兼地主"几个字给她看，她一把抓过我指尖。她笑了，笑得很甜美，捏住我四个指头的手一直不肯松开，说："真是个乖小子。"她用右手食指在我手心画着，"兼字很少见，不好写，还真不好写。"她的指尖翻来覆去在我掌心画着，我心里痒痒的颤，差点就要教会我干坏事。她一边在登记簿更改我的家庭出身，一边说："你姐没说假话，你跟她不是同父异母，而是同母异父。她父是穷人，你父是财主。不过，一个穷娘生，你也有半个劳动人民血统，没全坏，坏得不彻底。"我听了心里一笑。改正完，她又伸手捏了一下我的脸蛋，这一次捏得比前一次重。

旅店男、女铺房都是通铺。实际上是把一间大厅用竹席从中一隔两半，东边住男人，西边住女人。哪边有响动，角角落落都听得清。

晚上临睡时，尤姐叮嘱我，睡觉别脱长裤子，防虱子。我只随意"嗯"了一声。牲口棚那边有盏路灯，我隐在灯下看了一个小时的书。回到大通铺，见对面铺上一长溜东倒西歪躺了几个大汉，他们都是赶马车的车夫。他们太累，已经沉入酣睡之中。有的被子被蹬开，赤条条的身躯，轮廓分明地显露出两排肋骨。随着如雷的鼾声，胸脯飞快地起伏，两排肋骨就如琴键般跳动不止，持续的鼾声，就变成了雄浑的乐曲，我便在乐曲声中安然睡去。

头几服药已经吃清，这些天尤姐在城里忙着拉货挣钱，我便自己去医院看病。老中医给我称了体重，说长了几斤。随后又施之望、闻、问、切。开好处方，他说:"蛮好,蛮好,心静少思,人小操大心,不可的,不可的。我就是操大心,从大上海,操到你们这个小地方来了。"我抓好药,从两个老太太身边走过。听到一个说:"大地方的名医呀,落难到这个鬼地方了,好人多遭难,好人多遭难啊!"另一个说:"走吧,天下落难人同情不完,等药吃清了,再来找好人拿脉看看。"

我出医院大门,一辆平板三轮车擦身进去,随车的女人引起我注意。精瘦,花白剪发,一身素净装束。好像在学校见过一次,这个形象还未从头脑里消失。我赶紧转身跟上去,仔细辨认躺在车里的病人。"丁老师!"我惊喜地叫了一声,但马上一阵悲凉袭上心头。他呆滞的脸上露出一丝僵硬的笑容,吃力地抬起右手,我伸过双手紧紧握住。他翕动着的嘴发不出一点声音,脸和脖子憋得通红。一个护士推辆铺着白床单的四轮车过来,让家属把病人移过去。我双手捧着丁老师那颗硕大的头颅,其余人抬着四肢。一股温暖从他的脑后流进我手心,通过双臂流遍全身。这颗脑袋装着满满的学问,也装着许多人性之爱,在课堂上,它像涓涓细流,直往外流淌,去滋润四十多块干涸的心田。可如今,它却静止了,凝固了,不再有奔腾,不再有喧嚣,像一头猛兽,累了,精疲力竭了,趴在这里,悄无声息。他的身子轻轻落在白色床单上,我从反方向看着他的脸,见大颗大颗的泪水,从他眼角流出来,我的眼睛立即湿了。丁老师被护士缓缓推走,我一步一步朝前跟。我被挡在门外,两扇写着"安静""止步"的雪白的门慢慢关闭,最后那一瞥,隔着门缝,我见丁老师抬了抬那颗沉重的头颅,他在寻找我吗?那只是一个轻微的象征性的动作,也许,让我十分敬佩的丁昂之老师,就永远地定格在那一刻。

晚上回到旅店,尤姐提了一包鸡蛋,一共三十个。她说:"今天在城里转运货物,搂了一把好钱,还费力不大。兄弟,你每天吃三个鸡蛋,一顿饭加一个,要不了几天,就把身子补好了。"我很开心,笑着对她说:"今天看病,医生给我称体重,说长了几斤呢!"她高兴得跳起来说:"怪不得脸儿圆了,白了,粉了,更嫩了。"她双手搂住我抱起来,"让我掂掂,果真呀!好重呀!"我羞红了脸,轻声说:"快放下,快放下,瘦猴在看呢。"她不但不放下,反而抱得更紧,几步窜到瘦猴女人面前说:"你看看,我兄弟身体快养好了,比来时更漂亮,好惹人爱哟!"瘦猴女人正在扫地,将手里的扫帚一扔,愤然道:"天知道是弟还是啥。骚!""眼红了吧,你不眼红会骂我?"尤姐更为得意,又原地转了两圈。我挣扎着要下来,一脚蹬在她膝盖骨上,她腿一闪,松开手,我脚一落地便跑回了男铺房。

为了不落下课程,我必须白天自行补习新课,晚上完成作业。今晚刚把书摊开,尤姐就拍着竹笆墙叫我过女铺房吃鸡蛋。通铺沿上坐了两个女人,除了尤姐,还有一个绾着抓髻的半老徐娘,两个女人聊得正酣。尤姐见我进去,把刚剥好的煮鸡蛋递给我，指着半老徐娘说："叫王娘。"我叫过后，就一边吃着鸡蛋，一边往男铺房走。尤姐一把拉住我说："王娘想好好看看你。"我说："你别总背着我在她人面前乱夸我。我没空，还要做作业呢。"她瞪我一眼，我不再执拗，近到王娘跟前，她拨溜我转了一圈说："啧！啧！真的，这小心肝长得才体面哟，哪个屄这么会生，生了一个天下打着灯笼都找不到的心肝宝贝，啧！啧！爱死人了。"尤姐一把又将我拉回她身边，害怕被谁夺走似的，说："不是生得好，是种好，你没听说富贵有种？"半老徐娘说："管他生得好，还是种好，小心肝明天跟我走，我要定了。"我惊讶不已，看看王娘，又看看尤姐。尤姐用手背挨了挨王娘的额头，忙说："你没发烧呀，怎么说胡话！"王娘说："鬼才说胡话，真心的，小心肝我要定了。我那姑娘呀，人前一站，小子们就疯了，争得头破血流。这阵看来，他们都是白日做梦，只有和你的这个小心肝，才是绝配，答应我，尤妹！"尤姐听了王娘的疯话，笑得胸衣乱颤，差点缓不过气来。她手撑住胸口说："你呀，才是白日做梦！我兄弟只有十六岁，小鸡鸡都没养大，还嫩得很呢，什么都不懂，你说小孩是从腋窝里生出来的，他都相信。你说成亲，会做那事吗？"王娘撇嘴道："哪个不是十六七岁成亲？鸡都知道踩蛋，人不如鸡？"尤姐说："我兄弟只懂读书，书读得比谁都好，其他事，不会！"王娘说："真不会？不会你教他。"尤姐"呸"了一声，然后就嘿嘿嘿地偷着笑。王娘没再理会尤姐，从衣袋掏出手巾包，展开，里面一沓粮票，一沓布票。她得意地看了我一眼，嘴唇翕动着默默数起来。数完，炫耀道："足足二十丈布票，一百斤地方粮票，五十斤全国粮票，见过这么多票证吗？"我摇头，惊奇不已，问："你是梁上君子？"她问尤姐道："他什么意思？你懂。"尤姐说："他呀，孔夫子死了倒起埋，文屁冲天，他说的好多话，我也不懂！"王娘笑嘻嘻地望着我，说："你学问深呀！深有屁用，再深也换不来票子。告诉你，心肝宝贝，我乡里一趟，城里一趟，来来回回，一个月搞的钱比那县长拿的工资还高。你信不信？""我信。"尤姐抢着说，"原来你在倒卖粮票布票？投机倒把呀！要坐牢的。"王娘说："嚷什么呀嚷？乡里人一年四季一身衣，布票用不完，城里人穿着光鲜，布票不够用；相反，城里人有粮票，能进馆子，乡里人只有红苕棒棒，上街想吃碗肉丝面，都只有干望着，我给他们互通有无，是做好事，你嚷什么？"我恍然大悟，说："原来你是票贩子，不是梁上君子呀。"王娘说："你又来了，越不懂，你越爱说，梁上君子到底是什么呀？""是什么？小偷呀，贼呀！"瘦猴女人不知什么时候倚在门框边，她插话道。王娘道："哎呀呀！老娘疼死你了，你还这样小看我，说老娘是摸包包的偷儿客。也罢，小看我也不恨你，你这个女婿我要定了。"尤姐说："投机倒把分子，才不敢娶你姑娘，两天弄个小投机倒把出来，才倒霉呢。""哟，一个地主崽儿，俏什么俏！"瘦猴女人不屑地撇嘴。王娘一听"地主崽儿"几个字，忙问："你说谁？"瘦猴女人用下巴朝我点点。"你听谁说的？"王娘又问。瘦猴女人又撇嘴道："登铺位他自己坦白的呀！"王娘一听我的出身不好，而且是真的，赶紧收拾好手帕包，揣进怀里，往通铺里一滚，钻进她的铺窝，拉上被子盖住脸，再无声息。尤姐恨我一眼："你找过登记的？嘴贱！卖什么乖呀，地主崽儿光荣？多事！"我嗫嚅着道："不敢说谎。"

临走的前一天晚上，我在睡梦中哭醒。梦境是深邃的山谷，我往里狂奔，去寻找乡村里的新家。四处不见一座房屋，也无人的踪迹。走了很久很久，本已养好的身体又日渐枯槁，没了少年的英气。就在我望洋兴叹、濒临绝望的时候，看见一座峭壁之上，搁着一艘帆船。雪白的风帆飞扬，高过它周围的树冠。我望见船舱里人影晃动，还隐约传来嘤嘤啜泣。这时起风了，我听见风声挟着父亲的呼喊："儿子，我们在这里，在船舱里。洪水将船冲到树林里，江水突然退尽，船搁在山岩上了，快来救我们，快来吧！"我听了急得纵身跃起，展开翅膀，拼命向峭壁上的帆船飞去。风越来越大，我的一只翅膀折断，疼痛难忍，身子也失去平衡。为了平稳前进，我有意倾向石壁，把另一只翅膀碰断。剧痛袭来，我凭借两只断臂，乘风而上，飞临帆船。刚要降落船舱，一阵飓风刮来，帆船随风飘去。我被船桅撞飞，耳边呼呼风声里，有帆船的迸裂声和亲人的哀号，帆船向森林的边缘坠落。我一边滑翔，一边号啕大哭，还声嘶力竭地嚎叫：父亲——母亲——你们在哪里？

次日清晨，尤姐对我说："昨晚你哭了，惊叫声很凄惨，我在隔壁都听到了，好可怜。"我喊了一声："尤姐！"又泫然泪下。"别怕，梦一醒，再害怕的事情都不见了。走远了，过去了，过去了……"她喃喃道。

尤姐上街买了几个肉包子，算是早餐，我们吃完就离开了旅店。一路晃晃悠悠，走到一个岔路口，一条路回尤姐镇上，一条路去我们学校。她要送我，我说："我躺着出来，必须迈着雄壮的步伐回去。你出来很久了，也该回去跟邻居打个照面了。"她说："在邻居眼里，家就是我，我就是家，街上那座屋，它在给别人说，万屠户死了，尤木鱼找男人去了。"她说完眼睛红了，我听了心里也隐隐作痛。

第二十四章

回校次日是星期四，恰逢数学单元测验，考试结果我是满分。余班长见到我说："你是货真价实的白专典型呀，本单元一节课未上，却考了满分。怎么说呢？心思都没用在世界观的改造上，只用于学习，警惕呀！"我听后反而心静如水。我知道他的心思，全班他最敢妒忌的人就是我。我品学居上，给了他妒忌的由头；我出身不好，给了他妒忌的勇气。如果我只具备后者，平庸甚至低贱地活着，没有丝毫耀眼的地方，他们可能会视而不见，甚至任意践踏，根本谈不上有人妒忌，更何况是余班长这样的"大人物"。我也试着尽量跟他们靠拢，但他们全都戴着有色眼镜看人，且始终如一啊。因此，我也疲了，麻木了，任其自然了……

我同一天接到两封信，一封是北京的二哥写的，他一如既往地鼓励我，无论家庭发生什么变故，在校都要争当那百分之一，甚至千分之一的可以教育好的子女。另一封信来自一个乡下的陌生地址，这是我第一次接到乡下来信，心里顿时有了一种陌生的悲凉。信是父亲写的。父亲亲笔给我写信，这是我离家求学两年多来的第一次。父亲的毛笔字端庄清秀，就像他的人一样，规规矩矩，温文尔雅，不力透纸背，不入木三分，不笔走龙蛇，但一横一竖、一撇一捺，谦恭踏实立于纸上。父亲的信上说："吾儿：不得不提笔给你写这封信。我们家已被下放农村，这是政府的决定，谁也没有办法改变。我谁也不怪，只怪自己命运不好，只怪这个家庭命运不好。"最后，父亲专门对我嘱咐道："做人时运难违，认命活在当下。望儿事事不必苦撑，一切顺其自然为好。当然，你若好好读书，不断长进，能逃过这一劫更好。"我失神地望着信纸，想起风雨飘摇的家，想起风流云散的家人，我双泪纵横。面前的信纸洇满密密麻麻的泪痕。

回校当晚，我就去了陈老师的寝室。门关着，里面亮着灯。我正准备举手敲门，蓦然间，发现灯光映衬下的窗帘，已不是陈老师使用的湖蓝色，而变成了橘黄色。从灯影看，原来的灯管也换成了灯泡。我心里有了不祥之兆。霎时，我情绪低落，神色黯然。往寝室走，头脑里空空如也。此时细雨如帘，蒙住了我的眼睛，也打湿了我的心。路过吴校长的寝室，眼前，门与窗，只是一个黑黝黝的轮廓。

  冬日昼短夜长，起床铃响过许久，寝室里还悄无声息。每早第一个打开房门的必定是余班长。门轴在门斗里"吱溜"一声，就会听到他随口吟咏道："冷飕飕兮黑墨墨！屎屎急兮不想屙！不想屙兮也得屙！"他一迈出门槛，我已紧随其后。就是冬季洗漱，学校也不供热水，许多同学一触到冰冷的自来水，就放弃洗脸。他们便一边抠着眼角，一边走向操场。知羞一点的，往双手哈几口热气，然后猛搓脸蛋，脸皮就变得红润润的，大家戏称为干洗。

  下了早操，路遇袁小圆，我问："陈老师呢？"她说："调走了。"又问："什么时候走的？"她说："你离校治病之后的第四天。"我再问："调到哪里去了？"她摇头，随即向我打手势，我跟她来到礼堂，墙上挂的横幅还在：热烈欢送陈佩缇老师奔赴新的工作岗位。文字读来热情豪爽，很是激励人心。但袁小圆说："那天，欢送会一切准备就绪，就是等不来陈老师。李校长急忙派余班长去请，结果寝室里空无一人，锁挂于门扣，钥匙插在锁孔里。校工告诉李校长，陈老师已经走了一个时辰，是吴校长送的她。"袁小圆说完无奈地看我一眼，又道："太惋惜了，好想念她！"她还告诉我，传闻吴校长为了留住陈老师，和李校长大吵了一场。袁小圆见我听得一脸的无奈，一脸的痛苦，便提醒道："走吧，该上早自习了。"

  快下早自习，余班长和卢夫恭把我叫出教室。卢夫恭交给我一份材料："这是你的入团申请，退还你。"我望着余班长，他微笑一下说："她现在是学校的团支部书记。"她说："你的家庭出身本来就不好，又受过记过处分，这样的学生，在校是入不了团的。"我说："你应该在我记过的第二天就退给我。"她："我那时还不是学校的团支书，况且，陈老师还在呢。"我说："多谢你们操心，还记得我曾经向团组织靠拢过，又一个理想像肥皂泡一样破灭，好失败呀，心里觉得很是惋惜。"嘴上如是说，心里却恨恨的，四指掐着这几张有些泛黄的纸片，欲将其撕得粉碎。余班长一把拦住说："留个纪念吧！一辈子的纪念。"我如迎头泼了一盆冷水，心不是凉了半截，而是凉透了：余班长的话是在告诉我，我会永生永世不得进步，因此应该把这份入团申请留作一生的纪念。回到教室，我在入团申请书的第一页写道：他们不要我，自作多情！

  从城里治病回到学校，就一直没有见到吴校长。后来还是袁小圆告诉了我，说是吴校长在区医院住院,什么病她不清楚。这个星期天,我仍然没有回家,九点钟我和值班的总务老师,一个烧火,一个上灶操作,做了一锅红苕焖饭,就着锈刀切碎的铁腥味很重的泡菜,吃了一顿美味早餐。饭一吃完,总务老师就对我说:"你去看书吧,知道你是个书虫,杯盘碗盏我来收拾。"我笑着说:"杯、盘、碗、盏,好有诱惑力呀,只有书中描绘的盛宴才有推杯换盏,美味佳肴,酒肉飘香。眼前……"下面的"穷斯滥也"还未说出来,我噎住了,觉得此话有思想问题,便改口道,"不过,虽然我们只能端土陶碗,吃红苕焖米饭,但也算吃的金银烩,高等享受。"红苕是金黄色,米饭是银白色,我把红苕蒸米饭夸张成金银烩,总务老师直跷大拇指赞叹道:"形象!形象!"他嬉笑道,"盛宴会有的,一醉方休会有的,美好生活会有的,拼命念书吧!"我心里说,姑且算为苦中作乐吧!便道了一声:"谢谢老师!"

回寝室随便抓本书就上街去区医院看吴校长。

我抱着书边走边看,脚像长了眼睛,很顺当地走过弯曲的石子路,走过几根石条搭成的小桥,绕过小街上卧在太阳地里亮翅的鸡和晒裆的狗,直到撞在医院围墙根一位老人身上才停住步。老人下巴上刺着几根虾米胡,一脸核桃纹嵌满尘土,正扯开大裤腰在布缝间找虱子。他一个趔趄站稳后,先是恨我一眼,接着转为笑颜,向我伸出右手喊道:"乖乖崽!馋肉了吧,来,拿回去,爆炒虱子,四个一盘。一盘换两支盘尼西林,给我两支盘尼西林,给队长打,队长发高烧。"他欲将手里的虱子往我脖子里塞,我在躲避的同时,恶心得差点呕了出来。一头钻进医院门洞,有熟悉的谈笑声敲打我的耳膜,一看是李校长和卢夫恭边说边笑走出来。在他们笑弯腰还未发现我时,我一折身返回来,在老人身后面墙而立。心里一面嘀咕宁愿养几个虱子,也不愿和两个领导迎面相撞,耳朵一面听老人吼道:"又回来了,真舍不得爆炒虱子?盘尼西林拿来没有?"我匆忙向老人摆手,扭头见他俩朝一条小巷深处走去。找到吴校长的病房,护士正好在他屁股上打针,雪白的东西半球上,绽放着几朵褐色的如花一样的伤疤。打完针,棉签被护士随手扔在地上,然后用脚踢到床下,去和那些黄色、紫色的棉球为伴。吴校长提上裤子,束好皮带,显得很轻松,脸上的微笑特别真诚。他让我坐下,唯——张凳子上放着一包点心,要坐就只有坐在床边。我有生以来,只进过学校医务室,对这样真正意义上的医院有些恐惧也有些忌讳。他看我仍然站着,便说:"我不怕打仗,就怕进医院;不怕印度鬼子,就怕医生。在部队住医院最长时间住过三个月。这次就是旧伤复发,已经两周了。"枕边有几本书,面上一本封面峻峭的岩石上挺立着一棵青松,一看就知道是《红岩》,我翻了翻,当放下手里的书时看见它下面一本竟然是《少年维特之烦恼》。吴校长说："这些书都是你的。"我惊讶道："是我的？不是。我的书我认识，哪一本多少页都说得出来。"他说："陈老师送你的，好半箱，都暂时存放在我那里。"说到陈老师，思念之情油然而生，我说："陈老师走得很突然，我正好不在学校，走时都未能见她一面，也不知她去哪里了。"他没搭理，而是拈了一个点心给我，说："吃一个，李校长和卢夫恭送来的，说是代表学校师生看望我。才走，碰见没？"我只得说："没碰到。门口有个老头光着髂裆抓虱子，他们肯定是嫌羞人避开走的。"说完，我把接在手里的点心又放回去。此时，吴校长正侧身去接护士递来的药瓶。他边服药边说："那个老头是医院前任院长，后来被开除，疯了，只要是太阳天，他就在墙角抓虱子。"我问："干坏事了？"他说："一个右派找他看病，发高烧，他把医院仅存的两支盘尼西林给他打了，这个人的病倒是很快好了，可是第二天，'四清'工作队的队长发烧却没有退烧针药。盘尼西林，顶级退烧针药，小医院很难分配到，特别珍贵。由于珍贵药品用给阶级敌人，延误了队长的治疗，院长的问题，就成为立场问题、政治问题。撤职开除还是轻的。"我"哦"了一声，自语道："原来是盘尼西林惹的祸，难怪他念叨，给我两支盘尼西林。"又道，"医院的墙上不是写着'救死扶伤，实行革命的人道主义'吗？"话刚出口，马上察觉问题提得非常幼稚。果然，吴校长说："对呀，不是实行人道主义，而是实行革命的人道主义，多两个字，人道主义在执行当中就有明确的方向了。"我说："都是生命，谁在前，就用在谁身上。"他说："同样是生命，可赋予生命的意义却不一样。"再说下去，情感的背向就显而易见，他只得自我解嘲道："要是队长和敌人得病时间颠倒一下就好了，那样，院长还是院长，医院墙角就没有一个抓虱子的疯老头了。"

　　离开医院时，吴校长把身边的几本书给了我，其余的半箱书，他说待他出院回去清理后，再让我拿走。我刚出医院门，吴校长跟出来，对我说："你不是想知道陈老师去哪里了吗？她调向阳农业中学了。这是一所县里才办的半农半读的试点中学。"听到这个学校名字，我的心一下沉重了。走在路上，我随意翻了翻《少年维特之烦恼》，觉得今天看见它，与那天在陈老师书架上第一次见它，完全是两种不一样的感觉。

　　这个星期日，我要去一个陌生的地方找我的陈老师。

　　在田野里是见不到星期天的景象的，沟里坡上，凡是有人劳动的地方都飘扬着红旗。挥锄的，挑担的，犁地的，在猎猎的旗帜下时隐时现。裸露的石岩上用灰浆写着许多鼓舞人心的标语，拙朴的仿宋字在两里之外都觉得明亮得耀眼。这样的标语也让有的人看着胆寒。没有一棵树，漫山遍野光秃秃的像人没穿衣裳。

岩边立着两座土高炉，几年前它吃尽了绿树青山，吐出的却是一堆堆废铁，现在依然在垮塌的炉膛里卧着，狰狞的岩浆似的凝固物，铁锈红的色彩很是鲜艳夺目。土高炉的旁边，东西向排列着一溜瓦房，灰砖柱土坯墙，有十几间。石块砌成的围墙圈出偌大一个操场。围墙的石缝里爬满各种藤蔓，干枯的叶片在风中颤抖。围墙上用石灰搪出的几个白色大饼，上书"向阳农业中学"，六个红漆大字十分鲜艳。我从大门下穿过，柏树枝扎的牌坊已不再苍翠欲滴、生气勃勃，几片萎黄的柏叶掉落在我肩头。门联却很显眼，我从头至尾一看，上联是"大地是纸锄头为笔描绘锦绣河山"，下联是"日月如梭青春似线织就革命人生"，横批是"农业中学好"。操场里立有一副木质篮球架，篮板上印有几个球形泥痕，篮圈略为倾斜，可能投篮命中率会很低。操场东头边缘，一纵排已经干裂的秧田，那是春天育秧后留下来的。操场里零乱的脚印和篮板上的泥痕告诉我，同学们只有雨天不劳作时才能打球。

  校园里很静。因为寂静才让我如梦初醒，原来我错选了无人的星期天。那排房屋的中间有个门洞，里面坐着一位老者。他告诉我，他是学校的校工，每日每时他会坐在这里。他说，不是因为休礼拜才无人，而是老师同学都到试验田里劳动去了。他还用很严肃的口气对我说，他们学校"三夏""三秋"是不准休礼拜天的，要停休整整三周。并要我记住，这是政治任务，是谁也改变不了的。我告诉他，我们学校在农忙时也要停课支农一周，那也是政治任务。他抿嘴一笑，问我找谁。我说出陈老师的名字，他默了一阵道："她呀，那个城里妹？"说完手朝身后一指，"住西头第一间，不在。"我再问去向，他回答得很干脆："不知道。"他脸上的表情突然变得有些僵硬，我只得悻悻地离开。

  在西头第一间屋子的窗子上，我看见了那熟悉的湖蓝色窗帘。一个多月以前，它还挂在玉马中学陈老师寝室的窗子上，它漂亮清爽，还带有淡淡的肥皂香味。那时，我时常从它下面走过，它的开与合，它的迎风飘拂和无风低垂，我都能从中洞察到陈老师的许多心事。而此时的它，那样静静地网一般张着，沉重而肃穆，仿佛从未拉开过而且永远也不会拉开似的。

  沿着铺满衰草的土路，我找到东头几间南北朝向的新瓦房。在角落一间堆有劳动工具的房子里，透过窗子，我看到陈老师的身影。她正忙着筛选脚粮里的泥土，整个身子都笼罩在尘土里。我敲了好几下玻璃窗，她才从"哗哗"的筛粮声中辨别出我敲窗的声音来。看见我的那一刻，她有些迟钝地来到我面前。隔着窗子，我看到一张泥塑似的脸上，好像有两颗星星在闪烁。张望了好一阵，她拉开窗扇，一股风吹进去，她迎风摇头，尘土纷纷飘落，那张漂亮的脸庞，才渐渐显露出柔和的轮廓。见此情形，我心痛不已，感觉这里不像学校，她已不像老师。我推门进去，几个箩筐横在眼前，里头装满已经择净的豌豆，筛子下面堆着厚厚一层泥沙石子。她将一张凳子擦净，让我先坐下，然后对我说："三秋农忙很快结束，这是三周农忙假最后一个不休息的星期天。你来了也好，可以看看农业中学是个什么样子。反正这里找不到你这样的学生，他们都热爱劳动，要的都是泥土气息，拒绝的都是书卷气息。"我问："你还教音乐和图画课？"她说："学校暂时不开设这两门课，我教政治。""你教政治？"我深感意外和惊奇。她说："分配课程时让我教政治，我也很吃惊。校长过后对我说，这是组织对我的信任，像我这样的家庭背景的人教政治，我是全区唯一的一个。之后好长一段时间，我一直处于兴奋状态，觉得能教政治，真的很自豪！"说到这里，陈老师已经激动得泪花盈眶。我给她打了一盆清水，她边洗边说："学校的师生都到地里劳动去了，天黑才能回校，农忙不讲作息时间。"她洗得特别认真，眼眶、鼻窝、嘴角、耳郭，都仔仔细细擦拭，还反复用清水漱口，爱干净的习惯一点没变。她捋起袖子，将手浸入水中，手没原先那么白嫩，但依然秀丽润泽。当她解开衣扣，露出虽蒙尘土，但仍然雪白的颈与胸时，我一下转过身去。我听到她咳嗽一声，就这一声，我忽然觉得她变得陌生了。在我家小镇上，女人在男人背后只咳一声，那是给男人打张声，像是一种猥亵的暗示。这种习性或者交流的伎俩，在过去的陈老师身上不曾见过，来乡下的时间并不长，受到如此熏陶，多么可怕的生存环境呀。"躲什么呢？"她说，"我说过，我已不是你的老师，你已不是我的学生。我擦洗完了，转过身来吧。"我转过身，她端起一盆黑汤泼出去，胸前的领扣已扣得严严实实。我说："我想做君子，非礼勿视嘛！"她笑了，说："有的礼教太束缚人，我们要冲破它。非礼勿视，是不是真的不想看，我看未必是这样。"她看着我，我的脸忽地发烫。她说："其实，真相是在压抑自己，大可不必那样，放纵一下，何罪之有，你说呢？哪个少年不钟情？"我说："哪个少女不怀春？"她说："对呀！青春是美好的，因虚伪而辜负它，等青春逝去，后悔就晚了。人，要做就做真君子，敢于袒露自己胸怀，敢于和旧礼教做斗争。"我说："想这样，但不敢。我宁愿憋死，也要把自己束缚在特定的框框里。有一种生存技巧叫'适应'，人在矮檐下，不得不低头，我们只能活在当下。"她说："胆小鬼，算了，你走吧！"我站立未动，她拍拍我肩膀，说："走呀，语言的巨人，行动的矮子。记住我的地址，常给我写信。"迟疑当中，我的眼睛已经湿润，只点点头，"嗯"了一声。走到门口，她停住脚说："我只能送你到这里。"她将一封信交给我说，"带给吴校长吧，代我向他问好。"我随手将信揣入衣兜，说："放心，一定把你的信带给吴校长，问候就不带了，带去就和信里的问候重复了。"她说："不会的。"我说："重复也无妨，重情嘛！"正在这时，校工交给她一个竹篮，里面还有一把镰刀，说是校长叫送来的。让她不要停留，接着把校园的杂草割尽。待校工离开，她顺手就将篮子扔到草丛里。除了镰刀，还从篮子里跳出来一只癞蛤蟆，蹦了几下蹲在那里不再动，睁起两只豆豆眼盯住陈老师不放。我忽然想到一句俗语，便说："癞蛤蟆想吃天鹅肉！"陈老师一听应声道："你说对了。怪不得我们的校长多次在会上说，这是一个革命的年代，什么奇迹都可以创造，如今癞蛤蟆想吃天鹅肉也不再是痴心妄想，在今天，是完全可以实现的，癞蛤蟆可以吃到天鹅肉！篮子里的这只癞蛤蟆，难道是他在暗示我？"我说："天鹅如果折翅，飞不起来了，癞蛤蟆当然能够吃到。"她说："失去高度，不等于失去志向。只要有远大志向，癞蛤蟆就是痴心妄想。"

  出了校门，我掏出信一看，原来是吴校长写给她的信，她又原封不动地退回去，难怪她说问候不会重复。该如何处理此信，让我为难了好几天。经过缜密分析，我认为，不能让吴校长对生活失去热情，只有他热力四射，我也才会沾到温暖。最后自作主张，就让这封信沉睡在我这里吧。

  冬季真的来临，身体和衣衫都单薄的同学，时常哆嗦着身子。如遇晴日，一挨到上午第二节课下课铃响，他们便拥到教室外的墙边晒太阳，还边晒边推搡挤压，试图再制造一点热量，好让躯体更加暖和。

  周日早晨，吴校长穿着一身厚重的军大衣，脚上的大头鞋像两座小堡垒，魁梧的身躯在校园里无与伦比，整个人有如一尊能行走的雄伟雕塑。我见他看着手表走到教务室门口，然后站定，目光投向学校大门，他在等候什么。片刻，一串铃铛声在校门外响起，随着铃声，邮递员骑的绿色自行车倏地冲到吴校长面前。他并未躲闪，而是一把抓住车把，笑嘻嘻道："我最喜欢听你这清脆的铃声。"邮递员说："你等候几天了，可惜，还是没有你的信。"顺手将一沓报纸交给他。吴校长翻过报纸，问："还真的没有？"邮递员摇头："真的没有。"说完又飞快骑车离去。

  吴校长怀抱报纸，凝视远方，纹丝不动。他一定在疑惑不解："她为什么不写回信？"看着他蹙眉发呆，看着他异于平日的目光和神态，他心里好像非常难受。他将怀里的报纸掷也似的丢在桌子上，弯腰从绿化带捡起一颗石子，挥臂投向远方。石子呼啸着穿过层层树梢，"唰、唰、唰"的响声经久不息。

  一天课余时间，袁小圆在一个僻静处候到我，她说："告诉你一个马路消息，听说吴校长向区里申请，他要去向阳农中当校长。"我说："不可能吧，陈老师躲都躲不过，他还争着去，真是奇怪。"她说："正是因为陈老师在那里，所以一点也不奇怪。他年龄大了，想找对象嘛！"我说："她和他都是好人，做我们的老师再好不过了，能当他们的学生，是我们的福气。但他俩要是成为夫妻，陈老师她……"她瞪我一眼，说："她，她什么？看人看主流，吴校长是革命军人，是口红染缸，陈老师这块白布，放进他的染缸里染红，比掉进黑染缸里变黑要好。"说到这里，我感觉出陈老师在她心里的分量发生了变化，不是变重了，而是变轻了。这种变化，就反映在她的"染缸论"里面，这个论断，它不仅伤害到陈老师的自尊，我的自尊也受到伤害。于是我说："身份能上色，感情是不容易上色的。反正，他俩在一起……"她似乎觉察到什么，不好意思地笑笑："我是说，现在时兴姑娘找军人，他找她，她不亏。算了，别谈老师的事情。"我说："不谈也罢，我们把自己的书读好才是本分。"

　　至于吴校长要求去农业中学的事，先一阵是泥牛入海无消息，后来有马路消息疯传，说上级根本就不批准，主要原因，也是唯一的原因，是为了维护他的英雄形象。维护英雄形象与去不去农业中学有什么关系？我很纳闷。之后，卢夫恭的解释，让我心里喜一阵，忧一阵；热一阵，凉一阵。那天路遇卢夫恭，她叫响我的名字说："伊诗岚，告诉你，吴校长一心要去农中，他是奔陈老师去的，上面怕他犯错误所以不同意他去。"我问："怕犯什么错误？"她一扬头："你别装糊涂，你们男人爱犯的那种错误呀！"我心情一下复杂起来，说："既然爱犯，就不会因为距离能隔断他让他不爱犯啦，而是相反！"她一惊，说："你心里好坏好复杂呀，你是说，距离产生思念，越思念，爱得越凶，就越是爱犯男人爱犯的那种错误？"我说："不知道，是你在演绎，你在延伸，我想不到那里去。"她哈哈大笑，拔腿就跑开了。

第二十五章

寒假前一个月,我穷得身无分文,粮店的米买不回来,眼看食不果腹。家庭下放农村之后,父亲二十四元的月薪没了,母亲十八元的月薪也没了,家里财源枯竭,老少七人如搁滩之鱼,命悬一线。连为衔接城乡生活而延续供应半年的商品粮,都是由二哥寄钱购买。因此,父亲写信问我生活费能否维持到放寒假,我回复说还略有节余。谎撒得轻松,却把我推到了"一文钱逼死英雄汉"的绝境。

早餐时同学们蝗虫一样飞进食堂,我却肚皮贴着后背四处张望,其形象肯定很是孤独和猥琐。早上时间紧张,不好打扰同学借粮,加之周六,大多数同学背来的一周的口粮也恰如其分地吃光吃尽。我只好眼冒金星地去教室等待上课。边走边想,中午再饿一顿,晚餐或偷或抢,无论如何也要吃个肚儿圆,否则饿死了,即便落个正人君子的美誉,也不能让我死而复生。坐进教室,伸手从书桌柜里摸课本,却摸出一个手绢包,打开一看,是一包米。是谁偷偷给我雪中送炭?正疑惑不解,上课铃响,同学们推推搡搡进入教室。我不再多想,拨开人群就朝寝室奔跑。淘好米装好罐送进厨房,地甑已经落盖。炊事员说他们一日三餐吃个半饱,没有力气再为我一人重新起盖。还说实在要放餐罐,只有自己动手。难忍之饥就是命令,我用右肩扛住甑盖一端的把手,试图一扛而起,它却纹丝不动,钢铁一般沉重。再扛时,只听总务老师一步跨进来,吼道:"胡闹!闪了腰谁负责?他可是玉马中学的高才生。"随即让炊事员将我的餐罐放进地甑。有个炊事员嘀咕道:"这年头高才生又不能当饭吃。"我一听,心想真是一语道破,高才生不但不能当饭吃,高才生没饭吃时比谁都更难受。

饿死鬼一旦端上饭碗,那个惬意劲,那个幸福感,是饱死鬼们无论如何都体验不到的。中午吃饱了,腰也伸得直,步伐也迈得开,真是扬眉吐气,自豪无比。包米的花手绢——这条救命的花手绢还在我身上。我想不起它的主人是谁。回忆看到的所有女生擦鼻抹泪的花手绢,没有一条有它干净漂亮。突然,心里冒出一个想法:我希望是陈老师的。但,不可能,这里不是童话世界。后来,还是袁小圆为我解了密。她借给我三元钱买这月的供应粮,还说我应该还她一条花手绢,这时我才知道送救命粮的就是她。她以文静女孩特有的细心和睿智,发现我那天早晨没去食堂吃早饭,猜测我肯定断粮了,便用最快的速度,赶在无一个同学进教室前,把一餐的米送到我最易发现的地方。袁小圆的出身和家教在我身边的人群中都是一流的,我一直很敬重她。因此,她对我的帮助,我全都视为是她良好人品使然,不会想到余班长所追求的男女之情那些方面去。我,十分感谢她!

唯一的办法是卖米换钱,用于还账和微乎其微的零星花销。月供三十斤口粮,二十斤是米,还有十斤米折算成十五斤红苕。我分两次把粗、细粮背回寝室,之前还冷飕飕的,现在不但解开夹袄,而且汗衣湿透,额头也挂满汗珠,脸蛋热乎乎的。

这个星期日,恰逢赶场天,真是难得的巧合。我提着半袋米,吹着口哨走在街道中央,察觉总有人回头看我,多数是女人。我不相信白面少年对焦头烂额的赶场村姑有什么吸引力,她们的心思都在怎样将手头杂七杂八的东西小心翼翼地换成油、盐、布头上。她们的回头,是因为我吹着口哨扬扬自得的样子让她们看不惯而生憎恨。我赶快闭紧嘴巴,含胸收胯,让自己显得猥琐一点、老实一点。此刻,我看见前面不远处有戴红袖章的市管会人员在人群里穿梭,我心里顿时慌乱不已,庆幸收敛得正是时候。自由市场里熙来攘往着形形色色的人。提着的口袋鼓鼓囊囊,夹在腋下的都是空袋子。这是买卖双方各自的标志。在散漫的若无其事的游走中,他们踩脚,碰肩,递眼色。瞅准市管人员的盲区沟通好了,就一前一后转到街背后,一手交钱一手交货。与两年前因办校园文学刊物缺钱卖米的情境不同,"四清"运动让自由市场几乎处于关闭状态。我做不来这种地下工作者似的交易,更怕被抓住当成投机倒把分子。只好离开市场另想主意。就在我站在街边六神无主心急如焚时,一个女人死死地望着我,然后假咳几声,再微微点两下头,这些动作完成扭头就走。我会意地攥紧米袋跟上去,跟了半条街钻进一户人家。我一开始就觉得眼前这个女人曾经在哪里见过,只不过是比印象中的要丰腴一些。屋里一个约莫十二三岁的女子正在逗小男孩玩,见我们一前一后进到里屋,立即嚷道:"大嫂,你怎么把野男人带回家,我哥探家回来晓得了打死你。""给我闭嘴!"女人吼道,"你看他是野男人吗?他是学生,他是学生,卖米的,不买黑市米,你喝西北风呀!"我一听,即刻把走进市场时摘下的校徽重新戴上。女人见了笑道:"别理她,农村来的不认字没见识,她知道你别的那是什么牌子?"说完她从一扇门后拿出一杆秤往桌子上一撇,一手叉腰,一手指着小女子呵斥道:"把你侄儿抱上街敞敞气,成天蹴在屋里想憋死他呀!男人带回家我干什么啦?"小女子抱起孩子,很不情愿地朝外走,一面走一面一眼眼恨我。女人让我坐下,换了一副笑容与我相视而坐。她说:"你不记得我,我可记得你。"小女孩的直言不讳和仇恨的眼神让我既难堪又紧张,刚才在路上想起的对女人的那点模糊印象跑得干干净净。她见我不语,又道:"比第一次见你时更可爱了,一种成熟的可爱。"我搜肠刮肚也回忆不起我们之间在什么地方有过什么样的第一次接触,头上汗都快急出来了。轻柔的声音又响起来:"那次以后,我隔三岔五去那棵黄桷树下转转,总想碰见你,却总也碰不上你。"越说我越糊涂,我都快要急死了她就是不说破。外面有轻微的脚步声,还夹杂着小孩的哼哼唧唧。我侧脸看,见到小女子的头在门框边一闪就缩回去了。我刚回过脸,一只小布鞋从我眼前飞过去,大门被砸得"哐"的一声,小女子嘻嘻哈哈跑出大门。"人小鬼大!"女人甜甜地笑着对我说。她称米的姿势很优美,胸挺起,执秤的手肘撑在右侧腰间,身子微微向左倾斜,身姿的曲线一下勾勒出来,十分圆润柔和。她的目光从秤杆上平视过来,半眯的眼睛里有一层晶莹的光在闪烁,它叫我想起一个词叫含情脉脉。两斤半米她说算三斤,每斤二元五角,是黑市米价的最高点。我推辞说:"两斤半就两斤半,怎么能多算半斤?"她说:"买你的米多算斤两又不是头一回,第一次是在黄桷树下的市场上,帮你过秤的老头是个人精,他看出我喜欢你这个美少年,乐意被他敲一斤米的竹杠。三斤算四斤,你后来知道吗?"我"啊"了一声,模糊的记忆经她提示又十分清晰地显现出来。我说:"对的,对的。他还炫耀过他的聪明。我给他一块钱,他不接,我又加了一斤粮票。"她说:"我那时才结婚,头年还在学校读书,母亲图男方有钱,硬逼我这个高中生嫁给一个伐木工人。我很生气,孤独的时候就闷在被窝里流泪,想着两口子隔山隔水千多里,钱多也买不来夫妻的温馨,就讲吃讲穿,搭配的粗粮送人,再买黑市米来添补,第一次上自由市场买米就碰见你了。"她将八元钱塞进我衣袋,她说:"我真的不缺钱,我缺的是男人的温暖。我的温暖很遥远,也很短暂,每年就过年的那么十天半月。就是那么点团聚的日子,还要除去两口子怄气的时间。"她走近我时,已经泪流满面。她把我的头揽入胸怀,我感觉,不断有泪滴落在我脸颊。女人的气息,使我全身迅速膨胀起来,情不自禁地,我的双臂环住她的腰,绸面薄袄下,柔润肌肤传导的酥麻感,蚂蚁一样爬上我的指尖,然后爬满全身。我挣扎着推开她,她的手顺势牵住我的手,将要滑脱的时候,她的脸忽地通红,扭头躲进了睡房。我不明白她这个动作意味着什么,我揣摩着,也有些后悔自己为什么突然要从她怀里挣脱出来，紧扣的五指为什么要滑落。我朝睡房走了几步，又赶紧止住。我想起了母亲的教诲，她经常对我说：男想女，隔座山；女想男，隔层单。女人要糟害男人，只要她愿意。你呀，要学会远离红颜祸水。我的心，不禁颤了一下，这一颤，除却了心里的许多不舍。我往外走，听到小女子的喊声："地主上墙了，地主上墙了！"我心里一惊，谁家的老地主会爬上墙头呢，难道是吊在屋梁上挨批斗？她抱着小孩跨进门槛，见到我时一愣，说："怎么才走呀？是买米呀，还是数米？小投机倒把分子！"我没理睬她，擦身过去，听到她呼叫："大嫂！大嫂！地主上墙了，快去看呀！"

我想去寻找小女孩说的"地主上墙"在什么地方，跑到区公所和小戏楼，那些用于斗争阶级敌人的场地都没看见。倒是在小戏楼的白墙上，看到《白毛女》里斗争地主黄世仁的宣传画。画面已斑驳不清，有些年头了。我突然想到，小女子是不是在什么地方，新发现了画在墙壁上的斗争地主的宣传画。记得从"大跃进"开始，我家小镇上，每面房屋的白墙上，都画着激励人心的宣传画。那时我在读小学，很喜欢画画，只要街上那些墙面上有宣传画，我都会一幅一幅挨着看。在那些反映"大跃进"年代火热生活的壁画中，有两幅画至今还珍藏在我心里。一幅是一片稻田，稻穗密密匝匝，上面围坐一群捆着肚兜的胖小孩在玩"丢手绢"的游戏。下面的标题是"人有多大胆，地有多大产"。这幅画让我看到了农民伯伯的勤劳、智慧和勇敢，敬佩之情油然而生。另一幅更神奇。画的上前方，一个戴鸭舌帽的钢铁工人，手执一根顶头带环的钢钎坐在火箭里，火箭头上红旗飘扬，尾巴喷射着火焰，处于飞速前进的状态。画的下后方，一个高鼻子洋人骑头毛驴在赶路。洋人满头大汗，愁眉苦脸。毛驴鼻子喷着热雾，垂头丧气的样子。画的标题是"钢铁元帅升帐，二十年超英赶美"。我最喜欢这一幅，画得俏皮生动。每当想起戴着高筒帽、鼻子如钩的洋鬼子，骑在毛驴背上那副失败丧气的样子，就有了祖国建设突飞猛进快速发展的自豪感。时代改变着墙壁上宣传画的内容，不断赋予新的意境。"大跃进"的热潮减退，阶级斗争的硝烟燃起，在各种宣传工具的凌厉攻势下，对阶级敌人的仇恨，迅速深入人心。其中，村村镇镇墙壁上的宣传画和宣传标语，功不可没。

在上街的小学校，我果然看到陈老师正在墙壁上画刘文彩的《收租院》。地上好几个脸盆，一个女青年在调颜料。她们的头，脸，还有衣服上都落满色彩，像绽放的鲜花。要不是我对陈老师的身影很熟悉，几乎就认不出来。陈老师看见我，笑着从高凳子上跳下来，头一句话便问："你怎么知道我在这里？"我只好说："听见一个小孩喊'地主上墙'了，我就想知道这个地主在哪里上墙，是谁把他赶上墙的，于是我就到处找，就找到这所小学校，没想到原来是你。"说完，我俩同时大笑起来。这是她调走后，我们第三次相见，虽然笑着，由于环境的磨难，她的笑容，一次不如一次灿烂。我们找个石台坐下。她的手背，虽有颜料掩盖，仍然可以看到细小的皲裂。她注意到一见面，我的眼睛就没离开过她，便说："你不要光在我身上找变化，你看你自己，五官的轮廓明显了，有的不只是少年味，男人味已经长出来了，身上透出一种气息，有点逼人，逼我们这样的人，逼得都快喘不过气来。眼睛转过去吧，转过去吧！我忍不住啦，要不我画画去呀！"这一次，我忽然感觉到，陈老师在我面前说话不太选择语言，顾忌少，任性多，感受不到教育的意思，感受到的是异性间话语毫不忌讳、类似挑逗的那种侵犯。但我毕竟没有忘记自己还是个学生，脸独自红了。我说："陈老师，你变了。你说话不再像是老师对学生，而是一个女人对一个男人。"她说："你知道吗，我身边的人，每天都说着男人与女人的话题。要是不说，他们就会憋得惹是生非，还打架。开始我也厌恶，时间稍微一长就习惯了，环境就这样嘛，你改变不了环境，环境就会改变你。"我说："上次去你那里，校长让校工给你一个筐，里面还有一只癞蛤蟆，想吃天鹅肉的那种癞蛤蟆。他是不是在暗示你什么？后来呢，后来怎么样？"她说："那时我住在校园围墙外，校长叫我搬到学校实验室住，我就想起癞蛤蟆的事，便拖延了几天。刚好，他女儿作为民办教师安排进来，一来，就把我黏上了，处处跟着我，一搬进实验室，她就跟我住在一起了。"她指了指调颜料的女孩说，"就是她，很懂事的一个女子，比她父亲懂事，经常护着我。"我问："你现在教什么课？"她有些得意，说："还教政治课啦，组织很信任我。还让我来画《收租院》，这也证明对我的信任。"我说："能教政治课真好，说明他们没有另眼看你。你在农中应该是个人才。"她说："我已经适应了农中的教学和生活。"正在此时，我听到那个调色的女孩在喊："陈老师，有领导来了，你过来。"壁画前站着两个穿中山装、胸口衣袋里都别着两支钢笔的干部。两人都抽着烟，夹纸烟的食指和中指熏得焦黄。他们在仔细游览已经画就的七幅《收租院》的宣传画。徘徊好一阵才站定，其中一个将烟头扔在地上，锃亮的皮鞋踏上去，前脚掌轻微一旋，将其踩灭。另一个朝地上唾了一口，然后把烟头弹出好远。烟头溅出几颗火星，划条弧线落地。弹烟头的干部对穿皮鞋的干部说："她是向阳农业中学的陈佩缇老师，墙上的《收租院》就是她画的。"穿皮鞋的干部看了一眼陈老师，又扭头看我。看见我时右边的眉毛稍微扬了一下，嘴角露出的一丝微笑一闪即逝，马上又回头问陈老师道："你之前在玉马中学？"陈老师点头称是。他接着说："你画的画有问题，你知道吗？"陈老师一惊，脸立刻红透，只慢慢摇摇头。他向身边的那位干部交代:"停了吧,我从县文化馆给你派一名美术干部来重画。"弹烟头的干部随即对陈老师说:"那你先回农中,下午我去你们学校。"临走,穿皮鞋的干部朝我扬了扬手,我不知如何回应,正想举手,他已回过身去。他们走出不远,我和陈老师同时想起,穿锃亮皮鞋的那位干部,就是去过玉马中学的羊县长,跟一年多前比有些变化,身躯稍稍圆了一点,脸上的庄严多了一些。此时,我心里有些愤愤然。他的微笑和挥手,不但弥补不了他儿子顶替我上县重点中学给我带来的伤害,反而更是让我感受到权势的狰狞和可憎、人生的无奈和悲哀。知道了来者的身份,陈老师的情绪更加低落,她实在不明白自己的画错在哪里,她对我说:"你也帮我挑剔一下,看这七幅画的问题出在哪里。"她把范本给我,带我对照着一幅一幅仔细挑毛病。看完我问:"陈老师,你真的看不出有没有问题,问题在哪里?"她摇头。我说:"其实,县长不说有问题,我也看不出来。带着问题找问题,还真是有问题。"她说:"绕什么,就是有人常说的用批判的眼光看待一切。你不会是受了县长的误导吧。"我说:"不用误导。《收租院》是揭露大地主刘文彩对佃户们的残酷剥削,百般压榨,直至血肉尽失,成为一具具骷髅,是一部劳动人民受封建地主阶级剥削的血泪史。而你倒好,笔下的佃户不是肋条根根,而是根本看不到肋条,身子还显得有些丰满。这不是问题是什么?"她反驳道:"艺术,我要的是艺术,我要画出劳动人民的抗争精神和威武不屈。你看满脸仇恨,铮铮铁骨,强劲的身躯,足以与地主阶级抗衡。形象美,这是体现劳动人民的精神实质。都画成鸦片鬼似的,那是丑化他们。"停顿一下,她接着说,"其实,我作画时,真的有一种担忧,看到范本上瘦弱的佃户,我头脑里老出现才从饥荒里走出来的我身边的那些人们,我怕画成那样,别人会攻击我在讽刺当今。所以,我想到了应该画出他们的精神实质。"我说:"谁也不敢拿现实说真话,谁说真话,谁就会倒霉,只有你,才那样天真和真诚。"她痛苦地摇摇头:"对艺术,你的理解和他一样,太肤浅了。好的艺术作品,要鼓舞与引领人民奋发向上,它应该是号角,而不是垂死挣扎时的哀鸣。"我说:"此类题材的作品,刻画得越悲惨,揭露得就越深刻。哪怕它是高度夸张的。"她说:"不对!我们的人民,是有脊梁的人民。斗争精神,就是他们的脊梁,再处于逆境,也不失其仇恨、勇敢和气节,这就是我画作的灵魂。"当我再要辩驳时,调颜料的姑娘来到我跟前说:"你别争了,刚才有个赶牛车的大姐路过,看了这几幅画赞不绝口,我把她的原话告诉你。她说,这画画得真好啊,你看这一个个长工,一脸的愤恨,一身的力气,就像我那杀猪匠男人,要是哪个老地主把他惹急了,他就杀他个血流满地。你听,要是把穷人都画成饿死鬼,她肯定要骂。"她停顿一下又道,"我说的都是真的,不骗你们，她的牛车差点上不了坡，我听了她称赞我们的画，就高兴地主动帮她推了上去呢。"我一听，感叹尤姐的聪明无处不在，唤了一声："尤姐！"就飞也似的追上马路。跑了一程，只望见远处有个很小的黑影。我在心里问自己：那是尤姐吗？

陈老师来到我身边，问："连牛车都追不上，你的心思放在哪里了？你的劲头用在哪去了？"我笑笑，没有吭气。

临放寒假，袁小圆两次碰到我都欲言又止，不知她有什么话要对我说。终于，那天上劳动课平整操场，我在篱笆墙外淘水沟，她在墙里捡垃圾，透过空隙看过去，我们正好面对面。她对我讲，陈老师画的《收租院》被县长看见了，指责她画的大地主压迫下的佃户，不是瘦骨嶙峋，而是像今天的农民那样身强力壮、精神抖擞，是在美化剥削阶级。说这是政治问题、立场问题，要深挖。我正欲帮着辩解几句，有同学过来，我只好沉默不语。

这天，我却意外地获得一条重要信息。路过李校长办公室，听见他和吴校长正在争论什么。我贴墙偷听，尽管心里咚咚直跳。李校长说："你不能去说情，你去了，这也是立场问题。"吴校长说："帽子太多，她画画的本意是好的，就算有问题，也是技术问题，根本就不是立场问题，不要扯得太远，光想给人戴帽子。"李校长说："谁个扯得太远？谁个光想给人戴帽子？你是说羊县长？"吴校长说："看你往哪个身上拐，我不怕，好歹我也是个战斗英雄，我扛不住，上面有战友帮我扛，他们的官大着呢！"李校长无声。吴校长又说："晚上就去区里找李区长，我要明明白白地去替陈佩缇老师辩护，她画得不对，抹掉就是了嘛，为什么想整人？又不是她自己要去画，组织派的，组织也要负责任，明知她的家庭背景嘛！"李校长沉默之后说："我是为你好，既然你厉害，我管不了，不管就是了！莫后悔啊！"吴校长再没理睬，气哼哼地走了。

早上的校园，晨雾浓得像才挤的奶，把一切都淹没在其中，只有高大的香樟，挣扎着露出墨绿的梢头。乳色的雾团里渗出的水滴，吧嗒吧嗒恣意飞落我的身上。一旦滴进脖子，会刺激得我精神为之一振，胜过领操老师那一声哨子。今早，没见吴校长身着草绿色绒衣，在单杠上翻飞，矫健身影划出来的那一缕缕绿光。我们已经习惯了一边跑操，一边注目雾罩里的这一道风景，偶尔没了，大家会猜测满身枪伤的他是不是病了。下操我没回寝室，直接去了食堂。路上人影稀落，一眼望见李校长从厨房出来，右手提个热水瓶，左边腋下夹一个暖手用的葡萄糖注射液瓶子。他的双排扣大衣领子竖得很高，平时最刺眼的黄狗皮毛领只露一点边沿。他上完那几级石阶，我正要往下走，忽见他站定，眼睛看着校门口。顺着他的视线望过去，从校门外进来的那个人是吴校长。李校长摇摇头，我与他擦肩而过，听到身后的他"唉"了一声。

早餐时，吴校长频频点头，跟老师和同学打着招呼，心情格外地好。见到我，他轻微招了招手，脸上笑容可掬。我不知道他的好心情从哪里来，是不是来自李校长的一声叹息？难道，他俩写在脸上的表情，总是相反的？

很多时候，我不愿同时想起陈老师和吴校长。在校时间少一天，这种心情就胜似一天。

第二十六章

放寒假的第一件事，便是尽快去看陈老师。与前一次比，她们的校园更像农妇家的院场。操场上堆着小山似的红苕，藤蔓晾满篮球架，要打篮球那只是痴心妄想。教室的窗户全敞开，课桌上，镶铺着一块挨一块的苕片，卷边了，已有六成干。最奇怪的是，操场的另一端，各色竹席、苇席，缀着补丁的床单，全成了晾晒苕片的工具。都放寒假了，这些摊子谁来铺开谁来收拾，难道是无家可归的陈老师？我愁满心头，一个人就是累断腰，也难以完成全部工作量啊！一条狗怏怏地靠着墙走，我几乎与它并行，只超前几步远。我望它时，它的眼斜视我，略带怨气。它可能常到学生食堂望嘴，今天却扑空，以为是我捣的鬼。拐一道弯，狗突然摇起尾巴，快步窜上前去。前面是陈老师的寝室，我见窗台上趴着一个人，在朝里偷窥。狗的亲热让他转过脸来，却是老校工，我赶紧贴着墙壁。校工继续伏在窗口。他踮起脚尖，身子尽量往上伸。这时，我才发现，他脚下垫着一只小板凳。狗狠劲蹭他的裤脚，他反过手，不停向后挥舞。狗似乎懂得他在驱赶它，抬头望他一眼，没得到丝毫施舍，无奈地怏怏走了。我猜测，校工偷看得如此痴迷，陈老师难道是在换衣服或者洗澡？我经另一条道，绕到陈老师的寝室门口。门半掩，屋里传出陈老师和一个男人的交谈声，这个人，在我的意料之中，也在我的意料之外，因为实在是太早了点，他就是吴校长。我不敢偷听，急忙离开。走到校门口，值班室里，校工正照着镜子拔胡须，那只偷窥时趴窗子用来垫脚的小板凳，放在墙角里。他看见我，一本正经地问道："你是谁？找哪个？怎么进来的？"我口齿清楚地回答他："我是陈老师原来的学生，就找她，我来时你不在门口。你忘了，两三个月前，我来看陈老师，校长在筐子里装只癞蛤蟆，让你交给她。"校工记起来，脸上出现笑容，连说："对、对、对，那只癞蛤蟆我交给陈老师，差点把她吓哭了，城市妹崽嘛！"告别校工出来，我决定找个地方待一阵，等吴校长走了再去，来一趟不易，不见不散。不远处有一座石桥，坐在桥下水边，可以从弯道看见路上的行人。小河清流潺潺，一股股水流撞击卵石绽放朵朵水花。忽然，我看见对面河滩边的小树丛里，挡着一个如同书本一般大小的牛皮纸袋，上面粘着干枯的水草叶子，我就当它是包装好的书籍，很是痛惜，心里骂着糟蹋书的人。正要往水里跳，才察觉现在是冷天，还穿着鞋。我从桥上跑过去，捡起纸袋，解开包成十字架的绳子，去掉牛皮纸袋，才发现原来不是书，是本精装笔记本。由于外面有厚实的牛皮纸包裹，笔记本毫发无损，装帧十分精美，淡蓝色的封面像天幕，左下方的图案是两栋错落有致的外国尖顶楼房，与右上角"1953"的字样，成对角嵌印，让人一眼就能看出，这个工艺特别的笔记本，它是1953年印制于外国的罕见之物。打开笔记本，里面的字迹还很清楚，但让我惊愕不已的是，它不是中文，是英文。我急迫地想知道它的内容，却一筹莫展。心里直恨自己不争气，为什么初中一二年级时不顶住压力，跟祝一尔多学一些英语。但又转念一想，学习英语并非是我想象的那么容易手到擒来的。我不无惋惜地睁眼瞎般地随意翻着笔记，在靠封底那一页，单独写着几行英文，字迹与墨色，和整本笔记略有区别。在最末一行的落款处，却是三个中文字：祝一尔。真是惊喜与惊恐交加，天下竟有如此蹊跷的事情，一个问题即刻从我脑子里闪现出来，流落河水的笔记本，它在告诉我，祝老师一定遇到了非同寻常的麻烦。

我把笔记本藏在夹袄里面，爬上河堤，重返向阳农业中学，吴校长已经走了。陈老师的房子里，还算整洁，墙上挂着几幅水彩画，未画就的一幅摊在桌子上。与玉马中学她居住的屋子不同的是，窗口边吊了些特殊饰物：一串玉米棒，两串红辣椒，一挂坠了几个红橘的橘树枝。还有就是墙边多出一张铺，她曾给我说过，校长的女儿跟她合住一间屋子。陈老师正在侍弄泡菜坛，见到我，她抬起身子说："你先前在窗子边望了一眼，后来躲到哪里去了？"我说："你眼尖，不知吴校长看见我没有，我主要是躲他。我藏在小桥下，那里可以看到大路，谁经过，都逃不过我的视线。"她问："你躲吴校长干什么？他是来告诉我，上周六一大早，他去给区领导说情，我画《收租院》闯下的祸，抹平了，不处分我了。"我"啊"了一声，说："怪不得，周六早操没见他，原来如此。"揣在身上的英文笔记本，从捡到那一刻起，就一直纠缠在我心里，无法释怀。我望了几眼陈老师，试探着想把这事告诉她，但终究没能张口。就在我犹豫不决的时候，高音喇叭突然响起，区广播站开始广播。一阵刺耳的杂音之后，就直接响起了县广播站女播音员那熟悉的声音："各位革命听众：现在播送'社教办'紧急通知。"后面的内容，越听，我的心收缩得越紧，直到几乎碎裂。他们宣告，"玉马区玉马公社地主儿子，曾经的驻外使馆英语翻译，大右派祝一尔，一贯仇视党和国家，抗拒改造，腐蚀拉拢贫下中农子女，社教运动中拒不认罪，于十月九日凌晨投河而死，自绝于人民。死时还抱着一本英文变天账，生死不忘反攻倒算，死有余辜，遗臭万年。到现在为止，记有变天账的英文笔记本还未打捞到，希望沿河的革命群众，提高警惕，随时发现，随时报告；随时捡到，随时密送公安机关。隐瞒藏匿者，严惩不贷。"广播里的每一个字，如利刃直刺我心肝。我头脑发木，眼睛发黑，身子晃了几晃。陈老师忙问："你怎么了？脸色这么难看，痛苦不堪的样子。"不等我回答，她宽我心道，"你别为我担心，《收租院》壁画的问题，吴校长已经给区长说通了，不处分我，检讨也不用写了，只是不再适合教政治，取消政治课老师资格。"我摇头："不是。"她想了想，说："那一定是寒假的事？这也不必为我愁。不是不放，只是延迟一周。因为全区商品粮搭配供应的苕干没做出来，这个任务交到我们学校，下一周就会完成任务。你看，满校园晾的都是苕片，同学们回家拿一周的口粮，天黑之前都回校了，再下一周，就放寒假。"我的眼泪都出来了，带着哭腔喊道："都不是！是我的英语老师死了，我的英语老师祝一尔死了！广播里说的。"陈老师沉默了，两眼直直地望着我，好一阵，她叹道："就是你偷学英语的那个右派老师，从省城下放老家当了农民的祝一尔？好可怕呀！还说人家有变天账。唉，人都死了，到阴曹地府还要戴上枷锁。"现在看来，我顾虑着没敢把捡到英文笔记本的事说出去，是明智之举，自己把它深藏起来，既可以保护自我，又不至于让陈老师惹上麻烦。祝老师之死，广播里连播三遍，每播一遍，就像有人在我脑袋里钉进一颗钉子。

她往泡菜坛子里加白萝卜和红萝卜，说是要备好一个寒假的下饭菜。我仍沉默不语。她把菜泡好，坛沿里掺满水，洗净手，擦干，坐到我身边。从她的肤色，从她的装束，从她做家务一系列麻利动作，一点也看不见她昨天的影子了。那个我刚入学报到，坐在我面前，穿着花裙子，并着白皙的双腿，脚着一尘不染的白袜子白皮鞋，一脸的文静相的陈佩缇老师，在我印象里，已经渐行渐远。而取代她的，却是一个合时宜的、脚踏实地的、有生活热忱的陈老师。

看到陈老师状态很好，来时的忧愁与担心，得以宽慰，胸怀敞亮了许多，觉得该是离开的时候了。告辞出来，坐在校门口的老校工瞪我一眼。我愣了一下，又反身回去对陈老师说："陈老师，来时我看见校工趴在你屋子后窗偷窥。"她一点也不震惊，说："早已察觉，也许是偷窥，也许是监视，不管是什么，我都毫不惧怕，更何况还有校长的女儿同住，你放心吧！"

走出校门，有三三两两的学生回来，背上背着一周的口粮，沉重的布袋，加上爬山涉水，显得身体疲惫且步履艰难。

回到玉马中学自己的寝室，我决定把祝老师的英文笔记本暂不拿回家，藏在床头的竹箱底。家变动了，是个什么样子，我想象不出来。听说街房已搬得四壁皆空，乡下的房子是生产队一个牛棚改造的，狭窄简陋，一目了然。我想，它们都难以藏匿一本正在追缴的"变天账"。

放寒假这天，我十分麻利地收拾好要带回家换洗的被套，还抓了几本书，捆个包袱背起就开拔。刚出校门，农业中学的老校工突然出现在我面前，拦住我问："你们学校那个大个子老师在不在？住哪里的？"我知道他问的是吴校长，但没立即回答他，反问道："哪个大个子？个子有多大？"他右手举过头顶，还踮起脚尖道："就这么高，这么高，来农中找过好几回陈老师的那个大个子。"他的话证实了我的猜想，吴校长常去陈老师那里。我急忙问："找大个子老师有什么事？不是放寒假了嘛，他才走不久。"老校工把额头拍得啪啪响，嘴里急促地念叨："完了，完了，怎么得了，陈老师绊跤了，很恼火。她谁都不让挨身，在屋里爬着走，也不叫人扶一把，我想她一定听大个子的话，你们赶快把大个子找回来。"我一听即刻魂飞魄散，腿脚发软，忙对老校工说："你先回去照看好陈老师，我马上去撵吴校长，撵回来然后一道去农中。"他一听原来大个子是校长，脸上有了笑容，满口称道："好的，好的，这就对了！这就对了！"

吴校长是外县人，家在川北崇山峻岭里的一个小县城。他平时从不回家，除了路途遥远、山道崎岖难行外，恐怕更主要的原因还是时至今日，他自己仍是一个单身汉，担心回家无颜面对想儿媳想得寝食难安的老父老母。他走时肩上挎个黄挎包，背着一个装得鼓鼓囊囊的蓝色马桶袋。他疾步快行，只因到县城的长途汽车站，还有四十里坡路等他丈量。我站在街外的石桥上，初冬的道路灰白而干燥，从眼前延伸至远方。风刮过待眼前尘埃落定，却不见一个人影。我怀疑自己追错了方向，吴校长不可能这么快就消失在路途尽头。我决定先独自奔赴农中。心中焦灼而恐惧，陈老师被痛苦扭曲的身影，重叠着不断迎面闯进我脑海，我差点要失声高喊：陈老师，我来了！在一个岔路口，我刚拐上去农中的路，只见卢夫恭骑一辆崭新的脚踏车朝我冲来。她一面飞奔一面呼叫："伊诗岚！电报，电报！"我一听，心里猛地颤悠一下：糟了，家里有急事了？到我跟前，她刹住车，扬起手里的电报纸问："碰见吴校长没有？他是不是去农中了？他父亲病危，让他赶快回家。"待我心跳平稳，才看清车的后座上坐着李校长，他一直很得意地盯着我，想叫我给他打招呼，我没睬他，知道他才是脚踏车的真正主人，是他教会了卢夫恭骑车，让她成为我们班第一个会骑脚踏车的人。我说："你好拽呀，骑着脚踏车撵人。"我把"撵"字说得很重，很刺耳。她嗔怪道："啥意思嘛，真是的。你要是见到吴校长帮着传个话。"我急忙说道："没啥意思，我是想说吴校长离校有一阵了，我亲眼看见的，应该走了很远了。"她说："好了，尽心了。赶回去能不能见一眼活爹，就看他的运气。"说完掉转车头，坐在后座上的李校长双脚着地轻轻一蹬，脚踏车箭一样射了出去。

  这个寒假才开始，痛苦的事情就接连出现。先是连全县人都能听到的广播，用钢铁般的声音喊出"地主儿子大右派祝一尔自绝于人民"，这消息像一颗炸弹，从我心窝里往外炸裂，五脏六腑瞬间灰飞烟灭，我惨烈得只剩一具空壳。接着是陈老师摔伤只能在地上爬行，虽不知伤势细节，但"爬行"二字足以让我牵肠挂肚胆战心惊。再下来，是那张噩梦一样的电报纸，告诉了我吴校长即将失去亲爹，他是一个好老师，他不能没有父亲，他应该有个完美的家。这是我的家庭变故后的第一个寒假，心里本来就非常阴暗痛苦，再加上他们的不幸给我心灵投下的阴影，我内心的感受简直就是漆黑一团，像一头栽进了无底的深渊。我心里越想越害怕，脚下禁不住飞奔起来，是不是要穿越这个世界，穿越出去寻求什么？我在叩问我的心。没有答案，自己不能给自己答案，别人也不会给我答案。我孤独，我伤感，眼泪也来欺负我，没叫它流出来，它们却逃也似的奔涌而下。路边一棵大树的枝丫横伸出去，悬在我的头顶。望着它，我在心里追问：什么意思？难道是暗示叫我在此了却这卑微的人生？我告诉它，我手中没有绳索，连一根裤带也没有。我不会把性命交给你，我还要好好活着，为了明天而好好活着。说近一点，陈老师还等着我立即去拯救她，我不能临阵脱逃。捡起一块石头，我掷向横亘头顶的树枝，被击中时它颤了几颤，发出单调的悲鸣声。

  我赶到农中，惊奇不已，原来吴校长就在这里，有他在，我心里就少了许多担忧。他出钱雇了一乘滑竿，正准备把陈老师往区医院抬。农中校长见我也去了，就取消了他们学校的两个陪同人员，其中包括他的女儿。说是为粮站赶制苕干，时间紧任务重，他们的人能不去就不去了。

  陈老师骨折了，腓骨从中间断裂。她是被那条我曾经见过的恹恹的大黑狗害的。黢黑的夜晚，她摸索着去上厕所，前面还有一个女生。刚到门口，她们的脚步惊动了正在便槽里偷吃大粪的黑狗。惊恐逃窜的黑狗眼看就要伤害到她面前的女生，她立刻冲上前去，把女生护在身后，大黑狗疯了一样从她裆下穿过去，把同样吓得魂飞魄散的陈老师拱倒，重重地摔倒在厕所旁的一架犁头上，右小腿碰上铧铁，腓骨当场折断。而女生却安然无事。她说，女生扶着她，她俩是流着眼泪一步一停地挣扎着回到寝室的。

医院里很静，除了陈老师，病房里还睡着一个等死的病人。病床的被子和枕头都黑得流油，散发出一种臭味。我掏出我的被套，望着陈老师。她从疼痛里挤出一丝苦笑，艰难地说："给我铺上。"我说："有虱子。"她声音慢且低微地说："就让你的虱子咬我的肉吧。"吴校长本来正在与医生交涉，听到我们的对话回头瞥了我一眼。我的被套垫在她身下，她说也有一股味，一股男人的味道。我听了很感动，她是在说，我正在长成一个大男人，她喜欢我身上的味道。我对陈老师说："我被套里的虱子，白天都藏在布缝里，成年的小米粒大，幼小的如微尘，惨白惨白。夜里我一钻进被窝，它们就爬上身吸我的血。抓一只，鼓溜溜的透出嫩红。我身子本来就弱，一只虱子吃一肚子血，我一个月供应的那三两肉还补不起来。"陈老师苦笑着说："描绘得这么形象，是想让我恶心？告诉你，被喜欢的人的脏，和被厌恶的人的脏，是不一样的。母亲可以给儿女洗尿布，妻子可以吃丈夫碗里的剩饭，换一个人，就做不到。"我说："你是说，我喂养的虱子可以咬你，别人的就不行？"她扭过头没回答我。按医生吩咐，吴校长从院墙边砍了根嫩竹进来，锯成尺长一段，剖为四块，剔去竹节，然后放在铁锅里煮。医生胖胖壮壮，鼻梁上架副老花眼镜，嘴巴咧着，用心地给陈老师处理伤口。隔一阵，咳几声，吐口痰。好几次，没对准痰盂，唾在地上，他伸脚用鞋底擦干。每这样一次，我就看见陈老师皱一次眉头，然后把脸拧向一边。我找了一个纸盒，里面放点废纸片，站在医生身边，当他将唾未唾的时候，我赶紧把纸盒伸到他嘴边，他十分准确地把痰射进去。"有眼窍，这样的少年不多呀！"医生侧脸望我一眼，称赞道。我瞟陈老师，她正向我跷大拇指。医生拿出一个葫芦形的青花瓷瓶，他自豪地对吴校长说："这里头装的接骨丹，自己炼的，祖传秘方，给你们这位老师敷上，保证一个月走路。"他咳嗽，我忙把盒子递过去，可这一次，他只顾说话，咕嘟一声把痰吞进肚里，"你信不信？"他的右手在陈老师雪白的腿杆上捏了捏。丹药是和在草药粉里，调匀敷在骨折处的。他一边绑竹夹板，一边说："嫩竹煮过又柔又韧，捆起来比打石膏舒服，竹是凉性，还消炎。这诀窍是独一无二的。好了！"他把陈老师大腿拍几下，算是宣告治疗结束。

　　大家都松了口气。当我看见吴校长正要抱起斜靠在病床的陈老师，准备将她放平时，我突然记起电报，就急匆匆喊道："吴校长，电报，电报！"他直起腰，盯住我问："什么电报？哪来的电报？"我生怕他再伸手去抱陈老师，就直接说："你父亲病危，催你回家的电报。"他一惊，一步跨近我身边，伸出手："电报呢？"我把卢夫恭在李校长陪同下，手持电报，飞车追寻他的情形描绘了一番。他听了很认真地对我叮嘱道："好好服侍陈老师，医生说了，她还得在医院观察三天，然后回去休息一个月就好了。我先回一趟学校，其余事情怎样安排，随后我会打电话告诉你。"我点头应声道："好。"陈老师看着眼圈微红的吴校长，安慰道："老人家不会有事的，祝福他早日康复。"吴校长向她微微一笑，点点头，转身快步走了。

　　午饭后，陈老师对我说，她想躺平休息。俯身抱她，她双手紧紧抓住我的双臂，我俩的脸挨得很近，她的眼睛又深又亮，嘴唇红润得发颤，呼出的气息，将我的脸熏红熏热，直至周身膨胀。她的眼泪涌出来，滚得一脸都是。我问："痛吗？"她没回答，感觉她双手抓得更紧。好一阵，她才摇摇头。安抚好陈老师，听到有人嚎叫，我赶紧抽出手，转过身。站在旁边病床前的老妇苦着脸说："他快死了，你们别害怕，他是我儿子，开梯田被大石头砸成重伤，阎王接他来了。"我把几块饼干送到她手里，说："喂他。"她摇头，说："吃不进了，滴水不沾，再好的东西都不想了。"她欲往自己嘴里喂，随即又停住手，自语道，"留给孙子吃哟。"说着把饼干揣进衣怀里。有电话铃响，医生喊："那位同学，接电话。"接电话回来，我告诉陈老师，吴校长一切都安排好了，三天后出院，就去玉马中学，住他的寝室，由校工的老伴陪护，寝室的钥匙都留给校工了。陈老师眼睛盯着头顶落满灰尘的日光灯管，没理我。我又说："他今天摸黑也要赶到县城坐明早的长途汽车回家。""难为他了。"她"唉"一声，说完闭上眼睛。好半天，她睁开眼，轻声对我说："我身边没有亲人，好多事情，就靠你了。"我说："尤木鱼经常把你说成我的老师姐姐，你就是我姐姐，我会尽心护理你，让伤尽快好起来。"她抿着嘴，很满足地点点头。

　　院长对陈老师的伤情看似很上心，大半天来过三次，每次来都撩起裤腿，捏捏这，摸摸那，眼睛死死地盯住陈老师看。我隐约觉得他的过于操心有些居心叵测。果然，下午快下班时，我打开水路过一间屋子，门半掩着，我看见胖医生的身影。他在里面说："院长，还是让那个女教师明天走，接骨的都是接好就走，住着谁个侍候，还白浪费一个床位。""你呀！你呀！难得有一个养眼的女病号。"是院长的声音，"住不够三天，不要放她走。只要我看着顺眼，你也别嫌麻烦，莫再来啰唆！"胖医生钻出门轻声骂道："色鬼，只顾自己饱眼福、过手瘾，让老子累。"我回病房告诉陈老师，她听了脸顿时一沉，愤然道："这是什么医院！"屋子里黑下来，打开灯，灯光惨白幽暗，鬼火一样，反而多了几分恐惧。老妇把门关上，汗馊味瞬间浓烈得让人窒息。那边的病床在剧烈晃动，伴随着嗷嗷的惨叫。那人，在垂死挣扎。老妇嘴里念叨："阎王勾簿了，阎王勾簿了，要走了，要走了。"她边念边往外面跑。片刻，进来三个人。一个护士领着两个男人。那边床上已经没了动静。他们把人抬走了。过了一阵,老妇回来了,倒在那张床上说:"儿子走了,进停尸房了,你们别怕,你们别怕。"话音一落,床上传出凄厉的鼾声。陈老师突然惊叫一声:"哎,我怕!"我一步迈过去,拍拍她肩膀。陈老师一把将我紧紧抱住。我感觉到她浑身颤抖,手脸冰凉,有冷汗渗出。她的眼睛瞪得溜圆,惶惶地看着旁边那张床。好久好久,她决然道:"明天走,明天一定走!""儿啦!你命苦,你连女人是个啥都不晓得哟!你就走了。呜!呜!"老妇在梦里哭泣,凄惨而恐怖。陈老师箍住我的那双手,哆哆嗦嗦地在把我往上提。她要我坐上床,挨着她靠在床头。她的魂,她的心,已经深深坠入惊恐中,我必须把她追回来。我要生成一种没有惊惶只有安宁的氛围,让她忘记眼前的一切。我从行李里凭感觉摸出那本书,捧在我俩面前。"《少年维特之烦恼》,你留给我的。"我说,随即翻到八月二十一日那篇日记。她微微一笑,眼睛陡然明亮起来。我念道:"我在夜里做了一场梦,梦见我与她肩并肩坐在草地上,手握着手,千百次地亲吻;可这幸福而无邪的梦却在清晨欺骗了我,使我伸出的双臂抱了个空。"她的手搭在我的手背上,绵软而温暖。我偏头看她,彼此脸触到脸。此刻,老妇的梦泣再一次惊动我们,惶恐中我俩鼻尖的一侧和半边嘴唇挨在了一起,我赶紧把脸整个拧了过来,接着念:"我在床上找她不着,便在半醒半睡的迷糊状态中伸出手去四处摸,摸着摸着终于从睡梦完全清醒了。我对着黑暗的未来,绝望地痛哭,紧迫的心迸出两股热泪。"再看时,她半闭着眼睛,似睡非睡的样子,脸色略现几分恬静。这状态,似乎在催促我赶快念下去。我跳到十月三十日,念道:"我已上百次几乎要把她拥在怀里!伟大的主知道,当一个人不能伸手去攫取摆在面前的那么可爱的东西时,心头会多难受,攫取本是人类最自然的欲望。婴儿不总是伸出小手抓他们喜爱的一切吗?——可我呢?"她说话了,仍眯缝着眼,像进入一种情境里。她说:"维特是个很有才干的青年,本来可以做一番事业,但只因苦恋绿蒂失败,心灵无法从伤感中解脱出来,再加上他社会地位低下,当时的封建等级制度容不下他,又致使他产生悲观厌世情绪,最终凄惨地走上自杀的绝路……谁也不知道,自己的明天是个什么样子。"她两个大眼角都嵌着泪珠,亮晶晶的,始终没有流出来。她的伤悲是因维特而起,但我从她的泪珠里看见了自己的影子。她轻轻抓起我的手,慢慢放在她的唇上,久久地没有移开,就像要化作一枚雕塑。尽管屋里灯光昏暗,但我感觉到这一切有如发生在明亮而带露的晨曦里,那么新鲜滋润。就这样,若即若离,我们俩,渐渐飘入梦乡。

这一夜,是我有生以来最心惊肉跳的一夜;这一夜,也是我有生以来最甜美宁静的一夜。

早起，老妇已没人影，空床上油黑的被子叠成长条形，码在靠墙的角落，满是污渍的床单捋得很平整，整张床像是空了一夜，没有人睡过。老妇的从容不迫，让我们看不见失子之痛。我想，人一旦心麻木了，也就不再脆弱。

匆忙之中，我们收拾好行装，趁还无人上班，逃离了医院。

我本来力气不大，却一口气把陈老师背到街头的马路边。我问陈老师，是不是按吴校长的安排去玉马中学。她非常干脆地回答我："回农中，我能照顾好自己。只是回校这段路途较远，你去雇乘滑竿。"说完她把雇滑竿的钱给我。

顺着马路大约走了一里路，眼前出现一座院落，竹林掩映下的瓦房屋顶正缭绕着乳白色的炊烟。院子边有口水井，井台上有个妇女正在淘菜。我问："大婶，村子里有抬滑竿的吗？我出钱雇。"她先一脸惊讶，转眼变成一脸愤慨。她说："地主阶级才坐滑竿，早打倒了，穷人也翻了身，谁还抬滑竿？"我如遭当头一棒，灰溜溜地转身就往街上跑。陈老师见我独自而归，知道我没雇上滑竿，便说："你搀着我慢慢走，边走边想办法。"我猛然记起今天区上逢场，尤姐一大早会给区供销社送汇龙镇出产的竹器。我把陈老师扶到街边一户人家门前坐定，就急忙去区供销社找尤姐。

区供销社门口围满人，尤姐正在卸货，许多老头老妇就迫不及待地拥在架子车边，推搡着挑选竹篮竹筐。我帮尤姐交完货，她结清运费，我们就赶起牛车去接陈老师。路上尤姐问我："你慌慌张张要我去拉你老师姐姐，她怎么了？"我说："腿杆骨折，医生治疗了，还无法走路，要尽快送回学校养伤，雇不上滑竿呢。"她听了反倒停下鞭子，牛车慢下来，话多的她，却闷着不语。走过好长一段路，她突然问我："昨天去你们学校找你，才知道放寒假了。你不回家，昨晚跑哪里去了。"我斜眼偷看她，正好她也偏头看我，我赶紧收回目光，心里哆嗦一下，脸突地红了。"肯定在医院陪你老师姐姐？"她撇着嘴。我没直接回答她，只是说："昨晚她们病房死了个男人，男人的母亲哭着说了一晚上鬼话，陈老师很害怕，我才留下的。""恰好嘛，吓得你钻怀怀，吓得老师姐姐抱着你钻被窝。"本想用病房里还有别人来打消她的猜疑，却让这个机灵鬼钻了空子，说得我哑口无言，好一阵才嗫嚅道："昨晚陈老师痛苦得要死，你还说怪话。"她快嘴道："不说了，不说了，看你那个可怜劲，也干不了出格的事。"

牛车在前面走，我面对车上躺着的陈老师跟随其后。尤姐双手握住车把，敞开嗓子唱《幺妹河边洗衣裳》这首乡间情歌，歌声在林间袅袅不息，逗得人心里痒痒的。她的得意使陈老师更是愁眉苦脸，焦躁不安。我看见她的身子在被子下忍痛辗转反侧，便生气地朝尤姐叫道："别唱了，把自己的快乐建立在别人的痛苦之上，你心狠呀！"我的呵斥尤姐只当耳边风，她依然一路歌声。快到农中门口，迎面开来一辆手扶拖拉机，车斗里装满苕干。尤姐赶紧把牛车停在路边，她回头乜斜着我，说："不走了，你把你老师姐姐背进去。"我看她一眼，她急忙避过脸。我又望陈老师，陈老师眼睛紧闭，她用我那脏被子把大半个脸捂得严严的。我不明白两个女人在斗什么心眼，就吼道："我背！"听到吼声，尤姐过来帮忙，并讥讽我说："我就知道你想背。"我没睬她。当我做好半蹲的姿势，尤姐去扶陈老师时，陈老师突然嚷出一个字："不！"她掀开被子，忍痛坐起身，朝我一挥手："去，找根棍子来，我自己走。"我找来一根半人多高的树枝，她拄着试了几试都未站立起来。我心里很憋屈，逃出医院是我背的，此时却不让我背，这是为什么？难道是校园里有学生，都是少男少女，感到难为情？还是尤姐在身边，脚跟前放了个醋坛子，她不会没有顾虑？这些，尤姐也心明似镜，她是在有意作难我和陈老师。一气之下，我让陈老师躺好，自己钻进车首，抽牛一鞭子。牛回头望我，昂的一声嚛，却原地不动。尤姐笑得"咯咯"响，一把将我拽出去，自己重新驾起车："你是读书的料，不是跟牛屁股的，畜生不认你。"可是，车刚前行几步，几个学生在校园里铺了满地苕干，中间只留了很窄的人行通道。我不满意地朝尤姐嘟囔道："现在真的进不去了，你满意了吧？"尤姐把牛拴在路旁的树上，面对面抓起陈老师两手，然后反转身，微微下蹲，陈老师的上半个身子顺势扑在她背上，她反手抠住两条大腿就奔跑起来。

　　进到陈老师寝室，尤姐轻轻将陈老师放到床上，又仔细查看过伤口包扎处是否完好，拍拍衣服上的尘土，很洒脱地对我说："兄弟，我们走。"再对陈老师道："你好生将息。"我很担心陈老师，看着她无奈地斜靠在床上的可怜样，怎么也挪不开脚。这时校长的女儿进来，她给陈老师送一根木拐，坐到自己的铺上她说："我爸找木匠做的，他说放寒假前的这几天由我照顾你，等放了假，你就可以自己拄拐行走了。"我拿过拐，支在胛窝下，使劲试了试承受力。当我将拐靠在她床头手很容易拿到的地方，再近距离轻声说出一声"保重"时，泪水唰的一下流下来了。我听到尤姐在催促我，我不得不走了。环视过眼前这陌生的屋子，最后看一眼正向我扬手告别的陈老师。从校长女儿跟前走过，她的目光，那样真诚，好像在告诉我：你可以放心地离去。

　　回到车边，尤姐已把我的被子和包袱捆绑妥帖，驾好牛车刚要出发，我却被两个公安拽住。我被带回陈老师寝室，屋里只有陈老师和校长。校长一脸严肃，坐在他女儿铺位上，见公安进去，立即起身让座。我顺便落座在陈老师床边的矮凳上。公安面对陈老师和我，先询问了姓名、年龄、家庭出身、职业。停顿好一阵,四目直逼我们。我有被侮辱的愤懑,陈老师也面色凝重。突然,其中一个问道:"今早,你们几点离开医院?昨晚干了什么?"我俩相互望一眼,脸都同时通红,谁也没说出一个字。屋子里寂静无声,空气一点就燃。正当我紧张到窒息时,忽然听见尤姐的喊叫声:"我兄弟不会干丑事,他是个小君子,他是个小君子!我不走了,你们整好人。"她趴在窗台上,一扇窗子开着,头和半个身子已经伸进来。公安将她赶下去,关上窗扇。昨晚,我们虽然同处一床,也有稍微的偶然的肌肤之亲,但我们的行为和心灵最终是干净的。如果公安听信医院什么人的闲言杂语,任意猜疑,捕风捉影,那我们跳到黄河也洗不清。就在我俩一直没有回答公安的问题时,一个公安开始搜查陈老师极其简陋的寝室,另一个则扯散我放在架子车上的包袱,仔细翻腾了一遍。在他们一无所获后,给了校长指令:我和陈老师在没有接到他们的通知前,不准离开学校。这个决定,让我感到耻辱的同时,也让我有几分欣慰,因为我还能再陪伴陈老师一宿。谁也没敢问他们在查找什么,包括农中校长。大家心里可能都在猜测,发生什么重大事情牵扯到我俩了,还限制我们的人身自由?看得出来,陈老师和我都是忧心忡忡的样子,只有尤姐看着公安,嘴里反复念叨:"一对小傻瓜,医院比胯胯,男爹女不爹,急得挖髂髂。"公安经过尤姐身边,她拽住其中一个,要他把拆散的包袱绑好,公安伸手给了她一个耳光。气极的尤姐随手抓起一本书掷向他,书哗啦一声飞到公安头上,又掉下来。尤姐惊叫一声:"哎呀!是书。"她赶紧捡起书,在身上蹭了蹭,随即唾了公安一口,唾沫正好粘在公安腮帮上,公安正要扬起巴掌再打,被他的同事一把拽走了。

尤姐驾好牛车,把我的包袱交到我手里,说:"你要心疼你的老师姐姐,好好照看伤口,她的断腿要是接不端正,成了跛子,今后是嫁不到好人家的。"她操的心真细,我只傻傻地点头。她自顾笑了,说:"到时候,别人不要,你要呀!"她拧一把我脸蛋,"你看脸红了吧,还真有这个贼心呢!"

牛车出了农校,我见她低着头默默无语,再没唱她快乐时常唱的《幺妹河边洗衣裳》。

当夜,校长把我安排在男生寝室睡了一晚。次日,将近中午,接到校长口头通知,说没事了,我可以离开农中了。在向陈老师告别时,她告诉我,前晚医院仅有的两支镇痛药"盐酸吗啡"丢失了,我们就成了怀疑的对象,重点又是陈老师,因为她需要止痛药。直到二十分钟前,那晚的值班护士才报告院长,当晚半夜,区长的儿子突发疾病,用去了仅有的两支镇痛药"盐酸吗啡"。真相大白,我们都松了口气。但我却为随意限制人身自由而愤愤不平,原来我们的人格是如此卑贱，剥夺与归还只需别人的一个眼色或一句话。陈老师让我赶快回家，说父母可能已经惦念得不行了。还说她的伤没有昨天痛，已经轻松了许多，叫我安心在家度过寒假。这次离开走得很利索，再舍不得也没好意思啰啰唆唆。因为许多学生在她的寝室周围晒苕干，有无数双眼睛明明白白朝里看，目光像绳索一样束缚着我们。

　　外面的大地很辽阔，外面的天空很高远。我行走其间，有一种莫名的自豪和幸福感，可仅仅只是这么一瞬间，它填补不了我心里的无限空虚。

第二十七章

我回到家乡的小镇。家已快成空壳,父母与姐姐都到乡下去了,他们在那里每天日出而作,日落而息,面朝黄土背朝天,拼命修理脚下这个地球。街上的房子里住着祖母和两个小学生妹妹。家具少了许多,只剩下够我们几个睡觉的床,还有能把饭煮熟和吃下肚子所需的炊具餐具,屋子里水洗一样清贫。听大妹说,等这半年的供应粮完了,乡里的人就来拆房,那时,她们都会被撵到乡下去。想想半年过去,我就该毕业了,到那时,妹妹们的命运,就是我的命运,悲凉和恐惧瞬间袭上我心头。回到街上的第二天,我独自一人跑去乡下看父母,其实也是想看乡里的家是个什么样子。打问着进了家门,父母和姐姐,在场的所有亲人,都咧嘴一笑,问:"怎么找到家的?"还没等我回答,又都悄无声息地各自做自己的事。正当午饭时间,饭桌中间搁碗泡菜,素净的,没放油炒,另一碗是炒苔苗,绿油油的冒着热气。母亲正在舀饭,一碗一碗地依次放在桌上。碗里除了两三坨红苔,就是寡清的米汤。父亲坐在一旁吃水烟,闷着头。铜壶烟袋变成竹烟杆,他用拇指和食指拈一小撮烟丝,把它捻成小蛋,然后按在烟嘴里,吹燃纸捻,点着烟丝慢慢吸。姐姐在飞针走线,也是埋头不语。等母亲把饭碗摆齐,轻声喊"吃饭了",大家就移步坐在各自的位置上,默默吃着。弄出的声音轻微,哪怕是喝米汤,动静也非常小,仿佛都有一种很不情愿的勉强和苦闷。我感觉出来了,这个家,一种陌生的苦日子开始了。

饭毕,姐姐和母亲都急着轮流在里屋墙角的便桶小解,说是上工后田边地头解手很是难堪。也就在这时,响起一串哨子声,她们的神情骤然紧张起来,一边急匆匆束着裤带,一边急忙抓起劳动工具往外奔。父亲交给我一把打开的挂锁,说:"走时把门锁好,下回来给我带两包水烟。"再没有多余的嘱咐。看着夹杂在上工人群里父母的背影,感觉紧张而繁重的体力劳动已经让他们自顾不暇,仿佛昨日的爱已经远去。但就在他们回头一望的眼神里，我读懂了另一种爱，那就是他们把自身的痛苦深深地埋藏在心底，只让自己默默地承受下去，决不叫我这个小儿子分担一点点。

我泪往肚子里流，走出这个所谓的家，每一步，都是那么沉重。

小镇已不是暑假那个样子，半年过去，像害了一场大病，恹恹的萎靡不振。我家对面的杂货摊十分冷清，摊主张跛子涎着口水打瞌睡，原来成天围坐在那里闲聊的几个妇人，听说运动来了都躲在家里怕出门，她们唯恐被打成"二流子"，像地主一样下放农村劳动改造。上街四个美女中学生，两个考取县师范学校，两个招到川西森工局，从此很难见得到她们的踪影。许剃头的铺子也关了门，原因是他给一个婴儿剃胎毛时，一绺胎毛不慎掉进正在奶孩子的母亲的胸怀里，他慌忙中下手掏了出来。年轻的母亲霎时变了脸，说她原本是自己要拈出乳房上的头发，许剃头动作那么快就是为了摸到她的乳头，一怒之下她把许剃头控告到社教工作组长那里。结果，许剃头不但没有得到工钱，还以"流氓罪"判了四个月劳教。

街坊都用异样的眼光看我，好像我已变成一个怪物，特别惹眼。半条命在家门前修他那辆脚踏车，还穿着那条"日本株式会社"尿素口袋缝的抖抖裤。人坐在矮凳上，趴一阵腰，就直起身咳喘片刻，已经十分地力不从心了。随着腰的一起一伏，裤子上，后面是"日本"、前面是"尿素"的字样时隐时现。我经过他身旁，他把骷髅似的头转向我，我说："方哥，你这条从日本进口的裤子，真是世间独一无二的，舍不得离身呀！"他说："五兄弟，你莫挖苦我！我问你，你老子被撵到乡下去了，你恨不恨？"我未马上回答他，只在心里揣摩：他想套我什么话？恨谁？恨作为地主的父亲？还是恨赶我家下乡的"四清"工作队？半条命向来是很狡猾的，如果我回答恨，他就会说我仇视政府；如果我说不恨，他就会说我不背叛剥削阶级家庭。左右都是悬崖，他光等眼睁睁看着我往下跳。因此，我针锋相对道："资本家手里淘来的脚踏车，坏了就叫它灭亡，还修什么，想叫他东山再起呀！"他眼睛一瞪，两个眼球快要飞出来，气喘吁吁地说："狗日的墨水喝得多，还收拾不倒你。蹲下，帮我上镙丝钉。"我给车子上好一颗镙丝帽，这时尿胀了，我说："憋不住了，要到你婆娘的尿桶里屙尿呀。"他眉毛一拧："别、别、别，快把你的小骚尿夹到尤木鱼家去屙。"他这样一说，我趁机跑了。

邮电所后面有个野厕所，我从那里小便完出来，看见门口的墙上挂着绿色邮箱，就想起该给陈老师写封信。可是，父母都不挣工资了，我变成穷光蛋，哪来八分钱买邮票？心里十分沮丧，便进到所里随手翻看了一阵报纸。

回到这个摇摇欲坠的家,好不容易找到两张信笺,我把它们写得满满当当的。一是问候陈老师的伤口愈合情况,并祝愿早日康复;二是讲述家里的变故,小镇现在的清静冷落,自己心里的苦闷。写好信封,就愁没有邮票。我把原先兄长们写给家里的信都找出来,选中一张旧邮票。画面是"喜鹊登枝",邮戳盖在右上角,恰好与喜鹊的黑尾巴重合。我用橡皮擦去空白处的邮戳痕迹,就将它贴在信封的封口处。

　　次日,路过腰栅子,遇见尤姐逛街,一见面她就说:"几天前,我去看你万哥了。"我问:"还好吗?没受罪吧?"她说:"我男人病了。"说时面带些许愁容,"你万哥变了个样子,瘦得脱了形,脸像剐过一层,要是眼睛不转,就跟死人差不多,幸好眼珠子还在动,还动得怪模怪样的,动得我心里发慌。看着他那死样子,我可怜他,就跟公安说,让我跟男人多说一阵话,他都病成这样子了,下回来,还不知见不见得上。公安转过身,盯着墙上一只爬行的蜘蛛,没吭气。屠户就对我说,要是他死了,叫我就嫁给、嫁给……唉,说我反正还没开……也就在这时,后半句话还没说出来,公安吼一声,时间到,我就被推出门。"我见她已经泪流满面,就劝慰道:"万哥会没事的,他会好起来,他能坚强地活下去。"她问:"你不想他死?"我一怔,然后点点头:"不想。"她苦笑了一下。

　　尤姐要同我一道去看我祖母。我问:"怎么今天想到看我婆婆?"她说:"你父亲在家我不敢去,他下乡去了,我突然想看九十岁的人长成什么样子了,很稀奇的。"我说:"她认得万哥,不一定认识你。我婆婆还时常提起,万屠户人好,胆子又大,就是杀生如麻,要不得的。"她说:"对、对、对!快成仙的人说话就是准。"正说着,周端人和一个同样是老者的人来到我家门前,对着大门指指点点。他看见我,便问:"书痴何时回这里的?"我说:"才回家几天。"他说:"回家?现在你街上的家已不成其为家呀,这里、这里,应该说才回这里几天。"说完与随行者相视而笑。我听他对身旁的老者说:"伊家这块屋基风水好,出了两个大学生,还有一个九十岁的寿星活起在。马上都搬走了,好多人争夺这块风水宝地,看谁能得手。你舅子做县长,给下属打个招呼便成了。"两人边说边察看周围景象。

　　突然邮车停在我们身旁,邮递员将一封信交给我,便骑车而去。尤姐问:"谁的信?"我随口答道:"陈老师的。"她问:"经常给你写信?"我摇摇头。她抓过信:"怎么信封上打了大黑叉?"我说:"不知道。"她转身扬起信,朝周端人喊道:"周老夫子,信封上打个大黑叉是什么意思?"周端人高声吼道:"毙了!"尤姐呵斥道:"你在谋风水宝地,莫说不吉利的话,你才挨枪子,老不死的!"两个老者反倒哈哈大笑起来。

手捏退信，我没告诉尤姐，因为用了废邮票，写给陈老师的信，还未走出小镇，就被退回来了。见了祖母，尤姐怕她耳背，高声问候："伊婆婆好！"祖母一惊，说："我耳朵又不聋，吼这么凶，你是谁呀？"我跟她悄声耳语道："万屠户的女人。"祖母"哦"了一声，眼睛死死盯住尤姐，好一阵才扭头对我说："小妖精妖气太重，怪不得你老子不愿你和她耍。她男人是不是遭灾了？"我点头。尤姐问："婆婆叽里咕噜说的什么话？"我编谎骗她："祖母问我，你男人是不是还在杀生。"尤姐依然高声道："没有了。屠户这一辈子就是杀生太多，讨命鬼都追到牢房里去了。"祖母一听，又"哦"一声，起身便往里屋走，同时自语道："我要躲开这个小妖精，怕她破了屋头风水。"尤姐看着祖母的背影说："好奇怪啊！我看见她头顶有雾在绕来绕去。"我说："不是雾，是仙气。"她说："不得死的老妖怪。"

　　一天，我经过周端人的酒店后门，见他正躺在靠椅里看书。盖在腿上的毯子滑落地上，他欲弯腰去拾，我见状便一步跨进门槛，替他捡起来重新盖在腿上。往年冬日脚下烤的竹烘笼，已经换成火盆。旁边的木几上码着一摞书，面上一本为《官场现形记》，手里正看的是一本石版印的古书。他扬起书把封面对着我说："虽说你是书痴，这样的古籍没有见过吧？"这是一本怪书，京都琉璃厂藏《地理点穴龙经》，清代出的，边角破损不堪，虫眼无处不是。我说："没见过。但按书名字眼理解，它应该是一本阴阳先生看风水求饭吃的书。"周端人朝我跷起大拇指，微笑着望着我，脸上没有了惯常的冷漠。他说："真是书没枉读，灵性至极，配得上与我谈经论道。"他同时指了指木几上的《官场现形记》，"一本教我看风水找龙穴，为自己身后谋块福地；一本教我认识官场腐朽险恶，为身前铺设安身立命之道。"我很感意外，问道："学这些东西，今天用得上吗？"他淡然一笑："官场玄机，古今同然，为官规则，大同小异。要想在这小小场镇，活得顺风顺水，你不洞悉中街那个乡衙背后的故事，凡事都会碰得鼻青脸肿，寸步难行。再说风水一事，我人已古稀，天远地近，要为自己谋块风水宝地，图个儿孙发达。"我说："你还盼望子孙发达，我家都害怕发达。"他说："我知道你说的意思，眼界差矣。你年少，阅历浅，哪知世道变化无常，风云莫测，遇事都要学会从长计议。一个人家，只要祖宅祖坟风水好，家势就能顺应历史潮流，国运昌则家运昌，自家的命运，就会和国家的命运息息相关，丝丝入扣。要是风水不好，就会背时倒运，行事不顺，一败涂地。天下这样的例子，抬起眼皮随处可见。"他向我轻轻挥手，"去吧，不说了，我还要研究我的风水经呢。"我本想翻阅木几上的那几本书，见他脸色又恢复了之前的冷漠，便悄声离开。寒假后半段时间，空暇时，我总忍不住要琢磨周端人这个人，琢磨他说的话，琢磨他看的书，琢磨他家里还藏有哪些不为我知的书籍。甚至，更是苦苦琢磨周端人长眠在他的"龙穴"地后，怎样才能把他的那些宝贝书籍，全部从那个只迷恋麻将桌、不知读书香的"烧腊西施"手里弄过来。

这个原本屁股上同样不干净却在小镇上活得如鱼得水、有滋有味的周端人，从此再没走出我的思维。

回到学校，心里总像有事一样不得平静。惦记陈老师的伤情，担忧吴校长还当不当我们的班主任，还代不代我们的语文课，而今他是学校里唯一一个器重我的人，如果失去他，我就没有了最后的庇护和怜悯，就将混得愈加悲惨。但我最终还是告诫自己，抛开一切烦恼与忧虑，理顺思路，集中精力，悲壮地走完初中求学路上的最后一程。

周一早自习，气宇轩昂的吴校长应着铃声走进我们教室，我心里一块石头终于落地。他一句多余的话都没说，直接抽调我和另外一名同学，倾力办好教室后墙上的《学习园地》。按照学校要求，毕业班专栏的主题是"一颗红心，两种打算"，期期如此，要贯穿本学期始终。吴校长安排妥当便走出教室。看着他有着钢铁般坚强的身躯，我很欣慰。无论怎么说，这个从战争里走来，带着一身弹痕，经过生与死的考验，刚毅正直的人，没有离开我们班，我心里确实踏实了许多。

早餐之后，我漫步到校门外，举目远眺，山坡、小河、石梁、村落尽呈眼底，都在悄然无声地等待着袅袅晨炊慢慢将它们浸润。满坡春色渐露，浅绿初染，树林都争相抖落一身的灰暗，披上了一片片温暖的绿光。小鸟在林间啁啾，一只麻雀叼条蚯蚓停在树丫，悬空的蚯蚓，嫩红且不停扭动，是痛苦挣扎？或是凌空舞蹈？它不能回答我。我大吼一声：久违了，美丽的春天，我来了！蚯蚓从惊骇的鸟嘴飘落，是我恩赐它回归温润土壤的生机。

校园里最引人注目的是卢夫恭，她的形象像旗帜一样在我们心中飘扬。一身补丁摞补丁的衣装，雪白的光脚蹬双带补丁的布鞋。以往别在胸前的红色校徽，被一块红布条取代。布条上书：一颗红心，回到农村。有同学嗤之以鼻：假积极，伪装自己，故意穿成农民婆，不伦不类，小丑一样，自不知耻。实际上是在挣表现，挣最好的毕业鉴定。她并不介意同学如何评价自己，我行我素，一有机会显山露水，她都会冲在最前头。李校长也确实将她树为毕业生的榜样，号召我们向她看齐。学校在毕业班开展"批驳万般皆下品，惟有读书高""落榜不可怕，回乡种庄稼"和"学习邢燕子，做个新农民"的主题演讲活动，她既是组织者之一，又是踊跃发言第一人。这天午餐，她在食堂贴出"倡议书"，倡导毕业生"走出教室,不做温室里的弱苗;扎根农村,争当默默耕耘的老黄牛"。鲜艳的大红纸照亮了围观同学的脸庞,她当场第一个签名,我们班有两个同学正好站在最前面,也不得不签上了自己的名字。到开晚饭,"倡议书"上仍然只有她们三人的签名,也再无人围观。卢夫恭搁下饭碗,朝隔了三张桌子、正准备吃饭的余班长喊:"哎,我们的余班长,没看见我的倡议书?"余班长未作回答,展开桌上的纸卷,从碗里拨些饭粒抹在纸卷背面,将它贴在了最显眼的地方。这是他的"决心书",副标题是"一颗红心献给党"。他声情并茂地当众朗读里面的内容:一、深造为人民,拳拳报国心。我是劳动人民子弟,敢于勤学苦读,争取进入县城最好的高中和当代最好的大学深造,学好本领,占领无产阶级科学阵地,为党和人民贡献我的毕生精力。二、落榜不灰心,建设新农村。如果考不上高中,我决不灰心丧气,愉快地回到农村,保持劳动人民本色,战天斗地一辈子。他的话音刚落,全场爆发出热烈的掌声。我看着他整张脸洋溢出志得意满的笑容,我好羡慕、好钦佩。他敢于当众敞怀抒发自己最真实的人生目标和理想,特别是一心要上最好的高中和大学,而且是那样的雄心勃勃志在必得。而我却不能,我只能在心里悄悄地幻想,我感觉到了自己的渺小和悲哀。据我观察,从一进入初三开始,余班长为能考取县里最好的高中,就像换了一个人似的,成天心系学习,倾其时间和精力,寻求提高学习质量的最佳方法,毫无顾忌地攻坚克难,所有这一切的动力都来自袁小圆。他心里最清楚,如果不努力改变自己的命运,他心仪已久的袁小圆就会是别人的。

上周余班长在食堂宣读了《决心书》,自那以后,指责他"打起报效国家的旗号,把考上高中大学当成追求的唯一目标""只专不红""信奉学而优则仕""忘记劳动人民本色"的言论悄然泛起。说是悄然,因为议论隐隐约约,似有若无,没形成气候。我所看到的初三同学,现在都有些自顾不暇,在暗地里较着劲啃书本备战中考,谁还有心思去嚼别人的舌头。即便有人从中挑动,也是凑趣的少、避嫌的多,毕竟不是初一、初二那个优哉游哉的时候了。而且从内心来说,谁不想用知识改变自己的命运呢?也就从这时起,余班长突然对我客气起来,谦和感胜过以往任何时期。课余时间,我在比较隐秘的树林、石仓,或夜深的路灯下背书做题,都可以看见他的身影。好多次,他都主动接近我,和我探讨问题,交流心得。情到深处,他还会像我二哥那样,鼓励我争做那个体现"不唯成分论"的千分之一、万分之一。有一次他对我说,是那种敞开心扉的坦诚之言:"越临近毕业,我对自身的前景越要做到万无一失,丁丁点点,处处到到,都要紧密联系我的理想,我的奋斗目标,不利的因素要排除,不利的事情不能做。因此,就凭我们现在的友谊，对你也只能是口头上的激励，要鼓气，不要泄气。即便偶尔遇到时机能帮你，那也要在不露声色之中去完成。"到底是班里的老大哥，想得比谁都周到透彻，快三年的同窗之交，风风雨雨之后，终于见到漫不经心的一片霓虹，我很感激他。

为一道几何题的论证，我们几个男生争得面红耳赤。各自演算一通之后，除了他们最终统一认识，得出的一种证明方法而外，我提出了另一种解析方法，此法最简捷也绝对正确。办法来自二哥留给我的一本几何辅助教材，寒假我通晓了一遍，弄懂了初中几何的许多难点重点问题，其中就包括被争论的这类题。开初我始终未说出解法的出处，双方各执己见，据理力争，互不相让。这样追求知识的认真态度，我非常赞赏。后来为了早点结束论战，我有理有据和盘托出解法的依据，并告知这本书的名称、作者和出版社，建议大家找来看看。当在场的同学就要对我的解答心悦诚服的时候，卢夫恭凑拢来，随手拿起两种解法和答案，粗略一看，便说此题在老师的指导下，她早就做过了。一口咬定说我的做法是错误的，说完她扔下演草纸就离开了，临走还没忘记狠狠瞪我一眼。瞬间，我很尴尬，大家看着我，好像我撒了个弥天大谎。有同学很惊讶，说："原来是你编故事骗我们。你从来不说谎呀！怎么一到毕业的关键时刻，人的本质就暴露出来了。"我有受辱的感觉。我忙宽慰大家，告诉他们我说的都是真话，卢夫恭可能是信口雌黄，我会找她给我们解释清楚的。

在操场边，我追上卢夫恭，她见到我，我还未开口，她就已经笑得直不起腰。我说："有什么好笑的？赶快把老师教给你的那道几何题证明给我看，如果我真的错了，我就去给那几个同学鞠躬道歉。"她止住笑，说："我哄他们的，其实我根本就不懂。我有气，对你有气，报复你呢。"我说："我惹你了吗？你报复我！"她说："你没惹我，但我想惹你。你为什么不在我的倡议书上签字？"我听明白了，原来是我没响应她的倡议，她有意出我的洋相，难怪她笑得那么开心。我说："木秀于林，风必摧之。我已不是原来那棵树木，不敢出风头，装个傻瓜算了。"她说："你成绩那么好，知识不是空学了？"我说："不知道是否还有用得着的时候。"她突然问："你家不在汇龙镇了？"我一惊，她什么意思？同学里无人知道我家下放农村。难道她寒假去她姑父许剃头家了？我要堵住这个口无遮拦人的嘴，我说："你听谁说的？胡诌吧。"她说："李校长办公桌上有一封公函，他说是你家所在公社来的，我看地址是前进公社。"来自正道消息。我心里又急又慌，不再掩饰，问她："什么内容？"她摇头。我说："你告诉我，我马上在倡议书上签字。"她说："真不知道，信笺装在信封里，我又不能透视。"她再摇头，无奈地看着我。我抬腿就跑，一边跑一边对她喊："我去签字，去签字呀！"

签上我的名字，倡议书变得尤为显眼，我好害怕，想急于离开。转身见余班长站在身后，他问："心里也想签？"我回答："不想。"他说："违心的事，做了人会很难受。"我的鼻子一酸，马上泪盈眼眶，我强忍着不让它流出来，心想：厄运真的要来了？心颤痛得很厉害。余班长刚走，卢夫恭就跑来了，她看见倡议书上我的签名，脸绽开笑容，轻声对我说："偷看到信的内容了。"我想问，又怕问，心里恐慌得不行，嗫嚅着好一阵道："信里怎么说？"她说："公社不让你升学，说你家下放的全是老、小、妇、弱，缺乏劳力，要你下乡当农民。"先是头脑里轰的一声，接着脚下有坍塌的感觉，我身子晃了晃，待我站定，眼前一切还在摇动。卢夫恭已经不在了，我告诉自己，看来一签成真，这一辈子只有当农民，难道数载寒窗苦读都要付诸东流？我不敢再往下想，腿膝软弱无力，迈不动步子，只好顺势倒在墙角，再次潸然泪下。没有人看见我，四周悄然无声，世界好像凝固在这一瞬间。

我想把这个不幸消息告诉吴校长，然后周日再告诉陈老师。没有什么目的，或者说企图，只是心里很乱，乱得一秒钟也不得消停，总想找一个值得信赖的人唠叨一下，于是就想了到他们俩。吴校长不会画画，唱歌又是左嗓子，他却说不让最后一学期的音、美课荒废了。我找到他时，他正在抄《打靶归来》，一笔一画，写得非常认真，我站在他身旁好一阵，都没察觉。直到一张纸写满了，我帮着再换一张时，他才看见我并微笑着向我点点头。怎样向他说起自己的担忧？如果是面对陈老师，我可能会很直率地道出心里的不快，而在他面前，我一定要斟酌措词。一边思考，一边候着他把歌曲抄完。还余了半截纸，他抬眼看我，然后说："发挥你的长处，剩这半张纸，你画幅插图。"心神不定之中，我接过笔，看了一眼晾在地上的首页歌词，很轻松地画出一个昂首阔步扛着靶子的战士。他频频点头，点着点着却说："还差一点什么。"我挠了一下后脑勺，便在白靶板上补上五个环，再点几个黑点在靶心。他惊讶道："哦呀！都是神枪手，画龙点睛，画龙点睛呀！你太聪明了，好好读书，好好读书。"听到他的赞赏，我心里反倒黯然了。他看出我情绪变化，问："我说得不对？"有了画插图获得他的赞赏这个铺垫，我也不在乎什么措词了，随口道："今后我可能读不成书了。"他"嗯"一声，又问："什么意思？"我把父亲下放所在公社来函的事全告诉他，他神色倏忽凝滞，半天没说一句话。慢慢把两张歌谱收拾好，坐定，示意我站在他身旁，郑重道："升学的事，下面的人不一定管得着，这封公函的意见不会被采纳，你别背思想包袱。"我想，但愿如此。他又说："不过，两种打算那肯定是要有的。万一考不上高中，并且又要你下乡，那就既来之，则安之，不是已经有天津的邢燕子走在前头了吗，大城市的，还是一个姑娘。"我说："我若下乡，不会与她同命运，我会很惨。"他说："我懂你的意思。你现在还是不要考虑此事，就是说，千万不要盲目背起这个思想包袱。你答应我，做得到吗？"我点点头，心里不想再吐一个字。他说："回答我。"声音不大，语气却很坚决。我一惊："做得到。"他说："看得出，你情绪很低落。你这人太书生气，应该经受点社会的锤炼。矿石再好，不冶炼，不锤打，不成器物，你只想做一块矿石？"我一惊，如梦初醒，情绪立刻升扬，马上联想到，眼前的吴校长，不就是经过农村、战争、"速成师范"的锤炼，才成为文武双全的人才吗？我给他毕恭毕敬地鞠了一躬，转身就跑。我在心里反复默念"矿石再好，不冶炼，不锤打，不成器物"，我视它为格言，让它从这一刻起，就铭记在我心灵深处。

又到五月洋槐开花的时节，一串串洁白的花朵在熏风里摇曳，馥郁的香味追随路人缭绕不去，招惹起一双双明眸去注视它，去想象那白蝴蝶纷飞的身姿。若在去年这时，我每天都会抽时间去槐树下徜徉，大口地吸入槐花的香气，抬头痴痴地感受它的洁白，畅想我们的青春如槐花盛开在明媚的阳光里，这般地灿烂、芬芳和纯洁。我就很自然地想起退学的李文居，逝去的楚楚，还有身边的袁小圆。这些曾经灿烂过的，芬芳过的，构成过我们青春的美好画图的，现在有的凋谢了，有的依然美丽，她们都让我没齿难忘。遇到礼拜天，我还会抱本书坐在洋槐下的石凳上，长久地陶醉于书香花香之中，依稀还能听到蜜蜂恋蕊盘旋的嗡嗡声，嗅到花瓣落在书页上的一丝轻微的馨香。

可是今年呢？忙在纷繁的填不完的毕业政审表格中，仿佛将我带进枯树密集、荆棘丛生的荒原，而不是槐林。弄不清楚的父亲母亲的过去和现在，弄不清楚的几乎不曾谋面印象全无的舅父姑母的昨日今生……前三皇后五帝，起根根发苗苗，无所不包，无所不有。更让我羞愧不已，而难以下笔的是，在"受过何种处分"一栏，还得填写"行政记大过一次"。我烦了，我倦了，麻木地一遍又一遍重复地机械地去写那些个相同的文字。填完表，灰暗的家庭背景，还有自身的污点，担忧和恐惧，让我的心悬起来，直到毕业都落不下去。

今天望着惨白的槐花，闻着那使人窒息的闷香，我无心贪恋这槐林之春，只匆匆看了几眼，便黯然离去。

第二十八章

为迎战升学考试，我暗地里给数、理、化、史、地和政治几门主科，各拟定一百道试题，限定在六月底前完成。自认语文不论是基础知识，还是作文，我都可以信手拈来，无须强化训练。这是一个只能挤课余时间去做的浩繁工程。因此，一天之中，连路上、厕上、就餐入寝，应死记硬背多少道题目，都有一定之规。对外还要守口如瓶，行为更是不露一丝破绽，要让大家产生一个错觉：伊诗岚是因为在卢夫恭的倡议书上签了字，认清了形势，放弃了唯升学论，有了做农民的思想准备，所以才如此平静，如此淡然。

李校长把我叫到他办公室，板着面孔将政审表推到我面前说："有两处不实。"我怔住了，想不起有什么错误的地方，便说："我不敢欺骗学校，每一项都是如实填写的。"他说："家庭住址和家庭出身必须重填。"我谨慎地解释道："我是城镇户口，我的户口从哪里来的，我的家庭住址就是哪里。还有，我家先有工商业，后有土地，所以家庭成分是工商业兼地主。"他嘴一咧，笑了。卢夫恭给我说的那封公函，终于被他出示在我眼前。信纸是折叠过的，我只能看见"家庭出身地主和家庭地址某公社某大队某生产队"的字样，至于要求我毕业下农村、充当劳动力的内容，被他折在了背后。我懵懂了，还想深入解释，但不晓得如何说。他和颜悦色道："家庭住址，就按现在的填。家庭成分嘛，不管六个字的也好，两个字的也好，没有本质的区别，但必须按公函证明的内容写，保证一字不差。"我只好怏怏地回去重填，由于心情不佳，我把此事暂时搁置起来。

这是一个星期六的午餐后，我去上厕所，看到远处一个同学边跑边呼喊："不好了！李校长的手表掉粪池里了！李校长的手表掉粪池里了！"跑到我面前，他着急地抓住我手臂直摇："真的，李校长的手表掉进粪池了，他让我去找总务老师，通知生产队快来担粪水，担干好找手表。"说完飞速跑向总务室。果然，厕所当头的粪池边围了好多同学，李校长也在那里，焦急得直跺脚，一副束手无策的样子。我听到一个同学对另一个同学说，李校长边蹲厕所边给手表上发条，不小心手表滑落，伸手去抓，却将表碰进胯下的坑洞，掉到粪池里了。我也没好去凑这个热闹，现在对待许多场景，我都比较平静，甚至是冷淡。蹲在坑位上，有风刮过粪池从洞里钻上来，屁股凉爽爽的。低头看去，先见"小鸟"，它已经长出些许绒毛，穿过洞口是形形色色的粪便。我顿时感悟：也许，我的人生，就是一部造粪的机器，真是悲哀之至！

直到半下午，回家的同学都走得差不多了，学校开始沉静下来，我也没有见到一个农民来担粪，偷偷去厕所看，粪池里的粪还是原来的样子。我很奇怪，自己怎么关心起粪池里的手表来了？意图何在？是不愿做造粪的机器？越自问，越觉得自己想做点什么。是不是有一个"阴谋"在悄悄萌生？我没再多想，也没再犹豫，就像要去实现一个壮举一样，一个步骤接一个步骤地去实现我的计划。回寝室拿上湿毛巾，又钻到食堂后门的大灶下，找到那把一人高的火钩，这是炊事员勾炉灰用的。我是如何绑好毛巾捂住口鼻，如何扎高裤腿一脚踏进深及膝盖的粪水里，如何克制蛆虫在腿上爬行蠕动的恶心感的，事后都害怕想起，仿佛就是穿越一场噩梦。半个小时之后，当铁钩碰触金属的感觉和微弱声响，冲破大便和白蛆的封锁，传导至我的触觉神经和听觉神经的一刹那，我的手飞快扬起，就像垂钓时大鱼上钩猛拉钓竿那美妙的一瞬。当铁钩立起来，一个亮闪闪的圈儿，顺着钩杆，滴着粪水，摩擦出悦耳的"唰唰"声，很自然地滑落下来，套在我的手腕里。我几步跃出粪池，飞奔进河水里，涤荡双腿，高喊："蛆虫滚蛋吧！粪臭滚蛋吧！"尽管河水还凉，但当我顺势躺在河堤的绿茵之中时，我的心里有一阵阵温暖在涌动。激动之余，我突然想到，莫不是有了那次劳动课抓大粪的经历垫底，才有勇气完成今天这有着使命感的壮举？

春天的傍晚天色明朗，春天的傍晚微风和煦。我的心情很好，在校园里寻找着李校长的踪迹。此时的他，应该正惦记着粪池里的手表。他做梦也想不到，他的心爱之物，已不在粪池里了，早揣在了我的衣袋中，而且非但不臭，还香喷喷的。我们当学生的是不用香皂的，那是我跑到老师洗脸的水槽边，在一个缝隙里，抠出指尖那么大一颗残留的香皂，用它才把手表洗出香味的。在总务室门口，我看见李校长，他正对总务老师说："别等了，你回家吧，担粪的不会来了，明天再说，表泡坏就泡坏吧，没办法。"他有点垂头丧气，经过我身边，无奈地看了我一眼。

等他进了寝室，灯亮了，我才敲门喊一声"报告"。他把我让进去，我掏出手表放在他面前。手表在微弱的灯影下闪着光芒。我说："我捞的。"他十分惊讶，一把抓过去，放在耳边听，听过又放在鼻下闻，高兴地说："走得嚓嚓嚓的还很有劲呢，嗯，不臭，还有香味。"他赶紧给我倒杯水，让我坐下，问如何打捞起来的。我简单地说了过程，他不住地点头称赞说："很好，你的表现很好，不怕脏，有劳动人民感情了。我知道了，我知道了。"他把手表戴在手腕上，"咔"的一声扣紧表链，反复按了按扣眼处。他很动情地对我说："这只手表我会终身珍藏，让它的时间永不停止。不在于它的实际价值，而在于表的原主人。他是一个非常有品位有学识的老者，从大都市来到我们那个乡间，他只教给我学问和做人的道理，从不谈与之无关的任何事情。晚景孤独而凄凉，他临终时，把所有的书籍和这块手表都送与了我，他对我说：他一生坎坷，孤单，但有书为伴，从不寂寞，书中乾坤大呀！他死的时候，身边没有一个亲人，但入殓时神态十分安详，无怨无悔的样子。"我看到他的眼里噙满泪花。我的眼眶也热热的，有些湿润，很伤感。人在将要终了一生时，会有很多感受，但唯独念念不忘书本，可见老者也是一个嗜书如命的人。但为什么这样的人又往往命途多舛呢！当我想离开，但又觉得事情不应该到此为止时，李校长真的说话了。他问我："你怎么想到为我去捞这块手表？"我没有丝毫犹豫，语气坚定地回答说："我想读书！"他长长地"啊"了一声。在沉默一阵之后，他站起身，我知道现在是我离开的时候了。走出好远，我回头看过去，见他的身影还镶嵌在门框里，眼睛对着我的背影。路要拐弯了，再看一眼，才见他缓缓关上房门。

　　回到寝室，我从竹箱里找出尤姐在校园捡到的那本书，翻到注解处，再次阅读这段话，印证了此书就是老者赠书之一，写注解的就是年轻时的李校长。

　　毕业班人心浮躁，有同学交头接耳，自称已经知道毕业鉴定，评语何等佳话连篇，何等可心。被煽动起来的同学，像无头苍蝇，到处乱碰，也想打探那鉴定栏里都写了些什么。在食堂就餐时有人问我知否，我说："知道不如不知道。"他又问："怎讲？"我说："一点不知，心里无负担，复习功课，专心不分心，升学考试成功了，那才是决胜的一关。"其实，自己这三年在老师眼里表现如何，我也时不时在揣度。只是装作无所谓，像大海，表面平静，底下却波涛涌动，不易被人看出来而已。吃完晚餐洗过碗，见李校长也刚好离开水槽。走在路上，他问我："政审表重填填好没有？"我说："好了。"他说："真的好了？"我说："真的。"他说："那为什么不赶紧送来？"我只得实说："还有个尾巴。"他说："快去拿来我看看。"说是留个尾巴，其实，只是"受过何种奖励和处分"这栏没填。第一回填了受记大过处分一次，这一次是我有意空下的。因为前两天听吴校长给我透露，说是他就撤销我的记过处分，准备了一个议题，提交校务会研究。所以我在等待观望此事。表送给李校长，我见他先核对了家庭出身和住址，当他手指移动到"受过何种处分"一栏时停住了，指头一边轻轻敲击表格，嘴里一边低声自语道："曾经受……撤销……"他突然高声道，"算了，空白，就这样。好了，可以交差。"让我最为担忧的这一栏，一下变得干干净净，清清白白，我不禁喜形于色。从李校长办公室出来，巧遇吴校长，我致一声："谢谢！"他道："要谢就谢你自己，是你抓住了一个绝好的机会。"我一听，心里明白：手表没有白捞。

真是无"过"一身轻。背上累积的两个包袱，总算抖落一个，与生俱来的那一个，恐怕要背一辈子了。既来之，则安之，我也不在乎它。心里宽敞了，现在看人，看树，看房屋……看什么都清清爽爽，好一派明媚春光！视野里的风物，也似乎变得平易亲近。我的"百题计划"已经基本完成，有这垫底，自信可以在考场上纵横驰骋，从一个胜利走向另一个胜利——我突然察觉，沉睡已久的少年狂傲开始苏醒，尾巴在不知不觉中翘起来。我急忙告诫自己：从此刻到毕业离校，仍要固守底线，不可轻狂，该掖紧的地方就要掖紧，该守本分的地方还是要守住本分。

星期天早晨一睁眼，嗬，阳光挤满窗户。好天气带来好心情，我正想搁下书本轻松一下，专程去看望陈老师。校园里照例十分清静，路过教务室，我趴在窗子上望了一眼里面墙上的自鸣钟，时间正好十点整。刚走几步，听见校工叫我。他站在自己的小屋前向我招手。走拢他对我说："有你的信，自己找。"窗台下的桌子上，堆着新送来的报纸和信件。翻到两封外表一模一样的信，一封是我的，另一封是吴校长的，都出自陈老师之手。我捏了捏，给吴校长的信要比我的厚许多。

出了校门，才拆信细看。陈老师在信中写道："上周二，我就来县人民医院了，可能还要住一个礼拜……"我一惊，心跳骤然加快。不祥之兆像利刃把我脑袋剜成一片空白。惶恐中又感觉屁股遭谁踢了一脚，腿一软便瘫坐到地上。一辆脚踏车从身边飞过，后座上的卢夫恭正得意扬扬朝我招手，两条细腿杆很有节奏地前后荡悠。这一脚也只有她才踢得出来，我心里冒出一股说不来的滋味。我顺势赖在地上把信读完。原来，她们校长的女儿，也就是与她同住一室的那位同事，上周一去镇上给粮站送苕干，坐的手扶拖拉机翻车，受了重伤，在县人民医院救治。虚惊一场，我终于舒了口气。想到善良而孤独的陈老师，上天一定会保佑她的。

农中不必去了，我便沿着石子小路朝河边走去。河堤一片新绿，开满黄、蓝、紫三色指头大的星星菊。一丛丛芭茅，抽出新叶，看上去像一柄柄泛着绿光的长剑。风吹来，拂过脸颊，如母亲宽厚温柔的手掌。大自然真是奇妙无穷，为了你不厌倦它，它含辛茹苦才创造了四季。穿行于柳树林，忽见一个人影躲躲闪闪，飘忽不定，那不是楚楚吗？都一年多了，她的魂还在此游荡？她好像在望我，眼含怨恨。接着就絮絮叨叨：我实在舍不得这所学校，我要在这里听那琅琅的读书声，感受那师生们的气息，特别是想等候女生们，端着脸盆，来河里洗她们的裤头，我多么渴望见到那殷红的鲜血！自己就是没有这殷红的血，才决定去死的。其实，自己是不想死的，谁不怕死？但裤头上都两月不见红了。你们四只眼睛盯住我的裸体，我母亲的裸体被两只眼睛盯过，就有了我，这是母亲亲口告诉我的。而你们是四只眼睛，四只啊！我害怕了。名声大于天呀，我不死，我怎么有脸见身边的同学？见学校的一草一木？见我的街坊？我必须死呀，好让自己干净，好让学校干净，好让这个世界干净……终于，都干净了，像今天这河岸上的一切，既明亮，又干净，多好的一个世界呀！死我一个，值得！真的，很是值得！我看到影子飘在河面上，融进水里……一只翠鸟俯冲下去，水声与波浪把我惊醒，眼前又是流动的春色，哪有真实的那个楚楚的影子……春天，在我眼里模糊了，我才发现自己眼泪纵横，心也开始疼痛，我匆匆离开河堤。

　　一人独处，有两种景况我不寂寞：一种是阅读。捧着书走在林间小道，边漫步，边一字一句轻微地念出声来。看到动情处，蹦几下，吹几声口哨。遇见柔软的草坪，坐下来看几页，再躺倒，书扣在肚子上，手枕头下，闭目遐想，让思绪穿行在字里行间。另一种，是用心去触摸天幕。明朗的夜晚，静静地凝视苍穹，看蓝天庄重肃穆，看白云悠闲飘逸，看星辰狡黠俏皮。大自然的深邃、辽阔和神秘，包容了我的渺小，心中便了无落魄与孤寂之虞。

　　走在昏黄的路灯下，身边的景物变得虚幻而隐约。今晚，天空比校园更明亮，我的心扑向了天空。我也记不清，这是第几次，在夜晚的校园仰望星月。我知道，这样的机会不多了。毕业在即，一旦离开学校，也许，这一生，再也体会不到如此美好的校园之夜。

　　石子路尽头，是容易触动我心房的"小资情调展室"。室内没有灯光，却流动着乐曲，声音轻微，但十分耳熟。是那张唱片——丁老师的《苏州河上》，留声机把它唱出来，即刻就让我回忆起丁老师抱着枕头起舞的那个情景。我找到窗框与窗台间的一条裂缝，看进去，屋里全是浓淡不一的阴影。突然，手电光亮了，有两个人影移至唱机旁，是李校长和卢夫恭，他们在换唱片。手电筒灭了，屋里流动着的又是另一首乐曲，它便是《我有一段情》。隔了一瞬，手电光又闪烁了一下，光柱打在李校长脸上，背影里，他俩肩并肩，头靠头，手攥在一起坐在那里。手电握在卢夫恭左手里，当她再次揿亮电光戏弄李校长时，李校长轻声说："别闹，静静地听。"

我惊呆了！我懵懂了！这是什么？这是为什么？难道他们不是小资情调？我为丁老师抱屈，也为我自己抱屈，我恨不得来场暴风骤雨，让现实版的小资产阶级情调被彻底摧毁。

路过吴校长寝室，道林纸糊的玻璃窗上，映出他伏案的身影，从晃动的手臂看，像是在奋笔疾书。

升学考试的日子一天一天临近。一个同学在班上说，他连续三夜，几乎每晚做梦都在考试，而且场场作弊。第一晚梦见作弊是偷看邻桌答卷，监考当场就把他的试卷撕得粉碎；第二晚梦见作弊是看夹带，监考发现了把他拉出去游街示众；第三晚梦见作弊是盗窃库房试卷，被公安逮住抓出去枪毙了。每次梦醒，汗水都将草席浸湿一大团。我告诉他，这是心里高度紧张所致。越临近考试，越要抱个平常心态。心情平静了，考试发挥就正常。他长出一口气，脸上的肌肉松弛下来，说："我懂了。"

考试的前一天，快到中午，下了一场倾盆大雨。风裹挟着密密麻麻的雨柱，疯狂地横扫过校园。折断的桂树枝条挂在球场的篮板上，原本贴在《学习园地》里的非常庄重的红红绿绿的决心书、倡议书，现在遍地翻滚着撕裂着，被雨水打在泥浆里，变成红、蓝、绿三色浊流。好像一切都将结束于这场暴风雨中。暴风雨过后，天空奔跑着奇形怪状的云彩，给大地投下斑斓的光影。今天毕业班"放羊"了，吴校长让大家按照各自的意愿自由活动。我独自去登檀木坡，未邀约别人。路过树林，望见被狂风折断的桂树枝丫，感叹秋天会少去几缕桂花的幽香，同时，也会少去许多闻香的少年。待到那时，花虽开，但我们班的四十三个同窗，已离开校园，各奔西东。想着，心里甚是悲凉。

走到石仓，茅草长在石缝里，一丛丛恣意纵横，蓬蓬勃勃。陈老师那日焚衣的地方，已无处寻觅。但我仿佛看见，那燃烧的艳丽光焰，依然在石壁上闪烁。一条小路，随坡度蜿蜒而上。遍地开满各色野花，雨后散发出奇异的幽香。一棵青檀树下，一座坟茔，悲哀的楚楚，长眠在这里。我的脚步一到，惊飞两只斑鸠。它们从坟头的草蓬里腾空而起，翅膀碰到树叶，落下一串串水滴。我感觉，这是上苍还在为楚楚悲伤，怜悯的泪，一直流到今天。我采了一大把鲜花，搁在她的坟头，并在心里默念：安息吧！无辜的殉道者！安息吧！楚楚！也许，今生今世，我再无机会到你坟前来祭奠你，但，我会永远怀念你！默念完，悲痛和伤感袭上心头。

登到坡顶，极目四顾，万物皆在脚下。

坡高风大，我宽松的蓝布衣裤像旗帜一样在风中猎猎招展，瘦高的身躯，细长的腿杆是旗杆，旗杆感受到了风的无穷力量。云，一朵朵，一团团，匆匆忙忙，绵延不绝，从我眼前涌向远方。脚下是起伏叠嶂的山峦，云层之上的阳光，给山峦投下奔流不息的云影，让沉稳的山峦像波涛般汹涌起来。我喜欢这种居高临下的感觉：眼界如此开阔，心潮如此澎湃，大有踏波蹈浪奋勇向前的万丈豪情。我要把这样的豪情留在心底，带到考场上，让我在答题时生出"横扫千军如卷席"的英雄气概。

七月九日这天，我饱含热情，沉稳而庄重地走进了考场。

升学考试的感觉真好：有如沐浴春风，面向朝阳；有如走过花径，满眼芳菲；有如泰山极顶，俯视群峰……总之，手中之笔，在那二尺见方的天地里痛快淋漓地挥呀、挥呀、挥呀……就挥出了一片新天地！

考完试次日，上午第一节课，我们班全体同学，都恭恭敬敬坐在教室，大家沉默不语。我埋头看一本小说，像忽略了大家的存在。当吴校长话音响起，我才发现同学们正全神贯注听他讲话。他说："今天的时间都属于同学们。第一件事是照相。全班的毕业纪念照，同学们相互间的留念照。第二件事是聊天，话别。聊半夜，聊通宵，皆不制止。"说完，他把衣领正了正，喊道："全体起立！马上回寝室把自己最干净最得意的衣服换上，所有的人都无一遗漏地别上校徽，一小时后在教务室门口集合。"大家欢呼着跳跃着，从教室蜂拥而出。我、余班长和袁小圆走在最后，我们都不约而同地停住脚步，回头望了几眼教室，他俩的眼神里充满依恋。我也在心里默念：别了，六五级一班！别了，三年的同窗们！别了，我心爱的课桌！别了，墙壁上那最后一张课表！眼眶忽地一热，随即埋下了头。学子们即将风流云散，今后有无再聚之时，这是一个让人泪水奔流的问题。

列队站立了许久，仍不见照相师傅的影子。坐在前排中间的李校长，焦急地望着身边的吴校长，吴校长告诉他，一个钟头前就安排总务老师去镇上照相馆了。余班长自告奋勇去接应。卢夫恭跑到队列前面，做好打拍子的手势说："我们唱支歌吧！"随即，"五星红旗迎风飘扬"的歌声响起。跟着激昂的旋律，我们都情不自禁地仰望天空，我似乎看见，在明媚的阳光下，火红的旗帜正在蓝天下迎风飘呀，飘呀，飘呀……正飘着，总务老师和余班长一道回来了，他对李校长说，几天前照相馆就关门了，照相师已被停职检查。吴校长惊异道："照相师停职检查？"总务老师说："是真的，听说他给一对穿西装旗袍的小资产阶级照结婚照，两身衣服,是右派父母当年结婚穿过的。""胆大妄为,罪有应得!资产阶级复辟典范。"李校长愤怒地批驳道。吴校长说:"算了,陈老师有部照相机,下午去农中借来,明天照。"李校长脸上余怒未消,又厉声道:"错也!我堂堂一个公办中学,去向她这样一个女人低头,成何体统?不照相了,开个座谈会就行了。"吴校长道:"宿怨作祟!"李校长瞪他一眼,无语。大家都怏怏不乐地离开了,只有吴校长还悻悻然立在那里。

余下的多半天时间里,大家都匆匆忙忙干着自己急需办的事情。有几个同学邀约在一起,把所有的书本捆成几捆,背到街上废品店卖了,然后进国营食店聚餐,每人一碗红汤面,外加一个卤兔头。餐后嘴一抹,都欢天喜地地说,这是人生的第一次最高享受。还有同学悄悄在课桌右上方,工工整整刻下自己的名字留念。余班长用毛笔,在他床铺的上方写道:"水打浪中柴——一去永不来。别了!我的卧榻。"书,是我瞄准的对象。我在教室与寝室间穿梭,淘那些被同学即将卖掉的我喜欢的书籍。不是白给白要,多数是用米换,钱是没有的,米倒还剩了一些。后来一直伴随在我身边的几本好小说,就是这次从同学那里用米换来的。

淘来的书装了半竹箱。还没到开座谈会的时候,我就转悠到校园的垃圾堆,用棍子刨寻有用的书。好不容易扒拉出两本连环画,其中有一本电影连环画,是苏联的反特故事片《冒名顶替》。我如获珍宝,赶紧揣在衣袋里。就在这时,隐约看见远处的阶梯上,袁小圆向我招手,嘴里还发出轻微的"嗨、嗨"的招呼声。我朝对方走去,羞涩而迟疑,最后在一棵桂树下相遇,她送给我一本书,是本欧阳山写的《三家巷》,成色很新,可能只有她自己读过,不曾外借。我说:"谢谢!"她说:"转身就仔细翻翻哟!"又问,"你送什么给我作为纪念?"我毫无准备,支支吾吾道:"我,我也送你一本书吧,晚饭后还在这里见。"她笑眯眯地点点头。我把书抱在怀里,紧张得额头渗出了汗珠。

我吃饭慢,袁小圆比我早到桂树下。送给她的书是巴金的"巴金爱情三部曲",她一看书名,脸就红了。随手翻了翻,顷刻间红晕消失,脸色变得有点冷漠,她问:"我给你书时提醒你仔细翻翻,你没认真翻看?"我说:"太紧张忘记了,回去后我会好好阅读。"她没再说什么,气冲冲地走了。我很诧异,不知什么地方又惹得她不高兴了。回到寝室,拿出那本《三家巷》,翻到快一半,看见夹在书页里的两只纯白蝴蝶。那年同游"国育林",生物老师教会我识别蝴蝶的雌雄。书中的蝴蝶标本,一雌一雄,正好一对。我幡然醒悟,原来她之所以动气,是我没及时发现书中的蝴蝶,没读懂她的心思,回赠的仅仅是一本书,完全辜负了她的一片苦心,我要想办法弥补这最后一课。有脚步声,我赶紧合上书往竹箱里放,但还是迟了一点。余班长眼尖，他问："放进箱子里的书好像是《三家巷》？"我摇头："不是，我没见过这本书。"他说："我们班只有袁小圆有一本，我曾向她借过，她说自己还未看完。后来再借，她又说忘在家里了。放进箱子的书真的不是《三家巷》？"我发誓说："真不是，如若骗你，我考不上高中。"他笑了，说："别、别，我俩都考上。你我不深造，于哪方面都是损失。"我问："真心话？"他的神色马上严肃了，在我身边坐下来，左手按住我右肩，语调缓慢地说道："是真心话。以前，好多方面，我很幼稚，好些道理我懂得过于肤浅。吴校长来校之后，接触多了，发觉他看问题，站得比我们高，看得比我们远，对于有的道理，悟得比我们透彻。慢慢地，他的一些观点，对我影响很大，我终于学会了思考。今天的余其贵，不再是昨天的余其贵了。"我说："何以见得变深刻了？"他说："的确这样。比如，对于读书，我再不像从前那样可有可无了。我现在铁了心要上高中，要上大学。我要靠读书，改变我个人的命运。这不是自私，这是要奋发图强。都去当农民，都去种粮食，光管了肚子的事，谁来管那些尖端的科学技术？谁来管国家富强？你想想，现在每六个人里，就有五个人在干管肚子饱的事，可肚子还是瘪的。一睁开眼睛，就扛起原始的工具去修理地球，只认识黄土，只区分男人和女人，再深入一点，没人思考，没人探索。落后和贫穷没看到，都心安理得呀！长此以往，我的父母兄弟怎么进步？我脚下这块土地怎么进步？我再不醒悟，我是新时代的热血青年吗？所以，我要靠读书翻身，做一个真正意义上的人！做一个可以担当大事的人！"他说得我也热血沸腾，忘记了我本身，好像我真的与他携手并肩，在自由的天空腾飞。我感叹道："只可惜，我们朝夕相处的日子马上就要结束了，即将各奔前程，就以你刚才抒发的这一番情怀共勉吧！但愿明天，我们走好人生的每一步。"他在我肩上重重拍一下："共勉吧，走好人生的每一步！"他走后，当我脚踏实地走在寝室前的台阶上，仰望天空，才感觉到，落霞辉煌的天宇，是那么浩瀚，那么无边无际。而我，如一粒微尘，看不见，飞不高，一滴雨点就可以将其打进泥土。即便在光束里，也是遭人厌恶、被人拂弃的尘埃，我能承载他那么崇高的理想吗？

　　座谈会在露天召开。草地是柔软的，星光是灿烂的，各人的心情是不一样的。大家盘腿而坐，围成一个满月样的圆圈。凉风缓缓地爽爽地拂过每一张脸庞，像离别时，给每一个人的抚慰。现场一片沉静，大家像在悄悄思考着什么，默默感受着什么。不远处的教室，昏暗的灯光下，一、二年级的同学们正在埋头自习，准备迎战期末考试。似乎可以听到、捕捉到，无数支笔在纸上驰骋的沙沙声。我们的今天，就是他们的明天，也是我们头上那个年级的昨天，如此循环不止。昨天到今天，今天到明天，究竟有多远？我们每一个人，都要用心思，用人格，用勤劳和智慧，用千余天时间，去丈量一遍。不管丈量出的是直线，是曲线，或者是抛物线，到达的那一天，都会尝尽人生的酸甜苦辣。也就在这一天，我们都成长起来了。

这时的李校长，也是圆圈上的一个点。他一直静静地环视大家，显示出少有的沉稳。

冷场持续了好一阵，突然，"哇"的一声痛哭，打破了圆圈里的寂静，也撕裂浓云渐渐四合的天幕。泣别的不是女生，而是两个同桌的男生。情不自禁时，一个要起身离开，另一个拽住衣襟不放，哭泣中两人争执不下。李校长见状向他们招招手，轻声道："都坐下吧。"又转头对着余班长，"班长带头，谈点什么。难道除了这两个同学外，其余的都没有一点离别感受？"余班长咳嗽一声，清过嗓子，看一眼吴校长，说："此刻，我想让心情平静下来，可是，无论怎样，都做不到。因为明天，我们在座的四十三个同学，就要分手，就要各奔前程了。"我看到他不断眨动眼睛，"今后，何时重逢，这样的机会太少。人生的道路各不相同，我祝愿大家都共同拥有一个美好的明天。往日，也许你们一句不当的言语，一个不当的行为，都会引起我的警觉和批评，甚至是愤怒。因为我是班长，只希望你们循规蹈矩，而不是其他。可是，在今天，在此时，将要失去，将再也不会看见，才发觉过去我们共同相处的那些美好时光，临别时却变得这么弥足珍贵，一切已经铭刻在我心灵深处，至死不可磨灭。"圆圈里传出轻微的啜泣声，唏嘘声，"明天，我们将继续为理想而奋斗，为祖国的繁荣富强而奋斗不止。无论在什么岗位，我们都是这个伟大时代的骄子，没有高低贵贱之分，有的只是一颗火红的心！我们共同携起手来吧，大踏步奔向美好的明天！我希望与你们在大学，在军营，在劳模大会，在天南海北相聚。再见了，同学们！"掌声骤然响起，气氛热烈起来。有几个同学相继发言，话题又回到"一颗红心，两种打算"。卢夫恭的"扎根农村战天斗地，奉献青春无怨无悔"的演讲，最终成了座谈会的主题思想。喧腾一阵之后，吴校长点名要我发言。我站起来，仰望天空，头顶乌云厚重，被劲风推着向南迅跑。环视大家，瞥见李校长微笑着望着我，我心里像照进阳光。我说："我是一个迟来的学生，我也是一个有理想、有抱负的人。一直以来，我都在为实现自己的理想和抱负而奋斗。"一声炸雷从天边滚来，惊得我停止了发言，正当我不知所措时，见吴校长打了一个"继续"的手势，我接着说道，"今晚，离别在即……"此话刚一出口，狂风暴雨铺天盖地而来，只听李校长一声"结束"，大家拔腿就跑。狂奔中，我听见卢夫恭问余班长："什么相聚都说了，为什么唯独不说在新农村相聚?"只听余班长高声呼喊:"同学们,迎着暴风骤雨——前进吧!"他没有时间理会她的质问。

　　袁小圆就在我身后,头发已经被雨打湿,衬衣快淋透了,沾在肉上,印出肩膀和胸脯的轮廓。我急忙脱下衣服,双手撑起来,如伞一样张开,跑过去遮在她头顶,我俩在衬衣掩饰下并肩奔跑。我特意绕进一片树林,再绕出来。在林间,我很想亲吻她,只一口,学外国人的礼节,可我没敢这样做。我只好说:"我没理解你书里那对蝴蝶的含义,我欠你的情,这里给你补一课,也可能是我俩今生的最后一课。"我一把握住她的手,低下头在她的手背上轻轻吻了一下。我看见她眼里有泪光闪烁。

　　罕见的大风大雨,似乎要拂尽大地的尘埃,洗净校园的容颜。

第二十九章

　　傍晚的暴风雨，像匆匆过客，很快就消失了。深蓝的天空，群星闪烁。我最爱这雨后清爽干净的世界，便独自徜徉在校园的林间小径上。刚才的发言如不被老天打断，那接下来我该说什么？要说出"离别在即"后面的话，的确是件非常为难的事情。高调不愿唱，真话不敢说。还是老天怜悯我，一场暴雨解除了我心中的煎熬。当我想到，也许今晚就是我与学生生涯诀别时，锥心的疼痛就无法用语言来表达……这时，一串脚踏车的铃声在我身后响起。一转身，看见陈老师站在不远处向我招手。她对我说，艰苦繁忙的初中生活已经结束，美好的学生时代暂告一个段落，应该到了放松自己的时候。她邀请我去农中住一晚，想说什么话尽情地说，如有什么梦想就放飞梦想。我欣然点头应允。

　　坐在自行车的后座上，一阵阵风，把她的体香送进我的肺腑。她说为了不被颠簸下来，让我双手环住她的细腰。夏日的薄衫，真切的肌肤感觉，让我既心惊肉跳，又舒适惬意。一段漫长的坡道，使自行车飞奔起来。我张开双臂，嘴里"啊啊啊"乱叫，风在耳边呼啸，有了飞的愉悦。她喊，撒把啦！我急忙收回手，箍紧她的腰肢。其实她并未撒把，她是不想让我一个人疯狂，失去我双臂的环绕，她会感到路途的孤独。

　　湛蓝的夜空已是星河灿烂，朗月穿行在雪白的云朵间。马路在月光下如一条舞动的长练飘向远方，穿过原野，穿过村庄。一个老人在水塘洗澡，白屁股黑腰身裸在水面，正狠劲潜水追逐鱼鳖。小孩爬在伸进水塘的树枝上，双腿拼命拍打水面，月色里溅起晶莹的水花。树木、竹林和农舍，罩在月光里沉思般悄无声息。一行人从沟里出来，光着上身，湿漉漉的褂子搭在左肩，右肩扛的锄头泛着银光。他们默默地埋头走路没有一点声音，横穿马路去向远处的村落。渐进夜幕深处，我俩便谁也不再说话，是不是都在默默祈祷，但愿安然走完这段夜路。

不远处，披着月光的农中校舍在向我招手。走过小桥，潺潺流水分外悦耳。我突然有些心动，又一次见到陈老师居住的那座小屋，亲切之感油然而生。不见老校工，到处静悄悄的，我怎么觉得，一切都凝固在了我俩进来的这一刻。早听陈老师说过，农中较之普通中学，开学迟一周，放假早一周。所以，此时的校园，已是空园一座。

书桌上的马蹄表指向九点。电灯光依然昏暗，不可能把寝室里的一切照得清晰可辨。朦朦胧胧反倒让我幻觉丛生，犹如走进一个迷茫的世界。我仿佛听见一串急促慌乱的脚步声戛然止于门前。立刻，敲门声，凄厉的呼喊声，一同响起："女儿呀，回家吧！女儿呀，回家吧！"我惶惑不已，望着陈老师。她却很冷静，向我摆摆手，让我别出声。我找了个窗缝朝外窥探，月色映衬下，一个老人，左手提盏马灯，伸长右手拼命拍门，声嘶力竭地呼天喊地，震撼得窗户都在摇晃。我悄声说："一个老狂人，好像在哪里见过。"她在我耳边细声说："是校长，他女儿没了，他疯了。别惊动他，喊累了就走了。"我突然记起，与陈老师同寝室的那个漂亮女孩，她的床就安在我现在的脚边。那次陈老师画宣传画，她调颜料糊了个大花猫，样子十分可爱。地上一筐衣服，最上面是件花衬衫，我问："校长女儿的？"她点头。我抓起花衣裳，打开窗子扔出去。当校长见到从窗口飘出的花衣裳，随手丢弃马灯，扑过去一把搂在怀里，止住哭喊，先怔怔地看着，又非常小心地将女儿这件花衣捂在脸上，一边快步行走，一边念叨："女儿来了！女儿来了！快回家！快回家！"一晃，老人就不见了影子。

陈老师很悲痛，含泪告诉我："一个多月前，校长的女儿去给粮站送最后一批苕干，乘坐的手扶拖拉机翻到坡下，她当场摔成重伤，送到县医院治了一段时间，还是没有留住她的生命。从那一天起，校长就痛极而疯，每晚都跑到我门前要他的女儿。凄厉的哭喊和痛苦的纠缠，使我既心酸又害怕。每次，他都要在门外哭喊和守望很久才离开。这凄惨的场景，每重复一次，我心里就多一次伤害。"她抹尽眼泪，又道，"今晚，你让他少流了很多泪水。"

我俩都沉默无语，各自静静地素手坐着。燥热在悄悄弱下去，凉风从窗子钻进来，让人感觉到一种舒适，这种舒适渐渐沁入心脾，叫我萌生某种情调。我看一眼她，她还我一眼，我俩都情不自禁地低下头。她好像洞穿我心所想，说："我心情还是很沉重。昨日的她，那么美好的青春，一转瞬说没有就没有了，既心痛，又可怕。人生是一条不知深浅也不知流向的河，说干涸就干涸，说拐弯就拐弯，谁也阻挡不住。"我说："你是我的老师，不管你这条河流怎样，我就是一只船，永远航行在你的河道里。远航也好，搁浅也好，漂泊也好，触礁也好，我都要守护着你。哪怕是历尽急流险滩，最终沉没在你的河流里，我也在所不惜！"正说着，窗外忽然蹿起一团火焰，还有毕毕剥剥的响声。"马灯！"我惊叫起来，拔腿就往门外跑。寝室门口左侧，一堆麦秆正在燃烧，被疯校长丢弃的马灯，倒在秸秆里，裹着火舌呼呼作响。我正要用竹棍把它拨出来，玻璃灯罩"嘭"地炸裂，碎片四处飞溅。陈老师一跨出门槛，就大声喊："别靠近，危险！"我急忙吼道："快！抬水缸。"话音未落，我健步如飞，已将屋角的瓦缸抱起，在陈老师的搀扶下，大半缸水稳稳当当放在了地上。"浇水！浇水！"陈老师喊。我却立即脱下衬衣，在水缸里浸湿，然后挥舞水淋淋的衣服扑打火焰。每抽打几下，再将衣服在水缸里浸透，接着又扑火。陈老师照着我的样子也参与进来，抽打得比我还有劲。火扑灭，我和陈老师早已满脸满身烟尘。她的脸蛋上，粘着无数片灰烬，像落了一群蝴蝶在扇动翅膀。怎么看得这样专注，我在心里责怪自己。但我还是偷偷往下看。她胸衣下突起的乳峰既饱满又秀丽，随着还未平静的呼吸猛烈地起伏着。扑灭火灾，我有了胜利后的自豪感。她也显现出惊魂之后的亢奋。最终，看着相互充满青春气息的狼狈相，我俩抱着对方的光膀子，痛快淋漓地大笑了一场。

　　她用煤油炉子烧水，说是两个脏人，要有两盆热水才能洗净脏身子。我说："有一盆就够了。"她问："为什么？"妩媚地望我一眼，又说，"你坏。"她的曲解使我脸红，但光线有些暗，看不出来。我说："我可以到河里那个大盆里去洗，能节约二两煤油。"她"哦"了一声，说："是我想偏了，但夜里河水还是凉。"热水倒入屋角一个大木盆，"哗"的一声，我的心就开始急速跳动，"咚、咚、咚"地像打鼓。拉上布帘，一阵窸窸窣窣的响声之后，便是撩水声。坐着的我，站了起来。撩水的声音，一声长，一声短；一声急，一声缓……听着听着，我便有了水珠滚过自己身子每一个部位，那种温温的润润的感觉。在我身体膨胀得快要爆炸的那一刻，我燥热难忍地逃离了屋子。

　　夜色很美，美到我愈加不舍离开布帷里的那个人，于是潜到窗下。窗户龇牙咧嘴，很容易就找到一个恰当的窥孔。修长的腰肢，轻柔地扭捏在盆里。掬一捧水，手从胸前举起来，反手撩在颈后，"哗"的一声……月到中天，有月光从窗子上端斜照进去，漫在她身上。我看见几行清流濯尽她肌肤上的烟尘，本来就白皙的肩背，被冲洗成一块透明的美玉。恍惚之中，眼里立刻耸立起一座雪山，两朵娇小的雪莲含苞待放，点缀在雪山上，艳丽而水灵。我差点叫出声来，拔腿就往河边跑。我跑过石桥，跑过田野，跑进能听见流水声的一片幼树林里，脱光衣服，顺河堤跳进平静的河水里。河水齐腰，还真的有些凉，但它沉没在水中依然坚挺，赌气似的梗在腿根，使我体验到一种激昂中的难忍。我张开双臂，仰望天空，像要拥抱虚幻中的那座雪山。我呼喊道:"上苍啊,谁来拯救我!"喊毕,顺势倒下。清亮的水漫过全身,流进七窍……我在心里咒骂自己:沉下去吧,淹死最好,你这个可耻的偷窥者!伪君子!用大脑教唆身子的流氓!

我最终逃离。想做一个清白的人?那就彻头彻尾地洗一遍吧。凉凉的水,独独的我,狠狠地洗,在这荒野的河流里,洗净自己。

匆匆上岸,穿好衣服,我一口气奔回学校,从一扇打开的窗户翻进学生寝室。我告诉自己,还想读书,就睡在学生床上。床铺上只有一张草帘,捡几张报纸垫好,我和衣躺上去,双手枕在头下,闭着眼睛,竭力让自己平静下来。来之前,我欣然答应过陈老师,这一夜,要道尽离别之情,放飞深藏心中的梦想。可此时,为了赎罪,自己却独自躲在这静如幽谷的房子里来忏悔。我害怕什么?我害怕发生什么,又害怕什么都不发生。既想固守,又想放纵。一晚上,心里就这样痛苦地纠结着。

夜已深。由于太累,由于处在田野上的校园凉爽宜人,不觉之中,我进入梦乡。

那是陈老师的身影,蓝色碎花背带裙,长筒白线袜,脚穿姜黄色帆布鞋。她从两边长满蒿草的桥上下来。见她走到我身旁的河堤,我急忙把裸体藏在水里,只露出一颗痛苦得扭曲的丑陋的头颅。她朝我猛喊:"等等我!等等我!"我见她一头向我扑下来,像一束美丽的锦带,飘然而至,把我缠住。我紧紧抱住她,慢慢地、慢慢地向水下沉去。当我们触到河底,一条大鱼一口将我俩的头衔住,我拼命挣扎、挣扎……在最难受的时候,我睁开眼睛。第一眼就看见陈老师侧身卧在紧邻的一张床上,穿戴跟梦里一样清爽漂亮,只是眼角多了两行泪痕。月光正落在她身上,我们脸对着脸,她的气息阵阵袭来,撩得我心颤,那柔得水一样的身段好像在微微扭动,如鱼游向我胸怀。

看着熟睡的陈老师,我心里愧疚不已。她若醒来,我将无颜面对,决定悄然离去。我俯下身,对着她芬芳的身子,深深地鞠下悔恨的一躬,然后轻脚轻手翻窗离开——这一去,也许,就是永远!

我推开虚掩的门,进到陈老师的寝室里,用她的笔和纸,给她写了一封长信。

敬爱的陈老师:

  请不要责怪我。房子太小,你洗澡的水声很响,憋人,憋得我燥热难当,憋得我近乎疯狂,所以只好逃离。我从没遇见这么圣洁的月色,从没遇见这么圣洁的夜晚,从没遇见这么圣洁的裸体。如果有一天,我要离开这个世界，能有这样的景致，那我就是最幸福的人。所以，今夜，在我心里何等珍贵，你可想而知。我该走了。我告诉自己：不管走得多远，也不管走得多久，你永远是一座我要登临的高山，你永远是一条我等你承载的河流。

　　三年的校园生活，如丝如缕，缠绕在我心间；如雕如刻，铭记在我心间。最难忘的是你小小寝室那扇向南的窗户，窗户上悬挂的那幅很难拉开的花布窗帘，还有窗帘后面白墙上那帧《长绸舞》。每一次从你寝室前经过，我都要认真凝视窗帘上那些从不凋谢的花朵。白天，阳光从外面照进去；夜晚，灯光从里面透出来。朦胧后面的神秘，永远是墙上舞者那双闪亮的眼睛。这些，活生生地牵动着我的心，让我这三年，在学习之余，心都没安静过。

　　回想昨天，忘不了的事太多，理不清的事也太多，一眨眼就过去了。我突然发现，自己什么都没看够，什么都没想够。生活这本书，大得很，深得很。你是老师，我是学生，虽然年龄相差不多，但师生之间，却总有那么一条不可逾越的鸿沟。因此，在你面前，我更多的时候，是循规蹈矩。即便忍耐是痛苦的，但只要有你在身边，我就是快乐的，更是幸福的。

　　记得初二那年初夏，你穿着美丽的裙装，是在暴风雨来临之前，我和你相遇。你站在操场一隅，大风让你的头发和裙裾使劲地在身后招展，头顶黑云翻滚，伸手可触。树木，草丛……世间的一切，都在飞快地俯仰和奔跑。你说，你最喜欢这种时刻，万物都在激动，都在呼喊，都在呻吟……人们都龟缩在房子里，唯有你，与它们同在，享受着大自然恩赐的那份凉爽，那份久久不息的快感，那份狂飙似的飞跃。你还说，小时候，每到燥热的夏日傍晚，如遇乌云压城，狂风大作，你都要随同父亲，穿着漂亮的衣衫，到涪江的长堤上去，感受猎猎长风，感受彤云奔突，感受惊涛拍岸……感受暴风骤雨来临前的奏鸣曲……可后来，这一切，都沉没在过往的岁月里……

　　窗外，真安静，好浪漫的夜色。这意境真如书里描写的一样，何其美好，和一个我心爱的人共享，还是第一次。只可惜太短暂了！

　　这是我第一次给你写信。我很害怕！害怕它会定格成我们今后倾诉衷肠的唯一方式——因为，我担忧，也许今宵离别，我俩再也没有重逢的那一天！

好了。但愿明早，在你的寝室里，晨曦初露中，你第一眼就看到这封信。

　　祝您幸福！

学生　伊诗岚
1965 年 7 月 12 日　子夜

　　我把信从头至尾念一遍，觉得"好了"二字用在这里很不恰当，于是将其删去。信页被我搁在她枕上一本美术画册的封面上。此时，已是月过中天。

　　最终，我在老校工的小房子睡至黎明。

　　躺下之初，我脑海里悠悠地响起一首幽婉的歌。是它，深深地将我带进梦境：长亭外，古道边，芳草碧连天。晚风拂柳笛声残，夕阳山外山。天之涯，地之角，知交半零落。一壶浊酒尽余欢，今宵别梦寒……

第 三 部
地 主 崽 儿

第三十章

  镇上的文书拒绝为我上城镇户口。我问:"为什么?"他说:"你还敢质问我?这是政策,没有为什么!"我说:"我上学从街上迁走,初中毕业又迁回来,没有违背政策。"他问:"你家呀?"最难言的就是家,我无语,顿时觉得这个结果,应验了我之前的担忧,身份将变,让我心里痛苦万分。揣着自认为神圣不可侵犯而又即将变为一张废纸的"城镇粮户关系",眼前这座生于斯、长于斯的小镇,在我愤怒的眼神里,骤然变得陌生起来。

  踏进破败的即将失去意义的家门,婆婆正在为小妹她们准备午饭。她扭头望我一眼,我的心更加难受起来,喊了一声:"婆婆!我也被下放农村了。"然后泣不成声。她没安慰我,九十年的人生磨难,练就她遇事平淡如常的心态。她叫我拉风箱,只轻声嘀咕一句:"哪方水土不养人?"

  傍晚,尤姐把两箱书捎回来了,她让我好好清点清点。她说,我暂存书本在他家的那个同学,看起来鬼鬼祟祟的,莫非把好书偷去几本?我告诉她,他能偷书就好了,可惜他不会偷书。她笑了,说:"搬书上车我汗都累出来了,怪不得他手都懒得动,还站在一边冷笑,可能在笑话啃这些书本的人是个蠢货。"我说:"蠢就蠢。书先原封不动搁那里,可能还要搬一次家。"她问:"为什么?"我说:"街上的家没了,文书不给我上户口。"她见我脸色忽地难看了,就说:"你不求我?你就一贯小看我。"她生气地望着我,"文书不拿事,我找汤主任给你上,就上在我的户口本上。"我担忧地问:"这依据什么呀?"她说:"依据我喜欢你,依据我要做你的亲人,依据我不愿意你当农民,就依据这么多!"我看她激动得泪水都出来了,心里就觉得有了一种温暖、一种依靠。于是,就心存希望,把"城镇粮户关系"给了她。

  次日,我正在家里担忧上户口的事,尤姐跑来叫我,欣喜若狂的样子。她避开婆婆，把我拽到背静处说："汤主任批的条子，他给我条子时说，好了，拿去。这肯定没问题了，我们现在就去找文书上户口。"我顿时兴奋不已，急忙说："快把条子拿来看看。"看完条子，我的眼泪忍不住涌出来。她说："看，兄弟眼泪都高兴出来了。"我说："哪里是呀！"便抑制住伤痛把批条念给她听，"文书：你问来人，他们是什么关系，户口为啥要上她家？她以为她是谁？她虽出身很好，但现在她是劳改犯的家属，已经变黑了。我同意把伊的户口也下放到他父母所在公社去。"她听了，瞪大眼睛，恨恨地说："他耍我，狗日的耍我！平时，老东西见了我都是笑眯眯的，说话离我近近的，鼻子尖都快戳到我脸上了，问我缺什么，说需要帮忙就开腔。可是，今天真的要他帮忙，我就是劳改犯家属了，他怎么这样耍我？"我悲伤道："他不耍我们，他耍谁呀！"她说："以后，老东西跟我说话再凑那么近，我就狠狠吐他一脸口水！"

别人一句话，就把我变成了乡下人。可见，自视清高的我，在他人眼里却卑微如草芥。现实告诉我，我这一辈子，注定是人生坎坷、命途多舛。闷在街上的老房子里，一整天心神不安，头脑里翻江倒海，五脏六腑像变换了位置，身上的每一块肌肉都在绞痛，每一个细胞都在哭泣，我完全崩溃了。但临近傍晚，我平静了，醒悟了，也灵性了，不再怨天尤人，不再自虐式痛苦。自己劝慰自己，还是随遇而安好，人生的道路漫长，世上没有一成不变的事情，走一步，看一步，活在当下吧。心境终于慢慢开朗起来。就在这天夜里，暴风骤雨挟着闪电，肆虐了一个晚上，河水暴涨，横扫了小镇的下半条街，石板街道和临街商铺，被涤荡得残破不堪，对家园的许多美好记忆，也随之消失。婆婆被强行背出房子。我家百年瓦房，挨地的墙壁冲垮，木柱显露出来，立在洪水中，房子头重脚轻，摇摇欲坠。原本，队里答应把我家街房拆了，运到乡下重建。但这样的承诺，被轻易否定，我家拆房的建材，修成了队上的公房，我们一大家七口人，则被塞进一间鳏夫遗留下的破旧牛棚，鳏夫死在房里半月无人知晓。三代人生存的欲望，被桎梏在这间龌龊的鬼屋里，其情其景，甚是凄凉。

八月的乡村，田野就是一个大火炉。第一天出工，我穿戴得很整齐，依然像走向课堂那样。临出门，父亲望我一眼说："不要忘了，今天开始，是下地劳动。"我没搭理。看见一旁的母亲，眼泪唰地滚出来了。

有点像学校上劳动课的感觉。地里，大家在灌苕苗。女的在前头刨窝，男的担粪水跟着灌溉。我干的女人活。一进到地里，带领女人刨窝的队长就看着我的脚不转眼，盯了一阵，我才刨了几个窝，他突然用手指着我说："把袜子脱尿了！"我一惊，停住锄头。所有的人都歇手看着我。也就愣了那么十几秒钟，我没理会任何人，又埋头干自己的活。冷不防冲上来两个女人，把我按在地上，汗酸味掺杂着奶腥味，立刻让我迷糊了。我的袜子被她们强行脱掉，扔在地里。我未立即起身，而是晕在地里不知所措。突然，一个漂亮的女孩——恍惚中有些像陈老师的身影——跑过去捡起我的袜子，把它搁在地边的一根桑树枝丫上。我爬起身，趿鞋快步走过去，取下袜子正想往脚上穿，有个胖崽伸手一把夺过去，将袜子丢在粪桶里，又用粪勺搅几下，我的袜子浸在粪水里看不见了。我见他用恶狠狠的眼光，盯住帮我捡袜子的漂亮女孩，最后得意地朝她冷笑一下，继续干他的活。地里爆发出一阵哈哈啦啦的狂笑。

父亲默默走过来，把我拉到另一块地里去了。

收工我走到最后。疲惫不堪的庄稼人，怏怏地连成一条长龙，消失在山坡的尽头。我坐在土坎边的桑树下，看着地面蒸腾的火焰，想着父亲早晨说的话，还有他默默带我走向另一块地时的那一脸无奈，我的心神就呆呆的木木的。抖净两只鞋里的泥沙，折枝嫩桑叶，仔细掸去脚上的尘土。"你的脚像豆腐做的，又白又嫩。"我惊异地抬起头。是那个漂亮女孩。我说："谢谢你帮我把袜子搁在树上。""可是，还是被胖崽糟蹋了。"她不无惋惜道，"这里容不下斯文，出力的人会让斯文扫地。"她说着在我对面坐下来，脱下一双洗得发白的布鞋，先抖净右脚鞋里的土，穿好，再抖净左脚鞋里的土，穿好。她的脚不白，脸和手跟脚一样不白。当她提起裤管挠痒痒时，我才见到脚脖以上的腿杆又白又嫩，太阳把她变成了一个"花猫"。她望着我挠了好一阵痒，腿上红了一大片。挠舒服了她站起说："你肚子还不饿？"我避讳与她走一路，便说："你先走。"她从兜里摸出个红番茄丢给我说："地里才摘的。"然后莞尔一笑，走了。

我见她走远了，才起身，把番茄捏在手心翻来覆去看。这时，父亲从身后树丛里钻出来，我一惊，说："我以为你跟那一群人走了呢，还躲在我身后，你放心不下我？"他说："一个生番茄，有什么好看的，男孩子要防备招惹你的女人。"我说："心情不好，谁都不理我，有人理了，管它什么，总比无人瞧我一眼强。"父亲替我拍去屁股上的泥土，我前他后，一路无话往家里走。

一天夜晚临睡，父亲给我一条三角泳裤，蓝色，很小，右边三条带子，穿好系上带子，裆里勒得紧紧的。躺在床上好一阵，我都想不明白父亲这样做是什么意思。夜里做了一场梦，我爬大树，一把抱上去，"哎哟哟！"我舒服得喊出声来，裆里一摊"糨糊"，然后死一样酣睡过去。清晨，父亲立在床前，问："昨夜梦见啥了，叫得那么凶？"我心里还余味绵长，看着父亲一脸怪笑，我扭捏着半天说不出口。"男孩成熟后都会这样。第一次？"父亲问。我害羞地点点头。他又道："其实，和女人做那事，也就是这个味道。你要离女人远点，想女人了，上床睡觉就把三角裤穿上，这是我专门请裁缝做的。"其实，这条三角泳裤，我穿上就没脱。之后几天，每夜梦里，不是爬树，就是骑马，最终都快活得大叫。一天，母亲给我洗泳裤，我看到她泪眼婆娑。恰巧父亲过来，将砸好的皂角递给她。母亲说："你这是哪里学来的馊主意，你没看见儿子都瘦了一圈，作孽呀！"父亲偷偷偏头看我一眼，低声但语气坚定地对母亲说："瘦一圈，总比为女人犯罪好！你儿子逗女人喜欢呢！"父亲的声音虽然低沉，但我听了却像一声炸雷。

没过几天，母亲将泳裤拆成几片，用它打了补丁。

天气燥热，蝉赖在树上声嘶力竭地叫唤，像死到临头。三伏天，下午出工迟，拿本书，我坐在池塘边的柳树下，先靠在树上小睡一阵，然后打开书看。才看几页，胖崽找来了，他说："看书有何用？你上不成学了。"我没在意，仍埋头看我的书。他又说："上头院子姐弟俩，女孩考取县卫校，男孩考取县二中，才接到的录取通知书。"我一听，拔腿就往上头院子跑。在院子口的竹林下，那个男孩躺在一条长凳上，扯着鼾，睡得十分安然。近到跟前，拍在肚子上的淡蓝色录取通知书，虽然被右手压着，但我依然看见了我想知道的内容。

我腿一软，差点一屁股坐在地上。待镇定下来，才跟跟跄跄往家走。母亲在为父亲缝垫肩，她说扛锄挑担费衣服，别人热天都光着膀子，你父亲不能这样。我问："有人送信来吗？"母亲说："没有。"我说："一道也给我缝一个垫肩。"母亲一听，眼眶立刻红了，问："不上学啦？没考上高中？"母亲爱流泪，一遇伤心的事，就控制不住自己的情绪。我安慰母亲道："还没最后确定。"母亲说："把我吓一大跳。"

在期待和惶恐中又过了几天，录取通知书的事杳无音信，落榜确信无疑了。于是，我提笔给陈老师写信，痛苦地告诉她，我的天塌了，我的学生生涯走到尽头，我的斯文扫地……我，好迷茫！对于我的落榜，父亲只轻微地叹了口气，说："没有第三了，一切顺其自然吧！"我明白，父亲是说，家人一直期待的第三个大学生，没有希望了。我垂着头，半天没敢看父亲一眼。而母亲，竟然悄悄流了两天眼泪。

这天，下了一场雨，天清气爽。我一个人在两亩大的坡地里翻红苕藤。我喜欢上坡，不喜欢下沟。在坡上看得远，心胸开阔；在沟下四面是高坡，只见簸箕那么大个天，如井底之蛙，心里郁闷。翻到地头，从坡坎下窜来一只野兔，支着耳朵，东张西望，似在窥探逃路。我挥舞竹竿，迎面冲过去。它惊慌中仍不失乖巧可爱的样子，却让我没忍心一棍抡下去。兔子从我胯下穿过，溜之大吉。胖崽和那个漂亮女孩从坡下追上来,我手里竹棍还停在空中,胖崽朝我吼道:"你看你秀才日狗那个斯文相,把我家兔子放跑了吧,你赔我兔子!"我没理睬他,旁若无人地继续翻着苕藤。他喘息未定,扑到我跟前,一把打掉我手里的竹竿,厉声道:"你赔不赔我的兔子?"我有些生气,问道:"兔子真是你家的?真要我赔?"他冷笑一声:"必须赔!"我也怪笑一下:"喊!你家的兔子把队里的苕藤吃了半亩,你先赔偿。"他愣住了。我看见漂亮女孩在偷笑,还悄悄朝我跷起大拇指。但马上,恼羞成怒的他将我翻苕藤的竹竿甩出几丈远,嘴里喊道:"队长是我叔,队里的苕藤,就是我家的苕藤,它该吃!"我若再与胖崽冲突下去,那就是愚蠢之举。于是,我从衣袋里掏出书,坐到地边桑树下的石包上,顺手在地上拣了块不大不小的石头,放在我的右手边。我朗声读了几句书,然后乜斜胖崽一眼,他呆呆地偏着头,一面盯住我看,一面咬着指甲。大字不识一斗的他,终于在文墨和石块面前低下了那颗凶悍的头颅。

　　正读得忘乎所以,我忽然听到"五兄弟,五兄弟"的呼喊声。一抬眼,就看见坡坎边冒出尤姐的头。我惊诧不已,站起来,顺手把书放在石包上,迎上去。但还没等我开口,她已经立在我面前,和颜悦色道:"我来看看你。"我连声说:"谢谢你,谢谢你!"自认识尤姐以来,有过无数次碰面,这么激动还是第一次。尤姐看见地里站着个恶狠狠的男孩,问我:"这个胖娃是谁?"我说:"不认识。"胖崽吼道:"放屁!"尤姐又问:"那个漂亮妹呢?"我说:"认识,同队的,住下面院子。"这时,我才发现,漂亮女孩正在帮我翻苕藤。胖崽也看见了,跑过去夺竹竿,狠劲拽她走,还骂她不要脸。漂亮女孩唾了胖崽一口,喊道:"滚!"尤姐见状,敞开嗓子吼:"哎!坡脚下有两条狗,胖娃,你知道它们在干什么吗?在围攻一只兔子呢!"胖崽一听,拔腿跑了。我和尤姐坐在石包上,我这才想起,她如何知道我在这块地里,便问:"你怎么找到这里来的?"她说:"我小的时候,有三年,在乡坝里走村串户,乡里的沟沟坎坎渠渠道道,我摸得最清楚。"我不解,"三年走村串户?"她说,眼眶泛红:"我父亲死得早,三年困难时期,我才十一二岁,母亲又是个病秧秧,家里没吃的,房也垮了。母亲央求队长帮我家把房垒起来,再称点救济粮。队长说:'你肯把女儿嫁我儿子,这两件事我都给你办得美美实实的。'队长的儿子横行霸道,打架斗殴是家常便饭,我母亲死活不愿意,就带我逃荒。整整三年,讨吃讨住,才把命保下来。"我说:"真的这样惨?以前怎么没有听你讲过?"她说:"这么下贱的日子,在以前,我说了,怕你知道了会瞧不起我。现在,你也落难了,我说了,我不担忧你看不起我了。"她眼神呆滞,望着远处的坡。翻苕藤的漂亮女孩停住手里的活,好奇地看着她。我也没说话,就看着她的脸,特别是她的眼睛。看着看着,就见泪水从她的眼角流出来。先一滴、两滴,忽地就像决堤的河水,汹涌而下,紧接着就"哇"的一声号啕大哭起来。我莫名其妙,一副束手无策的样子。漂亮女孩从地里跑过来,掏出一方漂亮手绢替尤姐擦眼泪,嘴里还不停安慰她。她突然一把抓住我胳膊,涕泪交加说:"兄弟,屠户死了,死在监狱里了!"之前听她说过,万哥在监狱有病,想她,她还去探视了一次。就那次,看出万哥十分依恋她,她就想和他多说说话。原来,他已经有了生离死别的预感。我问:"多久的事情?"她说:"几天前,后事都料理完了。"这类事,我不懂如何劝慰,害怕说话不当,反而惹她更加伤心。故沉默着,让她自己静静地去追思,去怀念,去重温那些她和屠户曾经有过的美好时刻。谁知,漂亮女孩安慰中的一句话,竟然让她破涕为笑,咯咯咯地乐个不停。漂亮女孩说:"好人死了好人哭,坏人死了坏人哭,坏人死了好人笑,监狱里的都是坏人,你不笑反而哭,你是坏人呀?你要是好人,你该笑才对!"尤姐果真笑了,还笑得一把鼻涕一把泪。她说:"妹妹说得跟唱歌一样好听,就是的,屠户本来就是个坏人,他打我!他咬我!他掐我!他做过那些恶心我的事,你们想都想不出来。今后,都不会有了,真的,我应该笑才是。"她们俩在逗笑,但我笑不出来。毕竟夫妻一场,毕竟生命没了,他在这个世界上的一切都结束了,连影子也见不到了,总是一件悲哀的事情。我突然想起周端人曾经说过的那句话,他说,尤木鱼是个好女人,就看屠户有没有福气享用一辈子。现在看来,还真的印证了周端人的担忧不是多余的。她们笑够了,尤姐对漂亮女孩说:"你细皮嫩肉的,不像受磨难的人,城里人的种呀?"漂亮女孩恨她一眼,没说话。尤姐"哼"了一声,却又吐吐舌头,歉意地朝漂亮女孩微笑一下,然后一把将我拉到一边,欲言又止。漂亮女孩见此情形,向我扬扬手,默默走了。尤姐见漂亮女孩离开,说:"我专门找你,是来请你的。"我问:"请我?请我做什么呀!"可能是我一脸惊愕,看上去有些紧张。她就说:"你别害怕,不是叫你去当我男人。"她"嘿"了声,自己也觉得可笑,说:"我的意思是说,如果你考不上高中,跟我去拉车。"我说:"不是如果,现在已经确定,我根本就没考上高中。"她说:"听到这个倒霉消息,不知我该高兴,还是我该伤心。我说我伤心,你认为我假情假意。我说我高兴,你会认为我幸灾乐祸。还真是这样,我就是高兴,书有什么读头,跟我去赶牛车吧!"想起下乡后的遭遇,我嗫嚅道:"我现在是农民,只能埋头在田地里,就连街上的重活,恐怕也没有我的份。"她说:"挣了钱交队上,他们给你记工分,我们搬运社拉车的就有这样的乡下人,名叫农副工,队上会批准的。"我无语。她又说:"我知道,读书人没劲,但读书人肚里有墨水,主意多,故事多,逗女人高兴,拉车省力。

只要你跟着我车子走,就少不了你的工钱。"我知道,读书,我主宰不了自己的命运,在乡下当农民,同样也主宰不了自己的命运,第一天下地的遭遇,就叫我明白了这个道理。更何况,在我内心深处,还有一个女人无法抹去。因此,我对她说:"尤姐,我很怀念学校的日子,也很怀念街上的生活,也想像你一样,自由自在地活着,但,现在我这个乡下人,凡事不由我呀!"她撇撇嘴,说:"我看出来了,口口声声乡下人乡下人,鬼的个乡下人,在你心里倒是有个搁不下的人!"我沉默。她说:"有你吃不消的那一天,到时再说,我走了,白跑一趟!"我心里五味杂陈,只苦着脸,看着尤姐很不乐意地走掉。我没敢再耽误,顶着烈日,拼尽力气,很快将地里剩余的苕藤翻完,时间已近中午。

我回头在石包上找书,书没有了踪影。路过水塘,书在塘边,半截在泥里,半截在水里。这是胖崽的恶作剧。我心疼地捡起来,洗净泥,整本书都湿透,甩去水,把书顶在头上晒,梗着脖子回家去。

很久没见陈老师的身影和音信,我很惦念她、担忧她。农中的老师,也就是半个老师,半个农民,生性娇嫩的她,长此以往,她怎么吃得消、扛得住。我担忧陈老师,而母亲却无时无刻不在担忧我。一天晚上,母亲在和父亲小声说话。由于屋子太窄,任何悄悄话都无隐秘可言。她说:"这段时间来,儿子变了一大截,黑了,瘦了。他干不成农活,队上不是有人学木匠,学石匠,学泥瓦匠,还有去涪江拉船的,最轻巧的手艺是学中医、学剃头匠。想办法给队长讨个人情,让儿子去学个好手艺,吃个轻省饭。"父亲说:"他不会去学手艺,他一心想读书出人头地,我了解他,他宁肯当农民,也不肯当匠人。"母亲说:"人都倒霉了,还不肯跌那个志?"父亲说:"这叫落魄不落志,'贼心'不死!慢慢赖吧,他爱看书就让他看,他的日子还长,今后的路怎么走,说不清的,就像我们年轻时一样,谁曾想到会走到今天这一步。"母亲说:"我看是你'贼心'不死,唉!不早做打算,会把儿子耽误了的。"父亲说:"人是看不见自己的后颈窝的。"父亲话里有哲理,与我的心思一拍即合,父子都在守望明天。而母亲的慈母心肠,却紧紧地盯住当下的困苦不放。

这天收工,胖崽找到我,说他叔叫我去一趟。到队长家门口,队长正坐在门槛上吃水烟。他左侧的墙壁上,贴着一张新鲜的野兔皮。他吧嗒吧嗒吃足了烟,才对站了半天的我说:"你还想回街上赶牛车进运输队?做梦!给你说白了,就连学石匠、学瓦匠、学篾匠、上涪江拉船这些笨重活路,都没有你的份,你只能牢牢地拴在田坝里,做一辈子农民,修一辈子地球!"他说完,还没容我想明白此话的由来,就朝身后的屋子喊一声:"胖崽!"胖崽提个竹提篮出来,塞到我手里同时瞪我一眼。提篮面上盖张报纸,看不见里面装的什么东西。队长起身,一边把烟杆别在裤腰上,一边说:"街上万屠户的婆娘来走后门,说她男人不在了,想叫你去跟她拉车。你如今已落魄到乡里,好事就别想了,安心当农民,哪能世世代代坐在街上享清福?"我像一棒打晕了的望嘴狗,夹着尾巴跌跌撞撞往家走。路上我揭开报纸,提篮里是几根红苕,我心里更是乱糟糟的,满腹疑惑地把提篮带回家。当着父母的面,将队长坐在门槛上和起身后说的两段话学给他们听。母亲说:"尤木鱼去求队长,不会给乡下人送几根红苕,队长和胖崽,也不知谁调了包,吃了昧心食,还装清白,做样子把东西退回来!"父亲很平静,说:"这件事到此为止,不许再提一个字。今后遇事也这样,只能闷着,切忌多嘴多舌。"沉闷、抑郁的气氛,已经重重地笼罩着这个家,父亲还要我们凡事三缄其口,我真的快被逼疯了。回头看母亲,母亲无声,眼泪涟涟。她对我说:"这里的人太狠心、太计较、太认真了,连个吃苦力的匠人都不准你学,还巴望什么?唉!"我安慰母亲道:"不让学就不学,这也不是队长一个人的意思,我不会怨恨谁个,也不想怨恨谁个,因为我根本就没想到去学门手艺,对那没兴趣。我才十七岁,就先在泥里、风里、雨里炼一炼筋骨再说。"母亲又叹一口气:"唉!遭罪哟,我儿子遭罪哟。"

想到尤姐,心里就很惭愧。为了留住我的城镇户口,她忍受了汤主任愚弄;为了不让我成为名副其实的泥腿杆,她厚着脸皮给素不相识的队长送礼,结果四处碰壁,既丢脸面,又破费钱财。这两样东西,对于一个寡妇来说,都是弥足珍贵的。可是,为了我,她什么都舍得付出。

转眼进入秋天,棉花地里的棉桃开始咧嘴,雪白的花絮吐露出来,顶着露珠散落慢坡遍岭,太阳一照,像漫天星星在闪烁。这天晚上收工回家,母亲对父亲说:"快摘棉花了,你还不上街检修轧花机。"说完怪模怪样地望着父亲笑。父亲也装出恍然大悟的样子,从工具箱里翻出一把大扳手,急匆匆往门外走。刚跨出门槛,父亲回转身,向着母亲苦笑着摇摇头,然后他们都哈哈大笑起来。笑完,父亲晃动手里的扳手说:"可惜我一手高超的技术啊,再无用处了,唉,还是留着吧,留着兴许下辈子能用。"母亲抢过扳手,放回工具箱,说:"好,好,好,下辈子用,下辈子我还做你的助手。"父亲不愿意了,说:"当不当助手不重要,重要的是还做我的妻子。"母亲撇撇嘴:"还做你妻子?不了,你太能干,跟着你活受罪。"说完,两人又笑了一通。这一回,母亲眼角也噙满泪水,可它闪烁出的却是快乐和幸福。父母这样的欢乐情景,下乡之后,我就见了这一次。

"秋老虎"还真不是徒有虚名。房子又窄又矮,一夜过去,屋里白日烤烫的桌凳仍然热乎乎的。床上的竹席,汗水洇出我身体的图形。内裤湿透,紧贴肉上,裆里棱角分明。我赶紧从水缸里端了盆水,站在竹林里浮皮潦草地洗了个澡,只敢稍微抹点香皂,由于水太少,就这样也未必能把泡沫冲洗干净。队长透过竹林空隙,勾着腰朝我喊:"崽儿,大清早洗个屎的澡呀!快去下头院子传话,上半天翻苕藤,下半天摘棉花。翻苕藤按亩记工分,摘棉花按斤头。"

  下头院子也靠河边,有晨风从河面吹来,浴后的身子更觉凉悠悠的,很是舒心。院子四周同样是茂竹围绕,只见散乱的炊烟,不见乌黑的屋顶。才出笼的鸡鸭一边屙屎,一边奔向竹林或菜地觅食。路侧自留地的豆架下,一个老妇领个男孩在大便,屁股下是自掘的小土坑。她对男孩高声呵斥:"你要是再敢吃家饭屙野屎,小心我打烂你屁股。"男孩昂起头吼:"胖崽说的,谁在自留地屙屎就斗争谁,我怕。"老妇一巴掌扇在男孩头上:"你还犟嘴!胖崽是个啥东西?就会缠人家小姑娘。"男孩站起身,老妇朝路上一条正在东张西望的黄狗唤一声,黄狗跳进地里,将男孩撅起的两瓣屁股舔得干干净净。

  传完队长的话,我更是饥肠辘辘。走到院子西头,橘子树下,那个漂亮姑娘在对镜梳头,嘴里哼着悠扬的歌。我已经晓得她有一个好听的名字叫薄荷。她对我说,她看见我的身影就激动,就想唱歌。早晨的薄荷漂亮得更加鲜艳夺目,真真切切惟妙惟肖就是一个在学校早操时出现在操场一角的陈佩缇。她还说,我身上透着一股香皂味,香皂牌子叫"绿叶"。我惊异在乡村还有这样的女孩。她见我如此意外,便说:"你小看人!别的女孩梦里的香胰子,我时常没离过手,我妈最爱给我买。"她妈是谁?我没听说过,也没见识过。于是,我有了悄悄打探的好奇心。"我该走了,赶紧吃过饭就出工翻苕藤,队长经常用眼角挂着我呢。"我说。她急忙说:"我在吊角地等你,翻苕藤挣的工分三七开,你七我三。"我说:"不,对半开,不敢剥削你的劳力。"

  我搁下碗筷就往吊角地跑,结果胖崽早在薄荷面前扭秧歌,逗得薄荷咯咯地笑。我隔着半块地没过去,薄荷看见我,收住笑,脸倏地红了。胖崽这才察觉到我,背影变成前胸,睁着恶狠狠的大眼睛:"崽儿,你站在那里望个屎,走一边去,这块地不要人了。"我偏朝前逼近几步说:"一大早,我到下头院子替队长传话时,薄荷就约我到吊角地,我答应了她,不能言而无信呀!""少在那里孔夫子死了倒起埋——文屁冲天!"他向我吼叫完问薄荷:"是真的?"薄荷羞怯地点点头,轻声回答:"真的。"胖崽一听,气呼呼地朝薄荷"呸"了一口,拔腿就走,一边走一边嚷道:"一个是叛徒,一个是还乡团;一个出卖同志,一个反攻倒算,都不是好东西!"薄荷急得快哭了,哀声道:"怎么一眨眼,我们都变成敌人了。"我说:"别管他,拼命干活,只要活干得多,队长就喜欢,他就会视我们为好同志。"一上午,我们挥汗如雨翻完两块地的苕藤。薄荷说她憋了一大泡尿都没空屙,刚跑进土沟里去救急,队长来了。他问:"还有一个人呢?"我下巴朝土沟那边点点。他冷笑一声:"漂亮妹崽的屁股那么白,你都不敢偷看,看来,你还真是个正经崽儿。"我问:"队长,你怎么知道她屁股那么白?"他奸笑道:"崽儿,猜都不会猜?"队长在我们翻的两块地里跑了一遍,然后说:"活做得多,质量不行,有断藤,有的杂草没拔。"我问:"队长查别人了吗?"他说:"我想查谁就查谁,哪个也管不着。"我说:"当然啰,小国之君嘛。"他眼睛一瞪:"别咬文嚼字,说明白点。"我说:"大家都是你的下饭菜。"他乐了:"自然呢,三百多人的队,不厉害我怎么治得住。"说完,他给小解回来的薄荷一个微笑,然后径直向土沟走去。薄荷对我说:"队长是来为胖崽出气的。"我说:"他想扣工分就叫他扣,扣了,明天再用力挣回来。"这时,队长从土沟回来,对我下了个奇怪的命令:"崽儿,你去评判一下,看谁冲的眼眼大。"我看着他裤裆口的几滴尿痕,知道他说的什么意思,便用个于他较为生疏的词语道:"猥亵女性。"他说:"屎,莫熬字眼。你去不去?不去我有办法收拾你。"我去了,土沟的沙地上,洇着两摊已经交汇在一起的尿印,上面并排着一大一小两个冲击眼。捡起一根树枝,我在大洞旁写下"流氓"两字,并连打三个感叹号。下午收工时,记工员宣布工分,我和薄荷翻的苕地质量不高,各扣两分。外加我辱骂队长是流氓,一个感叹号扣一分,又扣三分,一共扣除我五分。我和薄荷按亩计酬,一共挣了十五分工,各摊七分半工。汗流浃背累一天,结果只落了两分半工,我欲哭无泪。

当晚,这一天付出的代价虽然使我十分沮丧,但想着薄荷,想着沙地上薄荷小解冲的尿眼,我美美地手淫了一次。嘴里不只喊了薄荷,还颤颤地喊了两声陈佩缇老师。这是三角泳裤被母亲拆成碎片之后,我第一次手淫,是有意识地让自己体会父亲的教诲:男女之事不过如此而已。

院子前面是条河,河对面是那条难得见到汽车飞驰尘土飞扬的石子马路,它东头连着我生活过的小镇,西头连着区公所驻地。收工后,很多时间我没急着回家,我不忍心过久目睹忙碌于灶房的瘦弱母亲的身影。我会因帮不上忙而羞愧,也为母亲不让我沾手家务的那种怜爱而自责。我就跑到河边,坐在青草地上,默默望着河水,目光再越过河面,看着蜿蜒而孤独地连接着远方的小马路。有时,我会听见尤姐那优美但很蹩脚的歌唱。她去区上拉货,路过对面的小马路,隔河而唱《小妹河边洗衣裳》,也唱《好久没到这方来》,都是些过去我在街上听她唱过的歌,现在让我听了有些意乱情迷,她是专门唱给我听的。看她和牛车的影子慢慢变小,直到成为一个拳头大的黑点。可惜,有时我干活的土地远了,就听不见她的歌，看不见她渐渐变小的身影。

先后给陈老师去了两封信，但都杳无音信。两个兄长的家书，都是父亲亲收亲阅亲笔回复。所以，我更关切陈老师的来信。这天下雨，我在竹林里清理苕窖，收藏红苕的季节就在初冬。上窖去小解，看见泥泞的田埂上，有个绿色的人影在艰难跋涉。我追过去，果然是邮递员。报过我的名字，绿雨衣包裹下的头摇了摇。雨下大了，我正要离开，他拉开雨帽含混不清地问："伊万生是谁？"当听说是我父亲时，他从邮包里拿出一沓信，将其中一封交与我。是二哥来信，我揣进衣袋，带回去给父亲拆阅。回到苕窖，里面蹲着一个女人，把我惊得大叫。虽是个半老徐娘，但依然透着苍凉之美。特别是那双大眼睛，长睫毛有节奏地轻轻扇动，有着年轻人的妩媚。她未语先笑："我进来躲雨，雨小了就走。"她不转眼地打量我，手一闪，便把我衣袋里的信抽走。"北京来的？首都呀！我也在首都待过。"我没说话，只望着她，一把将信夺回来。她又说："只不过是陪都，重庆嘛，你应该知道，抗战那时……"我扬起信，飞快说道："不可同日而语，此首都非彼首都，乱说是犯罪！"她没反驳，却只顾呓语般问我："你见过灯红酒绿吗？你见过纸醉金迷吗？"我说："见过，在书里。"她微微一笑："你见过达官贵人进妓院那般儒雅吗？你见过兵痞嫖妓不给钱吗？"我心里的血猛然涌动，厉声问道："你是谁？"她仍然笑着："薄荷的母亲。"我愣了片刻，然后轻声道："哦，下头院子的，你走吧，我还要挖窖呢。"她并未动，叹口气道："看得出，薄荷喜欢你，但仅仅是喜欢，她不敢嫁你，你也不敢娶她。这不是吗，我才从胖崽家出来。"我说："你想多了，你们都想多了，燕雀安知鸿鹄之志哉！"她站起身，竟然点燃一根纸烟，深深吸一口说："早听说你满肚子文墨，今天一见，还真是的。"说完将烟叼在嘴里，爬出苕窖，道声"告辞"走了。但那纸烟浓烈的香味，在我鼻端久久缭绕。我心里想，这个女人非同凡响，难怪薄荷看起来那么顺眼。

薄荷的妈——这个奇怪的女人，肯定曾经在她所谓的陪都重庆混过生活，可后来又怎么来到了乡间呢？

回到家，我把遇见薄荷母亲的事告诉父亲，他听说那女人看到了二哥的来信，知道了二哥在北京的工作单位和地址，就当即决定，以后，外面来的家书，一律寄到街上的街坊那里，再由他们转交。

第三十一章

这天，队长派人到镇供销社担化肥，我是其中一个。父亲给我一角钱，五分为他买包水烟丝，五分给我打尖用。路过我家屋基，周端人和那个县长的亲戚正在督促劳力做地基。周端人更加瘦骨嶙峋，有被风一吹便倒的担忧，难怪他拄了根拐杖。他见到我，无力地扬起左手，我只看见皮包骨头的手杆和指头。我说："周老好！"他嘴唇翕动着："好、好、好。"声似蚊虫嗡嗡。看到他行将就木的样子，我就担忧他死了以后那么多宝贝书籍是何下场。正思索怎样从烧腊西施那里淘书，耳边传来许剃头的声音。我转过身去，才看见他一边招手一边喊："是我在叫你，这边来。"他在街对面守了一个纸烟摊，大概有七八个香烟牌子。我问："改行了？"他苦笑一声："居委会说我有流氓前科，不让我剃头，怕我再接触女人又忍不住耍流氓。"我问："那次真的耍流氓了吗？"他说："冤枉死了。那个女人不赖我，就没钱给儿子剃胎毛，是她本人给我说的。"我惊奇："本人说的？"他哈哈大笑一阵后说："女人是个寡妇，她后来腐蚀'四清'工作队的干部，也判了流氓罪，关在一座劳教所，在里面放风时，隔着铁签子门，她给我讲的。"我沉思不语，原来人可以随便栽赃害人。"哟！是伊老五。"半条命手叉着腰，剐骨脸上两个眼珠鼓得如牛卵，嘴角一丝冷笑，站在我跟前。我知他深入骨髓，便说："你是来赊烟啦，还是来买烟？"他抓起一包"大前门"，扔下一角钱说："给，只有这么多。"许剃头一把扯住他的手腕喊："一分不少，你想亏死我呀！"半条命吼道："流氓犯，下放农村！"许剃头伸开右手巴掌，还击道："看，你把我大拇指都吓到一边去了，我是城市贫民，你把我整不下去！"争执中有人插话："农村也是好人蹲的地方，你们的话太伤人了。"半条命说："屎！屎的个好人。"然后挣脱手带上烟走了。插话的是个精干的男人，他对许剃头说："老哥别怄气，差的钱我补够。"许剃头连忙推辞："不敢，不敢，你时常照顾我生意，我已感激不尽，哪能叫你贴钱呢！"男人没多说，买了两包好烟，连同半条命差的钱，一齐补够离开了。看着他的身影，我觉得并不陌生。许剃头说："你们队上的，不见他吃烟，却场场买烟，有时买烟得空，还跟我闲聊。"我问："你熟悉他？"他说："别人都叫他曾老大，解放前在重庆拉黄包车，解放时带上老婆女儿回乡下老家了。"我突然明白，惊奇道："他给老婆买烟，是薄荷的父亲嘛！"他问："谁叫薄荷？"我说："他女儿，女儿。哦，想不到他们是一家人！"他说："三天一逢场，他差不多每场都来买烟，原来是女人吃烟。"我说："可惜我父亲不吃纸烟，没法照顾你的生意。"他说："从我认识你父亲那时起，他就只吃水烟。其实，那时他是吃得起纸烟的，节俭嘛，心疼钱。现在下乡了，想吃也没钱，再说，也不敢拽这个牌子了。"我说："我家的家风就是勤俭持家，诗书传家。"他感叹道："这就是节俭的下场！"忽然记起父亲交代的任务，我便起身去寻水烟摊。五分钱一包的水烟，我随手取了一包。因为摊主用戥子秤称过的，不会有大小之分，用不着挑肥拣瘦。等到我把日本尿素装进箩筐，才发现水烟包散了。惊喜也在此刻出现：我在包烟丝的纸张上，看到"卡列尼娜"和"渥伦斯基"的名字。我激动得嘴唇直颤，不停地念叨："托尔斯泰的小说《安娜·卡列尼娜》，《安娜·卡列尼娜》，我的天啦，太好了！"记得，还在初一的第二学期，有几个周六的傍晚，我和陈老师都没回家，我们坐在她寝室门口，她就给我讲《安娜·卡列尼娜》这本书里的故事。从她嘴里讲出来的那些书里的故事情节，让我惊喜不已。原来，世界上还有这么伟大的作品！在我们小镇，那是个被世界名著遗忘的地方。因为，它毕竟太偏僻了，它离外来文学太遥远了。自那之后，我找遍学校角角落落，包括图书室，以及所有爱好文学的老师和同学那里，遭遇的都是空手而归。最终还是丁老师告诉我，学校原本有一套《安娜·卡列尼娜》，但被六二级一个文学迷偷走了。他初中毕业临离校的头天晚上，翻进校图书室，偷走的不仅是《安娜·卡列尼娜》，还有几本我国名家诸如茅盾、巴金等人的小说作品。教务主任极力主张追查此生，但那时的老校长却说，君子偷书，小人偷猪，我喜欢读书人，我看就算了吧。之后校长自己掏钱，到区新华书店，把丢失的书补上，但唯独没有买到《安娜·卡列尼娜》。我听了很是倾慕我这位学长，为了得到世界名著，他不知蓄积了多大的勇气，冒了多大的风险，才如愿以偿。而在今天，我却踏破铁鞋无觅处，得来全不费功夫，实在是天助我也！于是我撂下担子，直奔废品收购站，用打尖的五分钱换来几本小学生旧课本，回头就往烟摊赶。卖烟的摊主见我气喘吁吁，满脸不悦，问："烟丝不够秤？"我直摇头，壮着胆子自作主张，把摊主面前的那本《安娜·卡列尼娜》的小说拿过来，再将课本放过去。摊主懵懂了："这不是一样的吗？"我说："不一样，你毁了一本世界名著，它很贵重！"摊主惊讶："它多贵重？比钱还重要？"我说："反正很稀罕，很多时候，有票子也买不到。"摊主急了，从他的箩筐里抓起两本占卦的书说："这个呢？你看看，贵重吗？"我说："没用，真正的废品。"名著包烟已经撕去近十页，我痛心不已。等我一边翻书一边找到搁担子的地方，担子没了踪影，一百斤尿素不翼而飞，我这才从书的沉醉中惊醒过来，意识到，我闯大祸了！

　　我在原地等到太阳偏西，幻想着偷尿素的人良心发现，会把担子还回来。看来这样的奇迹不可能发生，原来人的良心都被狗吃了，只剩一副空皮囊，哪还有人性可言？肚子已经饿成一张皮，脚下轻飘飘的。我先跑到供销社，问好尿素的价钱，倾家荡产也得赔。后去尤姐家，想蹭顿饭吃。我衣衫陈旧，饥饿之躯也委顿不堪，已不是那时的翩翩少年，之前的街坊擦肩而过却形同路人。书中"世态炎凉"这个词读过千百遍，直到此时，我才理解它的真正含意。尤姐家的门挂着铁锁，牛棚里的黄牛也不在，不知上哪里拉货去了。许久没来她家，唯一的变化让我非常好奇：房子周围栽了一圈刺条，密密匝匝十分茂盛，狗都钻不过，我不明白她这是在防范什么。

　　无力的躯体里挂着一副空下水，加上犯下过失的恐惧，我几乎是连滚带爬才回到家里。第一件事，就是把缺页的《安娜·卡列尼娜》压在床头的席子下，才走进厨房。此时，在灶台上如豆的油灯昏暗的光晕下，是一锅寡清的晚饭。

　　正狼吞虎咽吃进半碗稀饭，队长找上门来。他手背在身后，高喊："狗崽儿，你给我出来！"我一听，与平时不同，崽儿前面挂了个"头衔"，知道来者不善。我硬着头皮走出去，刚到他跟前，他挥起右手，藏在身后的棍子雨点般落在我头上。本想躲进屋里，又唯恐他追进去伤及父母。于是，我灵机一动，直接朝队长家的院子狂奔。队长边追边打，边打边骂："日你先人，就是把你这个龟儿丢了，也莫把老子的尿素丢了，我打死你！我打死你！"跑进他家院子，我双手护头，一动不动地站在那里任他乱抽。他老婆正在竹林边剁猪草，见这情形，不停手地剁，不停嘴地喊："莫打了！莫打了！他还是个嫩娃娃，尿素没了，叫他家赔嘛！""他赔得起个尿，尿素指标比你们女人那个东西还贵气，哪里去要？没有指标，有钱也买不到尿素。打死这个狗崽儿都不解气！"看到男人不住手，他老婆呼的一声把刀砍在木盆沿子上，冲过来抢走男人手里的木棍，一把甩进竹林里。队长猛地一屁股坐在地上，居然昂昂地痛哭起来，嘴里长啸般吼叫："我的尿素呀！我的尿素呀！哪个没良心的，哪个塞炮眼的偷去啦！偷了的人全家死光啦！塞炮眼的呀！我的尿素呀！"我怔怔地立着，看着队长真诚而声嘶力竭地哭喊，自己心里也开始难受起来，我不知道该怎样挨过这种反而变得难堪起来的场面。见男子汉哭得如此痛心疾首的样子，还是第一次。他老婆骂道："尿素是你妈！不，你妈死了你也没有哭得这么伤心，心疼尿素超过心疼你妈！"队长跳起来，跺着脚哭喊："尿素就是我娘，尿素就是我爹，尿素就是我爷，尿素是我们庄稼人的祖宗！我日你先人，你一个婆娘家晓得个尿，少一百斤尿素，我要减产千多斤粮食哟！"听到这里，我也禁不住流下眼泪，嘤嘤哭泣起来。队长止住哭闹，喊道："打你半天，猫尿也没滴一颗，硬气得很啦！这阵怎么哭啦，你也心疼尿素啦？"他怒气未消，跑近我，一脚踢过来："滚！过后找你老子算账。"

一家人连愁带吓，晚饭只吃到一半，再没心思动筷子，眼睛都望着家门口。见我进屋，母亲一把护住我，抚着脸上的伤痕说："皮都破了，下手好狠哟，看不见的地方还不知打烂多少皮肉。"她的泪水滴在我手背上，热热的，一边拉我坐在饭桌边。我没抬头，一直不敢看父亲，提心吊胆继续吃我那半碗已经凉了的稀饭。我听父亲说："饭还是要吃嘛，都吃饭，天塌不下来。"都没问我尿素是怎么丢的，怕越问越伤心。父亲的坦然让我稍稍安了心。临睡，父亲单独对我说："出去躲两天，我让你姐明天去队长那里请假，就说伤口发炎，高烧呢。"我感激地望着父亲，他又说："之前看到你给向阳农中什么人写信，那里有熟人？如果你认为可以，就去那里待两天。"我给陈老师的信，都是偷偷写的，不承想还是被细心的父亲发现了。我点点头，这正遂了我的意。但心里还是忘不掉自己惹的祸，便说："尿素的事，我躲了，家里会遭……遭殃的。"父亲没立即答话，略微思忖，在脱去蓝布长衫往墙上挂时，扭过头说："儿子，别怕，任他如何处置，反正你父亲是有罪之身，少一宗罪，与多一宗罪，于我没有什么区别。"父亲宽我的心，但我心仍然沉重，怎么也轻松不起来。这一夜，我从头至尾，都梦见队长在追打我和父亲。

向阳农中校门口，一条欢迎新同学的标语仍旧鲜艳夺目。标语是这样写的：向阳农中——培养新型农民的摇篮——热烈欢迎您的到来。路过一间教室，里面正在讲水稻栽培技术课。老师皮肤黝黑，头上裹着高耸的白帕子。前面就是陈老师的寝室，窗帘依然那么醒目，隔老远就看见一小幅从半开的窗扇里飘出来。我的心立刻被这熟悉的色彩招惹得激动不已，几个月了，只因别离太久，重逢心切。我疾步去到门前，门却锁着，或许上课去了。刚做好等的准备，下课铃突然响起，心就情不自禁地突突快速跳动，跟随着手脚也有些无措。有脚步声，我飞快扭过头，脸正要绽开笑容，却瞬间僵住了。来到门口，掏钥匙开门的却是那位讲水稻栽培、黝黑肤色、头裹帕子的男老师。他前脚跨进门，转身望着两眼茫然的我，问："你找我吗？"我摇头，说："请问，陈佩缇老师搬哪个寝室了？"他也摇头,说:"我才来一星期,不认识这个人,你去传达室或者办公室问吧。"我迅速选择了最近的传达室,那位厚道的老校工应该还记得我。传达室里坐着失去女儿的农中校长,我一看到他,那晚他在陈老师门口呼天喊地要女儿的悲惨情景,立刻浮现在我眼前。我本想问他,但怕因此引发他的悲伤,决定还是等等校工,便招呼他:"校长好!"他脸色呆滞:"好什么呀,校工走了,撵我来看大门,还好吗?我认识你,你是陈佩缇那个俏女子在玉马中学的学生,对吗?"我点头,趁机问道:"陈老师呢?"他翻了翻白眼说:"她死了,我女儿走了。""什么?"我脑袋"轰"的一声,惊得我差点哭起来。他慢条斯理道:"哦,不对,是我女儿死了,她走了。"我紧追着问:"调哪里去了?"他再翻白眼:"她走了,走到我不知道的地方去了。"我急得不行,心想,都看大门了,肯定怄傻了。抬腿就去找明白人。校长和老师找遍了,他们只告诉我陈老师走了,去哪里了,都不说。是不知道不说,还是知道不好说,没有人多解释一个字。我一下有了失去亲人般的痛苦感觉,心里空落落的。拖起沉重的脚步往外走,路经校门口,傻校长直招手,我跑过去,他交给我三封信。三封信都是写给陈老师的,我的两封,新疆的一封。他说:"我看得出,没有比你们的师生关系走得更近的人了,她的信就交给你吧,不管今生或是来世,只要你见到她,就把信交与她吧!"傻校长的话出乎意料地情真意切,我顿时感动得潸然泪下。我真诚地点了两下头,算是我无声的承诺。

怀揣三封信,我无助地回望一下向阳农中,不知向何处去。走时父亲给我一元钱,两天的开支全在里头。秋末的田野,庄稼草木开始干枯,瘦弱的大地一片斑驳陆离。我总走不出纵横交错的田间小径,惶惑的心在不断追问:陈老师你在哪里?我要找到你!路经农中所在的公社,时近中午。供销社除了农资,根本没有可以买来充饥的食品。旁边的水塘里,一个老妇在淘红苕,我用一分纸币,买她一根红苕。她让我选根最大的。我说:"一分钱,一分货,不能占你便宜。"我随手拿了一根不大不小的。我给她钱,她没收。她说:"我这一辈子,钱这东西,我不认识它,它不认识我,有它没它,都一样。"红苕很新鲜,又脆又甜,吃完它,肚子不再饥饿。但它只解决了一餐之虑,只有老妇那句话,一直搁在我肚子里,够我消化一辈子。

我在田野里乱窜,总走错路。心头放不下陈老师,不甘心就此失去她。在一条小河边,我坐下来,拿出信仔细看。三封信,从到达地邮电所的日戳看,最早到的一封是新疆来的,为7月29日,也就是说,在此之前,陈老师已经离开了向阳农中。新疆有她的父母和弟弟,我想,如果陈老师出走,那里应该是她唯一的去处。小河的水奔流不复,河床的卵石被冲击得七零八落。陈老师是大海,我愿如这条小河，冲破艰难险阻，也要融进她的怀抱。新疆来信很厚，写信的人心里一定饱含离别的痛苦，思念和倾诉把信封胀得满满的。当然，也许，信页上还洒落有辛酸的眼泪。我告诉自己：从这一刻起，牢记新疆这个地址，在不久的一天，我会沿着这条路线，去寻找陈老师。我点头允诺过农中傻校长的话，但今生是个漫长的过程，来世又是虚无缥缈的，那样的等待，是一种难以忍受的痛苦和熬煎。因此，恨不得，明天就向新疆进发。

我把三封信放到最贴身的衣袋里，又开始两天的漫无目的的游荡。

区镇比较热闹。今天逢场，即便到了午后，集市也还未完全散去，街道仍有稀疏的人群。国营食店里，一些老食客，坐在角落，酌小酒，谈天说地。吃过一碗素面出来，我看见街对面供销社门口，胖崽和薄荷并肩而行。胖崽提着一包红毛线，薄荷把红苕粉条抱在胸前，俩人左手挽着右手，嘴里抿着水果糖，那种相伴的甜蜜，直让小镇人看得瞠目结舌。这使我想起了许多次相随陈老师漫步，无论是在校园或是河堤，我们的手臂之间，总隔着一条缝隙，这条缝隙实则是条不可逾越的鸿沟。这条鸿沟就叫"师道尊严"。与胖崽和薄荷相比，我和陈老师为了一种尊严，却留下许多遗憾。我怕被走路东张西望的胖崽发现告我装病，更怕被眼尖的薄荷看到一声惊叫："快看，伊诗岚！"因此，我一闪身进了旁边的酱园。酱园里热气腾腾，弥漫着麸醋和酱油的酸咸味。一个捆着围腰的师傅提桶麸醋出来，一边往瓦缸里倒，一边用食指蘸着尝。见我望他，便道："学生哥，过来。"我走过去，他同样用指头在麸醋里蘸一下，也不问我愿不愿意，就把指头塞进我嘴里，问："手艺如何？什么感觉？"看着他那黑而糙的手指，我说："酸味醇厚，好，好！"他笑了："酸味醇厚是醋劲大吗？"我点头。这时，从里间走出一个女人，气质很不一般。她问："咋啦？"他急回头："经理，没咋。我叫这个学生哥尝麸醋，他说又酸又香。"女经理认真打量我，眼神在说话。她走近我，拿起我的右手，捏了捏掌心，一脸和颜悦色，问："才毕业的中学生？乡村磨人呀！"还没等我回答，她问身旁的男人："老张哪天收假？""还有两天。"男人回答后提着空木桶进里面去了。"愿意待两天吗？干点轻省活。"她问，脸快挨近我的鼻尖。正愁没去处的我赶紧点点头。"还管吃住。"她补充道。我望着她嫣然一笑。"但没有工资。"她又加了一句。我觉得无语最好，因此只平静地再望她一眼。跟她经过一道走廊，来到一大间空屋，地上晾满醋糟，角落隔了间小屋，她打开小屋的门，带我进去，指着一张板铺说："晚上值班看好这座酱园，白天只需你注意两个工人下班走得利索不利索，别的不让你出半点力气。懂吗？"我很干脆地回答："懂得，一句话，只管看住公家的东西。"她跷起大拇指称赞我，瞬间又加上食指，顺势捏住我脸蛋，轻柔地拧了拧："嫩崽，真聪明。"她脸上洋溢的笑容，跟所有得意时的女人脸上洋溢的笑容一模一样。

当我从小屋出来，还未走到前厅，就看见大门口的柜台前，站着薄荷与胖崽。胖崽打了五斤麸醋和三斤酱油。薄荷说胖崽爱吃醋，才比酱油多打两斤。胖崽说我吃你的醋该吃，要不就被那个姓伊的崽儿钻了空子。这时又进来一个顾客，胖崽让路，屁股碰在瓦缸沿，身子往缸里趔趄了两下。薄荷戏谑道："哎呀！你差点掉进醋缸里了！"胖崽还嘴："我情愿。"薄荷笑道："醋死你。"他们俩有滋有味地嬉闹着，我却心生几分伤感。看来，我与薄荷相识，在胖崽心里总是一个剔不出的阴影。他们走了，我疑惑：胖崽为何买如此多的醋和酱油？

晚饭时刻，酱园伙房的师傅给我下了一碗清水挂面，浇上一勺酱油，除了腥咸，别无他味。他说："酱园只是中午开伙，早晚有人报伙才做，你是经理专门打了招呼的。"他端来半碗酱油说："味道不够自己添。"我匆忙道："谢谢师傅！"他说："你不用谢我，要谢就谢经理。她不容易，每天是在熬日子，放在别人身上，早就跑了。"我好奇，问："为什么？"他说："不为别的什么，只为她男人在部队上，是个营长，常年不在家，她一个人，又做婆娘，又做男人，苦呀！"一串涎水从他右嘴角流下来，他慌忙用手背拭去。又说，"她对酱园里的男人都狠，不狠不行，不狠男人就想欺负她。我第一次见她收留外面的男人顶班，还特意让我给你把饭做好，她对你好呀！这两天，你就乖乖地报答她吧！"为什么要"乖乖地报答"呢？我心里不明白，我本来就不是个捣蛋的嘛。

师傅支走我，让我在酱园巡查一遍，并叮嘱睡时把门插好。我在一根大廊柱后，看见他将一个近尺长的竹筒，系在裤带上，用衣襟掩好，大摇大摆走了，便心生一丝自责：我失职了。

天黑尽，我掌上油灯。没书看，眼睛巡视整个房间，发现靠床的墙上，糊有一圈《人民日报》。仔细在《大地》副刊里找见一篇散文，我饶有兴趣地读起来。文章还未读完，听到敲门声。经理送来一个小纸包，打开一看，是三只鸭掌，卤汁的香味飞快钻进鼻子，口水差点流出来。她说："吃吧，我出的钱，犒劳你的。"我一听，心里好感动，就把伙房师傅偷酱油的事告诉了她。她没露声色，只做了个手势让我吃。我不好意思当着她的面吃东西。羞涩中，我吃完三只鸭掌，感觉一只比一只有味，等真正品出卤肉的风味来，东西没了。我不无遗憾地望着她，像个贪吃的孩子。她说："睡吧，警醒点。"她的眼睛也一直没离开我，亮亮的，发出一种奇异的光。

半夜小解，发生一件奇怪的事情。经过一排醋缸，听见板墙外有窸窸窣窣的响声。很快，一块柏木板墙上的一个节疤被抠去，随即，从节眼里钻进来一根橡胶软管，端端地伸进一口麸醋缸里。靠板墙的一排醋缸，其余的都盖得严严实实的，唯有这口缸只盖了半边，靠墙的一边露着，胶管从外伸入，正好端端地插进去。我机敏地从水缸里舀一瓢清水，一把将胶管放进去。墙外传来清晰的吸气声，接着有类似小便冲击尿桶的那种响声。再下来，有人自语："明明是一缸麸醋，怎么就变成清水了呢？"这口音在白天似曾听过。软管抽走了，节眼被木节疤重新塞住。

第二天，一上班，女经理就从伙房的泡菜坛背后，搜出那个带系的竹筒，顺手就扔进了厕所的粪池。见她如此看重我的责任感，随即，我又将昨晚贼人墙外偷醋的过程说与她听。她称赞我机灵，说如果身边有我这样的职工，她每晚都会从梦里笑醒。很快，板墙上的节眼也被钉死。午饭时，伙房师傅亏待我，泡萝卜缨子只给我一小撮，也就十来颗。而那个把手指头塞进我嘴里让我尝麸醋的男人，一顿饭自始至终，那恨恨的目光一直盯在我脸上，没离开过。

下午，正端上饭碗，才吃几口，进来两个人，指着我以命令的口吻说："你是个来路不明的人，限你五分钟离开酱园！"我一怔，以为是酱园的人，但一看嘴脸完全陌生。我被同样是来路不明的人搞蒙了。还没等我醒悟过来，伙房师傅已经把我手里的饭碗夺走。走出酱园大门，我就彻底明白了，只因我认真履行了临时职责，才遭致这样的尴尬。

天色将晚，我在酱园外倚墙而立，饥肠欲断。望着冷落的小街，飘零的黄叶，不知今夜在何处栖身。我沿着屋檐下的墙根徘徊，眼睛四处张望，心里充满悲凉。东头的一节廊檐下，横卧着一口大瓦缸。绕过它，突然停住脚步，回转身对缸自问：这不正是流落街头人的栖身之地？但即刻脸红至脖根，很是不好意思，转念一想，只是暂时躲避不测，还不至于落魄到沦为乞丐吧。我打算围绕镇上的几条街巷走到天明。走了几圈，遇见好几个路人，他们都用警惕的目光看我，随时有被盘查和追究的危险。当我再次路过大瓦缸时，便毫不犹豫地钻了进去。就在惊恐还未平息，我仰身躺下，躯干在缸里蜷成驼背的这一刻，泪水哗地流了下来。我感觉到了有生以来从未有过的屈辱。抽噎了好一阵，不知何时，在不堪忍受的疲倦中，沉沉睡去。

当我在天旋地转中，从大瓦缸里滚出来，太阳已斜着照进廊檐。我趴在地上，扭头四顾，还好，不见一个人影，庆幸丑没丢在路人眼前。起身拍去衣服上的尘土，只见瓦缸正在被人从后门口滚进酱园。过到对面街沿，听见屋里有一对男女在吵架，紧接着一只布鞋飞出来。布鞋恰巧砸中街心一只专心觅食的公鸡。

惊恐万状的公鸡振翅而起，翅膀下一双利爪强劲地向前伸着，像要急于抓住什么依靠。公鸡端端正正扑在迎面而来的一个老者头上，没抓稳滑落下来，被老者一把搂在怀里。我看见老者脸上的褶皱里沁出血来，他抹把脸，拿到眼前一看，"哎哟"一声嚎叫。听到动静，吵架的女人一边梳头一边走出家门观望，女人光着一只脚。嚎过，老者吼道："我只见过唆狗咬人，没见过放鸡啄人。是哪个阶级敌人搞报复耍的新花招？"他一眼瞥见我，问："是不是你？"我看他皮肤白净，衣着还算整洁，不像我们街上半条命那样的泼皮，就摇了摇头。他说："不是你就好，这只鸡公破了我的相，流了一捧血，我要这只鸡赔偿我，小哥哥你作证。"看我不吭气，他说："聋子呀！听见没有？"我赶忙点头。"嘿！你不会说话呀？"他用眼睛瞪我，我惊了一跳，忙说："对的，对的！"就这样，鸡顺理成章地被老者抱走。老者前脚走，随后从我身边的屋里跟出来一个大肚子妇人，面相蛮横，手里捏一把食，嘴里"咯、咯、咯"地唤着鸡。我心想：完了，月母子喝不成鸡汤了。她四处张望，咕哝道："怎么不见我的大花公鸡呢？"光脚人飞快跑到孕妇跟前，凑近耳朵咕哝一番。孕妇不问青红皂白，反手扯住我的袖子不放，并叫喊要我赔鸡。我和她争辩，她拼命摇头叫唤："不听！不听！"我无奈只好说出真相，把矛头指向那个挑唆的女人，告诉孕妇："鸡汤是你街坊那只臭布鞋打翻了的，不信你看街心的那只布鞋。"可布鞋不知什么时候已被捡走，孕妇死口咬定鸡是我点头老头才偷走的。正在僵持不下的时候，尤姐赶着牛车过来，见此情形，停住车，几步跨过来，抓住孕妇的手，就往开里拉。孕妇悍得很，冷笑一声："哪来的婆娘，管起我的闲事来了，你把我娃弄掉了，你赔得起吗？"尤姐道："我赔不起，我兄弟赔得起，他是个男人，他还是童子鸡呢，你占大便宜了！"孕妇"呸"了一口，另一只手也上来，牢牢抓住我的手腕。这时，正巧来了一个穿中山装的男人，一脸肃杀之气，他走到孕妇面前："你这是干什么？放手！"孕妇没吭气，也未放手。他看看我，又看看尤姐，再看看停在街心的牛车，问："你是到我们酱园拉酱油和麸醋的？"尤姐一怔，说："哎呀！是供销社的李主任呢，你来得正好，我……"被叫作李主任的人摆摆手："你不用说了，说多了耽误我时间，我知道该怎么办。"他转脸手指孕妇："你给我放手，立刻！要不然我一脚踹掉你肚子里的孽种，要你家断子绝孙，好早点彻底消灭剥削阶级。"孕妇一甩手，"哇"的一下哭出声来，扭头钻进屋里。尤姐呆呆地望着她的背影，眼睛里透出些许同情的神色。

我给尤姐说，我是出来躲避祸事的，她问过详情说："怎么灾星处处找上你，躲祸又遇祸，你是不是在学校钻了哪个女人的髂裆，走霉运！"我明白她的意思，生气地吼道："你胡说！"她说："不是我胡说，是老天爷有眼，看着呢，祸事怎么不找我？"我说："你是什么人，我是什么人，你别幸灾乐祸。"她心软了，有些后悔的样子，刚要伸手拍我的肩，我却突然蹲下去，轻声道："我都饿得眼花腿软了。"在食店吃面条时，她听说我从昨晚饿到现在，眼泪顿时流了下来。

　　车上装了三桶麸醋和两桶酱油，从酱园出来，我们就直接往回走。走出区镇，离家的距离近一步，我的心就紧缩一次。这两天，我人在外，心却老挂牵家里，总觉得家有不测在等待着我。父亲谎称我伤口发炎高烧，以此为由向队长请假，这明明白白有要挟之意，我担心反倒激怒队长，他会追进家里逼我出工。如果这样，那我出外躲避的事就原形毕露，父母就会因此遭受不白之冤。尤姐先前听说了我的遭遇，她让我放聪明点，不要和队长硬碰，等夜深人静再摸回家，现在先与她一道回镇上去。

　　尤姐教我赶车。我把住架子车的两个把手，走在牛尾，时不时扬起右手的鞭子，抽一下牛屁股，它疾走一阵，蹄子又习惯性地慢下来。再抽，再疾行。就这样，我们的架子车，懒散地颠簸在满是石子的蜿蜒起伏的小马路上，给我一种总也走不到尽头的感觉。尤姐说我心里有事，焦急。她怕我憋出毛病，愁坏身子，便给我寻找乐趣。走到一个小山湾，她叫我停住车，说休息片刻。山窝里密密匝匝长满一人高的荆棘丛，除了茅草更多的是马桑，都还泛着苍绿。山窝的正中，有一口地灶，灶的后面一座土坯房，没门，张着一张大嘴。灶和房，都残留着风雨侵蚀的痕迹。而两边的坡梁却光秃秃的，细沙石微微泛光。我俩站在马路上张望一阵，尤姐笑着问我："你能从这个山湾看出什么名堂？"我说："像个人字。"她急了，说："你这么大了，连女人身上的什么玩意儿都没见过。这个山湾，它像人，不像字。像一个脱光了衣裳，叉开两腿躺在那里的女人。"我摇摇头："没见过。"她说："要不要我脱得精丝丝的躺下去让你见识见识？"我指着拉车的牛："畜生才那样。"她一听，哈哈大笑起来，笑够了，说："嘁！人，畜生不如。"我望着她，似乎有些不明白。"你不相信？"她把我拉到山窝窝，拨开一处草丛，里面隐隐约约现出一个荒土包。她说："这里埋藏着一个故事，说出来有些惨无人道，是我那个死鬼给我讲的，你听不听？"听说是故事，我的兴致来了，忙答应："我听。"她松去牛的枷，把它放在只散落着稀疏的丝茅草的坡脚下，我们就坐在坡地上，于是，她给我讲了下面的故事。

　　这个湾其实叫瘟猪湾。三年困难时期，每年各队饲养场都会发生猪瘟，上面要求把死猪埋掉，但都舍不得，公社就在这里建了瘟猪屠宰场。我那死鬼当年是第一个来支援瘟猪屠宰场的国家正式屠宰工。他们住的就是这间土坯房，宰猪、做饭用的就是这口地灶。听死鬼说，公社的干部想吃肉，就依次派队上送好猪来冒充病猪，杀好烫好给他们食堂送去。真正的瘟猪肉，就分配给各队公共食堂。死鬼说，瘟猪屠宰场的场长是公社社长的兄弟，一个地道的好吃、好耍、好女人的二流子。六〇年正是三年困难时期的第二年。集体的粮食糟蹋完了，地里遭灾又没收成，缺吃的许多人得了浮肿病。这年冬天，很多病人都没熬过去。那时，瘟猪湾成了活着的人巴望的天堂，啥人都想去那里偷嘴揩油，一些女人为了一口瘟猪肉而不惜献身。瘟猪屠宰场的场长比他哥还横，走起路来风都能扇死人，天下漂亮女人他都想成为他的下饭菜。腊月天，土坯房里的墙壁上挂满腊瘟猪肉，屋外灶头上熏的肉也一串一串的。很少下雪的地方这个腊月却下了一场大雪。饥饿的人们忍受着肚皮的抗议，在雪地里战天斗地，为御寒拼命出力虚汗挂满额头，倒下去的匍匐在雪地里，额头上的汗珠立刻变成冰豆，有的再也没有站起来。这天早晨，死鬼起来小解，刚把裤带松开，下一个步骤还没动作，忽见地灶的烟囱根脚边，有个黑乎乎的东西动了一下。死鬼赶紧抄好裤子，随手捡起一截木柴戳过去。随着"哎哟"一声叫唤，一个毛绒绒的黑影缓慢立起来，遍体粘满草屑和雪粒，还在微微颤抖。当死鬼走近，见两只手从黑影中伸出来，然后轻轻抹去头套，一个女人头像就显露在他眼前。女人面黄肌瘦，憔悴不堪，但眼睛里却透着一种掩盖不住的坚毅。死鬼拍净她的衣服，原来她穿的是件带帽的毛皮大衣。他从未见过这样的女人，他从她身上看到某种说不出的味道，这个味道就是高贵。死鬼猛然问道："你该不是个女鬼吧？"女人说："师傅，我现在还不是鬼，但再不进食，可能很快就变成饿死鬼了。"死鬼一听，急忙从灶头拽块熏肉，丢在锅里，掺上水，把灶里埋的火种拨开，加上柴草，一股浓烟腾起，轰的一声，红色的火苗便在灶沿闪烁。等他着急地从背静处小解回来，女人已坐在灶前添柴，眼睛望着火红的灶膛发愣。肉煮熟了，死鬼又从土屋端出半碗剩饭，泡上沸汤，催促女人快吃。这个饥饿女人奇怪的吃相令死鬼疑惑不解：她数着饭粒往嘴里刨，停住筷子细嚼慢咽。他想，她是真饿还是假饿？或者是肉、饭难吃？于是，他对女人说："你真的饿了，就赶快吃，过一阵恶人来了，你想吃也不让你吃了。"她说："吃饭只能这样吃。"那神态，有如坐在自家的饭桌前那样沉稳。天气阴沉，云压得很低，北风呼呼，生冷。死鬼在灶前生一堆火，叫女人烤。火焰蹿起来，嚯嚯地吼。死鬼咧嘴窃喜："火笑呢，难道她是贵客？"女人终于吃完饭，还剩一块肉，她给他。死鬼接过来，狼吞虎咽一眨眼就完了。女人叫一声"篝火"，就围着火堆扭起来，嘴里细声哼着歌曲。死鬼在心里问自己：这个洋婆子是哪里来的？还没等他想清楚答案，只见女人身子猛然一倾，斜卧在火堆旁。也就在此时，场长和另一个屠夫回来了。他先看一眼火堆边的女人，又横一眼灶头的肉串，问："少一串肉哪去了？"死鬼说："你记得那么清楚？诈谁呢。"他说："谁吃了，给我吐出来。"他往女人身边走，正要弯下腰伸手摸女人脸蛋，女人哇的一声吐了，痛苦得人都蜷曲成近乎一个圆球，秽物污了皮衣。场长得意地说："你看，我的东西就听我的话，听见我叫，都从你肚子里跑出来了。"他还是摸了她的脸蛋，又顺手抹去嘴角的肉末饭末，还揭起皮大衣仔细看过，说："你不是一般的女人，你是个很讲究的女人，就是要饭，也不是什么都能下肚的，这不，乱吃东西黄胆都吐出来了。"他从屋里搬出煤油炉子，还有一口小钢精锅，对她说："你只要对我言听计从，你不用去讨那些肮脏的吃食，我顿顿给你吃香油挂面。"随即，他把两个屠户派下队查瘟猪，自己将女人扶进土坯房。但走到门口，女人止步，挣脱他的手，把自己留在了门槛外。等死鬼查完瘟猪回来，天快黑了。他看见女人又在灶脚根靠着，正一把一把抓雪擦脸，原本萎黄的脸擦出了血色，透着嫩白，这才是这个女人的本色。屋里的场长在说话："你听好，我都磨了半天，话说了千百遍，怎么还不明白，你可以用下口养上口嘛！"女人回答："你说一万遍，我也听不懂你的话，但我知道你很卑鄙！"她见死鬼回来，用力站起来，尽最大的声音说："你做干净饭给我吃，我可以唱歌给你听。"死鬼说："给我唱没用，头头要养你呢，你还不明白。杀猪的叫声我听惯了，再好的歌声也听不出味道来。"女人唱起来，那歌声跟电影里的一模一样，把死鬼的泥巴心肠唱开了裂。唱了一阵，她说饿得支撑不住。死鬼从衣袋掏出一包苏打饼干给她："这个干净，路过公社代销店买的，你全吃了。"才吃两块，场长出来吼道："你重女色，轻领导，把饼干交上来！""吃不着天鹅肉就耍横呀！"死鬼也不示弱，看见他往女人身前靠，一个箭步护在女人身边："你不就是个红脚杆领导嘛，我还是国营单位的正式职工，你挣工分，我拿工资，你管得住我吗？"场长翻了翻白眼："好，你狠，我领导不了你，我走！"他将灶头上的熏肉，连同土屋里挂的所有腊瘟猪肉，一齐锁在柜子里，便扬长而去。死鬼有些得意，忙慌慌进屋给女人倒开水。假装走过女人身边的场长，趁机回过身，一把夺去女人手里的饼干，顺手扔进潲水桶里，还用棍子狠劲搅几下。女人顺手甩了场长一耳光，场长被打蒙了，等他清醒过来，正要张开双臂去扑女人，在屋里听到惊心的耳光声的死鬼，像一条疯狗似的射出来，出其不意地将场长按在地上，怒斥道："人家饿得要死了，你还打人家，我替她还你一耳光！""啪"的一声，场长痛得吼叫道："死屠户，你敢打老子，臭婊子也敢打老子，你们造反了，我去叫我哥来抓你们这对狗男女！"死鬼一听，说："挨双份耳光活该，你以为世上只有你最横。"又问女人："先前真的是你给了他一巴掌？"女人点头，她正盯着漂浮在潲水桶里的饼干碎末，因惋惜而不顾恶臭扑鼻。看着，看着，顷刻间，肮脏的潲水又引发了她第二次呕吐。死鬼再次进屋，为她端来一搪瓷缸开水，还把热水瓶也提来。她漱了一口，缓缓把一缸开水喝尽。场长爬起身，进屋又搜寻一番，将该收拾起来的东西都锁进柜子，然后出来，手指着死鬼点了几下，又指着女人点了几下，心里没说出来的狠话是："你等着！你等着！"这一次，他真的走了。

天空又开始飘起雪花，夜色迷茫而沉重。女人一口一口抿着开水，用它去填充饥饿难耐的肚腹。死鬼让女人进屋去，说躺在床上比外面暖和，他自己可以睡在木柜上。她直摇头，不说不去，也不说去。死鬼又说，可以和衣睡，把被子裹得紧紧的。她还是摇头，仍不吭气。他再说，可以不关门，跑起来方便。这一次，她说话了。她说她不会走进那道门，还说不是她不愿进，是做女人的尊严不让她进。死鬼无话说，是听不懂无话说，听懂了更无话说。他再次把那堆火拢燃，红色的火苗在她眼前跳跃。她说自己不是冷，而是饿，她的毛皮大衣可以抵御北方的寒冷，而不是南方这点低温。死鬼说，弄不到吃的，乡下自从有了公共食堂，农民家再无烟火了。他说我把柜子的锁砸了，还给你煮熏肉吃。她说她饿死也不会再吃瘟猪肉。死鬼望了望白茫茫光秃秃的坡梁，无奈地对她说，坡上无柴，又不能让火熄灭，晚上有野狗疯狗来瘟猪湾寻找吃的，会吓到你伤害你。他把屋山头一个关瘟猪的大木笼劈了，将一大堆劈柴放在她身边，自己便进屋睡觉。进屋后，有意只把门掩上，并未闩。

夜深人静，原野回荡起歌声。一声声凄厉，一声声缠绵，一声声激昂……死鬼在床上翻来覆去不得入眠。

早晨，太阳出来了，雪在无声融化，天气特别寒冷。死鬼走出土屋。灶前的火堆已经熄灭，剩余的劈柴还静静堆在那里。女人没了踪影。他绕过土沟，看见女人靠在马路旁一棵棕树上，睁着那双美丽的大眼睛，微笑着望着这个冰凉的世界。脚边卧着三条狗，都把头紧紧地依偎在她的腿脚上，都闭着眼睛。她身上皮衣的毛，像针一样，一根一根竖着，亮亮的刺眼。死鬼终于知道了皮衣的价值，它真的特别防寒。但他不明白，野狗的行为，为什么变得如此乖巧。死鬼急忙去提开水，先让她喝一点，他再去附近的公共食堂给她找吃的。死鬼才走出不远，场长带着两个陌生人过来，其中一个戴着鸭舌帽。场长劈头就问："女人哪？"死鬼朝棕树指去。他们奔过去，赶走狗。场长用手去拉女人，死鬼直嚷，不让他碰。他听见场长说女人死了，也就在此时，女人倒下去了，直直的，像倒了一棵树。死鬼哇的一下哭出声来。几个人同时说，真死了。他看见其中的一个陌生人，右手比画着一把手枪的样式，对着地上的女人点三下，嘴里还发出"啪、啪、啪"

的叫声。死鬼骂他，狗都不如！狗被赶到几步之外，当女人倒下，它们同时伸长脖子，朝天呜呜呜长啸。死鬼心里叫道，狗在哭呀！狗好伤心呀！真的是人不如狗呀！人不如狗呀！

戴鸭舌帽的陌生人让场长写个死亡证明。场长不写，说自己不知道女人是什么人，怎敢乱写。另一个陌生人说，你知道我们是代表组织，是专案组的。场长说，但我不晓得女人是谁，这么洋气个女人，怎么会流落到这里？另一个陌生人说，不是流落，是潜逃！场长说，管你是什么，你不说，我不写。戴鸭舌帽的陌生人，从公文包拿出纸笔，就着公文包写了个样子给场长。场长看过，接过笔和纸，边念边写："原省歌剧舞剧院歌唱演员，现行反革命分子王春，在万丈岩修路改造期间潜逃，逃亡途中，于昨晚在一个叫瘟猪湾瘟猪屠宰场的地方自绝于人民。"抄到这里，场长说不对呀，她不是自杀。另一个陌生人反问，她不是自杀，难道是你害死的？场长一惊，只好接着抄："特此证明。证明单位：瘟猪湾瘟猪屠宰场。"场长写好日期，回到土屋盖上公章，交给陌生人。另一个陌生人掏出三元钱，递与场长说，你们把她就地埋了，这是埋葬费，打个领条。场长写好领条给他，接过三元钱。陌生人"喊"一声，瞪场长一眼，跟着戴鸭舌帽的前后脚走了。死鬼说，高贵的女人哟，在坏人面前宁死不屈。可怜的女人哟，活一辈子人，就值三元钱！当天场长并未把女人埋掉，他和两个屠夫，在土屋后用几根竹竿撑个草棚，将女人尸体搬到里面，他足足守了两天两夜之后，才软埋在那蓬荆棘丛中。埋葬女人时，他把自己的一件半成新的卡其布衣服穿在女人身上。他对两个屠夫说，女人不简单，省城大剧院唱歌的，是个人才。不要说我哥这个社长，就连县委书记一辈子也听不到她的歌唱。我好后悔，她说给我唱歌，我没理她，我想做别的事情。让她穿上我的衣服走，等来生，等来生哟！死鬼听了，脸上笑得开了花。他对另一个屠户说，女人的歌就是唱得好，唱得我心里慌得不行，我听了半晚上，听着听着没声了，我以为她饿了，她累了，她倒在火堆边睡着了，没想到是……死鬼哽咽着，泪也出来了，没能说出后面的话。

自那一年冬天以后，只要哪年冬天死鬼见到下雪，他都要望着满天雪花，絮絮叨叨自己对自己讲一遍瘟猪湾之夜发生的这个故事。

尤姐讲完这个故事，她对我说："你看，人真的不如畜生。"她眼泪下来了。又说，"本想逗你快乐，你看还是讲了个让你寒心的惨事。"

我心里悲痛不已。走了好长一段路，我们都说不出一句话。

第三十二章

　　回到家里,姐、妹都在酣睡,只有父母醒着。祖母起来小解,看见前屋有微弱的灯光,伸过头来,朝我微微一笑,又回床睡了。我问父亲:"队上找麻烦没有?"母亲说:"睡吧,都三更天了,明天还出工呢。"我一直望着父亲,听母亲说完,他说:"人都打了,还好意思上门纠缠。"我放心了,很快在父亲身边睡去。

　　次日早饭,姐妹们边吃边用眼睛瞪我。快出工时,小妹对我说:"哥,我们一家人都等着饿死。"我问:"为什么?"她说:"你问爸妈或者姐姐嘛。"我转身找他们,都出工走了。我追出去,都跑得没有了人影。我在地里拔棉秆,屁都挣出来了,它丝毫不动,棉株根扎得深,它欺负我力气小。队长过来,只用左手几根指头,轻轻一拈,棉株带着土就出来了,就像从地上拈一只蚂蚁那么轻松。他训我道:"跳蚤日屄的那点劲都没得。"不知为什么,我的脸忽地红了。说:"队长,你能写出'跳蚤日屄'这四个字,就算你能。"他说:"你墨水喝得再多,有尿用,还不是我的下饭菜。"说完,他扳过我头看,说:"一根屄毛那么点小伤口,还赖我两天假,耍舒服了?"说完将我头一推,甩起袖子走了。我急着问:"队长,我妹说,我们一家人等着饿死,这是为什么呀?"他一阵风似的走远了,扯起嗓子喊:"你问你自己!"从队长的话里,我推测,可能还是我丢尿素惹的祸,他要扣我家的口粮,但也不至于一家人都等着饿死呀。中午收工的路上,薄荷的母亲有点幸灾乐祸地告诉我,队里决定,一百斤尿素没了,抵扣我们全家一年的口粮。我一下慌了,见到胖崽我想证实一下此话是否属实。胖崽说:"尿素的供应指标比你的狗命还值钱,一斤尿素要增产几十斤粮,少一百斤就要少收几千斤粮,你家一年的口粮抵不了几丝毫毛。"他拧住我耳朵,"这都是你这个书呆子自找的!"

　　我奔回家,从枕下翻出那本惹祸的《安娜·卡列尼娜》,展开架势要撕,当两手抻开书页时,却变成了狠命捶打。书发出"啪啪"的呼叫声,它叫,我也叫:

托老同志，你真烦，写出这么迷人的书干什么呀！安娜，渥伦斯基，卡列宁，列文，奥布朗斯基，你们是官僚，你们是贵族，你们都是一群养尊处优的家伙，你们衣食无忧，却害得我们全家饿肚子，我恨死你们，你们全是我的罪人！叫着叫着，我心软了。我告诉自己，永远不要责怪书本，它们没有错，有错的是我自己。我又把书合好，放到嘴唇挨一下，吻它，算是赔礼道歉。

父亲为了节省钱，很少在镇上买水烟丝了。自己用一节木头挖孔做个榨，采摘自种的烟叶，晾干喷水滋润一夜，次日揳在木榨里，然后刨烟丝用。午饭后就片刻空隙，父亲急着刨下午用的烟丝。我想将功赎罪，抢着替他干。他说："不看书啦？"我说："看，但这阵不看。"他说："常言道，书可读，官不可做。可见，读书还是第一位的，不要把你迷书这个好习惯荒废了。"父亲的鼓励让我愧疚的心更加难受，我痛恨自己不争气，简直就是家里的罪人。

下午出工，田坎上走的人稀稀拉拉。一个老女人有意靠近我，伸着脖子在耳边说："胖崽和薄荷中午办订婚酒，你不知道？现在还没散席呢！"我心里不禁一颤，但却没露声色地瞟她一眼，见她撇着嘴，不屑地扬起头。我鼻子里哼一声，快步走在她前头。她在我身后说："还傲呢，饿死你，两头饿，叫你家绝种，全面消灭地主阶级！"我听了，气得狂奔起来，在坡梁下绕了两圈才停住。我一眼看见队长在坡梁上转悠，我知道他是在挑剔上午地里活路的毛病。他侄儿订婚酒他为什么把自己撇在一边呢？干活的地就在胖崽家屋后，他家院坝人声鼎沸，十多张桌上酒水菜肴杯盘狼藉。虽然青菜、萝卜、豆角、莲藕都是就地取材，烧酒为乡村作坊酿造，但气氛和排场并不亚于城里人家办喜事的架势。胖崽从地坎上冒出来，嘴里叼着烟，两手提起裤子，边走边系裤带，像是才从茅房出来。他吼："本人今天办订婚酒⋯⋯"下面的话还未说出来，烟就从嘴角掉下来，他两手忙着抓烟，还没系好的裤子落到脚背。原来里面没穿内裤，光着裆，生殖器直愣愣地望着大家。女人们急忙转过身去，有男人在喊："买卖还没成交呢，小兄弟就急疯了。"胖崽笑笑，得意地接着招呼道："本人办订婚酒，席还没散尽，想下去坐坐的请自便。本人备有薄酒一杯。"给我咬耳朵的那个老娘和几个女人去了。胖崽走到我跟前，一身蓝卡其布的新中山装，还透着靛蓝染料的清香。他说："对不住，抢先一步了。"我说："你别掉到醋缸里了。"他说："你这话我好像在哪里听见过。"我一句话戳穿："你和薄荷在镇上买酱油麸醋时，薄荷说你的。"他惊愕道："你怎么知道？"我没回答他。他恨恨地："这婆娘！"一转身走了。去院坝吃残汤剩水的几个女人在逗薄荷，高声朗气的，在地里都听得一清二楚："薄荷，薄荷，胖崽憋不住了，小弟弟把裤子都拱掉了，你还不去。"薄荷的声音："别说得那么难听，我们只是朋友，还不是夫妻呢！"胖崽的声音，火气很大："放你妈的屁，不信我现在就日了你！"薄荷吼："你敢！你无礼我不嫁给你。"胖崽扯起嗓音："哟！有二心啦。难怪你在酱园骂我掉进醋缸的话崽儿都知道了，原来我身后还真的站着个预备队员！"薄荷听了"哇"的一下哭出声来，院坝里乱成一团。我扛起锄头就朝坡顶上爬，心里又气又恨，惹不起，还躲不起？可是连躲也躲不过，这是为什么呀？

自家的屋顶没有炊烟，是母亲把饭已经做好，或是没粮下锅，根本就没做。进屋见祖母在擦眼泪，她对我说："你妈煮的净苕，连米汤也没喝的，我怎么活呢？"灶房里只有母亲，她正用些许面粉，炒熟为祖母冲面茶。她说："每人两根红苕，只能这样。队长答应一年赔一半，两年扣完，可一年口粮也只给粗粮，不给细粮。说这还是网开一面，老人多，照顾。"我骂一句："畜生！"母亲一把捂住我的嘴："你活腻啦！"饭后，父亲去茅房，半天没出来，我刚要去看究竟，父亲回来了。他到脸盆前，用肥皂狠劲洗手。他扭头见我盯着他看，便说："光吃粗粮太糙，屙不下来，只得用手指抠。"我说："跟没油水也有关系，你和母亲，特别是祖母，年岁大了，这样下去会拖死。赶快写信叫二哥寄点钱。"父亲脸色立刻严肃起来，说："谁也不准把你外面的两个哥哥牵扯进来，哪怕饿死。别人问，就说他们从未与家里联系过。"我见父亲眼睛湿润了，他又说："要保护好你们年轻人，最该饿死的是我，我死了，很多账就清了。恐怕阎王快翻到我那一页了。唉！"我一惊，问："爸爸，你说什么？"他苦着脸说："别问，我只是随便说说。"我背过父亲，对母亲说："爸爸心里有事。"母亲说："你不在那两天他老坐着发呆，我问他遇到什么事情了，他说没什么。我以为是为你在外担心，现在看来不是，你爸心里确实有事瞒着我们。"我问自己：父亲撞上什么揪心的事情了呢？从这之后，母亲和我对父亲的一举一动都很在意，都很操心，总想尽早窥探到父亲心里那深藏不露的秘密。

一天中午，父亲进门放下锄头，便急忙从后门去了竹林。母亲发现父亲的行为有点怪异，就在灶房里一直盯着他。竹林茂密，父亲总找稀疏的地方向外偷看。这时，母亲就悄悄跟过去，走到父亲背后，顺着父亲的视线看出去。竹林外的小院坝里，一个人走来走去，不时伸头朝我家后门张望，心里像搁着什么事情。那人走了几个来回，然后沿田坎离开了。母亲回到灶房，父亲也随后进来。母亲发现父亲进屋之后，就一动不动坐在床前吃闷烟。母亲跟我说，那个在我家后门竹林外转悠的人，她有些面熟，却又想不起具体是谁，但可以肯定不是本队人。后来，有一次收工，父亲走前，我走后，相距也就几十步远。一个人从我身边过去，是个壮年人，大个头，头发浓密，腿劲大，走路生风。在与父亲将要擦肩而过时，我看见他猛推父亲一掌，父亲一个趔趄，要不是路宽，父亲就被推到水田里了。我急忙跑到父亲身边，扶住他。那人一阵风走远了。我狠狠地朝他的背影唾了一口，问父亲："那人是谁？"父亲说："不认识，可能是我挡了人家的路了。"我说："不对，看那阵势，他是有意的。"父亲说："别乱猜疑，为人要有包容之心。"回家后，我背着父亲把这事说与母亲听，并且将那人的形象给母亲描绘一番。母亲说，在竹林偷看我们家的就是你说的这个人。我和母亲猜测，父亲一定是遇到什么麻烦事了，这个神秘而怪诞的人物，可能就是这个麻烦的制造者。

身在这个多灾多难、风雨飘摇的家庭，苦闷的时候，我就很自然地联想到陈老师。她离开农中，去了哪里，会跋涉在追寻父母的路途上吗？那可是个遥不可及的边关，茫茫戈壁，渺无人烟。一路艰险，一路孤寂，她如何承受得住？我，昂头久久遥望远方……

这两天，队长派我到河对岸坡顶的石厂掏石渣。路远，爬坡，活险，还不能回家吃午饭，因此被视为苦差事，没人干。于是队长就想到了我。石厂在坡尖上，站在坡顶，坡下田园、村落、河流一览无余，路如丝带，人如蚁虫。这里人迹罕至，没有各色眼神，也听不到喝五吆六的使唤。只有这时，我才找到做人的尊严。如此自在的苦差事，但愿天天找我。怪不得队长曾对我呵斥，连石匠这样的苦手艺都不让我这个崽儿学。原来，世上再没有比十足的庄稼人更清苦的行当了。

石厂在坡顶的一隅，已开发出几间屋那么大个石仓，横竖码着些石礅、石条、石板。早就听说涪江的一个什么滩在建电站，石头就是为那里采的。石匠一个都还没来。我见出石口周围遍地石渣，这是我的活，不用别人指手画脚，见了就干。放下布包，那里面装有一本书和中午的干粮。我把石渣挑出石厂，倒在侧边的一道大豁口里。一满担石渣至少百十斤，从仓底挑出来，又是陡路，累得我直喘粗气，心就像堵在喉咙上。再难受，仍鼓励自己一鼓作气干完，否则，书白拿来了。挑过五担，一个老石匠来了。不声不响下到仓底，坐下，开始吃水烟，不言不语望着我爬上爬下。烟味呛人，我咳嗽一声。又有两个年轻的石匠说着话进到石仓，也坐下，吃水烟。边吃边聊，好像我不存在。又挑了五担，出石口的石渣基本清理干净。这时，一个中年汉子吼着不明其意的歌，像溜滑梯一般，从石仓的进口，半蹲身子呼呼啦啦沿陡路溜下来。一个年轻石匠调笑道："昨晚打牙祭啦？这么轻狂。"他说："你猜对了。""上头打，还是下头打？"他哈哈大笑："本帅两头都打！馋死你个光棍汉。"老石匠喊："干活！干活！不干活，没尻戳。"一个年轻的对吼："干活也没尻戳，一个全劳力，一天挣十分工，才两毛多钱，太穷了，哪个女人嫁给我？"中年汉子只淡淡一笑，见出石口干干净净，转头看见我说："哟！你还真有眼窍，这次派的小工好，哪个队的？"我告诉他。他"哦"了一声，一边手心"呸"一口唾沫星子，操起錾子和锤子开打。可锤子扬到半空，他突然停住了，抬头问我："汇龙镇开轧花厂的伊地主，是不是下放到你们队上了？"我一怔，点点头。他拿錾子的手在眼前画了个圈，说："解放前，这匹坡下面的那四十亩好地就是他家的，全都出租给一个姓杨的庄户人家。杨家又如数出租给我父亲四弟兄，一家十亩。伊家的租子低，杨家的租子高，杨吃差价，也吃肥了。解放后，一个成了地主，一个却是个中农，你说怎么会是这样的结果。"他打了几錾，又说："伊家盘剥杨家，杨家也盘剥我们四家呀，可结果却两样。哎，会动脑筋的人，总是在空子里过日子。你看伊家，从镇里撵到乡里，受的啥煎熬！"看着眼前这个说公道话的耿直人，我没好说什么，又埋头去清理那三个石匠脚边的石渣。中途歇气，四个石匠打扑克，我拿出书看。眼睛在书上，心里却想着中年石匠的话。他这些话，我在家里一丁点也听不到，父亲，母亲，祖母，谁也不会在我们面前吐露涉及过去家业的半个字。没有因先前的得意而夸耀，也没有因后来的倒霉而沮丧，总是平平淡淡的样子，像不曾发生过什么变故，好像他们都把人生看懂了，把生活看透了。只是在下乡之后，我老感觉父母对我们有歉疚之意，时常显示出对不起身边几个儿女的样子。我觉察到这点后，非但没感受到一点慰藉，反倒因父母的自责心里一直非常痛苦。为了减轻父母的歉疚，我把任何痛苦都埋在心底，从不表露出来，尽量让满足挂在脸上，用这个告诉父母，我们活在当下，也无任何怨言。

　　听到那个年轻石匠在吵闹。我合上书。他嚷他输了钱。当他看见我拿本书在看他，像才记起我的存在，便喊："石厂歇气只许打牌，不许搞别的，下次你必须参加！"我没理他，将书放进口袋，依然清理他们凿下的石渣。中午只我一人在石厂，四个石匠离家近，都回家吃饭去了。我不愿闷在石仓里，来到坡顶，从口袋里拿出三根熟苕，苕凉且硬，但还散发几丝甜香味。我这是自作孽，只能啃粗粮，家人还陪着我还这个孽债，受这般活罪，现在该歉疚的是我。我想捡些干柴，垒起来，把冷苕架在上头烤热吃。其实很难找着能烧燃的柴草，慢坡像个秃子的脑袋，一毛难拔。岩石上有根苦楝树，叶已落尽，树杈上一个鸟窝显露出来，全是一蓬干树枝。我举起扁担刚要捣，便有些不忍心地自责道：鸟要筑这个巢，衔这么些树枝，不累得死去活来，是砌不成功的，我为何要当这个侵略者？我只好冷吃，一手执书，一手拿苕，眼睛一行一行慢慢看，嘴巴一口一口慢慢嚼，闻着苕香，品着书味，有生以来第一次体验着闲云野鹤般的悠然生活。

岑寂的石仓有了响声,是一把錾子,一种节奏,一个石匠的独唱。我悄然爬在豁口窥视,那个抱怨工分不值钱、穷得讨不上婆娘、呵斥我必须打牌的年轻石匠,正在挥锤凿石。我赶紧缩回身,继续品我的书。看得有几页书,他来到我跟前,动作很轻,慢条斯理,怕打扰我的样子,他还有颗敬重读书人的心?他伸手拿过书,看过封面,又随意翻翻,然后把书还到我手上,说:"一横认着扁担,一竖认着棒槌,睁眼瞎,读的三年书,全还给老师了。"他让我跟他到石仓,将我带到他凿好的石雕前,捡起扫帚递给我,说:"把上面的石渣扫干净。"我把石渣和灰尘扫尽,石头上清晰地现出一幅雕凿很精细的图案,非常美。他说:"我用几天的工余时间凿出来的,你看这是幅什么画。"我弯下腰,手指着每一个细节处道:"这是一朵要开又还未完全开放的玫瑰花。你看,左右两边的大花瓣才稍稍舒展开,大花瓣内缘柔软的小弧线令人心颤,是两片含羞的嫩瓣儿,中间这个指尖大的隆起,是秀丽的花蕊,有种等待蜜蜂来采的味道。"我望他一眼,有点为难地说,"只是,只是这花瓣顶头突起的小半圆,有点多余。不过,整体画面给我的感觉是:娇娇嫩嫩,羞羞答答,好一朵美丽的玫瑰花呀!你看,我说得对吗?"他听了突然捧腹大笑,笑够了,他说:"你娃呀,到底是个书生,活生生地把一个屄说成一朵花。我讲给你听:你说的左右两边的大花瓣是大阴唇,里面两片嫩瓣是小阴唇,中间一点是阴蒂,上头突起的半圆是……是什么,我说不来了,反正不是多余的。懂了没有?"我羞得低下头,这些女性生殖器的名字,听来太刺耳了,让我心颤颤的。他拍拍我的肩说:"还害羞呢。今天考你考对了。我没见过屄,还是那几个大石匠画个样子教我的。一点一滴都是照着他们教的样子凿的。但还是花好,花又香又漂亮,不像屄,夹在裆里见不得人。还是有学问对呀,女人身上再难看的东西,说出来都是美丽的。我该敬你一丈,歇气就不逼你打牌了,还是看你的书吧。"他见我深埋着头,弯腰偷看我脸上仍含着羞涩的笑,便说,"我喜欢我凿的这个石头屄。我是个穷孤儿,这辈子没有女人敢嫁给我,太孤苦了。我把这块石头搬回家,让它陪着我,白天看它是朵花,晚上看它是个屄,给日子增加点过头,就这样,和这块石雕过一生算了。"他说得我鼻子酸酸的,眼眶湿了。他说出的是他要过的真实生活,现实中没有谁能改变它。我只好说:"你给石雕配个石头座子,我在座子上写三个字,你把字雕出来,就成一件工艺品,比光裸裸的好看。"他问:"三个什么字?"我说:"女人花。"他笑着点点头:"女人花好,女人花好呀!"

傍晚收工临走,他已打磨出一个精美的石座,我用石匠的墨签,蘸着墨斗里的墨汁,用隶书在石座上细致地写好"女人花"三个字。他说:"我分不出字的好坏,但看得出来你写得很用心,你给我写出了一个老婆,这一辈子,我不孤独了。"他抱着"女人花"的石座,哭了,连声念叨:"我这就凿!我这就凿,凿好抱回家,连夜把女人花安顿在床头。"

晚上回到家,见父亲在门前洗脚,我就到灶房悄悄告诉母亲中年石匠说的话。我问:"石匠的话是真的吗?石厂那座坡下的四十亩地都是我家的?"母亲"啊"的一声,愣了半天,才说:"真是瞎了眼呀,怎么钻到这个倒霉地方来了。"我又说:"是不是真的?你没回答我呀!"母亲说:"反正外面的人说什么话,你左耳朵进,右耳朵出,别信也别想。"我还想问个究竟,父亲进来放脚盆,盯住我和母亲看,想说什么,却终究没有说出来。从父亲的神色看,他可能听见了我跟母亲的对话。屋子实在太窄了,再小声的悄悄话,只要张着耳朵听,耳尖的还是能听出来的。一躺在床上,父亲在被窝里轻轻蹬我一脚,他在床的另一头说道:"明天去石厂,一要管住嘴巴不准乱说,二要管住耳朵不准乱听,记住没?"我"嗯"一声,表示明白。睡梦里,我依稀觉得父亲一夜都在不住地翻身。

后半夜,祖母的吼声把我惊醒:饿呀!饿呀……

第三十三章

秋天过去，澄碧的天空少了，铅灰色的低垂的天幕，时常笼罩在头顶。风不再凉爽，而是冰冰的针尖般地袭人。不干活时，人们总喜欢把双手抄在袖筒里，端在胸前。但这样的时候和这样的人很少，因为队长恨的就是袖着手的人。他见你空闲，就像见了挖他祖坟的人，恨得咬牙切齿，立刻就会找些重活给你干，让你不得喘息，看你还自不自在，还悠不悠闲，最好是累死你，永辈子再不愿见到袖着手的懒人。

好不容易见到太阳天，我真想搭把梯子伸长脖子把太阳亲一口，无奈它照耀得我睁不开眼。我扛把梯子，把磨得雪亮锋利的镰刀别在腰上，但不是去吻太阳，而是到坡梁的岩畔割蓑草。队长跟我说，这个活自在又轻巧，不派别人，就给我做，我心生几分感激。到了梁上一看，蓑草都长在覆盖着泥土的悬岩上，像仙人的美髯，丝丝缕缕，飘飘逸逸，把黄缎铺就似的坡梁装点得别有韵致，真舍不得割弃。石岩高低不一，低处梯子能及，高处只可望而兴叹。我从低处割起，割满一把，想往下扔。但坠落时它会随风飘洒，散得遍地都是，摊子难以收拾。正在梯子上左顾右盼，不知如何是好，只见薄荷向我招手，还边跑边喊："等等，别扔别扔！"她爬上梯子接过蓑草，责怪我道："你积极得很，打下手的都没来，你就动手了。"她告诉我，每年割蓑草队长都安排两人。男人割，女人打下手，一边接草一边编成辫子，然后再把一个一个辫梢挽在一起，捆成捆，最后挑到供销社去卖。刚才我还愁怎么才能把这些细溜光滑的家伙绑在一起呢，看来劳动真的出智慧。薄荷问："你猜每年队长都派谁来割蓑草，谁来打下手？"我摇头。她说："打下手的每年都是我妈，今天我妈出门摔一跤，脚崴了，所以我替她来了。"我问她："那割的人每年都是谁？"她沉默后说："每年都不一样，因为几乎每年割蓑草的人都摔伤，没摔着的也吓破了胆，来年再也不干了。"我一听脑子里"轰"的一声,才明白了队长的心机。我告诉薄荷:"今天,但愿我既不会摔伤,也不得吓破胆,要打破不出事故的纪录,让队长年年派我割蓑草,也愿你年年替你妈来打下手。"薄荷恼了。她的恼,有着陈老师恼的风韵,不让我害怕,反而让我觉得十分可爱。她说:"你愿我妈年年摔跤呀,心毒!"我无言,只嘿嘿笑了两声。每次递草给薄荷,我俩的手都要捏在一起,就那么几秒。到后面,有几次她捏住不松手。我只好瞪她一眼,她微微一笑,松开手,眼波里漾起些微温柔。低处割完,只剩高处。我望着高高的长满苔藓的石岩,蓑草在岩的险峻处张扬,似在向我挑战。薄荷也在望,她说:"搭上梯子只能爬到半中央,然后人从岩石攀缘上去,往年那些人,就是攀岩失手滚下来摔伤的。"我说:"我不是往年那些人,也不会从岩上滚下来。"旁边有一眼小水塘,一丛小芭茅的花絮不像别处已经衰败,它正艳,倒映在水里,花絮就像飘在蓝天上。拇指大的小青蛙,有绿色的,也有褐色的,趴在水边缘的湿润处发呆,它们要冬眠了,有些留恋这明媚的阳光。我对薄荷说:"歇口气吧。"我绕路去到梁上,岩顶长着几棵碗口粗的柏树,我好惊喜,心里便有了主意,就朝薄荷喊道:"你回家拿个背笼,我回去找绳索,快去快回哟!"她比我先一步返回,背笼里还有一根粗绳。我找遍屋里的角角落落,只翻出来一根指头粗的麻绳。她笑着对我说:"你找绳子做什么,不想摔死想吊死呀?所以我也找根大绳来,完不成死鬼队长交代的任务,你上吊我也上吊,我陪你一同死。"她将我逗笑了,我说:"你这样说,有的人听见了,又要掉进醋缸里。"她叹口气说:"唉!没法呀,父母之命,媒妁之言呀!"她的叹息未在我心里激起一丝涟漪,因为我的心,至今也没像一粒种子一样,想落在这块土地上。

我把粗绳一头牢牢拴在岩头的柏树兜上,另一头绑在我腰间,叫薄荷用劲将绳子拽紧,做到万无一失。我背上背笼正要往下吊,她问:"就这样下去?"我说:"难道还要举行个悬崖割草仪式?"她说:"我问你,下面岩坎那一溜蓑草,起码要割三背笼,割满一笼你怎么办?"她把我问醒了,我总不能上上下下吊三次,这又不是耍杂技,我问:"你想说什么?"她说:"我想说,你割满一笼,就在上面编成几条大辫子顺坡溜下来,这样做最完整。要是像天女散花样抛下来,让我一根根在地上捡,想累死我呀!"我说:"想法倒是高妙,可惜我不会编辫子。"她走近我身边,很快将自己左边的辫子拆散,看我呆头呆脑看着她,就催促道:"动手呀!"我的手试着往她头上伸了几次,但始终没有勇气抓住她那散发香皂味的头发。她说:"看来你还真的是个君子呀。"说着自己把头发捋成三股,然后把住我的手,教我怎样绕、怎样编。头发的润泽滑溜,耳鬓和脖颈的细腻温和,让我真切地感觉到女人的美妙。她让我脱手编一次,她问:"学会了吗?"我说:"要会不会。"

她说:"那再来一次。"我在她侧面怪笑,她看不见。我说:"你的头发能长到万里长城那么长吗?"她无比惊奇:"哦呀!我一根辫子你想编一辈子?真的长到万里长城那么长,也许你一辈子也给我编不完。"我说:"两辈子呢,能编完吗?"她说:"没有两辈子,一辈子还没抓住呢!"一句话说得我哑口无言,但心里却嘀咕道:你就那么肯定我想抓住你这一辈子?我下到二层岩畔,看见她默默走到下面等我去了。我将割好的三背篼蓑草,编了十五个辫子,大小匀称,草辫子一头大一头小,形状真如疯丫头头上的大毛辫子。把十五个蓑草辫子小心地从岩上溜下去,攀着绳索回到岩顶,我心里顿时轻松了许多,收拾停当工具,我下坡和薄荷会合。刚立住脚跟,队长出现在头顶的岩畔,他喊:"薄荷!是你在给崽儿打下手,你妈呢?"当他听薄荷回答说她妈的脚崴了,他又喊:"好啊,好啊,你给崽儿打下手好呀!崽儿,割得还干净,没摔着吗?我就知道你鬼点子多,没有难得住你的事。"我正想说谢谢他的良苦用心,但话还未出口,队长就没影了。

  将所有的蓑草辫子堆积起来,我们都累了,不约而同地躺在了草堆上。她突然说:"这蓑草垒得像坟头。"我不悦,说:"你会说吉利话吗?"她哼一声,问我:"看过《梁山伯与祝英台》的电影没有?"我说:"看过。"她说:"他们俩最后是不是都睡在坟里去了?"我顿了一下,说:"最后变成了两只蝴蝶,又飞出来了,重新来到世界上。"她的头四处张望:"今天的蝴蝶呢?"我说:"都没睡进去,自然就没有蝴蝶飞出来。"她刮脸,羞我。又说,"给你看样东西。"她挨近我,从左边的衣兜里摸出一张照片给我。我说:"这结婚照不错呀,胖瘦对照,黑白分明。"对我的挖苦,她没生气,而是说:"这是订婚照不是结婚照。"我说:"还不是一回事。"她说:"这才不是一回事呢!现在不谈结婚。"我问:"为什么?"她说:"现在他还没出息,我对胖崽说了,让他叔叔把他弄到街上供销社上班,什么时候成了国家职工,我什么时候同他结婚。"我说:"胖崽出头的路子多呢,快冬季征兵了,这也是条离开农村的好路子。"她恍然大悟,吼道:"哎呀!我怎么没想起呀,也是的,也是的。"她指着他们照相穿的衣服说:"你看,当个农民多土呀,订婚照穿的还对襟子、蓝布鞋,我要穿背带裙和皮鞋,让他穿一套新中山装,我们两人的好衣服都带进照相馆了,胖崽死活不让穿,说那是资产阶级少爷小姐打扮。气死人耶。"她猛靠我一下,爬起身说:"我得赶快回去。我背几个蓑草辫先走,你扛着梯子后面来。"她走几步,又回头对我说:"不过,我硬是穿着那件白衬衣和背带裙,单独照了个资产阶级小姐的个人照。"她的得意,让我看了觉得有几分勉强与辛酸。

  回到家,我在左边的衣袋里发现一张薄荷的照片。可能是她起身靠紧我时,悄然从她的右衣袋放进我的左衣袋的。照片上的薄荷，身着白衬衣和花布背带裙，脚上穿的白线袜白皮鞋，光洁的脸上闪烁着灿烂的阳光，不折不扣，活灵活现又一个陈佩缇。我一把将照片按在胸口，闭着眼睛，让时光默默倒流，让急促的呼吸慢慢平息。平息了的呼吸再次急促，就这样，周而复始，重复着，延绵着，心里还不断地轻轻地呼唤：这才是真实的薄荷，这才是真实的陈佩缇……我正在满怀深情地神往着孪生姊妹似的这两位姑娘，母亲从河边洗衣回来，她端着一盆洗好的衣服，进门还未搁下，就急慌慌地走到我跟前问："哎呀！老五，你爸爸回来没有？"我说："没听见他进屋，还没回来吧，怎么啦？"母亲说："就在刚才，我蹲在河边洗衣，洗着洗着，就听到背后的堤坎上有个声音在说，你不去死！你去死呀！你死去吧！话说得咬牙切齿，声音阴森森地瘆人，像鬼从坟墓里说出来的。我扭头一看，又是那个我在竹林里看到的高个男人，他紧跟在你爸爸身后，说完就窜到你爸前头去了。你爸扛把锄头埋着头，一声不吭地走他的路。我急忙叫他，他像没听到一样，我几把清洗完衣服，上了河坎就不见你爸人影了。"联想到那次在田埂上推爸一掌的人也是他，我在心里骂道：这个魔鬼到底是个什么东西？他到底想干什么？看到妈很担忧，我对她说我去找找父亲。我右脚才跨出门槛，父亲就出现在门口。我接过他肩上的锄头，母亲跟过来了。她没容父亲喘息，就将方才看见的那一幕追问父亲。父亲矢口否认，他说收工根本就没路过河坎，一定是母亲看花眼了。这时，坐在床上的祖母又吼起来了："饿呀——饿死我呀——"母亲再没说什么，匆忙进灶房做饭。我相信母亲一丝一毫也不会看错，父亲为什么要遮掩？他又在遮掩什么？父亲闷头吃烟，一脸肃然，一锅烟丝燃尽，他没察觉似的，直到眼前的烟雾散完，他才点燃下一锅烟丝。我知道，这是他心情沉重的表现，这压在父亲心头的到底是块什么样的石头？让他承受着从未有过的痛苦。我本要说的话，看着父亲这样，只好又咽回去。

这天细雨蒙蒙，队上第一次分秋粮稻谷，这是细粮，按照我丢尿素的赔偿决定，我家应分细粮被全部扣除。望着几个挑着半担黄灿灿谷子、喜形于色的女人，我欲哭无泪。一年来，秧，父亲和我栽过；谷，父亲和我打过，面朝黄土，背负青天，到头来，谷一斤不得，米一粒不沾牙。我恨自己，也恨别人，恨得咬牙切齿！这都是我的弥天大罪，也是现实的残酷无情。队长见我一脸无奈和怨恨的神色，把我叫到他跟前说："崽儿，别望了，自找的，谁也莫怪，只怪你自己爱书爱过爹娘。等分了红苕，你挑一百斤来我家，我私人给你兑换些细粮吃。这阵给你派点活，离这里远点，免得你看着稻谷难过。"按照队长的派遣，我到山湾里疏通一处水渠的涵洞。涵洞本身有几丈长，半人高，里面淤满两尺厚的泥沙，净空就不够半人高了。我得像狗一样在里面爬来爬去，才能掏尽所有的沙土石块。洞里还有生长旺盛、寄生着旱蚂蝗和牛角蜂的荆棘丛，都要我去铲除。这活路，跟割蓑草一样，看似自由自在，实则艰险得很。我爬进涵洞先铲荆棘，一蓬刺丛里还真的锈着个新鲜的野蜂巢。沙子里几条蚂蝗在蠕动。我不敢触动有蜂巢的刺蓬，火攻可以，但哪来火柴呢？我想到身上的盖面衣，脱下来，轻轻摸到蜂巢前，猛然用它蒙住蜂巢，再把两只衣袖抄拢捆得严严实实，然后用锋利的铲尖砍断刺根，动作极轻地把刺蓬拖出涵洞。倒着往外爬时，脚触到人身上，扭头一看，薄荷立在我面前，我问："你来干什么？"她一挺胸："今天可是队长正式派我给你打下手，没想到吧！"她胸脯上像绽放了两朵花，便说："没想到的东西多着呢。"她问："衣服里裹的什么？"我说："你猜猜，猜准了送给你。"她说："你能逮住什么好东西，不是打瞌睡的兔子，就是断了翅膀的麻雀。"我说："你把刺蓬根部捉住，我一解开衣服，你就飞快地把它扔到渠坎下，越快越好。"衣服刚一敞开，一群牛角蜂轰鸣着冲出来，在头顶疯狂盘旋。"快趴下！"我大吼一声，随即将衣服盖在头上。薄荷早已吓得匍匐着钻入我胸脯下，耳边的蜂鸣声特别惊心。我问薄荷："怕不怕？"她摇头说："有你挡着，现在不怕了。"她侧起脸看我，嘴唇正好触到我下巴，我昂了昂头。她双肘撑地，伸长脖子，丝毫不差地将她的嘴唇扣在我的双唇上，一股股温馨直抵心灵，气都透不过来。依稀中，我看见的是陈佩缇老师，那个三年多叠印在我脑海深处、根本不会淡漠的妩媚相。我挣脱说："陈佩缇，你疯了。"她说："疯了的在头顶飞呢，谁真卑鄙？我快晕死了。"她的嘴唇又精准地找上来，四片灼热的唇再度粘在一起。这一次，恍恍惚惚中，我感觉到我和陈佩缇之间永久的含蓄的思念终于在一瞬间急速地直白地衔接在一起，我们的胴体在猛烈燃烧，盖在头上的蓝布衣服焚为灰烬，牛角蜂也被烧成金黄，却仍在狂飞，它们猛烈地向我们进攻，最后坠落并蜇入我们的肉体，它们的毒汁流进我们全身，不是痛，而是酥麻得就要窒息。我喊：陈佩缇，我们不能死，涵洞还没疏通呢！一头立起来，撩开衣服，蜂已不知去向。我看着跟随我坐起身的却不是陈佩缇，而是薄荷，她满脸绯红，我的脸也火燎似的滚烫。她问："又喊真卑鄙，你脸红得这样，当小偷啦？是你真卑鄙。"我说："是你的脸太红，把我的脸也染红了，你是小偷头儿。"她咯咯地笑起来。我笑不出来，也没时间笑，心里还在惋惜没有留住刚才眼前的那些美好情景。

　　涵洞清淤我和薄荷配合十分默契，我装土，她倒土，两个筐一来一往，动作敏捷，进展迅速。掏了近一半时，我正专心趴在洞中往筐里装土，却被人捉住脚腕从洞里拖出来，胸口和下巴被石头硌得生疼。我翻身蹦立，却不见了薄荷，站在我面前的竟是胖崽，方才的鲁莽事就是他干的，他反倒一脸愠色。我问："薄荷呢？"他说："你没资格提薄荷，我要跟你谈判！"我一听，知道来者不善，便说："没有必要谈判，有什么话要说，你指示就是了！"我的语气也十分强硬。他说："那好，你听着，从今天这一刻起，不准你跟我家薄荷一起干活，不准你勾引我家薄荷，如果不听不改，我见一次扇你两个耳光，见一次扇你两个耳光。"对胖崽的狂妄，我本应不予理睬，但想到遇事忍气吞声不能再延续到我们这一辈人身上。委屈自己，放纵他人，就是对自己人格不负责任。所以，我毫不退让，简洁地赠送他几个字："你也听着，第一个不准，你去给队长说。第二个不准，根本就不存在。"他说，但话语软和下来："你看你这个泥猴样子，还把事情推得一干二净。"我把满是泥土的衣服伸展伸展说："变了泥鳅还怕泥糊眼，有话最好直说。"他说："你和薄荷割蓑草那天，有人亲眼看见，你在薄荷头上编辫子，这不假吧？你能狡辩说你没干吗？"我无法给他解释清楚，就不作解释，只得沉默不语。他又说："老人说，发肤，父母所赐，跟身子一样珍贵。摸了女人的头发，就等于摸了女人的身子，你这是十足的流氓行为！""胖乖，没那么严重吧，别扣帽子，你不是还多次在我头上编毛辫嘛，能污蔑你耍流氓吗？还十足呢！"薄荷从我们身后冒出来，随口就反驳了胖崽的说法。胖崽气愤地说："他能跟我比吗？我是你什么人？你屁股坐在哪一边？"我以为这凌厉的三连问，会问得薄荷屁股抵住墙角，没有任何退路。但她却沉稳地说："你还不是我男人，在我眼里，你和他都是一样的人。"胖崽一听，简直要疯了，吼叫道："你放屁！我这阵把你搞了，法律说是应该的。他要是把你搞了，法律定他强奸罪，能是一样吗？"我不想再听下去，进到涵洞铲土。在涵洞里听见薄荷说："谁是应该，谁是强奸，法律得听我怎么说，你不懂法吧！不跟你说了，我去方便呀！"胖崽道："不说就不说，刚才你干什么去了？"薄荷说："刚才是解大手，这阵呀，你把我尿都羞出来了。""还不知道你脸皮比纸薄呢，我以为比城墙都厚呀！"胖崽说完，又在涵洞口对我说："你一个人慢慢掏吧，我叫薄荷跟我回去有事。"我头也没回，说："随便。"装好两筐土，我听胖崽拽薄荷走，薄荷不走，大声叫道："这是你叔叔亲口给我安排的，不干完怎么交差？你不放心，就陪在这里一起干。"胖崽果然没有走，一直陪着我们把活干完。薄荷在涵洞里悄声对我说："胖崽把我们清理出去的刺丛、茅草、石头，还有泥土，都翻着看了一遍，后来还到我解手的沙沟里去了，他是在找发案现场和作案证据呢！"我轻声笑了一声，心想：可惜你胖崽来得不是时候。

我在岩畔给薄荷编辫子的事，一阵风似的传遍全队的角角落落。有说我抱着薄荷编的；也有说薄荷躺着，我跪着编的；更有甚者，说薄荷展展地趴在蓑草上，翘着屁股，我骑在她腰上，我一边编，薄荷一边摇起脚跟敲我后背打拍子呢。胖崽的母亲气得在院子后面的坡梁上，跳起脚朝我家的屋脊骂了一中午。她找到大伯子，也就是队长论理，她说："两家婚都订了，你为何派活老不讲原则，总让那个狗崽儿跟我家薄荷裹在一起？闹出那么些丑事。"队长说："那是谣言！你信吗？崽儿抱着薄荷怎么编毛辫？躺着、骑着，薄荷和崽儿有那么大的胆子吗？薄荷不害羞吗？薄荷是我们看着从几岁长大的，她出过这样的丑吗？"胖崽妈说："就依你说，那些话是谣言，但只等结婚了呀，总把他俩凑在一起，影响不好嘛！更何况他还是那种家庭出身。"队长说："胖崽的订婚酒我都没去，你知道为什么吗？"胖崽妈说："舍不得几个礼钱嘛！"队长说："你糊涂呀！薄荷这个女子，中看不中用，绣花枕头一个，娶来耍可以，娶来种庄稼万万不能。我要为我侄儿着想，为我兄弟和你着想。况且，胖崽缠着我为他走后门，为他在镇上找个工作，要不，当农民最终薄荷还不干呢。我一个小小的生产队长，有那么大的本事吗？"胖崽妈不吭气。队长说："你放心，崽儿不会跟薄荷怎么样的，那是个真君子。就薄荷本人想怎么样，她父母打死也不会同意的，他们能让自己的女儿往黑处钻吗？"胖崽妈嘀咕一句："那倒也是的。"队长心平气和地说："你给胖崽找个勤快的胖胖壮壮的姑娘，能种庄稼，能挣工分就行，其他都是空事。说实话，我把崽儿和薄荷调配在一起干活，这样做，主要是想让崽儿多干活，干难干的活，这才是我的本意。我是一队之长，做什么事，都得从搞好生产出发。你看，割蓑草，那么险要，年年都摔伤人，可今年割得又干净，又平安无事。再看清理涵洞淤土，那是狗在里面都转不过身的地方，可崽儿干得又快又好，疏通得水流过去不带一粒沙子，还大智大勇灭了一窝牛角蜂，为民除害，换了别人，都办不好，只有给我老子添麻烦。"胖崽妈嘟囔道："你只配当队长，不配当叔叔。我这个儿子，我们也管不了，娶个洋盘货，挣不来工分，没吃的，他就抱着她啃嘛，自作自受。真有那么一天，也是活该。"知道这些情节后，我心里五味杂陈。有谁晓得，他们眼里的薄荷，只要一到我身边，在我眼里，在我心里，都变成了陈佩缇的化身，这个秘密，只能藏在我自己心里。

这天中午收工回家，饭还没做好，我问母亲需要搭手吗，她让我忙自己的事去，于是我抱本书坐在门前看。才看几行字，住我家对面的婆婆朝我打响声，招手让我过去。到了跟前，她问："都说薄荷和你在坡上斗牛牛，这样好呢。有人要你家绝种，你就偏不让自家绝种，气死那些龟儿。"婆婆向着我，但我只能如实说："假的，都是假的。"她说："是真是假，只有你自己知道。"说完她笑了，顺手把孙子拉到身边，又说："都说你文墨过人，我孙子明年发蒙读小学，走了个后门，直接送到公社中心小学上，他爸不让他上大队民办小学。我教他数数，再教，每次都要我提醒他几回，才能磕磕绊绊数到一百。都说你书读得好，你教教他，看毛病出在哪里。"于是，她坐得端端正正，对孙子说："开始数。"她孙子从她肩头开始，一个补疤接着一个补疤往下数，衣服数完，他撩起衣襟接着裤腰上的补疤继续数。数到裤脚边沿，一共二十个疤。孙子起身又从肩上第一个疤开始，可当他一起身，就忘记数到多少了，须得祖母提醒，反复几次，每次都磕绊在他起身后，手指按着第一个疤的那一刻，因此无法顺畅地从一数到一百。我看了说："这很简单，你教他数到裤脚边第二十个补疤时，不要起身，就着这个疤多点一下就是二十一，然后从下往上倒着数，这样由上而下、由下而上往返连着数，一口气就顺顺当当完完整整数到一百了。"她叫孙子照着我说的方法重新数。孙子按照我说的办法，又快又准地从一数到了一百，中途没有半点磕绊。婆婆拍着手掌大笑："了不起呀！了不起呀！你这个崽儿了不起呀！"午饭时，我在饭桌上说这件事，家人都笑得不行，妹妹喷了我一脸饭粒，父亲恨了她一眼，意思是作为女子要稳重，更何况浪费一颗米都是罪过。祖母问："啥事这么开心呀？"母亲说："队长给我们家分细粮啦！"

不是队上分了细粮，而是姐姐自作主张，给两个哥哥写信，说了家里细粮被扣的遭遇，他们都寄钱了，然后姐姐在街上自由市场买的米。父亲知道了，也没训斥姐姐，只说两弟兄在外成家立业也不容易，以后再不要伸手了。哥哥的信不再寄到乡下，钱更是这样，都寄到街上以前的街坊那里，由他们转交，队上的人，一点音信也不知道。

天气渐渐冷了，人们都穿起了棉袄，一律的黑色和深蓝。很多都是手工缝制的，小巧上身，名为"棒槌袄"，最适合农田里劳动的人穿。从秋天就开始，家里的老人，或坐在竹林，一边飞针走线，一边照看靠在腿边熟睡的孙子。或坐在田坎的桑树下，锥几针，然后抬头望一眼水田里放养的鸭子。慢工出细活，延延续续到秋末，一件崭新的袄子就做成了。我仍穿的四个兜的中式棉衣，十足的机工制作。右手边的兜里插本书，还是学校里的那一身装束和做派，很是惹眼。望我的人多，但大多目光和善。偶尔碰见眼神恨恨的，我一埋头就过去了。母亲常说我，人下了乡，魂还在街上。

这天抬地，太阳高照，许多人脱下棉袄，堆在地头的桐树下，热得单衫都半敞着露出肚脐。中途休息，公社下来一个干部，坐在袄棉堆上，和队长轻言细语谈论什么。我正好靠在桐树背后的土坡下，一个很僻静的地方看书。他们谈论得最多的一句话，让我警觉起来，无心看书了。两人嘴里，多次提说清查漏划地主。

那个干部让队长注意杨大队长,他说初步得知,其父解放前是个二地主,接手租赁四十亩田地,转手出租给穷人。他们的声音时高时低,我也听得时断时续。最后好像说杨父已死,查证困难较大,他给各队都打了招呼,有了线索,要随时提供。谈话声终止,随着脚步声,飘过来一股纸烟的香味,我立刻把盖在肚子上的棉衣拉上来盖住脑袋,紧闭眼睛装睡。尿尿的响声很大,浓烈的尿臊味漫过来,呛得我几乎要干呕出声。安静几秒,脚步声返回,没几步,停住了。他终于发现我,听见他自语:"这里还躺着个四个兜的。"头上的棉衣被揭开,阳光直逼眼帘,我睁开眼。面前的人也是四个兜,胸前的兜里插着两支钢笔,国字脸不黑也不白,但显嫩。右手焦黄的指头夹支纸烟。他深深吸了两口,烟雾还包在嘴里没吐出来,就急忙问我,每一个字都裹着烟圈往外喷。他说:"你刚才看见什么了?"我说:"刚才看见桃花开了。"他瞪眼。我紧跟着说:"好像是在梦里。"他问:"真睡着了?"未等我回答,他又说:"那你听见什么了?"我明白他是在试探我是否偷听他和队长的谈话,我说:"听见你在发电。"他问:"什么意思?"我说:"书上说,凡有大能耐者,屙尿能发电,山都日得转。所以说,我听见你在发电。"他笑了,随手拿起扣在我肚子上的书,"是这本书上说的?"我说:"看的书太多,记不清是哪本书上说的了,反正,我认为此话只是巧妙地运用了夸张和形容的修辞手法而已,也很形象。"他说:"你别戏弄我了。我认真地再问你一句,在我解手之前,你听到什么了?"他已经发现了书,我不能再说瞌睡了在小憩,便回答道:"看书呢,心思都在书里头。正所谓两耳不闻窗外事,一心只读圣贤书。"他说:"真的这么专心?"我说:"情节扣人心弦。"他盯住打开的书说:"好,那你说说第九十八页,也就是你翻开的第四章开头这一页讲的什么内容?"由于乡里很难找到书看,因此几本我喜爱的书,都看得烂熟于心,便很快很准确地答复出来。这个公社干部左手把书还给我,右手将烟蒂按进泥土里,待最后一缕青烟淡去,然后张开五指梳理了几把头发,目不转睛对我说:"记住,与你无关的事,听见没听见,都装聋作哑的好!"声音虽然低微,但话语里却带着骨头。我"嗯"了一声,表示明白。

晚上在家,对白天队长和干部的谈话,我没提及半个字。因为我知道,父母最害怕听到这类消息。但大队姓杨的人是个什么角色,却是我急于想知道的事。我本想问父亲,或最好问姐姐,但他们似乎在小声嘀咕什么,从听来的只言片语判断,大意是靠兄长寄钱买黑市米,那既不现实,又只是杯水车薪,要想度过这两年艰难困苦时刻,不做些忍痛割爱的事是不可能的。我见三个姐妹相互传递眼色,我不明白她们在打什么主意,还须避讳我这个亲兄弟。她们都睡了,我见母亲还在忙碌,就过去陪她。母亲在准备明早的早饭,实际就是把一根根红苕洗净,削去根须、疤痕和虫眼,让它变得清爽红润,看起来顺眼有食欲,吃起来滑溜可口。因为天天吃它呀,母亲得竭力想法消除我们对它的烦腻感。我问:"她们刚才在说什么悄悄话?"母亲说:"几姊妹陷在家里都快饿死了,挤死了,呆不下去了,不想在这里了。"我说:"是呀,一家几口,祖孙三代,男男女女,挤在鼠洞似的一间屋里,叫她们怎么活人?"母亲说:"都是我的骨肉,小的还没成人,要叫骨肉分离,这不是要我的命吗!"说着,泪水就涌出眼眶。我忙说:"妈,早饭的东西都收拾好了,该睡觉了。"她拭去泪说:"你也莫看书了,一大早还出工呢。"随即吹灭灯,我们都摸黑睡觉去了。

　　入冬的第一场雨,细密甚凉,都寒彻到我的心里去了。小姐姐中午收工回来,脸带笑容对我说,队长要我去一趟。见到我,队长黑着脸说:"叫你挑一百斤红苕来,我私人换些细粮给你,为何不来?硬气得很!"我没吭声。是父亲不许去,说这是给队长带灾的事,我们不去换,是用良心回报他的善心。队长见我不语,又说:"你不是有一个街坊姓尤,在赶牛车拉货吗,你写三天病假,我给你批了,你去帮她拉货混几天饭吃,再挣点米钱,冬季活路不紧,你就放心去。"尤姐曾因这事求过他,虽未如愿,但他还没忘记,我很感动。回到家,我把此事告诉父亲,他沉默无语,只顾吃水烟。我自讨无趣,刚要离开,他叫住我说:"我不主张你跟尤木鱼混,但这事也由不得我了,只是你要记住,清清白白去,清清白白回,凭力气吃饭,不要辜负队长一片好意,更不要败坏伊家的名声。"我答应:"好。"假条批回来,小姐姐对我说:"队长也给我们三姊妹许愿了,如果饿慌了,在农村待不下去了,就出去找口饭吃,女子反正最终不是队上的人,早走迟走都是走,他睁只眼闭只眼就是了,要是有人多事,他会帮我们打马虎眼。"她停一下,换口气又说:"我有个初中同学,几年前就出去了,在一个很远的地方,就是有一支歌唱的那个地方,我马上写信和她联系,不出半个月就会有好消息来,耐心等着吧!"她说得很高兴,但我听了心情很是沉重。

　　我趁着天亮之前的那一阵黑暗,做贼似的溜出村庄。夜露沁得我周身彻骨地冷,眼下遭遇的那些事更使我寒心。别人可以名正言顺做的事情,而我每次都只能偷偷摸摸,躲躲闪闪。但随着晨曦初露,我的心境也晴朗起来,看见小镇那片黑色屋脊,我的精神为之一振,当踏上这沉睡着我千万个脚印的故乡的街道,我的情感蓦然爆发,一切美好的记忆重新回到心间,我俯下身深情地亲吻了脚下的这片土地。到了尤姐家门前,尤姐正在给牛上草料,月牙形的木梳插在油亮浓密的头发里,头绳抿在唇间,花棉袄敞着,还没来得及扣,月白色胸衣有些小,箍得两个乳房乖巧地翘立着。牛抬头望我，溜圆的眼睛里流露出冷漠的神色。听说了我的来意，尤姐说："正好，有一车货要送县城，这几天我们就在城里转运货物，不去区上，更不在本街露面，免得有人无事生非。"我兴致勃勃地"嗯"一声。我告诉自己，这样的日子只有短暂的三天，要摒弃一切烦恼，好好珍惜每一分钟。驾好牛车，将要出发，她把我叫进里屋，一把抱住我，两片温柔湿润的嘴唇在我脸上一边亲一口，嘴里连叫两声："真香！真香！"我手脚无措，赶紧别开脸，她意犹未尽地轻声道："我棉袄还没扣好呢！"她抓过我的手按在她胸口上，我从上往下扣，完了却有一颗扣子是多余的，原来错位了。她说："你是心里急得慌呀，还是手指头笨得慌？重来。"重新扣好纽扣她瞪我一眼，从眼神里可以看出，今天的尤姐不再是昨天的尤姐，很明显她占据了主导地位、支配地位。门外的黄牛昂地叫了一声。尤姐说："牛急呢，不耐烦了。"

第三十四章

　　这是我第二次跟尤姐进县城，感觉与第一次不同，因为，今天是泥腿杆踏上柏油路，步子迈得小不说，走起来还不那么自在。交完货，我们赶着牛车住进城西一处旅店，实际也是家骡马店，与第一次住的城东那家骡马店不同的是，这里睡的房间，是四人间，而那一次，却是睡通铺。负责登记的是个男人，尤姐是常客，他只问："这个小兄弟是谁，带的证明啦？"尤姐说："我兄弟，证明就是我。"那男人笑笑："两口子都只准各住各，莫说是姐弟，他就登在北边的男人间。"尤姐说："我叫你登在一个房间啦？"那男人说："嘴上没说，其他地方在说。"尤姐拍了一张钱在柜台上说："天下的男人就数客栈的账房先生最坏。给，住三晚。"骡马店有个后院，半阴半阳。阴的一边搭了一坡水的瓦屋顶，里面有灶有锅。阳的一边有口井，一个洗衣台。赶车的，拉脚力的，自煮自吃，洗衣洗澡都很方便。尤姐顿顿带我饭馆进、面店出，她说凉粉店、小炒店、汤圆店也都要吃遍。每当在这些溢满各色香味的店铺坐下来，我眼前就浮现出祖母、父亲、母亲和姐妹们坐在家里的饭桌上，嚼着咽着红苕的苦涩画面，心里就十分难受，吃什么都是一个感觉：哽！一个味道：咸！大概是它里面流进了许多泪水的缘故。

　　这天上午，我们去船山坡转运石子，刚上又宽又长的解放路，就听见有人嚷："打人了，打人了，打的是个女人！"尤姐一听，抽了牛一鞭子，说："快走，冲上前去看看，谁欺负女人！"但人急牛不急，它仍四平八稳走着。于是我撇下尤姐就往前面跑。跑到事发地还是迟了一步，只见到人们围着地上的那摊血，议论不止。被打的女人已经送医院了。一个秃顶老男人满脸愤慨说："打得该！那个劳改犯的老婆居然在大街上抢她男人，没王法，打死才好。"插话的是个长得很端庄的女人，她说："女人也够可怜的，她不是抢男人，她也抢不了男人。听说定她男人反革命罪是冤枉的，她到处申诉没有用，就想见男人最后一面，然后去跳涪江，了却一生。女人在这里等候劳改队的平板车好多天了,今天终于碰上公安押着拉平板车的犯人路过,她男人就在其中,她见了控制不了情绪,扑住男人是情感所迫,也可以理解,只是……"另一个坐在脚踏车上的人说:"公安打人在情理之中,但他不能叫犯人打呀,那个二球犯人下手太重,好像打在致命的位置了。"有人一连"啧啧啧"几声:"好残忍!听说两口子都是老师,男的还有点职务。"我一听,立刻联想到陈老师和吴校长。但马上又被自己否定了。英雄怎么会犯罪呢,这样的联想是对英雄的不恭。等尤姐赶到,我把听到的话告诉她,她气愤地说:"不管什么原因,打人的人都不是好东西,老娘没碰见,要是碰见了,非咬断狗东西几根手指头不可!"她抽了黄牛两鞭子,气没地方出了,她只好出在牛儿子身上。

第二天转运的货很多,我们越做兴致越高,到中午,已经挣了厚厚一沓钱。尤姐让我清点,我反复数了两遍,有十五元八角之多。尤姐高兴得抱着我头在脸上亲了一口,她把牛车停在饭馆外,牛拴在树上,给草料袋里多加了几把麸皮,让牛慢慢嚼着。中午的下饭菜,除了点有一荤一素,她还特地外加一个红烧鱼。饭菜一扫而空,满嘴汪着油,打个饱嗝,又响又腻人。吃完饭,尤姐去厨房走了一遭,结账时,她对经理说:"你炉沟里那么多煤渣,我给你捎出去,你把红烧鱼的钱免了。"经理偏起头略为思考一下,说:"可以,你打五角钱的运费条子。"我执笔写了张五毛钱的领条。用麻袋装煤渣时,尤姐让我离远点,她要经理出个人,经理瞄我一眼说:"可以。精明。"煤渣拉出大街,尤姐将它倒入陋巷边的一个土坑里。

下午,我们去了城南,听人说那里靠涪江,雇车拉卵石的人多。一处河滩里,粗壮的卵石都拉走了,剩下的卵石却是小巧精美,色彩斑斓,形状也千姿百态。我拣了几个,用心赏玩,爱不释手。我把其中一个心形的卵石给尤姐看,她说:"我男人在屠宰场上班那阵,有时偷回来的猪心就是这个样子。"我说:"把心送给你。"她笑了,说:"你的心就是石头长的,又冷又硬!"我一听,后悔不迭,怪自己弄巧成拙,既愚蠢,又迟钝,顺手就将心形卵石掷入江中。转运几趟之后,雇车的人就少了。赶着车回城西,路过一家医院,一个穿卡其布中山装的男人拦住我们,他严肃地对驾车的尤姐说:"交给你一项特殊任务,拉一件东西到船山路十四号。"尤姐问:"有多特殊?什么东西?"那人说:"你不要问,这是机密!"尤姐一听,就给牛一鞭子。那人一把拽住牛鼻绳,依然十分严肃地说:"这是任务,也是革命工作,必须完成,我是公安局的,代表的是组织,而不是我个人。会给你运费的,而且比一般的略高。"尤姐随口喷出一个字:"喊!"两个工人将一截很厚实的帆布卷装上车,再拿绳索固定好。帆布卷两米多长,暗绿色,两头和中间用铁丝扎了三道箍。那个自称公安的人交给尤姐一封公函和两元钱运费，他让我打了运费领条，还登记了尤姐搬运社名称和本人姓名。他说："向工人阶级致敬！"尤姐成了工人阶级，她脸上有了一丝笑容。但尤姐没理他，对牛挥了一鞭悄声给我说："快走。"

上了船山路，问到十四号，柏油路口，一座拱门里柏树森森，我抬头看，门头上"陵园"两字赫然在目，吓得我差点失声惊叫出来。我心跳加速，身子在颤抖，几步逃离了架子车。我的怪异动作没被尤姐察觉，她朝大门里张望一阵，自语道："怎么阴森森的？人呀？"她不识字，我不能瞒她，就说："这里是陵园，埋死人的地方。"她只"啊"了一声，好像已有察觉，因此并未惊慌。她绕车子转了两圈，又按了按帆布卷说："这是什么人呀，怎么连个家人都没有？"她把公函给我："你看这牛皮纸上写的啥东西。"我说："外面看不出什么，内容都在里面。"她夺过公函，生气道："还机密呢，骗子！"一把撕开封口，将信瓤交给我。当我的目光接触到信纸上那几行字的一瞬间，我惊呆了，惶恐得说不出话来，片刻眼眶盈满泪水。尤姐问："你看见谁了？"我哭喊道："尤姐！我看见陈老师了，死者叫陈佩缇，是我的陈老师，她为什么会死在这里呢？"她看我哭得很伤心，过来搂住我，我的脸贴在她胸口，听得到她心跳加剧。她说："怎么会呢，她不是在学校教书吗？"我说："就是陈佩缇老师，死亡证明书上写的是斗殴致伤，抢救无效死亡。"她问："斗殴是啥？"我说："斗殴就是打架。"她突然明白："打架出了人命，怪不得公安都上手了。"停顿片刻，她十分惊诧道："陈老师会打架？我不信。天下同名同姓的人多呀，陈家是大姓，名字又洋气，都争着去取，你为啥非要和陈老师扯在一起？！"我离开她怀抱，悲痛地吼道："不是我非要往一起扯，而是她确实叫陈佩缇，一字不差。不在天下，而在小县城，没有巧合，没有偶然，只有决然，死者肯定是陈老师。"尤姐猛然记起什么，她右手抚摸着我头发，抬起左手用袖头擦拭我的眼泪。她说："会不会和昨天解放路上发生的事有关？挨打的就是个女人，牵扯劳改队，又成了命案，难怪公安都出面了呢！"我的眼前立刻浮现出昨天解放路上的那一摊鲜血，耳边也清晰地响起"两口子都是老师"的同情话语。难道他们已经结婚？难道仅仅离别数月，就如此风云莫测？我疯狂了，没有了恐惧，没有了顾忌，只有愤怒和悲痛充塞着我的肉体和灵魂，我拼命撕扯帆布卷，企图找准一个空隙，揭开一角，敞开它，我要最后看一眼可怜的陈老师，我要让她血淋淋的肉身大白于天下，让苍天，让大地，让万众生灵，看看她是怎样被屠戮的。但是，无论我如何用力，如何挣扎，那三道铁丝箍，仍然将这不白的冤魂扎得严严实实，我只得无可奈何地歇下来。两双大手将我拽开。尤姐说："陵园的人来和我们办交接。出了一通气,心里好受些没有?"我点点头。接收的是个面部呆滞的男人,他对我们私拆公函很不满意,一张脸黑如锅底。他说:"公安和我们已经通过电话,你们现在就把死人送进去。"尤姐问我:"十四号门牌在哪里?"我指着头顶的拱门门脸说:"就在这里。"她对那人说:"公安只叫我拉到十四号,我们已经站在十四号门牌下面。"那人无言对答。尤姐又说:"送进去可以,但你要答应我两个条件。"那人问:"什么条件?"尤姐说:"一个是告诉我死人在哪里斗殴,跟谁斗殴受伤,死人是不是叫陈佩缇;二个是让我们见证一眼死人的面目。"那人说:"死者是昨天在解放路袭击劳改队,抢夺正在拉大板车的丈夫,和犯人发生斗殴受了重伤不治死亡,名字叫陈佩缇。至于第二条,办不到。公安特地打了招呼,不准拆封,拉到就下葬,坑都挖好了,只等往里一丢了事。"尤姐说:"死的这个女的是我兄弟的老师,他想见老师最后一面,通融一下。"那人说:"一切得按公安的指示办,你们就不要为难我了。"尤姐说:"死亡证明书上的名字和身份和我兄弟的老师一模一样,我们想望一眼证实一下,实在不行就算了。那好,你前头走,赶紧去做准备,我后面紧跟着拉过去。"那人跑得很快,像唯恐避之不及,就会沾染晦气似的。尤姐拉了几步,待不见那人影子,她说:"我们就把你老师放在这里,一个是你可以亲自为你老师抬棺;二个是我们都不忍心看见那帮人把你老师像扔死狗那样往土坑里一丢。你抬脚,好面对她。"尤姐的心细让我感动。我俩慢慢抬起帆布卷,稳稳移动脚步,又轻轻将她放在一片草地上,旁边是一排冬青树。我站定,深深地面向陈老师鞠了一躬。然后,我们赶着牛车出了陵园。

  小饭馆里很安静,昏黄的灯光下,每一个顾客的脸都长得有些相似。尤姐说下午我俩的心情都不好,尤其是我,可能嫩嫩的心还一直疼痛着。她说她再心痛,也没我心痛。她问我,知道为什么吗?我没回答。她买了一杯酒,共二两,一人饮一半。我说我有生以来第一次喝酒,会不会醉死?她说我想死,是想追陈老师往阴间里追,说是书痴,更是一个花痴。还说,活生生的女子坐在眼前不追,去追死鬼阴魂,蠢呀!我说她,酒还没下肚,疯话就出来了。正说着,一个五十来岁的男人,伸手向尤姐要钱要粮票。他穿身破旧中山装,胸口衣袋里插两支钢笔,左手握卷红纸。尤姐抽出纸展开,还未看清,他抢回去说:"这是三面红旗,谁敢撕破它,我革谁的命。"尤姐给了他二两粮票一角钱。侧面有人问:"浮夸大王,亩产万斤还一天要饭吃?天都黑了,快回去吧。"被称着浮夸大王的"喊"了一声就离开了。饭毕,走出馆子,我俩都醉红了脸,步履蹒跚,都说对方是酒疯子。夜色朦胧,街道坑坑洼洼,尤姐一个趔趄,差点摔下去,我一把扶住她。她直摇头，嘟囔着："去！离我远点。"随即用肘推开我。她说："有人相信粮食亩产一万斤，怎么就没人相信小寡妇还是个女儿身呢？"说完眼泪就下来了。我说："尤姐，莫哭，别人不信，我信！"她拖起腔调说："你信谁呢，你知道什么是女儿身？谁是女儿身？"我说："不知道。"她说："你没醉死，没死也去追那个死鬼嘛，你缠着活人做啥！你走，我要回去呀！"直到这时，当她再次说起让我去追死鬼，我才对她说："其实，天下陈家是大姓，我也相信哪能没有个重名字的。我赞同你的话，为什么非要把死人和陈老师扯在一起呢？是我太在意她了，我这反倒是在咒她嘛！"尤姐愤怒了，她吼："酒后吐真言，你实实在在是爱陈佩缇呀！你滚！"

　　一路走，一路闹，到旅店已经夜深人静。我对尤姐悄声说："累了一天，进屋睡吧，我也瞌睡了，走了。"她拉住我："真走呀？我一个女子，喝了这么多酒，你一点不担心我？"我说："我送你进房间。"她说："今天惹了一身晦气，我要烧水洗澡。"我说："她也是女老师，女人都那么善良，哪来的晦气？"她说："你是男人嘛，你沾染不上晦气，我已经沾染了，浑身火烧一样烫。我必须洗澡，你也洗！"我说："我又不是三岁小孩，怎么和尤姐洗澡？"她醉眼蒙眬地望着我："装傻呀？你！真是小孩，我会求你吗？"一个"求"字，让我有些心动。但我还是找理由搪塞："露天里如何洗澡，又冷又无法遮羞。"尤姐真的生气了："我一心照看你，你还和我不一条心。你现在就去汇龙街上走一趟，看那些老街坊还有谁理睬你。"我说："那些人的势利，我已经领教过了。我知道你对我好，而且不是一般的好。但我已不是昨天的我，你也不是昨天的你，在我心中，我俩的位置，完全颠倒了，我不能没有分寸。"她说："我从来不讲分寸。在我心里，你始终是我一辈子都舍不得丢手的那个人！可是，她人都找不见了，你还不喜欢我。我知道，你就是成了乞丐，你内心里还是瞧不起我。"我含着的泪水终于滚下来。我说不清我为什么悲伤，只痴痴地望着她，呆立在她跟前，再没挪动一步。阵阵晚风吹过，钻进衣怀，带走几分酒精燃烧的热量。天空出现深蓝，有几颗星星闪烁。这突然变得美妙起来的夜色，并未照亮我心里的暗淡，走得遥远和近在眼前的两个女人，都在吞噬着我的心，但我却不知道我的心痛在哪里。尤姐乘着酒兴，在后院忙碌。她把搁在洗衣台边的大木盆，直接搬上靠墙的那个高台。那是一间石砌的屋子，屋里装满杂物，石板盖的屋顶平时可以晾晒东西。一架楼梯斜放在那里。尤姐在屋顶安顿好木盆，接着她用桶将一大锅热水提上去倒进盆里。她的动作，既有酒后的疯狂，又有拉车时的沉稳，害得我心里不时战战兢兢，直到她一切准备就绪，稳妥地立于楼顶，我才舒了一口气。她对我视而不见，扬起头心无旁骛，默默完成了这一系列动作。石屋将近一丈高，人在地面，不昂头，看不见那里，这在静夜，还真是一个绝妙的隐秘之处。她上去以后，酒后的激情仍在燃烧，她挥舞脱下的衣服，像在召唤星辰。优美的体态被盆里的气雾缭绕包围，在舒缓地伸展，在轻盈地蒸腾，就像要飞起来。我十分害怕，怕她从屋顶坠落，怕她飘向渺茫与虚无，我必须阻止她。我爬上楼梯，爬了一半停住了，也惊呆了。我仰头看见无比奇幻的景象：一对白鸽在星光灿烂的蓝天飞翔，殷红的嘴，饱满的胸脯，耀眼的翅膀，好一对雏鸟，是那样的小巧玲珑。飞得是那样的得意忘形，仿佛要飞很远很远，飞到一个我找不见的地方。我担心她会不会因为飞得太累而掉下来。我的担心不是多余的，你看，尤姐一个转身，那对白鸽在蓝天迅速地消失了，不知去了哪里。也许，被尤姐身影遮挡？也许，飞得太高太远，目不能及？该没有坠落吧？我猜想！撩水声是惊心的，一泼盖过一泼，立于盆中的端正修长的玉柱，应该是尤姐的脊梁，这是一根能扛事、能担当的脊梁！我情不自禁地爬过去，将手搭在上面抚摸。好坚硬呀！也好柔韧呀！好粗拉呀！也好细腻呀！她忽然拧过身。我惊喜地叫一声："原来白鸽歇在尤姐胸前！"她一把将我拽过去，依偎在她身边，气愤地说："这不是白鸽，这是乳房！"我晕了，不是头晕，是心晕。不是嗫嚅着探问，而是不相信地质问："乳房还能飞上蓝天？"她柔软了，她战栗了。她亲吻我的嘴，亲吻我的眼睛，她梦呓般呢喃："好兄弟，乖兄弟，你醉酒了，你眼花了，心也花了。你尝尝，这到底是白鸽还是乳房，这到底是飞在蓝天，还是本来就一直扑腾在我胸前。"我感觉到，也看到，一颗圆圆的温温的润润的红樱桃喂进我嘴里，一股暖流注满全身，激动与慌张裹挟着我，整个心身开始哆嗦。她还在念叨："我知道，你书读得多，我听人说，书里写了好多女人和男人那些偷腥的事。你爱用书上的话来逗我，来激我，好叫我心里这朵花儿开放。你是一个又想偷嘴，又怕挨打的小骚狗。你饿了吗？饿了你就叫两声。汪！汪汪！"我要挣扎出她的怀抱，她却死死地搂紧我，动手解我的衣扣，浸在盆里的下半截身子开始躁动，搅得水花四溅。我的鼻尖上，嘴唇上，有了水珠的温润，也有了女人的气味。我慢慢闭上眼睛，迷惑中，感觉胸脯像爬满了蚂蚁，痒得我透不过气来。我想喊，却没有了喊的力量，只好轻声细语道："尤姐，请你把手拿开，请你把手拿开。"我听到的是甜甜的腻腻的话语："你好讨厌，你好讨厌，你不知好歹，你不知好歹，你不识人心，你不识人心，我要把你身子擦得干干净净，边边角角都要擦遍，我才能记住你。我也一样，你只认识我这个人，你不认识我的身子，我的身子和我这个人不一样。今夜，我要你认识她，记住她。"我说："我不敢，我不敢。父亲说了，跟你清清白白来，跟你清清白白回。只能清清白白呀，我的尤姐！"她说："那个可恨的老地主！他要把你变成一个和尚，一个太监，让你一辈子尝不成女人味！可恶呀，可恶呀。今夜，我就是要你记住我的身子，还要你从此离不开我的身子。""她想夺走我的清白！"一睁眼，我猛然惊醒，在心里喊出了这句话。我翻身起来，抄好衣服裹紧身子，顺着楼梯溜到地面，听见尤姐在屋顶上喊："我好命苦呀！喂不家的小骚狗呀！暖不热的石头心呀！"我的眼泪夺眶而出，我满脸泪水，一口气跑回房间。

次日早晨，尤姐像什么事也没发生一样，带我到国营食店吃过早饭，准备上街拉货。我说："今天，队长给我三天假的期限到了，下午我必须回去。"她很惊讶："这么快，莫不是日子天天都在走捷路？莫不是你烦透我了不愿再跟我干？"我怕她误会，连声道："不会错。假，我是一天一天数着过的，哪敢忘记。"于是，我将前两天干的活背给她听，她相信了，说："那好，找两趟活拉完吃了午饭就往回赶。"尤姐说下午就回去了，让我再当一回车把式，头一次当车把式是在来县城的第一天。我记起今天是星期日，我要是赶个牛车在县城的街道行进，头顶着牛屁股，遇点坡度牛蹄子打滑使不上劲，我头点地挣死挣活也不得上去。此刻，如果碰见那些在县城读书的同学，我的颜面往哪里搁？于是我说："城里就算了，下午回去我一气赶到底。"她很灵性，问我："今天星期几？"我说："都不当学生了，谁还去记星期几。"她说："一定是星期天。今天偏要你当把式，跟牛屁股，就要磨炼磨炼你，让你脸皮厚起来。"无奈之下，我只得服从。

头一趟是给县师范学校的食堂转运米。尤姐问总务老师："星期天你还这么忙？"总务老师说："灶上没米了，明早几百学生张嘴要吃饭，我不能袖着手不管。"尤姐说："那倒是。"校园很美丽，除了有苍松翠柏，还有花圃、曲径、回廊。许多没回家的学生散落其间捧书苦读，这让我不由得想起自己初中三年，何尝不是如此？那真是一段值得留念的日子！路过四层教学楼，最高处的八个镏金大字，让我为之一振：学高为师，身正为范。可见，这真是一个造就好老师的绝佳之处。我立刻想到了陈佩缇老师，几年前，她就是从这所学校毕业，早我一个月去到玉马中学，成就了我们高尚的师生情感。尤姐卸米时，我却独自来到教学楼前，对那八个大字，再次高山仰止般地行了一阵注目礼。然后绕楼一圈，仔细从那些陈旧的墙报上，企图找到陈老师遗留的哪怕一点点痕迹。在楼东头墙壁上，约两米高的地方，我看见一处"挑战书"栏目。半面墙残存着纸张脱离后的贴痕。最终，在墙左下角的地方，发现了"陈佩缇"这个名字。这块巴掌大的粘贴得十分严实的红纸，已经褪尽颜色，只有墨色的名字还清晰可辨。这一定是陈老师当年奋笔疾书的"挑战书"，在历经风雨侵蚀之后，落款这一小块纸幸存下来了。那时豪情万丈的青年学生，谁曾想到，如今，其命运就像这淡而无色、残留着她的名字的纸屑一样，早已变得惨不忍睹。我向着这面曾经非常神圣的墙壁鞠了一躬，以表达心中对那时学子们革命热情的崇敬之意，更多的则是对陈老师的无比怀念。

第二趟约好去给百货公司转运一车商品，走了一半路，车过湖堤，我听见有人叫我名字。转头四处寻找，没见一个熟人的影子。再前行几步，又有同样的叫声传来。突然，尤姐手指湖面喊："在船上，漂亮妹！"我拽住牛鼻绳，顺着尤姐指引的地方看过去，我的脸腾的一下红到脖子，心也跳得怦怦的。我看见袁小圆和余班长站在船上向我招手，船舷上搁着两把桨。我的手也不由自主扬起来，但嘴里却吐不出一个字来。尴尬和难堪同时包围我，我痴痴地望着沉浸在浪漫假日里的他俩，眼泪差点流出来。恰巧此时，黄牛昂的一声，屎尿齐下，四处溅射，尤姐抱歉地朝我笑笑。我急挥鞭子，催黄牛拉起车子疾行。身后传来袁小圆清朗的喊声，我埋头拉车，羞愧得无地自容，恨黄牛为什么不长一双翅膀。

周围清静下来，我的心情却难以平静，落榜后第一次与袁小圆和余班长见面时的情景又浮现在我眼前。

那是在秋天，新生入学后不久，我不甘心自己的落榜，决心进城亲眼去看看，那所初中毕业时曾被吴校长描绘得无比美好而又拒绝接纳我的县城第一高中，到底它有多么倨傲。正好也是一个星期天，在一条整洁的深巷里，我找到了这所高中的校门。那是一座雄伟的大牌楼，从朱红的门洞看进去，若干级石梯上面，并列着三栋方方正正的教学楼，东边一栋叫"卓娅"楼，西边一栋叫"苏拉"楼。一洞洞明净的玻璃窗，就像校园里莘莘学子晶莹的眼睛，我茫然地仰视着它们，它们庄严地俯视着我。我的自卑，它们的傲岸，使我没有勇气迈进那道门槛。我只得沿着厚厚的围墙之外的墙根走下去，在学校后门，我遇见了袁小圆和余班长。看着他俩并肩从校园出来，我朝他们的背影"嘿"了一声，手也不由自主抬起来，双脚却沉重得迈不出步子。倒是袁小圆和余班长十分灵性，同时转过身，看见是我，跑拢来之后，余班长紧紧地握住我的手不松，袁小圆却时而望着我微笑，时而低头显出难为情的样子。我问："你俩在一所高中？""不，人家就在这堂堂的县一中，我在绵城二机厂技校。今天是周日，我来约她去县图书馆。"余班长拍了一下袁小圆的肩头，显得开朗大方。这样的动作，在玉马中学是绝对见不到的。袁小圆娇媚地一撇嘴说："你现在是工人阶级，户口都转进城了，高傲得都不知道怎么走路才合适。"余班长反唇相讥道："你看不起工人阶级嘛，要上普高，进而上大学，最终要当高级知识分子，劳心者治人嘛。"他俩都在巧妙地炫耀对方的锦绣前程，我不便插话，也羞于插话。直到柳树上飘下一片黄叶，落在袁小圆头上，余班长伸手去拈，她做出略有惊吓的样子，我才说："你们都兑现了初中毕业时的诺言，脱去草鞋穿皮鞋，而我，却把诺言打了个颠倒，我是个失败者。"他俩都没吭气。我随他们往前走，看似并肩而行，其实我始终慢两步，像有意体现出等级差别。袁小圆问："你失学回镇上在干什么？明年会不会复考？"我说："再复读也无法超越今年的中考水平，我想不是考分问题，因为我现在有了比失学更惨的遭遇，就说明我的失败不在考分上。"她说："你落榜，许多同学一说起来，就为你惋惜。难道还有比落榜更加不幸的事情？"她疑惑不解。我说："我已经成为地道的农民。"他们感到十分惊奇："你的城镇户口呢？"我说："其实，在初三上学期，我家就下放农村了，只是没让你们知道。我初中毕业回镇上，人家坚决不收留我，说是再不允许剥削阶级后代在城镇坐享其成，必须将我赶下农村。"她说："怪不得我们班上都是清一色的劳动人民家庭的子弟。"余班长说："我们学校同样如此。"我说："只得承认现实，活在当下，慢慢消磨人生。"我心情黯然，脸上也表露出来。他们觉得这个话题不宜继续谈下去，都沉默不语，脚步也有些迟缓。走到岔路口，就要分手，袁小圆落后两步，小声对我说："一道去图书馆看看。"我说："队长只准了一天假，我必须赶回去。"她很惊异："还需请假？"我点头，她眼圈立刻红了。我说："没什么，人在屋檐下，不得不低头，慢慢就习惯了。"她说："我在六八级二班，你如进城，就来找我。"我点头，摇了摇右手："再见！"她点头："嗯，再见！"几乎没有声音，我是从嘴形看出来的，因为她正哽咽着。看着他俩走远，我告诉自己，这应该是今生最后一次碰面。

谁知，鬼使神差，刚才差一点又撞在一起了。我逃离，是因为我实在不愿打破他们宁静的学习生活。

下午临走，尤姐到黑市给我买了五斤米，又交给我三元钱。我说："你三天挣的钱都归我了。"她说："也不全是，我还落了些草料钱呢。"她说得那么轻松自如，还带着几分得意。我眼睛湿润了，心里激动得说不出话来。

第三十五章

祖母饿得嗷嗷叫。每餐一看见桌上只有红苕,就拍着桌子喊:"饿死我呀!饿死我呀!老天睁眼呀!老天睁眼呀!"这个颤颤巍巍的世纪老人,一看见我进门后,从怀里放下一个口袋,她伸手捏过知道是米,就高兴地吼:"孙子救我来了!孙子救我来了!"母亲连夜熬了一锅稀饭,清得照得见人影,让家里每一个人都把肠胃滋润了一遍。母亲对我们说,就这点米,得数着吃,主要是顾惜祖母和父亲的身体,还有我们几个年轻人。都说上了,唯独没有她自己。自我记事起,母亲为了把好东西让给我们吃,她都会说出很贴心、很真诚、很智慧的语言。她劝祖母时说:"你吃嘛,我比你年轻,今后还有很多机会吃呢。"于是祖母就坦然地吃了。她劝我们时说:"你们吃嘛,过去我吃过很多这样的东西,都吃腻了。"我们信以为真,于是也愉快地吃了。母亲在我们心中,永远是一座推不倒的大山。

回来第二天出工,在地里碰见队长,因为隔得有一段距离,我笑嘻嘻面朝他,他只睃了我一眼,算是离开三天,再见面时打了个招呼。干活的人,一群群,一堆堆,很多都在交头接耳、窃窃私语的话题,都说到处在查漏划地主,查得非常仔细,一户户都像过筛子一样。收工的路上,一户上中农家的初中生儿子,平时见面都打招呼,今天相遇,头一埋就过去了,走得飞快,像避瘟疫。

吃过午饭,我问母亲有什么家务,她说没我的事,于是我揣本书就往坡上跑。母亲怜惜我嗜书如命,家里的活全揽了,刻意空出工余时间让我看书。午后的太阳,好像反而离我更近,照在身上暖洋洋的。距上工时间,起码还有一个小时,静悄悄的山坡,犹如天然阅览室,正是读书的好时光。我坐在扁担上,背靠桐树,一头扎进书里,犹如鸟儿飞上天空,鱼儿游在水中,只有在书里,我才是自由的,在其他任何地方,我都不自在。书中有一个成语叫"河清海晏",我在学校就学过,是古人用来形容天下太平的。我想今日之天下,一无战争,二无灾荒,人民安居乐业，应该算是天下太平，即河清海晏了。它使我想起另一个典故。那是我前一阵子，在一本书里看到同是一个成语的"涸辙之鲋"。查词典才明白，成语意指曾经积水而快要干涸的车辙里的小鱼。比喻处于困境急待救援的人。典故出自《庄子·外物》。当时我想，这不正是说的现在的我吗？我就是一条困在车辙里杯水之中的小鱼。谁来救我？谁敢救我？此时，我把两个成语连接在一起，我就是生存在"河清海晏"世道之下的"涸辙之鲋"。我这条小鱼，这一辈子，还有希望游进大江大河，甚至是海洋吗？我仰天长啸：谁能回答我？！

胖崽来了，我急忙将书藏进怀里。他说："崽儿，不用藏着掖着，我不会每次都糟蹋你的书，只要你不惹我生气。"他在我对面的豌豆地边，找了处平坦的地角，开始做俯卧撑。他做，我在心里数。做到六十个时，停住了，我一口报出："六十个。"他说："谁叫你数的？明明七十，你为什么少报十个？起心不良。"他又接连做了三十个，起身对我说："马上征兵了，听说做不够一百个俯卧撑，就过不了关。"我说："你没问题，条件硬邦邦的。"他说："屎才硬邦邦的，你是不是想我早点走？你惦记她！"我说："说内心话，我也想去当兵，我也想走。"他坐下，离我很近。他说："你去当兵，会不会掉转枪口对准人民？"我说："绝对不会，因为我是去保卫祖国，保卫人民。"他咬牙切齿地说："绝对会，因为你是敌人的儿子！"我说："那就把我放到最远最冷最苦最险的昆仑山哨所，你也去那里，如果我掉转枪口对准人民，你第一时间把我毙了。"他笑了："你诡。那里地老天荒，哪有一个人民呢？你只会背后开我的黑枪，把我先害了，然后逃到国外去，背叛祖国和人民。"我说："你怎么尽把我往坏处想？"他说："你天生就坏。"我说："不能一概而论。"他说："不明白。"我说："革命战争年代，像我这样的家庭出身的，不是也有许多人跟着共产党打天下吗？那时可以，怎么现在就不行了呢？"他没应答。过了好一阵，他冒出一句："反正不行，就是不行。"这时，薄荷出现在地里，她远远地望着我，手稍微抬起，向我摇了摇，那淡淡的微笑，我看得很明白。胖崽背向她，她看得见胖崽，胖崽看不见她，她没过来。坡梁上有几个年轻人，在高声呼喊胖崽，他健步如飞，上了坡梁。看着这群青年，像山坡上的鹰，想飞哪里就飞哪里，独立和自由得就像这世界是他们自己的。久久仰望他们，我痛苦而悲愤，我不明白，我如此奋斗，为什么还是成了樊笼里的鸟，飞不出去。"别望了，今天征兵报名，让他们远走高飞，你也不要为趴在这个青草坡想不通。"薄荷来到身旁，这样对我说。她是在告诉我，我其实是一匹困在草山上的骏马，既然是骏马，总会有奔驰的时候。我笑了一下，笑得很含糊。她问："这几天躲到哪里去了？"我说："没躲，只是无缘碰见而已。"她说："还而已呢！瞒不了我，你前脚走，胖崽随后就跟我说了，是他叔开恩，让你跟你过去的街坊，那个漂亮寡妇，出去挣几斤米钱，要不然会把你家那个老古董饿死。"我说："既然你都知道，还问我躲到哪去了？"她说："试你的，交人交心，试出来了吧，不说真心话。"我说："还是保持点距离好，免得有人吃醋惹麻烦。"她说："他也别吃醋，如果他陷在农村出不去，我不可能嫁给他。"她水汪汪的媚眼盯着我一动不动，两片嘴唇又嫩又红，像即刻就会化掉。我说："胖崽很快就有出息了。散了吧，有人望我们。"干了一上午活，听到的都是那些婆娘恭维队长的话。什么这次你侄儿肯定能去当兵，他都验不上兵还有谁能验上。什么当了兵就提干，然后找个城里的洋媳妇。队长厌烦道："跟老子好生干活，莫屎扯那些闲话！"合该马屁拍在蹄子上，婆娘们静悄悄的。

晚上，我拿出薄荷的照片看。我没有陈老师的照片，就当这是陈老师在我眼前。夜不是凉，而是风冷霜寒。旧历十几，圆月的清辉泻满一地。竹影婆娑，晃动在照片上，穿背带裙的女孩，是薄荷，又似陈佩缇老师，有些迷离恍惚……仰望天上明月，要它告诉我，我与陈佩缇，现在是不是已经天各一方？圆月冷漠，不屑回答我，我陷入痛苦的沉思……

母亲悄悄从身后，拽住我衣袖，将我拉回屋。

这些天，清理漏划地主的风声日紧。工作是隐秘进行的，表面风平浪静，暗地里却波涛汹涌。上中农和小土地出租的人家，这些曾经屁股不够干净清爽的人，逢人察言观色，背后四处打探，唯恐突然飞来一顶铁帽子，压得自己永世抬不起头来。

这天早饭后，父亲的行为有些怪异，肚子本来好好的，他却找队长请假看病，说肚子拉得人都脱形了。队长说屁眼漏不算病，实在要上街去看病也可以，但得顺便把供销社分配给队里的农药捎回来，因为是顺便，还不记工分。若不答应也不勉强，漏干净病就好了。父亲只能认了，但整个上午都快过去，父亲还没回来。午饭端上桌，我们继续等候父亲。

快出工之前，父亲回来了，他对母亲说，他哪里是去看病，他借故去了一趟河对岸石厂坡下的四十亩地。母亲问他："是不是去找杨佃客？"父亲点点头，说："老佃客怕遭清算，解放第二年就吓死了。"母亲问："他家里的人呢？"父亲说："婆娘和一个儿子在他死的当年就迁出四十亩地，还有一个女子也早早嫁了人。"母亲说："你没打听他儿子迁到哪里去了？"父亲说："问不出，也不用问，十有八九，坡那边的那个大队长就是他儿子，长得跟他父亲一模一样。"父亲指了指屋后山坡的方向，那是另一个生产队，大队长的家就在那里。母亲微微点点下巴，父亲说："眼前形势紧张，听说再一轮运动就要动手，他家的把柄就捏在我们手里，我就成了活口，成为那个人时常敲打甚至想灭掉的证人。"母亲沉默，父亲也再没吭气。我没有完全听明白父母在说什么，但父亲提及石厂坡下四十亩地，我不由得记起那个中年石匠的话。他父亲四弟兄，就是从我家佃户手中，加租将那四十亩地，一家十亩租赁过去，我家佃户稳稳当当做了多年阶级成分里没有的"二地主"。世道变迁父亲成罪人，而二地主家却划归在劳动人民的圈子里安然无事。父亲这次破例冒险探访四十亩地，结果证实，他真的被杨大队长视为一颗致命的定时炸弹。最终我们确信，如父亲所说，他确实遇到麻烦了，而且遇到了大麻烦。

中午的太阳暖洋洋的，路上的行人喜洋洋的。连接公社的大路上过来一群人。欢天喜地的几个女人，还夹杂三个小孩，簇拥着两个穿黄军装的青年，慢慢从院子前经过。我一眼看见薄荷和胖崽傍肩而行。胖崽身穿崭新的军装，昂首挺胸，右肩扛一捆旧衣裤。薄荷身上的红花衣服十分惹眼，她挽住胖崽的左臂，连遇到路窄的地方，吊着膀子过去也不愿松开。立刻，院子门口拥了一堆看热闹的人，大家指指点点，说个不停。我听到两个声音最刺耳。一个是"哦呀！自己的衣服一样不要，连根裤带都拿回来了"。另一个声音是"你们看哟，胖崽转眼就变了一个人似的，精神得盖过一沟一岭的毛头小伙"。今天新兵换装，是个值得庆贺的日子，队上出了一个人民解放军，家里，院子里，田间地头，到处议论纷纷，没有一个人不羡慕，没有一个人不称颂。他们从此离开了这块贫瘠的土地，远走高飞了，有可能，他们永远不会回来了，他们一定会创造锦绣前程，让他们自己，让他们的儿孙后代，过上吃大米、吃白面、拿工资、逛大街的舒心日子。路过我身边的人，无论谁，都给我丢白眼，在他们心里，我与胖崽比较，一个在天上，一个在地下。之后几天，我一直沉默着。我翻出领袖的两本哲学书籍《矛盾论》和《实践论》，认真阅读，仔细钻研，我要从哲学里，找到我的命运，找到我的未来。

这天，我和几个人在公房院场做活。每年冬季，都要整修这座院场，以便来年春、秋两季晒粮。半上午，小队长和那个我才认识的杨大队长，领着两个干部模样的人来到公房门口。队长打开房门，叫一声："王书记请屋里坐。"被叫着王书记的人没听见似的，两眼死死地盯住石板墙上的两个字发呆。门左边墙壁上书有一个"仓"字，右边墙壁上书有一个"廪"字。字是灰浆写的，虽然色调不再鲜亮，但笔画还较清楚。队长见书记对墙上的字有了兴趣，便说："这是几年前队上一个老私塾先生写的，有年份了。右边的也不知是个啥字，考住了队里所有的小学生中学生。"王书记看了杨大队长一眼，微微晃着脑袋吟道："仓啥，仓什么……"周围的人都哑口无言。我试着往门口走了两步，又犹豫了。但最终还是鼓足勇气走到书记身边，一口读出来："仓廪。"书记车转身，吃惊地看着我，问："啥意思？"我解释道："廪，就是粮仓，私塾老师说这里是队上的粮库。"书记"哦"了一声。我又道："廪字还有一层意思。"书记满脸微笑："你说。"我说："再一层意思，是指明、清两代享受地方政府钱粮补助的秀才，也叫廪生。"书记扬起双眉，偏头看看我，又偏头看看队长，再扭头对着杨大队长，好一阵才说："把这小子安排到大队民办小学教书！"杨大队长一愣，眼睛立刻转向队长。队长马上接嘴道："下放户，家里成分高。"书记一听，表情黯淡下来，埋头进屋去了。门被关上。

　　过了一个钟头，书记走前，一行人出来了。队长把他们送到路口，我见杨大队长落后几步，与队长耳语。队长返回把门锁好，向我招手。到了他跟前，他说："大队长不高兴呢，今后别在领导面前显能，多当缩头乌龟，出头的椽子遭雨打。"我听了并不自卑，反而很有些自豪感，因此嘿嘿笑了几声。队长指着我说："你这个崽儿呀，你这个崽儿呀！"口气里带着几分怜爱。

　　年终决算结束，劳动报酬是一分工值二分四厘，我全天挣八分工，价值为一角九分二厘。我家没有挣十分工的全劳力，除祖母外，其余人都拼命上工，却成了超支户，还要给队里倒找一元九角钱。钱必须立即缴齐，才能将剩余的二百斤红苕担回家。无奈之下，母亲叫我将她积攒的三十几个鸡蛋，拿去卖给邻队的牛医生，以将队里的超支款补上。祖母见我提着鸡蛋出了门，眼泪立刻从她细小的眼缝里滚出来。每次母鸡下了蛋，听到叫声，都是祖母高兴地迈着小脚，颤巍巍地从鸡窝里把蛋捡起来，趁着蛋是热的，在眼窝里慢慢滚动，说是可以明目，实则是喜欢得不舍放下。每当把鸡蛋放进篮子里，她都会嘀咕：他爹一个，他娘一个，老五一个……我一个。有时怕出错，还要多数一遍。可是，许多次，都落空了。因为，每当母亲计划哪一顿要给我们煮鸡蛋时，就突然会生出一个要花钱的缺口，要补上这个口子，眼前，救急的唯一办法就是卖鸡蛋。

　　四姐和她的女同学商定，早先谋划的跑新疆找出路的事，腊月初就立刻行动。此时全年的口粮都分到手，又是农闲季节，劳力不紧张，人心散漫，队里消失三两个人，不显山露水，一时激不起公愤。这个时机，她俩认为最是恰当。四姐将此事告诉父亲和母亲，并说出队长曾经有过暗示，他愿队里的女孩尽早走光，好为壮劳力省出点那本来就少得可怜的口粮。父亲听了默默无语，母亲却暗暗流了一夜眼泪。

　　临走的前一晚，姐妹俩收拾好简单的行李，然后偎在母亲身边，脸埋进母亲的怀里，久久地纹丝不动。渐渐地，我看见她们的肩膀在抽动，听到微弱的呜咽。瞬时，离别的依依不舍，就变成母女三人有如生离死别的抱头痛哭。过了一阵，父亲让我把她们叫到他的跟前，他很动情地对我们说："你们都要坚强一些，还不一定是生离死别。生命是什么？生命就是一口气，只要一口气还在，人就要抗争。蚁虫东奔西跑，去找那口吃食，就是为了要生存下去。人的生存一旦受到威胁，人就晓得逃命。你们能逃的，都去逃吧。我是罪人，有几百双眼睛盯着，我是逃不了的，我的命在刀尖上，无处可逃。"父亲目光坚定地望着我们，他又说："记住我的话。好了，都去睡吧！"我问四姐："你们没有证明，路上怎么走？"她说："我们进城就坐汽车，然后在绵城换火车，火车一直可以坐到目的地，那头有同学接应。大队和公社决不可能给盲流出证明。"母亲说："找队长出一张，至少可以证明你们是有根底的人。"四姐说："不管用。"我说："母亲说得对，虽然只有一个小队公章，但它毕竟是红色官印，总比什么都没有好，备用嘛。"四姐觉得有点道理，她说我文笔好，让我动笔写一张。四姐拿着我写的证明去找队长。我和母亲张着耳朵，全神贯注地听着队长家那边的动静。传来第一次狗叫声，我说到了，传来第二次狗叫声，我们就目不转睛地望着我家后门。过了一阵，四姐笑眯眯地拿着盖有圆印章的证明进了门。四姐说："队长招呼了，别外传。"我们都一同点点头。

　　天蒙蒙亮，我一个人把姐妹俩送到坡梁上。我掏出一张纸条交给四姐，上面是我抄写的陈老师父母在新疆的地址，让她尽量给我寻找。四姐答应她们安顿好了，就帮我打听。朦胧中，看着她们远去的身影，我又是担忧又是欣喜。我不能预测她们的明天将会怎样，只有在心里默默为她俩祝福。

　　回到家，母亲定定地看着我，好一阵，她才说："女儿走了，我和你父亲都没敢送，好没良心！我们是怕呀，怕哭声惊动四邻，她们走不成呀！"说完，捂着脸痛哭，那种从指缝里漏出的压抑的悲鸣，还有泪水，刺一样扎进我心里。

　　开初几天，队里风平浪静，像谁也未察觉我家俩姐妹已经销声匿迹。五天之后，女人们混在一起，话题就离不开我家姐妹出走的事了。但那些年龄大的妇女，只泛泛说几句之后，就沉默不语，再不提及此事。男人们更是一副无所谓的样子，有的也只偶尔附和两句。主要是队里的几个年轻女子，口口声声责怪队长对此事睁只眼、闭只眼，连屁都不放一个，是他有意搞的鬼。队长明白，这是姑娘们的嫉妒心在作怪。虽然几条小鱼翻不起大浪，但由于我家背景跟别人不一样，他还是害怕惹火烧身。于是，就在这天下午，天色将晚，正当大家要急于收工回家时，队长却突然大喝一声："不准走，都给我坐下！"地里的人都整齐地一屁股坐到地上,已经走出地坎的,又乖乖缩回来,站在那里望着队长。队长从腰带上取下烟袋,慢吞吞吃了两锅,再把烟袋别回腰间,然后高声大气地说:"都给我听着,这几天爱嚼舌头的那几个婆娘,尤其是那些个黄毛丫头片子,都给我把你们那张臭嘴闭紧点!谁说老子有意放跑伊家两个小寄生虫?今晚我就要斗争她老子!你们这些婆娘,心一闲就卖儿卖女说不完,干活不尿行,嘴巴死厉害。我在这里放话,有本事你们也跑呀,队里的破屁股我一个都不愿留,跑得越多越好,跑干跑净更好,老子可以给每个壮劳力多分十斤口粮,把你们留在队上有尿用。"他停住,扬起巴掌拍死右脸一只蚊子,又说:"从这一刻起,你们谁再管不住那张烂嘴,我就长期派她去水库工地抬石头,到时别怪老子心狠。都听清楚了没有?"男、女齐声道:"听清楚了!"他然后喊:"散会!"

晚上,父母亲准备着挨批斗。但直等到瞌睡得抬不起眼皮,仍不见动静,他们只好和衣而睡,随时等待队长的"召唤"。但我心里明白,这是队长息事宁人的一时策略。

一有空,我就将薄荷的照片翻出来看。她穿背带裙,白长袜,带襻的蓝布鞋,一副青春少女的靓模样。我看着看着,她便成了陈老师鲜活的样子,这种感觉是很甜蜜的。所以,很多时候,看薄荷的相片,其实是想陈老师了。有一次,揣上书出工,忽略了薄荷的照片还夹在书里这个细节。歇气掏书看,照片掉出来,恰巧被队长碰到。他捡起照片瞥了一眼,说:"薄荷的照片怎么在你手里?其实,薄荷嫁给你最合适,都是城镇人下的种,乌龟配王八,互不相亏,最恰当不过。"我说:"队长,照片上的人是我初中的老师,请你不要侮辱她。"他不相信似的又瞥一眼照片说:"怪不得,这一身服装,没见薄荷穿过。"他还照片到我手里时,嘀咕一句:"天下还真有长得像一个模子铸出来的人?长见识了。"我猜测,鬼精鬼精的他,内心里不会真的承认照片上的人不是薄荷,之所以没有细细追问,主要是他从来就没看重侄儿这门婚事的缘故。

第三十六章

这天，尤姐又在隔河唱歌，我正好收工在河边洗手，听到她的歌声，我起身朝她挥手，嘴里"嘿！嘿"地吼个不停。她从马路上跑到对面的河坎，高声告诉我，她在县城看见陈老师了。我一听高兴得有点不相信，真想扑过河去问个明白。我吼："你看清楚了？你还记得她？死了的陈佩缇真的不是她。"她也吼："假不了。不是记得她，是嫉恨她。我贱，才给你说。不信明天你跟我去城里，我知道她的住处。"我吼："好的，明早等我！"

晚上找队长请假，我实话实说，告诉他我初中的班主任老师在县城现身了，我要去见她。他问："老师在城里现身与你有啥关系？还想把读进肚子里的书吐出来还给她？"我说："不是，好久没有她的消息，我本来就有事找她。"他说："就是我见过的照片上穿背带裙的那个？"我一时语塞，只好点头作答。他说："就你跟漂亮女娃事多。"说完在我的假条上签好名字，打了个钩，又道："农民辛苦，全靠屄补。崽儿，你赶紧找个女人打发日子算了。"我瞪他一眼，他还我两眼。

尤姐去县城拉百货。我赶到她家门口，她正套牛车，一见我，她说："一觉睡到天大亮，连梦都没做一个，白天实在是太累了。"她的花棉袄敞着，胸衣很薄，捂不住一对尖尖的乳房，她身子一动，乳房就借势跟着撒欢，好撩心呀。我猜想，她睡一夜，可能每天早晨都会这样鲜嫩。她发觉我眼睛不规矩，也低头看了一下自己的胸口，然后瞪我一眼，说："你不是进城去找你陈老师吗？还吃着碗里，看着锅里。"她开始扣棉袄扣子，"唉！背时呀！夜里睡死了，该黑里想的事情，只好白天想。大白天的，想了也白想。死鬼在家那阵呀，他虽然做不了那个事，但总还有个活人在身边。现在好了，进屋四面墙，上床不见郎，苦死我了。"男女之事，在乡村耳濡目染太久，我不再是白痴。我听得出来，尤姐在思春，或者说都冬季了，猫还叫春呢。她叫给谁听？应该是我。她在诱惑我，是那种带点嫉恨的诱惑。此时，我心里只惦记陈老师，急于见到她，无暇顾及尤姐的招惹。在我催促下，我们赶着牛车终于离开小镇。

快进县城，在一个三岔路口，我看见薄荷直向我挥手，兴奋得发狂的样子我还是第一次看到。尤姐说："那不是你们队上那个鬼女子吗，和那个胖娃撵兔子的就是她。你邀约的？"我说："没有呀。"尤姐不信，撇了撇嘴。到了跟前，我有意问给尤姐听："薄荷，你怎么在这里呀？"我本来就感到十分惊奇。她说："我专门堵你！"尤姐又撇撇嘴，鼻子里还哼了一声。"专门？堵我？"我更奇怪了。她说："我给你说过，我从没去过县城，好想到县城玩。"我说："是碰巧吧，怎么能说是专门堵我？"她说："就是有意堵你，是队长给我说的，你今天要到县城找什么人。"她用手拭去额头的汗，她已经累出汗来了。她又说："路怎么走，也是队长给我说的。他让我单独走进城的小路，别去家里找你，别跟着你。叫我在城边三岔路口等，所有从南边进城的人都得经过这里，还真把你等到了。"我望一眼尤姐，意思是我终于把自己撇清了，尤姐没反应，又轻微撇了一下嘴。薄荷很乖巧，见尤姐一直没搭话，就讨好道："真羡慕好姐姐，比男人都能干，又是街上的人，脸盘也靓。"尤姐说："莫眼红，一个跟牛屁股的女人，和乡里犁地的老汉没多少区别，好什么好，同样有人瞧不起！"她斜了我一眼。我知道，她这是说给我听的气话。薄荷吐一下舌头，娇声说："就是好嘛！"此后，我们三人再没有谁说话。

进了城，穿过两条大街，再过一座石桥，然后拐进一道巷子，巷子两边全是人户。尤姐指着左手边的一个门洞说："看那里，我清清楚楚看见你的陈老师，扭着屁股从那里进去的。"我过去一看，四周的住户都是宽展的双扇门，单扇门独此一户。像大多数住户一样，门敞开着，门洞很深，里面黢黑，看不出有人无人，我不便贸然进去，就对尤姐说："我等人，你去进货，过后我去旅店找你。""那我呢？"薄荷慌忙叫道。尤姐抢先说："你跟我走，搭把手帮我装货。"薄荷望着我，我朝她点点头。

在门口站了一阵，不见人进出，正不知如何是好，屋里传来几声沉闷的咳嗽，我试探着朝里走。走了近十步，踢到一道门槛，里面是房间，比较宽敞，不很明亮。我不知怎样开口，略微斟酌，便轻声喊道："陈老师，陈佩缇老师。"咳嗽声没了。半天，一盏套着蓝色搪瓷罩子的灯泡亮了，昏黄的扇形光圈里，黑木椅上，端坐着一位老太太。臃肿的大棉袄领口托着一颗干瘪的头颅，两手抄在胯间，十根纤细的指头，交叉着露在袖筒外边，一双浑浊的眼睛望着我，冷冰冰的。她不说话，就这么死死地看着我。我有些胆寒，倒退两步便走。她突然开口，叫道："过来。"我站回原来的位置，仍在扇形光罩之外，我看得清她，她看我一定比较模糊。她说:"你监视我呀?你们经常监视我。告诉居委会主任,我划得清界限,我和他们一家人永远都划得清界限。大右派陈元书不是我女婿,张月不是我女儿,陈佩缇不是我外孙女,我和他们一直断绝来往,这个话我都说了一百遍了。前两天,他那个教书匠女儿小佩缇来看我,板凳还没坐热,就被我撵走了,请组织放心。"我明白了,原来这里是陈老师外婆家。右派女婿可能让她吃尽了苦头,亲情早已不复存在。所以,一旦有人提及陈家任何人,都会让她歇斯底里。于是,我即刻打消在这里寻求陈老师的念头。我正准备离开这里,还没迈腿,老太太起身撵过来,脚步很稳当。她把我拉到灯光下,咬牙切齿说:"在这个家,我就是我,除了我,还是我,我不沾染他们,我没有任何亲人,你听懂了没有?"她又把我拽到墙边,墙头上贴着一幅《荷花舞》的年画,上面虽然蒙着一层灰,但姑娘们鲜嫩的脸蛋依然光彩照人。她揿亮指头粗的日光灯,两眼盯着我,手戳着墙壁上一排奖状说:"你看看,我从1951年到1956年,年年都是模范党员,我的政治生命死在了1957年。那一年,姓陈的被打成右派,我断然与他们脱离关系,但五七年我还是没评上模范党员。断档已经这么些年了,我要好好表现,争取在我去见马克思之前,至少再当一回模范党员。"我急忙安慰道:"你会的,你还会年年当模范党员的。"避开她那双浑浊的眼睛,我匆匆离开了这个有点恐怖的门洞。我知道,老太太把我当成居委会派的工作人员了。

　　三人碰头已是下午两点多钟。午饭一人吃了一碗素面,两个菜包子,粮票和钱是尤姐出的。本来薄荷要争着付钱,尤姐却说她帮忙装货,管一顿饭是应该的。薄荷过意不去,买了三个"抿抿糖",我们各自抿在嘴里,甜蜜的感觉顿时传遍全身。我把寻找陈老师的奇遇说与尤姐听,她说她最痛恨的就是那些六亲不认扑红踏黑的势利眼,还有落井下石的歹毒人。她很同情陈老师家的悲惨遭遇,让我一定要打听到她的下落,需要她帮助她决不推辞。她说她直接回旅店,剩余时间要去澡堂泡澡,冷天家里没那个条件,已经两个月没洗澡了,身上痒得难受。她问我去不去。薄荷从背后扯我衣襟。我说:"薄荷让我带她去看电影,她还没进过县城的电影院。"尤姐说:"摩登!我经常进城送货拉货,还没进过一次电影院。"我说:"不如一起去摩登一次。"薄荷又在扯我衣襟。她在身后说:"今天的电影还不知好不好看呢!"尤姐冷笑一声,说:"好不好看我都不爱看,你们去吧,莫耽误了。"看着尤姐走远了,我和薄荷才匆匆往电影院赶。

　　四点钟的电影,钻进放映厅的大门帘,银幕上欢腾的新闻纪录片恰巧结束。在引导员手电筒的指引下,我俩弯着腰做贼似的爬进自己的位置。薄荷很兴奋,不断扭头看我。我示意她盯紧银幕。一部《青春之歌》,随着剧情逐渐展开,头顶那个由小变大的锥体光柱，不像打在银幕上，而像把电影中的人物投进我们心灵。昂扬的激荡的革命热情让我们振奋，我们的心底也在呼喊。闪烁的羞涩的爱情霓虹令我们向往，我们相对甜蜜一笑。薄荷悄声对我说："看右前方。"在那里，毛辫子和小分头，两颗脑袋紧紧靠在一起，沉醉于耳鬓厮磨。我看了心里怦怦直跳，也就在此时，我的左手被她的右手捉住，我挣了一下，四根指尖还是被牢牢裹在她温润的手心里。我好像自己做贼被别人攥住爪子一样惊悸不安。之后的剧情是什么样子，我一点也未看进脑袋，头里始终纷纷扰扰的，直到座池里突然一片光明，我意识中好像手被松开，迷迷糊糊尾随着别人朝前移动，径直来到影院外的台阶上。薄荷朝我"嘿"了一声，我人才明白过来，原来一部《青春之歌》是这样演完的。路灯幽暗，街上的行人有如鬼影，不擦肩而过，很难看清对方的鼻子眼睛。我俩都饿了，才想起还没吃晚饭。国营饮食店都已按点关门，只好自我安慰，看一场电影，胜过打一次牙祭，就是饿得头昏眼花，也无怨无悔。

尤姐真的泡过澡，身体有股淡淡的香皂味。她把我揽进怀里，说："两年前，在河堤上的芭茅林里，你贴在我胸脯上，直喊要看书。那时你还不知事，还是个小书呆子。今晚，你还不知事吗？你还发呆吗？"我说："我是到了想女人的年龄，可是，人大了，知事了，胆子反而小了。"她捏住我双手，往她的奶头上挪，并说："你胆子就不能大一回？你大一回让我尝尝滋味。"开始我的手还向外抽，随着下体膨胀，我的手停在她肚子上，接着自己就往上伸，最终捂紧了那对结实的小乳房。她闭上眼睛，嘴里发出痛苦的呻吟，我在心里责怪自己，怎么就捏疼了她呢？松开手，她却扇我一耳光，把我搂得更紧，几乎让我窒息。她呻吟不断，一嘴咬住我的肩膀，再没松口……牛棚里死一般寂静，墨一般黑暗，只有黄牛反刍的轻微声响，幽灵一样缓缓浮动。好一阵，我隐约感觉有脚步声传来，然后停在牛棚门口。"怎么找不见人呢？"是薄荷的声音。她在角角落落寻找我和尤姐。她不敢踏进牛棚，只能在门外侧耳倾听。也许是这里太僻静，也许是夜色里的她太孤独。听着听着，突然，恐怖裹挟了她，在急剧的呼吸和慌乱的脚步声中，她逃离了这里。我哆嗦几下，羞愧地钻出牛棚，一口气跑回男客房。

美好的一天从清晨开始。昨夜的一切，我们三人仿佛都不曾经历过，大家就像昨天在城外的三岔路口刚碰面时一样，显得新鲜而又高兴。走在回去的路上，尤姐笑着问薄荷是否进过澡堂，薄荷摇头。她又问我，我同样摇头。她开心地大笑起来，笑够了，她说："那澡堂里呀，花样百出，十个人有十个不一般的丑样子。单说胸口上吊的那两个皮口袋，长的长，短的短，白的白，黑的黑，有一点相同的是，都是瘪得没装东西。只有我的两个小口袋，东西装得鼓鼓的，那些女人都嫉妒得直恨我。"我好奇地问:"你们洗澡胸前还挂两个口袋?为什么呀?"尤姐又笑了,笑得比先前还疯狂。我看薄荷,她却低下了头,偷偷用眼角瞟我。尤姐没理我,继续说:"再说下头那块自留田,有的草深,有的草浅,有的草青,有的草黄,只有我的自留田里肥料充足,草又深又青,还从来没有薅过,青悠悠的密,她们都嫉妒得恨死我了!"这一次,我隐隐意识到尤姐在说丑话,她好像说出了女人身子里最经典的两个部位。看着尤姐爽朗中带点无耻,看着薄荷羞涩中带点诡谲,我的身子又躁动起来,也有些心猿意马。我拦住牛车,把尤姐从车辕里拉出来,自己钻进去,挥起鞭子,赶着牛车快跑。可黄牛甩开蹄子没跑几丈远就累了,又慢悠悠迈起方步。薄荷笑着对我说:"你也会狂躁?"尤姐说:"是男人就会狂躁,不狂那是阉人。"薄荷有些害羞,埋着头抿嘴偷笑。我说:"尤姐,说点别的,听着顺耳的故事。"她说:"好,还是说点澡堂里的事。"我阻拦道:"别,别来丑的。"她说:"这回不丑,不信你听,听过还要流泪。"她手扶车把,走在我的左边;薄荷走在我的右边。我们几乎将狭窄的马路占完。她前后望了一眼,到处空空荡荡,不见人迹。她还没说话眼眶就开始发红。她说:"你们没有见过,人被毁了相貌那个惨状,让我看了又痛心又害怕。"她的眼睛湿润了,"还是在昨天的澡池子,来了一个女人,脸上有条伤疤,还是个瘸子,走路的姿势很难看,一个奶子也缺了半块,看得出是受过重伤的。她下到池子,一个人就躲在角落里,背向我们。不一阵,离她最近的老女人,发现自己白生生的瘪奶奶上有一圈血水,就惊叫起来。大家围过去一看,原来角落里的那个疤子女人割腕了,眨眼间半池子水都已染红。有两个女人将她扶上坎,穿戴妥帖送她去医院。剩余的人也没心情洗澡了,都上池子穿衣服。这时,我才听她们说,瘸女人是个小学老师,家访时遇见学生遭后爹残害,为了保护学生,她和学生后爹搏斗,被砍成重伤。后来,她觉得自己这个样子,成天在学校晃来晃去,弄得本人和师生都不自在,就去了教师食堂管伙。男人想跟她离婚,政府不允许,说她是英雄。可就在今年夏天,查出她父亲生前是漏网的国民党军官,男人有借口了,硬要和她划清界限,经政府允许,真的把婚离了,两个孩子也不愿跟她,她成了孤人一个。你们看,这不是逼她自杀吗?还不知能不能救活。"尤姐讲完,我心里很难受,薄荷真的听得泪流满面。薄荷问:"她会死吗?要是半死不活,身边连个亲人都没有,谁来照看她?"我摇头,并在心里祈祷道:但愿好人一生平安!

蔚蓝的天空,片片白云在自由飘动,阳光洒满大地,稀少的雀儿偶尔掠过头顶,欢快地鸣叫着飞向远方。这是冬日里少见的好天气,我的心境又渐渐明亮起来。

半下午，到了家对面的马路，告别尤姐，离开马路，过了拦河坝，到了河这岸。先经过薄荷家的院子，她给我扬扬手，有些依依不舍地说："还想跟你去县城，还想跟你进电影院看电影。"我说："这次我们实属偶然碰见，我是为找我的老师才进城的，请你忘记昨天和今天。我不希望再出现这样的明天。"她娇媚地嘟着嘴："我就希望还有这样的明天，咋啦？"看着她那噘得像鸡屁股似的小嘴，奇怪的是，我不但没有反感，而且一种得意之情在我心里油然而生，我无奈地晃晃头，迈着轻快的脚步往家走。

在一个必经路口，队长将我拦住。队上大小干部找我绝无好事，我心里疑惑和恐惧陡生。他把我带到公房，院坝里有两个人，除了大队长，还有个陌生人。我被队长推进一间仓屋，他随手带上门，出去就把门反扣了。屋里码了几摞碳酸氨，呛得我眼泪都快出来了。片刻，门被打开，那个陌生人进来，他把一张方凳放在我面前，丢下一支笔，还有一沓纸。他说："我是公社武装干部，现在命令你交代勾引薄荷、破坏军婚的罪行！"他话音一落，惊恐和愤怒使我的心就要撞破心房飞出来。但我立刻命令自己：你什么都没干，真金不怕火炼，应该镇静才是！于是我说："你这是诬陷。"武装干部冷笑一声："哼！诬陷？你一直以来，像贼一样惦记着薄荷，处处想方设法接近她，还偷拆军人的家书，直至发展到昨天勾引薄荷进城，勾搭成奸。你把这两天的一举一动，一字不差地给我交代得清清楚楚。否则，抗拒的后果不是一般的严重！"说完他摔门出去，又把门反扣上。我的眼泪哗哗直流，一半是冤枉和委屈，一半是化肥的刺激。我围绕四壁抬头张望，顶上是乌黑的檩条和鱼鳞似的瓦片，没有一缕阳光照进来。很高处有一洞窗子，踮起脚，伸长手也不及它的边沿，我急于想从那里多呼吸点新鲜空气。我又想将码化肥的墙壁撞个洞，把可恶的秽气统统从洞里赶出去。可是一切都是枉然。我呆呆地看着这一沓惨白的纸，和那支乌黑的胶壳子钢笔。或许是心情太沉重的原因，觉得它们都像恶魔一样狰狞地望着我冷笑。我恨恨地想撕碎它，砸烂它。可手刚伸出去，又收回来。我流着眼泪告诉自己：愤怒和倔强只能让苦难更加深重。我闭上眼睛，靠在墙上，想让急促的呼吸平息下来。可是满腔痛苦就是一团火焰，正在把心熬煎成灰烬。不知过了多久，武装干部带着一股冷风进来，见纸上一字未写，就朝屋外呵斥道："灌尿！"这里的人最具侮辱性的惩罚，便是找丑陋肮脏的老妇，当众抹下裤子，骑在你头上朝嘴里和脸上尿尿。今天，看来难逃一劫，心里立刻有了翻江倒海的反胃感觉。一个满脸核桃纹，佝偻着腰，周身散发出汗酸味的老妇站到我面前。武装干部将我仰面按在地上，喊一声："上！"我听见老妇嗫嚅着说："他、他、他，我不忍心呀！"就在她迟疑不前时，一只长腿伸进门，狠劲踢了老妇一脚，我瞄见了杨大队长的身影。终于，褴褛的衣襟罩住我的头。我看见了干瘪的大腿，干瘪的阴道，花白的阴毛；闻到了钻心的恶臭，一股股沤粪似的臭气充斥嗅觉，紧接着又咸又腥又酸的尿液倾泻下来，溢满我的脸面。尽管我闭紧了嘴和眼，憋住了气息，但这陈腐的废料还是肆无忌惮地攻入口鼻，淤塞七窍。轰然一下，我嘴里喷射出即将腐烂的食物残渣，它们混同尿液，将我的五官覆盖。我呕吐至灵魂出窍，一下全身瘫软，不省人事。

寒冷裹挟了我，颤抖之中，我睁开眼睛，四周一片昏暗。队长立在我跟前，两双眼睛相互默默凝视。良久，他说："我放你回家，从小路走。明早鸡叫三遍准时回来，我在这里等你，给你开门。"屋外，夜色深沉，田野和村庄陷入死寂。下头院子有哭喊声顺河而上，悠长而缠绵，划破这一片夜空，特别惊心。队长在我身后说："薄荷还在喊冤呀！"我感觉，下河的风冷飕飕地刮过来。

家里那盏油灯还在闪烁，暗淡的光圈映照出两张木讷的脸，还有母亲脸上那似乎永远不干的泪痕。谁也没说话，谁也没松一口气。见我进屋，都各自悄悄上床去了。我用冷水洗漱完就躺下，头才落枕，母亲挨着我耳朵，轻言细语告诉我，父亲已经找人上街给尤姐通风报信了。我彻夜难眠，心里翻江倒海。不到二十岁的人生遭遇，丝丝缕缕，在我头脑里反反复复，来来往往，不漏一点细节地缠绕着、折腾着。我的思绪像一条颠簸在急流上要去远航的船，总也停不下来。当第一声鸡鸣传来，我只得叫它触礁，尽快下船，让自己回到现实，静候第三声鸡叫。队长立在公房前，须眉凝结些许霜花，为我开公房门时，手不停颤抖，钥匙进入锁孔，我明显看到锁在晃动，听见他牙巴打寒战发出的响声。我激动地说了声"谢谢"，声音也是颤颤的不那么清晰。晨光漏满屋子，崭新一天的气息，使我心里少了许多恐惧。那支笔，那沓纸，空等了我一夜。也许，它的主人正在期待我的一纸罪行。我想，我不能交份白卷，辜负他们的一片苦心。于是，提笔在首页写下了父亲曾经告诫我的十个大字：清清白白去，清清白白回。

无数次，听见公房院坝里过往的脚步声，就是没有停留下来的，更无人走近门口。难道武装干部，或者那个大队长，另在酝酿一场更为险恶的阴谋？队长开门递给我一钵饭，是母亲送来的。滚烫的三根红苕下面，藏着一个煮鸡蛋。我太饿，但还是慢慢咀嚼，不再去想别的事情，只细细体味父母的慈爱，还有家的温暖。多少次，我之所以不被绝望碾碎，都是因为有父亲母亲两颗坚强的心在支撑。一切都是无声的，没有呼叫，也没有唠叨，有的只是那两双眼睛里平静深邃如金子般的目光。都说眼睛是心灵的窗户，正是这坚固的四扇窗户，给了我赖以生存的明媚阳光。

再次听到公鸡啼叫，已是中午时分。队长把我放出来，对我说："上面说你没事了。纸上你写的那行字，我会交给上面的。"尤姐站在公房院坝的路口，向我挥动一张纸片，满脸得意的笑容。走近身边，她说："薄荷就是原装货，她没被人弄过，区医院验证了的。"她手里舞动的那张纸片，正是区医院出具的薄荷是个好女子的证明。她又说："我和薄荷找过公社书记和武装部长，书记说见过你，他看过证明很高兴，说这个秀才崽儿，人很聪明，什么都懂，晓得军人的女朋友应当受人敬重，谁也不敢去乱戳，谁乱戳，谁就是犯罪。"她抹去嘴角的唾沫，问我："书记为何称你秀才？"我没解释。她又说："证明也给队长和胖崽父母看了，队长只淡淡笑一下，没说话。胖崽的母亲直嚷，说女孩的破屁股哪有叫别人看的，你们丑不丑，羞死先人了。我凑近她耳根告诉她，只要她没开封，一点也不丑，也不羞先人。一张证明把我兄弟也洗清白了，免得遭冤枉。她说那倒也是。"听了尤姐的诉说，我心里敞亮多了，我说："不是尤姐，我还关在装化肥的屋子里，辛苦你了。"她抿嘴一笑。

一路人敲锣打鼓从院子里出来，胖崽母亲和薄荷把他们送到院子边。尤姐说："是过年慰问军属的，先前在胖崽家门口碰上，我就先出来找你了。"看着院门口亭亭玉立的薄荷，尤姐对我说："兄弟，娶了我吧，我的身子跟她一样。"她用手指了指薄荷。我心里想，你怎么可能与薄荷一样呢？我不说出来，是不忍心伤害她。这时，锣鼓队从我们身边走过，他们要去坡那边的另一个队慰问军属。尤姐说："薄荷好光荣呀，好尊贵呀，她这个军用品，哪个男人也不敢打她的坏主意。"她看我一眼，眼神里透着欣慰，更带一种警告。

除夕夜，母亲炒了一碟小炒肉，一碟盐水胡豆，一碟莴笋片，还煮了一盆嫩豌豆苗汆汤肉。本想杀只鸡炖汤，鸡都捉在手上了，母亲多了一句嘴："都是母鸡，小钱罐呢！"我一听，就把鸡放了。鸡回头恨我一眼，扇着翅膀从后门飞走了。母亲捏着筷子半天没往碗里伸，双眼噙着泪花喃喃道："都过年了，儿啦，女啦，天南海北不得回家。祖宗保佑，在外的个个来年安康。"说完，拈起汆汤肉片，放到坐在上方的祖母碗里。我也思念起在外的哥哥、姐姐和妹妹，想起往年在街上过年的那种温馨气氛，再看眼前的冷落与潦倒，我心如刀绞。我还惦念起陈老师来，不知此时她在何地与何人共度除夕之夜。父亲突然说："这里本来就不是儿女的家，他们的家，早在他们奋斗的地方，好儿女四海为家，我们能在他们心里有个位置就足够了。"

谁也不曾想到，今年这个除夕夜，竟然成了父亲和我们共度的他人生中的最后一个除夕夜！

第三十七章

别人家的橙子树长在房山头的草坪里，一树繁花，满地清香，几只蜜蜂在象牙白的花丛里飞舞踌躇，不知落在哪朵花蕊最好。这是午后的短暂休息，人们都躺在自留地眯着眼晒太阳。我悄悄出门，靠在别家这棵茂盛的橙子树上，看一封信。有人哼着小曲从身旁走过，那曲子的大意是太阳出来了，大地暖洋洋的，劳作的人们，扛起扁担，上山岗去了……信是陈老师写来的。寄信地址是"内详"，信页里却还是只字未提。再看邮票上的邮戳，邮票仍然被人撕去，连信是从哪省哪县寄来的都不知道。我再一次陷入深深的困惑。信中有一段话，她让我切记心间，这样的叮嘱在以前是没有过的。她写道："今年文化界极为热闹，批判之声此起彼伏，有风起云涌之势。你要守住本分，安心乡间。还有，更不可放弃自学。"也许是因为经历太多，我心里明白，新的社会浪潮正在萌生，不一样的考验就会降临。

一只蜜蜂落在肩上，转瞬又嗡嗡盘旋后立在我头顶不舍离去。只怪我的肌肤、我的头发，释放出浓郁的雄性体味，它比橙花更馨香、更别致、更具诱惑力。因为酝酿出它的，是一个不到二十岁的纯正处男，而不是一棵橙树。

下午，公社武装干部和杨大队长找到地里来，让队长暂停劳动，武装干部要宣布两件事。他先高声朗读了胖崽在部队的立功嘉奖喜报，在场的人高兴得欢呼雀跃。几个姑娘和薄荷抱成一团，簇拥着把她推到人群中让她唱一支歌，大家鼓掌呼喊。正当所有的人兴致高涨的时候，武装干部却要大家冷静下来，他要宣布第二件事。他说："之所以叫大家冷静下来，而不是安静下来，是因为不要让胜利冲昏了头脑，要时刻保持高度的警惕性。"他把视线转向我，打着手势说，"大家已经知道，你们队上一个崽儿，前不久胁迫军人未婚妻进城留宿，虽然没有既成事实，不定破坏军婚罪，但他引诱胁迫现役军人妻子，特别是立功受奖的现役军人妻子，那也至少得定个流氓罪。目前，我们正在申报上级批准。因此，希望大家监督他。"他的话音刚落，薄荷突然怒吼一声："胡说！"然后转身哭着跑了。

场面一片尴尬，队长忙喊："干活！干活！"地里又是一番繁忙景象，让人觉得方才好像什么事情也没发生。那两人走后，队长主动担责，对大家吼道："薄荷进城没遭人勾引，也没遭人胁迫，她想念胖崽，是我叫她去城里散心的，她和崽儿，纯属碰巧撞上。况且准确地说，她只是胖崽的未婚妻，还不是法定妻子。什么流氓罪，那简直是放屁！"在场的好多人都松了口气，我心里也踏实了许多。其实，在大家心目中，无论多大的官，在这片土地上，都不如队长的形象高大，什么事情，都是听队长一锤定音。

无论别人怎样拿薄荷说事，我心里都很坦然，因为我内心唯有陈佩缇老师，谁也取代不了她。不管昨天、今天还是明天，薄荷仅是我的一个劳动伙伴。无她在身边，我会遗憾；有她在身边，我会开心，仅此而已。我最希望胖崽多立功受奖，早日提干，好尽快了却薄荷随军的热切心愿。这，也是我的诚恳祝愿。

四月的山坡，美得醉死人不偿命。金色的阳光里，除了碧绿的庄稼，就是灿若云霞的野花。但我独钟的还是坡地里的豌豆花。一湾又一湾的坡梁上，层层叠叠的豌豆地，如锦缎铺就。粉红的、深蓝的、浅黄的、紫红的、墨黑的花朵，在轻风里抖动，就像漫天飞舞的蝴蝶，嬉戏够了，纷纷落在翠绿的藤蔓上，还在窃窃私语。临近晌午，歇气的哨音响起，女人都搁下工具回家做午饭，剩下的男人和不回家的女人，以各自的方式原地休息。我就势躺在两行豌豆苗间，缤纷的豌豆花随风摇曳，如少女的粉唇轻轻吻着我的脸颊，清幽的香味，水一样沁透我的心脾。蜜蜂翩翩而来，翩翩而去，哼着时断时续的歌。因为惜春，因为贪恋豌豆花开，我已接连三天没带书看。

土坡高处，阳光充足的地方，有人一边捉虱子，一边搓垢痂，以这独特的方式清洁着自己的身子，还不时发出舒心的嚎叫。一个人身后放着狗粪撮箕，臭气随风飘来。这人叫懒蛇，三十出头，单身汉，一贯恶恨春种秋收，从不下地劳动，是个专门捡狗屎的浪人。他时常自夸：自在不过光棍汉，一年四季享清闲。他不但懒，还馋，一年上下季粮食分到手，每逢集日，就避开队长眼睛，东躲西藏，将粮食弄到自由市场变成钱，面馆出，酒馆进，还不到过年，家中粮缸里便颗粒不存，只得两眼朝上，巴望着政府的救济粮、救济款，年年如此，已习惯成自然。他见我躺在豌豆花丛里静悄悄的，就凑拢来说："崽儿，想女人呀？"我听见了，但没理他。他又说："你学问高，我问你一个问题。"我说："问。"他说："听说才解放那一阵，国家给那些单身汉军人救济婆娘？听说现在也还有这种事？"我透过五颜六色的豌豆花瓣，望见他那张贪婪而粗俗的变形的脸。我说："据书上讲，那不是救济，那是组织介绍，加自由恋爱。"他不屑道："屎，人家说的是救济，不花一分钱，不从不行，揪着辫子往门里塞，你还为上头遮遮掩掩，假革命。上头说要消灭剥削阶级，叫你们断子绝孙。我看，再不给我救济个婆娘，我这个雇农也会陪着你们断子绝孙。"我笑了，心想不妨戏谑他一番，便说："国家也说了，要铲除穷根栽富苗，消灭贫穷。"他惊讶道："是吗？富的穷的都消灭了，这世界上不是人种都绝了？"说完目瞪口呆地看着我。愣了好一阵，突然，他拍拍自己脸蛋说："我好笨呀！险些上崽儿的当。国家要消灭的是你们这个阶级，要消灭我们的是穷困，不是穷人。你糊弄我，你坏屎，就该消灭。"正闹着，薄荷过来。由于躺着，我最先望见她的胸，再上去是她的下巴。她的手抬到胸前，手里捏着一把豌豆花。她将花一朵接一朵地掷在我的脸上。我的脸，一定缤纷而灿烂。掷完，她朝我妩媚地一笑，迈着得意的步伐走了。但她扭转身，眼睛始终没有离开我。懒蛇说："她咋不拿花砸我呀！这个军用品，叫政府救济给我就好了。"我说："谁叫你不去当兵。"他呵呵地笑了，说："我怕死。"这时，上工的哨子响了。

　　收工的路上，油菜地边围了一堆人。菜秆一人多高，菜花正黄。懒蛇被妇女队长抓住衣领，从油菜地里拽出来，两人满头满肩的金黄色花瓣。当着众人的面，女人重重扇了懒蛇一耳光，嘴里骂道："老娘屙尿你都敢偷看，羞你祖宗，你这条骚狗，过两天就把你骟了，看你还骚不骚！"骂完一把将懒蛇搡在地上，气冲冲甩起膀子走了。跟着就有人唾他。薄荷的母亲恰巧看见，她扶起懒蛇，指头戳着他的头皮训斥道："你娃呀，满坡都是狗连裆，你还没看够？那多精彩，母的公的那玩意儿都看得明明白白，清清爽爽。你偏要偷看她那副臭下水，霉人啊！"我身旁有人说："薄荷娘出工不出力，妇女队长训过她两次，记仇呢。"又一个人说："听说过几天上面真的要下来医生骟人呢，莫说懒蛇还没成亲，要是把妇女队长得罪了，有可能逼着把娃骟尿了。"有人接嘴："该骟，正好绝了懒种。"后面的人催着前面的人，嚷道："快走，快走，肚皮还没饿呀？三顿不给你饭吃，就不骟你，叫你上身，你也没那个骚劲。"

　　下午工间歇气时，队长开会，果然是传达上面骟人的指示。他说："这两年，肚儿能混个半饱了，你们这些骚男人，反而身懒了，心闲了，干活不出力，种地不用心。劲头用在哪里了？心思放在啥事上了？成天人站在地里，挂着锄把，盼着太阳快些落坡，心里直喊，怎么天还不黑呀！急着等天黑做啥？急着等天黑好回家造人呀！婆娘们都成了母猪肚皮，一年生一个，三年生一窝，谁养活呀？人增地不增，喝西北风去？还是国家好呀，我操心的事情，国家也操心到了。看看，国家的号召，说来就来了，解决的办法就是把你们这些爱造人的骚男骚女都骗了。一个家庭，不管生儿生女，达到三个数的，不是骗男人，就是骗女人，具体骗哪个，你们自己决定。怎样骗，用上面的说法，就是男人结扎输精管，女的结扎输卵管。"说到这里，下面有人问疼不疼，他说："上面说了，不疼，就像蚂蚁夹了一口。我也问过骗猪匠，他说结扎就是用绳子，把你们那个爱多事的管子捆死，就这么简单。今晚让大家考虑一夜，明天开始报名，后天就上公社卫生院结扎。"再上工时，所有的男人女人们，都沉默不语，只埋头干活。也不知是在考虑两口子到底骗谁呢，还是在考虑人一旦骗了还有没有性欲？

第二天傍晚，临近下工，队长再次开会。他宣布有六人报名，全是男人。他让会计把名字宣读一遍，然后说："该报的基本上都报了，只有三人在范围之内的还没报名，多少都有些原因。有两个人说身体有病，想推迟，还有一个我说出名字你们就懂了，就是聋子瞎子傻子他爸。下面，让大家议一议，做个决断。"他说完，地里就成了煮沸的锅，闹腾开了。队长自顾吃水烟，也不说话，只是拿眼睛不住地瞟着大家。等他烟吃够了，才用竹烟锅敲着扁担说："安静。现在想说的一个一个说。"他的规矩一定，反倒都闭口无言了。等了一阵，见还无人发表意见，队长仍不急不躁，朝婆娘说："你回去把马灯点着拿到地里来。"话音刚落，一个老汉急忙说道："我说，我说。我看，有病那两人里面，胖崽他爸是军属，他不扎，就不勉强了。就是再生，多两个小胖崽，就多两个保家卫国的，有什么不好呢？"他后面有一串人附和着："对的，对的。""那另一个呢？还有聋子他爸？"队长问。没人搭腔。片刻，一个枯瘦如柴的女人站起来："我来说。有病的不是有两人吗，一个是胖崽的爸，另一个就是我男人。这个月都已经过完了，我下面还没来呢，绝经了，我男人就是无病，累死他我也生不出来了。"好些人都开心地笑炸了。有人喊："自己说的不算，让队长带到背静处验证后再做决定。"队长说："好！那就派你代表我去掰开她屁股验证。"又是一阵嘻嘻哈哈。至于聋子他爸，妇女队长发表了这样一个意见，她说："三胎都残疾，这是种有问题，就跟五类分子一样，再生也好不了。结扎，彻底消除后患！"我看见有几人同时把目光投向我，还有人点头，但没人说话。这时，一条漂亮的白花狗跑进人堆，径自去到妇女队长身边，又摇尾巴，头又朝她怀里拱。薄荷的娘慢慢站起来，说："妇女队长夫妻二人，还年轻，其中总得骗一个。男人在外工作，骗不着，她本人应该自觉带头执行政策。"妇女队长的男人是涪江上的纤夫，常年不在家。这一说，大家的眼睛齐刷刷望着她。有人喊："骗纤夫，一年到头沿江乱下种，都造些拉船的，哪个种庄稼呀。"也有人喊："骗妇女队长，这样就免得给有的人惹麻烦。"队长吼道："说正经的，莫胡闹！"薄荷娘还嘴道："谁胡闹？你们官官相护，都生那么多干部，累死我们呀！"队长恨了薄荷娘儿眼，做了个到此为止的暗示，他说："归纳大家的意见，自动报名六人，加上聋子他爸，应该结扎的一共七人，其余有生育能力的男女都在规定之外。丑话说在前头，不执行上面政策，抗拒结扎，断他全家半年口粮。明天，从你们当中找个带队的。同意上述决定的，举手。"无数只手在夜色中形成小树林。但我还是看清了没举手的人，他们就是薄荷娘和懒蛇。我举没举手，竟一时记不清了。

次日凌晨，队长隔着竹林在后门喊我。我翻身起来，打开后门跑出去。熹微的晨光中，队长立在院坝边缘，稍远处站着杨大队长，他面前卧着妇女队长家那条花狗，它昂头望着他，尾巴摇个不停。队长说："崽儿，上午给你半天官当，尝一尝做干部是个啥味道。"我一惊，随口道："队长，你说梦话啊？天已经亮了，你醒醒吧！"队长道："我说的是实话，你怎么认罚不认赏，习惯啦？"看他一本正经，我问："奖赏我什么官？你说，信你一回。"他说："上工后，你代表生产队把这七个人带到公社卫生院去结扎。"我愣了半天，才醒过神来，说："管太监的官？不小嘛，他们能服我吗？"队长迟疑了一下，说："服，一定服。"这时，杨大队长给他打了个手势。他过去，两人耳语几句，他很快又回来，说："你就说你是领队，他们服从带队的，队员都跟领队走嘛！"我听了这话，觉得别扭，但一下又想不透彻，不知别扭在哪里，只得闷住不开腔。队长见我默认了，便说："上午活紧，我走啦！"经过我身边，他轻声道："当心一点。"杨大队长也随之离开，那条狗跟在他身后。

我走在队伍最前面，那七人散漫地落在后边，三人一串、两人一溜，脚跟着脚，嘀咕不停。聋子他爸，远远地掉在最后。一行人看起来，只有我和他形单影只，好像是与之毫不相干的人。公社卫生院门口，一边站个持枪的民兵，他们不让我进。等队伍候齐了，我见有几个人吓得腿杆直颤，还听到磕牙的声音。屋里出来个干部，问过我的姓名，然后就把我们带到后院。我们被关进一间小房子，我表明自己是带队的，要站在门外，那干部却说："你是领队，队员都跟领队走，你也排在里面。"我一下蒙了，还想争辩，门却被扣上了。此时，一种恐惧也迅速爬上我的心头。队长交代任务时，我当时想不透彻的那句别扭话，此刻一字不差地从干部嘴里说出来，我心里一下透明了，原来，他们早有预谋要加害于我，怪不得队长临离开时叫我当心。我悲愤不已，眼泪盈满眼眶，我强忍住不让它流出来。面对如此惨无人道的卑劣行径，我不能坐以待毙。我要自己铭记于心的是，腹中这根已经熟透的输精管，是悉心为陈佩缇留着的，必须保持精子在里面畅游无堵，决不让它遭受结扎！我想到了呼喊，想到了申辩，想到了咆哮，想到了同归于尽。但是，于我的身份而言，一切抗争，都无济于事，它只能让悲剧来得更快。我最后觉得，我必须以智慧战胜眼前这无比强势的对手。干部已经叫走了四个人，我不能落在最后一个，只能在中途伺机逃走。当他再次出现在门口时，我主动走出去。干部却拦住我说："你，最后一个！"我看见一个同样是穿着白大褂、只露一双眼睛的大个子，一晃就不见了。但从他的身影看，此人就是杨大队长，这个可恶的幕后操纵者。

　　直到我饿得快晕了，时间应该到了半下午，我才最后一个被干部带进手术室。一进门，他伸手解去我腰间的帆布皮带和裤扣，动作十分麻利。我双手飞快搂住裤腰，唯恐裤子垮到脚踝。穿白大褂捂着口罩的男医生坐在手术台边，头仰在椅背上，闭着眼睛，双腿懒散地伸着，一副疲惫不堪的样子。听到脚步声，他用轻微的声音说："先躺下用单子罩住，让我喘息两分钟。"他身旁扎着小辫的女护士，口罩挂在耳朵上，一见到搂着裤子的我，就惊叫了一声。或许是我的青春气息刺激了她。干部盯她一眼，她慌忙捂住嘴巴，立刻戴好口罩，从她露出的双眼里，我看到恐惧还未完全消散。就在此时，手术室外的诊室里有女人吵闹，声音十分熟悉，嚷着要找医术好的副院长看病。靠在椅子上做结扎的医生，就是副院长，打了个手势让护士出去看看。干部却一摆手，气势汹汹径自离开手术室朝诊室走去。听两人争吵的口音，我判断女的就是薄荷。我灵机一动，就哆嗦起来，嗫嚅着说："尿憋不住了。"腰弯得很低，夹紧腿，尽量装得逼真一些。医生扭头瞟我一眼，对护士说："让他排空、排干净。"其实，在我弯着腰时，就已经将西式棉裤门襟的第一颗扣子重新扣好，把裤腰稳稳地箍在我的腰间。护士把我带出手术室，指了指远处围墙下的厕所，就转身往回走。擦肩而过的一瞬间，我见到她同情的眼神和发红的眼眶。院墙高过我头顶，人很难翻越。我环视一番，发现院墙一角，栽了一副吊打人的木架，一根大麻绳还缠绕在木桩上。迅速解开绳子，借助它攀上木架横杠。我一脚踏木杠，一脚踏围墙，双手撑着墙头，骑在围墙上，十指抠住墙砖，翻出围墙，让身子尽量朝下坠，就在人离地面越来越近，手指都抠麻木了时，我一松手，脚掌带点弹性着地，人就安然无事地成功逃逸。

　　我拼命跑进一片树林，听见后方传来一声枪响。

　　一口气，我疾行八里路，来到汇龙镇上尤姐家。尤姐刚好卸货回来，我将我的遭遇向她哭诉一遍，她听了，挥舞鞭子足足把门前的柳树抽了一百下。她一边痛骂那伙畜生没人性，一边把黄牛的草料安顿好。从水缸里舀瓢凉水灌下肚，锁好门，拽上我就往马路上奔。到了我们公社，干部们正在吃晚饭。她拉着我直接走到一棵香樟树下，对着一个人喊了声："好书记！"声音已经带着哭腔，随着眼泪也吧嗒吧嗒往下掉。被叫着好书记的人蹲在地上，手里端着饭碗，脚边放着菜碗，吃得津津有味。他抬头望见尤姐，停住咀嚼，问："又是你呀？这回要证明甚事？"尤姐说："好书记还记得我？""记得啦，你这个人，打一回交道就忘不了。"尤姐突然跪下去，呜咽着又向前移了两步，膝盖几乎挨到菜碗。她喊道："我有冤屈向你申诉。"书记"啊"了一声："你是冤，泪水都掉进我碗里了。"我的脸轰的一下滚烫，羞耻难当，双手抱住尤姐的膀子扶她起身，并吼道："我宁肯被人骗了，也不愿让你给他下跪！"尤姐身子使劲往下坠着，不肯起来，对我叫道："你站一边去！"书记把菜碗端开："哎！哎！哎！受不起呀！"他手指身后一排屋子道："门开着那间，你们先进去等我。"尤姐说："你答应为我申冤，我就起来。"书记说："不答应，你有本事把地上跪个坑！"收起碗起身走了。我仰头朝天上喊道："你不起来，我立刻就回卫生院去挨一刀！"尤姐没理我。我松开手，撒腿就走。她双膝急速前移，撕心裂肺大叫一声："兄弟呀！"我的心像猛然被人戳了一刀，眼泪唰唰直下，几步跨过去弯腰抱住尤姐的头。书记一手拿着洗过的碗筷，一手搀住尤姐："你这是在扫我这个书记的脸面，够了吧？"语气很重，尤姐终于站起来。我俩泪眼婆娑地跟着书记进了他的屋子。我和尤姐站着，他也没招呼我们坐下，就问："说，什么事？有多冤？"尤姐照我哭诉给她听的原话说了一遍，最后气愤地嚷道："我兄弟才十九岁，十九岁呀！丧尽天良，丧尽天良呀！"书记想笑，忍了忍，但最终没忍住，还是笑出声来。他说："不是还没结扎嘛。"尤姐说："他们说要让剥削阶级断子绝孙，后头肯定还要抓他去骗。"书记说："农村干部嘛，没时间研究政策，只懂皮毛，他们爱憎太分明了。消灭剥削阶级，本意不是他们想的那个样子的。"我一口接过来："本意是说推翻剥削阶级，消灭剥削制度，消除剥削阶级思想。"书记点头道："对，还是秀才崽儿说得对，谁说过要消灭人，叫你们绝种？"尤姐说："还是好书记吃透了政策，请你给土八路们打个招呼，免得不懂政策乱去祸害人。"书记说："这就不是你操心的事。我可以告诉你，这样的事，不会出现第二次。"他拍拍我肩膀："你娃还真有骨气，怪不得有女人惦记你。"他推着把我和尤姐送出门，又说："不过，自己还是要照例管好裤裆里那玩意儿。"我明白，他末了这句话，是在暗示我，尤姐两次找他，都是因为有人惦记我这个鸡鸡惹的祸端。

走出公社大院，天色已近黄昏。

先送尤姐回镇上，然后我再回乡下。到了镇上，尤姐直奔周端人家酒馆，正遇关门。她挡住就要合拢的最后一块铺板，挤到柜台前，叫烧腊西施打了半斤酒，切了一包烧腊肉。付过钱，一刻未停，转身就往家走。

一进家门，尤姐摆好杯盏，布好碗筷，斟上酒。草纸包一打开，烧腊肉的香味扑鼻而来。尤姐招呼我坐下，说是陪她对饮几杯。家里一整天没我音信，我怕父母担忧，加上对酒从无兴趣，因此道："天色已晚，我必须走了。"她说："怕父母牵挂？你真的没感觉到，还有别人也在牵挂你？"她独自吞下一杯酒，用水汪汪的双眼看着我。我赶紧说："谢谢你！尤姐。要是没有你，我人生道路上的许多坎坷，凭我自己是迈不过去的。我知道，你时常把我牵挂在心上。"她递给我半块卤兔头："你这种人，都快成过街老鼠了，这个地盘上，哪里有你安身的地方，再不找个依靠，你怎么活下去？"帮她把酒斟上，我无比感慨地说："在学校，我想，只要认真读书，我就有活路。在乡下，我又想，只要肯干活，我就有口饭吃。没想到，世上的事情远不止我想的这么简单。"说完，我感觉眼睛有些湿润，没敢看她，把脸别向一边。她说："你娶了我吧！别的人谁敢嫁给你，也只有我才有这个胆子。你娶了我，我就是你的一座靠山，我就是你的一棵大树。风，刮不倒你；雨，淋不着你，保你一生一世平平安安。"我很震惊，没想到，她会这么明白直率地把这个问题提出来。在街上时，作为街坊，我尽量回避她，也有点厌烦她。下乡后，生活把我变得不那么单纯了，心里就让自己认可她，逐渐也有了亲近她的愿望。但无论如何，也没有心存超越这些以外，如她所说的那种期待。于是我说："尤姐，我只想不惹是生非地活在这个世界上，其他的事，尤其是找个女人在身边这种事，我根本无法去想它，也不应该去想它。"尤姐怔住了，呆呆地看着门外迷茫的夜色，不喝酒，也不吃菜。半天，她才说："我知道，你心里一直在等她。那，你走吧。"我很歉疚，也很自责，迟钝而又小心翼翼把兔头放回桌上，转脸看尤姐一眼。她的眼泪，已经流过脸颊。就在我走入夜色深沉的街道，尤姐撵上我，将那包烧腊肉塞进我怀里，没吭一声，便反身回去了。

院子漆黑一团。当我一脚踏进家门，如豆的油灯突然亮了。立刻，屋子昏黄的光线里，我看见父母那两张饱含痛楚的脸疑惑地向着我。父亲一把拉住我，手伸进我的裤裆细细摸索。母亲泪水涟涟，喃喃道："造孽呀，造孽呀。"父亲抽出手，向母亲摆手示意："虚惊一场，此乃虚惊一场。"母亲惊喜道："天啦！我差点不想活了，老天爷耶！"父亲爽朗地叫一声："吹灯睡觉！"

过后，背地里碰到薄荷，她激动地对我说了一大堆话。她说，当她得知由我带队去公社卫生院结扎，就识破这是一个阴谋，我去了必定凶多吉少。于是半上午偷偷从地里跑出来，一直逗留在卫生院周围。直到三点钟左右，当她窥探到那七个人做完手术都离开医院，我还未出来，估计我的麻烦已经开始，便急忙导演了那场闹剧。还果然如她所料,也终究让我成功逃脱,她高兴得直跳。真的,如果没有薄荷的机警和胆量,那个干部一直在场监督,我绝对已经变成一个废弃的男人。我在心灵深处,感谢她的真诚、仗义和勇敢!

第二天,在地里干活,薄荷娘见了我,将我拉到地边,悄声问:"骗了没?是不是把那玩意儿割掉,像宫廷太监?"我瞥她一眼,平静地回敬一句:"闲屁管野卵。"她无比惊讶道:"你还能说出这么难听这么恶心的话!假斯文!"我说:"话丑理端,太深刻了。"她没介意,笑着说:"你还别说,我在重庆那时,就见过嫖客浪尽了家产,妓院逼债,一个大男人,当着老鸨的面,自己坐在门槛上,一刀将鸡巴剁了,说是门槛上剁鸡巴——恩情两断,狠心绝后,免得祸害后人。"她的指桑骂槐,足够巧妙狠毒。我不值与这个刻薄的混过旧世面的女人啰唆,便以牙还牙道:"幸亏薄荷一点不像你。"她脸上还挂着方才的得意笑容。但当我离开她才走几步远,她突然问:"什么意思?"我喊:"总算没有谬种误传!"她骂了一句:"狗崽儿!"

接着这几天,队上的人最爱议论此事。一些人说是上头做个架势,吓唬我,敲打我,不是真骗。真要骗他,他是跑不掉的。也有另外的人一本正经地讲,肯定是真骗,本身就要这些家伙绝种。骗了就骗了,又不犯法。只是这个龟儿聪明,想法逃脱了。逃了就逃了嘛,不好围追,这种事,有违人道,动静搞得太大,还是有些不良影响。其实,就是不骗,找不上婆娘,也就自然绝后了。不管什么人,怎么议论,甚至演绎,我只姑且听之,毫不理睬,泰然处之,从不让一句这样的话从心里经过,留下阴影。

第三十八章

春雨淅沥，连着两天未停，地上泥泞。父亲穿上二哥才寄来的新雨靴，准备出工。对门邻居女人过来，说是上街赶场，要借父亲脚上的雨靴穿。父亲没有犹豫，随手脱下左脚那只，正要脱右脚的，我说："你的右脚，昨天不是被地里的瓦片割伤了吗？"父亲迟疑了一下，随即瞪我一眼，还是很利索地把雨靴脱了，让那女人穿上。这时，妇女队长带着三个学生冲到门口，拦住光着脚板扛着锄头的父亲，吼道："'破四旧'的，来搜你家'封、资、修'的东西。崽儿也先别走。"我和父亲愣在那里，不知所措。邻居女人见势脱下雨靴，摔在地上，悄无声息地跑了。一个男生捡起两只雨靴："资产阶级小姐少爷才穿这个，没收！"妇女队长鼻子里"嗯"了一声。她指着父亲说："你，原地站着别动！"又指着我，"你，跟随我们进屋。"一个女生眼尖，我枕下有两本书的书脊露在外面，被她看见。她一把抽出来："呀！'苏修'的书，敢看'苏修'的书。"我争辩："斯大林时代的，那时苏联还没变修。"女生无言，稚嫩的脸陡然红了。妇女队长叫一声："狡辩！"两个男生同声道："对，狡辩。"接着，他们搜到一个陶瓷罗汉，一对陶瓷帽筒。女生问我："你还有的书呢？"我说："是还有些书，但都借得不见了。好些学生来借过，都是只借不还，我也记不清了。"其实，谁也不敢到我家借书，很多书都藏在头顶的小阁楼里，她们没上去。女生小声说："我可没借过你的书呀。"一个男生愤愤地说："散布'封、资、修'，反动！"妇女队长定定地站在祖母面前，盯着她手腕，三个学生围在她身边。祖母慈祥地笑着，浑浊的双眼望着她。妇女队长用食指钩起祖母手腕上的银镯子，祖母的手跟着慢慢往上抬，最终停留在胸口前。祖母的眼泪猛然涌出来，有两滴落在妇女队长手心里。祖母哭泣道："大姐，没细粮吃，我饿得慌。劳神你帮我用银镯子换些细粮吃。"妇女队长和祖母那双哀伤的眼睛对视片刻，突然抽出手，别过脸，头一埋，飞快地走了。三个学生抱着"四旧"，尾随而去，那个女生的眼眶里还闪着泪光。父亲仍站在原地，雨靴没了，我脱下自己脚上的旧解放鞋，让他穿上，他没答应，又亲手帮我重新把鞋穿好。父亲走进院坝，那双瘦弱的光脚，立刻被泥浆包裹，他忍受着石子瓦砾的刺痛，艰难前行。

  豌豆花谢了，结出一蓬蓬带着花蒂的嫩荚，被暖烘烘的阳光焖出一种奇异的幽香。春困和春荒让人变得慵懒和迟钝。地里干活的人们望着太阳，嫌它走得太慢走得太久。才挖了几锄挑了几担，肚皮就瘪得咕咕叫，有人就盼着歇气盼着收工。等到终于歇气，大家一步不挪，应着队长的哨子声，就地倒下闭目喘息。为避风头，这些天我再没带书到地头看。我头枕手掌仰望天空，看鸟儿在云彩下自由飞翔，看蝴蝶迷恋花蕊闪动着美丽的翅膀，看两只红蜻蜓恣意交尾上下起舞……它们的天真浪漫，它们的随心所欲，让我心生爱慕。正当思绪奔跑、浮想联翩之时，妇女队长的胖脚尖踢着我的瘦屁股，她问："崽儿，在想啥好事呢？"我仍然躺着，手指天空说："你看那只鸟儿在天上飞呀飞呀，在这里盘旋了好久不愿离去。它在找谁？它在看谁？它是不是把家忘记了？你能叫它停下来，告诉它家在哪里吗？"妇女队长也仰头看鸟，搔着后脑勺道："我怎么管得住天上的鸟鸟？"我反问道："鸟鸟儿都管不住，你还能管人？"她说："你见谁个女人管得住能飞的鸟鸟？"我说："我见其他的女人都管得住鸟鸟，不信你去问那边的男人。"她瞪我一眼，扭起屁股真的去了。过了一阵，她返回来，身后跟着两个中年妇女。近了她望天上，天上的鸟儿早飞走了。就在我随她的目光仰望天空的不经意间，两个女人两座山似的压下来，一人抓膀子，一人抬脚，将我这个轻飘飘的小男人移到背静处，按在沙沟里。妇女队长叫其中一个丑陋无比的女人褪下裤子。我知道，一场狠毒、恶心、有悖伦理的惩罚就要开始。她指着我气愤地训斥："没收了你家'四旧'还记仇呢。你扯鸡骂狗，侮辱我说连自己男人的鸟鸟都管不住，还想管人。我男人在涪江拉船，挣了钱，在城里找女人，那是他的本事，我就不管，关你屁事！眼红了？眼红你也就是个修理地球的命！莫尿法！"她朝那个女人喊："灌尿！"我说："等等！"我记起前次公房灌尿，老女人私密处那个怪异的特征。于是，我语气平缓地对那个手提裤子的女人提醒道："你亮出下体，我就会记住你屁股上的任何一个记号，我去找你男人，说你强奸一个童男子。只要我说对记号，你男人必信无疑。因为他相信，只有你有胆量也有兴趣强奸我，我没胆量更无兴趣强奸你。你的下场就是被你男人永远踢出家门。"那女人一听，扎好裤子就跑了。妇女队长骂了一句"滚尿蛋"，就气极败坏地要亲自上阵。这时，我瞄见坡嘴有个穿花衣的人影一闪，估计是谁要下沙沟解手，便拖长声音呼喊："有人强奸我呀！"妇女队长一手捂住我的嘴，一手解开自己的裤带，剩下的那个女人反身压住我的腿杆。我强烈反抗以拖延时间。片刻，有两个人跑过来。一个是队长，他一把拽起妇女队长，在她雪白的屁股蛋上拍了一巴掌，要她把裤带系好，随他回地里干活。另一个是"破四旧"时，搜走我两本书的穿花衣的女孩。她望着妇女队长的背影："都什么时代了，还用这么卑鄙下流的办法惩罚人。"看着她同情的目光，我问："怎么没上学？"她回答："今天是星期天，我也下地挣工分呢。"我忍不住问道："我那两本书也不知下场如何？"她笑了："是你的两本书教我认识了你，也是你的书让我认识到必须制止她的不道德行为。"我说："你已经从书中获取了知识和力量。那两本书就算是送给你的。需要书看，还可以借给你。"她点点头，腼腆地笑着跑开了。之后的日子里，她时常偷偷跑来借书，几乎把我的藏书，包括后来我从周端人那里淘来的所有书籍，悉数看遍。十年后听说，恢复高考的第一年，她一花独秀，成为全公社唯一一个考上大学的农村孩子。所有认识她的人都无比惊讶：与队上其他平平常常的孩子一样的她，知识是从哪里来的？当然，知识不会是从天上掉下来的，女孩背后艰辛攻书的苦与累，又有几人知晓？

收工时，队长让我帮他把工具捎回家，他和妇女队长还要去坡那边检查做活质量。等人走得差不多了，他对我说："崽儿，为扎你的管管，大队和公社有干部挨批评了。公社书记说他们胡闹，还让他们作了检讨。"我沉默了，不知该如何表达自己此时内心的真实感受。正好，妇女队长站在坡坎向队长招手，我扛了一大捆锄头扁担转身走了。

春到深处，东风浩荡，阳气大开，庄稼也借着地气和充沛的雨水，蓬勃生长，乡村成了一个沸腾的世界。日头高照，人们在天熏地蒸的田地里奔命，忘记了时日，忘记了年龄，只要你能在土地上行走，你就必须毫无例外地，没昼没夜地，投入到这场如火如荼的春耕生产的战斗中去。否则，你不是二流子，就是坏分子，有人必定找你秋后算账。豌豆荚怕炸裂，黄麦穗怕倒伏，抢收时节步步逼近。做活不歇气，想偷懒的最好办法，就是渴了拥上井台喝凉水。打水用竹竿，在竿下端靠节的地方砍一个眼，伸进井里，灌满清凉井水，提起来嘴对准眼，咕咚咕咚直往肚子里吞。我提起扑溜溜一竹节水仰头就喝，斜眼看见薄荷朝井台跑来，有人将另一根竹竿越过人头往她手里递，她没理睬，而是直接挤到我身后，叫我别喝完了，随即一把夺过去。带着我唇印、沾着我唾液的竹眼，被她飞快地扣在嘴上。我看出她这样做是有意的，于是头脑里隐约产生了被她强吻的幻觉，也有了自己被亵渎的羞耻感。喝尽竹节里的水，她朝我嫣然一笑。喝好了凉水的人并不马上离开，都要借此机会，站在井台的柳树下多扯几句闲话，多凉快一阵。这时，来了一个穿绿衣背绿包的邮递员，他一口气打了两竹节水喝。喝够了，从包里摸出一沓信，顺手抽出一封问："薄荷在吗？"大家知道是胖崽来的信，立刻闪开一条路，让薄荷过去接了信。她当时拆开一看，又是一张鲜红的立功喜报。她捏着信页到一边看去了，任喜报在大家手里传递。她从我身边走过，我小声道："祝贺你，随军的路越来越近了。"她说："不许讽刺。"我说："我是真诚的。"远处一个声音传过来："井台压垮了，懒鬼些！喝得多，尿得多，你们多会偷懒呀！"是队长在吼。井台上的人听到呵斥声，都害怕得缩头缩脑，鬼鬼祟祟地悄悄散去。

中午，尤姐往区上送货，途经河对岸的马路，她停住牛车来到河边，声嘶力竭地把我从家里吼出来，告诉我镇上"破四旧"，闹得鸡犬不宁。周端人为护他那一屋子破书，和半条命拼着老命争吵，头被打伤，气得瘫倒在床。我一听，最为他一屋子藏书牵肠挂肚。他年迈力衰，万一有所不测，那么多书失散了实在可惜。要是落入烟摊，被摊主一页一页撕去包烟丝，那简直就是罪过。

当晚收工已是满天星斗。我把上街淘书的急迫性给父亲讲清后，背了个大背篓，拿两根熟苕，边吃边向镇上进发。

我失去的故乡，我魂牵梦萦的石板街，此时已经安然睡去。沿街的杨柳，像披头散发的弃妇，孤独地立在路边，望着那些破败且紧闭的门脸发呆。周端人的酒馆门前，散落无数碎纸片，一片狼藉。从门板缝隙窥探，屋里灯光幽暗，寂静无声，透着瘆人的阴气。我拣起几张纸片，都是旧时杂志的封面，其中一张，摩登女郎的粉脸被撕成两半。笑眯眯的眼睛，一只被我捡在手里，和我相视无言，一只贴在地面，被一口唾液覆盖，看不见世界，了却不少烦心事。我感觉腿肚被什么东西挠了一下，原来是周端人的那只宠猫，没想到它还认识我，它挠过我就往屋后跑，还不断扭头看我。我心里一动，好像有了感应，就不由自主地随它而去。它把我带到后门外一大堆灰烬跟前，就蹲在一旁，摇着尾巴小声咪喵。面对呛人的纸灰，和还没燃尽的纸张，我立刻想到"焚书"二字，心顿时咚咚直跳，急得有些喘不过气来，顾不得甩下背篓，纵身扑上去。黑沉沉的灰堆轰然垮塌，燃尽和未燃尽的纸片，蝴蝶般漫天飞舞，瞬间把我淹没。我用两肘的袖子，小心翼翼地扫尽纸灰，下面终于露出一摞摞书籍，排列得很整齐。我数了一下，没烧尽的书还有三层，每层三十本，三层总共九十本书。四周的书有的已经烧残，中间的仍然完好无损。我心疼地抹去书上的烟尘，尽快将书装入背篓。正在我无比痛心地惋惜被毁灭的书本，刚要起身走时，身后突然传来"哎呀"一声惊惶的尖叫。我吓得一屁股坐在地上，半天醒不过神来。沉静片刻，一个声音在我背后响起："为书生，为书死。你冤魂不散，谁逼死你，你去找谁。我们夫妻一场，别来吓我，你走吧！冤有头，债有主，谁害你，你找谁，远去吧！"原来，烟灰早已把我变成一个黑黢黢的鬼，自己却一点也没察觉。被吓昏头的是周端人的夫人烧腊西施，她把我当成书里的冤魂，守着焚书不舍散去，便使劲驱赶。

当她明白原来是我这个小书痴时，便把我请进屋，从枕头里掏出一捆书，说是她男人特意挑选出来送与我的。我感激不尽，让她带我去见周老先生，我要当面致谢。听到此话，她顿时老泪横流，告诉我自己男人已经与书同焚，死得好凄惨哟。怪不得刚才听她说了一堆类似呓语的话。她将我带至酒馆后堂，这里停着周老先生的遗体。她正准备揭开白布单子让我看，我忙按住布单一角说："别动。我希望留在我心目中的周老先生，应该是，也只能是一位文弱、肃穆、独具魅力的老人，而不是一具焚过的僵尸。"她对我讲述了先生的遭遇。

今天一早，半条命带领街上几个浪人，来她家"破四旧"，抄走许多瓷器细软，先生没有阻拦，唯独家里藏书，先生不让那伙人动一指头。他坐在书房门口，手杖挂在腕上，跷着二郎腿，不让任何人进去。半条命硬往里挤，被他拧住耳朵臭骂一顿。骂声未止，半条命一把将他推了个仰面朝天，然后撒腿就跑。先生头被磕破，昏睡在床，衰弱不堪。午后，半条命打一面红纸做的旗子，上书"破四旧小分队"，带人偷偷进入书房，将书搬到后门外码好，从储藏室抱一坛白酒，浇在书堆上，正要点火，先生清醒过来，挣扎着扑上书堆不下来。半条命把他拽下来，他又顽强地爬上去，这样反复三次。半条命恼羞成怒，喊着："四旧不投降，就叫它灭亡！"然后一把火点燃书堆，转眼先生陷入火海。当烧腊西施在前堂察觉时，惨剧已经发生，两个酒客帮忙灭火，家里水缸里的水泼尽，也没能把他救出，眼睁睁看着被活活烧死。之所以还没安葬，是在等待他们唯一的儿子，从远方回来与父见最后一面。

说到最后，她已泣不成声。我也痛心不已，泪流满面，向着这位嗜书如命，为书殉葬，用生命维护知识尊严，使之免遭践踏的老人，深深地三鞠躬。

出场口，在破败的公厕边，碰上半条命从里面钻出来，他一把抓住装满书的背篓，嚷道："书虫，周端人的孝子贤孙！"我一掌推开他，急忙加快步伐逃离了。

连夜搬回去的书，我只能暂时藏在自家的苕窖里。不是防偷，而是怕别人看见给我带来灾难。直到风声过去，趁着一个漆黑的夜晚，我才把书转移到屋子的阁楼上。

第三十九章

这天一早，队长把我从家里叫出来，说："崽儿，派你个差事，很急，也只有你才干得了。"我心里一惊，前次险遭结扎的事，至今想起来还心有余悸。就问："又叫我干吓掉魂魄的事呀？"他说："你放心，再没人打你裆里那玩意儿的主意了。好事，派你去县城买柴油发动机配件。"我一听，心里顿时甜丝丝的。他又说："去年，派个睁眼瞎去，不认识零件上的外国字，拿货的也是个混蛋，结果买回来型号对不上，用不得，白花几十块钱，还耽误了抽水插秧。我相信全队的男人里，只有你能办好这件事。"说完他给我三十块钱货款，还有写着购买配件名称的小队证明。我接过钱和单子扭头就跑。他追上来又叮咛道："好像那个打头的外国字，对的是一个圆圈带个尾巴，不对的是一个圆圈不带尾巴。你再厉害，我也要提醒一下，你别多意。"我在心里说，不就是"Q"和"O"的区别嘛？简单得跟一似的！回家急忙脱去准备下地的土布补疤衣，换成干净的细蓝布中山装，与父亲要了几角钱的盘缠，向祖母和母亲照过面，拔腿就出发。父亲撵出来塞给我一斤粮票，说有钱无票只能喝西北风。

走完坡梁上的羊肠小道，我踏上通往县城的石子马路，宽展的路面让我眼前一亮，好像希望就在前头。县城边有条柏油路通向远方，不时有汽车奔驰而过，留下一阵阵汽油的芳香，我狠劲张开鼻翼深深呼吸，仿佛就有了做城市人的感觉，这种感觉让我暂时忘记了自己的卑微。于是看着无限延伸的油路，就想远方就想天涯，就想自己完全应该沿着油路，去看渤海湾，去看昆仑山，去看城市雄伟的建筑和宽阔的街道，去坐进大学的课堂，听眼镜架在鼻梁上的老教授释疑解惑，去做一个我想做的人。荷锄种地那是别人的事情，世间的事岂能随便颠倒？眼前无比新鲜的情景，就像我恍然做了一场白日梦，大梦醒来我原地未动，脚上的解放鞋还踏在柏油路的边缘，踩在它下面的一片废报纸上，批判"三家店"的标题清晰可见。

农机公司的售货员有着一张圆脸盘，红润饱满，犹如歌词里唱的"好像秋天的红苹果"。她走起路来昂首挺胸脚下生风，两条长辫子轮番敲打着丰腴的屁股。我进到门里时她正从外面回来，笑盈盈地望我一眼，一边走一边给捆着围裙在井边淘菜的炊事员抱怨，咬牙切齿说厕所脏得没法下脚。我知道她是在向我暗示，她擅离职守不是有意偷懒，而是解决正当的排泄问题。进入柜台她的脸就开始变成铁板一块，她接过我递的盖有大红公章的证明，随手从身后的货架上取了零件，粗略瞟一眼搁在柜台上。拿起零件我仔细看过包装，打头的外文字母应该是个"Q"，她却拿了个"O"。我说："型号不对，请你再核对一下。"她瞪我一眼，屁股拧向我趴在了货架上，同时放了个响屁，有一股油炒豌豆的香味。调换正确后她说出零件的价格，队长给的货款正好差一块钱。我尴尬得木呆呆地望着她不知所措，自言自语道："身上只有五角饭钱，就是午饭一口不吃，钱还是不够呀！"这次她瞪了我两眼，抢一样拿走零件放回货架，她转出柜台站在门口，昂起头伸长脖子望着屋檐上空那片蓝天，嘴里嗑着瓜子，不再理睬我。

出了农机公司大门，掏出父亲给我的五角钱看了又看，心想，就是不吃午饭，也还差五角钱呢。队长信任我，我不能空手回去让他失望。凡事我只能比别人做得更好，哪怕做出最大的牺牲，也要在所不惜。太顾惜自己，而不管他人，自己就不会被别人顾惜。我来到一家面馆门前逗留，观察同样也在这里徘徊的人。一个气喘嘘嘘的老者碰碰我问："有粮票吗？"我环视四周："一斤的，你能出多少钱？""留够一碗面钱，我只剩五角。"老者说，出气吹着口哨，胸在激烈起伏。我说："五角只能给你半斤粮票，就这你已经赚了不少。你等等，我去换零。"坐在柜台里卖牌子的麻脸妇人对我说："不吃面，一概不换钱换票。"我出来，老者已垂着头走了。望着他沉重的步伐，有了心被踏着的压痛，哭的感觉袭来。追上他我把一斤粮票塞进他手心里说："就五角。"他给我五角钱说："好人呀！"

回到农机公司柜台，女售货员收了我的三十一块钱和证明，照样瞪我一眼，并未给我零件，而是撩开货柜之间的半截门帘，一闪身不见了。过一阵，从外面进来一个公安，扯住我衣领让我跟他走。我似乎明白点什么，回头朝苹果脸售货员喊了一句："小人！"进了一间挂着国徽的屋子，我还站着公安就开始审问："你交代一下你买农机配件缺的一块钱从哪来的。"我有了被侮辱，被万箭穿心，被踢下悬崖，不成人形，灵与肉已经灰飞烟灭的悲切感。我不语，以此来对抗他漠视我人权侮辱我人格的行为。他看着购货证明又说："你自己说的身上仅有五角饭钱，就是你把吃饭的钱也用来买零件，那还有五角的来路呢？你们小队离县城几十里路，不可能是回去拿的钱嘛。因此，你这五角钱来路不正呀！"他们怀疑我是贼，是把自己的脸抹下来装进荷包，而不要脸去偷别人钱的烂贼！贱人有很多种，我最不屑的就是做贼的人，就是不劳而获偷鸡摸狗的贼。我不能再沉默，我决不容忍他们把我想得那么肮脏，更把脏水往我身上泼。在当今我若被人泼一身脏水就一辈子也洗刷不干净。倒卖粮票是投机倒把，人能投机人能倒把，那是在用智力谋事谋生，戴这种帽子比披张贼皮要堂而皇之得多。于是我冒着"投机倒把"帽子就在头顶盘旋的危险，一五一十交代了我倒卖粮票的罪行，一丝一毫都没隐瞒，以显示我不是低级犯罪。公安让我把投机倒把罪行如实写下来，还叫我按了手印。他拿着我的交代离开房间，我定定站着，眼望国徽在心里祈求它保佑我，因为队里还等着这个零件，明天要修好柴油机急需它抽水灌溉农田。就在此时，我闻到饭菜的香味，我肚子开始咕咕地反抗个不停。我自己让自己坐下来，忍饥受渴准备打持久战。盼了好一阵，公安终于进来，他对我说："经请示领导，鉴于你倒卖粮票是为集体是因公事，暂时不定你投机倒把罪。倘若再犯，不究原因，必定严惩。你赶快去农机公司取货，我已经通知他们。"起身拿过购货证明，转身走出那个让我丢失颜面却十分庄严的房间。

　　农机公司那个苹果脸女售货员不在，站在柜台里的是一个长相清癯的男人，他正面朝门外发呆。我把购货证明递与他，并说："钱已付清，收钱的是个病态女人。"话说出去，我先前受辱的愤怒得到些微发泄，发泄过又觉得自己确实卑微，如果她还在场，我敢这样说吗？我认真核对了零件型号和发票填写的内容，把两样东西收拾妥当，我见那个清癯的男人又发起呆来。

　　走在大街上，身后拖着一节影子，脚下有些飘，肚子空虚得发慌。抬头望天，太阳是花的，光线是纷乱的。真的盼着天上掉馅饼，不希望掉多少，哪怕掉一个也行，太吝啬就掉半个，觉得来得太容易，就掉在快要骑过来的垃圾车上，让我跟着撵几百米，它停下来我才捡来吃。但，天上的确不会有馅饼掉下来，我好失望，大吼一声："我快饿死了！"没人理我。不经意间，我又鬼使神差地走进那条小街，走进那条因追梦来过两次，留下过我的脚印，更留下过陈老师的脚印，却无缘在此重逢，丢下许多遗憾的小街。今天，陈老师外祖母家门口，不再幽暗。沿巷子进去，门头上新安装了一盏电灯，把仍旧紧闭的大门照得明晃晃的。其实晃眼睛的不只是门上还未褪的红油漆，而更是贴在它上面的红得耀眼的大红纸告示。告示的大意是鉴于陈老师外祖母生前捐献房屋给政府的突出表现，特追授她为1967年"模范共产党员"的光荣称号。这个称号，这个跟随她多年，只因1957年女婿被打成右派而失却，之后一直梦寐以求，终成夙愿的荣誉称号，却在她呜呼哀哉之后，倏忽而至，圆了她生命最后时刻苦苦追求的梦想。

离开小巷，想到这里每一寸土地、每一粒尘埃再也不会与陈家有染，奢望找到陈老师的线索彻底完了，心里便怅然若失。从我前方的小洋楼里传来两声自鸣钟的钟声，它告诉我，已是午后两点，全城的人都下了饭桌，可我的午餐在哪里？我有了将要饿死过去渴死过去的幻觉，恍惚中饿死鬼已经附体，知觉与思维正在一点一点消失。我感觉不出脚步是怎样挪出去的，渐渐地我靠着一根柳树溜到地上。手忽然触到一种冰凉的坚硬，仅剩的思维提醒我，这是为队里买的那个机器零件，它今天是我的命根子，即使我身体的所有零件都掉光，唯独不能失掉的就是它。我把包从身子侧面拉至怀里，将它紧紧抱在胸前。街对面一切都很模糊，摊子上黄黄的东西散发着一种气味，把我的胃抓得紧紧的。一个童音在喊要吃油条，紧跟着喊声变成惊叫："妈，快看呀！街对面树底下有个乞丐。""别胡说，衣服穿得那么整洁，不是的。"这是孩子母亲的声音。在孩子眼里，孤独地萎缩在地上，矮人半截，必定是乞丐。我让自己坚忍些，挣扎着站立起来，做出昂首挺胸的姿势。但迈步时脚沉重而缓慢，被孩子看出来。孩子在争辩："肯定是，肯定是，饿得路都走不动了。"可能是孩子的话引起母亲的关注，有脚步声跟上来。这位母亲牵着儿子绕到我面前，我俩同时一怔，她一把搀住我，扶我进了面馆，她问："你没上学了？"我点点头。闹着要吃面的儿子推了我一掌，我顺势坐下去，凳子腿发出"哧"的响声。她很快买了两块牌子过来，两碗面端上桌，孩子自己拉过一碗，另一碗推到他母亲跟前。她瞪儿子一眼，把面端端正正摆在我眼前的桌沿边，示意我快吃，然后对儿子说："妈吃过午饭了，你不是说这个哥哥饿得走不动路吗？"孩子发脾气，手指着我吼："他是乞丐！"一把将自己的面碗推到地上，随着"砰"的一声，面碗摔成碎片。周围的人那冰冷的目光一齐向我扑来，我赶紧埋下头，吃面的动作明显斯文了许多，咀嚼时眼睛狠狠盯着桌下，恨不能有条地缝让我钻进去，让羞辱、鄙夷、尴尬找不见我，我在心里大喊：这真是一座耻辱之城！耐心的母亲并没发怒，她一边给面馆赔偿碗钱一边对儿子说："哥哥不是乞丐，妈认识，哥哥是个中学生，百里挑一的优秀中学生，妈那时想考中学还硬是考不上呢，哥哥比妈妈聪明能干。"听着孩子母亲为了维护我的名声，而不惜在儿子面前在众人面前编谎贬低自己，她的真诚与善良让我感动得热泪长流。我向她道一声谢，就快步离开面馆。她追上来将我拉到街角，问我现在怎么混成这样。我将今天遇见的事都说给她听，也把遭遇落榜遭遇下放的往事一并告诉了她。她一脸同情沉默片刻说："你怎么不问问我现在过得怎样？"我说："不用问，就知道你过得很幸福。"她说："过得不好。"我无比惊讶，望望她又望望她儿子。她说："我原先的男人死了，现在的男人对儿子不好，所以养成他的怪脾气，刚才的事你别生气。"想起那两次买我米时，她那么宽厚，那么温存，还有方才不吝钱和粮票，买面给我吃，在我饿得要落气时将我救过来，就心存感激。这么一个好人，一个顶好顶好的善良人，怎么会遭此家庭变故的厄运，老天真是太不公平！情不自禁中我猛拍了两下大腿，嘴里"唉唉唉"三声。她含着泪说："还在认识你以前，我男人就在森工局一个伐木场做后勤，去年，查出他贪污几百块钱，要抓去坐牢，他害怕了，一个人半夜悄悄跳岩死了。场里来我家搜查，要找回那些钱，家中哪里有呢，每个月除了寄给我们母子俩的生活费，从没给过我多余的钱。后来，公家在他单位床铺的褥子下，搜到十多张汇款单回执，原来，我男人的一个朋友伐木被树砸死，家里有个瘫痪的母亲，婆娘体弱多病，还养了三个小子，没有了顶梁柱，整个家庭苦得一塌糊涂，男人讲义气，贪污的那些钱都按月偷偷寄给那家人了，都是为了接济他们，挽救一家人的性命。可公家说，这还是要定贪污罪。唉，他就是这么一个人，只是在人堆里落了个好口碑。"她抹一把泪，"你说，他为什么要去死呢，就算贪污，劳改几年就回来了，可以保住这个家呀！你不知道，他这个人呀，一辈子太要面子了。都爱说死要面子，他还真是为了面子死都不怕。"她痛哭起来，尽管捂着嘴，还是能够清楚地听见那揪心的嘤嘤声。过了一阵，见她止住哭泣，我说："天不早了，我该回家了，还要走几十里路呢。"她有些舍不得的样子，语气柔和地对我说："儿子的继父在县供销社上班，稀缺的东西好多都买得到，需要什么来找我，我家住在丁香街十号。"说完将布袋里一包油条塞给我，说："路上饿了吃，四十多里路呢。"又教孩子："给哥哥再见！"孩子白我一眼。我向母子俩挥挥手，埋头走了，再没勇气回望一眼。

　　回家很晚了，院子里别的人家都吹灯睡了。可祖母和父母还守在油灯前等我。本可以等我时不点灯，但怕我进门见不到灯光而感觉太冷清，因此哪怕把灯芯拨小点，也要让灯亮着，像一家人才有希望一样。饭端上桌，油条揪短摆在桌子中间。母亲不停地给我们碗里夹油条，自己只最后尝一点点。

　　买回来的零件装进机器分毫不差，死去的柴油机又活过来，蹲在河边"突突突"地抽水，蟒一样的管道吐出雪白的水花，欢快地流进田里。队长看了很是激动了一阵，他对大家高声宣布："崽儿忍饥挨饿，又垫钱又贴粮票，还差点被当扒手当投机倒把分子抓起来，这件事放在别人身上，又会像往年一样办尿不成，有功劳今天叫他喘口气，去跟那些婆娘拔花生地的杂草。"

　　走进花生地觉得很浪漫，绿莹莹的花生藤，顶着细碎的黄花，铺满一地。藤蔓已分蘖果根，扎进土里只等长成一颗颗饱满的落花生。箭杆草鹤立鸡群似的挺立在绿蔓中,只能用手拔,不能用锄薅。几个懒散的婆娘,东一个西一个窝在地角闲聊,因为这本身就是个让人偷懒的活路。我拔了一阵草,也坐下歇息。前几天看了本书,叫《官场现形记》,书是周端人遗留给我的,已是看第二遍。开篇就讲到乡间兴学,培育子弟的事。其中有一句话"乡里人眼浅,看见中了秀才,竟是非同小可,合庄的人都把他推戴起来"。这句话,一记起就刺痛我的心。多少年过去了,乡村还一直是文化荒漠,我所在的大队,甚至是全公社,据说至今就没有出一个大学生,实实在在的可惜呀!真真切切的可悲呀!正感叹着,有人凑到身后,挠了我的腋窝。一转头,竟然是薄荷的母亲,一个像城里人一样优雅的半老徐娘。她有些美气,走到哪个人堆里,都是她的明丽,反衬出别人的暗淡。对她,我有些怨气,有些厌恶。当然,有时也有些喜欢。她对我说:"你想知道我年轻时的模样吗?要不要我给你展示一下?"我没点头,也没摇头。她本来端坐在地上,这时却斜躺下去,右手肘撑地,手掌托住头,左手把蓝布衣裤捉紧,侧身的曲线就出来了,身材竟然像少妇那么丰腴那么柔韧。她说:"你看,典型的美人坯子:望天乳,蚂蚁腰,翘屁股。我年轻时这样,现在仍然这样,也不曾减弱几分姿色。"说完,她又坐正,挺起胸,把宽大的胸襟收紧,两个乳房就直愣愣地呼之欲出,以此证明她的望天乳仍如当年一样,不肯向男人低头。她见我呆呆地看着,说:"不信?不信你试试。"说着伸手拉我的手往她胸口按。我急忙把手缩回来,直嚷:"我信,我信。"她不悦地"哧"一声:"哼,当年多少公子哥儿想摸,我还不许他们随便摸呢。你假什么假?就想着我女儿的身子,老娘也不输女儿身!"见真的惹她生气了,我也不会用男人的方式去抚平她心中的愤懑,只好捏根狗尾草扫一下她的肩膀提醒说:"你看队长来了。"前方还真有两个男人扛着锄头过来,一进到地里,挥锄就开始一锄一窝铲花生藤。我们都惊呆了,几个婆娘怔一下,清醒过来就一齐扑过去吊住锄把喊:"疯子!疯子!破坏青苗,日你疯子的先人!"我见势不妙,狂跑起来去找队长。我跑到抽水的地方一问,师傅告诉我说队长到妇女队长那商量工作去了。我明白这个话的意思,又狂跑到妇女队长家门口喊:"队长快!快!快!两个疯子铲花生藤。"喊了又砸门。队长跳出门时,手还在慌忙扎裤腰。他不会避讳我,他知道我惹不起他。跑出院子,一转瞬队长已不见人影。

到了地边我止住步。地里打得正欢,双方又打又骂,吓得我心咚咚直跳,快要把胸腔碰破了。队长吼:"我日你祖宗,你们毁坏青苗破坏庄稼,就是两个反革命!"几个婆娘也同时喊:"还是烂流氓,踢女人屁股,抓女人奶奶!"对方吼:"你才是反革命,超种五亩花生,破坏全公社种植计划,破坏国民经济计划!"听到这话，队长收住拳脚，婆娘们见队长住手她们也停下。原来，这两人是公社干部，派下来检查和纠正超计划种植。队长瘫坐在地边，眼睁睁看着两个畜生铲毁青苗，牙齿咬得咯咯响。看着看着，突然就昂昂地大哭起来，还边哭边骂。当看到两人热得同时脱去衣服，还要没完没了继续毁青时，队长一跃而起，按住其中一个估计是领头的就打，还边打边喊："打你狗日的，打你狗日的。你不是农民日出来的，农民日出来的爱庄稼爱得命一样，你是野猪日出来的，野猪日出来的只会糟蹋庄稼！"打累了，队长才歇手，嘴里还嘟囔："老子今天要不是才煺了火，就打死你这个野猪日的。"我明白"煺火"的含义，非常佩服队长的坦率和勇气，这是一个难得的敢怒、敢干、敢当的大男人。打与被打，两个干部终于累惨了，站在那里猛喘气，然后抱上衣服、提起锄头就走，还有三亩多的花生被保护下来了。队长笑嘻嘻地向我跷了跷大拇指，意在赞扬我危急之时的机智和快速。他让我带着这几个婆娘，把铲死的花生藤送去牛圈喂牛。快到牛圈，我见大队长站在妇女队长院门口，身边跟着她家那条花狗。

　　正吃午饭，我听到院子外有人吼："队长抓走啦！队长抓走啦！"放下碗，悄悄趴在队长家后边的竹林往上看，队长天天午饭后站在那里一边吃水烟一边看天色一边谋划庄稼活的坡梁上，这时还真的没有了他的人影子。下午上工就开会，公社来了一个干部，他扯开嗓子宣布："你们队长破坏粮食种植计划，辱骂殴打革命干部，被公社判处劳教三个月。经大队党支部研究，报请公社党委同意，现任命妇女队长为代理生产队长。"稀落的掌声响起，会议宣告结束。由于副队长年初死了，没有了能顺理成章接任队长职务的人，杨大队长正好抓住这个机会，把妇女队长往上升一升，这其实就是他的一个夙愿，谁想到这个夙愿就这么轻而易举实现了。

　　队里的生产不再风生水起，往日那种由队长拼命支撑起来的，忙碌得大家毛辫不沾背的热闹局面偃旗息鼓了，一切归于岑寂，一切都凝固在女队长空洞的哨声之后。慢坡慵困的身影，舔草吃的病羊群似的。庄稼摇晃在南风里日渐成熟，夏收在步步逼近，饥饿的人们恐慌得声声叹息，他们害怕到嘴的粮食被糟蹋在这个骚女人手里。因为，在每一个庄稼人眼里，她算个啥？啥也不是，卵毛一根，谁听她的呢？

　　这天午后，哨声嘟嘟嘟地有气无力响过，到处仍然悄无声息。原来，怏怏的男女劳力，都偎在院子边的竹林里，守望女队长首先出现在田坎上的身影。左等不见，右等不见，大家只好吃烟的吃烟，闲聊的闲聊。要在往日，哨子一声长啸，队长已经气昂昂地站在地的中央，哨声一落，骂声即起："懒鬼些，跑快呀！三天打不湿，两天晒不干，啥尿死样子，夜里少跟婆娘磨豆浆，把劲用来干正经活路！"可今天，等到大家烟吃够了，口说干了，可仍然连女队长的人毛都不见。看不过意，忍耐不住的忠厚人，就带上工具慢慢朝地里走。这时，不知谁在拖着声音颤悠悠喊："船拉儿回来了！船拉儿回来了！"不少人就透过竹林空隙，偷窥女队长家的院门口。我看见她家那只花狗，蹲在大门口，听到喊声，昂起头朝天嚎叫两声，然后，东张张，西望望，很忠于职守的样子，既可爱，又可恨。坡梁上下来两个干部模样的男人，大家一见，纷纷钻出竹林朝地里跑。"站住！"干部追过来问，"太阳都偏西了，这都三四点钟了，你们还没下地？队长呢？"有人回答："关在你们那里呢，还假装问！"另一个干部说："问的是女队长！"大家摇头，薄荷妈用手戳一戳女队长家的方向："正忙活呢。"干部说："去叫来。"薄荷妈并没动，只高声喊："公社领导来啦！公社领导来啦！"片刻，女队长和杨大队长双双出来，那只狗蹭着大队长的腿，被他一脚踢开。干部用疑惑的目光看着这一男一女不说话。大队长说："我们在研究夏收呢。"话音未落，只听他腰间发出"咔"的一声很轻微的金属声，紧跟着帆布皮带的铁扣耷拉下来，他一把抓住扣好，动作敏捷得跟闪电样。干部脸色难看起来，板平的五官还隐约透着一丝愤怒。女队长忙说："请领导屋里坐，喝点茶，听我们详细给领导汇报。"说完去拉领导的袖头。领导用手抹开，下巴向我们这群人一扬："先叫他们出工！"我们被吼下地。路过一块豌豆地，见薄荷妈走在身后，我故意对她惊叫："快看！快看！熟透的豌豆炸了一地。"薄荷妈跳起脚吼："公社领导快来检查哟！豌豆炸一地都没人管。嘿哟，快来看哟！"走几步，她又喊了一遍。走上一道坡梁，我回头看见三级干部四个人在那块地里弯着腰，像在仔细检查着、估算着，这样下去将对粮食造成多大的损失。

第二天清晨，我蹲完茅坑出来，习惯性抬头往坡梁一望。嘿，在那个老地方，队长边吃水烟边观察天气。我走过去无话找话说："呀，队长回来了？"又恭维一句，"庄稼和人都只认你！"他笑眯眯说："崽儿，你最聪明呀，不是你教唆薄荷妈喊豌豆炸了一地，我就是放出来也不会这么快。"我问："你听说啦？""薄荷未来的婆婆，我的兄弟媳妇，一进门就给我说了。"我说："是引导，不是教唆。"他说："都尿一样。"他在鞋底磕去烟灰，告诉我："夏季就给你家分细粮，不等到明年春上了。"我高兴得几乎要鼓掌。他又补一句："先闷着。"我心气十足地"嗯"了一声。

一回家，我就把队长的许诺告诉父母，全家人都喜形于色。母亲长出一口气说："唉！吃了一冬一春的猪食，总算要到头了。猪吃猪食还成天卧在圈里睡大觉,我们吃猪食还要下地拼命劳动,还不如猪呢!"我说:"哎,这也不能全怪队长,是我自己先闯的祸,给家里带来灾难。"妈不同意,她说:"就你大方,就你想得开,处不处罚还不是他一句话。"父亲说:"儿子说得也有道理,多替别人着想,是做人之美德。大家都看着呢,队长不能当哑巴,一百斤尿素,不是小数。"妈说:"好好好,就你们会做人,没见婆婆红苕吃得眼睛都抠成两个窟窿了?"我不想再争论或者讨论下去,说了一声"该出工了",来结束这场由欣喜引发的辛酸的口水战。

下午收工,趁着人员齐整,队长就地开了个短会。他说:"我才走十来天,人心散了,地也瘫了,再不回来,这片天就塌了。关得住人,关不住心啊!我的心搁在这二百多亩田地上,那个急呀!你们的心,也有搁在我身上的,不是有人喊醒了那些个吃人饭不干人事的昏官,我能出来得这么快?"说到这里,队长望我两眼,向大家传递着一个信号,大家便望着我微笑。他接着说:"放我出来他们要我写检讨,我说写个卵,你要放就放,不放算屎了,我写啥狗卵子检讨!我好好的几亩花生毁了,你们才该给农民爹农民娘作检讨!自古糟蹋青苗遭天杀。要不是那时老子身子才熄了火,我真的会把那狗日的捶个半死,当时那个恨啊!"他扬扬拳头,"好,不说他们了。夏收动手了,你们一个个就拼着老命小命干,偷奸耍滑的,我爹我娘也不认,小心我的拳头,它呀,对龟儿些干部都不客气,对你们,别说乡里乡亲,都尿一样,决不客气!"挨了一顿训,大家反而舒心了,也放心了,相互笑盈盈望着,心里想着这个怪物一回来,地里的粮食安全了,就要吃几天饱饭了。

第四十章

一个夏收，一个来月，庄稼人整体浸泡在晨雾里，浸泡在夜露里，浸泡在汗水里。露珠和汗珠，湿透每一个人的蓝布衣褂，尤其是前胸和后背，结成了厚厚的咸咸的满满一层白霜似的汗斑。大家都疯了一样，谁不认识谁，只认识地里的粮食，只认识队长这个人。坡坡岭岭，沟沟坎坎，花花草草，承受着几百双脚夜以继日的奔跑踩踏，一个春天被绿草被花朵封锁的大路小路，也跑成了白晃晃的尘土飞扬的再难见到花草的阡陌。直到遍坡遍沟的麦呀豆呀，像被飓风卷净一样收割干净，直到碾晒的粮食一粒不剩全部归仓，人们才长长舒了一口气。这一口气，汇合起来，简直可以把压在头顶的乌云吹散，因为他们都在同一个时候释放，因为他们都憋了整整一个夏收，一旦从胸腔跑出来，这种冲击力是不可估量的。

开始送公、购粮这天，我们都很高兴，谁个心里都明白，公、购粮一完成，夏粮就要分配到户了。从出土的嫩苗，到扬花，再到结籽，闻了一季新麦新豆的香味，现在终于成熟了，很快就会变成食物进到嘴里，那个满足呀，那个得意呀，明朗朗地挂在每个人脸上。那种祈盼，那种欲望，是在心里酝酿一个季节才生成的，看起来就叫人心酸，深深地烙在了每个人的记忆里。一担公粮挑在肩上，我感慨万千。我在街上生长到十七岁，就是农民伯伯担在肩上的这种公粮养活了我。我不愁吃，不愁穿，成天无忧无虑做着读书上大学的梦。现在，我终于不再坐享其成。我播种，我施肥，我锄草，我收割，我用血汗收获粮食，不但自己养活自己，还亲自肩挑背扛，把该给国家的粮食送到国家的粮库里，去养活那些像自己过去一样十指不沾泥的城里人。我骄傲，我自豪，我有了涅槃再生脱胎换骨的神圣感！

交完公粮出来，平常难见几个人影的街道，今天却人声嚷嚷。对比以往的感觉，眼前的情景很是异样。果然，路过烧腊西施的酒店，门口纷纷扰扰围了一群人。我把草帽檐往上抬了抬，只见半条命和几个学生，纠缠着烧腊西施和那个经常在她店里说书的老人，要她们交代"三家店"的黑帮勾当。半条命高声喊道："三家店还有一个得力干将，就是地主崽儿伊老五，过去经常和死去的黑帮头子周端人搅在一起，宣扬封建主义、资本主义的东西，过后下放农村，还是交往密切。就在周端人死的那天夜里，我亲自碰见他从张家搬走上百本旧书，妄图继承黑帮头子的衣钵。这个人，我已经派人去乡里押解，可能正在回来的路上。"我一听，赶紧拉下草帽檐遮住脸，转身往外走。一个人跟我擦肩而过，用力挤向半条命身边。就在这一瞬间，我认出他是油坊的打油匠，他也看见了我，大叫："伊家老五在这里，跑了，逮住他！"我脚下生风一般往尤姐家奔跑，我身后有脚步声紧逼。劳动给了我力量，尽管扛了一副箩筐，我还是远远地把追赶我的人甩在后面。到了尤姐家，她刚好转货回来。我简略说明情况，她把我连人带箩筐藏在牛棚的草料堆里。我一边喘息，一边听着尤姐和追来的人的争吵。"你窝藏'三家店'黑帮干将，该当何罪？仔细搜查！""滚蛋，少在我门前放屁，把我惹火了抹你一脸牛屎。"另一个声音，很像打油匠："你一个贪污犯的婆娘，凶什么凶？""我不知道哪个是贪污犯，我只知道我是八代十代的穷苦人家出身，你把我奈何不得。你一个老流氓，欺负一个弱女子，不是人，是狗！是狼！滚！滚！"我知道她有意把牛拴在牛棚门口，有生人到跟前，牛就"昂"地叫一声。过了一阵，外面安静下来。尤姐喊一声："出来。"我顶一头草料站在她面前，她说："又算逃过一劫，你呀，真是多灾多难。"我说："不是有你这个救苦救难的观音菩萨吗？"她笑了："你认账啦？"我说："认账。"她说："认账就把你送出街道，逃过那些个乌龟王八蛋的手掌心。"她把两个箩筐口对口绑在车上，让我蜷曲在里面，上头盖几条麻袋。走在街上，我听她对人说："还没抓到呀？跟老娘装货卸货去，完了赏你们每人两节麻糖吃，莫跟半条命当狗腿子。"少年的声音："方烂药说，他们半夜去你床上抓地主崽儿黑干将，你小心点哟！"她说："你告诉方烂药，他家一群嫖客排着队，夜夜抓都抓不过来，还管别人家的空事，真是闲屁管野卵！"惹得少年嘻嘻哈哈笑。

出场口走了一段路，进入河边，再未见到一个革命小将，尤姐觉得没事了，把我从箩筐里放出来，心疼我刚才圈得难受，按住我肩膀，右手捏个拳头，在我腰上来回捶了几番。我松弛了身心，望着河水突然长啸一声。她怜爱地看我一眼，牵住我左手，把我带进水里，和她一起翻石头下的螃蟹。河水清悠悠的，我俩的身影倒映在水里，两张脸紧紧地挨在一起，年轻、爽朗而美丽。脚一动，亲密的倒影立刻变成无数波纹荡漾开去，波纹由粗到细，直至平静。一块满是苔藓的石头一掀开，浅水里两只还温存在一起的螃蟹，突然装作互不相干的样子，匆忙反向逃窜。尤姐双脚双手齐上，两只螃蟹束手就擒。回到沙滩，她反转双手，螃蟹肚皮朝天。她问我："是公的还是母的？"见我摇头。她说："肚皮椭圆的是半条命的婆娘，肚皮尖的是食店经理，一母一公，明白了吧？"我点点头。她又说："两个家伙在街上横行霸道，把它们烧熟吃了。"她搂些枯树枝和落叶，从车架下的布兜里找来火柴，点燃柴草将螃蟹架在上面烤，只几分钟，红黄相间的熟螃蟹就呈现在眼前。她让我吃母的，自己吃公的。吃完螃蟹，她躺在沙地上喊："上来，我也是只母螃蟹，把我吃了！"我说："螃蟹又腥又咸，不好吃。"她一惊："你说谁？"我说："说螃蟹呢。"她说："叫你吃螃蟹了吗？"我说："叫啦！"她撑起身，恨恨地将我的箩筐和扁担举起来，嘴里喊道："叫你装洋蒜！叫你装洋蒜！"然后一把扔进芭茅林，"滚！滚远些！"我急忙扑过去，扛上扁担箩筐就跑，心里想着还必须赶上下午出工呢。

傍晚，队长立在库房门前，大喝一声"分粮啦"，人们就蜂拥而至。犹如风卷残云，晒场上小山似的几大堆小麦、豌豆、油菜籽，眨眼之间就只剩薄薄的一层了。都入户了，都被累瘫了的人们装进了自家的箩筐、布袋、麻袋。甚至有的人家这些家当装不下了，就当场脱了裤子装了，扎紧裤脚和裤腰，让儿子架在脖子上，自己穿着裤头，得意扬扬挑着担子，一前一后相跟着赶回家。没叫我家的名字，我望队长，他忙得自顾不暇，连瞥我一眼的空闲也没有。我心凉了，他是忘记自己的许诺了？或者那时的许诺原本就是敷衍我的？我怏怏地担起空箩筐便走，就在转身那一瞬，猛听身后传来队长重重的一声咳嗽。我扭过头，看见了他暗示我倒回去的目光。到了跟前，他的脚在地上点点，让我把场上残余的粮食收拾干净。我心里不悦，原来就赏赐我地脚粮！扫净晒场，人已散尽。他叫会计把脚粮记在队上牲畜饲料名下，另从石砌的仓储里称够我家应分的豆麦细粮。他没看我，只默默吃着水烟，烟雾飘来，我呛了一口，急忙忍住，没敢咳出声来。

十五的圆月悬在天空。我披一身银光，踏着明晃晃的田间土路，稳稳地悄悄地将一担细粮挑回家中。见了珍珠般的自家的粮食颗粒，久违的感觉让一家人喜极而泣！今晚心里特别安定，我端了一高一矮两个独凳，安放在无树影的院坝里，开始在朗朗的月光下读书。书摊在高凳上，犹如搁在平稳的课桌上。在这一片我看得见的土地上，此刻，我应该是唯一的阅读者。我忘记了头顶着一片什么样的天，忘记了脚踏着一片什么样的地，忘记了身后狭窄的屋脚立着的锄头扁担……我，只默记着书页里的一字一句，人物的一声呼唤，一声叹息，一个亲吻，一次凝视，一份牵挂……我，徜徉在另一个世界里，沉醉于另一种意境中。

月光像水一样流淌，思绪像月光一样明朗。

第四十一章

　　汛期到了，公社下发通知，要求加强防汛工作，保证所有粮食作物安全度汛。还特别提出，必须十分警惕"五类分子"破坏水库、河流等堤防工程，各队应时刻做好重点监管。聪明的队长却反其意而用之，凡遇不良天气，每晚轮番安排"五类分子"巡查两座塘库和两公里长的河堤。作为真正的保卫力量的基干民兵，则被他派去守护那些快要成熟的庄稼。

　　这晚天气特别闷热，星月在厚重的云堆里沉浮，大有暴雨将至的架势，父亲被派往河堤巡查。我有些不放心，随他到了河边。沿路见到两处蚂蚁大搬家，密密麻麻的蚂蚁首尾相衔飞快地奔忙着，来一路，去一路，像两条黑黑的反向运转的传送链。那样地齐心协力，那样地紧张有序，看得出它们没有等级区别，没有身份划分，大家都是一样的普通劳动者，倾力维护着这个大家庭的共同利益。我心里感慨道：可惜人类不是这样，否则世界将会多么美好！

　　河面水波时明时暗，浓烈的水腥味扑面而来，不知名的虫、鸟烦躁得四处乱撞，犹如急疯了一般。我问父亲："当初下放为什么要选择这里？"他说："我离不开这条河，因此选了个顺河而上的地方。河水，即活水。人临河而居，生命才有意义。看着河流远去，最终融进大海，我心里就有了向往，就有了生存的希望。"我这才发觉，父亲的心田并没有干涸，仍然是滋润的，长在里面的这棵生命之树还是那么郁郁葱葱。

　　还不到后半夜，突然一个惊雷炸裂天宇，还没等我们因惶恐而紧闭的眼睛完全睁开，大雨就倾盆而至，天地间立刻满满地浸泡在雨水之中。河堤上汇集起来的雨水，由细而粗，向土堤两边流淌。护坡立刻就冲刷出大小不一的沟渠。由蚂蚁搬家我马上联想到"千里之堤，溃于蚁穴"这句成语的本义。趁河水还未上涨，得赶紧查找蚁穴将其堵塞。父亲还补充一句要防止鼠洞。我便立即与父亲一道，我爬堤内，他爬堤外，一步一步查找蚁穴鼠洞。之所以必须爬行，是因为雨夜只有如此才能看清每一个细微之处。夜色在毫不停歇的雨柱里渐渐褪去，天色微明，浑浊的河水已涌满河床，水位开始上涨，卷起滚滚波涛。我们将查找到的几个蚁穴和鼠洞，填满土和卵石，用锄头夯实，再插上树枝作为标志，回去报告队长，他会派专人进行加固。

斗笠戴在头上也就是装了个样子，它哪能抵挡得住疾风骤雨的肆虐。雨水打湿父亲和我的衣服，湿衣紧紧裹住我们的身躯，差不多沤了一个通宵，把浑身的肌肉沤白沤皱近乎沤烂。巡查完河堤已近中午，我们只得早饭午饭一餐吃。饭后父亲开始发烧，咳嗽声充斥小屋，特别刺耳。父亲犹豫着饭后是否上工，诚惶诚恐的样子，母亲和我看了十分心酸。我让父亲先歇着不要露面，病痛搁在谁身上都是病痛，有什么事我给队长解释，最好今天他能忽略在风雨里苦苦挣扎了一夜的父亲。

河水上涨很快，队长正在堤上忙碌着，我有意避开队长，害怕他辨认出我而由此联想到没有出工的父亲。半下午杨大队长来了，他是唯一一个穿着帆布雨衣、撑着油布雨伞的人。大家都在斗笠的遮盖和蓑衣的包裹下长毛狗一样佝偻着身子干活，只有他傲岸地立在堤上，像主人一样俯视着大家支配着大家。河堤转弯处，正是洪水冲击和回旋的要害点，最易塌方和溃坝，那里布置的劳力最强。大队长偏头像窥探一样把护堤的人群查看一遍，然后朝队长喊："没上堤的五类分子都叫来，充实在河湾最前沿。""没有了，有也就是昨晚守了一通宵河堤的一两个人。"队长其实心里很明亮，我起初的担忧是多余的。欲置父亲于死地的杨大队长，倒是一点也不含糊，他吼："值了夜班的继续上！"我知道他这是直接针对父亲的。父亲被叫来时直挺着腰，蹙着眉，脸上的病痛隐得很深。斗笠和蓑衣披挂在身，别致一点的就是脚上穿了那双雨靴。他懂得，发烧的人护住脚心很是重要。杨大队长瞄一眼父亲的脚，随即就指名道姓命令父亲去水边打桩。父亲的脚陷进泥里，脚在下沉，水在上涨，雨靴很快没了踪影。我自告奋勇去接替父亲抡那个大木锤，换下他掌桩。父亲不再用力，调一个姿势把木桩扶住，脚露出水面，靴子里灌满泥水，我给他倒净。他瞪我一眼，摇头示意我上堤顶去。我没理他，只顾倾力打桩。打好一排木桩，队长扛来几节长竹笼，卡在木桩里面，然后就填入装满黏土和石头的草袋。一节竹笼卡偏了，杨大队长命令父亲去水里扶正。恰巧此时，一个洪峰劈头盖脑扑来，父亲一个趔趄倒下，我一把抓住他的右手。我几乎被激流中的父亲带走，幸亏被队长一把扯住我的左手。我们的手牵成一条线，都在奔命。我哭喊着拼命挽住父亲。父亲没有惊慌，没有痛苦，他不断摇头，让我松手。就在我倾斜的身子已经贴近浊浪，下坠的力量快要使我和队长无法坚持之际，父亲细声而亲切地说："儿子，你不要跟随父亲去，还有母亲和祖母呢，你们要好好活下去！"说完果断地挣脱我的手，随惊涛骇浪而去！霎时我头脑一片空白！

队长拼尽力气把我拽上堤，我突然"哇"的一声痛嚎，哭着喊着沿堤奔跑去追寻父亲。汹涌的波涛一浪盖过一浪滚滚向前，只见漂浮的木头，散架的家具，连根拔起的庄稼，在浪尖沉浮，哪里见得到父亲的影子。我疯了一样，逢坎跳坎，逢沟越沟，沿着弯曲的在风雨中变得狰狞的河岸奔跑。我盯紧每一处河汊，我注视水边的每一棵树木，我扒开河滩里每一堆浪渣，想象着父亲被卷入河汊正躺在那里喘息，想象着父亲抓住树枝脸上挂着得救后的微笑，想象着一息尚存的父亲被下游护堤的好人救起。可是，一直追到了街上，那座我熟悉得叫得答应的石桥边，也没使我的想象变成现实。我在心里喊叫："父亲呀，这里才是生你养你的河水呀，才是生你养你的土地呀，你正该停留在这水里这岸边！父亲呀，你在哪里？"没有应答，有的只是汹涌无情的涛声。我发现从水边过来一个人，是半条命，他拖着一捆浮柴。我一把抓住他问："方哥，见到我父亲没有？"他问："你父亲在哪里？"我指河水："在水里。"他哈哈大笑，笑够了说："河水有情呀！河水有眼呀！又消灭了一个阶级敌人！"我像听到来自天外的咒语，心肝瞬间被撕裂，摇晃着眩晕着一头栽倒在地，之后的狂风呀暴雨呀巨浪呀，都从我头脑里彻底消失！

街下头的河段有个滚水坝，我在那里守候了两天两夜。直到雨住了，水消了，父亲依然死活不见踪影，我彻底失望了。两天里尤姐餐餐为我送饭，晚上陪我坐到天明，没有言语，只有沉默，在一阵清醒一阵糊涂中艰难度过。我不知怎么窜回家的，到家倒头就睡，一天一夜没睁过眼睛。我从梦魇里醒过来，剩下的一家人，祖母、母亲和我，每天默默地做着各自的事情，每餐默默地和着泪水吞咽着各自嘴里的饮食。呆了，傻了，痴痴地过了些时日，母亲说为了儿子，她不应再消沉下去，她要带领一家三代人振作起来，面对生活，再艰难也要活下去。我说既要活在当下，更要面对明天，这不是信誓旦旦，是亲情在呼唤亲情，在声声呼唤中让我们都坚强起来。自此，一家三代人的心灵里，才吹进和风，才照进阳光。

母亲对我说，碰到薄荷母亲，她让我们给你父亲修座衣冠冢。母亲只摇头淡淡一笑，叹息一声：心不甘啦！母亲总认为，父亲不会死。

外地儿女十分眷恋这个有父母存在的家，在热切盼望家中的音信时，我写信告诉他们的却是父亲的悲惨遭遇。他们每一封回信里的每一张信笺，都溅满泪痕。这些信不是墨水写就，而是伤痛的心，蘸着血泪在倾诉在追思。每一个儿女诘问风诘问雨，叩问天叩问地：我们的父亲呢？！我们的父亲真的没有啦？！得不到一声回答。风照例吹，雨照例下，蓝天照例辽阔，大地照例坚实，这就是最好的回答。因为，逝去的父亲，他只不过是天地间的一粒微尘！

　　一天中午，我收工刚进院子，就听见祖母在嗷嗷大哭。祖母鼻子特大，平时说话鼻音就重，这哭声听起来极像空旷的原野上的牛吼。祖母接连哭了两个上午，不再痛哭。但自此之后，祖母每天都要跑到田野里去，不管晴天雨天，再没间断。母亲问祖母："你成天往外跑，不累呀？"祖母奇怪地望着母亲说："我没跑，我没跑啊。是儿子在跑，我去撵他。"母亲对我说："老人家想儿子想疯了，想懵懂了。"半个月后，祖母沉寂下来，默默地吃饭，饭后默默躺在床上休息。又过了半月，祖母不能下床了。母亲给她喂饭，她闭着眼睛慢慢吞咽。大小便也不知道了，母亲不停给她打扫，每晚给她擦洗。母亲从不许我拢边，让我干自己的事情，所谓的我自己的事情，就是忙着看小说。

　　一个下雨天，我和老匠人在塘坎外干活，修浚水毁涵洞。雨越下越大，匠人不干了，我也落汤鸡似的悄悄溜回家。前脚才进门，尤姐随后就跟了进来。看她身着雨衣还用雨帽蒙着头，我好生奇怪，问："怎么跟水鬼一样？从河里钻出来的？"自从父亲走了，她已经大着胆子来过一次了，进我家门就像进自家门那样无拘无束。她没回答我的话，很快脱去雨衣，突然一把抱住我，放肆得就像在河边芭茅林。我挣扎着说："我浑身湿淋淋的，别把你也染湿了。"她说："就要湿，就要湿，正好！"她喘息着把我拖进灶房旁的柴屋，按倒在柴草上。我抓门框抓桌沿，都被她的勇猛挣掉。我说："尤姐，你为什么下狠心要把我教坏？"她骑在我胯上，然后趴下来说："你不变坏，要那么好干啥，往坏里变嘛！"我说："好人我都还没做够，为尝女人去变坏，我做不来。"她说："男人不尝女人白活一世。我是自愿叫你尝，我想一辈子叫你尝个够，你想怎么尝就怎么尝，我满足你。这个念头在我第一眼见到你就有了。我做梦都想不到，天下还有你这么好的小男人。那时屠夫在，不敢乱来，想你只藏在心里。自从死鬼去坐牢，直到后来死了，我就大着胆子去缠你，去逗你，去爱你，但你应付我，你防贼一样防着我，我心里的痛苦，你装作看不见，我知道，你是看不起我。先前看不起我，现在还是看不起我。下放了，你不再是过去的你了，你成了农民，还是农民里的可怜虫，下等人里的下等人，可你还是茅坑里的石头，又臭又硬。我吃着国家供应粮，挣着比别人多的票子，难道还让你一个乡下的地崽儿嫌弃我，看不起我？"停顿一下，她换了柔和的口气说，"我想叫你嫁给我，不是我嫁给你，这样你就翻身了，今后你的孩子，就成劳动人民了嘛！"她将我压得更紧，眼里噙上了泪花。我说："尤姐，我不甘心，我不甘心啦！我不能就这样活一辈子，我不能就这样将就一辈子啦！"喊完，我已经痛哭流涕，她也哭出声来。情至深处，周身都在燃烧。灼热之后，却有了倾江倒海般的恐惧！这时，传来一个声音，是祖母的："猪跑出来啦，响声大，在灶房偷嘴呀！"尤姐忽地起身，跑出去了。我追上她在耳边轻声道歉说："尤姐，是我不好，是我伤害了你。我被人踏在脚下，还不认命。这也没办法，我可能至死都不认命，你就当我是一条成天套着枷锁的倔强的小公牛。"尤姐为后面的话隐隐一笑，她说："我也是一条倔强的小母牛。你不甘心，我也不甘心呀！"说完她穿好雨衣出门走了。外面，仍然大雨如注，雨中的尤姐，披着一身纷飞的雨丝，雨丝非但没能把她分割成虚幻的影子，反倒将她冲刷得更加明朗、更加突出，我心中就有了耸立起一座丰满的雕像的感觉。这种感觉，叫我明白，尤姐已成为我心灵里怎么撒也撒不开的一个女人了。

进门的屋角有一袋米，大约有十来斤，这肯定是尤姐带来的。

又过了半月，祖母去世了，无疾而终。母亲给祖母穿上寿衣，又穿了新鞋新袜，头上还包了深色的新帕子。祖母显得整洁安详，脸上了无一丝痛苦，像是睡着了一样。

安葬完祖母从坡上下来，一进门母亲撩起衣襟，拭去眼泪说："好大一个家，就这样四零五散了，丢下我们母子，怎么忍心哟！"下乡以后，母亲不再用手绢了，不管是拭泪，还是揩去飞进眼里的小虫子，都用衣襟。看着母亲泪水涟涟，不断撩衣襟擦拭眼睛，我知道，她不仅是为失去两位亲人而悲伤，更是为我黯淡的人生而担忧。于是我说："父亲走了，我头上少了一道紧箍儿，心里少了一份顾虑，凡事还让我忍着，憋死我了。"母亲说："儿子，你父亲人走了，名分还在，所以你还得夹起尾巴做人，还得处处小心，我还要时常给你念紧箍咒。"我说："不，决不，我实在不甘心枉度一生，妈！"母亲怕父亲走后，我失去父亲的约束、教育和启迪，做出伤害我自己伤害这个家的出格的事情来。因此，她会一字不差地经常在我面前嘀咕父亲生前对我的教诲。母亲还真的承担起对我继续告诫和警示的责任。

这天晚上，在饭桌上，母亲突然问我："那个姓尤的女人真的对你好？"我一怔。这样的话，也只有在没有父亲之后，母亲才说得出来。我无法回答这个问题。母亲将我的沉默，误认为想承认但羞于回答，就又说："要是她喜欢你，我看也可以。人家是城镇户口，结婚生孩子，你的下一代又回到街上去了。不是现在小孩的户口都随母亲吗？"我说："妈，你已经认为，我这一辈子，只能找个尤木鱼过日子？"母亲听了我的话，自责地埋下头，当她再次抬头往嘴里刨饭，几滴眼泪掉进碗里。我后悔自己的话太直太重，置母亲于难堪的境地。于是我说："妈，其实，你的话没有错，错的是我自己。我至今还未丢掉幻想，还未正视自己的身份和地位，还在苦苦挣扎。我，太不懂事了！"母亲搁下碗，懊悔地说："儿子，不，是当妈的鼠目寸光。我的儿女个个知书达理，就是时运不好，也不能找个过婚嫂将就。我是不是老糊涂了？"吃完饭，母亲洗完碗热潲喂猪，她喊："今夜十五大月亮，你忘了？"我的书已经抱在手上，便故意问："忘了？做什么忘了？"她说："月亮坝里读书呀！"我到她跟前，举起书给她看，说："穷不丢猪，落难也不丢书，母亲和我，两手一齐抓，都不丢。"她终于笑了，说："你不丢书就好，但愿有一天用得上。"

  圆月露出坡尖，不一阵就越过树梢，照亮瓦屋和竹林。我把凳子安放在院坝最开阔的地方，这样就不用追着月光走。明月夜读书，月光照在书上，字迹清晰明亮，又有露气滋润，读起来情节鲜活，如身临其境，越读越有精神。只可惜月中的晚上，不是每逢必晴，因此觉得这盏"天灯"，有时慷慨，有时也很吝啬。看的书是巴金所著"爱情三部曲"中的《雨》，正看到玉雯死前留给吴仁民的那封信，这时从竹林阴影里走出一个人来，从俏丽的体形看，我一眼就认出是薄荷，真没想到她会来。她不是每当圆月夜，都会在她家房侧的磨盘上，如痴如醉地赏月吗？今晚突然跑到我们院子来做什么？她悄无声息走过来，撩起书的封面看了一眼，盯住我却不说话。我正看到兴头上，就问："你知道玉雯为什么自杀吗？"问完，才觉得这话问得有点没头没脑，又补充道，"你看过这本书吗？"她说："没有。乡下有几个人像你，成天把看书当饭吃？哎，别扯书的事，我是专门来告诉你一件事的。"我问："什么事？"她说："胖崽提班长了！下一步就等提排长，那就是干部了，我随军的日子就不远了。"听完这话，我惊喜得唰地站立起来。但很快，想到人家可以沿着通往理想的阶梯不断向上走，而自己却渐渐地朝着灰暗的底层沉沦下去，我就感觉心里越发苍凉悲愤。我对她说："本来应该为你们高兴才对，可即便脸上装作高兴，心里实在高兴不起来。我就是一粒掉在角落泥土里的稗草种子，即便是长出苗来，也是逗人嫌、招人恨，被锄掉的下场！"她脸上生出一种怨恨，说："你怎么这样悲观，恨死你了。告诉你，越是不得志，你越是应该鼓励自己才对。"她的眼睛湿润了，又说："在现实生活里，你确实过着不如别人的日子，但一定要叫自我像一座山一样耸立在心中，决不能倒下去。珍爱自己吧，落魄不落志，世上谁都没有自己伟大！"我浑身一抖，问："这末一句感慨，是哪本书上说的，我怎么没有读到过？"她说："没有谁在书里说过，是我自己说的。"我"哦呀"了一声，坐下望着书本陷入沉思。两人沉默了好一阵，她用脚尖轻轻碰一下我的腿肚说:"我走了,夜露重了,回吧!"她走了,摇摆着遗传于母亲的丰腴柔软,始终不被繁杂的劳动负荷压榨变形的腰肢,消失在竹林的阴影里。但她那句"落魄不落志,世上谁都没有自己伟大"的疑似名言,却深深植根于我心中。

近来,一早一晚,我几次看见杨大队长在竹林外逗留,不时扭头朝我家后门窥探,我知道他心里在想什么,目光在搜寻什么。这天傍晚,他又来了,我弯着腰,隐在一堆玉米秆后面,捡起石子朝他猛掷过去。石子唰唰地穿过竹叶,正好击中他的腮帮,只听他"哎哟"一声,随即捂住脸撵过来。原来我脚下就有口废弃的苕窖,跳进去后,我轻轻拉过些玉米秆掩住窖口,藏在里面,屏住呼吸,侧耳听着外面的动静。杨大队长的脚步声绕着我家后门和竹林走了几圈,就没声息了。回家我对母亲什么也没说,默默看过几页书就睡了。

第二天,工间休息,队长在地里开了个短会。他说:"第一,昨晚杨大队长在院子竹林外遭到坏人袭击,被一块石头打掉一颗大牙,公社马上会派人下来侦查缉捕坏人,真是我们队里的人干的,这个人要做好思想准备,不要钱的牢饭在等他去吃。第二,小春粮食分配已经结束,各家分的麦子豌豆够不够吃,你们心里很清楚。我一贯的主导思想很明确,还是那句话,粮食要增产,人口要减产。麦穗谷穗多结几粒籽,该嫁的人早点嫁,该死的人早点死,赖在队上大家不会给你好脸色看。有个家庭不是不长时间就报销了两个人嘛,省下几百斤口粮,每个壮劳力,上季可以多分好几斤麦子,下季可以多分好几斤谷子。"他停顿一下,观察完大家的脸色,又说:"如果大家都听懂了,就开始干活!"队长的话音才落,我就听见母亲嘤嘤的哭声,哭声也勾起我内心的悲痛,我强忍住泪水不让它流出来,嘴里吐出两个含糊不清的字:"畜生!"就在这时,有人喊:"快看,快看,出事了!"我惊慌地循声看去,原来,坡梁上行进着长长的一列队伍,人人扛着红旗,臂上戴着红袖章,边走边吼着我从未听见过的口号:"造反有理!造反有理!"所有在场的人都微微张着嘴,看得不知所措,直到队长喊了声:"想去学二流子呀!"大家才醒悟似的相互盯一眼,重新回到自己的农民角色,继续狠劲挥舞锄头干活。

一整天,我都在准备为自己的勇敢行为付出惨痛代价,我都在等待上面来人清查我的袭击行为,等待缉捕我去吃那不要钱的牢饭。我做好被抓走的准备,将所有的书籍藏在小阁楼里,外面只留一本艾思奇的哲学书。我忧心忡忡地吃饭,忧心忡忡地上床睡觉,这一天一夜是怎样过来的,我都记得含混不清。在我头脑里留下印象的只有一件事,就是母亲那始终偷偷跟随我窥视我的身影。早饭后正要出工,前脚才迈出门槛,就突然听见一声惊叫:"儿子!"我猛然转身往后看,只见母亲一手扶住门框，一手捂着左胸，恐慌而又凄凉地望着我。我问："妈，你怎么了？"母亲又马上强作笑颜道："没怎么，好好的呀！"我说："不，你心里一定有事。"她嗫嚅了好一阵，才颤声道："我怕你这一出去，今天就回不来了，我怕外面有人等你。"我说："妈，你怎么这样想？"她说："我知道你干了什么事。"母亲的这一句话，我什么都明白了，母亲的心，无时无刻不搁在儿子身上。我按捺住悲愤，说："妈，如果真有那一刻，你要保重身体，儿子会回来的。"说完我含泪出门，回望母亲，泪眼里是她瘦弱的身子，也听见了她凄切的呜咽。

今天的太阳火辣辣的，一冒出山坡就晒得人汗流浃背。我跨出家门，就躲在一棵茂盛的桑树下，眼睛不看别处，只一心一意盯住院子外那条通向外界的大路，想最先看见来抓我的人是什么样子。灰白大路上过来一群青年，又是打着红旗戴着红袖箍，气势汹汹地押解着两个人，嘴里不停喊口号。我仔细辨别，喊的口号是"打倒走资本主义道路的当权派"，押解的恰好是大队支书和杨大队长，这块地盘上的头面人物。我深感意外，世事怎么一夜之间就被颠倒了？惊奇得回头就往家里跑，想早点告诉就要出工的母亲。院门口围得水泄不通，有人热烈鼓掌，也有人问："把龟儿们押到哪里去？"戴红袖箍的回答："押去公社批斗！"母亲手拿镰刀，站在门口朝外张望，她也看清了此时的情形，但脸上并没有笑容。她见我轻松得有些得意，就说："看来眼前你不会有事，但莫忘了，这块地方可是人家焐热了的。"一句话像当头一瓢凉水把我激醒，母亲的话应该具有预见性，这两人不是平头百姓，没那么容易说倒就倒了，这块天还需要他们撑起来。但我还是说："躲过一阵是一阵。"我和母亲谁也不再说话，各自去了该去的劳动场地。

第四十二章

　　秋播结束这天，杨大队长从院坝穿过，身后跟着队长，他依然趾高气扬，未减一丝往昔的倨傲。看来，母亲的话不无道理，那几天的批斗会完全是一场闹剧。我正好站在路边的竹林下，和他目光相对，我并未躲闪他眼神里直逼而来的凶狠。我还没走远，队长一个人返回来，叫住我，然后从腰带上取下烟锅，点着吃。他边吃烟边翻上眼皮瞟我，吃了两锅烟丝，他才说："崽儿，抓你的差，抽你去县上修龙滩电站，时间一个月，明天出发，今晚准备一下，把家里安排好。"我问："抽几个，有伴吗？"他说："一个大队抽一个，杨大队长亲自点的你。"没等队长先走，我就蒙头蒙脑离开了。回到家，母亲不在，我爬上小阁楼，选了五本书，捆在一床补疤被子里，又收拾好搪瓷碗和洗漱用具，一切妥当了，就傻傻地坐着一动不动。也就在这时，我突然问自己：铺盖卷打得这么快，在想什么呀？是去读书？是去当工人？是要远走高飞？其实什么都不是，只是换一个地方出卖苦力。杨大队长亲点的差，还不知暗藏什么玄机呢。心里纷乱得很，怎么也想不明白，自己对这个差事为何还如此兴致勃勃？也许是在田地里憋得太久，不论外面的世界怎样，总想出去透透气。母亲回来，我把要离家一月去修电站的事说了，要她自己照顾好自己。她怔怔地看我好一阵，才说："是好事，风里雨里田里地里，都快把儿子沤烂了，出去过几天新鲜日子，也好。"母亲检查过我的行囊说："被子拿床好的，出门要有出门的样子，别丢了伊家人的脸面。"我说："走得再远，也是下苦力，我的装扮符合我的身份。"母亲不高兴了，说："别人叫我们抬不起头，那是别人的事情，自己叫自己抬不起头，那就是自己跌志了，没骨气，我不准许这样。"母亲动手换了新被套，还把书卷在里面，背包打得方方正正，看起来比我收拾得顺眼多了。我嘀咕一句："再新再干净，也会惹满虱子。"不料被母亲听见，她说："惹了虱子我烧开水烫死它，再脏我都能洗干净。"我扭头朝母亲抿嘴一笑。

第二天清晨，我告别母亲出发。这一次，母亲没流泪，反而一脸明朗的笑容。看我背着整洁的背包，手里提着半网兜生活用品，她说："一点也不像个卖力气的，跟你两个哥哥去上大学时一模一样。"我说："妈，只要你心情好，我也就放心了，你要保重哟！"出了院子，见队长立在路边吃水烟，像是提前在这里等我。他移开烟嘴说："听说修电站的好些人进城闹事去了，你们是去替补的。活路很艰险，放炮，抬石，夯坝，没有一样不险要，你做活要长眼睛，要用脑筋，啥样子去啥样子回来，回来最好能拿张奖状。"他压低声音说："有人问你啥出身，你灵活点嘛。"然后又高声问："崽儿，你听懂了吗？"我点头："懂了，决不给队长丢脸。"翻过坡梁，走进一片洼地，突然我的双眼被人蒙住。双手蒙我眼睛的人就在我身侧，感觉手很温润，也很柔软，让我瞬间心怦怦直跳。一股香皂味传过来，我随口叫道："是薄荷！"手松开了，一睁眼，果真是薄荷。她问："听说你要出去一个月？"我说："队长是这样说的，我还想两个月、三个月呢。"她咬紧牙关说："你心好狠呀！"我没言语，无意间看了一眼太阳，太阳已冒出山坡，我立刻想起肩上的责任，便说："还要赶几十里路，我该走了。你安心等着做你的随军家属吧！"她说："我是专门来送你的。我也一样，唯愿你好，你不应该永远是这个样子，我看你这阵就不像个农民了。"我说："谢谢你的好心。"并向她摇了摇手。她也摇手，那样缓慢，似有许多不舍。

怎么也没想到，一个月后我从工地回来，就再没见过薄荷的身影了。

龙滩电站很大，整个工地红旗招展，标语林立，色彩艳丽得让人眼花缭乱。报到时我被指名分进"爆破组"，我听见负责报到的人"哼"了一声，轻声自语道："这斯文样，又是个塞炮眼的。"这话在我耳里却像一声炸雷，使我紧张了好一阵。黄昏将近，我跑了好几道山湾，才找到爆破组的营地。我放下背包网兜，一个壮实的男人问："你走错地方了吧？"我惊讶地反问："这不是爆破组的宿舍？"他说："还宿舍呢，狗窝不如！"他仔细打量完我，然后"唉"地叹了口气，就倒在地铺上毫无动静了。靠竹笆墙边，刚好空出一个铺位。我把乱糟糟的稻草铺平，打开背包，整理好床单被子，算是有了个窝。屋里没桌子，也没一块台板，碗和漱口杯无处放。见别人的饭碗都随便扔在枕头边，我也只好把口杯和碗重在一起，放在靠头的墙角边，在上面盖一本书。这时，进来一群年轻人，推着搡着，从一个人的衣兜里抢吃一种野果，都嚷着果子虽然涩口，但总还有一丝甜味。谁都忽略了我，没人用眼角朝墙边瞟过一眼。

第二天一大早，那个曾在石仓雕琢"女人花"并要与之过一辈子的王石匠，第一个发现了我。他问："原来是你呀，你怎么睡在这里？这个铺位不吉利！"碰见熟人好惊喜，只顾开心地望着他笑。他说："你没听懂？你这个铺，原来是个右派在睡，几天前他排哑炮被炸死了。"其实，一开始我就听明白了，只是我不在乎，便说："他是他，我是我。况且只剩这点地方了，如果我故意插到通铺中间去，别人也不愿意。"过后王石匠跟我说，爆破组长告诉他，我是被当地专门派来填补爆破组缺额的，名册上我屁股后面赘了一笔，我还是带着身份来的。我悲叹身份就像烙在了额头上，人走到哪里，它就跟到哪里。想起走时队长叮嘱我，有人问到出身时灵活点，现在看来一丝一毫也不敢灵活了。

这天打炮眼，王石匠让我掌钢钎，他抡大锤。边打他边教我：放炮的时候，要跑得快，跑得远，躲在有遮挡的地方，以防飞石砸伤。还告诫我别主动去点引线和排哑炮，因为我没有经验，易出危险。炮眼打好，埋进雷管和引线，填满炸药，一切准备妥当，只等点炮。正要疏散人员，来了一伙人，押着个胖乎乎的当权派，于是所有人被叫停手头的活路，一齐上阵召开批判大会。押人的革命派戴着红袖箍，他们和同样戴着红袖箍的工地革命派在交谈着什么。突然，我从中发现了余班长，便大声呼叫。他过来握住我的手说："哎呀！革命的浪潮怎么把你卷到这个战场来了。很好，你也要在大风大浪中经受锻炼，勇敢地和走资派做斗争。"久别重逢让我激动不已，没听清他对我说些什么，只顾盲目点头。我突然问道："你在革命的征途上，见到过陈老师吗？"他摇头，说："没有，也许这些人都成了革命的绊脚石，被踢下了历史舞台。"这时，同行的革命派给他送来一张字条，说："他们的借条写好了，可以走了吧？"余班长又郑重其事地握着我的手说："别惦记你的陈老师了，革命的洪流势不可挡，该淘汰的自然会淘汰。时间很紧张，这个走资派借给你们工地批斗半天，机会难得，你一定参加啊！"我猛然感觉，他已不像个学生，而像个革命战士。被批斗的人是我早就见识过几次的羊县长，他衣着整洁，脚上的皮鞋依然锃亮，站在岩石上，虽然低着头，却仍旧显示出一副庄重沉稳、自命不凡的派头。批斗渐进高潮，群情激愤。来自全县各个公社的民工，带来他们亲历的，或是道听途说的领导者的罪行，一鼓作气，以痛恨的情感和愤怒的语言，对羊县长进行了彻头彻尾的批判。有人扇耳光，揪头发，吐唾沫。其中一个人，不像民工，身边的王石匠告诉我，是工地的宣传干事。他用脚尖在羊县长的裆里钩一下说："别看他多正经，这玩意儿名正言顺搞了三个女人，也就是说，这老东西已经结过三次婚。"有人喊："坏鸟，割下来喂狗！"也有人吼："骗了，骗了！"王石匠恨得咬牙切齿，直喘粗气。他肯定想到了自己的遭遇，快四十的人了，连个女人的肉身都没挨过，只得靠那块冰凉的"女人花"石雕安慰自己。像突然明白了什么似的，他愤怒了，情不自禁地喊道："原来女人都叫这帮狗官霸占了!"接着,他挥舞拳头高呼:"打倒走资派!走资派不投降,就叫他灭亡!"附和的吼声如雷轰鸣,无数只手举起来,工地像忽然长出一片森林。一个老民工,脸色黧黑,顶着一头尘土,他手指羊县长厉声揭露道:"多搞几个女人对他们来说都不是什么大事,要不了人命,罪大恶极的事情发生在我们那里。两年多前,这废物来我们队蹲点抗旱,搞瞎指挥,不能打井的地方,他非要命令三个年轻人挖井,无论众人怎样反对,他都以势压人,用'破坏生产'的大帽子把反对的人压制下去。结果,井挖到两丈多深,还见不到一滴水,他就强令挑灯夜战,发扬愚公精神,再挖五尺见清泉。就在夜战当晚一点钟,土井塌方,将三个精壮劳力砸死在井里,那个惨状呀,谁看了谁都会晕死过去!"他话音一落,一群民工蜂拥而上,边打边喊:"血债要用血来还!"就在这一刻,王石匠也跟着冲了上去,但他却穿过人群,消失在炮眼的方向,那急切的脚步,像在追赶劲风。我半天没想清楚,王石匠要去哪里,等我明白过来,他已经弯着腰潜回来。朝他身后看过去,岩石后面稍远的地方,一缕缕淡蓝色烟雾里,哧哧地喷射着火花。我的心瞬间狂跳得缓不过气来,几次想喊都叫不出声。此时批斗正酣,疯狂的民工围着羊县长拳脚相加,谁也没发现危险在步步逼近。老民工边扯裤腰边往岩石后走,还没尿出来,他黧黑的脸上满是惊恐地大声喊叫:"有人点炮了!有人点炮了!快逃命啦!"听见喊声,围斗的那伙人顿时吓得魂飞魄散,眨眼之间,批斗会场就没了人影。也许是羊县长被斗蒙了反应迟钝;也许是他在这一刻突然明白了人生的意义,有了视死如归的万丈豪情,当我跑出好远,回过头张望他时,他仍然挺立在岩石上。我的心猛然紧缩,本能地转身往回跑,边奔跑边喊:"危险,快跑,快趴下!"可能喊声还未传到他耳里,轰然一声巨响,地动山摇,飞沙走石,爆破的气浪把我击倒,我顺势滚到一棵大树下,紧闭双眼。惊魂过后,我睁开眼睛,硝烟已经散尽,遍地草木落满尘土,大地寂静无声。我仔细搜索那个应声倒下的走资派,哪怕仅一息尚存,是生命就应该救赎。乱石和浮土都散发出刺鼻的硝烟味,犹如穿行在激战后的沙场。我看见泥土里有两个黑而亮的东西在闪光——那是两只眼睛,两只从泥土萌生出来的眼睛,它们在大地震撼之后,在泥土沙尘的淹没中,并没有闭上,仍然顽强地圆睁着,闪烁着丰富的光芒。接着浮土下有个躯体在蠕动,沙石纷纷崩塌。猛然,一个人影破土纵身而起,立定在乱石间岿然不动。他振臂高呼道:"我羊东生不是走资派,我是无产阶级,我是革命干部,我冤枉,我冤枉啦,我死不瞑目!"喊完轰然倒下,大地发出"咚"的一声巨响,我脚下的地皮在颤抖。巨响和颤抖之后,大地死一样寂静,静得让我感觉出他的可怕和他的可怜。满坡鲜艳的旗帜肃穆地垂着,没有风让它们飘扬,都在沉默地守望着什么，也许是守望着一个生命的悄悄消亡。

我心里再次萌生人性之善，不顾及身份，只是出于对生命的珍惜。跑到羊县长身边，用衣襟擦净他脸上的泥土，还有嘴角和鼻孔的血迹。羊县长头磕着一块锐石，我一手抬起他的头，一手移开石块，让头枕在绵软的松土上。血流出来，洇红一片泥土。树上挂着个军用水壶，我取下来，给他喂水。我将他扶起来，让他肥硕的身躯靠在我瘦小的身躯上，然后把水一点一点喂进他嘴里。本来就没闭合的眼睛，这时睁得更大。看见我，他嘴角掠过一丝笑容，嘴唇翕动着："我谁都对得起，唯一对不起的就是你。可是，在我生命即将消失的时候，想挽救我的人却恰恰是你。"声音微弱得几乎听不见。他生命终结前的眼神是迷惘的，也是愤慨的，对视着头顶那片灰蒙蒙的天空，幽幽地过了好一阵，他生命的火焰才慢慢熄灭。拂去他身上的尘土，捋展衣服，擦净皮鞋，让它仍然铮亮。我拔下一面旗帜，盖在他身上。做好这一切，饥饿袭来，我才好像回到现实，感悟到原来人生无常，世事难料，权贵和草民此时都一齐变得微不足道。

下午，工地上没有一个人影，周围的一切，似乎都永远凝固在那个时刻。

次日，来了一伙人，将羊县长的尸体搬走。由于现场的革命群众毫发无损，没谁深究这场事故，这个悲剧，就像没发生过一样。

三十一天后，我离开电站工地回家。临走，爆破组长交给我一张出勤证明，一张奖状。出勤证明完整地记录了我在工地的出工天数。至于奖状，他说："一个县长被斗死了，毕竟是件伤心事，尽管他是走资派，但他也给党和人民做过一些好事，如果谁都躲着不管，这在情理上说不过去，是你送他人生最后一程，你的行为值得称赞，应该发给你奖状。但这种表彰，不能在大会上，只能悄悄在暗地里。以上的这些话，都是我转达工地领导的原话。"我听了很是感动，不知道怎样表达自己的心情，只好不住点头。在工地吃过最后一餐早饭，我带着十分珍贵的出勤证明和奖状，告别爆破组的工友，告别漫山飘扬的旗帜，回到了生产队。

一个月孤独无助的沉重生活，使母亲衰老了许多。见到完好无损的儿子，她激动得直流眼泪。等心情平静下来，母亲却突然对我说出一件非常意外的事，她说："胖崽牺牲了，那是你走了没几天的事。"我听了头里顿时"轰"的一声巨响，一屁股坐在板凳上，呆呆地望着木窗外的翠绿竹林，泪水不住地淌下来。

整个下午，我都没出去，坐在屋里定定地想胖崽，想薄荷，想他们俩人的事。直到后来，怎么想也想不清楚，我才在昏昏沉沉中看了几页书。

次日出工，特意路过胖崽家院坝。院子边一丛盛开的菊花金灿灿的，散发出淡淡的幽香。我一眼就看见门楣上那块崭新的"烈属"牌子，它让门庭变得沉重而又肃穆，仿佛一面旗帜在感召路人，让每一个从它面前经过的人，都情不自禁地行注目礼。

中午收工，我有意拖在最后，等其余的人都走远了，我才来到胖崽坟前，地点是队长指给我的。

上午劳作间歇，队长把我叫到一边，拿出《人民日报》，让我把上面一篇社论念给他听。因为下午大队要开会讨论，他应该提前了解社论的内容。队长记忆力强，才念一遍他就说记住了。他还告诉我，今后关乎文墨上的事情就找我。剩余时间，他说到了胖崽，他说："胖崽只说是为保护国家财产牺牲的，死了连骨灰都没见到，估计死得很惨。他父母给他堆了座衣冠冢，他妈五天不吃不喝，差点怄死了。还有一个人，你应该知道，随军梦没做成，也气得大哭大闹两天不出工。后来不气了，又哭死哭活要去电站工地找你，她妈不同意，没给盘缠。过了几天，被她妈带回重庆舅舅家去了，听说要在那里找对象结婚。"我说："薄荷也可怜，胖崽提班长了，她还专门跑来告诉我，那神情就像随军的梦想在步步靠近。可谁想到会是这个结果。"末了，队长轻声道："你去了电站，坡那边那个比我官大的人说，这次崽儿十有八九回不来了，那气势就像他替老天安排的一样。他说得准个屁，你还不是毫毛无损地回来了。"我说："他跟工地通了气，把我有意分到爆破组，真的非常危险，每天都是提着脑袋干，死亡就像影子跟着我，凑巧了一颗石子就会要了我的命，那人的诅咒不是凭空说的。"他说："你崽儿命大，也争气，不仅没死，还真的挣了张奖状回来。"队长把我带到地头，指向坡半腰一个新土堆告诉我，那就是胖崽的坟地。

胖崽的坟地在两棵柏树之间，土色很新，坟头干净，没有一点纸钱灰烬，衬在头顶的挺拔的柏枝，也一尘不染，青翠欲滴。这让我想起纯真、直率、刚强的活着时的胖崽。记得有一次，当他听说我也想去当兵保卫祖国时，他毫不客气地斩钉截铁地指出，我要是当兵拿了枪杆子，肯定会掉转枪口对人民。虽然当时我觉得遭受天大的侮辱和冤枉，心里很无辜，但内心里还是很佩服他鲜明的阶级立场和阶级感情。现在，我仍然想告诉胖崽，换了我，也会跟他一样，在面临国家的安全和人民的生命财产受到威胁时，我也会毫不犹豫，挺身而出，乃至不惜牺牲自己的生命。我很敬佩他，也很怀念他，如他地下有知，更希望他理解我，我也热爱祖国，热爱人民，因为我同样是在五星红旗下成长起来的新一代年轻人。我学着书里描写的样子，在草坪上寻找黄色的小野菊，还有蓝色的星星草，采了一大把放在胖崽坟前，犹如白天有金色的阳光在照耀，晚上有蓝色的星星在闪烁，虽是孤坟一座，但他并不荒凉和寂寞。这时，我听到有悦耳的鸟鸣在头顶回响，长长的五彩翎子，盘旋出美丽的光环，还带着清新的风，它落在柏树枝头，原来是稀罕的锦鸡。斑斓的身子，斑斓的尾巴，像云霞飘在林间，照亮了整个青草坡。我怕惊飞它，破坏这珍贵的时刻，便悄悄绕开了坟地。

队上不断有城里的革命小将下来造反，他们戴红袖箍，扛大红旗，说是要兴起红色的革命浪潮，让自己在大风大浪里经受锻炼。那些小将来得快，去得却慢，而且一拨跟着一拨，没有中断的意思，给人们留下持久的惊恐和不得安宁，扰得生产无法进行。队长在背地里要我拿个叫造反派消停的主意。他对我说："这些造反派崽儿，动不动拿伟大领袖来吓我，弄得我重不得轻不得，不知如何打发他们，我要带领大家侍候庄稼呀，哪有工夫侍候这些杂种。你赶快想出个好点子。"我给队长两本书，一本是《矛盾论》，另一本是《实践论》，让他请大神镇小鬼。他看了一眼书说："这么薄，要红宝书。"我说："这也是红宝书，不常用的比常用的威力更大。"队长心领神会，于是派了三个学生，包括那个穿花衣、时常借我书的姑娘，守在进村的大路口，见到戴红袖箍和打红旗的人来，就用"两论"里的内容考他们。回答一字不差的，才能进村，否则，不但不准进村闹腾，还要给予劳动锻炼半天的处罚。小将们最信奉也最敬畏红宝书，不敢轻慢，只得服服帖帖照办。他们里面口头革命派多，肚子里有实货的少，虽然一本《语录》倒背如流，但在"两论"里面随便抽一段内容，绝大多数背不下来，更不要说一字不差。如果这样，队长就亲自训斥他们对领袖不忠，上纲上线骂一顿，不但丢失脸面，还要罚去劳动，而且是队长专门准备的重体力劳动。治理几回，后来的造反派闻讯吓得绕道而行。这天队长见了我说："唉，我一直认为庄稼只认力气，庄稼不需文化。前段时间队里让造反派闹得鸡犬不宁，你看把庄稼苦得想哭，光有力气有什么用？你一个点子就把龟儿们的兵退了，我服你了。"

这天晚上，吃过饭，妈做完家务，她给我讲了下午出现在地头的一件事。下午才上工，队长正在给几个老婆婆安排活路，公社干部带了两个外地人来找队长。一个戴鸭舌帽、穿干部服，一个穿部队服装、腰间还别着手枪。他们给队长一张介绍信，说是来搞外调的，让队长带他们到办公室谈。队长也装模作样地仔细读过介绍信，说是就在地里谈，队里没有办公室。搞外调的斜眼望着老婆婆，很不高兴。队长告诉他们，都是几个聋子呆子、不知屁臭的残废老人，用不着回避，过后还要继续教她们育棉苗呢。他们就朝稍远处挪了一点。随即飘来纸烟的香味，戴鸭舌帽的干部，边吃烟边问薄荷母亲的情况。问了十几句，队长就叫在塘坎下放牛的人把薄荷的母亲带来。接着就是薄荷母亲轻言细语的听不清楚的叙述。后来，薄荷母亲哭了，哭得非常伤心。临走时，干部叫薄荷的母亲在几页纸上签字，还按上手印。干部们走在通往大路的田坎上，对面过来一只大黑狗，公社干部与狗擦身而过，走在中间戴鸭舌帽的却停住步，惊慌得身子朝一边躲，军人很快拔出枪，提在手里，两人都恨恨地盯着狗。哪知狗却偏头望着他俩，耷着耳朵，夹着尾巴，屈着腿，可怜巴巴地几乎是爬行而过，过去之后，便疯狂奔跑到塘坎顶上，居高临下，朝着干部们的背影狂吠。队长咧嘴一笑："狗都不欢迎，又耽误老子两个钟头。"

第四十三章

　　这天晚饭前，来了一个人，站在家门口，头发湿淋淋的。我正想利用等待吃饭的空隙抓紧看几页书，见是陌生人，赶紧把书抄在身后。他问："是伊诗岚家？"我说："是，请问你是……坐吧。"他屁股刚挨上门槛，又立即起身说："情况紧急，不坐了。街上你尤姐被闹派头儿打了，让你快去。"我头脑里"轰"的一下，问："伤势严重吗？"他捋一把头上的水，说："有一点。我和她都是街上运输队的，她让我捎口信。不啰唆了，我的骡车还停在对岸马路上，我从河里游过来的，不敢耽误久了。"话音一落，他就匆匆走了。母亲一听到音信，就急忙从锅里拣了三根熟红苕，包好交给我，催我边走边吃。出了院子，我望见捎信的男人已爬上对岸河堤，正撅起屁股往光身子上穿衣服。

　　街上，尤姐家的大门虚掩着，我悄悄探头往里看，突然，"昂"的一声牛吼，让我惊愕不已。我将门稍微推开一点，一眼看见堂屋门口，卧着那头拉车的黄牛，它高昂着头，角上绑着两把闪着寒光的尖刀，这曾经是屠夫捅死肥猪无数的杀猪刀。我绕过黄牛进到堂屋，尤姐正在里边大口大口啃猪蹄，满头满脸的血迹，里面还掺杂着白色颗粒和粉末。但她却是一副悠然自得，什么事也没发生的样子。见了我，她问："我的牛儿子没吓到你吧？"她飞快把另一只手上的半块猪蹄给我，叫我尝一尝味道如何。我说："听说你把造反派惹了，还有闲心吃猪脚！说谎吧？""没必要说谎。"她说，"闹派小头目榨油匠想强奸我，他剥我的衣服，脱我的裤子，我不从，拼命抵抗，他就抓起东西砸我的头。我揪住他的手，一口咬住小拇指不松口，直到咔嚓一声咬断了，手指不住滴血，他才跑了。跑到门口还直朝我吼叫，骂我是寡妇、是破鞋，敢伤害无产阶级革命派，让我等着，他晚上就带革命群众来抓我，挂上牌子连夜游街。"我说："他这是强奸不成，反咬一口，太恶毒了！"她说："你也别生气，我不怕他诬蔑我，是不是破鞋，我自己心里清楚，你心里也清楚，全镇的街坊四邻都清楚。我是担心他们权力大，我已经把他伤害了，真的把我抓去坐半年牢，我的牛，我的家，就叫那伙人抢光了，等我出来一穷二白，怎么过日子？所以我把牛儿子武装起来，让它把守堂屋，好好保护我。叫你来，是想让你看看我这伤兵的可怜样子，好给你尤姐出出点子。"我让尤姐把牛还是拴进棚里，她没按我说的做，而是抚摸着牛脖子、牛背、牛鼻子说："乖儿子，给我把门守住，坏人来了你就往死里顶，莫心软。"牛昂地长啸一声，眯起眼睛望着她，一副忠诚守则的驯服样子。我环视屋子，发现地上的陶瓷碎片，还有尊摔破了的领袖石膏头像。我心里一惊，随手捡起一块领袖石膏头像破片，上面沾满鲜红的血迹。她说："榨油匠就是抓起领袖石膏头像，猛砸我的头，还边砸边喊砸烂你狗头砸烂你狗头！"我说："原来你满头满脸的白粉是石膏残渣。"她别过脸，不说话。我觉得奇怪，自语道："造反派无比崇敬伟大领袖，还好歹不知？用啥不好非要拿领袖石膏像砸你？太恶毒了吧！他不知道这是犯罪？不想活了？"她说："我也这样想，他侮辱伟大领袖，罪该万死！"我语气坚定地说："这完全可以定反革命罪，会把牢底坐穿！"她望着我，诡诈地笑着："真的？那我们该如何扳倒他？"我说："你别急，等我把闹派头目的行为梳理清楚，列成罪状，你好控告他。"尤姐高兴地说："好，我把陶片捡干净，免得扎脚。"一块陶片有血迹，她见我盯着看，忙解释道："陶瓷罐是我们推搡时从木柜上摇下来摔碎的，真的，怪可惜。"她避开我的直视，急忙将陶片收拾得干干净净。我很快打了份腹稿，给行凶的闹派小头目榨油匠列举出两大罪状：一是企图强奸革命群众；二是用领袖石膏头像打人，还边打边喊砸烂你狗头，这是辱骂领袖、破坏领袖形象的弥天大罪，强烈要求判决此人强奸罪和反革命罪。然后教尤姐一字不漏背下来。尤姐不但灵性，记忆力也强，只两遍，她就一字不差地复述出来。我听了过后，又把两条罪责的顺序颠倒过来，更显闹派头儿榨油匠罪孽深重。让她重新背诵一次，仍然顺利流畅。我对尤姐说："不用你到处去告状，过一阵革命造反派要来绑你，这时你就抓住机会，原原本本把两条罪状和惩处的要求说出来，要说得一点不差。记得住吗？"她点头，脸上露出得意的神色。大约八点多钟，远处传来喧闹声，尤姐说革命造反派来了，她让我躲进睡房，别让对方看见。我却闪进牛棚，把门关好。尤姐赶紧躺在现场，我听见了她夸张的呻吟声。

从壁缝里可以清晰地看见尤姐家门口发生的一切，声音也听得很明白。

一群人仍然是戴着红袖箍，打着红旗。奇怪的是，一个革命派还手执灯笼，上书"司令部"三个字，特别显眼。拥到门口，黄牛伸长脖子长啸，然后低下头，直晃动角上的两把刀。见此情形，一些人吓得退离台阶，其中一个被叫作司令的带领一支队伍冲进屋去，榨油匠跑在最前面。顿时，我听到堂屋里争吵激烈，有人高喊尤木鱼是打着灯笼都难找的破鞋，是咬伤革命造反派的坏分子，抓去游街！尤姐那清脆明朗的喊叫声响起来，我听到了她要控告的呼叫。这时，有人惊呼："司令！有反革命，有反革命！伟大领袖的头像被反革命摔坏了！"听见司令呵斥大家安静。接着，就听到尤姐在愤怒控告闹派头头榨油匠的两条罪状。尤姐口若悬河地揭露一完，立即就把顶着伤口和石膏碎渣的头颅伸到司令眼皮下。司令和身边的人一看，大惊失色，立刻就听见众口高呼：打倒现行反革命王富贵，伟大领袖万岁！屋里的革命形势发生逆转，尤姐处于了优势地位。过了一阵，司令带领革命造反派，押解着还在挣扎辩解的榨油匠王富贵离开尤姐家。走时，司令特别安排那个挑灯笼的护送尤姐去卫生院看伤。顶着一头血迹和满头满脸白色石膏粉的尤姐，胜利地微笑着喊："感谢司令！感谢革命群众！"

  大约过去一个钟头，尤姐回来了，仍然带着一脸笑容。一进门就喊："兄弟，榨油匠连夜押到县监狱去了，真是大快人心！"我光听未语。看着她过分激动的样子，联想到陶片上的血迹，还有地上的陶片残渣被她收拾得不留一点痕迹，我总觉得事情的真相不应该是这样的。我问："闹派头目榨油匠用领袖石膏头像砸你，瓦罐是如何破烂的？有的碎片上面还沾了血迹。"她说："推搡时摇落下来摔烂的。"我问："当时石膏像放在什么地方？"她说："好像也在柜子上，唉，莫问了，像审坏人一样！"她不耐烦地打断我，我只好沉默起来。过了好一阵，她又有些不忍心似的，凑过来悄声道："给你说实话吧，我咬住榨油匠小拇指不丢，他才抓起黑陶罐砸我，石膏像才是推搡中摇落下来的。不请出领袖像，能镇住造反派吗？"我说："你这是真正的颠倒黑白，是诬陷！"她见我生气，愣愣地望着我。望着望着，眼泪就下来了，她泪眼婆娑地说："他强奸我，你不同情我，反倒为流氓说话，你……你也快成流氓了。"我耐心解释道："侮辱领袖是重罪，有意辱骂和破坏领袖塑像，都要以反革命论处。如果这样，一个人的政治生命就没了，人生自由就没了。"她擦去泪水，嘟起嘴，仍然不服气的样子。我也知道，榨油匠这个闹派人物，他伤害了女人最不该伤害的脸面和自尊，是应该受到惩罚和谴责，但也不至于使用诬陷的手段。能挽救这个人的，也只有尤姐了。这句话，我没说出来，我不知如何劝导下去。我想到了做人的原则，想到了做人应该真诚善良，应该懂得礼、义、廉、耻。油匠无德，尤姐不应该这样，她必须去还原事情的真相。但看到尤姐头上的伤口，还有遭受油匠强暴时脸上留下的泪痕，更想到尤姐是个孤独的女人，唯有那头拉车的黄牛陪伴她，这是个强势面前的弱者，我最终还是心生几多同情和伤感。

这个夜晚，尤姐真心留我，她说有一种念头，埋在心里，多少年了，早就生根发芽，应该是开花结果的时候了。我告诉她，果子有很多种，酸的，甜的，苦的，涩的，味道难辨的果子，最好不结。她恨我一眼，脸色变得十分难看。

回到家，已是深夜。母亲担忧地说："我好怕呀，怕你不回来！她就是想你，现在什么都不是，不能好得不明不白的，做人的规矩是千万要讲的。"我笑了，说："妈，就因为我是你儿子，绝对坏不了规矩，你放心。"

屋外凉爽的风，从那些壁缝钻进来，带着几分匆忙。母亲说："谷子勾头了，成熟了，不知什么时候开镰。"我说："可能就在这几天。妈，不早了休息吧。"我躺在外屋床上，心里好一阵还纠缠着尤姐和榨油匠的事。

谷子开镰这天，我站在田坎上，看着水田里黄金般闪亮的谷穗，心里涌起一阵阵抑制不住的喜悦。是呀，眼前每一个谷穗里的每一粒谷子，都饱含着我和我身边这些庄稼人的血汗，让它们来填充我们饿瘪了的肚皮，是天公地道的事情。但在喜悦和胜利面前，质朴的农民，少了几分计较，多了几分宽厚，还是心甘情愿地把每收获十粒谷子里的四粒，奉献给那些本来就看不起自己的城里人。

弯腰割了几行谷子，听见有人喊了一句："造反派来了！"果然，大路上过来一队人马，依然是扛红旗戴红袖箍的年轻人。我望一眼，又埋头干活。刚割了几行，突然，觉得腰被什么东西戳了一下，我转头看见一根旗杆抵在腰间。执杆的是个身材纤细的瘦子，跟我相差无几。他问："你，伊诗岚？"我望着他，既没点头，也没摇头。他吼："上来，抓的就是你！"我先是一怔：何罪之有？随即想到自己是个打着烙印的人，任何时候都可能成为革命的对象，便镇静下来。田里泥很深，我艰难地拔出左脚朝前迈，又艰难地拔出右脚朝前迈，就这样两腿稀泥上了田坎。他们押着我向前走，也不知道要往哪里去。队长从另一块田里跑过来，拦住队伍说："小子，你们凭什么到我地盘上抓人？"走在第二的指着走在第一的人，对队长说："嗬！你叫他小子？他，我们'联动'的司令，你应该叫朱司令，跟那个朱总司令只少一个字。"朱司令问队长："你是谁？""这个队的队长。""哦，最小的走资派。你闪一边去，别阻挠我们的革命行动！""说不准抓就不准抓，秋收正紧，缺人手，你把劳力抓走了，谷子收不回来，倒在田里泡烂了，完不成公、购粮任务，你们住在城里吃屎呀！"司令眼一瞪："骂人？也抓起来！"抓我的那个纤细的瘦子刚动手，被队长一把薅到水田里。司令见状也想伸手，队长张开五指将他手捏住："你要抓他也可以，就用你们这个被我薅下田的瘦子换，两个人半斤八两，互不相亏，让他割谷子，不会我包教。你什么时候放我的人，我什么时候放你的人。"朱司令说："你狂妄，敢动我的革命小将。"然后叫人把瘦子从田里拉上坎。正在此时，从对面又来了一对人马，除了几个扛红旗戴红袖箍的，还多了两个背枪的民兵。两队人马碰在狭窄的田间路上互不相让。其实，侧着身子也能通过，可是谁也不愿低这个志。这时民兵把枪口对准朱司令："我们是公社革委会的，要在这里开批斗会，闪开！"朱司令避开枪口，手一挥，做了个让路的指令，他的人马一顺溜退到路的最边沿。民兵押着个女人通过，女人头埋得很低，头上的尖尖帽直往前戳，胸口半裸，双乳被一副牛眼罩扣着，眼罩顶头开有小孔，乳头刚好从那里钻出来，露在外面桑椹一样乌红。下身穿的是新裁掉裤脚的半截夹裤，背上背了块牌子，上书：国民党军官遗孀，旧社会妓女。我心里一惊，又回头望一眼，从体形看，原来是薄荷的母亲。造反派押我走过两块苕地，就要经过我们的院子，我看见竹林里，一个穿花衣的姑娘躲闪着朝我们这里窥探，她就是那个时常借我书看的女孩。当朱司令一行刚在院子前的路口露头，立刻从院子里冲出两条大黄狗，一齐扑向朱司令和他的队伍。红颜色把狗激怒了，狗变得十分疯狂，撵得革命小将们四处逃窜。我听见小姑娘的喊声："快跑！"我明白她在救我，狗是她唆使的。我趁机逃脱，拔腿直朝坡梁上奔跑。然后绕回院子，藏在队长家的苕窖里，这里最保险，谁也不敢来搜查。

估计过了中午，肚子饿得咕咕叫，窖里只剩一小堆烂红苕，新苕还在地里长着，去年的红苕吃了大半年了，能吃的都挑得差不多了。我挨着一根一根挑选，只找到酒杯大两根好的。我吃完感觉微微有点苦味，烂苕才苦，烂苕牛都毒得死。我赶紧抠喉咙，想叫它吐出来，但它不吐，可能胃太空，吃进去的苕落到胃底太深，贴得太紧，根本吐不出来。正在此时，跳下来一个人，是队长。他说："我就知道你躲在这里。"我问："什么时候了？"他说："都吃过午饭了，你母亲那里，我让人带信，说你派公差了。"我又问："造反派呢？"他说："两队人马把薄荷妈斗了一上午，公社那一拨走了，薄荷妈也放了。城里这一拨还赖着不走，要让队上做饭吃。我说不劳动不叫吃饭，粮食不养空人。我叫他们一人拖五十个谷草到牛棚，他们都照着做了，包括那个朱司令。吃完饭还在公房院坝赖着不走呢。"我问："为什么非要抓到我？"他说："说电站批斗会上炸死羊县长，是你点的炮。听公社那伙造反派说，抓你的人是县上的保皇派，要抓到县上惩办你，还要队里限期交人，抓不到你决不收兵！"我说："冤枉呀，点炮的是别人，我哪里有这个胆子，借十个胆子给我，我也不敢！"我没说出点炮的是河对岸的王石匠。他说："这叫捏软柿子，有尿法。"停顿片刻，他说："实在顶不住，就把你交出去，他们这样闹，我的秋收怎么办？"我说："真的想绝了，我也不怕造反派整死我，问题是我走了，我的老母亲谁管呀！"我既气愤又恐慌，见我这样，他又说："再拖两天也可以，但你总躲着也不是一回事啦，你知道的，我只认干活的，不认你是谁。不干活，我爹我娘都不认，肯干活，啥屎人我也认。"我说："要不我白天藏，晚上干。每晚割两亩田的谷子。"他稍微想了一下，脸上现出笑容，说："这也是个办法，你晚上割两亩田，一早我叫记工员去验收，然后再给你记工分。"他问："吃点东西没有？"我指着地上的苕蒂："吃的它。"他说："烂苕，小心毒死你崽儿，我叫人给你送点吃的来。"他都爬上窖了，又缩回来，问我："你知道薄荷妈过去在重庆是干啥的？"我说："反正不是挣体面钱的。"他说："不错，你眼睛有毒。薄荷妈解放前在重庆是妓女，解放时，薄荷她爸，那个也在重庆拉黄包车的老实大叔，从改造所把她领回来的。"我说："批斗人把什么老底都揭穿了，女人哪，脸面哪，还要人家活吗！"他说："这个懒婆娘，你莫同情她。她先是国民党一个军官的小姨太，后来被军官甩了，生活无着，这才当的妓女。解放后，那个军官从起义部队转业地方，也任了一官半职，现在运动来了，揭发出旧军官是国民党特务。"我说："你把外调的秘密都透露给我了。"他说："你知书达理，想跟你说话，跟你说话，说着说着，憋在心里的话就憋不住了。"我说："我不会乱传，薄荷妈也是旧社会的受害者，她有条件活下去，决不会进那么下贱的行当。"他说："过去那些事不可恨，可恨的是现在，站着那么大一筒，坐着那么大一堆，人高马大的，可干起活路就是不出力。是个吃轻巧饭的命，现在终于背时了。"队长急匆匆跑了，他要把在这里耽误的时间补回来。

　　天擦黑，我潜回家取镰刀，敲了两声门，屋里传来母亲惊慌的吼叫："饶了吧！老天爷，我儿子已经不见了，你们来抓了两回了，要逼死人呀！"我轻声叫："妈，是儿子。"门轻轻开条缝，又停住，然后猛然打开。母亲见真的是我，平时遇事只微微啜泣的她，竟"哇"的一下放声痛哭。我立刻摆手，示意别走漏风声，母亲赶紧双手捂脸，拼命忍着，让号啕之声，压缩成喉间的痛心抽搭。我手抚着母亲瘦骨嶙峋的后背，让她尽情释放心里的悲伤。母亲的衣襟都擦湿了，泪水还暗暗地止不住往下淌。直到院子外响起狗叫声，母亲才从怀里摸出两个煮鸡蛋，让我边走边吃，马上离开这个不安宁的家。她说："只要你好好的，就阿弥陀佛，祖上积德，祖上积德。"我把队长的安排给母亲说了。她只点头说："好、好，明天我给你把饭送到苕窖里。"我取上镰刀就走。鸡蛋还带着母亲的体温，吃进肚子，通体都滋生出一种母爱的力量。

　　一眨眼之间，半个月亮就不见了，水田里没有了反光，暗淡得只能看见镰刀泛白的刀刃。夜越静，我割得越快。割着割着，心里就有了一种孤独。我就想象水田的那一头，有一个人也在割，她可能是陈老师，也可能是尤姐。看见她们的头发在晚风中飘起来，像黑色的火焰，更像招展的旗帜。站立着的金黄的谷穗，一片片倒下，沉甸甸地倒下，它们被搁置在谷桩上，等待天明队长带人来脱粒归仓。未割的谷田在收缩，在变窄，在变小。"嚓嚓"的声音是二重唱，催人奋进，让人忘记痛苦，忘记辛劳。最后一块割完，我惊奇地瞪大眼睛，和我碰头的，竟然是我想象之外的母亲。她仍然佝偻着腰，挥镰割去最后一窝谷子，才直起身子，对我微微一笑。就在刚伸直腰、笑容还未完全展开的那一刻，母亲突然仰身倒在水田里。我像鱼跃出水面一样冲过去，将不省人事的母亲抱上田坎，靠着一棵柏树驮在背上，疯狂地朝家里跑。才迈进家门，母亲却拍着我的后背说："儿子，谷子还没割完，你背我回来干啥？"母亲已经清醒，我把她放在凳子上坐好，说："谷子你帮我割完了，你都累晕过去了。"母亲说："我才割几窝呀，还没割够呢。"我心一酸，眼泪差点流出来，说："妈，你不该去呀，你这么大年纪了，天又黑，万一真的倒下了，我会自责一辈子的。"我急忙为母亲换衣服，用热水把脚洗干净，安顿在床上，又冲一碗鸡蛋汤服侍母亲喝下肚。她说："我没事，只要你好，我就是倒下了，也值得，我是娘呀，什么时候，我都是你的娘呀！"我的泪，哗地流出来，我急忙别过脸去。外面传来狗叫声，尖利而惊惶。母亲一口吹灭油灯，轻声叫我藏在床下。我飞快抱件父亲穿过的长袄，告诉母亲自己还是回苕窖睡觉，然后从后门跑了。

躺在苕窖犹如躺在坟墓里，心里有一种濒临死亡的恐惧和痛苦。这样躲躲藏藏不是一个磊落的人所能忍受的，于是挨到天快亮的时候，我爬出苕窖，从僻静路摸到河对岸去找王石匠，劝他做一个敢做敢当的男子汉，把事情搞个泾渭分明。按照在自留地晨耕的老者指点，顺利找到王石匠的家。门只扣着，没上锁，到处蒙着厚厚一层土。推开房门，两间茅屋像残存的原始部落。锅灶是空的，床铺是空的。在床头我看见石匠精心雕凿的那尊"女人花"石雕，花瓣似的阴唇也落满灰尘。"女人花"一行字已经看不清楚。我这才记起，石匠们要用五年时间，修好那座电站，才会被放回家。想象石匠忍受着性饥饿和劳苦，还在为百姓创建光明的日子而奋战不息的情景，对他就多了些宽宥，对自己也多了些忍耐。我愿他修完电站有个好的归宿，让这个既丑陋又美丽的石雕成为他永恒的记忆。

我虽然疲倦得随时都可能倒下睡死过去，但我没有再潜回苕窖，而是跑到镇上去找尤姐。她不在，应该是出车了。房门和牛棚都锁着。我知道藏钥匙的地方，她很早就告诉过我。但我不能睡在她床上，我打开牛棚，倒在饲草堆上酣畅淋漓地睡了一觉。醒来已是午后，街上响起锣鼓声，一种喜庆的气息袭来。饥肠辘辘的我，决定潜到街上看个究竟。"两派革命组织联合起来！大联合就是好！就是好！！""走资派还在走,造反派不能搞窝里斗!"这样的口号声此起彼伏,人潮一浪盖过一浪。我看见同样身着绿军装、同样戴着红袖箍的半条命和许剃头。不同点在袖箍的番号上,半条命叫"反到底",许剃头叫"红星闪耀"。他们行进到腰栅子,两队人马面对面列队而立,半条命和许剃头站在各自的队首,看来都是头目。半条命用沙哑的声音喊道:"造反有理,联合有功!"喊完,他向许剃头伸出干瘪的手,许剃头回应的是一只同样枯瘦如柴的爪子,两只手终于握在一起。之后的每一对面面相觑的革命造反派,都一一握手言欢,对立的两派,最终实现革命的大联合。许剃头发现我,是在两派的队伍解散之后。当时我站在一棵柳树下,他一把掀开我头上的草帽说:"你这没有造反派气势的样子,我一看就知道是伊老五。"我苦笑一声,算是应答。他问我:"目前抓革命促生产的形势正紧张,为啥不在队里参加秋收?"我把自己被造反派追缉的事说给他听了。他说:"城里的两派也联合了。抓你的是一个保皇派组织,原先死保羊县长。和保皇派对立的是'反到底',城里是我外甥女的司令,也是你的同学,今天上午到你们乡下找那个朱司令搞联合去了。你再不用害怕,没人抓你了,现在就回去抓革命促生产。"眼前的许剃头,少了些做人的本色,失却了原先的亲切感,有了出人头地的做派。听说我早饭午饭两餐都未吃,他派人去面馆给我端了一碗面。吃完面,他对我说:"现在你可以回去了。"临走我问:"你今后还剃头吗?"他白我一眼:"你没看到?我已经是造反派头目,每天都有很重要的革命工作在等着我做,你还把我与剃头匠联系在一起,你这种人的思想就是跟不上革命形势。"这个多嘴,有点像如释重负后的示好,结果落了个自讨没趣。

按许剃头的说法,两派大联合,没人抓我了,卢夫恭同学还当了司令,我心里就没有了惧怕,转眼间命运发生逆转,我几乎是跑步回队,很想和离别两年的卢同学见上一面。可是,等我气喘吁吁赶到公房后的坡道上,院坝里刚才那绿浪翻滚、歌声嘹亮的方队,转眼就变成整齐的"一"字形队伍,行进在田埂上。只见绿色的军帽,红色的旗帜,首尾相连,蜿蜒而行。在青春勃发的身影里,我无法辨别出哪一位是卢夫恭,仿佛谁都像,又仿佛谁都不像。公房院坝里,队长正带领人拆土灶,这是给造反派做饭,临时用土坯砌的。他见我不转眼望着远去的队伍,便朝我喊道:"崽儿,望啥呢?没抓住你心里不自在?过来帮我搬土坯。"搬完土坯,他从公房里拿出个黄挎包,还有一顶黄军帽。包上绣有"红军不怕远征难"的字样,给我时他说:"那个女司令送你的,她还向朱司令打招呼,两派联合了,不准再抓你。哎,你是怎么跟造反派女司令勾结在一起的?"我说:"她是我初中同学。"队长"哦"了一声,望着我手里的黄军帽说:"这军帽你戴上不合适，别人会说你伪装革命战士。"戴黄军帽太时尚了，人们到处钻军帽戴。我懂得队长的意思，便主动将军帽送给他。队长把军帽扣在头上，咧嘴一笑，很是得意的样子。从此，队长天天戴着黄军帽，田间地头，无处不有一个黄色的光环在晃动，大人小孩对他更多了一分敬畏。

傍晚，我们在薄荷家院子前的水田里收割谷子，时近黄昏，太阳落在坡嘴，西斜的霞光，映在浓密的竹林上，片片竹叶像人工剪裁的金箔，在晚风里摇晃，闪烁着耀眼的光芒，撩起人们对美好生活的期望。突然，一声撕心裂肺的嚎叫，惊得大家都抬起头来。薄荷妈一路哭喊，从院子里奔跑到田边，"咚"的一声跪在田坎上，不住点地朝田里干活的队长磕头作揖。她边磕头边拼命呼叫："队长，快救命啦，我男人上吊了！"队长一听，跳上田坎就往院子里跑，一面让薄荷妈带路，一面抹下黄帽子直挥手："快！快！"田里的人都惊呆了，还有两三个人也跟着跑进了院子。其余的人不知所措，都坐在田坎上，木呆呆地望着院门口。胖崽父亲在和身边的人交谈，他说："隐瞒了十多年，薄荷妈解放前在重庆做妓女的丑恶历史才遭揭穿，能不丢人吗？换一个人也许可以承受，轮到老实大叔，无论如何他没脸活在这世上了。"他旁边的人说："薄荷妈游斗时还露出两个奶头，造反派硬是生拉活扯，把老实大叔按在他婆娘肚子上，要他张大嘴巴，去噙住奶头，羞死人了，这不是把老汉往绝路上逼嘛！""唉，世上最残忍的东西还是人呀！"另外有两个人同时感叹道。我两眼一直望着院子门口，可那里空空洞洞始终没有一个人影。我着急地在心里自我安慰：应该没事，应该没事，但愿这个辛酸活着的老人平安无事！太阳落坡了，院子里猛然回荡起薄荷妈不绝于耳的哀号，几个人迈着沉重的步子，苦着脸出来了。我的心瞬时害怕得咚咚直跳，望一眼同去的会计，他轻微摇头。我失声叫道："完了！"顿时心如刀割，想到薄荷还远在千里之外的重庆，她没能见到父亲生前最后一面，这样残酷的现实她怎能接受？亲人的生离死别，是人生之大哀，对于薄荷，在不长的时间里，已是第二次遇见，命运对她是何等的不公！队长安排两男两女，利用当晚和次日上午，帮助薄荷妈料理男人的后事。其余的人，照常起早贪黑忙着秋收，不许有丝毫松懈。收工路上，我听见会计给胖崽父亲说，薄荷父亲，是化好妆上吊的。他用锅底灰，把脸抹得黢黑，根本辨不清是谁。他在告诉人们，他不但活着没有脸面，就是到阴曹地府，也不愿意让阎王认出自己是谁。

之后两天，薄荷妈一直没从失去男人的悲痛里走出来，她见人就说："我是娼妇，该死的是我！我是娼妇，该死的是我！"小孩见她就躲，老人见她就抹眼泪。一个土生土长的本地老者，在薄荷父亲死后，与我有过两次相遇，头次他对我说：

"薄荷的爸,二十三岁离家去重庆拉黄包车,是个健壮勤快的小子,至今在我心里都没变样。可重庆解放时,他为啥捡个娼妇回来呢?就是因为穷,拉了十多年黄包车,没挣到票子,穷,人穷了,什么都将就!穷,穷!"第二次遇见,他说:"这人啦,脸皮留住命没了,为啥敢死就不敢活着?只要活下去,总有老天睁眼的那一天。"他是告诉我这个崽儿,人的心里,应该有种不灭的希望。

这天,母亲发现那个乖巧的黄挎包,拿在手上端详了好一阵,有些爱不释手。她说革命小将背的就是这种包,神气得很,问我哪来的。我告诉她,就是因为有了这个送黄挎包的女同学,我才没被捉拿。她夸这个包吉利,能带来红运,只是弄脏了,得洗洗。将要往水里浸时,母亲从包里掏出一封信来。信是卢夫恭写给我的,信封上"红星闪耀造反司令部卢缄"几个红字特别醒目。撕开封口,只有一页信瓤,卢夫恭有男人气势的字体呈现眼前:

伊诗岚同学:

  转眼两年多过去,没有料到,今天造反造到你家门口。听说了你的遭遇,这不奇怪,革命难免没有偏差,希望你能理解。走资派死有余辜,保皇派没有出路,实现了革命大联合,形势一派大好,不是小好,也不是中好,比以往任何时候都好,革命干部群众一片欢欣鼓舞!

  你我同学中,有很多都成为无产阶级革命派里的中流砥柱。望你认清革命形势,与家庭划清界限,到大风大浪里去经受考验!

  送你军帽和黄挎包两样礼物,希望你成为无产阶级革命派的后备军。

  另:李追父亲解放前夕逃亡台湾,李追是暗藏的国民党特务,还是下放他村老右派的孝子贤孙,已被揪斗,我们都应该和他划清界限!你若见他,注意划清界限。

  致以革命的敬礼!

卢夫恭　1968年9月27日

看完信,我拿信瓤的手在微微颤抖,眼睛不由自主地往窗外眺望,脚在巴掌大的屋子画圈,有了一种坐立不安的冲动。母亲虽然忙着做晚饭,可她在时刻注视着我,看我心神不宁的样子,过来一把拿走信,塞入我枕下,拉我到桌前坐下吃饭。我嘴里嚼饭,耳边仿佛有红色浪潮奔流的呼啸声,眼前晃动的也是作为革命中流砥柱的卢夫恭那一伙人的影子。我感觉自己成了漂浮在革命激流上的浪渣,已被巨浪抛弃在沙滩上,过不了多久,就会被后浪带来的泥沙彻底埋葬,我既惶恐又悲伤。我这个边缘人、另册人，时常被时代遗忘，或者被搁置一隅，又有谁知晓？

这时，后门竹林里有人叫我。我刨完碗里最后一口饭，放下筷子出去。叫我的是胖崽的父亲，他说队长安排我和他到晒谷场守夜。场里的谷子，一天晒不干，晚上堆积起来，打上灰印，由人看守，次日接着晒。今晚晒场有两大堆谷子，灰印是队长委托胖崽父亲打的。平时都是队长亲自动手，今晚破例是因为他俩是亲弟兄，无须提防。月光很明，照在谷堆上，灰印的图案十分清晰，即便在饥饿的人们眼里，它也是神圣不可侵犯的。我躺在自家搬来的竹凉椅里，胖崽父亲展开一张竹席，铺在一摊谷草上，离我一丈远。竹席成色很新，他试着躺了好几次都未躺下去，他凝神注视竹席中心那块脊背留下的汗迹，用手抚摩了好一阵，才顺势躺下身。他仰望夜空，自语道："先人也，这张席子，儿子才睡了一个夏天，一个秋天，人就走了……"我知道他睹物生情，思念儿子了。眼前的胖崽父亲，已不是以往那个骄矜沉稳的男人。现在的他，人瘦了一圈，脾气躁了，爱钻牛角，爱与人计较，甚至有些霸道。人们先是同情他，理解他，认为连唯一的儿子都没了，脾气变得怪异，也情有可原。但时间一长，理解和原谅，便累积成厌恶，在一些人心里，甚或是怨恨。胖崽牺牲当初，爱劝慰他、开导他、恭维他的那些人，现在见他，心态最好的，也只是朝他咧嘴一笑，其余的人，都绕道走，避讳着他。前不久，在一块水田收割谷子，突然田角窜出两条巴掌大的鲫鱼，胖崽父亲和两个年轻人都一轰而上，追着去抓。结果两条鱼被两个年轻人一人抓一条，胖崽父亲立刻变脸，气愤地狠狠跺了几脚，泥水溅了两个年轻人一身，其中一个笑着把鱼送到他手边，他一把夺过鱼，挥手抛出老远，吼道："妈的屄，老子婆娘生不出崽了，就是偷个女人也要弄个儿子出来，十八年后，就不再是断尾巴牛了，别以为老子会当一辈子绝户！"这一上午，这块田里不再有欢声笑语，有的只是沉闷的劳作者。每当想起这件事，我就痛心不已。

晒场对面的牛棚里，母水牛卧成一座小山似的，在安然地反刍，小犊子亲热地依偎在母亲宽厚的肚腩下，睡得十分香甜。胖崽父亲眼睁睁看着它们，父爱在他心里顿时苏醒。唏嘘中，他在用衣袖拭泪。他别过脸，背对着我侧身倒在凉席上。河对岸的马路上有大卡车轰隆隆碾过，革命的豪言壮语，夹杂着怒吼和嚎叫划破夜空，呼啸而过的几粒枪弹，震得夜色都在颤抖。惊扰之后，我的心反而宁静下来，闭紧双眼，想象云在空中飘逸，感受微风拂过脸庞，何时入睡，已不在记忆之中。

酣睡中，我被胖崽父亲叫醒，身旁搁着一担谷子，两个箩筐都装得很满，黄灿灿的谷粒,在夜色里也有些刺眼。我飞快地睃一眼两个谷堆,谷堆上完好的灰印并无破绽,反而是打灰印的木匣子不在现场了。他看我好像还没从梦乡里走出来,就过来拧着我耳朵提了几下,说:"挑上谷子跟我到下头院子走一趟。"我假装懵懵懂懂的样子,因为我明白,他们干这种损害集体利益的事情,从不避讳我的耳目。所以,此时我就只能像提线木偶似的听他指挥。我挑着一担谷子,他走前,我走后,随他进了下头院子。他站在了薄荷妈的门口,这是我没想到的。他让我把担子放下,他说:"你回去把谷堆守好,我办完事就回去。"走到院门口,因为我不懂他要办什么事、怎么办事,就回头望他。见他敲薄荷妈的门,看家狗不但不叫,反而朝他摇尾显得十分亲热。很快,门开了,薄荷妈探出半个身子,把院子望了个遍,胖崽父亲就挑起谷子闯进去,门被关严。我在心里喊,胖崽爸,千万别把事情办砸了哟!回到晒场,我拣个谷草把子,塞进胖崽父亲的被窝里,打扮得像睡了个人,然后倒在凉椅上就闭上了眼睛。直到天亮,我都做着同一个梦,那就是暴雨来了,起洪水了,我趴在谷堆上怎么拦也没拦住,谷子被洪水冲刷得颗粒不剩。

太阳才露出坡尖,晒谷的女人来了,过来摸一把我髂裆,说:"小鸡鸡饿得造孽呀!"队长也来了,围着两座谷堆走一遍,说:"回,平安无事。"我看一眼胖崽父亲的被窝,席子和被子不见了,不知什么时候抽走的,只余下我亲手塞进被窝做伪装的那把谷草。

过了三个月,队里风传,队长兄弟不会绝户了,胖崽家后继有人啦!一天我听见妇女队长问队长:"你弟媳妇生胖崽难产,不是把子宫切了,再也怀不上娃了吗?"队长回答:"天下又不止胖崽妈一个人长得有那玩意儿,活人还被尿憋死?"又过去两个月,随处可见一个漂亮女人膨着个大肚子,跟一群老太婆在地里混工分,那就是薄荷的母亲。也就是这时,我才懂得守谷子那晚,胖崽父亲办的事情原来意义如此重大。这一次,由杨大队长和队长做证人,薄荷妈肚子里的遗腹子,因其无力抚养,不论男孩女孩,一概自愿过继给胖崽父母膝下为子或为女,决不反悔。当场立了抱养契约,抱养双方,还有作为证人的杨大队长和队长,都在契约上签字画押。不过,之后又传出议论,说薄荷妈小肚子里那个通道,不知有几百里长,薄荷父亲死了三个月后,他的那个精虫才游到目的地,真是奇迹,竟然还没累死。但更多的人不说这事,他们心里有本账:只能消灭剥削阶级,怎么能叫劳动人民家庭绝后呢!

第四十四章

秋末，大哥要接母亲去南方他工作的那个城市。他家添了对双胞胎，需要母亲照料。母亲不愿去，她对我说："我走了，哪个照顾你，当真这辈子你不成家呀！"母亲实在丢不下我，她又借口说："你婆你爸都在这里，我想他们了随时可以上山看看，走那么远天远地的，我不忍心啊！"拖了半月，大哥又来信催。我便对母亲说："妈，大哥家加上老大都三个孩子了，他太难了。我一个人，不就是没娶老婆，慢慢等嘛。况且，你和爸爸养了七个儿女，爸爸连儿媳女婿长得什么样子都不知道，一辈子就完了，更不说见到孙子，你应该替他去完成这个心愿。"母亲考虑了两天，终于同意。但当她听说还有几十斤口粮尾巴没分结束，就又延迟了几天，直到把最后的那点粮食分回家的次日，她才让我把她送上南去的火车。

不管日子苦与甜，都相依为命的一家人，几经折磨，便风流云散了。孤苦伶仃的我，心怀悲凉，又如释重负。因为，需要解脱的家人，都以各自的方式解脱了，唯独剩我，在这个残败的家，苦熬苦撑。母亲离家后，我将生活尽量简约化，以腾出时间多看几本书。饭是做一顿吃一天。衣服脏了挂在树上，让阳光杀菌，让风雨洗尘。室内灰尘积到让家具变色，才勉强打扫一次。猪饿得成天撞圈，唱着凄厉的歌。自留地里杂草丛生，菜叶和草茎结满蜘蛛网，上面露珠闪耀。队长看我成了一人吃饱全家不饿的独人独户，本身少了许多约束和羁绊，便对我像下乡当初那样，恨不得把我拴在他裤腰带上，严加管束。连续两次上工，他看我是最后一个走进地里，还没等到第三次，我就遭殃了。这天下午，我刚听见出工的哨子声响起，心想再看两页书就出发。但还没看上几行字，队长猛然冲进屋来，一把夺过我正看得入迷的书，将其撕得粉碎。我的心痛得像刀绞，他绝对不可能懂得，这本书是我从烟摊上淘回来的俄国小说《安娜·卡列尼娜》，世界经典呀！本来就是残本，这下更是面目全非。他还说："书帮人，书也害人！"队长心里的真理永远是：种好庄稼才是天王老子，其他都是鸡巴卵子。当晚收工回家，我用最珍贵的白面，搅了半碗糨糊，几乎熬过午夜，才把被队长那只魔爪撕毁的书页修复，完美到不残缺半个字。一个圆月夜，我坐在院坝重读这本书，队长夜晚巡查路过，他的眼力和记忆力都是超乎常人的，一眼就认出是遭他撕毁的那本书，他又一次拿在手里，问我道："崽儿啦，书里能看出女人？书里能看出粮食？书里能看出人民币？看出肉票？看出糖票？看出盐票？看出火柴票？崽儿啦！我看你这一辈子就是书、书、书，输、输、输，输到最后输成老光棍一个！"我说："队长，你前半部分说对了，后半部分对与错现在无法证实。自古以来就有文人说，书中自有颜如玉，指的就是婆娘。书中自有千钟粟，指的就是粮食。你看古戏里演的那些饱读诗书的人，为官之后，老婆、俸禄双丰收。"他惊异地望着我，好半天才说："不对呀，你在宣传封、资、修那一套，到底是崽儿，我们没有共同语言。"他踏着月光下自己的身影走了几步，又转身回来说："喂，陪我走一圈。"跟着队长巡夜，有狐假虎威之嫌，他见我有些迟疑，一把拽住说："不光巡查，还有事呢。"走在路上，他说："讲些古书里挠心的故事来听。"于是，我先给他讲《聊斋志异》里的"画皮"，接着又讲《金瓶梅词话》第一回"景阳冈武松打虎，潘金莲嫌夫卖风月"和第二回"西门庆帘下遇金莲，王婆子贪贿说风情"，虚的实的都来点。听完了，他拧着脖子闷了好一阵，突然说道："忘了，晚上还有点庄稼上的事要和妇女队长商量。"我说："下午我看见船拉儿回来了。"他阴笑一声说："幸亏你是个崽儿，要是个出身好的，你不得了呀！"我说："我没说什么呀！"他又阴笑一下，岔开话题问："你肚子里还有多少这种故事？"我拍拍肚皮说："这个书库里的故事，天天讲，天天有。"他唉一声说："再把你留在队上，不断给我灌输封、资、修，我会走邪路、犯错误。你弄得我现在都动摇了，读书到底是有益呢，还是读书到底是有害？"月亮偏西了，他说："你滚吧，明早可以迟上工两个小时。"说完，他就找妇女队长商量明天的工作去了。

次日清晨，出工哨子响过还不到半小时，队长却找到家里来了，身后还远远地跟着两个干部模样的人。他给我说："人家找你父亲了解一个人的历史，我只好说你父亲都进阴曹地府了。人家心不甘，还要见你呢。"他朝那两人招手，干部不愿进我的屋，硬叫我到院子竹林下。干部问我，解放前我家佃户姓名、住址、土地租赁面积和佃户倒手出租情况。我略微想了想，知道他们调查谁。这个情况本来父亲就从来不敢告诉我，我是在石仓出工听石匠讲出来的。如果按石匠讲的我一五一十说清楚了，别人会认为是父亲教我的变天账，完全可以在需要的时候，扣我"反攻倒算"的帽子。如果我一点不说，又便宜了那个人。于是我只好说道：

"其他问题我都不知道，只听父亲生前说过一次，他去过河对岸石仓坡下那个队，找一户姓杨的人家，他为什么去找那户人，找到没找到，父亲没告诉我。"两个干部冷着脸微微点头，一个字没记、什么话也没再问就走了。队长有意高声说："崽儿，爬岩割蓑草的工具找好没有？出工一阵了，还磨蹭，赶紧去，再偷懒就扣工分。绳子捆牢实，摔死了没人流眼泪。"其中一个干部听了，微笑着朝队长跷大拇指。我心里笑，队长打的掩护生效了。

过了半月，队长的任命公布了：升任大队长，还兼本小队队长。原来的杨姓大队长在清理阶级队伍中，成了漏划地主，属专政对象，被管制。杨不依，他深知阶级敌人的日子猪狗不如，就拼命申诉，一再表白自己当了十年大队干部，没有功劳有苦劳，这样对待他不公平。上级让公社警告他，隐藏十年，并且还钻进党内，已经罪大恶极，如果继续为自己狡辩，就押去劳教几年。杨从此认罪沉默，规规矩矩做人。

大队里活着的几个老地主，革命群众斗厌烦了，便拉了杨地主斗争了几回。那些有怨、有冤、有仇的贫下中农，斗得酣畅淋漓，也斗得不亦乐乎！妇女队长在每次斗争会上，都专挑杨地主的髂裆踢。新大队长，也就是我们的小队长，背地里遇见她就说："你这势利眼，提起裤腰不认人，怎舍得门槛上剁鸡巴——恩情两断！"妇女队长笑哈了腰，笑够了她说："还不是为了你这个龟儿子！"不久，妇女队长对别人说，她家原先的那条狗被人偷杀吃了肉，又重新养了一条。这条狗我见过几次，每次都看到它跟在新大队长身后，坐着的时候，就依偎在他面前，最爱蹭他的裤腿和闻他的裆。

这天午后，一群人在地里摘棉花，几个放农忙假的女生齐声嚷嚷，赞赏雪团似的棉朵真像蓝天上的白云，还说比白云更白，只是不会飘动而已。于是就唱起："蓝蓝的天上白云飘，白云下面马儿跑……"我一听见歌声，脑海里立刻跳出也教音乐的陈佩缇老师。她就是天上飘浮不定的白云，我就是白云下面拼命奔跑的马儿。我仰望着她，她俯视着我，俯仰之间，白云就飘得无踪无影。或许她遇见了阳光，变成灿烂的云霞，无比绚丽妖娆。或许她被冷空气吞噬，成为上天的泪水，落进黄昏的泥淖。无论她是辉煌或是悲伤，我都不能失去她，我要奔跑在草原，去追赶云霞的万丈光芒，去呼唤风暴去迎接如帘的雨丝……耳边没有了喧腾，抬眼望去，大家都摘到地的尽头。

晚上队长又叫我随他巡查，讲那些挠心的故事给他听。这回不是碰上，而是可以挣工分的那种正式指派。他对我说："下午摘棉花，你站在地里想啥呢？"我说："你看见了？"他说："婆娘们告你状呢。"我说："不想过这样的日子，得出去闯闯,顺便找一个人。"听说我想出去,他说:"不认命呀?天下没你养伤的地方!"我说:"我也这样想过,天下确实没有我养伤的地方。可是,不知为什么,这样的日子,我总是过得不甘心呀!我就是特别想出去闯一闯。是逃避什么呢?什么也逃避不了。"他稳了一阵,突然问:"到哪里闯?投靠什么人?"我说:"去新疆。"他说:"投奔你姐妹?"我说:"不是,她们还泥菩萨过河,自身难保呢。只有自我奋斗!"他问:"行吗?"我说:"不知道。"他又问:"顺便找的女人是谁?"我说:"是女子,不是女人。反正你不认识。"他说:"崽儿呀,看你这个狗屁做鞭,能文(闻)能武(舞)的样子,希望你能闯出个名堂来。"我说:"你是称赞我,还是臭我?"他奸笑,说:"好,可以试一试。真的能自己奋斗,再找到喜欢你的女子,那当然最好。不过,遇事机灵些,别三天两晌被人当盲流抓回来。"我说:"你同意了?"他沉默片刻,说:"我支持你。不过要想走得理直气壮,得有个恰当的缘由,免得有人说你当盲流去了。"我说:"说我是盲流也不怕,只要能达到我的目的。"他说:"我现在官升一级,要注意影响,再按得住,毕竟你的情况不同。"我说:"也是,你把退路想好了,你说什么时候走,我听你安排,不过越快越好。"他说:"好事不在忙上,好婆娘不在床上。几年都忍过去了,不在乎多这么一天两天。"我又说:"也是。"

好听的故事讲到临近半夜,巡查也完了。队长听得双脚直跳,兴奋得不知道自己姓什么。他问:"你崽儿这么清楚,糟蹋过女人?"我立刻争辩道:"队长你胡说,我只有书本知识,没半点实践经验。"他又问:"什么意思?"我说:"意思是会说不会做。"他说:"真是这样?那还差不多,这样的错误,你可不敢犯哟!"我说:"不犯。"他让我回家,他说他也回家。我说:"不去妇女队长那里商量明天的工作?"他不避讳我,已经习惯了,所以我这样问他。他说:"奇怪得很,这个女人近来看见我脸一拧就过去了,突然不理我。"我说:"是不是你听多了我讲的故事,学文明了、绅士了,懂得尊重和爱惜她,她有些不认识你了,于是心里有了想法?"他说:"猜不透她的心思,反正做那种事她说我变了,变得不像家畜家禽了。我说还不是学的故事里讲的斯文人。"果然,次日巡夜,走到妇女队长家的院子外,妇女队长截住我们,她把队长往一侧拽一把,黑着脸说:"你是不是和那个重庆娼妇搞上了?"队长说:"你撞鬼啦,乱屎说。"她说:"不是我乱说,是你上床添了好多新花样。过去一上来不像疯狗就像闷猪一样,乱咬乱拱。现在好了,又是亲嘴,又是缠舌头,又是舔,还用鸡毛在裆里扫,把老娘安逸得喊天叫地,你还在那里没完没了,我要死要活都飘上天了,你才动作……唉!真是要我命。一句话,过去的感觉是强奸,现在的感觉赛神仙。不是那个婆娘把她们行当里那一套教给你,你自己能创造出来?"队长说:"是有人教,但不是薄荷妈,是这个崽儿。"他把我拉到她面前。她撇嘴,说:"我不信,不是我看不起他,有女人敢缠他吗?他认得屄是方的还是圆的,见过吗?"他说:"对的,这还是个童子鸡,可人家读书无数,书本上的东西,都是那些有经验有知识的人写的,文明高尚,和女人做那事,也与我们农二哥不同。"她问:"有什么不同,用头去撞?"他说:"胡扯!人家书上说做那事,不叫日呀戳的,书上叫做爱,爱字当头,做在其中。我们干这事不讲究,是饿狗抢屎吃,就图的是那个味道。"她说:"崽儿给你一讲,你就会了,还真是活学活用,到底是大队长了,干屄事也能走在人前头。"说完,妩媚地瞪他一眼,进她自己的院子去了。队长哈哈大笑,他对着她背影说:"整舒服就对了嘛,还要疑神疑鬼、刨根问底,我看呀,她是嫌我还没整到位。崽儿,再把书上的教我几招。"我有几分羞愧,也有几分紧张,忙说:"没了,队长,真的没了。"他说:"不是没了,是你还没尝到甜头,没兴趣,没深入钻研,也好,我们搞,是作风问题;你搞,就是犯罪的问题。"

一次,我遇见薄荷母亲,她脸一扬,少有的容光焕发,不单气色好,眉眼也比以前舒展多了,更显出一种异于常人的妩媚。要说岔眼的地方也有,那就是越挺越高的肚子。我说:"你现在一个人优哉游哉,眨眼间就心宽体胖了。"她娇羞一笑,说:"书呆子,不是胖了,是有身孕了,薄荷爸的遗腹子。走就走吧,还留个延种的,不是害我嘛,我一个弱女人,怎么养得活。"我说:"薄荷都嫁人了,再添个小兄弟,今后她不孤单,你也有个养老的。"她说:"我老了,有薄荷养我呢!"我说:"薄荷远在重庆,远水不解近渴。"她说:"薄荷要回来的。"我问:"回来,为什么?"她皱眉不语。我很想知道原因,她却避而不谈,沉稳好一阵,她岔开话题道:"给你说呀,生下来不管是男是女,都抱养给胖崽他爸妈,他家绝后,胖崽妈子宫没了,无法再生,助烈属一把嘛!"我揶揄道:"真的是件大好事,靠一条沟里的水土生,靠一条沟里的水土养,比亲生的还亲。"她一诧:"啥意思?"我说:"意思是乡亲嘛,应该让英雄之家后继有人。"她笑了:"崽儿并不坏呀,也知道敬仰人民英雄。"我说:"那当然!"

深秋的阳光金灿灿的,慢坡的树林也是金灿灿的。妇女队长的男人,那个涪江上的纤夫,顶着一身光芒,蹬着一辆崭新的凤凰牌自行车,像杂技演员一样,从狭窄坎坷的田间小路,蹦蹦跳跳回来了。到家屁股连凳子都未挨,背个黄挎包就逐个院子跑。见了小孩妇女,每人两颗水果糖。见了男人,每人一根纸烟。不吃烟的男人,他会骂一句:屄用,怕婆娘!也塞给两颗糖。大家心里明白,纤夫这是发的喜糖。果然,一圈下来,全队的男女老幼,都吼得震天响:妇女队长的男人当司令了！当司令了，脱产了，不拉船了。队长碰见了，训斥道："吼个屎！没眼界，那是官吗？共产党的红头文件给他任命了吗？"喊的人哑口无言。也有不怕事的，嘀咕道："你就害怕人家的乌纱帽比你大，饿死你那个偷嘴的鸟！"不管听见或是没听见，队长都装作没听见。他呀，遇事心里的分寸把握得恰当得很。

当晚，队长把我从家里叫出来，对我说："机会来了，那个船拉儿真的脱产不拉船了。上面叫我们队补充一个，马上开会推荐。"摸黑开会，一上场，队长清了清嗓子说："今晚，请大家推荐一个拉船的，年龄四十以下。"过去开会，队长从来不对大家说"请"字，这已经是他第二回在会议开场白里说"请"字了，大家听了很舒服，到底是官升一级，变文明了。夜色朦胧里，那些一来就把脑袋夹在髂裆里的人，猛地抬起头，都望着他。人堆有了叽叽喳喳的议论声，有人做出跃跃欲试的样子。队长又突然强调道："大家一定要想清楚哟，这不是出去享福，是去卖苦力。出力遭罪不说，小年轻找不到婆娘，成家的女人在屋头荒了自留田，这其实是个最适合光棍干的活路。"队长话音一落，妇女队长站起来，胸有成竹地说："我的意见，叫崽儿去最好，无牵无挂，他又是个不喜欢刨土坷垃的人，还偏爱个河呀江呀的。"我很吃惊，来不及站起来，就坐着反驳道："我什么时候不喜欢干农活，只偏爱江河了？"她说："那你经常抱本书，坐在河边发呆干啥？"这时队长用一句从我身上学来的话说："仁者乐山，智者乐水，好事嘛！"如此乱弹，使我哭笑不得，只好闭了嘴巴。有几个人喊了声："赞同！"队长一声吼："散会！"此事就算一锤定音，落实到我头上了。会后我对队长说："我这身板，我这气力，还是个旱鸭子，叫我去拉船？你忘了，我想跑出去是有我专门的事要做。"他说："这就是机会，走得理直气壮的机会。只要出去了，那就是你的天下，奋斗也好，找女子也好，有的是机会。"我说："懂了，只要在你手里走得名正言顺，至于出去以后发生什么事情，就与你无关了。"他说："正是这样。用你讲的书里的话说，将在外，不由帅，乱世出英雄，烈火炼真金，为什么非要拉船呢？你拉得了就拉两天，拉不了就跑嘛！"我说："你别说了，我什么都清楚了。"他说："会前我和妇女队长碰头时，本来定的是先由我提出来，没想到会上妇女队长抢了先。之前，她在我面前唠叨过，她说再不把崽儿弄开，你这狗头军师就要把我彻底教坏。"我说："我一个崽儿，你反被我左右了，我有这么大的本事吗？谁能赐予我这么大的本事？"他说："我还真有些舍不得你离开生产队，我糊涂了几十年，总认为书本知识和生产劳动是对立的。这两年才渐渐开了窍，原来不是那么回事，人的知识多了，智慧也就多了，做什么事就顺风顺水，得力得很。"我无语。他又说："你放心出去吧，成功不成功，不管什么时候回来，不管什么情况下回来，只要我在这个位置上，我都给你分口粮。"我仍未说话，慢慢地，眼泪就滚出来。

　　第二天，我也不知道为什么，恍恍惚惚就去了镇上，又不知不觉就到了尤姐家门前。屋周植的刺篱笆很茂盛，叶子变成深秋的金黄色。隔着篱笆望过去，房门紧闭，四处没有动静。架子车停在小院里，从牛棚的壁缝里，可以看见牛在默默地反刍。我转到街上，烧腊西施的酒馆已经关闭，门上贴着封条。我家屋基上才盖不久的新房，也被砸得千疮百孔。因为羊县长成了死不悔改的走资派，他亲戚强占地盘建房就成了他的罪状。桥头的黄果树下，戴红袖箍的许剃头，正带领一帮年轻人围攻尤姐。都秋凉了，她还只穿件短褂，衣领的扣子开着，下身阴丹士林布裤子也单薄，也不知她冷不冷。我从纷乱的争吵声里，辨别出辩论的焦点。造反派要强迫尤姐加入他们的组织，尤姐不从，说自己就是个赶牛车的，多拉货支援工农业建设，就是响应"抓革命，促生产"的伟大号召。如果让她成天扭着屁股，像二流子一样，胡尿窜，瞎尿闹，她二辈子也学不会。尤姐的话伤害了革命小将，有人扯住她衣领，狠劲往地下按，要她低头认罪。尤姐大呼抓流氓，抓强奸犯。应着呼叫声，本来就敞着的衣领，忽地垮开了，半个乳房露出来。许剃头见状，急忙呵斥小将放手，四只小爪子一松开，尤姐趁势逃跑了。

　　尤姐跑到家门口，喘息未定车转身，她发觉了我。她说："我听见身后有脚步声，以为是那些小屁儿追上了呢，原来是你。看热闹来啦？"我说："一场闹剧。"她手指刺篱笆说："前晚野狗差点钻进来，刺笆墙给剜了个洞，我才补好。唉，身边还是有个男人好，胜过铜墙铁壁。"说完她盯住我问："兄弟，你说对不对？"我没回答，而是说："尤姐，我是来告辞的，明天我就走了。"她问："走了，走哪去？"我说："去涪江拉船。"她十分惊讶："你，去拉船？"我点点头。她急了，急得都快哭了。她喊："天作孽呀，谁的鬼主意，这不是害我兄弟吗！"我说："我喜欢在江边行走。"她说："喜欢？夏天晒死你，冬天冻死你，掉在江里淹死你！你呀，你还没有一根纤索重，找死！"她吓得满口"死"字，真以为我死心塌地当纤夫去。看着她真的心疼我，我说："能干就干，干不了就跑。"她一怔，说："哦，你原来是想借机跑出去，真实意图是去找你的陈老师！"我笑而不答。她冲上来，一把将我拖进里屋，按在床上，气呼呼地说："我知道你想她想到命里去了，你要去找她也可以，让我先把你强奸了，好事我要抢在她前头，免得你总惦记你这个老师姐姐！"我边挣扎边说："别！别！我们都在期盼各自的好日子呢，你别把自己糟蹋了。我得赶快走，那边还在等我去报到呢。"她笑了，说："我的好日子就在你身上！要不你专门跑来告诉我做什么？要走就悄悄走嘛！"她拧住我耳朵又说："你说得对，我不糟蹋自己，留着呢。你等着，我会跑到涪江码头去找你，那时一起算总账。"她松开手，我飞快地往门外跑。还未跑出门，她又一把拽住我，说："问你，你陈老师的家在哪里？"我顿了一下，说："她父母在新疆，她本人在哪里，我也不知道，反正不在农中了。"她瞪大眼睛："她父母在新疆什么地方？"我说："名字长得很。"她揪住我耳朵："多长，说明白。"我说："新疆石河子农八师××团×营新生连。"她重复一次，问："新生连？我不懂。"我说："小孩才从娘肚子里生下来，叫新生儿。新生连，它只是个连队的名称。"她"哦"一声，松开手。我说："你问这么清楚干什么？"她说："你别管。"说完我跑出了尤姐家。

接下来，我就全身心准备行装。首先，我找出陈老师母亲寄自新疆的那封信，将它揣在内衣荷包里，紧贴肌肤，让我时刻感觉到它的存在，决不能叫它丢失。因为信封上有她父母的地址，这个地方可能就是陈老师现在落脚的地方，也是我寻找陈老师的唯一线路。第二件大事，书是必须带的，带多少，带哪些书，很让我作难。选来选去，哪一本都不舍丢下，觉得该带的书太多，一时竟拿不准主意。最后，选定了这样几本书：两本领袖著作《矛盾论》和《实践论》。文学书籍是《少年维特之烦恼》《悲惨世界》《雷·电·雾》，还有那本烟摊上淘来的残书《安娜·卡列尼娜》。我还不甘心，又上阁楼，闭着眼睛抽了十本书，连名字都不准自己看，在心里说，带这十本书完全是老天的意思。

清晨，风轻云淡，天蓝得耀眼，阳光照得大地金光灿烂，犹如书籍翻开新的篇章。早饭过后，我把圈里那头总也长不大的猪拉到街上变成了现钱。可钱还没在荷包里焐热，就被戴红袖章的市场管理员罚掉一块多，真是出师不利。我试了几次，想把出走的时间告诉尤姐，想用离别的眼光最后看一眼尤姐，但都没成功。我想见她，又害怕见到她。只好远远地望着尤姐的房屋，望着她的屋门口，心里念叨她，出来吧，出来吧，等了许久许久却不见她的影子。等到她终于走出房门，她却牵了黄牛去河边饮水。我悄悄跟到河边，透过芭茅林，看见她丢掉牛鼻绳，钻进芭茅林小解。随着牛饮声和尿尿声，她唱歌似的吼叫道："伊老五呀，伊老五，你这个不长眼水的狗东西，狗眼不识黄花女呀，我日你先人呀……"我听了拔腿就跑。边跑边想：自己何时变成了她坐在便桶上都忘不了要骂的人？她这到底是爱我呢，还是恨我呢？我不情愿找出正确答案！

我脚踏着这片土地，已经送走了一千一百八十六个早晨。不管是朝霞满天，或是晨雾弥漫，不管是和风细雨，或是雪花飘零，它们每天都以崭新的面目，在我睁开眼睛的一刹那，走进了我心灵的深处，让我永生不得忘怀。今晨，我就要离开这片土地。没想到，这第一千一百八十七个早晨，这个清朗的早晨，这个瑰丽的早晨，它是来送别我的。我站在山坡上，晨曦描绘出我背负行囊的瘦弱而坚挺的身躯，晨曦也铺满逶迤的山路，让它带着我走向远方。翻过一道岭，就看不见我住过的那个小院落了，看不见小院角落里挂着铁锁的那间老屋了。心里就十分难受，眼泪忍不住直往下流。

　　路两边是色彩斑斓的草丛，几只觅食的斑鸠，被我急促的脚步惊飞，落在前方不远处的小树林里，可一眨眼之间，又腾空而起冲向坡尖。当我走到斑鸠再次飞起的地方，一个梦幻般的女人意外地拦住我的去路。在以往，我遇见过许多意外，头脑里也产生过许多幻觉，但较之此刻的意外和幻觉，它们都是微不足道的。此刻的我，泪眼蒙眬里，看见了陈老师，她奶着孩子，袒露着胸怀立在我面前。眼前的情景，让我始料不及而彻底崩溃。这粗俗的形象举止，使她过去那些叠印在我头脑里的一帧一帧美丽图像轰然倒塌。我凄厉地喊叫道："陈老师，你怎么这样了！"一个声音响起来："我不是陈老师，我是薄荷！"这个自称薄荷的女子，倏地将我惊醒，我眨眨眼，抖抖脑袋，陈老师的形象不见了，和她身影重叠在一起的，果然是同样美丽的薄荷。我问："薄荷，你早已远嫁重庆，怎么会在这里？"她说："我男人在武斗中战死，丢下儿子和我，没依靠了，还是这里才是我的家。"我说："薄荷，我要去远方，要赶路，没时间安慰你，你要坚强些。"我话音刚落，薄荷就做了个奇怪的举动，她迅速把孩子放在旁边的草地上，还没来得及扣好衣扣，袒露着乳房，一仰身躺在路中央，伸展修长的四肢，像一幅秀美的雕像。她对我说："我不让你走，我愿意做你的女人，如果你不答应，硬是要走，要么你就从我身上踩过去，要么我把你按在身下，完成做夫妻的那个事情。"我说："薄荷，你别胡闹，我们不可能做夫妻，快让我走。"她一跃而起，几把就将我按倒在草地，反身骑在我腰上，动手解我的裤带。就在我仰面拼命挣扎时，我听见了咳嗽声。头顶的岩石上，薄荷娘腆个大肚子站在那里，眼睛朝下死死盯着我。我一惊，鼓足勇气，一掌掀翻薄荷，挺身而起，拽紧裤腰捡起行囊，钻进路边的荆棘丛跑了。身后，薄荷凄厉的哭喊声，传得漫山遍野。

第 四 部

乱世情痴

第四十五章

我站在亘古奔流不息的涪江边,接受艄公的检验。

身边的纤夫,裸身子,大骨架,黑皮肤,如一个个活生生的现代猿人。艄公几把扒光我的衣服,羞辱得我赶紧将鲜亮瘦弱的身子缩在地上。他把我提起来,拍拍脊背,又拍拍屁股,说:"杀来吃全身也剔不下几十斤肉,手臂不如纤索粗,卵尻子没有麻雀蛋大,这哪里是出苦力的身坯!拉船?坐船还差不多,退掉!"纤夫们听了都忍不住一同发出讥笑声。艄公去旁边航运站办公室退人,我心里反而一阵窃喜,若不要我,正中下怀。当他出来时,手里却拿条毛巾,他扔给我,让我像其他纤夫一样骑在裆里当裤衩。他说:"主任说,人不可貌相,松潘狗倒大不咬人,或许你是个金刚钻呢?叫试用三月。"我心里暗淡下来,默默地跟着大家回到船上。

九月的涪江异常美丽,澄碧的水,绵软的沙滩,溜圆的卵石,嫩红的芦花,很像名家手下的一幅生动的水彩画。但我没有心情欣赏,拿在手里的书,也只看了两页便扣在胸口上。躺在船舱里眼前尽是陈老师的影子,想把影子变成真人,中间隔了千山万水。这是需要何等的时间和毅力去丈量去跋涉。时不我待,天气不容我怠慢不容我畏缩不前,九月是我最后的期限,如果错过这个时间,严寒会封锁那片疆土,那追梦的行程就要一直延迟到明年夏天。这太遥远了,我会在等待中急疯,我会在等待中变成一个即使我们见面她也不再认识的怪物。

第二次出航,就很不顺当,才拉了十几里水路,船就搁浅了。艄公恨我一眼,挥起竹篙砸在我面前的纤索上,爬行的纤夫们都晃了个趔趄,我差点跌到江水里。艄公指着松弛下来的纤索吼:"蠢货些,谁日鬼,力都是散的,捣什么乱,滚下去背船!"一长溜的纤夫直起腰,都扭头朝后望,希望骂的不是自己。我身后传来埋怨声:"自己舵没掌好,赖我们有屁用。"前头那人侧过脸来说:"有意的,撵你呢。"果然，艄公又吼："新来的，背船，灾星！文屈屈的也想吃这碗饭。"我不懂怎样背船，但又不得不去。我边往水里走，边向后望。没人同情我，只得孤零零地走到船舷下，按照"背"的意思，背靠船身往后抵。真如蚂蚁撼树，船纹丝不动，岸上一片嬉笑声，笑声里夹杂着"文弱书生一个""混饭吃找错地方"等字眼。我有了被奚落被侮辱的悲愤，泪水涌出来，我埋头让它滴进河水里，不想让艄公看见。这时，我身后说话一针见血的那位汉子喊了一声："都是死人哪！"喊完就奔过来，紧跟着又来了三个纤夫，和我一起将船"背"出浅滩，进入深水。那个好心的汉子一掌拍在我肩上说："别理他，有一身臭力气就小看人，蠢猪。"我们正要爬上岸，艄公呵斥一声，大喊："别慌，船底下有人！"大家惊奇地反身回去，都在问船底的人在哪里。江水带着漩涡擦过船身奔流而去，在固定船身的竹篙边，果然匍匐着一个穿灰色制服的男人，围着篙荡来荡去，竟然没被流水卷走。艄公伸出黑炭似的手臂支使我说："还是你，新来的，去把他背上岸来！"这一次，我不再俯首帖耳了，必须跟他计较一番，他成心赶我走，我正好趁机激怒他，促成我尽早逃之夭夭，不，是扬长而去。于是，我胸有成竹地说："头儿，你说这是个活人或是个死人？"他嘴角掠过一丝冷笑，说："是死是活用得着你操心？我指派你把他背上岸，你只管背就是了。"我说："这明明是一具死尸，是死尸就牵扯命案，是命案就应保护现场，你叫我去蹚浑水，居心何在？"他愣了一下，说："你崽儿反了，还教训起老子来了。我问你，流水还有什么现场？"我说："有，现场就在死者身上。"为了进一步激他，只好强词夺理。他说："今天就非要你去背，有问题我负责！"我说："谁负责不是你说了算，法律又不是你定的！"他怒吼道："公检法都砸屎了，还法法法的个屁！"我说："任何时候，人要心中有法，对法要有敬畏，你不讲法我讲法，我去报案啊。"我往堤上走，艄公跑过来，朝我扬起巴掌："不服从命令我扇死你这个崽儿！"我喊："船霸！你敢打人，你就违法，违我心中的法！"这时，好心汉子将我拉到一边说："报啥案，别去！现在的淹死鬼都是运动中畏罪自杀的，谁管？船家有忌讳，你初次见到不懂得，遇见'水老二'要就地掩埋才吉利。"我听了依然倔强道："我就是不背！你开除我也不背！"艄公眼睛一瞪，吼道："好！当着大家的面，我现在正式宣布：开除这个崽儿，马上就滚！"马上就滚，等于他同时宣布，我既不用背淹死鬼，又不用再爬河滩当纤夫了，我可以离开这里，去追寻我的梦，实现我的梦。想到从此我就自由了，受人支使的日子就要结束了，心里高兴得只想歇斯底里大叫几声。

我坐在河岸，看着大胆的好心人去背水鬼。他割开缠在竹篙上的死者衣服，勾下腰把水鬼拽上肩，一口气背上岸掼在沙地上，这情景让我心里有些悲凉。两个纤夫刨好坑，把死者放进去，他们发现他的灰布裤腿上，一边写着一行字，其中一人大声念道："我不是国民党特务，我愤然以死鸣冤！"我听后十分惊诧，脚不由自主地就迈过去。走到跟前一看，本来就有几分恐惧的我，险些吓得魂飞魄散，眼前这张凝固着庄重、坚强和怨恨的脸，虽然惨白得毫无血色，还稍微有些变形，但我还是辨认出来，他竟然是我们在玉马中学朝夕相处三年的李追校长。我大叫一声："李校长，怎么会是你呀！"我惶恐万分，我悲痛万分，眼泪涌出来，忍也忍不住。我记起卢夫恭给我的信上的那句话：李追的父亲解放前夕逃往台湾，他是暗藏的国民党特务。这位信仰坚定的年轻校长，到底还是没有逃出革命运动的汪洋大海。他的死，让我最先想到的，是玉马中学三年里，他对学校的日夜操劳，他对师生无微不至的关怀，还有课堂上他那绘声绘色的答疑解惑。我记不起他对我的轻慢，记不起他对我的歧视，记不起他对我的伤害，这一切都随眼前的江水流逝。我不想他的死悄无声息，我不想应该记住他的人而将他永远忘记。我要告诉卢夫恭，李追已死，你不应该抛弃他，他不是国民党特务，他不可能是国民党特务，他的心灵里始终装着你，装着莘莘学子，装着祖国未来，他是一个称职的人民教师。但，他死了。在这里，我替你，替玉马中学的同窗，也替我自己，用我一双卑微的手，捧起金色的沙子，捧起银色的卵石，将他掩埋。在这千里江堤上，在这不为人知的角落，让我们尊敬的老师，尊敬的校长，在此长眠。如果你愿意，明年春天，我带着你，你带着思念和遗恨，到这江堤上来，那时，江岸鲜花盛开，你采一束，我也采一束，扮着不同的角色，带着同样的敬仰和哀思，我们共同将鲜花献在他长满青草的墓前，然后深深地给他鞠躬。我觉得，我们应该这样做，也不知你同意吗？你愿意吗？

我痛惜着李追校长，在他坟堆周围，砌了一圈碗口粗的卵石，恭恭敬敬献上一把野菊花，并叫自己记住这段江堤。

船走了，艄公掌着舵，纤夫们背着纤，默默无声地从我身边过去，每一个人，都丢下悲戚怜悯的眼色。我知道，这不仅是为死者，也是为活着的我！

回到城里，第一时间去了新华书店。店里挤满买红宝书的人。我找到一本地图册，躲在角落里，翻到全国交通图，寻找从起点县城，至新疆陈老师父亲所在兵团的路线。我掏出本子和笔，悄悄将沿途的主要车站和城市名称，做了详细记录，并且还画了比较准确的宝成线、宝兰线和兰新线的走向图。刚描好图，就听到有脚步声过来，赶紧藏好本子。可还是被店员发现。她说："偷书，拿出来！"我说："错了，我不是偷书，我是抄书。"她说："我都看见了，你还狡辩。"说着手伸进我怀里掏。搜出的却是个本子，她打开看见我记的路线图。就问："记这干啥？"我说："学地理知识呀。"她想一把撕下那两页路线图，被我阻挡，她警惕地睁大眼睛："莫不是想偷渡到苏修？投敌叛国？你一定是个坏人！"我说："爱都爱不过来，还叛国！给我戴这么大顶帽子，压死我了。"她指着本子："证据都在眼面前，还犟嘴！"我从背包里翻出《矛盾论》和《实践论》，如实对她说："你看，我经常读领袖的书，必然是热爱领袖、热爱国家的。"她仔细检查过两本已经翻得满是褶皱的领袖著作说："你还伪装得很像呢！"我一个字也没再说，无心与她辩驳。她很快把我赶出书店。

第四十六章

第一次远行，兴奋过后就生出担忧，因为身上的钱和粮票都支撑不了两天，用完之后，后面的路程怎么办？我想，也只能边走边看了。从县城坐了几个小时汽车，就到了宝成线上的火车站。第一次见到真实的火车，第一次听到火车真切的吼叫，感到十分亲切，重新燃起生活的激情，对此次西行也坚定了信心。我缺钱，只象征性地买了一个大站的车票，先坐进车厢再说。就这样，身上也只剩下两块五角钱。为了保险起见，我把三张救命钱分别夹在书里，因为小偷不喜欢偷书。车厢里很安静，车轮铿锵有力的节奏声，告诉我它正载着我奔向远方，我只管尽情地享受速度给我带来的快乐便是了。

坐在对面的好像是一对母女，女孩紧紧依偎在母亲的怀里，她们睡着了，母亲明媚的脸上满是甜甜的笑容。我想，这一定是幸福家庭里的一位幸福主妇，疲劳的旅途中心里还溢出这般甜美。我没见过陈老师睡着了的样子，想象得出，梦乡里的陈老师，肯定至少是她这个模样。我身边是位老者，坐在靠窗的位置。一身泛白的卡其布中山装很整洁，没有一点污渍，也没有一丝褶皱。左胸别一枚领袖像章。从映在车窗玻璃的影子看，他的左脸有一道略带血渍的伤痕。身上没有烟味，食指和中指也很干净，未有烟熏的痕迹。他一直在看报纸，看得很仔细，面色始终庄重肃穆，似乎报纸的内容并不能牵动他的情绪。我猜测，这不是一个资深的老干部，就是一个满腹学识的中学校长。他让我想起在我心中至死不会磨灭的玉马中学的老校长，也让我想起为抢救学校公物和将陈老师推出火海而英勇牺牲的吴校长，他们都是立在我心中永不倒塌的两块丰碑。我拿出《矛盾论》，记不清这是第几遍阅读。之前读过后，我懂得了矛盾是事物发展的源泉和动力，懂得了矛盾存在于一切事物的发展过程中。矛盾的双方既相互依存、相互转化，又相互排斥、相互对立，这就是矛盾的同一性和矛盾的斗争性。由于我始终处于被人支配的地位，夹在人世的缝隙里活得十分艰难。怎样将这些理论运用于实践，使我这个带着烙印的人，能够被忽略在别人的身影里，如鱼得水般地活在当下，这是一个我必须认真对待的人生课题。

身旁的老者轻轻撩起书的封面，看过书名，朝我微微一笑。这是同座之后，第一次看到他的笑容。

火车跑完一个大站的距离，慢慢停下来。我的车票坐到头了，还没遇见别人说的那种严格的查票，我心里因庆幸而窃喜。这个车站上了许多旅客，口音变得我都听不明白。我以为火车很快就会开动，像我着急的心一样，飞快朝我向往的地方奔跑。可就在此时，来了两个神色威严的干部模样的中年人，一个戴着眼镜，一个夹着公文包，都别着红袖章，他们站在我们跟前，一直盯着窗边的老者。老者的脸却始终向着窗外，很不在乎的样子。直到夹公文包的人说："别装了，起来跟我们走吧！"老者才站起身。就在他伸手从行李架取那个黑色提包这一刻，夹公文包的人一拳朝他的腋窝挥过来。此刻我正好站在茶几边，手里拿着《矛盾论》，见此情形我瞬间扬起手臂喊："老伯，还你的书！"胳膊恰巧挡住偷袭的拳头，书被打落在地上。我忍住疼痛，捡起印着醒目的领袖名字的单行本《矛盾论》，在两个戴红袖章的人面前晃了晃。戴眼镜的干部狠狠瞪了夹公文包的干部两眼，那人知趣地退到一边。老者把这一切看在眼里，会意地面带感激地对我说："书就送给你了，好好学习吧！"老者挥手向我告别，面带一丝笑容，径直走在前面去了。我目送老者被两个干部裹挟着消失在车厢门口。火车开了，随着汽笛长鸣，浓烟夹杂细微的煤屑从窗前飘过。对面座位上的女人，可能之前就醒了。她一脸痛惜地看着我，问："你身边这个被带走的老人是谁？"我说："不认识。"她说："哦，我以为你们是一起的，他是你的上级呢。"其实，在老者取下黑提包的那一刻，我看见包的右下角印有"涪江师专"几个字。我想告诉她，但还是没有说出来。女人又拥着女孩闭上了眼睛。火车在山洞穿行，车里亮起昏暗的灯光。我时刻担心查票员突然出现，再无心看书，眼睛时不时盯住车厢尽头。

送餐的小车推过来，女人买了盒饭，揭开盖子，铝盒里立刻散发出缕缕香味。我响亮的吞咽声惊动她俩，她们抬头看我，我赶紧把脸转向车窗外。早已饥肠辘辘的我，讨厌车厢里一片夸张的咀嚼声，它让饥饿变成利爪，疯狂地撕裂我的胃，疯狂地撕裂我的心，想叫我整个人垮塌下去。但我的前方始终有着陈老师的影子，我很坚强，一点不沮丧，也毫不自卑。我不断在心里劝慰自己，鼓励自己，为自己摇旗呐喊：胜利在望，冲啊！

夜色爬进车窗，困倦了的乘客，以各种姿势嵌在车厢的座位里，睡得十分香甜。我睁着眼睛，盘算还要熬煎多少个小时，才可以到达目的地。可是就在此时，车厢接头处出现两个列车员，绿呢子臂章在幽暗的灯光里显得愈加幽暗。他们喊着："查票！查票！"于是一人把守一边，依次查过来。担忧的事情没来时，心里总是不踏实，一旦降临，反而十分坦然。我怕无颜面对眼前的女人和孩子，便急忙站起来，背上背包，离开座位，向迎面而来的查票员走去。我告诉他们坐过站了，并把车票交给其中一个人说："你们处理我吧！"列车员冷笑一声，说："你还理直气壮的，看来是个脸皮较厚的逃票老手。"我说："错了，第一次坐火车。"他说："既然是这样，既然你如此爽快，给你留点面子，去餐车等候处理。"

路过开水房，我接了一搪瓷缸子开水，端到餐车慢慢饮。我告诉自己，这就是今天的晚餐。餐车无人，很安静。一张餐桌的角落有半包饼干，我抽出一块，要往嘴里喂，但顿了一下，忍住了，又还了回去，仍然喝自己的白开水。陆续进来几个逃票的人，散乱地坐在我前面。不一阵，查票的列车员进来，逐一盘问逃票情况，计算应补的票额。最后轮到我，我很干脆地说："火车要坐，补票没钱。"几个逃票人同时"咻呀"地怪叫一声，然后龇牙咧嘴望着我。查票的两人对视一眼，便带上那几个逃票的补票去了，将我一人丢在餐车。当我的眼睛不由自主地转向桌上的饼干时，桌上的饼干没有了，我继续喝我的白开水。

再次来餐车的，除了查票的列车员，还有一个乘警。乘警劈头盖脸对我一顿训斥，末了他说："看你不像个社会油子，还木着干啥？赶快掏钱补票！"为了既保住我那两块五毛救命钱，又不至于惹怒他们，我就一言不发，主动把身上的衣兜翻给他看，证明我确实身无分文。乘警不信任我，叫我脱去外衣和裤子。还是为了那两块五毛钱，我忍住羞辱照着做了。他搜过衬衣内裤，仍一无所获。我穿好衣服，见他正要搜查我的背包，有人喊列车长来了。列车长是个中年女人，整齐的短发覆盖额头，脸盘白净而饱满。她打量我的目光是温和的、清澈的，透出一种坦率和慈祥。她伸手捏过我的背包，手停在上面没立即拿开，含笑看着我，那眼光好像在问：原来你是个书迷。随后，她叫其余的人回到各自的岗位。她坐下，也招呼我坐下。沉默中，她的脸色渐渐泛起忧伤，还透出一丝痛苦。过了好一阵，她说："我也有一个儿子，也非常喜欢看书，不论去哪里，手里或衣兜都带着书籍。他说他要看遍世界上所有的好书，今后做一个大学问家。"说到这里，她的眼角竟闪耀着泪光。我心里一惊。从她的表情推断，这不像是为儿子自豪而激动得落泪，很可能是她想起了什么悲戚的事情。果然，她接着说："可是，儿子再好，也没有了，一切都停留在了昨天。"即便伤心，她也显得很坚毅，眼角那颗泪珠始终没有滚落下来。但她无法抑制住自己的情绪，继续说道："儿子知道新疆的冬天很冷，但大串联却偏要去新疆。他说不愿做温室里的弱苗，要到大风大浪里冰天雪地里去经受锻炼。可是，自去年冬天到现在，大串联已经结束了，至今不见儿子回来，他父亲找遍整个新疆，也不见儿子踪影，我真是望眼欲穿呀！"我也有些伤感，默默望着她。想不到，看上去非常幸福的一个女人，却有着如此不幸的遭遇。我劝慰道："母子连心，你惦念他，他也惦念你，两颗心是有感应的，也许是他一时遇见什么麻烦事了，一旦事情过去，他会回来的。"她微微一笑，说："你倒会安慰人，看你年纪轻轻，还很有生活经历。还未问你，你最终要去哪里？"我说："也是去新疆。"本不想说出来，但觉得或许说出来会博得她的同情，不赶我下车，尽量让我坐到这趟车的终点。她苦笑一下，从兜里摸出一张照片说："这是我儿子，你要是在新疆碰见他，就给他说，母亲在等他回家。这是我发出去的第二十张照片。"我接过照片，仔细看过，这是个谁见了都会疼爱的男孩子。照片正面有她儿子的名字，背面有她家的地址，还有单位电话。我小心翼翼把照片夹在书里面，而将一个母亲的寄托，留在了心间。见我收拾好照片，出乎意料的是，她并未容忍我继续坐下去，而是对我说："我不能留你一直坐下去，虽然我是列车长，但照样无权准许无票乘车。等火车开出山区，你就在出山后的第一站下车。以后的路，就靠你自己去走。"

第四十七章

我站在了大山脚下一个车站的站台上，借着星光举目四望，身后是黑黝黝的群山，前面是苍茫无垠的平原。狭窄的站台和矮小的候车室都亮着昏暗的灯光。候车室里空无一人，而门外的墙根边，却有一堆人影在晃动，还有几点火星在闪烁，一缕一缕的旱烟气味飘过来，呛得我直想咳嗽。我搜寻站台有无卖吃食的小贩，走出几十步远更是静得怕人。正想转身往回走，恰巧头顶的山岩上，落下一个圆溜溜的东西，溅在我脚边，捡起来一看，竟然是一个才摔破壳的核桃。抬眼望去，原来岩畔的阴影里，赫然立着两棵硕大的核桃树。我几乎喜极而泣，感叹真是天无绝人之路！弯着腰在地上一寸一寸摸索，居然一共寻找到十六个核桃。赶忙将它们装进包里，只留两个，砸出桃仁喂进嘴里狠劲咀嚼，兴奋和幸运的感觉油然而生。有一老一少凑过来，望着我的嘴，我赶紧停止咀嚼。老人说："两天水米没沾牙，饿得心慌呀，舍一点吧！"我看看瘦骨嶙峋的老人，又看看衣衫粗俗、面色微红的少女。我最恶恨懒惰，拿出三个核桃给老人后，就对少女说："你为什么不在队里劳动，自己挣饭吃？"老人说："这是我孙女，傻子呀，偷吃队里几颗花生，打坏了的！"老人的话像锥子一样戳痛我的心，我很快拿了三个核桃给少女，她频频点头致谢。到此为止，自己包里只剩八个核桃。这时，一群人拥过来，我急忙护住爷孙俩。但人群经过我们面前并没停留，而是直接奔向了徐徐停下来的一列货车。眨眼间，包括这一老一少，站台上所有困顿的人们，都飞快地扒进了车皮。荒凉的站台上，唯独只剩我自己，茫然不知所措地待在那里。老人和少女向我不停挥手，我惊醒了，拔腿就跑过去。刚爬上车厢，列车"咣"的一声，我感觉到车轮开始滚动，而且是朝我来的方向滚动。我心里惊叫一声："错了！"这是一列反向行驶的货车。我又飞身下车，脚才落到地面，货车就狂吼一声，摇头摆尾开走了。看着这列货车拉着穷困的山民被黢黑的大山吞进肚子，我的心却被那伙人一下点亮：原来，只要扒上西去的货车，不花一分钱，就可以挺进遥远的新疆。这样的惊喜，对我这个初出茅庐、未谋世面的人来说，它简直胜过哥伦布发现了新大陆！夜深沉，这时的小站就只是大山边上的一座孤坟，我就是游离在它一旁的野鬼，饥饿和恐惧充斥了我的世界，我有了随时都会走进生命边缘的担忧。为了稳妥起见，我准备潜到站台靠山一端的阴暗处，西去的货物列车来了，我从尾部扒车，才不易被提信号灯的发车人发觉。可是脚刚挪动，一股刺痛直钻心窝，我意识到方才跳车把脚崴了。痛苦至极，我想起队长说过的一句话，人的热尿能够活血化瘀，这不失为一个自救的好方法。我朝脚踝扭伤的地方浇了一泡自己的热尿。饥渴难忍的我，连体内仅有的一泡尿液都没保住。我用劲揉搓，好让珍贵的尿液渗进骨肉，让疼痛消失。我期待的目光穿透雾霭，死死盯住山脚下那个洞口，希望尽快有一列货车冲出来，停在这里，然后再驶向无际的远方。在我内心不厌其烦的祈求声中，洞口突然吐出一束强光撕裂了夜幕，紧接着传来火车的几声长啸，然后就看见巨大的车头，喷着粗壮的辫子似的浓烟钻出来，身后连着一长串黑色车皮。惊喜不已的我，忍住伤痛站起来，悄悄向铁道靠拢。可是，正当我满怀希望做好扒车的准备时，火车却像飓风一样从我面前刮过，并没停留，灰蒙蒙的原野一阵颤抖之后又恢复平静。越是无望，越是急迫，饥饿感就越是强烈地袭来。我忍不住又吃了一个核桃，正回味无穷时，一列绿皮列车自西蜿蜒而来，停在站台前。无人下车，也无人上车，歇几口气就开走了，像一位无聊的访客。突然，一个人影沿铁道向西奔跑，两个戴红袖章的人在后面紧追不舍。被追击的人并没拐进山洞，而是跑上山梁，消失在乱石丛中。两声枪响过后，两人停止追赶，直接进入站台旁亮着灯光的屋子。我听见打电话的呼叫声，有人在高声喊："喂！喂！喂！报告司令，敌人进了黑山隧道，我们在追击中被一列刚好经过的火车截断，没有抓住他！"不知戴红袖章的持枪人为什么要说谎。他们抽着烟，沿铁道往回走。恰巧此时，山洞里钻出一列货车，而且"哐"的一声停下了。我惊喜得直想呼喊。瘸着脚靠近车皮，攀上铁抓手往上爬。才冒出头，还没朝车皮里翻，一眼望见西端两节车皮的接头处，戴红袖章的持枪人立在上头，朝火车两头的车厢张望。我吓得急忙缩回头，将身子紧紧靠贴在车帮外。因为是夜晚，且隔着一段距离，终究没被发现。我猜测，他是害怕逃亡者从岩石跳进这列路过的火车皮跑了，所以才登车查看的。我心里念叨着两人赶快离开，拖延太久可能会叫我功败垂成。这时，提信号灯的人摇晃着信号灯出来了，我飞快伸头望了一下，已不见那持枪人的影子，我一个翻滚就进了车皮，刚落脚，一声口哨响过，火车就开了。更巧的是，车皮里装的是几节一人高的水泥管道，能遮风挡雨。我钻进一节，斜躺在里面，喘着粗气，抚着胸口，让惊恐不已的心跳平静下来。我的手不由自主伸进背包，捏住一个核桃。但不忍心吃，又松开手，空手慢慢缩了回来。闭上眼睛，疲劳袭来，飞快的车轮会圆我一个好梦。不知过了多久，我饿醒了，周身软弱无力，人就像只剩一丝喘息，且颤颤悠悠就快气绝。我怀疑自己是不是马上就会饿死，心里特别慌张，手急迫地去包里拿核桃吃。也就在此时，我听到一种奇怪的呻吟，一种不同于害病或是因刀割而难受叫出的那种呻吟。这种呻吟，它不让人痛苦，而让人快活；它不让人拒绝，而让人接纳。是乡里夜间我家竹笆墙隔壁那对男女弄出的那种呻吟，是心里如猫抓样心慌叫出来的那种呻吟。饥饿跑了，也许是因惊吓而逃跑，也许是因羞怯而逃跑，反正不见了，消失了。代之而起是身子的鼓胀和内心的焦躁。我循着呻吟声，越过一节又一节管道，最终在车厢尽头那节管道的衣服堆里，发现一对赤条条的少男少女在挣扎在呻吟。这是我第一次看见最真切的人的兽行。说他们是兽行，因为我看到过无数次狗的如此露骨的交媾，它们就是这般的一丝不挂相互撕咬，这般的没羞没耻旁若无人。但少男少女的那种饥渴那种激情还是感染了我，我的脸唰地红透，热辣辣的像火在燃烧，心狂跳不已，撞得胸腔都快炸裂。我拿出女列车长儿子的照片，与那疯了一样的少年对照，可能都是激情捣的乱，他的眼睛迷茫模糊，五官高度走形，怎么对照都毫无结果。我慌慌张张回到栖身的水泥管道，感觉自己的身子就像进入炉膛，变成一种器具，被锤炼得无比锐利、无比坚强，很快就要撑破我栖身的这坚硬的管壁。过了好一阵，待冲动彻底消失，身心冷却下来，我再次摸索到少男少女藏匿的管道，人没了，管道里很干净，是精心收拾过的。这时头顶出现灯光，火车进站了，慢慢停下来。我爬上车皮悄悄偷看，外面是一片货场，被灯光照得如同白昼。我赶紧缩回身子，可就在这时，我看到那对少男少女从车皮跟前经过。他们的确比我还年轻，稚气未脱而又青春勃发，女孩衣扣错位，辫梢松散，右边脸蛋有血迹。两人都穿的黄军装，戴着黄军帽，右臂上的红卫兵袖章十分醒目。他们一副轻松愉快的模样，仿佛才行使了一项称心而又光荣的伟大使命。这时的我，遥望夜空，遥望西北角的星辰，星辰闪耀着明亮的光芒，最像少女在微笑。我自问：这就是陈老师埋藏在我心灵深处的那久违的笑容吗？

　　少男少女走了，在我心里留下一种隐痛，也留下一种惋惜。他们那稚嫩的身体，像被风雨侵蚀过的弱苗，能够蓬勃生长吗？随着车轮前驱的有序节奏，我渐渐被摇晃着进入梦乡。梦里，胸前佩戴着玉马中学白底红字校徽的陈老师，和胸前佩戴玉马中学红底白字校徽的我，始终紧紧依偎在一起，像窑里烧就的两个瓷娃娃，再也无法分开。梦里的陈老师很温柔，两手轻抚我的脸蛋、我的颈，然后落在胸前，轻缓地剥离我的衣衫。我由害羞，而变得害怕，用手努力推她。我说，我还想读书，我不能毁于品行不端。我还说，每天能拉拉你的手，我就很幸福！她脸红了，羞愧得低下了头，有泪珠滴落在我的手背……

梦醒了，睁开眼睛，天已大亮。火车停在一个大站上，望不到边的铁道，望不到头的火车皮。四处冒着工业的浓烟，四处游荡着臂戴红袖箍的人。突然，我感觉车厢不断相互撞击，发出哐啷哐啷的金属声。起身探头一看，我栖身的车皮，已经前无头后无尾，孤零零地搁置在铁轨上。情急之中，我背起背包，毫不顾忌地跳下火车，找了条人少的通道往外跑。出了通道，迎头碰见一个穿绿军装的大屁股女人，臂上别着"工人纠察"袖箍，一只手抓住一个男人的后衣领，将男人推着往前走。我们相遇时，她盯住我看，我没理她，只瞟了那个男人一眼。男人胸前别着白色胸牌，低垂着头，一副罪人模样。都相去十几步远了，我听见女人在吼："喂，给我站住！"我知道她在命令我，我装作没听见，加快了步伐。"叫你呢，叫你呢！"她的叫喊招来几个同样戴有红袖箍的男人，我急忙从背包里取出《矛盾论》和《实践论》，连身都没转，将这两本封面具有鲜明时代特征的领袖著作，举过头顶朝她扬了扬，然后只顾走自己的路。身后瞬时风平浪静，没有任何声响，像穿过无人之境。

眼前红旗招展，歌声嘹亮，标语缤纷，火热的场景告诉我，我已经到达兰州火车站货站。我无比惊喜地松了口气，我知道，直达新疆的"兰新铁路"，这里就是起点。我同样可以从这里扒货车，直接驰往新疆的乌鲁木齐。我心里好宽慰，庆幸地感到，我离她越来越近，近到似乎可以听清她的呼吸，可以看见她的音容笑貌。这个"她"是谁？我心里永远是清楚的，前进的目标任何时候都不会含混不清。

我坐在一处残败花圃中的木椅上，把包放在身边，两本领袖著作封面朝上搁在包上，然后砸核桃吃。吃了两个核桃，肚子跟什么都没吃一样，实在是对它欠账太多，只好用水来充数，开水灌饱它，让它暂时不咕噜乱叫。我只拿了搪瓷缸子去找水，书和包放在那里，没有人敢去动它们。我朝冒白色蒸汽的地方走，果然很轻易地就找到开水房。水槽上排列了七个水龙头，都在滴滴答答漏水，锅炉房里吱吱地响，窗口冒着热气。我接了一缸开水就往肚子里倒，温温的，一点不烫。旁边有个戴白袖箍的男人看我一眼说："这不是开水，开水只在八点钟供一个小时。"我说："太饥渴，等不得了。"男人白袖箍上有"现行反革命"的字样。他在洗两截细树棍，可能是他的临时筷子。水槽上方的台子上，放着他才打的早餐，是装在破旧钢精盆里的一白一黑两个馒头。正在此时，有人喊了一声他的名字，他立刻答应了一个"到"字，随即把筷子放在碗上，朝喊他的人那里跑去。我听见严厉的训斥声，好像是指责他昨天的任务没完成，今天要加倍惩罚他。我赶紧跑回木椅，拿了两个核桃，回到水槽将核桃放到男人碗边，取走一个黑馒头。偷换成功，就听见那个男人响亮地回答一声"是"。我坐在花圃的椅子上，捂着嘴啃馒头，一个馒头快吃完时，那个戴白袖箍的男人来到我身边，他碗里这时有四个白馒头，他将其中的两个馒头，还有我换馒头的那两个核桃，一齐放在《矛盾论》的封面上。他说："吃吧，吃饱了回家，莫在外流浪，家比哪里都温暖，因为有父母在身边！"说完，还没等我道声谢谢就离开了。看着他的背影，我的眼泪霎时流出来。

我始终记住朝西的方向前行，并且守住这个方向。从跳下车的那一刻起，我就告诉自己，这就是我时刻指望的新疆的方向。三个馒头填进肚子，我猛然感觉自己可以轻快地飞跃起来，身体每一个细胞都充满力量，有了不找一件事干就忍不住要在大地疯狂奔跑的冲动。于是，我拿出《少年维特之烦恼》来翻阅。看久违的夏绿蒂，看她穿着漂亮裙子，袖口和胸前系着粉红色的蝴蝶结，给围在身边的弟弟妹妹，按大小不同分发黑面包，自己嘴里便又泛起馒头的甘甜；看维特和夏绿蒂站在窗前，听隆隆雷声，看潇潇春雨，体味夏绿蒂眼里噙着泪花，把手放在维特掌心的那种温馨……啊！春雨里飘着花儿的芳菲……啊！货场里飘着金属的芳菲，汽油的芳菲，城市的芳菲，现代的芳菲……

我要趁饱行动起来，穿梭于货站，寻找车头朝西的货车。一饱管三天，这是西进的生活状态。肚子里的三个馒头，必须管到乌鲁木齐，才能让它完全消化而排泄出去。要想降低消化速度，唯一的办法就是减少活动量。记得困难时期常听祖母唠叨，她坐着不动，可以吃一顿管三餐，我觉得这是很有道理的话。于是，我寻摸到一个地方，位置既高又很隐蔽，可以一边看书，一边盯着货场的动静。书看入迷了，往往眼睛就不会旁视，直到有车头的奔跑声、车皮的撞击声传来，我才抬头望去，一列长长的货运列车已经组合起来，西边的车头冒着浓烟，一声接一声地长啸。收拾好背包，挎上就往车厢里翻。爬进车厢，里面堆着半厢铸铁水管，这时心里立刻冒出一个名词"坎儿井"，这应该是坎儿井灌溉用的输水管道。坎儿井只有新疆才有，这是上地理课得来的知识。毫无疑问，这本来就是一列开往新疆的货列。考虑到铁管太凉，表面又不平顺，无论是坐或是躺，都很受罪，我又偷偷爬进另一节车皮。这节车皮里装的是木质板材，重重叠叠大半车厢，面上正好像铺板一样平坦，躺上去妥帖而舒适，胜过绿皮火车的硬座席，因为它比那宽敞，还无人查票。火车什么时候开，是我最焦虑的事情，如果耽误久了，遇见戴红袖箍的人来巡查,我的下场就是被驱赶下车,或许还要接受审查。

正忧虑着,听见两个女人的说话声,声音来自这节车皮的正前方。我急忙隐藏在车皮角落,微微探头往外窥视。有个女孩正要攀上车皮,却被一个中年妇女死死拖住不松手。她吼:"你再不跟我回家,你就不是我的女儿!"女孩也高声叫道:"我本来就不是你女儿,我是革命小将,我是造反兵团的红卫兵。我和你和我爸,都不是一个派别,都不是一个观点,想做一家人,你做梦去吧!"母亲说:"和你一起造反的那个男孩子都回家了,父母担心死了,难道人家就不是革命小将,不是红卫兵?"女儿说:"哼,叛徒,可耻的叛徒!我错看他了,还把自己最珍贵的初恋献给他,他说他要和我做永远的革命伴侣,像马克思和燕妮那样。可是这个家伙却经受不住革命考验,父母一威吓就叛变了,可耻,世界上最可耻的东西,不齿于人类的狗屎堆!"听了女孩的话,我从她的身影发辫和脸蛋,辨认出她就是那晚在车厢里偷欢、中途双双下车离去的那对少男少女里的那个女孩子。对,就是她!脸上那片血迹虽然干涸褪掉,但仍然留有斑痕,看来这两天一直未洗过脸。母亲争执不过,只好跟随着女儿爬进车皮。我赶紧背对着她们,埋头看书,不时扭头瞟她们一眼。一次正好和母亲目光相碰,但她并未惊诧和慌张,只见她抱住女儿,轻声啜泣不止。女儿这时变得温和起来,听见她劝慰母亲道:"请你不要软化我,不要削弱我的革命意志,我既然经得起初恋背叛的打击,就经得起眼泪的腐蚀。你一个人回去吧,我要继续西去,追随造反兵团的主力部队,这种革命意志,是谁也改变不了的。"说完,女儿沉默了,仿佛这是对母亲的最后忠告,也是她自己的最后誓言。

终于,火车开了,果然是朝着太阳西斜的方向奔跑。在火车行进的节奏中,母女俩相拥着沉沉睡去。书上的字模糊得看不清了,这时我才意识到天已黑尽。书看不成,我调换一种姿势,倚车厢板而坐,由背对母女,变成面朝她们,抱腿坐着,仰望天空,头顶无数美妙的景象掠过:橙黄的银杏树,苍绿的松柏,巨型的桥拱,南飞的大雁在深远的高空像影子一样,飘呀,飘呀,飘……我的头渐渐垂下,埋入昏暗的车厢,一切景象便从感觉中消失,我进入梦乡。不知过了多久,一声惊叫把我吵醒,女孩的母亲连声呼喊:"女儿,我的女儿,我的女儿呀?"蒙眬中,只见母亲抱着件外套四处张望,疯了一样跑到我跟前,扳开我肩膀,将我身后的车厢角落搜索一通,好像我把她女儿藏起来了似的。她问:"见我女儿没有,我身边的女儿不见了。"确认女儿不在车厢里,她攀住车皮内的铁梯就往外翻。我飞奔过去,一把将她拽下来,提醒她:"你要冷静,火车正飞速前进,你爬出去会没命的。"她急切地问:"我女儿都跳车跑了,她会不会摔死?她是不是已经摔死了?"我开导说:"从兰州出来,火车肯定在中途停顿过,至少要会一两次车,估计你女儿是会车时翻越车厢逃跑的。她不会跳飞车,她不是铁道游击队。"她狠狠地盯住我,似乎在咀嚼我说的话,眼睛里有种不信任的疑惑。猛地,她用手里的外套捂在脸上,号啕大哭起来,我无从劝说。哭了一阵,她突然不哭了,在离我一尺远的地方坐下来,默默仰望夜空。近了,想不到我竟然被她的形象惊呆了:亮汪汪的大眼睛,端正的鼻梁,饱满的额头,漆黑的头发,身材丰腴而紧致。她的肉体和灵魂仿佛有光焰弥漫出来,把我心灵瞬间照亮,让我感觉有女人的时刻真是幸福!但这种幸福是短暂的,更是别人的。我再次勉励自己,前面的路途再遥远再艰险,哪怕偷爬货列有如赴汤蹈火,我也要去寻求属于我自己的那份幸福。女人看了一阵天空,从包里拿出手电筒和笔记本,随即从列宁装的上衣口袋里抽出钢笔,左手打手电,右手将本子枕在膝盖上,执笔认真书写起来。随着一声长啸,火车穿过山洞,飘下一片烟尘,我们都呛得不约而同地咳嗽几声。她不同寻常的举动,让我有些好奇,我注视着她,只见钢笔的笔尖,拽着光圈在本子上如行云流水般畅快。写满一页,她停住笔,正眼看我,我俩都明显感觉到了对方的微笑。她更加靠近我,有了一种母性的亲切感,我们再次相互一笑,比刚才的微笑更温馨。这时,她将笔记本递给我,才记的一页写着这样一段话:"今天,我找到了女儿。可是,最终还是让她逃走了。我找她回去,是革命形势的需要呢,还是出于亲情?我无法回答!因此我很疑惑!我们一家三口,分为三派,三种观点,还要继续辩论下去。我们必须相互揭露,彻底批判各自头脑里的资产阶级和一切剥削阶级的思想意识,批深,批透,批臭,在意识形态领域里来一场大革命。虽然我们共同的敌人是党内一小撮走资本主义道路的当权派,但我们自身还藏污纳垢,有很多肮脏的思想甚至行为,不最终斗垮批臭行吗?但是,我累了,肉体和心灵都很疲惫,真想找一处安静的地方去喘息!"看完当天的日记,我往前翻,抬眼望她:"可以吗?"她点头,继续替我打着手电。"1968年6月10日,阴。文件和报纸都说,党内走资本主义道路的当权派是一小撮,可是,为什么到处都在揪斗走资派?在共产党领导下,公有制渗透每一个角落,走资派是怎样做到走资本主义道路的?眼前发生的很多事情,我都不明白,我焦虑而惶惑,神经绷得很紧,担心总有一天要崩溃,那时,我会疯掉!"再往前翻:"1968年5月4日。今天是五四青年节,全天辩论会,所有的老师和同学都处在狂热中。很久很久没上课了,革命的浪潮彻底淹没了读书声。都说抓革命促生产,社会主义建设时期,没有科学知识,怎么去促进生产发展,我十分困惑。"另提一行:"伟大领袖毛主席曾经说过,年轻人就像早上八九点钟的太阳,祖国的希望就寄托在我们身上。我们要牢记领袖的教导，发挥朝阳的光和热，踏踏实实学好本领，努力建设一个强大的新中国。"正沉浸在她的日记里，列车突然"哐"的一声，头上有无数灯光闪烁，火车又到一个车站。我把日记本交给她："你是人民教师？"她点头，边收拾东西边说："太受罪了，我去换乘客车。你也一道下车吧。"我说："我只能扒货车，路还远呢。"她说："路远才正该坐绿皮车。"我说："没那么多钱，我是途中被赶下绿皮车的。"她没再说什么，可能是怕火车突然开走，给我搁下一包苏打饼干，就小心翼翼翻出车厢离去。

火车又开了，孤独而饥饿的我，心里总是想着远方的她。望着西边的天际，吃着那位母亲留下的饼干，慢慢睡着了。睡梦中，我觉得有人吻我，恣意的那种热吻，口水濡湿我的双唇，润滑而爽快，眼眶里满是泪水，是幸福？或是痛苦？有一种说不清的模糊。睁开眼，原来天已大亮，下着雨，雨滴打湿我的脸庞，水珠不断从嘴唇滚落下来。火车可能进入货站多时，满地铁轨湿漉漉的，远处的楼顶上，立着"西宁火车站"的牌子。我瞬间蒙了，火车将我载入了青海，而不是新疆。我怔怔地看着车头的方向，反问自己它若继续前行，会不会拐进新疆？于是，就轻声呼唤着："新疆呀！新疆呀！你在哪里？"一个手持铁锤、身着旧工装的人从我身边经过，见雨雾中的我，一脸茫然地望着前方，嘴里呼喊着新疆，可能猜测出我扒错了火车，就说："别望了，别叫了，火车到头了，没路了。"我，无路可走了。

这个货站很冷清，见不到繁忙喧腾的景象，我穿梭其间匆匆忙忙寻找回程的火车，但站场一片死寂，没有发车的迹象，我只好躲在一处货棚下，慵困地四处张望。天至黄昏，终于看见一台机车吐着白烟在轨道上来回奔跑，像总也找不到歇脚的地方似的。我死死盯住它，感觉它在有意挑逗我，专门惹我着急。等它终于绕够了，"哐啷"一声挂在一列车皮前端时，车头恰好朝着回兰州的方向，惊喜无比的我拔腿就朝车皮跑去。没有戴红袖箍的纠察，我任意在这一列货车爬上爬下，想找节能避雨的车皮。但可恶的车皮总是与我作对，能进去的不避雨，能避雨的又进不去。正在我鼓励自己顶风冒雨也在所不惜时，一节车厢的铁门有人从里面拉开了，过了片刻，一个佝偻着腰的人影，探头望望，然后很笨拙地爬下车，转眼就消失在车皮空隙里。我高兴地挨过去，一蹦便进了车厢，轻轻把铁门碰上，仅有的那片雨丝里的昏浊灯光，也被关在车外。告别风雨，却陷入更深的黑暗。车厢里什么也看不见，除了头顶上端很高的地方，有两个对称的小窗口，露出一块铅灰的光，其余地方一片墨黑。也正是这种黑暗，却让我一下喜欢上它，觉得这里封闭、幽静、安全，有一种与世隔绝的自在感。长长舒一口气，摸索着躺倒在一堆烂纸板里，头枕着包里的书，眼睛望着头上那块灰白的光，心里便生出自赶下绿皮车以来，从未有过的惬意与满足。正暗自庆幸，铁门突然抖了两下，接着被缓缓推开一条缝。先有两个包袱塞进来，之后磨蹭着喘息着挤上来一个人影，人影随即倒在门口那个角落，便没了声息。开始我的心惊慌得直颤，过后竭力让自己平静下来，只定定地注视着那个黑影。黑影丝毫未动，像凝固了一般，犹如一座黢黑古老的坟墓。火车开了，车皮的摇晃和震动让我感觉到它在奔跑。黑影却像什么也没发生，仍然那么一动不动，连轮廓也依旧如初。我的心又紧缩起来，不是怕鬼，我是怕那个黑影真的死在我面前。我决定不再看他，就像他不存在一样，尽量去想那些美好的事情。想玉马中学和陈老师的日子，想小镇上与尤姐的趣事，想几天之后见到陈老师的惊讶和欢乐……人一陶醉就闭上眼睛，本来眼前一片黑暗，倦意立刻将我裹挟。入睡后的第一个梦，就是饥饿的我与狗奋力争夺一块肋骨，狗最终将骨头叼走，按在双爪下朝我狂吠。我对狗说，别吵，你安心啃吧，我本来就是你的主人，你口中之食就是我所施舍。说完我又走进一个梦境，再一个梦境。

  梦醒时，火车被拦停在车站外。可以隐约听见车厢外面人声嚷嚷，好像在说铁轨上坐满抗议的人群，绿皮客车出不了站，过路的货运列车也无法通行。这时，车厢门口的黑影开始蠕动，并站立起来，慢慢靠近车门。铁门发出响声，裂开一条缝隙，黑影伸出脑袋探望，然后门越开越大。强烈的探照灯把夜空照得雪亮，一直漆黑的车厢这时明亮起来，黑影蜕变成一个比较明朗的男人，他穿着我似曾见过的人字呢大衣，当他夹着一个包袱溜下车时，他回头望了一眼，正是这回头一望，我确认他竟然是祝一尔老师，这个被县广播站宣布畏罪自杀的冤魂。我高声喊道："祝老师，你等一等！"他猛地站定，我赶忙回身抓过提包，很快翻出那本英文笔记本，正想朝他扔去，却忽然不见了他的人影。从两列火车的夹缝里，我看见远处的他，肩着包袱，步伐迈得又大又急，仿佛根本就没有遭遇过眼前的巧合。我的心随他去了好一阵，难受于他的冷若冰霜，直至他彻底消失，也没流露一点我想要的惊喜和惦念，原来人可以被世道折磨得如此冷酷。他藏身的那个角落，还漏掉一个包袱没拿走，打开一看，原来是一捆大字报。我拆开仔细翻阅，都是批判一个名叫李山的走资派的文章。其中的几篇，很详细地揭露了作为单位领导的李山，在五七年反右斗争中，如何包庇从驻外使馆贬谪回国的祝一尔。依照祝一尔疯狂反党的种种罪行，本应认定为反革命罪，重判收监，却被李山轻描淡写说成只是右派言论，而戴上右派帽子遣回原籍，逃避了法律的严厉制裁。看来这是祝老师的一次探险，在革命运动的浪潮席卷大地时，卑微如蚁自身不保的他，却有勇气翻越千山万水，独闯大西北，探望受难中的恩人。我不明白祝老师是疏忽之中丢失这些大字报，或是有意为之。将这些污秽东西重新卷好，本意是付之一炬，但在车厢里我却无法做到，就顺便扔到车下，让风雨行人糟蹋，终归自行灭迹。火车像在跟谁赌气，卧在铁轨上长久不动，我想去车站看个究竟。跳下车，抬头就是高高在上的信号灯，它此时正亮着红灯，箭形信号牌也颐指气使般地垂直横着。铁轨上人流骚动，穿着各色工装的人，正像浪涛一样从车门和车窗卷进车厢。我辨别出车头与我偷乘的货车是同向，便拼命奔过去，夹在人流里顺势拥上了绿皮火车。车厢被人塞得水泄不通，还有人卡在车窗上，屁股撅在外面，两腿不住挣扎。铁道没人了，绿皮客车终于怒吼着朝兰州方向奔驰。车厢厕所的门敞着，地上扣了四个套网兜的搪瓷脸盆，上面相拥着坐了两男两女四个学生模样的年轻人，找不见便池在哪里。我被堵在厕所门口，身子遭四周的人箍得紧紧的，我就像一个楔子，插在男人和女人中间。幸好我是忍饥受渴上的车，再挤，膀胱和大肠都会沉默不语，为我省去无数麻烦。车厢在摇晃，昏黄的灯光在摇晃，站着的人在摇晃，坐着和依偎着的人也在摇晃。两个男生都用双臂环绕住女生的脖子，脸挨着脸睡着了，鼻和唇随着车身摇晃的节奏，在有意无意地亲吻着，撩拨得我意乱情迷，想象着陈老师的背影就在跟前，不停地变换姿势去找她那张可爱的脸，但无论怎么用心也找不着。

第四十八章

　　这一次是坐着绿皮车回到兰州客站的，跟着大家涌过出站口，检票员一脸无奈地望着奔流的人群，好像他们反倒成了革命道路上的绊脚石。我找出在书店绘制的路线图，与售票厅里悬挂的全国铁路交通图对照，很快确定一个叫"河口"的车站，它是出兰州去往新疆的第一个站，刚好避开'兰新"和"兰青"铁路的岔道口，去到那里爬车就不会重蹈前一次误入西宁的覆辙。花不到一块钱买了一站路程，到达河口天已放晴，艳阳当空，万物生辉。两个红卫兵在站台上截住我，眼睛直愣愣地盯着我不放，大概是我的形象值得怀疑。为了不招惹麻烦，我记起列车长儿子的照片，便拿出来给他们看，并说："这是我弟弟，大串联去新疆至今还没回家，你们见过他吗？"说完脸上挤出一丝哀愁。其中一个男孩接过照片，仔细看过后指着照片右上角的名字说："我们在布尔津汽车站张贴栏里，看见过这个名字，和几个冻死学生的名字排在一起，你弟弟去年冬天就已经冻死了，你赶快去布尔津吧！"我脑子里还是轰然一下。离开他俩，我立刻写了一封信，按照照片背后的地址寄出去，把这个悲哀的消息告诉女列车长。虽然花了我十分珍贵的八分钱，但我一点也不可惜。

　　这个小站很单纯，几股道，货车绝大多数是过路车，连车速都不减就飞驰而去，凭我这些天扒货车的经验，只有遇见会车，才会有火车停留。肚子很饿，吃了两片饼干，拿着缸子去找水喝，只要开水灌下去，肚子里的饼干就会成几倍膨胀，瘪了的胃便撑起来，饥饿的感觉就不那么强烈了。站上没有开水房，连保温桶也没有。调度室旁边的空房子里，有个人在乒乓球台上写标语，身后放一个暖水瓶。我对他说："师傅，要点开水喝，可以吗？"他一张标语写全了，才望我一眼，望过以后，接着又写，没说可以，也没说不可以。我诚惶诚恐提起水瓶倒水，手都有些抖，害怕他突然一声呵斥，惊得我失手把水瓶打了。但倒好水，把水瓶端端正正放回原处，他也什么都没看见的样子，仍然专心写他的标语。喝过几口开水，胆子有了，兴趣也上来了，凑过去专注地看他写标语。见他把"舵手"写成"舱手"，我用指头按住"仓"字说："'它'字！'它'字！"他一惊，吓得一把将红纸揉成一团，飞快塞进衣兜里，警惕地朝四周看看，四周没人。他重新铺上纸，对着我感叹道："唉，大意了，该死！"我笑笑说："就等于没看见。"他突然问："你对文字弄得还透彻，字写得怎么样，来两张？"我说："试一试。"他把毛笔调好墨递给我。写好一张，仰头用眼神问他：行吗？他惊讶地望着我，说："青年书法家呀！写大字报练出来的吧？"我也学着他，没说是，也没说不是。一口气给他写了十五张，然后停住笔说："一张大字报也没写过，读初中练就的。"见他给我把缸子里的开水添好，我灵机一动，随口道："我的姐姐，也是我的老师，字比我写得还好，什么体都会，在我们那里小有名气。"他说："去把她叫来，帮我写几张。"我说："在新疆呢，我就是去找她的。"他"哦"了一声，很是惋惜的样子。他把我打量一番问："你怎么逗留在这里，在候哪趟车吗？"我把去新疆没钱坐绿皮车，只得扒货车的事给他说了。他"哦"了一声："原来如此。"这时，有人叫开饭了，他去了，很快又回来，给了我两个馒头，他说："没菜，啃完馒头，你在这里等着，有货列停靠我叫你。"就这样，几笔字不但混了顿饭吃，还有稳妥的货列坐，谁说读书没屌用呢？

　　太阳偏西，来了一列货车，写标语的把我送上一节车皮，悄声告诉我，这是一趟直达乌鲁木齐的货列，叫我中途不要随便下车，可以直奔终点。让过一列反向行驶的绿皮车，货列就开了。车厢的车帮不高，里面趴着许多如我一样的扒车的农民，他们个个满脸苍凉，静静地靠着车厢板，或闭着眼睛，或盯住一个地方发呆，谁也懒得理谁。我选择一处角落，将自己安顿下来。火车喘息着拼命奔跑，从昼跑进夜，又从繁星满天跑进阳光灿烂。每当火车鸣笛，车头的浓烟就滚滚而来，夹杂的煤屑打在脸上，眯得我无法睁眼。不知过了多久，似睡非睡中，火车停在了一个小站上，突然的雪亮的灯光让大家一下兴奋起来，都竭力伸出头向外探望。从站里来了三个戴红袖箍的人，呵斥我们带上各自的东西，统统从车皮里滚出去。我们列队被驱赶进候车室，再排成横队，乱七八糟的杂物似的行囊搁置在各自面前，然后逐个遭遇搜身，最后清查摊在地上的每一个人的行囊。我的背包打开后，戴红袖箍的人拣开两件衣服，出现在他眼前的是十几本书籍，其中最显眼的是《矛盾论》和《实践论》。每本书他都翻了翻，见到夹在书里的一块多钱，他放过它，然后略为归置，问："这是谁的东西？"我站出来，走到背包跟前。他望我一眼，随即从衣兜掏出刚才搜身没收我的一支钢笔和一把小刀，扔进背包里，他把包给我，说："你可以走了。"我暗中惊喜，背好背包就快步往外走。逃脱的第一要务，就是钻进厕所，排尽体内废物，在水龙头接两缸子凉水灌进肚，才神清气爽去扒火车。货列还停在靠站台的铁轨上，尾部的车皮在背光中，我直奔那里去。一个身材窈窕的女人出现在前边，她一身绿军装，军帽上的五角星鲜亮如血，齐耳的剪发，腰间扎着皮带，走起路来柔韧中透着坚毅。我立刻在脑袋里移花接木，想象着如果陈佩缇老师这一身装扮，应该比她更具革命魅力。我紧追其后，快到车尾，那里站着个男人，我停住脚步。女人到了跟前，男的向尾车上一招手，下来一个戴尖尖帽的老太婆，帽子上的名字打了个大红叉。她弯着腰，左手提面铜锣，右手拿着锣槌。老太婆走前，他俩走后，相跟着朝车站去了。我心里怦怦直跳，迅速爬进一节车皮。直到货列开走那一刻，被扣押在车站里的那群扒车人，再没有一个被放出来。我听见车站上响起铜锣声，还有老太婆的呼喊："我是牛鬼蛇神，我向革命群众低头认罪！"

我藏身的这节车皮，里面码了半厢条石。石头坚硬、粗糙、冰凉，沉重得默默无语，给人一种冷酷狰狞的感觉。车皮里只有我一个人，孤独的心灵，一直陷在深深的凄凉和惶恐之中。角落有一卷篷布，破败而肮脏。我把它展开，抖尽上面的灰尘，铺在靠车厢板的地方，做成一个长条形的窝，无论是坐在上面，或是躺在上面，便稍微有了舒适妥帖的感受。此时，肚子空得发慌，尽管这样，有数的一点饼干，是决不可以随便吃的，只好忍着。闭上眼睛，不想任何事情，让一切消耗停顿下来。就这样，火车很快把我摇进梦乡。也许是因为躺在石头上做的梦，我梦见了那尊石雕的女人花。我紧紧将它抱在怀里，王石匠却要拼命抢夺回去。我声嘶力竭地喊："好一朵美丽的玫瑰花！好一朵美丽的玫瑰花！我的玫瑰花！我要亲手送你到新疆去，献给我的陈老师！"王石匠也不示弱，一边拼命抢一边痛苦嚎叫："我的女人花！我的女人花！我不能没有她！我要和她度过今生度过来世啊！"我俩都在凄怆地呼喊，喊得嘴角鲜血直流，喊声划破天幕，惊得群星闪烁。喊着抢着，抢着喊着，突然，"女人花"在争抢中迸裂了，一朵鲜艳的红玫瑰，伴随着一阵馨香，从石缝里弹出来，在一缕清幽的烟雾渲染下，冉冉升向天空。石匠狠命地撕咬我，愤怒地喊叫："还我的女人花！还我的女人花！"我满身流着殷红的血，仰望着头顶的红玫瑰。慢慢地待到烟雾散尽，红玫瑰变成美丽的陈老师。她飘逸着频频向我点头，我兴奋地奔跑着，追赶着，呼唤着："陈老师，等等我！"她越升越高，有天籁之声传来：我在新疆迎接你，我在新疆迎接你……

醒来时，我双眼噙满泪花。其实，我更多的是被饿醒的，难受得人很快就要虚脱，急忙吃了两块饼干，让气息得以延续。我找能找到的刺激，不让自己昏昏沉沉睡去，怕一旦睡去就永远不能醒来。于是，我把书翻得哗哗响。夜色太暗，不能阅读，只好弄出声响让我兴奋。接着又想尤姐，想她率真的天性，也想她悲凉的人生。更想她开启我荷尔蒙的那种疯狂：在家乡河岸的芭茅林里，第一次向我敞开她的酥胸，被我当作书的扉页来读的惶恐不安。在县城的骡马店里，她洗澡时胸前那对欢腾的白鸽，让我度过一个被幸福和痛苦煎熬得难以入眠的夜晚……就这样，身体里已经深度沉睡的细胞被激活，埋藏心底的欲望被唤醒，我的精神终于饱满起来。

一个阳光明媚、空气清新的中午，我到达了乌鲁木齐。这个城市色彩鲜艳，街上的行人像花朵一样在流动：花小帽，花衣裳，花裙子，还有姑娘们一头细辫子上缀满花蝴蝶结。男人和女人，没有一个单色调，天下最绚丽的光彩，被这里鲜活的人们占尽。大街小巷彩旗飘扬，过街大红横幅上，载着两个打了红叉的黑色名字，在风中上下翻滚，像要坠落，却又难以坠落，同样斑斓炫目。陈老师父亲所在的新生连，在石河子那边，去石河子只能坐汽车，我边走边问，寻找去石河子的汽车站。我喜欢听"石河子"这个名字，因为我从来就喜欢点缀着玉一样光滑的卵石且清澈如镜的河流，石河子，它一定傲立在这样一条美丽的石头河畔。路过一条巷子，有人拉车西瓜从面前经过。第一次见到真正的西瓜，青翠透绿，我被它深深吸引。路稍微带点坡度，车走得较吃力，我帮着推了一段。上了平路，拉车的男人翘起车把歇口气，车尾蹾在地上，一个西瓜弹落下来，慢慢往下翻滚。害怕它摔烂，我心痛得赶忙去追。西瓜被一个大汉一脚蹬住。我弯腰去抱，并道声："谢谢！"可西瓜像钉在地上，怎么也取不出来。我抬头看他，说："请你松脚。"我听见"嚓"的一声，西瓜被他踩爆，他扬长而去，只看见手臂上一道红袖箍，像一抹血光一闪一闪的。我把西瓜抱回车上，车主看着破裂的西瓜，愤怒地骂一句："狗日的造反派！"他发现我眼神不对，我眼神停留在破裂的西瓜上。他欲将西瓜掰开，但又马上停止了这个动作，很为难地对我说："给蔬菜社拉的，公家的东西，一两也不能少。"我渴望吃到西瓜，但还是克制住说："我并没有想吃的意思。"车主一个字也没再说，操起车把默默走了。

找到去往石河子的汽车站，我无奈地又给肚子先灌了两缸白开水，给它一点安慰以免闹事。我身上仅有的一元多钱，不够买全程票，盘算过后，决定花一元二角钱，买张车票坐到一个叫"呼图壁"的地方，余下还有一半路程，然后就只能靠步行了。我不畏惧走路，怀揣美好的向往，独自徒步前行，体味着一路匆忙、一路牵挂，心情纠缠于心急如焚而又欲速不达之间，其实也是一种享受。

汽车奔驰在平坦的柏油路上，发出流畅的经久不息的嘶嘶声，它给我以欢快舒适的感觉。窗外是我从未见过的大平原，还有平原上那一排排亭亭玉立的白杨树。每棵白杨树灰白的树干上，都长着很多黑眼睛，我望它们笑，它们也回眸顾盼，一拨接一拨地朝我暗送秋波，我还真有些应接不暇。有人开始唱起欢快激昂的革命歌曲，在歌声的引导下，我真的有了坐在大航船里，与他人享受着同等待遇、一齐仰望舵手、一同穿行在沙海的金色波涛上的超越感。但是，当我望见无限远处的蓝天白云，我却情不自禁地哼起埋藏心底的那支美妙的歌曲，它犹如一粒种子，遇见湿润和阳光，便抖抖擞擞地蓬勃起来：在那遥远的地方／有一位好姑娘／人们经过她的帐房／都要留念地张望……但这毕竟只是偶然的短暂的逆潮流而动，很快就被前头新一轮的革命浪潮按捺下去。两个维族姑娘亦歌亦舞，充满崇敬忠义的甜腻歌声，加之活泛贴切的舞姿，瞬间点燃了一车人胸中的革命烈焰。大家或站在座位上，或拥在行道里，疯狂歌舞。我也因感染而放歌而手舞足蹈，虽然歌不悦耳、舞不撩目，但确实是由衷地出自肺腑地歌颂。无尽的神往、崇拜、倾心之爱，在车厢里膨胀升腾，她变成无穷的力量，驱使汽车向着太阳飞奔。

车到呼图壁，售票员将到站的人吼下车，车又继续朝石河子方向飞奔。在小卖部买包饼干，望着车后的烟尘，我沿着它前行的方向朝石河子进发。没走多远，饥渴不断袭来，空空如也的肚皮，首先让腰肢变得软弱无力，连本来就瘦小的身躯都无法支撑。紧接着脚步又沉重起来，腿杆像坠着两块石头；最后头脑也晕晕乎乎，看着公路如飘带一样在眼前飞舞……饥渴像怀着嫉妒心理的魔鬼，阻拦在我和陈老师中间，击败它的唯一办法，就是牺牲那包可怜的饼干！我给自己明确规定，按公路里程碑，走五公里路，吃一块饼干，喝一缸子水，照此计算，勉强可以吃到目的地。第一次实施这个计划，我把一块压碎的饼干拼完整，唯恐多吃一丁点，也唯恐少吃一丁点，然后去路旁的水渠里打水。舀满一缸就尝了一口，水很清亮但冰得牙刺痛难忍，像冬天吃进一口雪。正品着味道，抬头见一只鸟从天空俯冲下来，对直朝着我的背包飞去。背包放在路碑上，而饼干就搁在背包上，当我明白那只饿鬼似的鸟儿起心不良，快步奔过去时，已经晚了，可耻的鸟儿叼起一小块饼干腾空而起，得意扬扬地飞走了。我还是猛追了几十步，以示对自己的饥肠负责，免得它不满意掀起更加疯狂的造反浪潮。吃着残缺的不完整的一块饼干，我恨鸟儿像小偷的同时，也责怪自己的愚蠢，怎么不喊一声呢——"鸟儿，你那么好的嗓音，为什么不歌唱呀！"也许，它一亮优美的歌喉，我的饼干就落下来了。真可惜！之后的几次例行充饥，我下水渠取水，都把饼干盖得严严实实，不让飞禽走兽再有可乘之机。

　　走到夜幕降临，漫长的马路上只剩我一个人，路两边的原野更是静悄悄的，我不敢再继续前行了。正好路坎上的树林里，立着几间简陋的房屋，成了我意想中的投宿之地。到了院墙门口，只见砖柱上标着一个农场的名字，里面的墙壁写满既催人奋进又让人惊醒的标语，差点让我望而却步。我壮着胆子朝里走。这里没有别处的喧腾，静谧得舒心。刚有了幸运感，忽然一声严厉的吼叫惊得我停住了脚步："干什么的？站住！"循声望去，我看见房屋的窗口露出一张男人的僵硬面孔。随即，这个人跑来拦在我面前，盯住我不转眼，问："你是什么人？"我赶忙说："师傅，我是来借宿的。"说完，当着他的面打开背包并告诉他："你看，包里只有包括领袖著作的书籍，没有其他东西。"他看一眼，脸色柔和下来，说："这是我们农场规定，不准外人留宿，你走吧！"我恳求道："我不睡屋里，只求在院墙里面，任意找个地面睡一夜就可以了。"他说，是那种不耐烦的口气："只要是大门之内，哪里都不行！"看他如此绝情，我只好怏怏离开，心里瞬间冒出一股辛酸。

　　围墙外是一大片白杨林，林间的沙地上，长着各种野草，许多种类我不认识，一蓬一蓬的，泛着深绿的光泽，像蹲着一群绿着眼睛的怪兽，狰狞而恐怖。我选择一处开阔地，离周围的草丛较远，却离马路很近，马路就在几丈远的土坎下。我将饼干揣在怀里，头枕一摞书和衣躺在地上，心里立刻就有了贴近大自然、倾听大自然的愉悦，有如进入家乡的树林，里面尽是活泼的鸟儿，飞舞的彩蝶，点水的蜻蜓，机灵的松鼠，张皇的野兔，犹如一个童话世界。但是，当我眼望头顶，看见的却是无数阴森的树梢撑起的一小片深邃的夜空，让我感到十分孤寂。虫子在泥穴草棵间鸣叫，枯叶随风翻滚。突然，一种阴森、悠长、凄厉的叫声，穿越旷野，从不远处的树林里传来，听着十分苍凉悲怆，令我胆寒。我从未听过这种"嗷——嗷——嗷——"的长啸声，怎么也想象不出是何种动物发出的悲鸣。我曾在一本书里读到过一个美妙的故事：沙丘与狐狸。我不禁由身下的沙丘想到了狡猾而又乖巧的狐狸，那个能叫乌鸦唱歌而骗走一块肥肉、比我聪明得多的小机灵鬼。但小嘴小脸的狐狸，它们的叫声，能在辽阔的原野穿透人心而使人胆寒吗？忍饥挨饿的跋涉使我疲惫不堪，唯一想做的事情就是死一般地睡上一觉，再无精力刨根问底去研究荒漠里动物的奇怪叫声。就在将要闭上眼睛、周围深沉无边的旷野很快被隔离在眼帘之外时，我突然别出心裁想出一个妙招。我把所有的书籍拿出来，一本一本摆在"卧榻"周围，《矛盾论》和《实践论》放在头顶。书脊一律朝里，书页朝外，我被圈在书的围城里。一旦有风吹草动，周围的书就会被劲风翻得哗哗地响个不停，书页疯狂的奏鸣曲就会唤醒我。可能是沾了地气，我很快入睡。不知过了多久，隐隐约约中，起风了，我听到书的呼唤。睁开眼睛，风贴着地面，卷着沙粒和落叶，毫无阻挡地刮过来又刮过去，掀得书页欢呼般哗啦啦响，我在心里称赞书的伟大，它们让我放心，我又安然睡去。再次起风，月亮已经升起，蒙蒙眬眬里，粘在一起的眼皮艰难地睁开一条缝：月光打在书页上，白花花地闪着银光，风扫过书本，万千书页发出凌乱的呼啸，整个情景惊心动魄，让荒漠更增几分恐惧感。风一阵紧似一阵，我似乎听见书里的精灵在摇旗呐喊，整个白杨林像一个喧嚣的战场。几条大"狗"，这个人类最忠实的朋友，踏着波涛，从我头颅，从我躯干，腾空而去。它们中有母亲，也有父亲。母亲像刚哺乳过孩子，两排粉红的乳头瘪瘪地从我额头扫过。父亲有着雄劲的四肢，带着风呼呼地卷起我头发和衣襟。我惊慌地闭上眼睛。它们被书页卷起的波涛，被书中摇旗呐喊的精灵，驱赶到白杨林的边缘。凄怆的长啸传来，比先前凌厉，比先前哀怨，久久不息的书页的欢腾声让它们望而却步，直至销声匿迹。别了，人类最忠实的朋友！之后，我睡得很熟，直到树林下边的马路上，响起叮当叮当的马车声，才把我吵醒，原来已是清晨。我又一本一本收拾书籍，在雪白的书页上，我发现好多"大狗"蹄子留下的梅花脚印，怎么拍也拍不掉。

  宁静的清晨凉爽而明净。宽敞的马路穿过荒漠，到处看不见一座房屋，却来了一辆毛驴车与我同向缓缓前行。驾车的老人不时用眼角瞟我。昨天急速赶路走伤了脚，即便歇了一夜仍然很不灵便。我因跛行被老人看得难为情，就上前几步，和毛驴并行。我第一次见到北方的毛驴，感觉特别亲切。最爱它小巧轻盈的身段，笔尖似的耳朵，还有身子上那恰到好处的几抹白。我因喜欢而在乎它，它更是拧着脖子，用美丽的杏眼望着我，蹄子有节奏地敲着地面，鼻子均匀地喘着气息。我怕分散它的注意力，把车拉进沟里，便把脸转向一边。它的气息突然急促，好像在生我的气，我再没理睬它。走着走着，毛驴断然停住步伐，埋头愤然地大叫起来。叫声像人的哽咽，更像怒吼被扼住脖子，叫声断断续续，半声半声地往外喷，叫不成调，听来甚是惊心。老人看着我，手拍拍车帮，示意我坐上去。我摆手推辞，老人扬鞭吆喝，毛驴却只顾用前蹄划着路面，埋头纹丝未动。老人又拍拍车帮，我最终还是坐了上去。毛驴这才拉着车，又慢慢沿着马路前行。老人这时闭着眼睛，身子摇摇晃晃，像个不倒翁。突然，他问："夜里你歇在哪里？它让我问你呢。"他用鞭子指一下驴子。我回答："昨晚睡在白杨林里。"他睁开眼，狠狠盯住我："狼都不吃的人呀！"我一惊，心里怦怦直跳："没……没狼，是狗！大狗！"他"嘘"了一声，又慢慢闭上眼睛，嘴里直念叨："狼都不吃的人呀，狼都不吃的人呀!"我心里还惊悸不已,眼睛就一直盯着毛驴,看着它那不停地扭动着的瘦弱屁股,眼前就晃动起夜里呼啸而过的大"狗"来。大约走过三个里程碑,毛驴自己停在一块苜蓿地前。老人睁开眼,跳下车,对我说:"我们到了呀,过去一公里,你得留个心,那里有所盲流收容站。"我听了一怔,马上又点头致谢,摸了摸毛驴脊背。这时,老人已弯着腰在地里匆忙地割着苜蓿。

大约走了一公里,马路对面的院门口,真的出来一路人,肩上都扛着铁锨,正朝路这边走来。我赶紧下到路边水渠的一处凹地,趴着一动也不敢动,平复呼吸,听着上面的动静。过了好一阵,爬上路坎,伸头见那一行人已经远去,看着像一串爬行的蚂蚁。我喝了大半缸渠里的水,细心地吃完一块饼干。饼干的甜美,包容了渠水的寒冷,让我觉得很是可口很是舒心。正在得意,忽然头顶有个声音传来,吓得我几乎窒息。因为我知道,若是有人把我当盲流抓进收容所,强制劳动过后,就会被遣送回原籍。如果遭此厄运,之前的一切奔波辛劳,都将付诸东流,要想见到我朝思暮想的陈老师,那就只有靠来生了!我万般痛苦地诚惶诚恐地抬起头,哎呀!原来是赶驴车的老人,他说:"渠里是天山上流下来的雪水,会喝痛肚子的。"我爬上马路,说:"我已经喝了一路,只能这样。老伯怎么在这里?"他说:"去给收容站送一车苜蓿。"我惊奇地望着他:"你,给他们送苜蓿草?"他说:"我过去是那里的站长,去年被撵下台了,舍不得那里的牲口,苜蓿有了,天天一大早,我割一车送过去。"老人再次提醒我,快赶路,不要停留,这里随时可能遇到盘查的人。我以最快的速度冲过去,又急行一程,回头望见收容站屋前,有两个戴红袖箍的人在东张西望。

路过玛纳斯县城,就如路过一个村庄,我无心思停留。离目的地越近,心里越是着急。心往前奔,两个脚腕却像被人砸了一石头,疼痛得迈不出去,在路人眼里,我已成了一个十足的瘸子。有卡车经过,从身后开来,我不好意思招手,只回头可怜地望上一眼。几辆车过去了,我都不厌其烦地重复地传递着这样无奈的目光。也许是我不断回头,不知不觉中,我拐到了马路中间。突然传来喇叭声,在惊慌失措的避让中,我这双走伤了的脚无法支撑倾斜的身子,我重重地倒在了马路中央,离卡车只一步之距。司机从车上跳下来,我迟缓地支起身,准备接受他的训斥,甚至可能是一记耳光。他拉起我的手,让我走几步。他问:"摔伤脚腕了?"我回答:"不,是走伤的。"他问:"不赖我?"我摇头,说:"我从呼图壁走路过来,脚走痛了。"他问:"去哪里?"我说:"石河子。"他扶我爬进车厢,自己登上驾驶室,透过身后车厢板的小玻璃窗,他窥视我一眼,随即车就跑起来了。

第四十九章

石河子并不在一条美丽的石头河畔,而是坐落在万顷良田上的冲天白杨林带间,是一座崭新的城市。没有瓦屋,没有木门商铺,没有石板小巷,进任何屋子不用抬脚跨越门槛。玻璃窗是方正的,房屋是方正的,街道是方正的,整座城市是方正的。走进这座城,犹如走入一座积木搭就的魔幻世界。

走在街头,我无异于一个乞丐,只是在脸面的管控下,不显山露水而已。身无分文,饥肠辘辘,眼睛空洞无光,衣衫皱襞污浊。假如我愿意猛然躺下身去,会有路人像救济乞丐一样接济我,当然,也会有人鄙视我,朝我飞来一口唾沫。拿出那封至今没有拆封的信件,它尽管在我衣兜里与我一路历经磨难,但寄信人地址,仍然清晰可辨。陈老师父母家,就在这个兵团下属的新生连队。它虽近在咫尺,我却再无力步行,更没钱乘车。加之,一路风尘仆仆,蓬头垢面,毫无精神可言。如果带着这样一副落魄相,去与久违的陈老师重逢,岂不吓得我的美女老师魂飞魄散!为难中,我才想起了同在农八师的姐妹。此刻,我心里很愧疚,责怪自己,若不是为钱所困,为形象汗颜,差点将近在眼前的亲人忘在脑后!

无奈之下,我壮着胆子,找到农八师师部。我头脑里一直装着个空洞的词语叫"气势恢宏",说它空洞,因为我从来没遇到一处地方能够印证它。唯独到了这里,我惊讶无比地大叫出来:"原来书本上的词语,没有一个是凭空杜撰的呀!"站在这片雄伟壮观的建筑物前,我这个井底之蛙,只得望而却步了。呆立在大门口犹豫了许久,才鼓足勇气走进去。警卫拦住我盘问,当我说出四姐所在团、连番号时,值班室里一对正聊得火热的帅哥靓妹,向警卫示意让我进去。屋子很宽敞,很明亮。我第一次见到沙发,第一次见到落地玻璃窗,第一次感受到阳光房里的人,要比本身的气度非凡得多。这对青年男女,脸上的每一个细胞,都闪耀着幸福的光芒,特别令我敬爱。抬眼望见任何地方,都有"八一"标志。既庄重得让人肃然起敬，又叫人觉得一片祥和。他们把我从头到脚看了一遍，可能是我有一副争气的面孔，没问任何缘由，给杯水让我坐下慢慢喝，姑娘就去打电话。打完电话，她眨着美丽的大眼睛告诉我，明天上午十点钟，四姐到师部来接我。她将我带到后院的招待所，顺手捏了捏我的背包，问道："喜欢看书？"我点头"嗯"了一声。她让服务员把我安顿好，说住宿和生活费用，由我四姐来结算。临离开，她从衣兜里掏出几颗水果糖，拍在我手心里，旁边的女服务员看了，对我微微一笑。

女服务员带我到二楼，打开房间，床上的被子白得耀眼，肥皂香味猛地扑鼻而来，爬火车积蓄在肺腑的烟尘，顿时被涤荡一空。马上就要尝试到第一次睡在楼房里的喜悦，激动得心里直颤抖。我迈步进入房间，正想脱去衣服，痛快淋漓洗一澡。一个独臂男人出现在门口，板着脸叫我："你出来！"他转头质问女服务员："为何不安排在一楼统间？"女子嗫嚅着看了一眼楼下的值班室，又望我一眼，就朝楼下走。我没立刻跟下去，而是气愤地盯着独臂男人的背影，直到他消失在走廊尽头，我才下楼。受辱的愤慨唤醒我的自尊，我路过此时空无一人的值班室，从警卫眼皮下经过，很有志气的样子，径直离开了这个有点喜欢有点神圣的地方。

无处可去，也无心逛街，一路问到汽车站，混迹在候车的人群里。我在一本书的封四写上"请问：谁是八团十二连的师傅？"然后将书捧在胸前。喝过水，吃过饼干，便站立在售票厅。只有人望我，没有人理我。慢慢地，售票窗口前，手持钞票、理直气壮买车票的人渐渐少了，车站里，列队载客的汽车也一辆一辆开走。将近黄昏，求助无果，环视候车室，便认定脚下就是我今晚的宿营地。候车室的人所剩无几，都倒在几把木连椅上，一动不动地躺着，像几摊随意扔下的褴褛衣衫。我坐在一盏壁灯下看书，将身边的一切事物隔离在思维以外，让大脑徜徉在字里行间。不知过了多久，忽然有两柱灯光射进来，随着刹车声，飞也似的冲进两男一女，进门就四处搜索。几摊"褴褛衣衫"活了，立刻向门外奔跑，但门已被堵住。我们被来人集合起来，带出候车室。我手里仍旧抱着书，一脸茫然，跟在队伍后边。前面的男孩扭头对我说："抓盲流，我们被收容了。"我听了心里异常紧张，抱书的手不住抖动。门外一辆汽车的铁门已经敞着，"褴褛衣衫"们推着搡着爬上车抢占座位，等我满脸蒙羞地进入车厢，铁门被重重碰上。车厢装着铁窗，牢笼一般，站着站着，我就有了被囚禁的感觉。我板着脸，咬紧牙关，目光穿过铁窗格，透过夜色，定定地注视着迷茫的天空。

真的没有自由。我们被一一登记，然后像倾倒垃圾一样，被抛弃在高墙内。高墙下几间敞屋，一道出入口。墙边、地上，有人靠着、站着、躺着，一律悄然无声。灯光如萤火虫,每个人脸上都闪着蓝光,看不出人的血色,人的面目,都是一张鬼脸。我也一样,从别人眼里,我看见了从未有过的丑陋的自己。工作人员巡查一遍,交代几句狠话就走了,出入口的铁门"哐"地响了一声。沉静了几十秒钟,屋里立刻有了响动,我们新进的几个人随即遭人控制。一个豁嘴夺下我的背包,把书一本一本摔出来,底朝天将包抖了又抖,衣服倒出来,并未找到他需要的东西。接着就搜身,非常仔细。搜身一无所获,气得豁嘴甩来一个耳光,我用一直拿在手里的书挡开,书被弹出去,砸中豁嘴的脸颊。恼羞成怒的他猛然扑向我,我身后敏捷地钻出一个人来,挡在我面前,一掌将豁嘴击出十步之外,豁嘴只好埋头悻然而去。我开始收拾地上的书和衣物,拍去灰尘,把书一本一本叠好,放进包里。就在此刻,一只手伸下来,从书堆里抽走那本祝老师的英文笔记本。我一惊,顷刻间双手抱住本子不松手。扭头一看,那人嘴一咧,笑出声来。虽然灯光很模糊,我还是看清了,他竟然是祝一尔老师,刚才替我击退豁嘴的就是他。瞬间,苦楚全无,我简直欣喜若狂,我们手拉手,摇呀摇,荡呀荡,想甩也甩不掉,有永远都不松开的感觉!他牵着我的手,带我到最靠边的一间屋子,这里有他一张地铺。这个角落的高墙上,装了盏探照灯,屋里比其他地方光亮。我问:"你什么时候被收容的?"他坦然一笑,说:"我逃了一次,这是第二次进来,已经十多天了。"他从铺头的席子下翻出一个纸包,里面是一个洗得很干净的土豆,他让我吃。他说:"你流落到这样的地方了,想必也是身无分文,晚饭已经开过了,将就一下吧。"我问:"生的能吃?"他说:"没有老家的红苕口味好,但能生吃。"咬一口,嚼几下,脆生生响,就是很难咽下。这时,听见窸窸窣窣的响声,同时闻到卤肉的香味。旁边铺里,一个猥琐的男人,将一团油污的草纸放在鼻端狠劲揉搓,卤肉香味就是从草纸里飘出来的。祝老师说:"白天干活,见一路人吃完卤肉,把包肉的纸扔了,他捡来一有空就闻上面的五香味。"我听了也趁着这种香味,狠下心把整个生土豆吃光。我在心里骂了一句:原来自己也跟这个猥琐的男人一样卑贱!

祝老师拿上英文笔记本,带我到屋外的光亮处,靠墙根坐下,他呆呆地望了好一阵夜空才说:"其实,在别人心里,我离开这个世界,已经很久了。"他望着我,目光透着坚毅。我说:"这正是我想知道的,人明明活着,可家乡的专政机关,却宣布你自绝于人民,你已经不在人世了。"见我疑惑,他说:"为了不死,我必须逃离那个给我打上烙印,要将我禁锢至死的地方。要逃离那里,就必须用假死换取真活。也是老天帮忙,那天大雨滂沱,夜里河水暴涨,我把家里唯独一只母鸡杀了,肉吃进肚子里,把鸡血泼在河边,杀鸡刀扔在血泊里,将家里所有的书本，全撒在河岸边，造成自杀后与书同归于尽、葬身洪水、彻底与世诀别的假象，然后连夜逃跑，准备永世不再回去。"同病相怜，我的眼睛已经湿润。他扬起英文笔记本说："但是，唯独这本英文笔记，我必须珍藏一生，将它带在身上。惋惜的是，夜晚逃跑时，在小河边，为了避开前方挑着灯笼走来的两个人，我赶紧潜入一丛芭茅，躲过之后，只顾急忙赶路，直到走出几里远，才发觉英文笔记丢了。回到原处寻找，河水已漫进芭茅丛，英文笔记也不见了，那个时候，我眼泪都气出来了。之后，我流浪了许多地方，只要静下来，没有一刻不惋惜、不想念那本笔记。做梦也没想到，这本笔记竟然落在了你的手里，鬼使神差地失而复得，这说明我们之间还是很有缘分的。"我说："从河边捡到这本被人称为'变天账'的笔记那一刻起，我就相信你真的死了。许多时候，自身遭遇悲痛的事，就在心里想起你，于是就手捧这本笔记惦念你。"沉默片刻，我又说："那天爬火车，与你在黑暗的车皮里，处了那么长一段路，都未察觉是你，实在是里面太黑暗太恐怖了。最后你离开车皮，我发现是你，惊喜得几乎差点晕过去。我一边喊你，一边找出英文笔记本，准备物归原主，可一眨眼间你就不见了。"他说："当我觉得连流浪都无法生存下去的时候，我决定到西北边陲，找一个苟且偷生之地，把这条命延续下去。前几天，扒货车顺道去了青海，看望了一位老领导。"我抢着说："你把批判你领导的大字报偷了一大捆。"他诡谲地笑了，接着说："溜下火车，恍惚听见有人叫我，可那样的环境，一直处于警惕状态，像惊弓之鸟，唯恐避之不及，哪敢停留。"我说："这本笔记本，是我去向阳农中看望陈老师，在学校外的小河边意外捡到的，当晚就从广播里听见你畏罪自杀的消息。我想人既然已去，或许从英文笔记里能发现有关你走投无路的根源，于是将它藏得牢牢实实的。出走时一直带在身上，心想，我看不懂，也许在路上能遇上一个懂英文的人，把它原原本本翻译出来，想从中知道，当年到底在你身上发生了什么故事。"他说："懂英文的都是臭知识分子，许多都打入了十八层地狱，你去哪里寻找能翻译的人？其实，它记录的不是我的辛酸史，而是几则外国姑娘暗恋我这个中国青年的浪漫日记。"我惊异："几则外国姑娘单相思的浪漫日记？"他脸上有了甜蜜的微笑。他说："是的。因此，这本笔记，只有我，而且也只能是我，才能非常准确地把它翻译出来。"

当晚，他捧着这本英文笔记本，给我讲述了这个发生在异国他乡的爱情故事。

当年，祝老师在中国驻这个国家的大使馆工作，他的办公室在使馆二楼向东的屋子。当地一个名叫莎菲妮的姑娘，经常从他楼下走过，她通过二楼东向那扇庄重、明亮、美丽的窗户，偷窥着她暗恋的这个成天埋头工作的中国青年。姑娘便以日记形式，记载了她一个月之间的美好而奇异的恋情。以下，是他随口译成中文的日记内容。

　　1953年3月1日。春天来了，街边的树木吐出嫩绿的新芽。所有的房屋，都打开关闭一冬的窗户，让明媚的阳光照进去，让新鲜的空气漫进去；让里面的人们，都放飞封锁了多少个日日夜夜的憧憬。我，心灵的窗户，也随着春天的脚步敞开了，她要去拥抱那些饱含着春的气息的一切美好的事物。

　　路过一幢典雅的建筑，它耸立在雕花铁栅栏内，楼顶飘扬着鲜艳的五星红旗，门口站立两个威武而帅气的卫兵。二楼一扇朝东的窗户开着，温暖的阳光满满地照耀着它。窗前一个青年正舒展双臂，挺起饱满的胸膛，容纳着初春的馈赠。我迫不及待而又毫无把握地朝他招手，幸运的是他看见了，也很懂礼貌地举起那只大手，像举起一面旗帜，向我招展，同时脸上露出笑容。雪白的牙齿，润泽的嘴唇，让笑容绽放得更加灿烂。这是一张典型的东方青年的笑脸，眼睛的神韵，不是犹豫在深深的眼窝，畏缩而羞怯，而是清清朗朗，直截了当，显而易见地袒露在那双饱满的眉骨下，率直敏锐得让我心跳。那一头闪烁着光泽的黑头发，让我改变了对夜色的恐惧。这个青年那张闪耀着光芒的笑脸，它让我多少年来，深藏记忆中的所有笑脸全都黯然失色。他吸够了清醇的新鲜空气，慢慢转过身去，缓缓坐下，转眼之间，呈现在窗前的是他伏案专注工作的身影。我记住了我必经之路上的这幢楼房，记住了楼房二楼的这扇窗户，记住了窗户里这个青年那春天般的笑容。回到家，我把他记在了这本笔记上，更将他种在心灵里，让他生根发芽，尽快成长为可以靠在上面微笑的大树。

　　1953年3月2日。今晨，我察觉妈妈用怪异的眼神，不时偷偷看我。她说我梳洗打扮过于精心，早餐却吃得有点马虎，上班又显得很是匆忙。她说起床之后，已发现我偷偷笑了三次。还说我有些神不守舍，做事出现了两次疏漏。离开家时，从来不在乎我行踪的母亲，却站在门口久久地望着我的背影不愿离去，不知她在想什么？难道只一天的时间，我的一切都发生了变化？这是真的，一切都因为认识了他而改变。窗前的他，像缕缕春风，吹拂起我平静心灵的无尽波澜。

　　路过那个路口，我盼望他像昨天早晨一样，站在窗前做深呼吸，我比较着怎样举起我的右手向他致意,才更优美一些。但看见窗户里却是他和另一个人的身影,他们在亲切交谈。他背向窗口,他背向我。我心里很难受,心情猛地沉重起来。走出好远,我又倒回到窗外的路口,期盼此时他恰好在窗口站立……可是,一个人影也没有了,只有一窗满满的阳光。傍晚,我提前下班,飞快地往那个路口赶,害怕迟到了见不到他。真好,他正捧着书站在窗前,那个痴迷的样子,仿佛这座城市只有他一个人才懂得阅读,其余的人都是傻瓜似的,那样地对周围的情景不管不顾。我不停地举起手,又不停地放下手,以为他会很随便地喘口气,抬眼望过来,可他没有。我想"嘿"一声,却不敢如此莽撞无礼。我只得朝那里拼命吹气,让他嗅到一个美丽姑娘的芬芳气息,好叫他从对书的沉醉转向对我这个姑娘的沉醉。可是,一切努力都是枉然。我站到天色暗下来,他看书的状态纹丝不变,我心里痛苦得一点希望都没有。他转过身,灯亮了,只那么一闪,那只可以像旗帜一样招展的手,缓缓把窗帘拉上,窗户立刻变成洁白无瑕的一张银色的幕,他伏案专注工作的神态,被无比庄重地影印在了上面。

我觉得回家的路,很长很长,怎么走,总也走不到尽头!

1953年3月3日。春雨潇潇,像我心头的泪,难以停歇。因为,今天四次路过他的窗外,面对我的,都是那张无语的窗帘。不过,最后一次路过窗外,走至大门口时,一辆插着五星红旗的轿车,缓缓开进去。我想,他一定坐在轿车里面,我好像感觉到他的呼吸。

1953年3月4日。礼拜天,上午九点,妈妈叫我陪她去做衣服,我装病赖在床上不起来。听到她自个儿离开家,我蹦下床,仔细把自己打扮一番,吃两片面包,连牛奶也没顾及喝,便很快到达那幢漂亮楼房对面的街心花园。我坐在长椅上,目不转睛地盯住那扇大门。过了好久,也不见他出来,又急着望那扇窗户。好惊奇呀,他手拿一块天蓝色毛巾在擦窗玻璃。因为是星期天,我大胆地朝他"喂"了一声,立即解下脖子里的花围巾向他挥舞。他闪电般回应,手里的毛巾被他舞动得像一团蓝色火焰在我眼前闪烁。他飞快地擦拭,手里的毛巾很有节奏感地在玻璃窗上下移动。我也模仿他的动作,舞动双手擦着眼前的空气,一同给他鼓劲。他不断扭头看我,我的动作很滑稽,逗得他笑得十分开心。一行人从面前走过,隔断我们的视线,再看他时,他忽然不见了。我狠狠瞪着行人的背影,心里非常生气。我的双眼不停地从窗户跳到大门,又从大门跳到窗户。终于，有三四个人一路从大门出来，走在靠我这边的正是他。此时，我看见了一个完完整整的他。完整的他，比我想象的更英俊，惊奇得我差点叫出声来，心咚咚直跳。他从我身边走过，尽管我非常紧张，我还是大胆地伸出双手，一把握住他那摆动很快、弧度很大的右手，并问候一句："中国朋友，您好！我是莎菲妮。"他用英语笑着回答："莎菲妮，您好！"我们将要松开手时，我用力捏紧他宽厚的手掌，悠然摇了三下，他手上的温度，从此留在我的心间。

1953年3月5日。中午，上班路上，我买了一束鲜花，插在他窗下不远处的雕花铁栅栏上，我看见他已坐在办公桌前。今后，每一天这个时候，我都争取给他送一束鲜花放在这里。不管他看没看见，想没想到，鲜花是我送的，但我心里是清楚的，只要我自己清楚，也就心满意足了。正翻来覆去地想着，我看见两扇窗户被推开，他豁然显露在窗前，明朗的阳光照得他的脸庞熠熠生辉。春风涌了进去，我的目光带着思念也涌了进去。最终，还是如我希望的那样，他的目光定在了那束鲜花上，但他没看见我，手毫无目标地招了招。下午回家路过，铁栅栏上的鲜花不见了。目光投向那扇窗户，窗台上多了一个花瓶，里面插的正是我送的那束鲜花。此时，它开得特别艳丽。

本来正讲在兴头上，还想接着讲下去，可站上的人吹了就寝哨，赶我们回屋休息。坐在他的地铺上，他说："你又知道了我的一个秘密。"我悄声问："后来，这本笔记怎么到你手上的？"他说："讲完你就明白了。"

夜里，我做了一个梦。在梦里，我和莎菲妮来到街心花园，坐在祝老师窗户对面的长椅上。莎菲妮抱着笔记本，眼睛一直望着那扇窗户，可窗帘紧闭，始终没有拉开，她带着忧伤的情感，给我讲了3月5日以后每一天的笔记内容。当她讲完3月31日，这最后一天的笔记内容时，已时至上午十点，也就在此时，不经意间，她看见了祝老师。使馆大门口，祝老师背着铺盖卷，右手提口皮箱，左手提着网兜，网兜里除了生活用品，还有一摞精装书籍。莎菲妮一见，立刻冲过去抢过网兜，问道："您要上哪里去？"祝老师笑着说："我要回国了。"笑容里带着几分苦涩。莎菲妮一听，马上哭了。她哭得很伤心，直到哭够了，她才将笔记本塞进网兜，哽咽着道："送给您的，好好珍藏，这一别，我们可能永远不会再见，就让它在身边陪伴你，就像我陪伴在你身边一样。"祝老师眼眶红红的，不住地点头。这时，一辆漂亮的小轿车驶来，停在祝老师身边，车上下来一个神甫，他把祝老师和莎菲妮请上车，一路朝着远处的教堂奔去。我哭着喊着，拼命地追呀，追呀，一直到天的尽头……

我醒了，眼角挂着泪珠，头脑里还奔驰着那辆去往教堂的小轿车，耳畔还回荡着莎菲妮激动的嘤嘤啼哭。

清晨，本想把梦说给祝老师听，又怕他伤感，就忍住了。我们很快吃完饭，饭后又很快被赶下地劳动。中午收工回来，发现四姐和小妹站在收容站值班室门口，旁边还有一个男士。男士长得十分成熟，看上去也一脸诚实。四姐对我说："我们来接你，放行手续都办好了。"她把一张盖有公章的纸条晃了晃。我说："把我的老师也带上。"她问，很是诧异："什么老师？"我没解释，手指身后的祝一尔。四姐没再多问，转身进了身后的值班室。不一阵，四姐出来了，后面跟了个戴红袖标的男人，他对我吼："盲流，你过来！"我没理他。他瞪我一眼再吼："你是狗咬耗子多管闲事！"吼完就彻底钻进值班室里再没吭声。我明白无望，过去拉着祝老师的手说："在红袖标面前，我们太渺小，对不起您。"他说："你走，我留下，都是在寻找生机。只要生存下去，我们还会见面的，一定还会见面的！"我说："可是，日记还没讲完。"他说："反正女孩的日记已经回到我手里了，知不知道结果都一样。今后，只要你记住我们所经历的这个历史片段就够了。"我咀嚼着他的话，说："祝老师，我走了。我有一个梦没讲给你听，但愿有一天，我的梦想成真，那时，收到祝福的一定是你。请保重！"我的泪水噙在眼角，他眼眶也有些红润。

路上，四姐兴致勃勃地述说着寻找我的经过。从威严的农八师师部，到难以启齿的收容站，其间的曲折艰难，娓娓道来，既像诉苦，又像表功。她身边的男士一直沉默无语。我根本没心情听她啰唆，直接拿出藏在内衣兜里那封信，指着陈老师父亲的地址说道："四姐，我要去新生连，身上没一分钱。"她问："去那里干啥？"我把来新疆的目的给她说了。她听了陡地变了脸色，眼泪哗地流下来，呜咽着哭诉："几千里来，不是看望我们，是看望别人，不惦记几年不见面、在大沙漠里受苦受累的姐妹，去惦记别人，还是亲姐弟吗？"虽然四姐几句动情的抱怨，让我心里有些难受，但想到自己几乎是搭着性命，一路颠沛流离来到这里，为的就是尽快见到陈老师，而不是别的，陈老师等同于姐弟，而胜于姐弟，这个信念，我怎么可能动摇呢？因此，我说："她不是别人，她对我很重要。"四姐一怔，沉思了半天，似乎明白了什么，望了身边的男士一眼，我看他微微点头。于是，四姐就用手帕擦净泪水，语气和缓地说道："那，我们一道送你过去。"我单独去，与去一群人，它的含义是不一样的。本想推辞，但怕她再次难受，就默认了。

路上，小妹悄声告诉我，身边这个男士，是四姐的男朋友，很快就会成为我们的姐夫。我认真望了一眼，他的沉稳与刚毅，我很喜欢。便在心里说，他与四姐，应该是一对绝配。坐了不到一个小时的汽车，我们到了与四姐同属一个团的新生连。

一排排土坯房，与脚下的沙地一个颜色，没有岔眼的地方，看上去非常协调。我想，在这块平淡无奇的土地上，要寻找陈老师的身影，肯定是件轻而易举的事情。因为，她的灿烂身姿，会在沙尘里绚丽得炫目，是黄沙掩盖不了的。我急匆匆地走在最前面，希望第一个和陈老师惊喜相遇。我很快把五排房屋绕了一遍，无论是开着门的，或者是关着门的，我都通过门洞或者窗洞朝里窥视，都不见陈老师的一点踪影。我在陈老师外婆那里得知她父亲的名字，我问一个正在收拾炕床的老者："请问大爷，陈元书住在哪里？"他丢下手里的工具，将我带到第四排土坯房的最边上一间，抬起满是泥浆的手指了指，没吐一个字，然后埋着头佝偻着腰，默默离去。门关着，但没上锁。窗玻璃露出蓝色花布窗帘，几乎和陈老师在玉马中学挂的窗帘一模一样，我心里一阵窃喜。门上贴的一副对联，由于风雨侵蚀，色淡了，也残缺不全，但还能串连起来。上联是"绿洲千里稻粱肥"，下联是"诗书万卷门第香"，横额是"耕读传家"。望一眼其他门户，都无门联，唯独只有他家别具一格。我心里开始激动，想象陈老师此刻正在家里做什么，看书？凝思遐想？或是正在给我写信，仍然在信封上不留她的地址，只有"内详"二字，而信瓢里同样不见寄信人地址，还是不想让我知道她在哪里。我整理好其实满是污渍的衣服，只用食指和中指的指关节轻轻叩门。这时四姐他们也赶到跟前，都屏着呼吸静静候一旁。屋里没有丝毫反应，我接连又叩两次，依然如故。四姐伸手慢慢将门推开，一览无余的空房寂静无人，我的头轰然一声，像遭遇当头一棒。从后窗照进来的阳光，斜斜地打在墙壁上，照耀着挂在墙上的一本日历，它翻到的最后一页的日子是 1968 年 9 月 17 日。我看着光洁的四壁，干净的地面，心里痛楚地想到，其实，在我来之前，陈老师和亲人，就已经阴差阳错失去了联系，她怎么会在新疆的父母家呢？心里的失落感，让我万分悲痛，只是当着姐妹的面，抑制着没让眼泪流出来。虽然无泪，但伤痛挂在脸上，她们是看得见的。于是四姐安慰我说："还不是彻底失望的时候，也许，搬家了，我们到连队找领导问清楚。""对、对、对！"小妹附和着说，即将要成为姐夫的男人仍然沉默着。我说："日子都留在这里了，别幻想了！"四姐还是固执己见，带我们找到了连队办公室。

这次是四姐走在最前面，我跟随其后。到了连队办公室，我见她伸头往窗子里看，只一眼，她就红着脸缩回来。我赶紧到门口张望，一个男人侧身站在办公桌前，裤腰敞开，手在裆里摸索，可能才如厕回来。他将手举在眼前，觑着眼睛左右晃着头看，指头捏着的不知是什么东西。他放在桌上，继续着这个动作。我手在身后直绕，示意她们都离远点。门虽然大敞着，我还是敲了两下。他惊慌地抄起裤腰，扣好皮带，转身望着我。我问："可以进去吗？"没等他回答，我走进去。他立刻从桌子上拿起一个红宝书揣进衣兜，顺便又把桌面上的杂物归置好，手在身上拍拍，这才问我："有什么事？"我没立即回答，而是转身招呼四姐他们都进到办公室。四姐在兵团连队待了这么些年，可能她已看出来眼前的男人是做什么的。她便抢着回答："我们找人。请问，你是这个连的连长吧？"他把红宝书又从兜里掏出来，拍在桌子上，说："不错，我就是新生连现任连长！你们找谁呀？"四姐望我，我很完整地说道："找陈元书夫妇还有他的儿子和女儿。"说完满怀希望地等他回答。他一脸不屑，说："喊！陈右派完蛋了，现在睡在沙漠里。老婆和儿子回女人老家了，迁走了。没有女儿，从没见过什么女儿。"他凑近我问："他还有个女儿？很漂亮是吧？一定长得像他女人，他女人不错，我们本来对她很好，可她硬是要回老家那个鬼地方，留不住呀！"他不停地用手将头顶的长发朝两边捋，以便盖住两鬓的白发。我说："请你找一找，还有陈家的信吗？他女儿写来的信。"他推开一扇窗子，外面有一间小屋，他探出身子喊："老高，有陈元书家的信吗？"一个苍凉的声音回答："有两封，退回去了，前天才走，可能到石河子了。"我急忙跑过去问："老高同志，你还记得信是从哪里来的吗？"老高取下老花镜看我，说："从四川来的，寄信人详细地址我记不得了，反正是从四川一个什么地方来的，好像是所学校的名字，唉，忘记了。你是他什么人？"这时连长也问："对呀，你们是陈右派什么人？"四姐又望着我，我没吭气，心里很难受，不由自主就走进作为收发室的那间小屋，在放信件的地方仔细查找一遍，确实没有遗留下来陈家的书信或者电报。老高劝慰我道："小青年别着急，慢慢想办法。"我谢过他，埋头往外走，听见连长在身后说："喊！右派家，值得吗？对革命这么上心就好了！"

"陈老师啊！你在哪里？"彻底失望的揪心之痛，让我失声喊了出来。几千里路的亡命奔波付诸东流，瞬间觉得，心像倏地掉到来疆的铁轨上，被车轮碾得粉碎，连一声"痛"都没来得及喊出来，什么都幻灭了。我痛苦得声声呼叫，谁也不顾及，径自默默乱窜。到了一片沙丘，衰草丛中，有个特别显眼的土堆，不像自然生成，上面的草棵露着幽暗的绿色。土堆的前面，没燃烧完的各色衣服碎片，散落在坑坑洼洼的沙粒里，这是一处墓地。我随手捡起一块呢料残片，意外发现别在上面的一枚校徽。这枚别在未烧尽的前胸衣兜盖上，仍然显现出十分鲜明的

"遂宁一中"字样的校徽，白底红字，应该是陈老师父亲，被打成右派之前，在家乡一中任教时佩戴的。几十年的珍藏，最终被付之一炬。它能躲过焚毁，可见是其父在地下心有不甘啊！正独自伤感，旁边一个捡柴火的大娘问道："你好面生，是陈右派的远方亲人？"我苦笑一声，先摇头，可继而又点点头。她说："来了，就添把土嘛！"我把那枚不同寻常的校徽，摘下来装入衣兜。不知什么时候，四姐她们已经来到我的身后，黯然地望着陈老师父亲的坟茔。我按大娘的叮嘱，捧了两捧沙子，仔细撒在坟头。沙子落在荒草败叶上发出的声响，变成了锥心的低沉的啜泣。我又从大娘那里要过一根白杨木树枝，伸手取下姐夫胸前别的钢笔，在白色的树杆上写好"人类灵魂工程师陈元书之墓"，将树干稳稳地插在坟头，深深鞠躬后离开。

  回到石河子，我没告诉四姐我的个人意图，就询问着直奔邮局。四姐他们三人，不明究竟地在后紧追不舍。我找了一处基本没人办事的单独柜面，里面坐着一个干部模样的人。我尽量简单扼要地一口气说明我的来意，我说："同志，我是十三团新生连的，姓陈，我想追回两封退信。收信人迁户手续才办完，但人还未离开，传达室的同志不明情况，将信误退了，退往的省份是四川，请你帮助给我找回来，这封信对我很重要、特别重要！谢谢！"那人冷眼望我一下，又自顾干自己的事。我再次急迫重复道："我说的是真的，这封信对我很紧急、很重要，请你帮忙找回来。谢谢！"这次他横我一眼，扭头喊："小白，把这个疯子赶出去！"很快出来一个年轻人，纵身翻出柜台，将我朝门外驱赶。我一面辩白一面祈求："我不是疯子，我是革命群众。求求你，那封信对我很重要，很重要呀！求求你呀！"恰巧四姐他们追进邮局，听见我的喊声，又见那个年轻人狠劲用拳头劈我的手，我的手把门框抓得紧紧的。姐夫见状只轻轻一挡，那个年轻人一个趔趄就退到一旁。四姐吼道："你们怎么随便欺负人呢！"挣脱手，我又几步冲进去，对着那个干部喊："我确实不是疯子，求求你！谢谢你！帮我把信追回来，那上面有我心上人的地址，我要尽快找到她！我死也必须见到她！"这一次，我竟然喊出了这样的话，喊完我自己都感到吃惊。那个干部乜斜我一眼说："你不是疯子，谁是疯子？滚！"四姐他们把我架出来，我拼命挣扎不肯离开，一副死乞白赖的样子。对抗到门口，一个旁观的老者对我说："你人不是疯子，但你说的是疯话，哪个邮局凭你一句话就能把信函要出来？你是兵团司令呀，还是兵团政委？"终于，邮局干部没有耐心说出的话，老者给我说出来了，我安静了。为了陈老师，我不但可以是疯子，而且也可以是不讲廉耻的滚街泼皮。事后，我满身满脸美美出了一通汗。我汗颜哪！

真是断肠人在天涯呀！我仰头问苍天，我的陈老师在哪里？我们今生还能相遇吗？苍天不语！默默地跟着四姐走，看着四姐是幸福的，但我高兴不起来。他们一个亲热的眼色，一次羞赧的牵手，就让我想到自己的悲哀，想到与我天各一方的陈老师的悲哀。

新房正在布置当中，四姐和未来的姐夫，仍然住在各自的女工男工宿舍，我被安顿到别的男工宿舍里。住了近一个月，我无心久留，看着身边这些来自五湖四海、操着南腔北调、少了许多忧愁的年轻兵团人，我更是忧心如焚。四姐知道我的心不在这里，她就对我这样说："天气转冷，你这身衣服抵御不住即将到来的寒冬，我也不再挽留你了，到月末你就回四川找你的陈老师去。"我欣然点头。次日，我见每间宿舍里，都有革命青年在贴"忠"字。我主动写了个我认为最美的仿宋体的"忠"字，端端正正贴在四姐新房的东墙，领袖像的下面，又用红纸剪个"囍"，贴在"忠"字下面，再画一龙一凤装饰在"囍"字两边。寓意是上对领袖忠心，下对婚姻忠诚。四姐对新房里我这画龙点睛的杰作很满意，说因为有了我的祝愿，他们的婚姻会有好运，定能幸福地相伴一生。

走时，四姐给我一笔钱，叮嘱我再不要扒货车，再不要徒步荒漠，再不要夜宿荒野。她说，来时我一路上受的活罪，她听了心痛得一辈子都忘不了。四姐、姐夫和小妹，把我送到连队候车点。看见汽车发动，四姐和小妹眼泪哗地流下来，我隔着车窗挥手，心里就生出担心今世恐怕难以重逢之痛。到了石河子，我直接去了收容站。登记室的人变了，我说："请你登记一下，我来接祝一尔。"他问："你是他什么人？"我如实回答："他的学生。"他飞快翻动名册，翻到其中一页，猛然停住说："二十多天前，就遣送回原籍了。"我"啊"了一声。他又说："途中逃跑了。"我又"哦"了一声。随即感激地对他一笑，扭头就跑，朝着石河子汽车站狂奔。

第五十章

从乌鲁木齐挤上东去的火车,按车票找到自己的座位,我被两个维族大汉挤在靠窗的角落,憋屈得无法转身。他们穿着花长袍,浓眉毛,大胡子,眼神有些灼人。我想调换个位置,恰好并排的两人座上的维族大爷伸长脖子,和我身边的大汉打招呼。我过去做了个对换座位的手势,维族大爷笑盈盈地拍拍我的肩膀同意了。刚坐定,过来一个寻找座位的维族姑娘,位置恰巧在我身旁。她对我嫣然一笑,便挨着我坐下,花衣服花裤子擦我的身体,让我有了异样的感觉。可是很快,后排一个维族大娘过来要拽走她,她很不情愿地扭捏着,目光始终没有离开我。维族大娘激动地跟她耳语了一大堆话,她还是离开了我身边,她朝我招手致歉。换过来与我同座的是一个瘸着腿的汉族老人,维族大娘终于找到一个聊天的好旅伴。

一番折腾后,总算安顿下来。看着塞满乘客的车厢,和车厢里表情各异的那些生疏的面目,我突然怀念起来新疆时,疯狂扒车的那种感受,原来它是那样的自在,那样的诡异,那样的美妙,那样的刺激……那是我人生的第一次无拘无束的远走高飞,更是我的一次朝着希望奔跑、朝着陈老师奔跑、倾注着彻头彻尾的幸福感的追梦之行。而此时,失去陈老师音信的我,梦想破裂,希望落空,内心空虚。即便坐在风雨无忧的绿皮车厢里,也被苦闷、茫然和不知所措紧紧裹挟,心里生出许多担忧和牵挂,胸腔像被什么东西塞满,心胸怎么也开朗不起来。天下起雨来,稀里哗啦,有些大,有些急。车窗蒙满水雾,水滴在玻璃上奔跑,被风拉成一行行细流,变成一串串泪痕。身边的瘸腿老人,探过头来看我一眼,他是想看清我的面目。我也扭头看他,见他一脸沧桑,身上的旧军人服装,满是补疤,领口袖口还露出洗毛了的线头。他咳嗽两声,起身从行李架上取下一个褪色的黄提包,翻出一套新中山装,抱在怀里,一动不动地坐着,眼睛平视前方。火车穿过一片树林，他听见不远处的厕所门"喀"地响了一声。他拐着腿很快进了厕所，转瞬间又出来了，换了一身耀眼的靛蓝装，还透着好闻的棉布味。他用心地把旧衣服叠好，放进包里，又将包搁回原处。慢慢地，从列车的铿锵声里，我听见他在自言自语，絮絮叨叨："我为什么要做地下工作，我为什么不去和敌人面对面厮杀。我冤呀，我苦呀，为革命提供了那么多有价值的情报，都是提着脑袋干的呀！可胜利了，别人都是功臣，我却成了叛徒，成了特务，成了国民党，成了人民的罪人。说不清呀，上线死了，下线失踪了，说不清呀。我的过去不是一条尾巴，而是一面旗帜，是一面旗帜呀！我呼天天不应，叫地地不灵，我冤呀！我冤呀！"他停住，站起身，原地转两圈，坐下，又开始嘀咕："关我三年，审我三年，天天写交代。写着写着，我就写成了我的机智，写成了我的勇敢，写成了我的坚贞不屈。他们说我是叛徒在杜撰革命回忆录，反动。那个狠命地打呀！腿打折了，肉打烂了，灵魂打死了，做鬼呀！做鬼呀！"声音低下来，最后只看见两片嘴唇在动。我见他的背包外面拴着个搪瓷盅，伸手解下来，给他打了一盅开水，让他喝。他又站起身，原地转两圈，再坐下，开始喝水。无声无息，把水喝完，他的嘴皮飞快翻动，却没吐出一个字。我脑海里立刻跳出"冤案""迫害""逃亡"这样的字眼。他让我既心酸，又担忧，觉得仿佛有无数警惕的目光在他身边盘桓。于是，我对他悄声说："请你冷静一点，冷静一点。"他顿时愤懑不已，吼道："不平则鸣呀！我就是要把心里的冤屈说出来，见人就说，让大家都知道，我的过去不是一条尾巴，而是一面旗帜！"我一惊，随之站起来，却一眼望见车进站了。是个小站，月台上很冷清，随着车门开启，上来几个浑身湿漉漉的戴红袖章的男人，都肩负着带刺刀的步枪。我很自然地挡在邻座前面，他反倒十分沉稳地说了一句："别慌张。"然后将头扭向车窗。火车开了，持枪人一双双锐利的目光从我们每一个人身上扫过，他们的身影最后消失在蜿蜒而行的车厢转弯处。一个戴着眼镜的中年男人，挤出没有完全开启的厕所门，朝车尾急步而去，路过身边时，看见他灰色上衣的袖子和胸襟粘满星星点点的墨汁。转瞬，后面车厢有人高声呼喊："一个'眼镜'跳火车啦！"没人惊讶，大家都麻木不语。火车加速狂奔起来，前面的车厢传来嘹亮的歌声，与奔驰的列车发出的呼啸声构成了时代的最强音。

天一直下着雨，火车跑过几个大站，身边的维族人几乎见不到了。车到宝鸡，瘸腿老人到站了。他对我说，他要转车北上，去北京找一个人，这个人对他雪冤很重要。临别时，他拍着我肩头说："小说《红岩》不知你看过没有，没看过一定要找来看，不要忘记里面那些牺牲了的和没有牺牲的革命的地下工作者。"这本书我看过两遍，地下工作者的宁死不屈，给我留下深刻印象。我微微点头，望着他说:"祝你成功。"

我换乘了宝成线上的慢车。火车逢站必停,不断下人,不断上人。我身边的面孔总在变换,但不变的是人们胸前几乎都别着红像章,手里都挥着红宝书。反倒是我,这个没戴红像章的年轻人,被他人投来阵阵怪异的目光。我赶紧翻出《矛盾论》搁在茶几上,不时翻翻。每一次停车之后,都会给车厢带来一番新的喧腾。好在经过一阵连绵不绝的单调的车轮轰鸣声的围困,喧腾的人们很快就懒散困顿下来,不久就昏昏欲睡。也不知跑了多少时间,跑了多少路程,火车停靠在一个山间小站,突然被告知,前面大塌方,轨道埋在了乱石之下,铁路全然中断。火车无路驰骋,躺在铁轨奄奄一息。此时夜色正浓,乘客们扭头望一眼漆黑的窗外,又闭目睡去。

车上的厕所关闭,文明出恭一并锁死。沉闷至天色微明,树林里、岩石下,到处是白晃晃的屁股。男人都伸着头,四面张望,不知在浏览什么景色,连蹲坑也不安分。把头埋在裆里的,定然是女人,有一种屈辱中的畏缩。听说恢复通车五日之内都难指望,我只好拿起背包,离开了火车。有人告诉我,越过山坳,就是川北一个规模较大的集镇,那里有通往我们县城的汽车。出走时队长说过,若找不到陈老师,又无处可去,我回去他还收留我,给我分口粮。而今穷途末路,还真应验了他的话,一语成谶,我诅咒鬼队长。

两间瓦房的汽车站破败不堪,我从满墙残缺斑驳的标语里,发现关闭的大门的门缝上贴着一张封条,上面的印章是公社革委会的,查封时间在两天前。我既惋惜又气愤,身边几个同样来赶汽车的人,戴着红袖章,几把撕去封条,还朝门上吐了几口唾沫。突然"昂"的一声牛吼,几个人惊了一跳,随即扬长而去。墙脚边的树上拴着一头黄牛,一个老者正在给黄牛梳毛,梳理得非常仔细。他朝那伙人的背影愤愤地说:"公路都是你们那些龟儿破坏的,自作自受!"他见我望着黄牛不转眼,对我道:"沿马路向东走三十多里,就到县城,那里有个汽车站,有去邻县的班车。"我这时的心思全在黄牛身上,因此没有搭腔。这头黄牛跟尤姐那头拉车的黄牛长相几乎一模一样,由此我想起久别的尤姐。丈夫入狱及死后,她与黄牛相依为命,我出走了,她更是这样。与面前的老者一样,她要给牛梳洗打扮,给牛喂草料,给牛饮水。每次卸完货,她就抚摸牛的额头、鼻梁和嘴唇,安慰牛。有时货装重了,牛上坡累,流眼泪,她也跟着流眼泪。身边她没有了亲人,牛就是她的至亲,她把牛当作了自己的儿子。也不知此时,她和她的牛儿子在做什么?或许闲暇在家,她细心地洗着她的衣衫,它安静地咀嚼着草料;或许正奔走在石子马路上,车上的货物被颠得东倒西歪,鞋底磨破了,脚被硌得血肉模糊。

我想起尤姐和她的黄牛，心里就有了许多思念，不免难受起来。

走到川北这座县城，已是下午两点。小城整齐紧凑，两条丁字形的柏油马路，就是城区街道，道路两旁矗立着结构类同的房屋，格局很像我出生的小镇，只是所有的建筑和街巷放大了不止一倍，另外就是多了沿街的几十盏路灯。走在县城里，就像走在我出生的小镇上，有一种久违了的亲切感。我在城边找到汽车站，告示牌显示，开往我们县城的班车一天一趟，早晨八点发车，错过这个时间，只有等待来天。看来，我还得在这座县城待上一晚。好在兜里有钱，可以住旅店进饭馆，昂头挺胸地又做一回城里人。我闲逛的第一站是新华书店，想象它很大，楼上楼下堆着数不胜数的书籍。但应该是位居全县第一的这家书店，却是门脸很小的几间平房，书东一摊西一摊地躺在玻璃柜里，文学书籍只是固有的那么几本，尽管有玻璃柜罩着，上面还是落满灰尘，可见存放了许多时日了。浏览一番过后想想，我饱读过的书籍，装在我肚子里的小说、散文、诗歌，足以开很多家这样的新华书店。面对眼前的情景，思前想后，真的很是替那些销声匿迹的文学名篇巨著惋惜悲哀呀！路过县图书馆，我走进去，一个戴着眼镜的中年女人，坐在桌前像是在编写图书目录，她身后倒是排列着十几架书，但好多书架上，露着的是同等厚薄同等色调的书脊，看上去种类十分单一，没能给人百花齐放、琳琅满目的丰富感触。她没抬眼望我，就向我伸出左手，右手依然书写不止。见无动静，她说："快，借什么书？借书证拿来，我忙着呢！"我试探着说："你忙你的，我可以进去翻阅一番吗？"她见我拿不出借书证，且提出这样的要求，便再没理睬我。我怏怏地瞪大眼睛望了架上的那些书脊好一阵，只好尴尬离去。

一座砖瓦房的山当头，几个人围成一堆看墙壁上贴的布告。布告宣判了四个敌人的罪行，前三个打的红叉，是死罪，罪名都是投敌叛国，偷渡到与我们的祖国为敌的那些国家。看布告的人议论说是罪有应得。第四个没打红叉，不是死罪，我没细看就离去。围观的人也散了，走在我身后，有人惋惜地感叹道："唉，只有那个叫祝一尔的怪名字的罪犯没死成！"我听了浑身一颤，慌忙回头走到布告前，专门细看这个没有死成的罪犯。真的是祝老师，一字不差，这样的怪名不会有重复的。他的罪证是偷渡香港未遂，虽然没判重罪，但十七年的牢狱之灾，却要让他丧失如此多的美好年华。看完他的罪行，我甚是震惊。记得前次在收容站重逢，他说只想在西北边陲，找个地方苟且偷生，慢慢把生命延续下去，怎么没过多长时间，就投敌叛国了呢？我十分痛心，觉得眼睛已经湿润，便轻声唤了一声："祝老师！"就在我抑制不住悲伤心情，眼泪汪汪时，我被一个莽汉从身后紧紧箍住了腰身。莽汉左臂戴着红袖箍，十根粗大的指关节抠在一起，勒住我胸口几乎使我窒息。我不知为何遭到突袭，但许多以往的无辜遭遇提醒自己，无须诘问，我的一切辩白都是枉然，只有尽快逃离才是最好的选择。挣扎一番反而被他搂得更紧，我便灵机一动，将提着的包袱反手砸向莽汉的脑袋。我听见他的脑袋被包里书本的棱角砸中，发出清脆的响声。随着一声惨叫他松开手，我趁机拔腿拼命奔跑。身后"抓嫌犯"的喊叫声紧跟不舍。转过一条街角，我翻进一家院墙，躲在墙角竖耳探听外面的动静，直到追击声渐渐远去。

　　喘息一阵，天色向晚，周围一片寂静。原来，这是一所中学，墙上有一幅醒目的标语："走出课堂闹革命！"我从敞开的窗户爬进教室，眼前是蒙满灰尘的课桌，黑板上"造反有理！！"几个红粉笔大字依然刺眼，两个感叹号，却像两把滴血的匕首插在那里。很久没上课了，校园里铺满落叶，生长着稀疏的野草，有点像人迹罕至的荒原。这让我想起玉马中学幸福的初中时代，想起陈老师陪伴我们度过的那些美好时光，心里不免掠过一丝疼痛。黑夜降临，我该上街找旅馆投宿了，将要走出教室，就听见"咿呀"一声门响。看校门，它依然关着。一个佝偻着身子的男人的影子，从这排教室的顶头晃过来，可能那里有道耳门，他是从那里进来的。男人走路吃力，可以听到清晰的咳喘声。他经过我跟前的窗扇时，停住脚步，让喘息平缓下来，再捋展衣服，掏出手绢擤尽鼻涕，一切妥帖之后，他敲开了隔壁的房门。一道灯光倾泻出来，照亮他衰弱的身子。随着一声问话："票呢？"一个女人的影子闪现在门口。"票呢？丢了，票、票怎么丢了？"翻完所有衣兜，男人着急得直喘气，艰难地吐出这几个字。女人的声音："凭票呢，没票你回吧，回你的司令部，今晚刚好可以将息你的身体。"男人怒声道："太难熬了，老子的女人，我该搞，你让开！"女人的回答，低沉缓慢，却绵里藏针："是你的女人不假，但你是清楚的，革委会对你们两口子，实行了'夫妻生活计划配给制'，必须凭票进行，这有明文规定，谁都不可违反。其实，我认为这也是为你好，为你的身体健康着想。你有病，做那事，还是细水长流好。公社革委会主任多次强调，你的身体，你的健康，不仅是你个人的，更是属于我们整个革命事业，属于整个造反兵团的。你听听，在这个问题上，我必须严格执行革委会决定，决不能失职，如果我徇私舞弊，你我都会受到最严厉的处分。回去吧，少做这一回，你司令还是司令，我教师还是教师。再过十五日，带好票有请。"被称作司令的还想争辩，话未说出口，校门就被砸得震天响，有人高声喊司令开门。"邪门了，谁个这么不识相啊！"司令吃力地迈着步子，过去把校门打开。两个男子想挤进来，却被堵在门口。他们抢着嚷道："周司令，有人报告，一个钟头前，在看布告的人群里，发现罪犯的同伙，一个把犯人称作老师的可疑青年，本来抓住了，又挣脱跑了。革委会命令你组织二十个民兵,全城搜查!"他一听,火了:"老子日票丢了,夫妻生活过不成,又摊上公干,今天怎么这么倒霉!"他一步跨出校门,推搡着两个男子赶紧走。临关门时,他回头诙谐了一句:"亲爱的,你等着,再熬十五天,两枪药一齐放,快活死你!"门碰得很响,但还是没盖住他气喘过后的猛烈咳嗽。隔壁门口传出女人嘻嘻嘻的窃笑声。一切平静下来,我的心却怦怦地跳了好一阵。我成了被搜查的嫌犯,不能到街上去了,只好继续躲在这里,做灯下黑。片刻,把门验票的女人也走了。见女人顶着一头剪发,亮汪汪的大眼睛,端正的鼻梁,饱满的额头,丰腴紧致的身材,她让我猛然想起扒火车时遇见的那对母女,难道她就是其中的那位母亲?是她,就是她。她说过自己是一名中学教师。但马上,我又苦笑着摇头,自语道:"城里的女人都像如法炮制出来的一样,个个靓丽,哪来这么多巧合呢?"我摸出教室,踩了自己的鞋带,差点绊一跤,蹲身系"解放鞋"鞋带,发现脚尖前一张白色纸片,我好奇地捡起来,原来是一张"夫妻生活票"。我一下无比惊讶,在这个票证弥足珍贵又无处不在的年代,我见过像定额粮票一样的各种供应票证,唯独从未见识过"夫妻生活票"。票面是油印的,蜡纸刻得十分清晰,字迹也非常漂亮。"夫妻生活票"的名字下,还有一个带括号的副标题"半月壹票"。票的下半部有两行注脚"当日有效,过期作废。例假顺延,遗失不补"。票上盖有革委会的公章。这张票就是刚才那位病司令的,他擤鼻涕掏手绢带出来,掉在了地上。我有点激动,难道隔壁住着一位供给制下的美人,凭票即可进入?正疑惑着,隔壁有轻微的抽搭声传出来,我很想见识隔壁这个女人。站在她门口,不知为何紧张得脸红心跳。敲了三下门,许久,门只打开一条缝,一个模糊的女人头像在门缝里张望了好一阵,才把我让进去。还未进入冬天,女人就围条深红色的围巾,把整个脸遮住,只露出一双眼睛。她右额角有个小伤疤,在一绺头发里时隐时现。进去后,她一直靠在桌边背向我,不说一句话。背景是桌上一盏小台灯发出的幽暗的光。我惊奇地发现,灯影里这个女人,呈现出一种梦幻般奇特的神韵,美妙得让我心颤。我把"夫妻生活票"放在台灯下的明亮处,还没说出一个字,就感觉自己的脸红得发烧。台灯只照亮一小块地方,"夫妻生活票"在光线里特别扎眼,甚至显得有些强加于人的霸道。她一言不发,缓缓捡起桌上的"夫妻生活票",闭上眼睛,将其撕成碎片。我一愣,难堪而羞愧,但马上掩饰道:"你误会了,我不是来插足你们的私生活。"她随之转过身来,眼神里好像透着愤怒。我忙解释:"刚才门口发生的那一幕,我全看见了。捡到你们的票,给你们送回来,算物归原主嘛。我还告诉你,你那个周司令,他们要搜查的人就是我。"她怔怔地望着我,似乎想叫我说明白一点。于是,我把看布告前后发生的事情给她说了，顺便多说了几句我和祝一尔老师的事。原以为她听了会仔细询问我，不再沉默无语。但她听过后，仍然什么话也没说，拉我到椅子上坐下。环视眼前，屋子里安了一大一小两张床。大床像许多家庭一样，供夫妻同床共枕用的，靠在屋子左边，小床单枕窄被，孤独地靠在屋子右边。静静对视之后，她仍默不作声，我觉得有些尴尬，便无话找话说："你是这所中学的老师？"她微微点头，只有眼睛露在外面，看不出面部表情。不管她是否愿意听，我接着说："我上初中时，我的班主任陈老师，也是一个女老师，身材像你，眼睛也像你，她还教我们音乐和美术。只可惜，一晃三年多过去了，我们再没见过一次面。"她定定地望着我，还不搭话。在不太明亮的光线里，我都看见了她额角的伤疤在抽动，眼睛忽然一闪，有泪水嵌在眼角。我心里略微有些惊奇，一定是她在专心听，不忍心打断我的话，因此总是沉默。我说话的兴致再度提高。我说："她是我遇见的最好的老师，也是我遇见过的我最喜欢的女子，我心里时常想，我这一辈子，要是有她，就没枉活一世。"我望她一眼，但愿她揭去脸上的围巾，能让我看见她的真实容颜，但她面对我的，始终是一双含泪的眼睛。我停不住嘴，又说："可惜，三年前分别后，我一直不知道她在哪里。我到处找她，还担惊挨饿，扒火车，走荒漠，找到新疆她父母家去了，总也找不见她，连点影子也找不见，我好苦闷呀！"我的话彻底感动了眼前这个女人，先前嵌在她眼角的泪水，不住往外流。我的眼睛也湿润了，哽咽着有些语塞。她背过身拭泪，然后找出一封点心，倒了一杯开水，放在我面前，用眼神示意我吃。我感激地对她微微一笑，回敬她赐与我晚餐。她很有耐心地看着我把点心吃完，见我连掉在桌上的细渣都拈来吃了，"吧嗒！"一声，从她眼里又落下一串泪珠，掉在我的手背上，然后她死死盯着我看，看得我心里很温暖，也很慌张。我赶紧抱起杯子喝水，一边喝也一边放肆地看她，喉头发出"咕噜、咕噜"的响声，像在叫唤一种饥渴。我恍惚看见了她的灵魂和肉体，在舞蹈，在呼喊，人不由自主地就坐过去，挨在了她的身边。她终于说话了。那种喃喃的絮语，那种口音，听来有些熟悉。但说出的话却叫我十分陌生，又让我否定了感觉中的熟悉。她说："我已经是别人的女人了，做过了，打上烙印了，不纯粹了！"她眼里燃烧着火焰，汪满泪水，"可你还是个少年，处男呀！"我说："你怎么知道？"她说："你的眸子清澈如初，没玷污过，一眼就看得出来，还像画里一样。"我一怔，问："画里一样，什么画？"她没回答，只顾说："你还年轻，今后还有女人等着你，还有许多好女人等着你，耐心等吧！"不容我再探问，不容我的非分之想再延伸，她抢先道："睡觉吧，该睡觉了。"她把小床上的被子和褥子，铺在隔壁教室里拼好的课桌上，让我睡在那里。做这些事情，她一直把围巾捂得好好的，唯恐它散开。临离开，她拍拍我的肩头，意思是让我睡个安稳觉。一切安排妥当，她转身出去，柔软的腰肢一闪，有一种似曾见过的姣美。

　　一天的离奇际遇，让我在铺上翻来覆去，难以入睡。脚步声去了，片刻，又有轻微的脚步声回来。悄悄扭头看窗户，她的影子映在窗玻璃上。她在偷偷看我，久久地站立没有变换姿势，好痴迷啊！后来，她什么时候离开的，我不知道，在我即将入睡时，她的影子还一直贴在那里。半夜，我听见嘤嘤的哭泣声，它穿透墙壁，清晰地传过来，直刺我的心房。我知道是她在哭泣，哭得特别伤心，让我撕心裂肺，也想与她一起放声痛哭一场。她为什么这样，她心底到底隐藏着什么痛心的秘密？我起身过去敲门，哭声停止了，一切归于平静。许久，门开了，风进去，撩动她殷红的围巾，还有雪白的府绸睡袍。小台灯熄了，日光灯把屋子照得雪亮。这次她是侧身靠在桌边，眼睛深情地望着墙上的一幅画。画贴在双人床脚头的墙上，人躺在床上稍微仰脸就能看见。看到这幅画，我什么都明白了，刚才的疑惑有了解答，心里顿时热血沸腾。那个年代，那些往事，一齐涌上心头。我本想高声呼喊，喊出一种悲愤，喊出一种深情，喊醒自己，也喊醒眼前这个一直深陷痛苦的女人。可是我不能，我告诉自己，此刻，如果惊动她，让她炽热的目光，离开《长绸舞》里戴爱莲那双眼睛，定会给她带来更深的伤痛。让她凝视吧！让她回忆吧！我知道，画上的那双眼睛，还停留在1962年9月的那个时刻，那双眼睛里镌刻着我俩当年初遇时的记忆。看来，这个记忆，在她心里一直没有离去，她的心灵虽然几经伤害，却依然深藏着那份炽热的爱。我默默地走到她跟前，看见她眼里噙满泪水，有泪珠滴落下来，打湿她的围巾和睡袍的前襟，这泪水也打湿了我的心。我情不自禁地呼唤一声："陈老师……"她转过脸来，凝视我两分钟，突然张开双臂，将我毅然揽入怀中。薄薄的围巾和柔韧的睡袍，隔不断她灼热的心房，隔不断她胸前涌动的波涛；却过滤掉羞涩，过滤掉世俗，过滤掉多少年来的含蓄、忸怩、动摇和愚钝，让两颗本已久别却又重逢的心，共同燃烧出灿若云霞的光焰。在低声的揪心的啜泣声中，她说："要了我吧！叫我做一回真正的女人。"我的身子轰然炸裂，但又顷刻间修复，我木讷了。她说："只当做一回梦。"我觉得此刻就在梦中，梦里的我却很清醒。我说："我不能让那个男人蒙羞，我不能辱没了你的灵魂，我不能玷污我们两颗纯洁的紧紧相连的心。"她把我揉磨得将要和她的灵与肉融合。我呢喃道："这就算是了，这就算是了。"她叹息道："算是什么？什么也不是。我请你进来，不是叫你来同情我的。痛苦！孤独！郁闷！心理与生理上的难以忍受的连绵不断的痛苦！孤独！郁闷！这就是我们的夫妻情感。没有人理解我，连你也这样。望不见边的期待，原来是望不见边的失望，望不见边的心痛。抓不住美好生活，抓不住幸福人生，我终于明白，我应该放手了……"她慢慢松开我，泪眼婆娑地望着我。望着望着，她柔软的身子，带着飘逸的围巾，飘逸的睡袍，像水一样流淌到地上。我忙蹲下身，双手搂过去，一手揽腰，一手揽腿，将她抱起来。走到小床前，我迟疑了，才转身将她放在大床上。她的眼角，像泉水流过，止不住的泪水，瞬间就打湿一大片枕头。我的心碎了，俯下身，闭上眼，忍住泪水，再叫一声："陈老师！"随即抹去她脸上的围巾，将自己的双唇挨上去。一股暖流冲上脑门，一阵颤抖震撼身子。她哽咽道："你还叫我陈老师，我已不是你心目中那位美丽的老师姐姐，我已经蜕变成一只丑陋的黑蝴蝶了，像多年前，在你家乡河岸，我们捕捉到的留作标本的那只黑蝴蝶！"我也哽咽着回答："你再蜕变，我都喜欢你这只黑蝴蝶，喜欢你这只赋予了生命的黑蝴蝶标本，我们要一起在蓝天下徘徊。"沉醉之中，我依稀感觉面前有蝴蝶舞蹈。睁开眼睛，却是一朵盛开的斑斓的花朵，摇曳在眼前——揭去围巾的掩盖，显露无余的，竟然是一张布满伤痕的脸盘。原先那个优美洁白得像明月的脸盘哪里去了？我的老师姐姐呀！我愤怒得放声痛哭。哭够了，哭明白了，拭去眼泪，仔细抚摸她的脸庞。她问："还喜欢这只黑蝴蝶吗？还一起在蓝天徘徊吗？"我坚定地回答说："初衷不改，我要的是你胸腔里的那颗美丽的心灵，不是别样。"她说："我的心灵不再美丽，我的人生不再自由。现在，我是别人的女人了！"我说："我没有能力改变别人，但我有能力守住1962年9月的那个陈老师，不管她怎么变，昨日的她，永远不会在我心灵里磨灭。"她说："再美好的回忆，都已成为过去，一切不会重来。"我说："虽然回不去了，虽然时光太残忍，虽然在时光面前，我们是失败者，我们是懦弱的人。但是，只要有了爱的力量，我们心中的时光可以倒流，让深埋的爱的种子发芽，生长，成长得蓬蓬勃勃。"她笑了，说："你有诗人的情怀，但你不懂得服从，不懂得服从眼前这铁的事实。"说到眼前这铁的事实，我无言了。我想象不出，时光的利刃，是怎样一刀一刀，将女神一般的她雕刻成这样的？沉默了许久，心煎熬得难以忍受，我终于说话了。我说："我很想知道，我们别离的那些岁月，你是怎样走过的。"泪眼婆娑的她，从床上起来，在睡袍外面套件开襟毛衣，从脸盆架上取下毛巾，擦净脸上的泪水。她牵起我的手，把我带出她的房间。

我们来到校园一角，面前的一间砖房，屋顶塌陷，焦黑的檩和椽横七竖八，一副火灾后的凄惨景象。她说："我的容颜，就是毁在这场大火里，还有一个你十分敬重的人，在这场火灾里，失去了宝贵的生命。"这个人是谁，我不用思索，一个我非常崇敬，也常记心间的人，立刻跳出我的脑海，我喊一声："吴校长！"她的眼睛湿了，我的眼睛也马上泪汪汪的。她静默片刻后说："我离开向阳农中，就随吴校长调到他家乡的这所中学，我们深情地相爱了。那是一个夏末的黄昏，我和吴校长在校园后边的马路散步，倾诉着未来，憧憬着明天，很甜蜜，也很忘情。因为，再过两天，我们就要结婚了。美好的时光往往非常短暂。突然，我们看见校园的这个角落浓烟冲天，就拼命奔跑过来，发现是实验室被造反派点燃了。他带着我冲进火海，抢救仪器。我们搬出十几件仪器，室内还有好些化学实验品。火势更猛烈了，我的脸被一瓶爆炸的硫酸烧伤，幸好听见爆炸声的那一刻，我吓得双手捂住眼睛，否则，今晚你就是出现在我眼前，我也看不见你了。火海里，吴校长将我推出窗户，自己却遭遇掉下的檩条压倒，被浓烟和烈火吞噬，牺牲在实验室里。"我说："一个真正的英雄，没有倒在敌人的枪炮下，却倒在造反派制造的烈焰里，实在叫人万分痛心！吴校长，我会永远怀念你！"她说："失去吴校长，联系不到亲人，面前又没有可以信赖的人，一时间，身处异乡的孤独中的我，完全陷入绝望的境地！"说完，她已哭成一个泪人。我本想说绝望中为何没想到我，但说出口的话却是："我们遭遇的人生悲剧，怎么就如此相似。"她说："绝望中，我想到了你，给你写好一封长信，这一次，信封和信瓤，都写上了我的详细地址。可是，就在我去邮局发信的路上，我被学校造反派拦截，他们诬陷说吴校长的死与我有关，将我关起来。实则这是个借口，他们的周司令，也就是我们学校以前的总务主任，早就垂涎于我，那时只是惧于吴校长这个战斗英雄，无法得逞。吴校长一牺牲，他们就动手了。万般无奈下，我落入周司令手中。"我听得很认真，心里充满痛楚。她接着说："周司令是个废人，武斗中脏器受过重创，因为他是造反派心中的英雄，造反兵团一心要保护他，公社革委会专门为他制定一个《保护造反派行动计划》，其中一条，就是周司令的夫妻生活，每月不超过两次，按计划实行凭票配给制，由公社革委会和我所在的学校共同监督执行。你见过我屋里有一大一小两张床，那张小床，就是李老师睡的，她是单身，一个女儿在中学读住校。除了我们夫妻按规定凭票同宿的当晚，她回家过夜外，其余晚上，她必须和我住在这间房子里，她就是上面指定监督我们夫妻生活的老师。"她没有眼泪了，一脸愤懑的神情，"他们要我牺牲青春年华，陪伴周司令，为革命做贡献，争取当个可以教育好的子女。"我重新收集好那张被撕毁的"夫妻生活票"碎片，说："我要珍藏它，我要记住它，这张世界上最珍奇的夫妻生活票，它上面承载着一个女人活在这人世间遭遇的多少冷酷多少痛苦啊！"说到冷酷和痛苦，陈老师突然放声大哭，我的心随着哭声颤动。这哭声，是一种彻底的控诉！将"夫妻生活票"碎片放入内衣口袋，我的手触到陈老师母亲寄给她的那封信。此信从向阳农中装进我内衣口袋起，历经多少日日夜夜，历经千山万水，体温暖过，汗水浸过，此时，终于可以见到收信人了。当陈老师接过迟到的家书，痛苦的泪水停止了，幸福的泪水奔流出来。她看过信对我说："失联的母亲和弟弟找到了，他们回到了母亲的老家，但慈爱的父亲却永远留在了戈壁滩。父亲的命运是我意料中的事，是谁也改变不了的现实。"看着悲喜交加的陈老师，我说："乱世离散，酿就多少人间悲剧。"我趁势把自己如何吃尽千辛万苦，历尽千山万水，循着她母亲信封上地址，专门去新疆找她的故事讲给她听。还说到了去她父亲坟前默默祭奠，替她添土，竖立木棍墓碑的细节。我将她父亲的校徽放在她手心，她肃穆地立着，嘴唇抿得紧紧的，眉宇间凝固着一个结。她叹息道："幸福的时刻太短暂，但母亲和我及弟弟，永远怀念你，永远心系长眠沙丘的你。瞑目吧，父亲！"告慰了父亲，她陷入沉思，我们久久地沉默着。

她重新撩起围巾，遮住脸盘，夜色里的一切又变得那么朦胧。她双手抚着我的肩说："我知道，从1962年9月，我们第一次遇见那一刻起，你的心就一直没离开过我。而且，随着时间的推移，随着命运的不断变化，你的心贴得越来越紧，越来越炙热。在这里，在此时，我谢谢你！"一声谢谢，我知道，她是在告诉我，我拼命追求的，我们在二千多个日日夜夜，像蜜蜂拼命酿蜜一样酿就的那份爱，正式宣告破灭了！彻底破灭了！我们，最终坠入爱情乌托邦！

回屋的路上，当我告诉她，她的外婆，那个虔诚的老布尔什维克，已经见马克思去了。她很平静地对我说："外婆是我们一家人的骄傲，只可惜她却是孤独地度过余生，又在孤独中死去！"

我们回屋都没去睡，各自呆呆地坐着，谁也不说话。寂静和沉默，如巨石，压得我快要窒息。我在惶恐中回顾，也在惶恐中祷告。无声的时间，像秋水一样流淌，它淌出了疼痛，淌出了怨恨……最终淌出一个悠远的句号。我担心夜色褪去，清晨就要来到，我担心离别的那一刻来得太快！远处突然传来鸡鸣声，我们都紧张地相互痴痴地望着，望着……望成了一座倾斜的山，望成了一条溃堤的河。再次传来鸡鸣，晨曦初露。她开始躁动，身子在凳子上扭捏，嘴唇哆嗦不止。猛然，她喊了一声："来生吧，来生我专心等你！"我同时颤抖着身子，只朝墙上那幅《长绸舞》看了最后一眼，泪水哗地流下来，大呼一声："天道不公呀！"就飞快地冲进了黎明。

第五十一章

　　家是虚幻的，回家的路是迷茫的。

　　远远的天际被霞光烧得绯红。我们像货物一样，被密密实实地安插在大卡车的车厢里。车奔跑在蜿蜒起伏的石子路上，疯狂地颠簸着，人拼命摇晃，相互碰撞，躯体使劲膨胀，车内炽热得快要爆炸。有人干脆面对面抱着，交颈闭目，像在酣睡，这一定是热恋中的情侣。一个少妇挨在我左侧，不断扭头看我，眼神迷离，呼出的气息温暖而芬芳，不知想诱惑谁。我尽量避开她的窥视，岿然不动地站得稳稳妥妥的，用以证明我的纯粹和清白。不，是纯洁和清高！

　　太阳升上半空，风扫过一张张不安分人的脸，带着热气，让憋足劲的男人女人更加燥热难当。不断有人拍打车顶，叫喊需要小解。翻过几道山梁，司机最终将车停在一座破庙前。有几个男人进了山门，而几个女人夹着裤裆扭着屁股，钻进了庙旁的小树林。我哪里也没去，盯住马路尽头，视线由近及远，延伸至极限，企图望见我才离开的那座校园，和校园里那个围巾遮面的女人，但奢望变成枉然。小解回来的人，慌慌忙忙爬上车，男人们默默无语，女人们却埋头嗤嗤地笑个不停。有人手指那个少妇，悄声嘀咕："她屁股被蚂蚁蜇了。"

　　经过一个矿场，车被拦下。年轻的造反派们，把我们都赶下车，排着队列，一个接一个搜身。然后监督我们搬石头，去垒一道墙。两个女人指着那个少妇，对戴司令袖箍的男人哀求："刚才她在树林小解，热尿冲了蚂蚁窝，屁股被激怒的蚂蚁蜇了好多红包，很难受呢，求你放过她，让她去休息。"这个少妇恰好是站在我身侧的那个女人，听了此话，我很同情她。司令没发善心，对少妇说："干不了重的干轻的，去厨房帮工。"

　　原来，这是一所矿山机械学校，一座山湾全是学校的地盘，三四层高的楼房，重重叠叠，鳞次栉比。山湾入口的马路上，垒的那道石墙，很像是座防御工事。

马路的斜坡下是条小河，水很清很浅，从卵石堆里流过，冲击出淙淙的响声。马路尽头是远山，山势巍峨，在阳光下闪烁着奇异的光芒，据说它肚子里埋藏着丰富的铁矿石，祖国的建设正期待它被炼成铁、炼成钢，可它们却在造反派的喧嚣声里沉默着。散布遍野的各个要隘，都游走着一个个背枪的人。祖国山河一片红，也不知他们在防范谁。

　　山口的石墙砌好，司令让我们喘口气，并告诉大家不要急，还有更重要的事情需要我们做，做完晚上放大家走，那时路上最安全。一车人被分散，谁也不知被派去做什么，一转眼就消失得无影无踪。我和一个驼子被带进了山洞，像是个矿洞，一路挂着昏黄的电灯。进去十几米，里面整齐地排列着十二张低矮的钢丝床，一张床上躺着一个伤员，黑糊糊的看不清面目。没有呻吟声，只有一阵阵臭味袭来，熏得我掩鼻不敢正常呼吸。带领的人说："别假斯文，这就是你们要干的活。"角落里并排三个粪桶，里面满荡荡的屎尿快溢出来，我和驼子的任务就是倒粪桶、涮粪桶，然后干干净净放回原处。我们一高一矮，抬起粪桶，不管谁走前，粪桶总是滑向驼子一方。为了不让人觉得我在欺负他，我只得把扁担搁在手腕上，与他保持平衡。但这样，我的手腕承受了难以承受的疼痛，斜着身子走路，拧转腰肢近乎跛行。三桶屎尿倒完，我的腰椎有被拧断了的感觉。事情做完，驼子一晃就没人影了。我脚上、裤腿上溅满粪水，臭味跟着我一直不散，只得到处找水清洗。就在这时，远处传来爆炸声，我看见有人拼命奔跑。我又退回到刚才倒粪桶的校园厕所，那里有一个通道，隐没在一片密林里。我顺着通道进去，往左拐就回到藏伤员的那处山洞，往右拐，是一处大石屋子，里面弥漫着热腾腾的烟雾。雾气包裹着本来就不明亮的灯泡，石屋里跟没开灯一样暗淡无光。我听见了水声，看见了拉矿用的铁斗，和铁斗里人的光溜溜的身子。一个豁牙老妇，还有为少妇求情的两个女人就在眼前，她们一人一个铁斗，在给男孩洗着身子。地上堆的绿色军装，上面的红色袖箍、红色像章闪耀着光亮。她们以远，还有水声，朦朦胧胧中，还有晃动的人影。豁牙老妇洗得很仔细，嘴里不住唠叨："孩子，你跟我孙子一般大，我也给孙子洗澡。你伤得这么重，娘老子知道了，心痛死了！"顿一下，她吞口唾沫，又说，"洗疼了，就叫出来，别憋着。"摸索着走进石屋深处，想偷空洗个澡。空气带股铁腥味，却很温润。一个身裹绿军装、缩成一团的男孩子，被女人驮着向山洞跑，女人嘴里还哼着歌："好久没到这方来哟嗬哟，这方的小伙长成材哟嗬哟……"这支歌我很熟悉，只听我们小镇上的人唱过，说具体点就是以尤姐为首的街坊们经常唱。眼前唱这支歌的女人是谁？我站在铁斗边等她。回来时她不但仍在唱，还快乐地扭起秧歌，到跟前我问："你也会唱这支歌？"她一惊，说："怎么！我不能唱？你是哪来的？"我说："才抓的壮丁。"她一听这话，笑了，说："跟我们一样的倒霉鬼。"然后神秘地对我悄声说，"一个姓尤的妹妹教的。"我惊诧道："姓尤的妹妹？她在哪里？"她猛然捏住鼻子道："喂！你先别管人家的闲事。我问你，你身上怎么这么臭？"我说："刚才为伤员倒粪桶洗粪桶，溅了一身粪。"她"哦"一声问："洗澡吗？想洗就跳进来。"她的手拍得铁斗响。我说："你不是怕臭吗，你不说你尤妹妹的去处，我就跟着你，臭死你！"她冷笑一声："喊，莫废话，赶快跳进去洗，水还没糊汤，我去给你拿衣服。"我只得进到水里，因为她显然比我偲，她离开是回避我这个大兄弟。她很快回来，将一套绿军装扔在地上说："死人的，穿不穿？"不待我回答，她又说："我等你。"她去到背静处。我快速洗完澡，抓起革命小将才配穿的绿军装，慌忙往身上套。在僻静处找到她，还未等我开口，她抢先给我说了尤姐的事。她说："几天前，尤妹妹是和我一道抓进来的，她人漂亮，留在司令身边了。跑过一次，抓回来就关在一个山洞里，哪个山洞，我也不知道。"这时，有人高声吼："洗澡结束，所有的人跟我走。"洗澡的女人们涌过去，我趁机溜走了。路上，抚摸着一身绿军装，迈着大步，我有了一种蜕变的成功的感觉，恍惚之中自己已经融入了革命小将的队伍，再不是局外人了。可一想到自己和身边这一群人的遭遇，这种白日梦又瞬间破碎了。

  司令部给干活的人管午饭，我没去凑这个热闹，自己到校区外唯一一家国营食店去吃面条。食店五张桌子，三张被一伙造反派占了，我只得找个角落坐下来。卖牌子的是个中年女人，手臂上戴红袖箍，胸脯平平的，左边别一枚像章，她的忠诚让我非常感动。坐了很久，没人理我。过后跑堂的小声对我说，中午司令过生日，坐了满满三桌客，灶上忙不过来，叫我耐心等待。那边酒肉飘香，推杯换盏，祝贺声、恭维声响成一片。用得最多的贺词是"寿比南山，长生不老"。酒酣面热时，司令对着客人感慨道："人总有一死，或重于泰山，或轻于鸿毛。长生不老，万寿无疆，那是骗人的鬼话！"话毕，举座皆惊，所有的人瞬间沉默不语，都惶惑地相互看着。那个让我感动的卖牌子的女人，咳嗽两声，起身离柜而去。司令还沉浸在得意与自负中，端着酒杯转圈子，嘴里不停招呼着："来、来、来，再干一杯！"面条终于来了，我数着根数慢慢吃，为的是仔细观察对面的动静，想从狂饮的司令言谈举止中发现破绽，以推断落入魔爪的尤姐，现在被他藏在何处。我刚吃完面，门外进来三个壮汉，后面跟着卖牌子的女人。来人气势汹汹，其中一人手里提个厚木牌，上面写着"现行反革命王卫红"，名字上划个大红叉。为首的进门一声吆喝："给我绑了！"其余两人将司令双臂反解，用麻绳捆好，挂上木牌，动作之干脆利索，令我目瞪口呆。司令晃晃头，这突如其来的遭遇让他清醒几分，吼道："造反了，我是王司令！"来人也吼："你是十足的王八蛋！"司令环视四周，身边的人都瞪着醉眼木然看着。他一跺脚喊道："二虎，上！"被叫着二虎的一个箭步冲上前，但不是帮他抗拒，而是向来人辩解道："我们司令是酒后失言，不能定罪。"为首的说："不能定罪？酒后吐真言，他犯的是弥天大罪，你算老几？滚一边去！"听到"弥天大罪"四字，司令彻底醒酒了，知道自己犯了大忌。他垂下头愣了片刻，然后示意二虎摸他的衣服口袋。二虎摸出一串钥匙，他说："我的画眉还关在笼子里，记住给她喂食。"二虎回答："明白。"看着他俩诡诈的眼神，在二虎答应"明白"的同时，我也明白了他们话里有话。司令被绑走后，我悄悄跟上了二虎。二虎买了几个包子，用草纸包好揣在衣袋里。穿过一片树林，从两栋楼房绕过去，爬上三十二级台阶，路旁是一个垮塌的矿洞。二虎坐在一棵大树背后喘息，一圈圈烟雾飘出来，我闻到纸烟的味道，立刻止步，隐藏在他不易察觉的地方。矿洞口乱石嶙峋，旁边立块石碑。碑文告诉人们：因一场奇特的矿难，这里长眠着十一个革命小将，他们为"誓死捍卫"献出了美丽的青春。碑上十一个名字都是红漆描就，绚丽多彩灿若朵朵云霞。石碑上的挽联是十四个镏金大字：为有牺牲多壮志，敢教日月换新天。豪言壮语描绘出革命小将们昨天那轰轰烈烈的战斗历程。看着浸染着鲜血的块块岩石，使我想起我所景仰的羊县长、李校长，还有胖崽，这些死难的志士，他们也曾轰轰烈烈活过，可惜他们都死了，都离开了这个世界。而我，却卑微地活着。想起他们，我心里很难过。这时，一阵山风拂过石梁，我的身子颤了颤。犹如大风刮过田野，一棵稗草在风中摇晃了几下。回过神来，看见二虎已经走出好远。

尾随二虎到了一座楼房前。楼房盖在石岩下，门脸伸在岩石外，楼体都藏在山洞里。二虎转着脑袋查看身后无人，就轻脚轻手将门打开。进去不到十分钟，二虎慌慌张张跑出来，连门也没顾及锁，一晃便不见了人影。我悄悄摸索进去，迎面的门厅里堆着锈迹斑斑的各种机械，钻进里屋，开阔的房间中一张大床，一张写字台，两把椅子。床头边的衣架上，挂件蓝棉布长大衣，整间屋子显得简朴整洁。房间里果真空无一人，我四处张望了片刻，看不出什么名堂来。正要离开，无意间听见轻微的咀嚼声，我拍了两下手掌，咀嚼声停止，却发现长大衣动了一下。我慢慢走近衣架，猝不及防地被从棉大衣里冲出来的一个人抱住。抱住我的人既让我惊诧，又让我无法拒绝，直到这个人哭出声来，我才真真切切地感觉出是尤姐。她酣畅淋漓地哭过后，仍没有松开我的意思，我惊喜得直想挣扎，但又不忍心挣脱她霸道的手臂。她脸枕在我肩上，我感觉有热泪像虫子一样在我脖子上爬行。直到热泪流过我的脊背，她才松开我，破涕莞尔一笑，全然没有露出一丝才经历过囚禁的恐惧心理。她第一句话是："老天有眼呀！我俩有缘呀！千里相会呀！"然后低声道，"我那里湿汪汪的哟，身子软得不行了，快揿住我！"她双臂又将我脖子紧紧挽住，一步一步拖往雪白的床、枕。我很自然地就闭上了眼睛，恍惚得如飘浮在云端，有和煦的风裹挟着我，我随风坠落在饱含阳光的海浪边。她舒展下肢慢慢倒下，犹如一座闪亮的港湾。我如一叶小舟，驶进这雪白晶莹的港湾里，第一次目睹她那真切的港湾，她打开港口接纳我。但我的小舟还未进港，就颠覆在汹涌的波涛里。我听见了她颤悠悠的叫声："傻兄弟呀，不见兔子不撒鹰，你急什么呀！"她又哭出声来，"傻弟弟呀，我的女儿身又给你空留了这么久，还等下一次？还有下一次吗？"我知道，我的小舟倾覆了，货卸在了港口外。瘫软一阵，我猛然惊醒，眼前清晰地晃过二虎那慌张的倏然而逝的身影。我喊："赶快逃，再不逃就来不及了！"翻身下床，我牵起她的手就跑。她狠劲甩开我的手。原来，我俩都赤裸着下体。飞快穿好裤子，我们奔出楼房，爬上山梁，看见一队人马开过来，很快消失在山岩下的大门口。直到这时，我俩才真正回到现实。为了躲避造反派搜索，她叫我跟随她爬上一道山岗，隐藏在一片林子里，等天黑后逃离魔窟。

月亮升起来，世界一片惨白。我问尤姐："你的车呢？你的牛呢？"她笑一笑，淡而无味地说："没啦！莫提它们，提它们怄气。"她仰起脸，"嘿，你怎么不问问我，为何跑到这些鬼地方来了？"我顺着她的意思道："为什么？"她说："你还不知道，你从农村跑了不久，我送货路过你家下放那个公社，那天正在斗争你们那个队长。那个叫薄荷的女孩子哭泪撒涕叫喊，批判队长把你这个崽儿放跑了，要他把崽儿抓回去。我问台下的人，崽儿跑哪里去了，有人告诉我，说你跑新疆，做盲流，找女老师去了。我一下明白了，你肯定追你的陈老师去了。我心里又气又恨，就骂，蠢猪一头！好端端的眼面前一朵鲜花不摘，跑到天远地远连鬼都不生蛋的地方，去采野花，野花再香，等你跑到找到，不是被人采了，就是开败了，真是鬼迷心窍呀。生了半天气，又给自己鼓劲，他找她的陈老师，我找我的五兄弟，哪个能够找个功德圆满，就看自己的造化。过一天，我就驾起牛车出发了，照你说的陈老师父母那个新生连的地址，一路找活干，一路追过来了。"听了她的述说，我心里翻江倒海不得平静。为队长，为自己，也为尤姐，我很难受。她似乎觉察到我情绪的变化，她说："不要可怜谁，各人有各人的活法。队长还会是队长，我还是我。你看，前两天我和一个同路的大姐被抓，那个王司令想霸占我，晚上我诓他喝酒，把蠢猪灌醉，我跑啦。可是没逃脱，又抓回来，关进了山洞……命里注定我该是你的人,今天还是你救了我。"她埋下头,可马上又抬起来,她问:"你是从新疆回来呢,还是正往新疆去?"我本不想说,但看见她跟我一样,不顾性命地跑出来到处窜,一心要找到我,就不忍心瞒她,便说:"去过新疆了。"她一怔,问:"你的陈老师呢?"我顿一下,如实告诉她:"她不在新疆,她结婚了,成为别人的女人了。"我没说毁容的事,怕说出来都会难受。她咧嘴一笑,说:"她那花儿别人采了就采了,眼前不是还有一朵现成的嘛!"我说:"她可是我的陈老师呀!"她又笑了,笑得很开心。我避开她的话说:"新疆太遥远,你到不了那里,也找不见我。"她惊讶至极:"天下的路,你走得到,我就走不到?你小看我了!"她挽起右手衣袖,又道:"我在心里发了毒誓,就是讨口要饭,就是追到天边地角,我也要把你抓回汇龙场。"我说:"今天能见到,全属碰巧。"她乐了:"真是老天有眼,我们有缘呀,没想到不费吹灰之力,就把你抓住了。"她看我没跟她一样开心,就问:"你还不甘心?你还不死心?"我装作问:"你指的什么?"她说:"你说呢。唉,不想跟你乱扯了,今夜就得办成一件大事,你要是不答应,我抱起你一同从那座高岩上跳下去,阳世做不成夫妻,就下阴曹地府做吧!"说完,她先哭出声,接着我也抽抽搭搭地哭起来。伤心一阵之后,尤姐把身上的花衣裳脱下来,抖尽灰尘,铺在一块大青石上,笑容满面地牵着我的手,要我和她一并跪下。我知道这意味着什么,她跪在青石上,我却呆立着,腿怎么也弯不下去,心里轻轻呼唤陈老师的名字,痛苦地叹道:"我心有不甘啊!心有不甘啊!"她抬起头,泪光闪闪的双眼望着我,牵住我的手狠劲往下拽。这个动作,它传递着一种祈求,一种期盼,甚至是一种幸福,我终于忍不住屈膝而跪。头上月色朗朗,前面青松林立,背后百丈悬崖,再远一些,是矿校的千盏明灯。尤姐牵着我的手一刻也没松,她灿烂的笑容被泪水洗涤得更为纯粹、更为明亮。她深情地说:"头上是天,膝下是地,我俩该拜天地了吧!"我跟着她双手抱拳,举过头顶,就在将要叩拜天地时,一声惊天炸雷,从我们头顶贯下。我喊:"惊雷!"她说:"不,是炮火声。"瞬间,滚过一片乌云,雨落下来。我不住嘴地说:"是雷,是雷,违背上天意愿,天打雷劈呀!"此时的我,终于喊出声来,"老天不许!老天不许呀!"她也喊:"炮声呀!炮声呀!是贺喜!是贺喜!"我哭泣道:"就此一生,我不甘心,我不甘心呀!"我倾倒在尤姐怀里,她抱紧我,喃喃道:"你嫁给我,你嫁给我呀!我们拉车,我们挣钱,你不再受罪了。我们的儿女就成了城镇人,他们不再是崽儿,不再是受气包了。"雨骤停,雨水已打湿我们的衣衫。我们抱着,相互摸着对方湿淋淋的脸颊。她说:"你把我身子破了,这一刻就把夫妻做了。"我说:"荒山野岭,我们不是畜生,还是留到回家之后吧,我把你搁在洁白的床褥上,然后……"这一次,她笑得比花儿盛开还娇艳,点一点头,仍然抱着我不松手,慢慢闭上眼睛。忘情在陌生而险峻的山岗,没有感觉到恐怖,感觉到的只是万物有节奏的呼吸声,它们都在自由自在地生长。偶尔,传来鸟儿酣睡中的梦呓,但一点也不惊心。

　　不知为什么,有我们,今晚的夜色都变得这么美好。

第五十二章

我和尤姐逃离矿山机械学校，连夜走了三十多里路，黎明前到了一个垦殖场。她对我说，她被这里的造反派抓差，为场里拉了三天石头修防御工事。石头拉够了，可怜的老黄牛也累得快死了，革命小将们叫嚷要学老黄牛精神，就把她那头可怜的老黄牛宰了，说肉吃进肚子里，精神留在头脑里。听到老黄牛如此凄惨的下场，我心里如刀割一般疼，它血淋淋地被分解的惨状，无尽地在我眼前晃荡，几乎让我发疯。尤姐把我带到一堆柴草边，从里面扒出她的那辆架子车，痛苦得直流眼泪，她想起了那头拉车老成憨厚的黄牛，我也有了几分心酸。趁着黎明前的黑暗，尤姐跑到山脚下的马圈，真的牵来一匹白玉一样的马。我问："不是说牲口都认生吗？"她冷笑一声说："他们把我的牛吃了，我赖在他们这里闹了好几天，我每晚都偷偷和这匹马说话，还给它挠痒痒，我对它就像对我的黄牛儿子一样，它和我有了感情，它肯定就愿意跟我走了。"我说："你这叫蓄谋已久，早有打算。"她光笑不说话。

牛车变成马车，尤姐驾着它，我坐在车帮上，趁着曙光，我们行进在漫漫的回乡路上。行至一座石仓前，一辆三轮摩托车擦身而过，停在了我们前面。从车上下来一个大汉，他摘去墨镜，竟然是王司令，那个被戴上反革命牌子的王红卫。他连一句铺垫的话、一个铺垫的动作都没有，上前一把抓住尤姐，尤姐还没来得及喊出一个字，就被他捆住手脚，按在三轮摩托的车斗里，发动车就跑。我听见尤姐的呼喊声震得风都在颤抖。正在我愤恨自己无能，连马都不会骑不敢骑的时候，远远地看见那辆摩托车返回来的影子。我很快在石仓口捡起一根抬石头用的木杠，抄在身后。摩托越来越近，我想在摩托奔跑至眼前的那一刻，借助惯性将他打倒在地，反正痛打反革命，即便伤害了他，他也是罪有应得。就在我扬起木杠那一瞬间，摩托车一个急转弯，疯狂地抄在了我身后，他刹住车，趁势一脚将我踢翻。我自叹弗如，怎能是这个武斗狂徒的对手。司令扇了我两耳光，把我反手绑在石仓的一棵树上，然后将捆绑着的尤姐，抱到一块大石板上。他一边脱去尤姐的裤子，一边吼叫："我没有时间跟你耗了，立马把你干了，看你怎么跑，然后老子就安安心心去坐牢！"尤姐声嘶力竭地叫，他从尤姐身上搜出手绢塞进她嘴里，尤姐只能发出呜呜的喘息声。当受凌辱的尤姐赤裸着身子，眼泪长流时，我用脚尖拼命将脚下的石渣泥土踢向司令，他将枪套里的手枪拔出来，摆在石板上，像是在警告我。司令扑上尤姐的身体，尤姐一声惨叫，司令却哈哈大笑。我痛苦地将头扭向一边，望着悠远的苍天，和苍天上成堆的红云……

感觉背后有人解开手头的绳索，我转过头去，看见一个大娘的背影，满篓青草遮住她微驼的身躯，持镰的手上暴满青筋，她像一个精灵一样慢慢离去。我跳上石板，松开绑在尤姐手腕上的绳子，一把揭去嘴里的手绢，她大口喘息，再没力气呼喊，只默默地流泪。她裆下的石头上，一摊鲜血，血浸在石纹里，像一朵盛开的牡丹。望着这惊心的血色花朵，我既同情尤姐，又怨恨自己。我坐在她身边，扶起她，靠在我身上。她抬起眼睛望着我，眼泪止不住地流，我的眼泪也如溃堤的水一样淌下来。给尤姐穿好裤子，整理好衣服，我们都拭去泪水。她用擦过眼泪的手绢，去擦石头上的鲜血，她一边擦，一边喊："没口福的崽儿呀，该敲破锣的崽儿呀，你蠢呀，你不懂得女人呀！"但无论她怎么擦也擦不净，血已变成黑血，渗入岩石最深处，滋润着这块土地。这时，摩托车突突地吼叫，罪恶的人驾着它溜了，三个轮子像从我心上碾过，我的心彻底碎了。搀起尤姐朝马车走去，她不停地揉我，她对我说她现在已是破了身子的人，不值得我这样做，让我离开她。我心里难受得说不出话来，只想用搀扶她的手，把她搂得更紧更稳妥些。前方过来一群人，全都手持枪械，截住了正要逃跑的王司令，他朝天鸣枪，对方也鸣枪示警。听见枪声，马开始仰天嘶叫。摩托掉头就跑，随着两声枪响，摩托的两个轮子爆裂，司令一个翻滚，落入马路下的水沟里，水沟就在我们身后。对方包抄过来，有人高声喊："反革命不投降，就叫他灭亡！"趁着司令还没爬起来，我赶紧将尤姐安顿在车上，驾起车赶着马就走，想尽快逃出这个危险的旋涡。追赶的人围成的包围圈，没让我们通过，马车只得停下来。他们在包围圈里没发现司令，都下到石仓里找。这时，我感觉到静止的架子车突然动了一下，司令从车肚子下掉在地上，翻身起来拔腿就跑。那伙人吼声一片，端着枪紧跟着冲过去，他们如一群追逐的野兽，搅起一团尘土。

我和尤姐终于脱离了"战区"。尤姐非要换下我由她自己赶车，我说："你心里的伤痛还没过去，你需要将息。"她说："不，我心里只有怒火在燃烧，我要在路上跑，把怒火跑旺，把钻进我身子里那个脏男人烧成灰。那个畜生，那个二世不得投胎的畜生！"我拗不过她，只好让着她。她说我的泪水是往心里流，肯定更难受。我躺在车板上，闭上眼睛，石板上那朵血牡丹，总在脑海里晃悠，于是就想尤姐的身子。想强奸前的女儿身，想强奸后的女人身。想命运如何戏弄一个弱女子，想命运如何戏弄一个狗崽子。想着想着，就长长地叹了一口气。

　　枪声落在了我们身后，我庆幸杀戮已经远去。但就在我惶恐的心情逐渐平息时，突然，头上掠过尖厉的呼啸声，一个黑影像惊慌的小鸟飞过。尤姐"啊"的一声惊叫，等我从车板翻爬起来，她柔韧的身子已溜到地上。我抱起她，胸口的衣服已被鲜血染红，尤姐被流弹击中。把尤姐轻轻放在车板上，她望着我，嘴张了几张，气若游丝，一点声音也吐不明白。她缓缓抬起双手，抓住我的手臂，将我使劲往她胸前拽。我弯下腰，脸贴着她的脸。我看见她哀求的目光，瞬间被泪水吞噬，脸上的红晕在一点一点消失，嘴角边俏皮的笑意，水一样漾开，漫过眼睛，眼睛轻轻闭上了。慢慢地，她抓住我的手失去了力量，最终手垂下来，微笑在她脸上凝滞，脸渐渐呈现出玉石一样的洁白。

　　我第一感觉是，尤姐的死，换来我的生！

　　整理好尤姐的衣着，凝视她的容颜，她仍像鲜活时一样美丽。我脱下我的衣服，叠好枕在她头下，找出《少年维特之烦恼》，打开，盖在她脸上。我要让我自己，也让路人，觉得她是一个活得够美好的女人，这正是她阅读后的歇息呢！我赶上马车朝东走，白马垂着头，蹄子有节奏地敲着地面，发出沉重的响声。我满眼泪珠，望着逐渐升高的太阳。太阳在晶莹的泪水背后，被渲染成一朵奇异的花。

2019年5月22日完成初稿
2021年6月29日第一次修改
2022年6月19日第二次修改
2023年5月16日定稿

图书在版编目（CIP）数据

青春劫／尹宴著 . -- 北京：作家出版社，2024.3
ISBN 978-7-5212-2519-8

Ⅰ.①青… Ⅱ.①尹… Ⅲ.①长篇小说-中国-当代 Ⅳ.①I247.5

中国国家版本馆 CIP 数据核字（2023）第 178521 号

青春劫

作　　者：尹　宴
责任编辑：田小爽
装帧设计：回归线视觉传达
出版发行：作家出版社有限公司
社　　址：北京农展馆南里 10 号　　　邮　编：100125
电话传真：86-10-65067186（发行中心及邮购部）
　　　　　86-10-65004079（总编室）
E-mail:zuojia@zuojia.net.cn
http://www.zuojiachubanshe.com
印　　刷：三河市北燕印装有限公司
成品尺寸：170×240
字　　数：533 千
印　　张：29.5
版　　次：2024 年 3 月第 1 版
印　　次：2024 年 3 月第 1 次印刷
ISBN 978-7-5212-2519-8
定　　价：78.00 元

作家版图书，版权所有，侵权必究。
作家版图书，印装错误可随时退换。